HISTOIRE

DE LA

JEUNE ALLEMAGNE.

Paris, Imprimerie de Wittersheim, rue Montmorency, 8.

HISTOIRE

DE LA

JEUNE ALLEMAGNE.

ÉTUDES LITTÉRAIRES

PAR

M. SAINT-RENÉ TAILLANDIER,

Professeur de Littérature française à la Faculté des Lettres de Montpellier.

PARIS.

LIBRAIRIE DE A. FRANCK

Rue Richelieu, 69.

1848.

1849

A MON AMI

Alexandre Thomas.

PRÉFACE.

———

Les études rassemblées ici ont été publiées presque toutes dans la *Revue des deux Mondes*, à mesure que les événements littéraires de l'Allemagne appelaient l'attention de la critique. Composées à des intervalles assez rapprochés pendant un espace de quatre ans, je crois pouvoir dire qu'elles sont intimement liées entr'elles et par l'unité même du sujet et par la pensée qui les anime. L'Allemagne subit une transformation profonde, cette crise qui tend à régénérer toutes choses, la politique et la religion, les idées et les mœurs, je l'ai examinée particulièrement dans les ouvrages de l'esprit, et sur ce théâtre bruyant de la littérature j'en ai suivi les phases diverses avec une sympathique sollicitude.

La révolution qui vient d'éclater chez nous et qui s'étend déjà sur une partie de l'Europe entière, termine désormais la période dont ce livre retrace les principaux aspects. La France de 1830 avait réveillé l'Allemagne, la France de 1848 lui a donné ce qu'elle poursuivait avec passion, l'entrée définitive dans la grande famille des nations libres. Entre ces deux dates mémorables, il y a un espace de temps qui n'a pas été perdu ; il y a dix-huit années sérieusement remplies, non par des faits éclatants, mais par cette éducation politique sans laquelle toutes les victoires sont infécondes. La pensée publique s'agite, et, dans cette ardeur universelle, bien des tentatives sont faites, les unes certainement mauvaises et périlleuses, les autres très-légitimes, très-salutaires, très-bien appropriées au génie et à la mission des peuples allemands. Ce sont ces tentatives confuses qu'on s'est proposé d'étudier et de débrouiller ici ; c'est de cette éducation morale qu'on a voulu indiquer les progrès.

Quand 1830 éclata, l'Allemagne sommeillait, mais elle était admirablement préparée par sa culture intellectuelle aux entreprises les plus hardies de l'esprit moderne. Ce n'est pas en vain que la philosophie et la poésie, la critique et la science, ont accumulé dans ce pays, pendant cinquante années, toutes les richesses de l'intelligence. Lessing, Goethe, Schiller, Kant, Herder, Jean Paul, Fichte, Schelling, Hegel, tous ces hommes et bien d'autres encore ne sont pas seulement des écrivains supérieurs; ils ont place parmi ces héros du monde moral qui conquièrent à la pensée des domaines nouveaux et qui donnent à leurs contemporains une impulsion irrésistible. Ce que furent pour nous tous nos grands philosophes, Descartes, Corneille, Molière, Lafontaine, Voltaire, Montesquieu et Rousseau, Lessing et son glorieux cortége l'ont été pour l'Allemagne; ils ont fait l'éducation de son âge viril; ils ont affranchi son âme.

Au-dessous de ces noms immortels, combien de nobles noms encore! que de généreux talents! quelle vie active et puissante! tandis que la France, pour les grands travaux de la République et de l'Empire, multipliait ses héroïques générations avec une inépuisable fécondité, l'Allemagne semblait emprunter aussi à cette miraculeuse époque je ne sais quelle activité inconnue, et elle donnait à la fois son xvii° et son xviii° siècle, tous ses penseurs et tous ses poëtes. Qu'importe que leurs spéculations sublimes aient paru les éloigner de ce monde renouvelé désormais par la révolution française. C'est à la philosophie de précéder l'action, c'est à la science de préparer les changements de la société. En voyant se succéder tant de grands et vaillants esprits, on ne devait pas être inquiet des destinées de ce peuple; il était manifeste que l'heure des transformations nécessaires sonnerait bientôt pour lui, et que cette libérale éducation produirait des résultats immenses.

Cependant, chose singulière! dans le premier élan de 1830, et lorsque l'Allemagne voulut agir, ce passé de la veille, ce passé fécond lui parut un obstacle. Ces maîtres, à qui il devait tout, lui semblèrent des guides impuissants et parfois même des ennemis. L'Allemagne nouvelle se révolta contre eux; elle renia ses traditions et prétendit ne relever que d'elle-même. Comment expliquer cette contradiction si frappante? Nous sommes-nous trompés en attribuant aux poètes et aux penseurs de l'Allemagne l'origine des révolutions déjà accomplies dans ce pays et de toutes celles que lui réserve l'avenir?

Non, nous avons dit vrai. Ne nous laissons pas égarer par les apparences; au moment même où elle croyait renier ses pères, l'Allemagne, sans le savoir, subissait leur influence souveraine. Pourquoi, en effet, toutes ces révoltes inquiètes, si ce n'est parce qu'on lui avait donné le goût de la science et de la liberté? De là ses aspirations ardentes vers un avenir qui réaliserait les promesses de la pensée, de là aussi ses impatiences fébriles contre les maîtres qui avaient éveillé ces nobles désirs et qui ne se hâtaient pas de les satisfaire. C'est qu'il n'appartient pas aux mêmes hommes d'ouvrir à la fois les domaines de la spéculation et les routes de la vie active. A chacun suffit sa tâche. Après les paisibles conquérants de la philosophie, une génération plus hardie se lèvera et les grandes luttes commenceront. Mais la rapidité des événements ne se mesure pas au mouvement de nos cœurs; nos désirs devancent les heures marquées par Dieu, et ce qui nous irrite alors, ce qui nous rend irréfléchis et ingrats, c'est de voir nos maîtres s'accommoder d'un régime qui nous pèse et y donner patiemment l'essor à leurs majestueuses facultés.

Il y en avait deux surtout, deux maîtres illustres,

qui avaient survécu à leurs compagnons d'armes, et qui représentaient d'une manière éclatante le glorieux développement de l'Allemagne depuis cinquante ans ; c'étaient Goethe et Hegel. L'héritage d'un demi-siècle de travaux et de gloire était passé dans leurs mains, assez fortes pour un tel fardeau. Toute la poésie semblait résumée dans l'auteur de *Faust*, toute la philosophie dans le glorieux penseur de Berlin. Tous deux ils jouissaient avec calme de cette position magnifique ; on eût dit qu'ils occupaient les cîmes sacrées, *supera alta*, et que rien ne pouvait plus troubler désormais la puissante sérénité de leur intelligence.

Il n'y a peut-être pas dans l'histoire des lettres modernes un spectacle plus imposant que celui-là. Cependant, au-dessous de ces majestés olympiennes, la foule grondait déjà et les révoltes se préparaient. Que Goethe ait été attaqué violemment par des esprits qui le comprenaient peu, que la tranquillité supérieure de son esprit, que son impartialité cosmopolite ait excité de mesquines colères, ce n'est pas là ce que je veux indiquer ici. M. Menzel, dans ses invectives contre Goethe, n'était que l'organe d'un patriotisme étroit, et quel que puisse être son talent, il ressemblait moins au maître d'une grande école qu'à l'exécuteur d'une vengeance vulgaire. Ce qui est vraiment digne de remarque, ce sont les pressantes réclamations adressées à Goethe par des hommes qui se rattachaient intimement à sa pensée. Quand on lit dans les *Lettres de Paris* les reproches que Louis Boerne ose faire au poëte de Weimar, les

pétitions qu'il lui envoie, les obligations immenses
qu'il impose à son génie ; quand on voit le généreux
publiciste exiger du poëte tant de choses si considérables, on comprend tout ce que cette colère renferme
d'admiration profonde, et quelle confiance illimitée elle
suppose. N'est-ce pas là le symptôme que je signalais
tout à l'heure? Voilà les nouvelles générations qui sont
pressées d'arriver ; les voilà qui s'irritent contre la
lenteur de leurs maîtres. Et qui leur donne, je vous
prie, cette fiévreuse impatience? Le sentiment même
de ce qui est désormais possible, grâce à ces maîtres
qu'ils sont près de renier.

L'influence de Hegel a été plus grande encore que
celle de Goethe. Quand Hegel arriva à Berlin, quand il
monta dans cette chaire de Fichte qui avait été en 1813
une tribune nationale et qui avait tant contribué à briser le joug de Napoléon, la philosophie, sans quitter
les régions sublimes, s'associa généreusement à la victoire de l'Allemagne. L'enseignement de Fichte avait
marqué la période de lutte ; la parole de Hegel inau-
gura la période du triomphe. Tous ses disciples s'em-
parèrent des universités du nord ; à Berlin, à Breslau,
à Halle, à Bonn, à Kœnigsberg, de jeunes et ardents
docteurs s'établirent comme dans un pays conquis, et
y représentèrent avec beaucoup d'éclat les victoires de
la raison et de la science. Mais ce triomphe, célébré,
pour ainsi dire, dans le pur domaine des idées, ne suffisait pas aux exigences croissantes de l'esprit public ;
ces victoires n'étaient rien, tant qu'on ne s'était pas ré-

solu à faire pénétrer dans le monde réel les principes
de la pensée souveraine. Tandis que Hegel et ses amis
se contentaient de régner dans l'Empyrée, une jeune
génération se formait, respectueuse pour le maître,
mais bien décidée à continuer son œuvre malgré lui et
n'attendant que l'heure propice pour une révolution.

Ainsi, soit dans la philosophie, soit dans les lettres,
on était impatient de mettre à profit les richesses amassées par tant d'intelligences supérieures, et il était clair
que de tumultueuses réformes seraient bientôt essayées.
Déjà, du vivant de Goethe et de Hegel, dans les dernières années de la Restauration, quelques esprits d'é-
lite avaient voulu rajeunir la philosophie et la poésie,
en leur communiquant une activité plus pratique, une
influence plus vive et plus directe sur la réalité. N'é-
tait-ce pas un disciple du plus mystique rêveur, un
disciple de Jean-Paul, qui allait devenir le plus brillant
et le plus audacieux publiciste de son pays? N'était-ce
pas Louis Boerne qui donnait le signal des transformations de la vieille Allemagne? Son rival, Henri Heine,
accomplissait de son côté une réforme toute semblable ;
héritier de l'imagination romantique, formé à l'école
d'Achim d'Arnim et de Clément de Brentano, il se char-
gea d'ensevelir en riant cette brillante assemblée de
songeurs, et il força leur mystique muse à exprimer
hardiment les doutes et les libres désirs du monde moderne. Ce que Louis Boerne et Henri Heine essayaient
dans la poésie et la critique, un esprit bien regrettable,
le plus digne successeur de Hegel, l'entreprenait aussi

avec un sévère enthousiasme dans le domaine plus sérieux de la philosophie et du droit. Quelle vivacité féconde chez Edouard Gans! Quelle ardeur d'application!
comme il lui tardait de voir mûrir les fruits dorés sur
ce grand arbre de la science qu'avait planté son
maître ! (1)

Tous les trois donc, Louis Boerne, Henri Heine,
Edouard Gans, quelle que fut la différence de leurs
travaux, ils allaient, chacun suivant sa voie, à ce même
but qui attirait tous les esprits d'élite. Pourtant, ne
l'oublions pas, ce n'étaient encore que de rares symptômes, produits çà et là dans les plus hauts rangs du
monde littéraire. Après 1830, ce fut tout autre chose ;
il y eut une véritable émeute, émeute parfois violente,
coupable, où les plus graves problêmes ont été imprudemment attaqués, et qui exige une attention sévère.
C'est ici que commencent nos études et il me semble
que nous y sommes bien préparés. Nous avons vu quels
étaient les besoins de l'Allemagne, nous savons qu'un
changement sérieux était nécessaire et que les meilleurs
esprits l'appelaient de tous leurs vœux ; que cela nous
suffise. En demandant à l'Allemagne de se transformer
sans se renier elle-même, de joindre l'action à la pensée,
la politique à la philosophie, et la constance de la vo-

(1) Le portrait d'Édouard Gans, de ce noble esprit si ardent et si net, si
allemand et si français à la fois, a été éloquemment tracé par M. Lerminier
(*Philosophie du Droit*) et par M. Saint-Marc Girardin (*Revue des deux
Mondes*, 1er décembre 1839).

lonté aux hardiesses de l'intelligence ; en lui demandant de se compléter avec force mais de ne pas rejeter ce spiritualisme généreux qui est le fond de son génie, nous sommes sûrs d'être placés au vrai point de vue et de ne porter aucun jugement inconsidéré dans les vives discussions qui s'apprêtent.

Qu'est devenu ce tumultueux débat? Comment la poussière de la bataille s'est-elle peu à peu dissipée, pour laisser reparaître l'idéal sacré que doit poursuivre le génie des peuples germaniques? La réponse à ces questions est l'histoire même de la jeune allemagne.

Ce sujet est grave et il nous touche de près. Les nations ne peuvent plus vivre séparées ; elles ont à accomplir une œuvre commune, chacune dans la mesure de son ardeur et selon les dispositions de son génie. Celle-ci plus tôt, celle-là plus tard, elles arriveront toutes au grand but où Dieu les appelle. Sans renoncer à l'originalité de leur esprit, les peuples européens, divisés encore par des institutions contraires, ne formeront un jour qu'une famille. Il y a déjà longtemps que les barrières s'abattent ; il y a bien des siècles que les fécondes inventions du génie de l'homme préparent cette réconciliation universelle ; notre époque aura la gloire d'y travailler, non plus seulement par un instinct sublime, mais avec une claire et complète conscience de ce qu'elle fait. La France qui, dans toutes les périodes de son histoire, a marché à la tête de l'Europe et qui, nous l'espérons, ne perdra pas sa place, la

France du XIXᵉ siècle doit s'informer des nations ses sœurs avec cette sympathie qui est sa nature même et coopérer plus ardemment que jamais à la sainte alliance des peuples. Elle a déjà produit, sur l'Allemagne particulièrement, un grand nombre de nobles et sérieux travaux ; je voudrais que ce livre ne fût indigne ni du sujet qu'il traite, ni des croyances qui l'ont inspiré, ni des belles études dont il est l'humble continuation.

Montpellier, mai 1848.

HISTOIRE

DE LA

JEUNE ALLEMAGNE.

I.

DE LA LITTÉRATURE POLITIQUE EN ALLEMAGNE.

LA JEUNE ALLEMAGNE ET LA JEUNE ÉCOLE HÉGÉLIENNE, *les Romanciers et les Publicistes*. — MM. Vienbarg, Gutzkow, Laube, Mundt, Wilkomm — MM. Arnold Ruge, Herwegh, Feuerbach. — Madame d'Arnim.

Mars 1844.

I.

La littérature politique est chose nouvelle au delà du Rhin. Nous étions accoutumés depuis longtemps à ne voir dans les travaux de ce pays que cette rêverie puissante, cette extase sans fin qui l'arrachait aux soucis de la vie pratique ; maintenant tout est bien changé. Si nous ne voulons pas être toujours en retard d'un demi-siècle avec l'Allemagne et juger les enfants sur les œuvres de leurs pères, résignons-nous à abandonner nos formules de louange; ne nous obstinons pas à admirer chez elle des vertus qu'elle dédaigne. La philosophie et la poésie avaient été pour elle deux sœurs sublimes toujours éprises de l'infini ; aujourd'hui les voici ramenées sur la terre. Or, comment s'accomplit cette transformation si grave? Est-ce un développement régulier ? est-ce ce progrès naturel qui fait succéder au vague enthousiasme de la jeunesse la décision de la pensée virile? Ce spectacle vaut bien la peine qu'on l'examine de près. Je veux marquer les principaux caractères de cette révolution dans les idées ; je veux savoir le bien et le mal qu'elle a produit. S'il est permis de regretter avec larmes quelques-unes des vertus de l'ancienne Allemagne, qui osera nier pourtant que le nouveau travail de son esprit n'ait été provoqué par des nécessités impérieuses ? Cherchons l'origine de l'ardente réaction qui s'opère : nous saurons ce qu'elle renferme de légitime au milieu de ses plus fâcheux excès et comment, malgré tant de fautes commises, elle peut encore être conduite à bien.

C'est un devoir pour la France de s'enquérir avec sympathie de ces événements inattendus, car notre pensée y est intimement unie à la pensée de l'Allemagne. On sait ce que produisit, du Rhin jusqu'à l'Elbe, la victoire de 1830, et quelles fortes secousses furent imprimées à l'opinion. Les préjugés factices, les rancunes surannées, que ce pays subit avec tant de facilité, et que ses gouvernements exploitent si habilement contre nous, avaient fait place à un naturel enthousiasme. Arrachés à leurs préoccupations jalouses par l'entraînement de juillet, les peuples allemands s'étaient rappelé ce qu'ils oublient trop souvent : les liens qui nous attachent à eux, la fraternité qui doit nous unir. En vain s'étaient-ils efforcés de haïr la France, en vain croyaient-ils se défendre par la haine et la rancune contre l'ascendant de nos idées : Juillet dissipa les ténèbres où ils s'enfermaient : ils nous reconnurent dans cet éclair.

C'est à cette date que commence la littérature dont je vais parler. Comme ce premier mouvement, dans son ardeur spontanée, avait fait naître les plus légitimes ambitions, nous pouvons voir dès ces origines le but qu'on s'était proposé et ce qu'on a fait pour l'atteindre. Or, quand la jeunesse allemande, sous l'influence de la révolution de 1830, jeta les yeux sur son pays, quand elle chercha dans les lettres et la philosophie la vraie situation de l'esprit public, quand l'Allemagne enfin frappa sur son cœur et se demanda ce qu'elle sentait, que trouva-t-elle? D'abord elle apercevait derrière soi une grande période d'un demi-siècle comme il ne s'en rencontre qu'à de longs intervalles dans la vie des nations. Nourrie d'une vigoureuse substance intellectuelle, la patrie de Lessing et de Kant, de Goethe et de Hegel, devait manifester bientôt d'impérieuses exigences. Quand ces exigences éclatèrent, les maîtres dont l'enseignement les avait provoquées, mais qui ne pouvaient les remplir, furent presque reniés avec fureur par toute une bande de novateurs irréfléchis. A entendre ces impatients tribuns, les universités présentaient le plus affligeant spectacle. La philosophie gouvernée par Hegel s'était élevée à des hauteurs prodigieuses, mais sur ces sommets superbes elle dédaignait le monde et en inspirait le mépris. L'érudition commençait à perdre cette vie puissante qu'elle communiquait récemment encore à l'étude, et, dans toutes choses, elle devenait un obstacle plutôt qu'un secours. La philologie étouffait l'invention comme l'archaïsme enchaînait les arts. Très-instruite du passé, très-fière de ses inutiles découvertes, la science du droit oubliait de réclamer contre les tribunaux secrets, contre l'oppression de la défense, contre ces procédures effrontées qui de temps à autre viennent frapper l'Allemagne de stupeur. Quant aux lettres, la gloire de Goethe suffisait-elle pour voiler les fautes de la poésie, son insouciance dans les malheurs publics, son manque de charité et d'entrailles? Quel contraste entre une telle situation et l'ardeur des générations nouvelles !

Malgré l'exagération de ces plaintes, elles ne contenaient que trop de griefs sérieux. Sans doute il faut déplorer les erreurs où cette réaction a été entraînée, il faut regretter que le matérialisme, dans la confusion de la bataille, ait voulu détrôner le vrai génie de l'Allemagne; reconnaissez pourtant que ce premier mouvement était légitime et que la révolte des esprits était un devoir. Préparée par tant de causes sérieuses, l'insurrection éclata en peu de temps sur toute la ligne. Les universités furent troublées dans leur gloire séculaire; l'ancien spiritualisme, l'ancienne poésie, tout ce qui avait

vieilli trop vite en refusant de prendre des forces,
comme Antée, sur le sein fécond de la terre, tout cela
fut poursuivi sans pitié par une école hautaine, laquelle,
pour mieux marquer la différence, s'intitula fièrement
la *Jeune Allemagne*.

II.

D'où vient ce nom de jeune Allemagne? Par qui fut-il
proclamé pour la première fois? comment est-il devenu un cri de guerre? Il y avait, en 1834, à l'université
de Kiel, un jeune *privat-docent* qui faisait sur l'esthétique
des leçons éclatantes et hardies. Les désirs des générations nouvelles étaient exprimés par lui avec une
vivacité singulière. Il battait en brèche l'enseignement
des hautes écoles, et, chose étrange! c'était du milieu
même d'une université qu'il lançait, comme un défi, ses
paroles brûlantes. Il est vrai que l'intrépide orateur dut
quitter bientôt ce théâtre où il n'était pas libre, et s'en
aller de ville en ville, errant, persécuté, fondant des
journaux et des revues, écrivant au jour le jour, portant
partout la franche honnêteté de son cœur et la rare
finesse d'une pensée à la fois mélancolique et ardente.
Je parle de M. Ludolph Wienbarg, un des plus spirituels
penseurs de cette jeune phalange, celui qui eût été digne
de l'organiser puissamment et de la conduire vers un
but glorieux. Il pouvait lui communiquer sa sincère
passion et son fier idéalisme; je crains bien qu'il ne lui
ait pas donné autre chose, hélas! que le nom qu'elle
a porté.

En publiant sous le titre de *Batailles esthétiques* les
leçons qu'il avait faites à l'université de Kiel, M. Wienbarg commençait ainsi :

« C'est à toi, jeune Allemagne, que je dédie ces discours, et non
pas à l'ancienne. Chaque écrivain devrait ainsi déclarer d'avance
à qui il destine son livre. Libéral, anti-libéral, ce sont là des dé-
signations trop vagues. Tous ceux qui écrivent aujourd'hui pour
la vieille Allemagne, — que ce soit pour la vieille aristocratie,

pour les vieilles universités ou les vieux philistins, car ce sont
là, comme on sait, les trois parties qui la composent, — tous ceux-
là ne portent-ils pas sur leurs armes les devises de la liberté ? Au
contraire, celui qui écrit pour la jeune Allemagne proclame par
cela même qu'il ne reconnaît pas l'aristocratie des anciens jours,
qu'il dévoue l'érudition décrépite de la vieille Allemagne aux
souterrains des pyramides d'Égypte, qu'il déclare la guerre aux
philistins, et qu'il est décidé à les poursuivre sans relâche jusque
sous la mèche de leur classique bonnet de nuit. C'est à toi, jeune
Allemagne, que je dédie ces discours, épanchements passagers
d'une âme inquiète ; ils sont tous sortis du désir qui remplit mon
cœur et qui me fait souhaiter pour mon pays une vie meilleure et
plus belle. Je les ai prononcés en chaire, dans une académie de
l'Allemagne du nord ; mais j'espère qu'ils ne vous porteront pas
l'atmosphère des quatre facultés, laquelle n'a rien de très-vivant,
comme chacun sait. C'est à toi, jeune Allemagne, que je dédie
ces discours, à l'Allemagne brune comme à l'Allemagne blonde ;
c'était cette dernière qui m'entourait alors : elle était la muse qui,
deux fois par semaine, inspirait mon esprit. Non, rien n'enivre
le cœur comme l'aspect de cette ardente jeunesse ; mais la colère
et le découragement se mêlent à l'enthousiasme, quand on a devant soi ces prisonniers de nos universités pédantes. L'esclavage
est leur étude. Ils sont forcés de tresser eux-mêmes les liens qui
garotteront leurs mains et leurs pieds. Les malheureux ! comme
ils m'ont recherché, comme ils m'ont aimé quand je leur mon-
trais, en image du moins, la liberté sainte ! »

Voilà des paroles décisives : en proclamant, d'une
façon si nette et si fière, pour quelle partie de son
pays il prenait la plume, M. Wienbarg divisait à jamais les deux camps, et la jeune Allemagne fut con-
stituée.

En même temps qu'il lui trouvait un nom, M. Wienbarg aurait bien voulu donner à cette jeunesse qu'il
soulevait une religion à propager. Je le répète, il n'a
pas tenu à lui que cette école, aujourd'hui dispersée,
pût agir avec plus de force et fonder un mouvement
d'idées plus durable. Ces *Batailles esthétiques* indiquent,
en effet, toute une direction brillante et audacieuse ;
c'est le programme des girondins. Le livre de M. Wienbarg n'est pas un traité philosophique, une étude calme
et désintéressée des questions de l'art ; n'y cherchez pas
une solution à ces problèmes qui ont préoccupé Hegel
et Jouffroy. L'auteur est trop ému pour entreprendre

cette tâche avec la gravité et la circonspection nécessaires. Il veut ouvrir une route nouvelle aux imaginations de son pays ; c'est une œuvre de polémique.
Wienbarg attaque les universités avec la verve et l'à-
preté des universités elles-mêmes, des jeunes universités
du xvi⁰ siècle attaquant la scholastique et la barbarie
monacale. Ce contraste, qu'il remarque bien, l'irrite
davantage encore, en lui rappelant combien les choses
sont changées, combien ces universités, dépositaires
autrefois des libres idées et de la science active, arrêtent
aujourd'hui l'essor de la pensée et le mouvement de la
vie. Cette même plume que Reuchlin et l'Iric de Hutten
armaient avec tant de verve et de colère contre les
inepties de la scholastique expirante, il s'en sert contre
Gœttingue ou Iéna. De plus, c'est un homme du nord,
il est né aux bords de la mer Baltique, il a toute la vigueur indomptée de ces Germains des côtes septentrio-
nales. Ce n'est pas lui que les montagnes du Necker, les
vignes du Palatinat, les ruines féodales de la Souabe ou
de la Franconie, porteraient à la rêverie capricieuse des
poètes de Heilbronn ou de Ludwigsbourg. « J'aime assez
Uhland, dit-il quelque part, comme j'aime un blond
Allemand du sud né au milieu des montagnes, des vignes en fleurs, des châteaux en ruines ; mais je ne
l'aime que par instants, à de certaines heures. » Il
vient, en effet, prêcher une poésie toute différente, et
au moment où l'imagination allemande quitte les régions
trop élevées pour se mêler aux souffrances des hommes,
il est bien que ce soit un homme du nord qui recommande l'action et la lutte à cette Allemagne méridionale
si facile à endormir, si prompte à se bercer de mille
songes.

Au lieu de faire de l'esthétique une science absolue,
ainsi que l'avait essayé Hegel quelques années auparavant, au lieu de ramener toutes les formes du beau à
ces lois éternelles que cherche la philosophie, Wienbarg
déclare résolument qu'il n'y a rien là que de variable et
de contingent, comme on dit dans l'école. Le beau, c'est
ce qui convient à une époque donnée : la forme la plus

belle, le plus beau tableau, le plus beau poème, c'est celui qui représente le plus fidèlement les idées d'une époque et qui les sert avec le plus d'énergie. Ainsi, point de beau absolu, point d'esthétique universelle. Wienbarg va jusqu'au bout de son principe. Ce qui a été beau dans le moyen-âge ne l'est plus dans le monde moderne: ce que j'ai raison d'admirer aujourd'hui deviendra laid demain. Il applique à l'art, mais sans ironie, ce que Pascal dit de la morale : Passez le Rhin, franchissez les monts, voilà toutes les règles changées et les jugements sont à refaire : si Raphaël traverse l'Adriatique, ses œuvres adorées n'ont plus de sens.

Assurément il faut tenir compte des différences produites par l'esprit de chaque temps, et on n'a jamais nié que le caractère d'un peuple, en marquant de son empreinte ce qu'il y a d'universel dans la beauté véritable, n'ajoutât un charme nouveau et comme une distinction particulière à des œuvres qui sont belles pour tous les temps et pour tous les pays. Le mérite absolu des œuvres de l'art, et le caractère distinct qui en marque l'origine et la date, voilà certainement de quoi se composent les chefs-d'œuvre, et c'est précisément cette union qui constitue la beauté. Mais le génie idéaliste de l'Allemagne a toujours été porté à sacrifier la partie nationale de l'art à son caractère absolu et universel, et M. Wienbarg, qui s'est donné pour mission d'arracher la muse germanique à ses contemplations oisives, à son dédain des choses d'ici-bas, se rejette volontiers dans un excès tout différent. Oui, l'originalité de son livre est surtout dans l'erreur contraire qu'il professe énergiquement, dans cette négation du caractère absolu de la beauté, dans cette importance exclusive qu'il accorde à la valeur polémique des œuvres de l'esprit. Encore une fois, ce n'est pas une théorie sans reproche qu'il faut chercher dans le livre du jeune écrivain : c'est le programme d'une révolution ; or, on ne pouvait attaquer la question avec une fermeté plus décisive et séparer plus nettement l'ancienne Allemagne et la nouvelle.

Après avoir cherché dans l'histoire une confirmation

de sa thèse, après avoir montré avec beaucoup d'esprit
comment chaque époque a toujours produit une forme
particulière et parfaitement appropriée à ses desseins,
M. Wienbarg est conduit à proclamer celle qui convient
aujourd'hui à l'Allemagne. C'est là, comme on le voit,
la partie importante de son livre. Quelle est donc l'arme
qu'il donnera au poète? ce sera la plaisanterie, l'ironie,
l'*humour*. Si, en effet, cette vaillante école veut réveiller
la nation qui s'endort, si elle veut frapper la moderne
scholastique et rajeunir la vénérable science des universités, il faut pour cela une muse court-vêtue qui
sache marcher sur la terre; il faut une plaisanterie vive
à la fois et mélancolique, qui exprime et les douleurs
des générations nouvelles et leurs ambitions conqué-
rantes. Ce n'est pas, croyez-le bien, la plaisanterie
cruelle de Voltaire; ce serait plutôt l'ironie où excellait
Byron, fantasque, aventureuse, et ne pouvant se passer
de la poésie. Schiller avait trop de cœur pour n'être pas
dupe, et cette exaltation est dangereuse pour l'Allemagne. Gœthe a bien de l'esprit; mais quelle indifférence!
quel dédain! il faudrait, si cela était possible, et l'âme
ardente de l'auteur de *Don Carlos*, et l'intelligence rusée
du poète de *Faust*. N'y a-t-il pas un écrivain qui semble
avoir donné l'exemple de cette difficile alliance et offrir
le modèle d'une inspiration sublime, corrigée par un
scepticisme aimable? Personne n'a été plus généreusement enthousiaste que Jean-Paul; personne aussi n'a
manié avec plus de grâce cette moquerie affectueuse
qui empêche l'esprit de s'abîmer dans le mysticisme et
le ramène sans cesse à la réalité. M. Wienbarg, qui
cherche dans la littérature de son pays des ancêtres glorieux pour sa poétique, montre fort ingénieusement que
Jean-Paul en est le véritable créateur. Il analyse avec
finesse cette forme ironique qui donne tant de relief à
la pensée, et l'auteur du *Titan*, qui l'a introduite le premier dans les lettres allemandes, est à ses yeux un génie
vraiment démocrate, celui qui a le mieux travaillé à
l'émancipation des intelligences. Pourtant, Jean-Paul
est de son siècle; comme Gœthe, comme Schiller, Jean-

Paul obéit à une poétique trop impartiale; il vit dans une sphère trop éloignée de ce monde où nous souffrons, où nous devons agir, où nous avons des principes à faire triompher. Son ironie n'est pas au service d'une cause sérieuse : c'est le pur caprice qui la gouverne.

« Oui, dit M. Wienbarg en terminant ses leçons, l'union de l'ironie avec la fantaisie a de graves inconvénients; l'exemple de Jean-Paul le prouve : avec moins de fantaisie, son ironie eût porté des coups bien plus sûrs. C'est là l'écueil de la plaisanterie allemande; elle devient trop fantasque, elle s'éloigne trop de la ligne que s'est tracée la pensée, et, chassant de droite et de gauche, elle oublie le but. Mais vous savez, messieurs, où il faut chercher la cause de cette ironie effarouchée, de cette fantaisie qui s'égare toujours dans le bleu du ciel. Souvenez-vous de Jean-Paul. Y avait-il une véritable unité dans sa vie, dans son caractère? marchait-il vers un but déterminé? Non. Il s'élevait, je le sais, vers toutes les hauteurs, mais, à la manière des poètes de son temps, c'était en rêve plutôt qu'en action. Jean-Paul était un noble esprit, un libre esprit; il connaissait les misères de son époque, il sentait la honte de la patrie, il détestait l'aristocratie et les moines, mais ses aspirations vers des jours meilleurs se perdaient sans cesse dans des rêveries sentimentales; et s'il s'armait par hasard d'une forte lance, s'il déclarait la guerre à un ennemi, c'était aux contrefacteurs, à la canaille littéraire de son temps bien plutôt qu'aux grands ennemis et aux maux sérieux de la patrie. Cette faute était celle de son siècle : aujourd'hui, l'ironie a trouvé son vrai champ de bataille. Compagne de la liberté, elle marche contre les casques chargés de rouille, contre les bonnets râpés, et, Dieu merci! il y a déjà à terre assez de pièces et de lambeaux pour attester sa force. Nous ne la laissons plus s'ébattre follement et obéir à ses boutades. Ce n'est plus un coursier impatient et sans frein, qui ne suit ni routes ni sentiers, s'emporte à droite et à gauche et ne nous fait admirer que sa hardiesse; le cheval frémissant porte un bon cavalier sur son dos, et, guidé par lui, il franchit, il renverse ces barrières détestées que la sottise et l'insolence ont élevées pour nous voler la libre jouissance de ce monde. L'ironie de notre prose nouvelle n'est plus une ironie fantasque, c'est une ironie sérieuse; c'est la sauvegarde de notre liberté civile. »

J'ai insisté sur les idées de M. Wienbarg; elles sont importantes pour l'histoire de son école. L'origine de ce mouvement littéraire, et le but que se proposaient

les jeunes chefs sont très-clairement indiqués dans ses
ardentes leçons. On y voit éclater la haine de l'ancien
régime et cette vivacité d'esprit à laquelle on attribuait
une si grande influence ; mais je crois y découvrir aussi
l'explication de toutes les erreurs de la jeune Allemagne. Pense-t-on que les programmes, dans les révolutions littéraires, se rédigent et s'imposent de cette façon?
Pense-t-on qu'il suffise d'écrire une théorie, sensée et
spirituelle d'ailleurs, sur la valeur de l'ironie, sur le
sens politique de l'*humour ;* pense-t-on que cela suffise
pour créer une armée d'écrivains et susciter une littérature? Il paraîtra toujours singulier qu'un artiste, persuadé qu'il faut représenter son époque, cherche d'abord
quelle est l'idée importante, la mission de son temps, et
se prépare ensuite à représenter cette idée. Ces sortes
de recettes ne peuvent guère produire que des écrivains
ridicules et des œuvres factices. En France, au xviii° siècle, lorsqu'une époque de lutte succéda au règne souverain des lettres, lorsque la poésie et l'imagination, après
le royal développement du grand siècle, durent se
transformer pour agir et prendre une vive part aux
combats de chaque jour, on ne vit personne, si je m'en
souviens, disserter ingénieusement sur la situation nouvelle et indiquer aux écrivains les formes qui convenaient désormais à leur pensée. On ne s'entendit pas
sur la nécessité de réformer la langue, et ce ne fut pas
pour obéir à un mot d'ordre qu'il y eut tant d'audace et
de promptitude dans les esprits. Non ; mais les idées d'une
époque plus hardie saisissant vivement toutes les intelligences, la langue fut transformée par cela même; elle ac-
quit, sans les chercher, des beautés inconnues ; elle fut
nette, rapide, agile, étincelante, redoutable. Voilà commençait et s'organise une forte littérature; elle sort librement du mouvement même des idées. Je sais bien que,
plusieurs années déjà avant l'ouvrage de M. Wienbarg,
Louis Boerne et Henri Heine avaient donné le premier
exemple de cet *humour* si fort recommandé par le jeune
et ardent critique ; mais parce que Louis Boerne venait
de renouveler la prose allemande dans ses admirables

lettres sur Paris, parce que M. Heine venait d'annoncer
l'esprit nouveau avec la moquerie libre et charmante
qui a donné tant d'éclat à ses débuts, est-ce à dire que
l'ironie, cette grâce de l'esprit, cette chose légère et
capricieuse, puisse être imposée à chacun comme l'arme
commune? Ces choses-là s'enseignent-elles? et discipline-
t-on ce qu'il y a de plus insaisissable dans l'imagination?
En prêchant ainsi cette ironie qu'il avait admirée dans
les *Reisebilder* de M. Heine, M. Wienbarg ne s'aperce-
vait-il pas qu'il ouvrait la porte à toute une foule d'écrivains imitateurs, déterminés d'avance à une tâche où
l'inspiration est indispensable, et qui, le plus sérieusement du monde, avaient pris la ferme résolution d'être
toujours de très-spirituels humoristes?

Je ne voudrais pas railler, je ne voudrais rien dire
qui pût diminuer dans l'esprit du lecteur la sincère
estime que j'ai pour le talent de M. Wienbarg. Il s'est
trompé, je le crois (et qui ne se trompe dans cette effer-
vescence des émeutes littéraires?); mais il a apporté
dans ces premières luttes beaucoup de cœur et d'esprit.
Ame fine et fière, ce n'est pas l'élévation qui lui a manqué, et ses généreux désirs ont protégé longtemps le
mouvement avorté de la jeune Allemagne. Désabusé
aujourd'hui, il sait mieux que moi, sans doute, quelle
erreur c'était de compter si naïvement sur cet *humour*
qu'il recommandait jadis. Je n'ai aucun mérite, d'ailleurs, à lui signaler les inconvénients de sa poétique, je
ne fais que résumer l'histoire de la littérature allemande
pendant ces dix dernières années, et c'est son école qui
s'est chargée elle-même de lui révéler ce qu'il y avait
de faux dans ses espérances. Je reprends rapidement
mon histoire.

Ce sera donc l'*humour* qui deviendra l'arme de la
nouvelle école. Attirés par l'exemple de M. Heine et par
l'enseignement de M. Wienbarg, par le franc succès des
Reisebilder et par le retentissement des *Batailles esthétiques*, les jeunes écrivains qui se croient appelés à réformer le génie de l'Allemagne essaieront ce style qu'on
leur indique; mais on verra bientôt que c'est là chez eux

un effort, un parti pris, et ce qu'il y avait de germes heureux chez plus d'un se corrompra dans des œuvres artificielles. Parmi les écrivains les plus remarqués de ce groupe que j'étudie, il faut nommer d'abord M. Charles Gutzkow. M. Gutzkow a été un des ardents amis de M. Wienbarg, un de ses compagnons d'armes ; hélas ! quelle distance de l'un à l'autre ! quelle différence profonde entre ces deux esprits ! et comme on aperçoit, dès les premiers pas, cette absence de principes communs qui détruira une alliance impossible et la fera se disperser au moindre vent ! Ils arrivent, — j'excepte toujours M. Wienbarg, et je mets à part ses généreuses ambitions, — ils arrivent tous comme à un rendez-vous littéraire, à une académie de beaux-esprits. Cette nouvelle Allemagne, cette école plus jeune, plus ardente, qui doit régénérer le pays, ce n'est pour eux qu'une occasion de se faire lire. De tout le programme de M. Wienbarg, ils n'ont compris qu'une seule chose : c'est que le style est changé. Au lieu de la prose ample et solennelle du siècle dernier, au lieu de la poésie élevée et spiritualiste de Gœthe, de Schiller, de Herder, on annonce un idiôme tout fraichement inventé, railleur, fantasque et spirituel, s'il est possible. Il y a là de quoi tenter de brillants artistes, et les prétendants frappent à la porte. Voilà, certes, une étrange manière de commencer une révolution. Il n'est pas inutile, peut-être de rappeler que, tout cela se passe en Allemagne, dans le pays le plus grave et le plus sérieux de la terre. M. Wienbarg avait dit que, depuis 1830, la littérature, représentée par M. Boerne et M. Heine, marchait avec joie au-devant des idées nouvelles. Tous deux, c'est M. Wienbarg qui parle, tous deux, M. Boerne et M. Heine, ils se hâtaient vers l'avenir, ils s'avançaient vers le jardin des Hespérides pour y cueillir les pommes d'or ; ils y allaient chacun à sa manière, celui-ci, rude, invincible, traversant la mer à la nage et luttant sans repos contre les vagues ; celui-là, élégant, joyeux, porté par un dauphin comme le poète antique, et chantant aux étoiles. L'image de M. Wienbarg est aussi juste que brillante ; pourquoi donc ni Louis Boerne ni Henri Heine n'ont-ils trouvé de rivaux ou de compagnons sérieux dans le groupe des écrivains de la jeune Allemagne? Pourquoi cherchons-nous en vain dans leurs rangs l'ardeur du publiciste ou l'étincelante imagination du poète ? Parce que Louis Boerne et Henri Heine suivaient librement une inspiration sincère, au lieu d'obéir à une ordonnance d'école.

Mais écoutons M. Gutzkow. Le rôle qu'il a choisi est celui du septicisme le plus froid et le plus désespéré. Non, je ne puis croire que ce mépris glacial ne soit pas un masque. Il y a là une gageure peut-être, et je ne sais si M. Gutzkow l'a gagnée dans son pays, mais il me permettra de ne pas prendre au sérieux sa maladie ; j'y vois trop l'effort et l'affectation. Les deux premiers écrits de M. Gutzkow, sa tragédie de *Néron* et son roman de *Wally*, expriment avec une énergie incontestable ce rôle dont il s'était chargé. Il faut voir dans ce drame de *Néron* avec quelle impitoyable dérision il peint les horreurs du monde romain. Les allusions qu'il fait à son époque sont manifestes. On sent à chaque pas l'injurieux dessein de comparer l'état actuel de nos esprits à l'abominable corruption du paganisme expirant. Si c'était là une satire véhémente, indignée, on pardonnerait à l'auteur son exagération ; ce qui le condamne, c'est son sang-froid et l'espèce de fatuité dédaigneuse qui conduit sa plume. Il y a telle scène horrible, enivrée de sang et de débauche, où il semble que l'auteur ait souri de ce sourire froid et blessant qu'on ne saurait excuser. Je signalerai surtout le chapitre où la maîtresse de Néron, Poppée, tue son perroquet et où elle est tuée elle-même par son amant ; cette rage féroce, cet instinct sanguinaire et bestial qui lui fait tuer l'instrument de son plaisir, la joie qu'il éprouve à ses convulsions, tout cela est peint avec une énergie qui dépasse les limites de l'art. L'auteur est là, derrière, qui regarde le lecteur et lui écrit sur son livre, comme Méphistophélès sur le cahier de l'étudiant, quelques paroles bizarres qui l'épouvantent. C'est surtout dans son roman de *Wally* que M. Gutzkow a exprimé tout l'esprit de son rôle. Là, nous ne sommes plus dans l'antiquité païenne, nous sommes revenus à notre siècle; mais l'auteur a transporté à notre époque les monstruosités du vieux monde. Néron accusait la dissolution d'une société qui pervertit ses enfants les mieux doués; ici, c'est Vally, une créature équivoque, et son amant César, un débauché emphatique, qui sont chargés par l'auteur d'accuser ce siècle où nous vivons; ou plutôt M. Gutzkow ne l'accuse pas, il le calomnie, et, je le répète, il le calomnie froidement, sans passion, et seulement pour jouer jusqu'au bout son personnage.

Serais-je trop sévère pour M. Gutzkow? Je lis ce passage chez un des plus fermes critiques de l'Allemagne actuelle: « César, dans ce roman, c'est M. Gutzkow tout entier. Il a derrière lui, comme parle l'auteur, *tout un cimetière de pensées mortes, de magnifiques idées auxquelles il croyait autrefois*: c'est un sceptique qui a perdu jusqu'au sentiment de lui-même, et qui ne voit plus que les ombres de ses pensées d'autrefois, le spectre de ses désirs évanouis. César était né pour agir, mais, comme l'action lui a été interdite, il se venge froidement sur sa propre pensée. Tel est aussi tout le malheur de M. Gutzkow. Il a été aigri par son inactivité et par celle de son époque. La mélancolie d'Hamlet s'est changée chez lui en une cruauté réfléchie. De là, la précipitation rapide de ses œuvres; de là, la débile langueur de ses abstractions stériles. Ce n'est pas le déchirement de l'âme qui est une chose mauvaise; ce ne sont pas les égarements de la passion qui sont un spectacle funeste, c'est ce sentiment meurtrier du vide et du dessèchement de la vie. Le livre de Gutzkow est le produit de cette direction; voilà ce qui fait sa faiblesse et ce qui cause nos répugnances. Le désespoir le plus furieux est de la poésie à côté de cette insultante froideur (1). » C'est M. Gutave Kühne qui écrivait, il y a huit ans, ces énergiques paroles, et je l'en remercie. Pour-

(1) V. *Portraits und Silhouetten*, par M. Gustave Kühne, II, 246.

tant, ne prenait-il pas trop au sérieux le mal de
M. Gutzkow? Il est sans doute rassuré aujourd'hui
sur le compte du jeune romancier. Pour moi, ce que
j'aurais voulu blâmer surtout, c'est le parti pris, c'est
le puéril désir de se calomnier; c'est cette affectation,
la pire de toutes, l'affectation du vice et de la méchan-
ceté; c'est le singulier orgueil de se dire: — Personne
n'a plus souffert, plus renoncé à toutes les croyances;
personne n'est plus misérable et plus abandonné que
je ne le suis. — En vérité, cette folie ferait chérir l'orgueil contraire; et lorsque Rousseau, en commençant
ses *Confessions*, en ouvrant cette longue histoire de tant
de misères morales, s'écrie: « Nul n'est meilleur que
moi; » lorsque Lélia, cette fille indomptée de Jean-
Jacques, conserve au milieu de son désespoir je ne sais
quelle ardeur inextinguible, on est tenté d'opposer leur
enthousiasme à ces forfanteries insensées. Quoi donc!
est-il décidément vrai, comme on l'a dit, que Tartufe
aujourd'hui n'aille plus à la messe, qu'il ne parle plus
de sa haire et de sa discipline, mais que, le front haut,
le sourire sur les lèvres, et parodiant ce don Juan qui
l'imitait jadis, il fasse parade de vices qu'il n'a pas?

J'aime beaucoup mieux M. Gutzkow, lorsqu'il raconte
les piquantes aventures de son dieu indien. *Maha Guru,
histoire d'un dieu*, est un récit très spirituel, où l'ironie
est douce et conduite avec art. Il y a là plus d'une intention comique, plus d'une fine satire, et M. Gutzkow,
en persévérant dans cette voie, pouvait se créer une
originalité véritable que l'art n'eût point repoussée. Je
connais peu d'inventions aussi plaisantes que celles-là:
ce pauvre statuaire indien, ce directeur de la manufac-
ture d'où sortent les images du culte de Lama, accusé
d'hérésie et d'athéisme, parce qu'il a un peu changé le
type consacré, parce qu'il a raccourci ou allongé le nez
d'un dieu; le concile de Lassa qui délibère sur ce crime,
et se décide à condamner sans miséricorde une atteinte
si grave portée aux dogmes; les plaintes résignées du
pauvre Hali-Yong, c'est le nom du statuaire; l'horreur
qu'il a lui-même de son crime, le voyage qu'il entre-

prend avec une obéissance passive pour subir la sentence de ses juges et se faire brûler à Lassa : tout cela
compose un tableau fin et comique, où la part est habilement faite à la satire du présent. Rappelez-vous, si
vous voulez, quelqu'une des chinoiseries de Voltaire. La
seconde partie du roman est moins heureuse. L'auteur y
développe, sous le voile de sa fable, son opinion particulière sur les destinées du christianisme, et ces idées,
qu'il emprunte aux théories saint-simoniennes, ont souvent porté malheur à son imagination. Maha Guru,
élevé pour être dieu, pour succéder au grand Lama, est
éperdûment épris de Gylluspa, la fille de Hali-Yong ;
Gylluspa l'aime aussi ; mais quoi ! aimer son dieu, aimer
d'un amour si ardent le dieu suprême, l'intelligence
infinie ! Maha Guru est-il dieu véritablement ? est-il bien
l'incarnation du grand esprit ? C'est de cela qu'il s'agit.
S'il est dieu, il sauvera Hali-Yong ; s'il n'est qu'un
homme, Gylluspa pourra l'aimer sans crainte, et ce que
la fille désire, l'amante le redoute. Mais non : Maha Guru
ne sauve pas Hali-Yong ; au lieu d'être une divinité, il
aspire à être un homme et à pouvoir aimer Gylluspa.
Quand il l'aura aimée, quand il aura pris sa part des
joies de cette terre, il sera bien temps pour lui de reprendre sa divinité et de remonter au ciel. Maha Guru,
pour M. Gutzkow, c'est le christianisme qui doit sortir
des voies ascétiques, entrer dans le monde, se marier
enfin avec la terre, et bénir toutes ses joies. Il est facile
de reconnaître là le romande 1834, la prédication saint-
simonienne ; mais l'audace n'est pas heureuse. Ce mélange de doctrines sociales et d'inventions souvent bizarres, l'enchevêtrement de la théorie avec la fable où
l'auteur s'amuse, embarrassent singulièrement cette
dernière partie ; le prédicant fait tort au spirituel conteur, et lui enlève la grâce malicieuse de ses premiers
chapitres.

M. Gutzkow pouvait, je le répète, profiter de cette
veine comique qui lui avait réussi dans certaines parties
de *Maha Guru*; malheureusement il s'est cru appelé à
de plus grands triomphes. Après ces premiers romans,

où il avait essayé une vive satire de la société, il voulut
se créer un rôle politique. Il y eut, en effet, un instant
où la situation de la jeune Allemagne parut devoir
changer tout-à-coup. Poursuivi pour son roman de
Wally, mis en accusation et condamné, M. Gutzkow
put se croire un personnage considérable. Les rigueurs
qui frappaient alors la jeune Allemagne semblaient
faites pour rappeler à cette école qu'elle avait eu un but
politique en s'organisant et un programme à faire triompher. M. Wienbarg allait être traqué de ville en ville;
on allait le chasser de Mannheim à Francfort, de Francfort à Mayence, de Mayence à Cassel, jusqu'à ce que,
dégoûté de ces luttes mesquines, il quittât son pays et
trouvât un abri en Danemark. Cela se passait en 1835,
l'année même où M. Gutzkow était jugé à Mannheim et
jeté en prison. Que dire enfin? La diète s'était émue de ce
qu'elle appelait les hardiesses de l'esprit nouveau, et c'é-
tait par son ordre qu'on poursuivait ainsi ces inoffensifs
écrivains. Ne semble-t-il pas que ces persécutions
dussent inspirer la jeune Allemagne, l'arracher à ses
préoccupations de bel esprit, lui donner enfin quelques-
unes de ces convictions que M. Wienbarg avait essayé
en vain de lui communiquer? C'est vers la même époque
que M. Gutzkow publia ses *Caractères politiques*. Je voudrais sincèrement pouvoir louer une œuvre datée de
cette année 1835, et où je trouverais un vigoureux effort
de la jeune Allemagne, une lutte sérieuse au nom de
principes nettement définis. L'ouvrage que M. Gutskow
a intitulé *Caractères politiques* contient une série d'études
sur les hommes les plus importants de l'époque. Je ne
sais rien de plus affligeant que cette lecture pour qui
y cherche une idée et l'expression sérieuse de la jeune
école. Une biographie vulgaire de M. de Talleyrand,
quelques remarques insignifiantes sur M. Martinez de la
Rosa, une suite de lieux communs sur Carrel, sur
M. Ancillon, sur le docteur Francia, sur le sultan
Mahmoud et Méhémet-Ali; pas une pensée, pas un point
de vue; un prétexte seulement pour quelques jeux
d'esprit, et pour parler beaucoup de soi, voilà ce livre.

2

Comment s'est gâtée chez M. Gutzkow une intelligence qui n'est pas sans ressources, mais à qui il eût fallu, au lieu des excitations trompeuses, une direction sévère et une surveillance attentive ? D'où vient cette chute d'un esprit qui n'était pas mal doué ? D'un mal bien commun aujourd'hui, de l'infatuation et du désir de paraître. A ce jeu-là, il a flétri les plus belles choses. Il s'est servi de la poésie pour se composer une physionomie de Faust et de don Juan, et, comme il n'a point réussi, il a cru qu'il jouerait habilement le rôle d'une victime. Je ne pardonne pas à M. Gutzkow de m'avoir fait sourire à propos des violences dirigées contre la jeune Allemagne, à propos de ces persécutions où plus d'un noble cœur a souffert. Comment, en effet, lire sérieusement cette phrase : « Celui qui ne s'est pas accoutumé à cette idée qu'on peut le guillotiner dans le plus prochain quart-d'heure ne jouera jamais un grand rôle dans notre temps ! » Quoi ! tout cela, pour la prison de Mannheim ! C'est faire sonner terriblement son martyre. J'ai regret vraiment à signaler tant de ridicules ; pour retrouver ce qu'il y avait de sérieux dans la situation de la jeune Allemagne, adressons-nous encore à M. Wienbarg ; c'est lui qui est le représentant unique des bonnes et légitimes tendances de cette époque : et, tandis que M. Gutzkow exploitait avec une emphase plaisante les persécutions inutiles et brutales de la diète, M. Wienbarg, arrivé à Altona après tant de fatigues et de tracasseries, écrivait son voyage et ces fermes pages de la préface où respire, dans une mâle simplicité, toute la noblesse de son cœur.

Si M. Gutzkow a succombé sous des prétentions trop ambitieuses, s'il a compromis pour longtemps l'école nouvelle en substituant sa vanité à des intérêts généraux, ce n'est pas M. Laube qui fera ce tort à sa cause. Parmi tous ces réformateurs, il n'y en a pas un qui ait moins d'ambition véritable. M. Henri Laube n'abuse ni de la poésie ni de la politique. Que veut-il ? que désire-t-il ? quelle est la pensée qui conduit sa plume ? comment fait-il partie de cette petite pha-

lange d'écrivains qu'on a appelée la jeune Allemagne,
et qui voulait exercer une influence sérieuse sur le
pays? On serait fort embarrassé de répondre à ces questions, si l'on ne se rappelait l'importance singulière que
M. Wienbarg attachait à la forme nouvelle du style,
à cette forme, légère, capricieuse, empruntée par
M. Boerne à Jean-Paul, et que M. Henri Heine avait
aiguisée encore avec tant de verve et de gaieté. C'est
là tout ce que veut M. Laube : il n'a pas d'autre foi, pas
d'autre programme politique. Ainsi armé, ainsi pourvu
d'idées et de convictions, il s'est mis en campagne. Il
a commencé par raconter des bergeries du temps de
Louis XV avec beaucoup de grâce,—pourquoi ne pas le
reconnaître?—avec beaucoup de fantaisie et de désinvolture. C'est le livre qu'il a intitulé *Lettres d'amour*. Princesses et marquis, vicomtes et duchesses, se sont donné
rendez-vous dans son récit, et la conversation est la plus
spirituelle, la plus brillante, la plus galante du monde.
Vous me demanderez pourquoi ces innocentes bergeries
font partie de la littérature politique, et quel rapport il
y a entre l'élégant conteur et les tribuns de la jeune
Allemagne? Je l'ignore absolument, et il m'est impossible de comprendre comment ce style cavalier, comment
ces allures de grands seigneurs, peuvent être, selon
l'expression de M. Wienbarg, une garantie, une sauvegarde pour les libertés qu'on invoque. Dans ses *Nouvelles
de voyage*, M. Laube abandonne les marquis; aux bergeries aristocratiques, aux idylles de Trianon, succèdent
les idylles bourgeoises. Il y a certainement une coquetterie charmante dans ces petits tableaux, et c'est là
un des plus agréables ouvrages de M. Laube: mais,
encore une fois, qu'importe cette gentillesse dont il
fait si grand cas? Les personnages qu'il met en scène
ne sont pas des personnages vivants; ils n'ont point
d'âme, point de passion. L'auteur n'a pas su leur donner
une existence qui leur soit propre : ce sont des silhouet-
tes indécises, et son caprice seul les fait paraître et disparaître avec une prestesse dont s'amusent un instant
les yeux. Ce culte superstitieux de la forme est plus

choquant encore chez un écrivain qui a des prétentions
à une influence sociale, et dont le nom a été cité long-
temps parmi les chefs d'un mouvement politique. Malgré la folle insouciance de ses débuts, M. Laube, en
effet, a fini aussi par se prendre au sérieux, et c'est très-
sincèrement qu'il s'est annoncé comme un des promo-
teurs de l'esprit nouveau. Il en est venu à croire que
l'habileté de sa plume était l'évènement décisif dans
cette levée de boucliers à laquelle son nom s'est trouvé
mêlé. M. Wienbarg avait dit : — Notre style, c'est
notre liberté. — M. Boerne avait dit aussi : — Tant
que la jeune Allemagne parlera cet idiôme, elle sera
invincible. — Quel était le sens de ces paroles? Je l'ai
expliqué plus haut. M. Boerne et M. Wienbarg don-
naient à leurs jeunes troupes une arme légère, hardie,
et ils les lançaient contre les lourds bataillons des philistins. Eh bien! M. Laube, au lieu de se battre, s'est
amusé à ciseler, à polir, à dorer la poignée de sa dague.
Charmante puérilité! On a vu un soldat plébéien, parti
avec des projets terribles, prendre en un instant
tous les ridicules d'une aristocratie cavalière, et l'enthousiasme énergique de M. Boerne, la sincère ardeur
de M. Wienbarg, s'évanouir en fumée dans un feuilleton prétentieux. Décidément, M. Laube a achevé son
éducation de gentilhomme. Comment ignorerait-il aujourd'hui qu'il fait de la prose? celle qu'il nous donne
est si étudiée, si leste, si pimpante?

M. Théodore Mundt, qui occupe une place considérable dans le mouvement de la jeune Allemagne, est
peut-être, avec M. Wienbarg, le plus convaincu de tous
ces écrivains. Armé d'une sincérité véhémente que
M. Gutzkow n'a jamais connue, porté vers une direction sérieuse qui est interdite à M. Laube, il a représenté
plus d'une fois avec éclat les ambitions de la jeunesse.
Il a cru, comme M. Wienbarg, à la régénération de
l'Allemagne; comme lui, il a cherché ce qui manquait
surtout à son école, des principes nettement conçus, des
idées à défendre et qui les protégeraient eux-mêmes.
Toutefois, il y a eu plus d'ardeur que d'originalité dans

son esprit, et les idées auxquelles il demandait une
action forte sur la société, n'étaient, il faut le dire, ni
très-neuves ni très-fécondes. Ce que M. Mundt voulait
surtout, c'était de réhabiliter, comme on dit, la matière,
de justifier la chair et ses désirs. Voilà un nouveau reflet
des utopies qui tâchaient de se constituer en France vers
la même époque, et il est remarquable que les doctrines
saint-simoniennes soient encore ce qu'il y a eu de plus
clair dans ces théories de la jeune Allemagne, dans ces
systèmes si bruyamment annoncés, et dont personne n'a
jamais pu découvrir le premier mot. M. Mundt cependant n'accepte pas cette filiation de sa pensée; bien loin
de la rapporter aux enseignements de Saint-Simon, il
en fait honneur au protestantisme; écoutez-le :

« Vous avez été de faux prophètes, saint-simoniens; car si vous
prêchez que Dieu est chair et esprit, adorez donc en Jésus le dieu
devenu homme! Votre doctrine, mêlée de scories impures, est depuis le premier jour dans le christianisme, mais elle y est comme
un idéal qui présage un grand avenir. Je veux dire que je crois à
un perfectionnement du christianisme, et que je le sens déjà en
moi-même. Le christianisme n'a besoin d'aucun changement arti-
ficiel, d'aucune révolution systématique; il se développera sans
secousses jusque dans l'éternité des siècles. Du fond des églises,
du fond des cloîtres, du fond de la petite chambre consacrée aux
prières, le christianime s'est répandu dans l'histoire; il n'est plus
comme la cellule solitaire et pieuse où l'on cherchait un abri
contre le tumulte du monde. Oui, le christianisme est devenu
histoire. Il n'est plus seulement le refuge des pauvres et des malades, il a achevé de se construire comme le temple universel des
peuples. Ainsi s'accomplit cette idée, que Dieu est venu dans le
monde, qu'il y entre toujours. toujours davantage, car si Dieu
s'est uni au monde dans le christianisme, ce n'est pas là un acte
déterminé de la grace; c'est une apparition qui se renouvelle à
l'infini. Voilà comment le christianisme s'associe au progrès con-
tinu de l'esprit humain; c'est lui qui pousse l'humanité en avant,
et à son tour il est poussé par elle. S'il a été autrefois la religion
de la lutte, s'il a produit jadis un conflit perpétuel dans la vie
d'ici-bas, un jour, au contraire, il enfantera certainement une
civilisation pleine d'harmonie, et déjà nous voyons se préparer
activement cette ère bienfaisante. Notre race commence à se sentir
vraiment humaine, dans la sainte unité de sa destination divine et
terrestre, et elle accomplit sa tâche avec joie, avec tranquillité,
car Dieu est devenu homme! »

Ailleurs encore, en admirant à Vienne le magnifique tableau de Rembrandt, *Pilate lavant ses mains*, il se jette, comme il sied à un voyageur allemand, dans toutes sortes de rêveries mystiques, et, cherchant à comprendre pourquoi le fils de Dieu s'est fait homme, il s'écrie :

« *Cur Deus homo?* » Cette question me rendait toujours plus sérieux, elle éveillait en moi des pensées profondément tristes. J'allais et je venais devant le tableau en tremblant, et tantôt je levais les yeux vers les sujets redoutables qu'il représente, tantôt je baissais la tête, comme aveuglé. Ah! pensais-je en soupirant, il y a dans le monde, depuis l'origine des temps, un déchirement qui ne finira pas. Dieu habitait dans le ciel, les hommes habitaient sur la terre, c'était là le premier aspect du monde. Cependant, les âmes gardaient toujours le souvenir d'une antique union de l'humanité avec son créateur. De là, dans toutes les histoires primitives, le merveilleux rêve du paradis. De là aussi, dans tous les esprits, les aspirations insatiables des âmes privées de Dieu. C'était la douleur universelle. Alors il sembla que Dieu n'eût plus de repos dans le ciel, tant il avait pitié de ce monde qui ne pouvait arriver à lui par sa seule raison! Il est venu dans le monde, et le monde ne l'a pas compris. Il s'est fait homme, et il a été fouetté de verges jusqu'au sang. Dieu et le monde s'étaient embrassés dans un baiser de mort; la terre tremblait et frémissait, et l'on eut dit que par cet embrassement elle allait disparaître dans l'éternité. Mais non, elle ne disparut point; l'esprit de l'amour la pénétra, et, pleine de désirs, elle serra dans son sein ce nouveau germe de vie. Hélas! y a-t-elle gagné le bonheur et la sérénité? quelle tristesse sombre dans les premiers siècles du christianisme! Dieu et le monde s'étaient embrassés dans Jésus, et j'espérais au fond de mon cœur que l'antique douleur était consolée, que l'unité était conquise. Je regarde, je regarde encore autour de moi, et je les trouve tous deux plus divisés, plus ennemis qu'auparavant. Je frissonne jusque dans la partie la plus secrète de mon cœur, et je ne sais ni comment expliquer, ni comment accepter les pensées inquiètes qui s'agitent en moi... Ah! Dieu et le monde, au fond de mon âme, aspirent à la paix, et je me sens assez fort pour les réconcilier. Ne disparais pas sous moi, ô monde! ne t'abîme pas sur ma tête, ô ciel! ne te disperse pas dans l'infini, ô mon esprit plein de jeunesse! ne va pas te perdre et te dissoudre dans la matière, ô mon corps amoureux de la vie! Et vous me criez que je ne suis pas un Christ! et je médite, et je vous réponds à vous et à moi, je vous réponds, sans crainte d'être contredit, que je suis le Christ, si Dieu et le monde s'unissent dans mon cœur!

Voilà les idées auxquelles M. Mundt est le plus attaché ; on les retrouve dans tous ses écrits. Ce n'est pas autre chose, on le voit, que ce panthéisme à la fois mystique et sensuel vers lequel les imaginations allemandes se laissent si aisément entraîner. Certes, malgré ce qu'elles contiennent d'étrange, de telles croyances n'ont rien d'original : il y a longtemps que des rêveurs de toute sorte les ont introduites dans la théologie allemande. Quant aux derniers hégéliens, ils ont terriblement dépassé les théories de M. Mundt, et ce livre a dû paraître bien fade à des hommes qui accusent M. Strauss d'une orthodoxie pusillanime.

Il y a pourtant de singulières audaces dans le roman de M. Mundt, et je comprends qu'il ait occupé l'attention publique. Ce livre s'appelle *Madonna*. L'auteur, parcourant la Bohême, arrive au petit village de Dux, où Casanova écrivit ses mémoires. Il assiste à une procession, et dans la foule recueillie qui accompagne les bannières, il remarque au-dessous même de l'image de la Vierge une jeune fille d'une beauté si parfaite, d'une sérénité si haute, qu'il se découvre involontairement devant elle. Serait-ce la madone descendue des cieux sous cette forme pure? Plus tard, il la retrouve, il l'aime, et, forcé de continuer sa route, il entretient avec elle une correspondance qui est le véritable sujet du livre. Ce sujet, c'est la prédication du protestantisme, je dis du protestantisme saint-simonien tel que l'entend M. Mundt, et cette prédication, il l'adresse à une jeune fille catholique qui se convertira à ses idées et adoptera sa religion. Mais non, ce n'est pas à une jeune fille que le romancier s'adresse ; les personnages disparaissent, les figures s'effacent, et aux allures épiques du récit, à l'enthousiasme poétique du style, il est facile de reconnaître que le romancier est devenu un hiérophante. Cette jeune fille, c'est le catholicisme qui abdique devant la matière justifiée. La hardiesse du titre ne permet pas de doute à cet égard, et il est évident que M. Mundt a voulu montrer la vierge elle-même, la vierge adorée du

XIIe siècle, la sainte *mater dolorosa*, agenouillée aux pieds d'Épicure!

Un tel livre n'est possible qu'en Allemagne. Ce mélange d'enthousiasme religieux et d'impiété naïve, d'exaltation idéale et de sensualisme effronté, tout cela ne peut se présenter sous cette forme que dans le monde germanique. M. Mundt s'est efforcé, je le sais bien, d'élever sa doctrine, de purifier sa prédication; à ces pages que je citais plus haut, il a opposé un chapitre sur Casanova, destiné à mieux mettre en lumière la pensée qui l'inspire. Casanova, pour lui, c'est le sensualisme dégradant l'esprit; son héros, au contraire, c'est le spiritualisme élevant à soi et transfigurant la matière. Il y a même, dans l'éducation de son héros, un progrès qu'il faut suivre: cet homme qui a commencé par exalter Casanova, finit dans les derniers chapitres du roman par opposer à cette vie honteuse un système qu'il croit beaucoup meilleur, l'union de l'esprit et de la chair dans des noces impossibles, dans les joies mystiques d'un christianisme apocryphe. Chez Casanova, c'est la chair qui fait violence à l'esprit; chez M. Mundt, il y a union volontaire, adultère consenti et longuement prémédité. Voilà l'intention morale de l'auteur: la distinction est importante, comme on voit, et un tel progrès mérite bien qu'on le proclame très-haut! Après cela, comment s'étonner que M. Mundt ne puisse échapper aux périls de son sujet, et qu'il y ait dans le développement de sa fable plus d'une page véritablement illisible?

Dans un roman publié quelque temps après, *la Mère et la Fille*, M. Mundt essayait une satire violente de la société. Des deux personnages principaux de son histoire, l'un, qu'il a doué de facultés éminentes, devient un bandit à la fin du récit; l'autre, à qui il a donné une sagesse pleine de réserve, n'est plus qu'un espion à la dernière page. La brusquerie dramatique de ce dénouement fait éclater encore avec plus de vigueur cet insolent contraste. Nous savions bien qu'une partie de la société surveille l'autre sans cesse, et que la prudence

inquiète souvent le génie ; mais, dans le livre de
M Mundt, il n'y a plus que des espions d'un côté, et,
de l'autre, des criminels. Qu'a donc voulu M. Mundt?
Pour qui tient-il? Qui flatte-t-on ici? Ce n'est plus seulement, comme on voit, le reproche ordinaire adressé
à la société, la révolte douloureuse du talent malheureux
contre la médiocrité triomphante; il n'y a là qu'un noir
accès de misanthropie, et malgré des qualités de style et
d'imagination, le livre de M. Mundt n'échappe point à
l'emphase du mélodrame. Je l'aime mieux dans un
roman sur la guerre des anabaptistes, où son amour de
la liberté protestante soutient une fable assez énergiquement inventée. Surtout je l'aime mieux dans ses récits
de voyage. Quand il parcourt la France, l'Italie, la
Suisse, quand il jette, à l'occasion des villes qu'il traverse et des hommes qu'il rencontre, des réflexions
vives, brillantes, hardies, on est entraîné par l'avidité
curieuse de son intelligence. Ses opinions ne sont pas
toujours irréprochables, je ne souscrirais pas à tous les
jugements qu'il porte, je ne lui accorderais pas le coup-
d'œil du publiciste ; mais son ardeur est intéressante, et
il y a là ce qui manque tant à M. Gutzkow et à M. Laube,
un cœur qui bat, une âme qui cherche. Ce sont d'ailleurs
les derniers efforts de la jeune Allemagne ; tandis que
M. Wienbarg, triste et blessé, se réfugie dans le silence,
M. Théodore Mundt court le monde, afin de découvrir,
s'il est possible, dans l'étude des peuples modernes,
dans l'entretien des écrivains éminents, les principes
auxquels il consacrera son enthousiasme. S'il ne trouve
pas ce qu'il désire, il rapportera du moins cette conversation étincelante qui fait lire ses récits de voyages.

Mais quoi ! tant de bruit, tant de promesses, tant d'efforts, pour ce résultat ! Quoi ! un dilettantisme politique
et social, une causerie ingénieuse, le feuilleton enfin,
s'il faut dire le mot, le feuilleton parisien assez habilement imité : c'était là tout ce qu'on avait gagné dans cette
révolution ! Le découragement dut se glisser dans plus
d'une intelligence, et au premier enthousiasme de la jeune
Allemagne succéda bientôt ce qu'on a appelé, de l'autre

côté du Rhin, le *Weltschmerz*, c'est-à-dire l'ennui et
le dégoût du monde. La poésie, désespérant de régénérer la vieille Europe, a voulu s'enfuir dans les contrées vierges de l'Amérique.

Dans cette école du *Weltschmerz*, représentée surtout
par M. Ernest Willkomm, je n'aperçois qu'une imitation affaiblie des idées qui ont été exprimées ailleurs
avec tout autrement de vigueur et d'éclat. Il y a long-
temps que des fils découragés de l'Europe ont jeté
de telles plaintes ; mais il y avait dans leur douleur une
sincérité mâle qui expliquait leurs dédains et justifiait
leurs espérances. Je ne parle pas seulement des premiers
colons partis d'Angleterre ; dans ce siècle même, nous
avons entendu plus d'une éloquente invocation adressée
à l'Amérique. Si les presbytériens anglais sont allés demander aux forêts du Nouveau-Monde une vie chaste
et forte, à la fin du dernier siècle et au commencement
du nôtre nous y avons découvert une poésie inconnue.
Vous vous y êtes trouvés rassemblés, enfants inquiets
de notre imagination, Paul et Desgrieux, René et
Amaury ! La tombe voisine d'Atala a achevé de purifier le sépulcre désolé de Manon Lescaut, tandis que le
frère d'Amélie et l'amant de madame de Couaën
calmaient un instant dans les solitudes les troubles mortels de leur âme. Comme la vieille Rome aux derniers
jours du paganisme, lorsqu'elle semblait pressentir un
avenir meilleur, nous avons dit avec son poète :

> Nos manet Oceanus circumvagus arva ; beata
> Petamus arva, divites et insulas.

M. Willkomm arrive bien tard après tant de poètes,
pour chanter ce découragement. L'Allemagne a voulu
aussi envoyer ses représentants à cette assemblée de
créations charmantes qui nous appellent sur les côtes
de la Floride ; mais puisque Goethe, ou Schiller, ou
Jean-Paul, ne l'ont pas fait, je ne sais qui y réussirait
aujourd'hui. Dans cette poésie désespérée, dans l'expression de ces douleurs, la médiocrité n'est pas tolé-

rable, et l'emphase devient immédiatement grotesque. Je crains bien que les héros de M. Willkomm n'abordent jamais au rivage de l'Eldorado lointain qu'ils convoitent.

M. Willkomm a intitulé son livre: *Les Gens fatigués de l'Europe (die Europamüden)*. Ce titre bizarre cache une histoire plus bizarre encore. Les personnages les plus étranges y sont réunis. C'est un conte bleu dans lequel l'auteur, en croyant peindre la société qui l'entoure, a réussi à atteindre les dernières limites de l'impossible. N'est-ce pas un singulier moyen d'exprimer les souffrances de notre époque, que de réunir dans une fable incohérente les créations les plus fantastiques empruntées à tous les temps et à toutes les poésies? Ce que l'imagination épouvantée du moyen-âge avait inventé dans ses hallucinations mystiques, M. E. Willkomm le renouvelle pour peindre les douleurs d'une société toute différente. C'est une danse macabre que ce roman. Shylock et Hamlet, don Juan et Faust, Kreissler et Méphistophelès s'y sont donné rendez-vous. Méphistophelès s'appelle ici Bardeloh; c'est l'athée, mais l'athée glorifié par le poète: puissant par la richesse et terrible par son génie, ce personnage mystérieux dirige dans l'ombre toute une conspiration formidable. Bardeloh, c'est la haine qui s'est fait homme. A qui en veut-il? A l'Europe tout entière qui ne peut satisfaire sa grande âme et lui donner une religion digne de lui. Son confident, son complice s'appelle Mardoché. Mardoché est juif, et il a juré la ruine du christianisme pour venger les dix-huit siècles d'oppression qui pèsent sur sa race. Comme Shylock qui veut couper une livre de chair à son débiteur, Mardoché enlève aux chrétiens le plus pur de leur sang; il s'est acharné à corrompre les jeunes âmes qu'il a rencontrées sur sa route. Cet homme pâle est sa victime, c'est Gleichmuth, un pasteur protestant qui enseigne ce qu'il ne croit pas. Mardoché l'a perdu avec ses détestables doctrines, il l'a plongé dans des voluptés qui l'ont tué, il a ravagé son cœur et son âme, et sur ce cadavre il a fait tomber le masque et le déguisement sacerdotal qu'il porte aujourd'hui. Bardeloh, Mardoché, Gleichmuth, voilà les trois puissances infernales autour desquelles s'agite une fable effrayante, un monstrueux sabbat. Une moine devenu fou, un idiot qui joue du violon comme Paganini, un poète extravagant et impie, un jeune fille sensuelle, puis des chœurs de juifs, de musiciens, de méthodistes, d'athées, de masques avinés, complètent cette ronde extravagante, que l'auteur nous donne pour une peinture de l'Allemagne et qu'il intitule de sang-froid *Scènes de la vie moderne* (*modernes Lebensbild*). Tous ces personnages d'un autre monde finissent par se tuer les uns les autres, d'où il résulte bien évidemment qu'il faut abandonner l'Europe à son malheureux sort, et un Américain, M. Burton, arrive juste à temps pour emmener sur les bords de l'Ohio ceux qui ont échappé à cette boucherie. Tout cela se passe à Cologne, dans cette ville vénérable, à l'ombre de la cathédrale inachevée. C'est là qu'on voit chez Bardeloh, au milieu d'un bal étincelant, le moine fou rompre sa chaîne, et, emporté par la musique délirante de son ami l'idiot, saisir une jeune fille et l'entraîner dans une danse effrénée, dont les peintres du moyen-âge n'auraient jamais imaginé la burlesque audace. C'est là qu'une des victimes de Mardoché empoisonne en riant Sara, la fille du juif. C'est là que le juif a réuni dans une salle mystérieuse ce que sa main sacrilège a volé dans les églises, des hosties consacrées, des ciboires, des statues du Christ ; n'a-t-il pas placé son propre buste dans ce sanctuaire abominable ! Toutes ces statues jouent un grand rôle dans le roman de M. Willkomm ; quand il veut se débarrasser de quelqu'un de ses personnages, elles obéissent à un signe de sa main, et, tombant sur celui-ci ou sur celui-là, elles lui cassent la tête. C'est là enfin que Bardeloh, voulant tuer son fils, se frappe lui-même d'un coup de poignard. Ces *mystères* de Cologne, qui ont devancé les nôtres, s'étalent publiquement, devant tous les yeux ; car il est bon de dire que c'est toujours dans un bal, dans un festin, que l'auteur a soin d'amener ces agréables divertissements. Cependant, sous les fenêtres, le peuple rit et chante, les masques se croisent dans la boue, et le carnaval se barbouille de lie.

On a loué dans ces tableaux une certaine vigueur d'imagination et de style; il fallait plutôt la déplorer, car c'est la vigueur du délire. L'auteur a voulu montrer à la société les maux qui la déchirent; il a cru faire toucher à tous ceux qui le liront les plaies dont ils souffrent sans les connaître. Singulière démonstration! J'accorde à M. Willkomm qu'il y a quelqu'un ici de très-malade; mais est-il bien sûr que ce soit le lecteur?

III.

L'école du *Weltschmerz*, pas plus que la jeune Allemagne, ne pouvait satisfaire aux besoins nouveaux éveillés depuis 1830, et qui contenaient, je l'ai dit, quelque chose de très-légitime. On vient de voir comment cette opposition avait, dès le second jour, oublié son programme et substitué sa vanité et ses prétentions littéraires à une entreprise qui, sérieusement dirigée, pouvait avoir des résultats heureux. La lutte se déplace bientôt, et les écrivains dont je viens de parler vont être expulsés du champ de bataille par une invasion soudaine, qui les dispersera en un instant bien mieux que n'avaient pu faire les persécutions de la diète. Les hommes d'imagination avaient entrepris la réforme des universités, avec quelle légèreté, avec quelle insuffisance, je l'ai dit: eh bien! les sciences sérieuses de la pensée, la philosophie et la théologie, vont l'essayer à leur tour; mais, avant de mettre la main à l'œuvre, elles chasseront ces représentants infidèles.

Je tiens à l'établir clairement, c'est la même direction, c'est le même mouvement d'idées qui amène sur la scène cette armée nouvelle. Les premiers voulaient rajeunir la littérature; ils voulaient que la muse allemande, descendue des nuages, pût prendre part aux luttes de la vie active et consoler ou régénérer les peuples : c'était le but de M. Wienbarg, si vite abandonné par tant de plumes frivoles. Ces nouveaux venus veulent la même chose ; ils ont décidé que la philosophie inaccessible de Hegel se ferait comprendre à tous les esprits, et leur intention est de partager au peuple les trésors que la science a découverts. Les premiers avaient pris le nom de *jeune Allemagne*, ceux-ci s'appellent la *jeune école hégélienne*. Or, c'est devant la jeune école de Hegel que s'est dispersée la jeune Allemagne. Comment cette frivolité que je signalais tout à l'heure n'aurait-elle pas indigné ces nouveaux champions si résolus, si irrités déjà? Il ne faut pas oublier ce contraste, si l'on veut comprendre les emportements furieux qui ont succédé au dilettantisme banal de M. Henri Laube. Un excès a produit un excès plus fâcheux encore ; ceux-là étaient puérils, ceux-ci seront violents. Craignaient-ils le piège où étaient tombés leurs devanciers, et ont-ils voulu prendre contre eux-mêmes des précautions sévères? La vérité est qu'ils ont brûlé leurs vaisseaux.

Les *Annales de Halle*, qui furent le premier organe de la jeune école hégélienne, n'épargnent guère, quand l'occasion se présente, les écrivains de la jeune Allemagne. On voit, dès le commencement, qu'ils tiennent à se séparer d'une façon très-nette de cette prétentieuse et inutile émeute de gentilshommes. Pour qui voudrait railler, ce choc des deux écoles, ce contraste si vif a été plus d'une fois assez plaisant, et la déroute est désormais complète dans le camp de M. Gutzkow. C'est avec une véritable fureur, on peut le dire, que nos jeunes philosophes ont attaqué les élégants humoristes. A l'époque où les *Annales de Halle* venaient d'être fondées par M. Arnold Ruge et M. Echtermeyer, M. Henri Laube et M. Gervinus publiaient chacun une histoire de la littérature allemande. Certes ce n'était point M. Laube avec sa légèreté, sa science douteuse, son style éventé, qui convenait à ce rôle d'historien. M. Gervinus, au contraire, avait apporté dans ce travail les qualités éminentes de son esprit. Les *Annales de Halle*, profitant de cette double publication, n'eurent pas de peine à accabler M. Laube, à montrer les fréquentes erreurs de son livre, et combien l'auteur avait peu compris ce dont il parlait. Ces articles et d'autres encore, écrits avec une verve irritée et d'une plume mordante qui emportait la pièce, firent plus de mal aux écrivains de la jeune Allemagne que les défiances et les poursuites du pouvoir. Désormais, il fut interdit à ces romanciers frivoles de s'occuper de questions politiques. Ils essayèrent bien encore de revenir à leurs premières espérances : M. Gutzkow, M. Laube, M. Mundt, écrivaient en 1840 contre Goerres, à l'occasion de la Prusse et de l'archevêque de Cologne, M. Gutzkow publia une vie de Louis Boerne ; mais ce furent leurs dernières tentatives pour ressaisir une influence qu'ils avaient perdue par tant de fautes.

C'est peut-être un bonheur pour eux d'avoir été renvoyés à la pure littérature. Il n'est pas impossible qu'il y ait pour eux une excellente leçon de goût, une bonne discipline littéraire. Le roman, depuis quelques années, est entré dans une voie meilleure. S'il renonce à ses faux systèmes, il aura peut-être toute l'influence à laquelle il ne prétendra pas. Une école de romanciers plus jeunes commence à se faire heureusement connaître. On cite au premier rang M. Berthold Auerbach. Les théories socialistes avaient jeté le talent dans des voies funestes. Aujourd'hui, on revient à la nature ; quelque chose de frais, de gracieux, commence à refleurir après ce long hiver ; la poésie reparaît. M. Berthold Auerbach publie une série de romans qui ont été accueillis avec l'empressement le plus légitime ; c'est la Forêt Noire qui est le théâtre des gracieuses histoires de M. Auerbach, et le paysan, le maître d'école, le séminariste, étudiés par une âme pleine d'amour, composent un tableau complet dont je dirai bientôt le sens profond et le charme incomparable.

Il est donc bien certain que la jeune Allemagne n'est plus ; elle s'est évanouie devant les ardents disciples de Hegel. Que restera-t-il de cette école ? De belles pages de

M. Wienbarg, ses leçons sur l'esthétique, ses voyages, quelques inspirations fines et ardentes. Il restera aussi le souvenir d'une réforme nécessaire, entrevue d'abord par des esprits généreux, signalée avec enthousiasme, et compromise bientôt par toutes les vanités d'une école puérile et sans direction.

Après cette première victoire, que feront les écrivains de la jeune école hégélienne? Ils tâcheront de sauver ce que les romanciers politiques ont si singulièrement perdu. Aussi fermes, aussi décidés que ceux-ci étaient vains et frivoles, ils s'efforceront d'exprimer avec vigueur les vives ambitions de l'esprit nouveau, et ce besoin d'agir qui succède toujours, même chez les nations les plus lentes, au long monologue de la pensée solitaire. La publication des *Annales de Halle*, entreprise par M. Arnold Ruge et M. Echtermeyer, n'a pas à mes yeux une médiocre importance; j'aperçois là une curieuse expérience que l'esprit allemand a faite sur lui-même, et j'y veux découvrir ce qui lui manque jusqu'à présent pour ces destinées qu'il convoite. Il s'agit de savoir si le génie de l'Allemagne saura se renouveler, et de quelle manière enfin la muse qui régnait dans les nuées va marcher sur la terre. Voilà des hommes bien sûrs d'eux-mêmes, à ce qu'il semble : M. Arnold Ruge est une intelligence aussi élevée qu'intrépide ; M. Echtermeyer est un écrivain à la fois plein de finesse et d'énergie. Autour d'eux, M. Bruno Bauer, M. Feuerbach, paraissent aussi bien résolus à faire triompher la révolution qu'ils représentent. Sachons donc ce qu'ils ont fait.

Les premiers numéros des *Annales de Halle* me donnent beaucoup de regrets pour ceux qui les ont suivis. C'est une polémique sensée, agile, assez semblable à ce qu'a été le *Globe* sous la restauration. En même temps que les productions nouvelles, poésie, philosophie, histoire, étaient appréciées avec une décision bien rare aujourd'hui dans la critique banale des journaux allemands, les jeunes docteurs osaient pénétrer bravement au cœur même des grandes écoles, et les soumettre toutes à un examen redoutable.

Chacune des universités allemandes comparaissait à son tour devant ce jury inflexible. On interrogeait leur histoire, on leur demandait compte de leur science inutile. Une critique vive, alerte, entrait cavalièrement dans ce qu'elle appelait ces sanctuaires égyptiens; elle y portait la lumière, elle forçait le prêtre à expliquer devant le peuple quel avait été l'emploi de sa science et si la patrie en avait profité. Ce que Reuchlin, Ulric de Hutten, Conrad Celtès, Dalberg, Rodolphe Agricola, avaient fait au XVI⁰ siècle, lorsqu'ils renversèrent au nom des jeunes universités la science barbare de la scholastique mourante, les rédacteurs des *Annales de Halle* le faisaient tout aussi hardiment contre ces mêmes universités, devenues vieilles à leur tour et hostiles au mouvement de la pensée. Ces tableaux des principales universités, ces vives peintures où brillaient, avec l'érudition et le talent, une intention droite et généreuse, produisirent en Allemagne une impression inattendue. C'était là une nouveauté pleine d'audace, et très-légitime assurément. Puisque ces hautes écoles occupent en Allemagne une place si considérable, il est convenable qu'elles soient surveillées comme une institution politique, il est bien qu'elles aient à rendre compte de leurs œuvres. La première qui fut ainsi traduite devant l'opinion, ce fut Goettingue, cette vieille renommée déchue; puis, après Goettingue, Berlin, Munich, Heidelberg. Aucune d'elles n'était oubliée. A Berlin comme à Goettingue, nos ardents écrivains avaient aussi à signaler de glorieux jours et une décadence rapide. Depuis trente ans qu'elle existe, cette jeune université a représenté souvent avec une admirable énergie les développements de l'esprit germanique. Avec Fichte, elle a ressuscité un peuple brisé par l'épée de Napoléon; avec Hegel, elle l'a exalté dans sa victoire. Tout cela est dit avec éloquence, avec sincérité, avec un sérieux amour du pays. Les Allemands n'ont point de chambres sérieusement constituées, point de vie publique; eh bien! le mouvement des universités semble aux écrivains des *Annales* le véritable théâtre des destinées de l'Allemagne. Ce que fait la presse dans les pays

contitutionnels, quand elle suit avec passion les luttes
d'une grande assemblée, les amis de M. Ruge le font
avec la même vivacité pour ces parlements de l'intelligence. Ils nomment les combattants, il les placent chacun
à son poste, ils désirent et provoquent la bataille. Les
grandes querelles académiques qui, depuis la mort de
Hegel, ont éclaté dans son école, n'ont été si passionnées
que parce que le journal de M. Arnold Ruge avait nettement séparé les camps et poussé au combat ce qu'on a
appelé le côté gauche dans l'école hégélienne.

Or, c'est là que commencent les fautes de M. Ruge et
de ses collaborateurs. Était-il prudent d'abandonner la
polémique générale qu'il avait entreprise d'abord, pour
s'enfermer dans un système, et dans le plus étroit de
tous les systèmes, dans les doctrines exclusives de cette
gauche hautaine? M. Ruge était bien fort lorsqu'il demandait à la philosophie, à la poésie, à toutes les œuvres
de la pensée, de sortir des nuages, de substituer une
science active, vivante, aux sciences mortes d'une scholastique renouvelée; mais quoi! abandonner ce terrain
si sûr, abandonner cette critique utile et bienfaisante
pour ne plus défendre qu'une seule chose, la doctrine
de l'extrême gauche hégélienne, c'est-à-dire le natura-
lisme dans sa plus effrayante audace, dans sa plus triste
nudité! Voilà l'origine de la double erreur qui a perdu
les *Annales de Halle* : d'abord en s'appuyant sur les
principes extrêmes de M. Bruno Bauer et de M. Feuerbach, en se servant d'un système de métaphysique, et
de quel système, grand Dieu! pour transformer l'esprit
public, les écrivains de ce recueil étaient ramenés eux-
mêmes à ces barbaries scholastiques qu'ils avaient voulu
combattre; et puis, comme les folles théories substituées
par eux à leur première polémique les isolaient davantage encore, cet isolement ne devait-il pas les frapper
de vertige et les pousser à ces fureurs qui ont décrédité
leur plume?

M. Arnold Ruge a publié sous le titre d'*Anecdota*, une
série d'articles destinés aux *Annales de Halle*, ou aux

Annales allemandes, et qui furent supprimés par la censure. Qu'il y a loin de ces pages à celles dont je parlais tout à l'heure, à ces vives et franches études sur les universités ! Est-ce un écrivain du xvᵉ siècle qui a fait ces lourdes dissertations? Est-ce un théologien de Cologne, un de ceux que l'Iric de Hutten a si vigoureusement raillés ? Oui, ces discussions théologiques sont justiciables de la plume joyeuse qui a écrit les *Epistolæ obscurorum virorum*. M. Bruno Bauer, professeur de théologie à l'université de Bonn, est expulsé de sa chaire pour un livre où il détruit précisément ce qu'il est chargé d'enseigner. On peut regretter sans doute cette mesure rigoureuse, bien que la faculté de théologie ait été consultée, et qu'une majorité considérable ait conclu à l'expulsion de M. Bruno Bauer. Peut-être, dans une faculté de théologie protestante, au milieu d'un pays qui avait donné et qui donne encore de si nobles exemples de la liberté académique, peut-être eût-il mieux valu réfuter M. Bruno Bauer que de le destituer violemment. Un gouvernement qui s'est senti longtemps assez fort pour accorder à la pensée le développement le plus libre, et qui laisse M. Michelet et M. Marheineke combattre M. de Schelling à quelques pas seulement de la chaire où il enseigne, n'aurait pas dû imiter la vieille Sorbonne arrachant à M. Arnauld son bonnet de docteur. Pourtant ce que je regrette bien davantage, c'est la pesanteur scholastique des discussions que cette mesure a fait naître. Les écrivains des *Annales allemandes* avaient voulu introduire une soudaine clarté dans les formules de la philosophie, ils avaient voulu briser le sanctuaire inaccessible de Hegel, et de son autel renversé se faire une tribune démocratique : c'était, en effet, de cette manière qu'ils avaient commencé ; mais devait-on croire qu'ils retomberaient si vite dans toutes les barbaries de l'école? A ce ton d'une polémique toute hérissée de sentences hégéliennes, à ces dissertations où la critique théologique occupe une si grande place, comment reconnaître des hommes qui se sont promis d'agir sur l'esprit public et de régénérer leur pays? La belle invention, de vouloir

réformer la société en contestant la traduction d'un mot
hébreu, ou en rejetant un verset de saint Luc!

Je m'explique trop bien désormais les emportements
de leur esprit. Rien n'irrite plus que cet enthousiasme
à faux, cette exaltation dans le néant; rien ne pousse
plus vite au vertige. Repoussés de tous les côtés, parlant
cette langue bizarre, moitié théologique et moitié républicaine, que bien peu de personnes peuvent comprendre, reniés par les vrais disciples de Hegel comme
de faux prophètes qui commentent une philosophie
apocryphe, seuls en un mot dans le mouvement des
partis, ils ne devaient pas tarder à se jeter en des fureurs dont on se ferait difficilement une idée. On a vu
une poignée d'hommes vouloir s'imposer à toute l'Allemagne et justifier par leur intolérance les rigueurs
dont on les frappa bientôt. Ce génie germanique, qu'ils
avaient voulu d'abord conduire dans d'autres voies, ils
te mirent à l'injurier avec colère. Si quelque réclama-
sion se faisait entendre, si l'on s'écriait : « Mais nous
avons toujours été une nation spiritualiste ! » M. Ruge
répondait : « Oubliez-vous précisément que nous sommes
les élèves de la France et que nous avons recueilli toutes
ses idées? Oubliez-vous que Schiller a écrit *les Dieux
de la Grèce*, Goethe *la Fiancée de Corinthe*, que Lessing
a publié les *Fragments de Wolfenbüttel*, et que le grand
Frédéric a appelé Voltaire à sa cour? » Voilà, certes,
une phrase hardie, et j'avoue que je ne connais rien de
plus significatif dans ces vives discussions. Pour arracher un tel aveu à un écrivain allemand, il a fallu que
la passion fût bien forte. Ce qui serait simple et naturel
partout ailleurs acquiert ici une singulière importance.
Dans la longue querelle, dans la querelle séculaire de
l'esprit allemand et de l'esprit français, c'est là un évènement imprévu. Lorsque, après les élégantes frivolités du
siècle dernier, la muse française, ranimée par le spiritualisme vivace de Jean-Jacques Rousseau et les grandes
épreuves de la révolution, passait le Rhin avec madame
de Staël pour chercher le calme d'une philosophie plus
élevée et les libertés d'une poésie plus aventureuse, elle

ne se dépouillait pas de son esprit : elle continuait le
mouvement imprimé aux intelligences par l'auteur de
la *Nouvelle Héloïse* et par les événements qui renouve-
laient l'Europe ; mais que l'Allemagne aujourd'hui proclame d'Holbach pour son maître, on me persuadera
difficilement que ce soit un progrès légitime de son
génie.

On le voit assez clairement, cette tentative de réforme
politique frappait la nation au cœur ; elle s'attaquait à
ses meilleurs instincts et à ses sentiments les plus féconds ; elle détruisait ce qu'il eût fallu diriger. Ainsi,
cette seconde épreuve n'a pas mieux réussi que la première : la jeune école hégélienne, pas plus que la jeune
Allemagne, n'a compris la difficulté du problème qu'il
fallait résoudre. Les romanciers s'étaient trompés par
frivolité ; les publicistes se sont égarés par la violence.
Je l'ai dit tout à l'heure, la situation actuelle de l'esprit
germanique peut assez bien se comparer à ce qu'était
l'opinion en France vers l'époque où *le Globe* fut
fondé. En politique, en littérature, *le Globe* était le représentant de l'avenir ; il est entré en campagne avec
une décision toute française, et il a gagné la bataille.
C'est cette fermeté de la pensée, cette sûreté de la plume
qui a manqué aux écrivains dont nous venons de parler.
Le libre esprit qui veut avec raison transformer la
vieille Allemagne a été battu après un double engagement.

IV.

Ne soyons pas inquiets de ses destinées ; il se relèvera,
il suscitera des écrivains plus habiles et des âmes plus
fortes, ce génie moderne qui a entrepris la délivrance
des peuples germaniques. Comment douter d'une telle
cause ? Comment se laisser décourager par une défaite
passagère ? Ces désirs qui travaillent l'Allemagne sont
manifestement légitimes ; sous mille formes, étranges ou
sérieuses, ils éclatent de tous les côtés à la fois.

Voici un ouvrage bizarre, une folle et poétique rêverie, due à une femme dont le nom est populaire au-delà du Rhin, à madame Bettina d'Arnim. Bettina, cette âme mystique, cette singulière et fantasque personne à qui l'on a permis tous les délires de l'imagination, Bettina dont le nom ne peut se séparer du nom de Goethe, et qui, à seize ans, aimait le vieux poëte avec l'adoration aveugle du croyant agenouillé devant son dieu, oui, Bettina elle-même vient de publier deux volumes sur la politique. Elle conversait hier avec la nature entière, avec le chevreau qui broute, avec l'étoile du ciel, avec la rose qui s'épanouit ; elle répandait son âme dans un naïf et innocent panthéisme, sans souci de nos tristes discussions ; aujourd'hui, elle discute tout, la métaphysique, l'église, l'état. Que va-t-elle dire ? Si hardie, si impétueuse, pourra-t-elle s'arrêter ? ne va-t-elle pas rencontrer sur son chemin le censeur inévitable ? Ne craignez rien : l'habile fée a dérouté la censure, et de son pied fin et léger traversant rapidement la salle redoutable, elle porte son livre, à qui ? au roi lui-même. *Ce livre appartient au roi*, voilà le titre de son œuvre. Maintenant comment la censure y toucherait-elle ? et, de cette main si poétique, comment le roi de Prusse n'accepterait-il pas le don qui lui est fait ?

Madame d'Arnim a toujours aimé à mettre ses pensées sous la protection des souvenirs de sa jeunesse. Tantôt c'est sa correspondance avec Goethe, tantôt ce sont ses lettres à la célèbre Mademoiselle de Gunderode, qui lui sont une occasion de publier bien des bizarreries audacieuses, protégées par ce stratagème de l'écrivain. Nous retrouvons ici la même ruse littéraire. Ces discussions hardies, madame d'Arnim ne se les attribue pas ; elle les reporte au temps de son enfance enthousiaste, au temps de son amitié avec Goethe. Nous sommes à Francfort, en 1807, et cette femme, qui jette avec une si éloquente vivacité tant de pensées brillantes, soudaines, imprévues, cette femme qui tient tête au bourguemestre, et qui étourdit l'honnête pasteur, l'auteur

l'appelle madame la conseillère, la mère de Goethe sans
doute. Personne ne s'y trompe, bien entendu ; il n'y a
que Bettina qui puisse parler ainsi et prophétiser si vaillamment sur son trépied.

Malgré la gravité du sujet que madame d'Arnim a
voulu traiter, sa folle imagination éclate à chaque page,
et ce qui fait, en grande partie, l'intérêt de ce livre,
c'est qu'on y voit une image complète de ce singulier
esprit. Jamais elle ne s'est plus abandonnée à elle-même,
jamais les défauts et les qualités de cette ardente nature,
sa puissance et sa faiblesse, sa fermeté et son indécision, son éloquence entraînante et son bavardage puéril, jamais son âme tout entière ne s'est révélée avec
une complaisance à la fois plus orgueilleuse et plus
naïve.

Puisqu'il s'agit de politique, j'ai essayé de savoir d'a-
bord ce que désire l'auteur. La tâche n'est pas facile.
Que veut-elle ? Quel est son idéal ? Elle adresse son livre
au roi : quel est le sens de cette requête si solennellement annoncée ? L'état négligeait d'aller consulter la prêtresse, et la prêtresse est sortie du temple pour porter
elle-même au maître les enseignements du sanctuaire ;
que contiennent donc les feuilles sibyllines ? Questions
embarrassantes et que j'aurai de la peine à résoudre.
Parmi ces scènes si vives dont Bertina fait tous les frais,
et où le pasteur et le bourguemestre n'arrivent que juste
à propos pour lui donner la réplique et provoquer de
nouveau sa verve bruyante ; parmi ces entretiens si
animés, si étranges, il y en a un qui roule expressément
sur la politique, sur l'avenir de l'humanité et sur les réformes particulières de l'Allemagne. Malheureusement
la prêtresse n'est pas toujours intelligible ; l'oracle a
souvent plusieurs sens. Tantôt sa hardiesse va aussi
loin qu'il est permis, tantôt elle revient se placer humblement au pied du trône et caresse ce qu'elle frappait
tout à l'heure. Tantôt elle s'enthousiame pour la révolution française, et reprochant à Napoléon d'avoir détourné le cours de ces prodigieux évènements, elle
l'interpelle avec éloquence ; tantôt enfin, elle rêve un

empereur pour la nation allemande, elle annonce sa
venue, elle prophétise ses magnifiques destinées, et s'e-
nivrant de ses propres paroles : « Qu'on me nomme empereur ! s'écrie la pythonisse. — Cela ne peut manquer
d'arriver, répond le bourguemestre, et vous serez certainement élue à l'unanimité. » La plaisanterie, la verve
bouffonne, comme on voit, vient sans cesse se mêler à
ces divagations passionnées. Ce que j'ai cru comprendre
de plus clair dans les prédications de madame d'Arnim,
c'est qu'elle préfère une monarchie, mais une sorte de
monarchie républicaine ; elle voudrait que le roi et le
peuple ne fissent qu'un, que le roi fût le représentant
véritable de la nation, que tous se sentissent vivre en lui.
C'est là, si je ne me trompe, le sens de ses paroles,
quand elle appelle dans l'avenir ce roi libre esprit qui
ne craint pas le libre esprit, et qu'elle lui donne une
garde de sans-culottes et de vauriens. Quant aux inter-
médiaires entre le roi et le peuple, ministres, députés et
autres, *canaille, sotte espèce !* Sont-ils autre chose que
des ânes monstrueux et de misérables gredins, *ungeheure
Esel und gemeine Schufte ?* Tout cela n'est pas très-
nouveau, assurément ; ce qui est nouveau en Allemagne,
c'est la hardiesse, le sans-façon, l'enthousiasme fantasque que madame d'Arnim introduit dans ces discussions.

J'ai tort cependant ; pourquoi chercher dans ce livre
un système, une théorie controversable ? Bettina y parle
de toutes choses et de quelques autres encore. A propos
de politique, elle disserte sur la métaphysique, et n'oublie pas la religion. Elle ne veut pas seulement reconsti-
tuer l'état et réformer la cité ; puisqu'elle a commencé,
lui en coûte-t-il davantage de refaire le monde depuis
le premier atôme ? La prophétesse publie une seconde
édition de l'œuvre des six jours, revue et perfectionnée.
Il y a là un brave pasteur à qui les impiétés de Bettina
font perdre la tête. Il voudrait bien la ramener à des
idées plus sages : mais le moyen de sermonner Bettina,
un esprit fantasque, un enfant colère et mutin, le démon
de la poésie sous ses apparitions les plus folles ? Tout à

l'heure le bourguemestre résistait mieux : ce bon pasteur m'inquiète en même temps qu'il me fait sourire. Bettina l'effraie, puis elle le flatte, elle le caresse, elle lui rappelle ses sermons. Oh ! les beaux sermons ! que vous étiez éloquent dimanche dernier ! Et, un instant après, elle refait elle-même ce sermon ; le trépied s'agite, il en sort de la flamme, de la fumée, et le pasteur épouvanté s'imagine que c'est le diable en personne. Quand elle s'écriait : Nommez-moi empereur, empereur d'Allemagne ! quand elle plaçait à Francfort, dans sa ville natale, le siége de son empire, et qu'elle lui annonçait avec une éloquence inspirée je ne sais quelles destinées glorieuses, le bourguemestre répondait par une épigramme. Que dira maintenant ce pasteur inoffensif à cette vaillante païenne qui lui explique si bien la mythologie ? Si Bettina s'exalte dans quelque dithyrambe alexandrin ; si elle venge la religion grecque et les dieux de l'antique beauté ; si, dans son délire, le christianisme ne lui apparaît plus que comme un plagiat du culte de Sophocle et de Phidias ; si elle voit dans les vertus théologales les trois Grâces du ciel païen, dans ce saint Christophe qui traverse le torrent avec le Christ enfant sur ses épaules, Hercule portant l'Amour entre ses bras, dans le Saint-Esprit qui descend en langues de feu, Apollon dieu du jour, ces idées à coup sûr ne sont pas nouvelles, et le pasteur pourrait lui répondre qu'elle n'est elle-même qu'une païenne irritée du IVe siècle, une sœur peut-être de cette célèbre Hypatie qui enseignait si éloquemment dans les écoles d'Alexandrie. Mais lorsque, s'exaltant toujours, elle s'emporte jusqu'à dire : « Mars est devenu l'archange saint Michel. Comme il s'est ennuyé long-temps ! il s'est vengé enfin ; c'est lui qui a conduit la révolution française, c'est lui qui nous a rendu l'antique énergie, c'est lui qui détruira les cieux chrétiens ! » quand son délire est arrivé là, le pasteur a raison de frémir, et nous répétons avec lui ce cri bizarre que lui arrache sa naïve épouvante : « Prenez garde, madame, prenez garde ; votre esprit, comme Sapho, vient de tomber dans la mer ! »

Le livre de madame d'Arnim est écrit dans le
dialecte de Francfort, dans ce dialecte fin et narquois
que Goethe connaissait si bien, et dont sa langue savante
a conservé plus d'une qualité. Bettina ne se contente
pas d'emprunter, comme Goethe, quelques formes nouvelles, quelques tours inusités à l'idiôme de sa ville
natale ; c'est à ce dialecte même, c'est à ce patois qu'elle
confie l'expression de sa pensée, sans doute pour en
déguiser les hardiesses. Une forme si populaire donne,
en effet, à l'ouvrage je ne sais quel air de bonhomie
inoffensive. On se demande si cela est sérieux ou s'il
faut sourire. Les plus étranges bouffonneries succèdent
sans cesse aux puissantes évocations, aux énergiques
élans. Après quelques discours d'une audace altière, la
joyeuse prêtresse se retrouve à table, son verre à la
main. Vous êtes encore ému de son ardente parole...,
écoutez-la : elle annonce gravement au pasteur qu'il
sera mangé par un ours, s'il ne se fait démocrate : le
pasteur prend son chapeau et se sauve au plus vite ;
mais vous êtes sûr que l'auteur ne laissera pas tomber
la plaisanterie : il amènera tout exprès dans la rue une
ménagerie ambulante, et un ours échappé poursuivra le
pasteur jusqu'à sa maison. Vraiment, l'épilogue était
inutile, et le pasteur n'en avait pas besoin pour accuser
Bettina de sorcellerie.

Ce qu'il y a de sérieux dans ces folies, c'est que tous
les systèmes, tous les mouvements d'idées qui se sont
produits en Allemagne depuis cinquante ans y sont fidèlement représentés. Cette imagination vive et facile n'a
rien créé, elle a tout répété avec passion. Philosophie et
religion, idéalisme et réhabilitation de la chair, teuto-
nisme impérial et démocratie, communisme, socialisme,
tout ce qui a occupé les esprits, tout ce qui a ému les
intelligences, tout cela se croise et se mêle dans le dialogue étourdissant de madame d'Arnim : tantôt c'est
Schelling, Hegel, Novalis, tantôt M. d'Arnim son mari,
ou M. de Brentano son frère ; ici, c'est M. Gutzkow ou
M. Mundt ; là M. Strauss, M. Arnold Ruge, M. Feuerbach.
Cette remarque devient très-grave quand on se rappelle

par où madame d'Arnim a commencé et dans quel monde
idéal se plaisait autrefois sa fantaisie. Un spirituel critique écrivait récemment : « Si Bettina eût vécu au moyen-
âge, que serait-elle devenue ? Une sainte ou une sorcière.
On l'aurait canonisée ou brûlée. » Cette femme vraiment
extraordinaire, cette femme enthousiaste, qui, sorcière
ou sainte, prêchant le mal ou le bien, n'en était pas
moins un des plus fidèles représentants de l'idéalisme
germanique, elle descend aujourd'hui de ces hauteurs,
et la voilà, comme tous les autres, dans la mêlée politique. Je crois que ce fait est significatif. Si Bettina
abandonne ces régions idéales, décidément l'esprit public est changé. Elle a été la dernière sans doute à fuir
ce pays de spiritualisme ; mais si elle en est partie, il
faut le reconnaître, l'Allemagne aussi, le génie de l'Allemagne abandonne avec elle ses anciennes voies : il aspire à des destinées nouvelles. Je ne sais si madame
d'Arnim y a songé, mais l'arrangement dramatique de
son livre me rend cette idée plus sensible encore. Où
sommes-nous en effet ? Où se passent ces entretiens
qu'elle nous rapporte ? A Francfort, dans la maison de
Goethe. Or, Goethe, l'artiste souverain et impassible, a
été le plus illustre exemple de cet idéalisme indifférent
contre lequel réagit l'Allemagne. Eh bien ! c'est de sa
maison que sort cette prédication hérétique, et cette
prêtresse révoltée, c'est son élève, son enfant, c'est
Bettina.

V.

Quand une idée s'empare de tous les esprits, quand
ce mouvement est empreint d'un caractère universel,
il est absurde de le nier et insensé de le combattre.
Comment le diriger, comment le conduire dans des voies
légitimes et lui faire produire des fruits heureux ? voilà
toute la question. Qu'on regrette pour l'Allemagne ce
spiritualisme qui l'avait marquée d'un signe reconnaissable parmi toutes les nations modernes, je le veux
bien ; mais ce regret est inutile. Il est trop tard main-

tenant pour regarder derrière soi. La muse qui régnait
dans l'empyrée s'est armée de fer pour les luttes de
la vie active; l'ouvrier qui chantait *le Roi de Thulé* écrit
des traités politiques. En même temps que madame d'Arnim a dit adieu aux rêveries indifférentes et aux paisibles contemplations, le tailleur Weitling prêche le
communisme dans des brochures pleines d'audace. Tous
ces symptômes sont graves. Il est manifeste qu'une immense transformation morale s'opère aujourd'hui chez
les peuples allemands. Croit-on qu'on l'étouffera par la
violence? Croit-on que, pour ramener l'idéalisme des
anciens jours, il suffise de supprimer les journaux,
d'anéantir la *Gazette du Rhin*, d'inquiéter la *Gazette de
Leipzig?* Par là on irrite les cœurs et on les pousse au
mal. Non, vous ne parviendrez pas à détruire ce nouvel esprit en sa marche puissante, formidable; mais il
dépend de vous le contenir en le dirigeant.

C'est aux intelligences éminentes, c'est à l'élite de la
nation, d'entreprendre cette tâche. J'ai dit, en commençant que la révolte de l'esprit nouveau avait été légitime
et que l'Allemagne, réveillée par les secousses de la révolution de juillet, soutenue d'ailleurs par le grand travail critique accompli chez elle depuis plus de cinquante
ans, s'était décidée enfin à quitter les spéculations abstraites pour les luttes et les conquêtes de la vie active. J'ai
dit que l'esprit ancien fut attaqué surtout au sein des universités où il régnait. Il y fut attaqué deux fois, par les
romanciers et par les publicistes, mais deux fois sans
succès. Les deux armées qui se succédèrent furent
battues par leur propre faute. Elles avaient blessé le
génie de l'Allemagne, au lieu de lui venir en aide, et
leur déroute fut une punition trop méritée. Tout est
donc à recommencer aujourd'hui. Et qui empêcherait
les universités de diriger elles-mêmes cette transformation qui s'accomplit au fond des âmes? Dans un pays
où la science occupe une place si considérable, les hautes
écoles ne pourraient-elles devenir, jusqu'à l'établissement
du régime constitutionnel, ce que furent souvent les
parlements dans l'ancienne France? Entre la résistance

du pouvoir et les fureurs inconsidérées des brouillons, elles garderaient les libertés publiques, ou, pour mieux dire, elles prépareraient sagement les intelligences à ces libertés qu'on invoque. Est-ce trop demander, en vérité? Voudrais-je méconnaître les limites de l'enseignement, et troubler, par des préoccupations étrangères, la sérénité laborieuse des grands centres philosophiques? Non, certes; qu'on se souvienne seulement d'Édouard Gans et des glorieux exemples qu'il a donnés. Si l'illustre disciple de Hegel avait vécu plus longtemps, le vœu que nous exprimons serait inutile.

Que de choses restent à faire dans cette direction féconde! On n'a pas la prétention de tracer ici un programme : il suffit de rappeler que chacune des sciences de la pensée pourrait contribuer, selon ses forces, au salut de la cause commune. Les lettres, la poésie, l'imagination, vivraient davantage dans le monde réel pour y porter le calme et la sérénité. La philosophie, sans se mettre au service des passions mauvaises, aurait un plus grand souci des choses de la terre ; elle échapperait et à l'indifférence qui a éteint son cœur et à une domesticité qui le dégraderait. Mais c'est surtout dans la jurisprudence que cette réforme serait urgente et efficace ; les grands jurisconsultes qui savent si bien l'art d'être juste sous les décemvirs ou sous Justinien, et qui laissent conduire auprès d'eux des procédures dignes des temps de barbarie, surveilleraient enfin la justice de leur pays ; cette publicité des tribunaux, toujours promise, toujours refusée, on l'obtiendrait peut-être. Les idées que j'exprime ici commencent à pénétrer dans les universités ; un procès qui a épouvanté l'Allemagne a réveillé les plus insouciants. Voilà bientôt cinq ans, le 18 juin 1839, un homme grave, respectable, un professeur de droit à l'université de Marbourg, M. Sylvestre Jordan, est arrêté chez lui, comme coupable de haute trahison. Il y a un mois seulement qu'il a été jugé. Malade, souffrant, il est resté cinq ans dans son cachot. Sa femme se mourait, ses enfants aussi : rien n'y a fait, on ne voulait point le juger. Il est condamné aujourd'hui, pourquoi? Pour avoir eu connaissance d'un complot qu'il n'a pas révélé. Quel est ce complot? On n'en sait rien. Les débats, comme toujours, ont été secrets; l'accusé lui-même ignore le plus souvent le crime qui lui est imputé. Ces procédures monstrueuses ont enfin provoqué d'énergiques réclamations, et un des jurisconsultes les plus distingués de l'Allemagne, un professeur de l'université de Heidelberg, l'ancien président de la chambre des députés du duché de Bade, M. Mittermaier, a écrit à ce sujet une courageuse consultation, bien digne de son esprit supérieur et de la noblesse de son caractère.

La publicité des tribunaux, et, dans l'ordre des choses purement politiques, une loi sur la liberté de la presse, les constitutions promises en 1813, voilà ce que les publicistes et les jurisconsultes doivent demander sans paix ni trêve. La Prusse n'a pas osé condamner M. le docteur Jacoby et son livre des *Quatre questions*, qui contenait un excellent et légitime programme. Qu'une opposition modérée, sérieuse, se constitue avec fermeté, ce sera un progrès salutaire; et, je le répète, si les universités voulaient se rajeunir et régénérer la science inutile qui a excité une répulsion si vive; si dans les lettres, dans la philosophie, dans les sciences morales et politiques, elles s'associaient franchement au travail des intelligences, c'est à elle surtout qu'il appartiendrait de jouer un rôle efficace et de diriger puissamment la transformation qui s'opère. Que si, au contraire, ce mouvement était abandonné ou à des écrivains frivoles ou à des pédants irrités, tout serait compromis pour longtemps. L'Allemagne n'acquerrait point cet esprit de conduite, ces fermes qualités qu'elle convoite, et qui sait quand elle retrouverait l'ardent idéalisme qui a fait sa grandeur passée? Pour tout résumer enfin, les épreuves fécondes qui auraient pu renouveler ses forces, au lieu d'être pour elle une heureuse et éclatante occasion, lui deviendraient un piège funeste où périrait ce qu'il y a de meilleur dans son génie.

II

LA POÉSIE ET LES POÈTES DÉMOCRATIQUES.

—

MM. Hoffmann de Fallersleben, Dingelstedt, Prutz, Georges Herwegh, Anastasius Grün.

Mai 1844.

I.

Il y a dans le *Faust* de Goethe un passage assez irrévé-
rencieux pour la poésie politique. De joyeux compagnons sont attablés à Leipsig, dans la cave d'Auerbach;
ils vident bruyamment leurs verres, et comme l'un
d'eux, maître Frosch, entonne la chanson du Saint-
Empire romain : « Une vilaine chanson! dit l'autre;
fi! une chanson politique! une pitoyable chanson! »
Est-ce là l'opinion sérieuse de l'auteur? Ne faut-il pas y
voir plutôt un persifflage ironique, et ce maître Brander,
ce Falstaff de Leipsig, n'est-il pas chargé de représenter
l'épicurisme populaire et sa grossière indifférence? Il
serait difficile de le dire. Ce qu'il y a de certain, c'est
que ce mot a été maintes fois rappelé aux poètes par la
critique. Or, en ce moment, voici toute une armée
d'écrivains qui se révoltent contre la sentence de Goethe. Maître Brander n'empêchera plus maître Frosch de
chanter sa chanson; le compère tiendra bon et criera si
fort, qu'il faudra l'écouter. Écoutons-le donc. Certes,
je me garde bien de souscrire aux dédaigneuses paroles
que je viens de citer; il s'agit seulement de savoir si ces
poètes, aujourd'hui si fiers, auront su trouver la vraie
poésie politique de leur pays. Toutes ces protestations
bruyantes n'ont point de valeur, si elles ne sont accom-
pagnées de quelque témoignage qui défie la critique. Il
y aurait, au contraire, un moyen sûr de faire oublier,
sans tant de violences, la phrase moqueuse du poète de

Weimar : ce serait de produire quelque chef-d'œuvre et
de donner un Béranger à l'Allemagne.

Avant cette émeute dont j'ai à m'occuper aujourd'hui,
avant cet avènement hautain de la poésie politique, il
y a eu, dans l'histoire de ces vingt dernières années,
une tentative assez semblable. Un esprit d'opposition,
plein de jeunesse et d'audace, s'est produit avec éclat
dans des vers que l'Allemagne n'a pas oubliés. La poésie,
offensée trop souvent par les prétentions orgueilleuses
de la nouvelle école, était toujours respectée hautement
par ce chaste écrivain, et jamais, dans le feu de sa colère
et de ses véhémentes apostrophes, jamais il n'avait laissé
s'altérer le noble langage auquel il confiait l'expression
de sa pensée. M. Anastasius Grün, c'est de lui que je
parle, se rattache à cette charmante école de Souabe,
si vraiment nationale, si bien parée de toutes les grâces
de la nature germanique ; il y introduit seulement une
vivacité plus hardie, et sa muse ne craint pas d'attaquer
l'ennemi en face. On sait avec quelle finesse Béranger
étudiait Lafontaine, et, certes, il est facile de retrouver
dans son style maintes traces de la franche tradition
gauloise. Eh bien ! le rapport qui existe entre le chantre
du *Roi d'Yvetot* et celui qui osait écrire sous Louis XIV :

> Notre ennemi c'est notre maître,
> Je vous le dis en bon français ;

ce rapport est le même qui, toute proportion gardée,
unit M. Anastasius Grün à l'école des poètes de la
Souabe. Tandis qu'Uhland chante la patrie, la liberté,
la justice, M. Grün ajoute à ces inspirations abstraites
quelque chose de plus vif ; il ne redoute pas les appli-
cations directes ; il ne recule pas devant les problèmes les
plus rapprochés, devant les questions de chaque jour, et
il appelle Rollet un fripon. Les *Promenades d'un poète
viennois* sont le premier témoignage de la poésie politique si accréditée en ce moment, et on peut dire qu'elles
en sont demeurées le modèle. Sans doute, il y a dans
Uhland le plus patriotique enthousiasme ; le maître qui

a chanté le vieux droit avec tant d'amour, qui a réveillé dans l'esprit de son peuple tous les nobles instincts, et y a entretenu comme une défense le souvenir des anciennes vertus, ce maître excellent doit être nommé parmi ceux qui ont essayé de créer une poésie politique. Chez Uhland, toutefois, cette poésie n'existe pas encore d'une manière distincte, et de ce fonds d'idées plus générales, M. Grün, le premier, a fait sortir la libre hardiesse qui tente aujourd'hui tant de jeunes tribuns littéraires.

La patrie et le nom même du brillant écrivain ajoutent encore à l'intérêt de cette innovation : Anastasius Grün est un pseudonyme, et cet intrépide chanteur dont les plaintes généreuses sont ému toute l'Allemagne, c'est un gentilhomme autrichien, M. le comte d'Auersberg. Le succès des *Promenades d'un poète viennois* fut immense. L'audace inattendue des idées saisit énergiquement les âmes ; en même temps, comme il y avait là un sentiment exquis de l'art, comme ce n'étaient point des dissertations rimées, mais bien de la vraie poésie, toutes les hardiesses du libre penseur, protégées par cette forme pure, pénétrèrent partout avec une merveilleuse promptitude. Je ne crains pas d'affirmer que la publication de ce livre fut un événement pour l'Allemagne. On eut beau le proscrire et le défendre, le coup était porté ; l'expérience avait réussi ; l'imagination allemande, si dédaigneuse autrefois du monde réel, savait désormais qu'elle pouvait se hasarder dans les rues de la ville, et quitter l'empyrée pour la terre.

Pendant longtemps M. Anastasius Grün fut le seul représentant de la poésie politique. C'est seulement en 1840 qu'une jeune et active phalange s'est formée tout à coup, les uns pleins de gaieté, les autres plus sévères, ceux-ci agitant leurs grelots, ceux-là sonnant des fanfares. Les bruits de guerre que provoqua le traité du 15 juillet 1840, et l'hostilité passagère ranimée un instant entre la France et l'Allemagne, en furent la première occasion. Tant que M. Grün avait été seul, comme la direction de sa pensée était le produit d'une réflexion

austère, d'une étude calme et désintéressée, l'art sérieux
l'avait adoptée sans réserve. Au contraire, la poésie,
chez les écrivains dont je vais parler, se ressentira de la
commotion brusque et rapide d'où elle est née. Lors
même qu'ils n'auraient pas renié insolemment leur
habile devancier, il eût été facile de voir qu'ils ne suivaient pas la même route, et que bien des différences
littéraires les séparaient. Ils n'ont d'ailleurs voulu nous
laisser aucun doute à cet égard, et M. Grün a été plus
d'une fois traité par eux avec un incroyable dédain.
C'est donc une chose bien entendue : nos nouveau-venus
ne relèvent que d'eux-mêmes ; ils sont seuls responsa-
bles de leurs œuvres ; soit! nous ne demandons pas
mieux, si l'arrogance de leur début et le talent même
dont ils ont fait preuve nous autorisent à les juger avec
une entière franchise.

Lorsqu'aux premières craintes de guerre, après le
traité du 15 juillet, un poète médiocre, M. Nicolas
Becker, eut rimé cette imprudente chanson qui attira à
l'Allemagne une si vive et si brillante réponse de M. de
Mussel, on aurait pu croire que, si la poésie politique
devait s'organiser, ce serait pour lutter contre nous, et
que les deux rives du Rhin se renverraient d'éclatants
défis. Ce n'est pourtant pas ce qui arriva. Un nouveau
1813 n'était plus possible. L'Allemagne se souvenait
trop bien des amères déceptions qui suivirent son enthousiasme d'alors, et le peuple le plus candide ne peut
être dupe deux fois de suite, à un si court intervalle,
lorsque pendant vingt années de solennelles promesses
ont été obstinément violées. Du mouvement national de
1813, on ne se rappela qu'une seule chose, les regrets
qui accompagnèrent la victoire, les contrats entre les
peuples et les rois audacieusement anéantis, et la muse
politique agita ses drapeaux. S'il y a eu quelque chose de
sérieux dans ce bruyant éveil de la libre poésie en 1840,
c'est qu'il semble être une contre-partie de la glorieuse
levée de boucliers illustrée par Ruckert, Schenkendorf,
Arndt et Théodore Koerner. Après que Leipsig eut vengé
Iéna, les peuples avaient espéré que leur salaire serai

payé, que les constitutions promises, la publicité des tribunaux, la liberté de la presse, seraient enfin octroyées, puisqu'il y avait eu, en 1813, un contrat passé, en face du péril commun, entre la nation et les souverains. Ils avaient attendu longtemps, ils avaient gardé un sévère silence, interrompu seulement par les nobles plaintes d'Anastasius Grün. Maintenant, puisqu'une occasion inattendue ramène la poésie aux questions nationales, elle n'ira pas guerroyer avec l'épée brisée de Théodore Koerner, elle restera chez elle, en Allemagne, et parlera haut à ses princes. Voilà ce qu'a produit 1840. A cette cause il faut encore en ajouter une autre. Peu de temps après le traité du 15 juillet, le roi de Prusse mourut. Or, c'était Frédéric-Guillaume III qui avait fait les plus belles promesses à son peuple, lorsque, sept ans après la bataille d'Iéna et d'Auerstaedt, la Prusse abattue se relevait. Mais on avait toujours hésité à lui rappeler ses engagements : le vieux roi avait tant souffert, sa vie avait été si cruellement éprouvée, il y avait entre son peuple et lui une si sincère communauté de malheurs, que le respect tempérait les rancunes et ajournait les réclamations. Quand le nouveau roi monta sur le trône, tous ces motifs disparaissaient, et l'opinion publique demanda à Frédéric-Guillaume IV qu'il acquittât les dettes de son père. Voilà comment l'excitation de 1840, au lieu d'armer contre nous les tribuns littéraires, produisit au contraire une opposition nouvelle, occupée surtout des libertés intérieures du pays.

II.

L'écrivain qu'il faut nommer d'abord, parce qu'il a été le premier héros ou la première victime de l'insurrection, c'est M. Hoffmann de Fallersleben. Son recueil publié à Hambourg, en 1841, sous le titre de *Chansons non politiques*, ne révèle pas précisément un poète original, mais il fait aimer un talent joyeux, affectueux, assez spirituel, assez hardi, et il ouvre convenablement,

comme une ouverture agréable et railleuse, le chœur sonore qui va frémir de plus en plus sous les archets irrités.
La plupart des idées qui animeront tout à l'heure des
poètes plus ardents, on les trouve déjà chez M. Hoffmann de Fallersleben ; ce sont les mêmes antipathies,
les mêmes haines, les mêmes déclarations de guerre.
Seulement, M. Hoffmann prend les choses du côté bouffon ; au lieu de s'indigner, il raille. Or, cette raillerie est
bien allemande; elle a une allure particulière, une saveur
natale, un goût de terroir qui ne messied pas. Joyeuse,
sans façon, un peu gauche, un peu grossière parfois,
l'auteur l'a trouvée le plus souvent au fond d'une cruche
de bière. Malgré cette bonhomie, cependant, on entend
çà et là quelques accents plus doux ou plus fiers ; un
sentiment poétique qui ne manque pas de grâce fait par
intervalles d'heureuses apparitions, mais on est bien
vite ramené aux facéties, aux propos de table, aux
grelots et au tambourin.

Le premier volume des *Chansons non politiques* contient
sept parties, sept divisions, que l'auteur appelle des
séances. Chacune de ces séances s'ouvre, comme il convient, par une chanson à boire : « Quand les bouteilles
seront plus grandes, quand le vin sera moins cher, alors
peut-être sur la terre nous retrouverons l'âge d'or. »
C'est ainsi que l'auteur débute, et ce refrain bachique
est recommencé chaque fois. Une même épigraphe y
reparaît sans cesse pour protéger la verve du poète ;
elle est empruntée à ce vieux livre du moyen-âge, à
cette vieille débauche germanique, le *Weinschmelg*, dont
la crudité un peu lourde irrite si fort M. Gervinus dans
son histoire littéraire. *Do huob er uf unde tranc*, dit le
contemporain très-peu mystique de Wolfram et de Gott-
fried : il leva son verre et il but. Pour s'encourager,
M. Hoffmann de Fallersleben ne manque pas de répéter
exactement la citation en ouvrant chacune des séances.
Qu'en dites-vous? Ne voilà-t-il pas une inspiration tout
allemande ? Ces refrains ne viennent pas, comme chez
Béranger, selon le caprice et l'humeur joyeuse ; tout
cela est réglé avec une parfaite méthode. On serait tenté

parfois de croire qu'il y a une secrète ironie sous cette bonhomie affectée. Ne serait-ce point, me disais-je, un persifflage, une provocation moqueuse à ce peuple si prompt à s'oublier dans l'insouciance de la vie de taverne? Ne serait-ce point encore une raillerie cruelle sur le seul bonheur qui, selon le poète, serait laissé à l'Allemagne? Mais non : je crois plus simplement que c'est là une mise en scène choisie par l'artiste, et ce refrain répété à des intervalles réguliers nous avertit que sa muse a pour sanctuaire une brasserie de Berlin ou de Munich. Il veut être populaire, il veut surtout que ces cabarets d'Allemagne où professeurs, étudiants, ouvriers, se rencontrent chaque soir, où toutes les idées belliqueuses s'éteignent, où la bière assoupit toutes les haines, il veut que ces cabarets, la meilleure défense des gouvernements contre la turbulence de la pensée, entendent des paroles de liberté qui réveillent les endormis. Voilà pourquoi le poète est si respectueux envers les buveurs qu'il dérange; il se fait humble, il s'excuse; comme le trouvère sous les balcons des châteaux, il supplie qu'on l'écoute, il demande un peu de patience pour une dernière chanson qu'il va dire. Encore une, laissez-le parler! A la septième fois, si l'attention se lasse, il s'écriera : « Bancs et tables du » cabaret, ne vous irritez point! une chanson est bientôt » dite. Quand vous étiez des arbres couverts de feuillage, » les petits oiseaux ne vous ont-ils pas chanté maintes » cantilènes sur tous les tons? »

Il est donc bien entendu que le poète nous a conduits dans une taverne allemande. Asseyons-nous et écoutons; que va-t-il chanter? Au milieu de la lutte générale qu'il soutient contre la politique intérieure de son pays, il y a dans le recueil de M. Hoffmann plusieurs petites guerres particulières, guerre aux philistins, guerre aux moines, guerre à l'aristocratie, guerre aux pédants et aux philologues. Le philistin, c'est la bourgeoisie, c'est tout ce qui est indifférent aux arts, aux choses de la pensée, aux espérances et aux chimères de l'imagination. On sait que c'est là un terme d'université, et que

tout ce qui n'appartient pas au monde académique, tout
ce qui n'est pas professeur ou étudiant, compose le
peuple ridicule et maudit des philistins. Mais la signification du mot a changé, et aujourd'hui, à l'université
même, les philistins ne manquent pas. Le pédant, le
philologue entêté, le philosophe qui n'appartient pas au
plus récent système, ce sont tous des philistins. C'est
contre les philistins que M. Wienbarg, dans ses *Batailles
esthétiques*, a lancé de vifs et spirituels manifestes; c'est
contre eux que la jeune Allemagne et la jeune école
hégélienne ont livré leurs plus brillants combats.
M. Hoffmann aussi les attaquera plus d'une fois, mais
c'est toujours avec la bonhomie ironique qui lui est particulière. Je citerai une de ces chansons :

« Le peuple des Philstins est sur toutes les routes. — Philistins devant moi et derrière moi, — au soleil, par la neige,
par la pluie, — Philistins de ça, Philistins de là.

« Si tu as encore des jambes, sauve-toi bien vite ! — Sans
doute il est certain que tu mourras un jour, — mais mourir
d'ennui, — c'est déjà l'enfer sur la terre.

« Ainsi je pensais; mais voilà qu'on frappe. — Tout à coup entre
un Philistin — qui se jette à mon cou et qui m'embrasse. —
Dieu du ciel ! je vais mourir. »

Une autre fois, il est plus vif et plus irrité. C'est à
Breslau. On célèbre la fête annuelle de Schiller, et le
poète porte un toast, à qui? aux philistins, à tous ceux
qui méprisent la poésie, à tous les cœurs indifférents, à
tous ceux que la vie matérielle a distraits des soins de
l'âme et de la pensée, à tous *les chercheurs de centimes*;
et il ajoute : « Vivent donc les philistins ! vivent leurs
» pères ! vivent leurs frères ! car, s'il n'y avait plus de
« philistins, il n'y aurait plus de poètes ! » En même
temps, le rhythme prosaïque et goguenard qu'il emploie
met encore plus en relief sa joyeuse ironie :

Es leben die Philister
Ihre Gevattern und ihre Geschwister !
Denn
Wenn
Die Philister nicht mehr leben,
So wird es auch keine Poeten mehr geben !

Puis, quand il a achevé sa satire moqueuse, quand il a décrit ces philistins à qui il rend hommage, quand il a salué ce peuple qui s'accroît tous les jours et qui envahit les demeures mêmes de la science, les sanctuaires de l'esprit, il change de ton tout à coup, et, appelant Schiller, il lui crie de faire apparaître au-dessus d'eux, comme une lumière, la sainte poésie qu'ils outragent ; il le conjure de mettre à sa bouche le cor de chasse d'Obéron pour réveiller ces lourdes populations et les forcer de crier : Vive Schiller !

La guerre avec les moines ne manque pas de vivacité non plus ; mais M. Hoffmann de Fallersleben, qui a lu Béranger et qui l'étudie certainement avec beaucoup d'attention, a craint sans doute de ne pouvoir renouveler une matière épuisée : il faut lui savoir gré d'avoir peu insisté sur ce point. Sa verve est plus à l'aise quand il attaque l'aristocratie de son pays, cette noblesse infatuée que les révolutions n'ont point châtiée encore. Ne dites pas que c'est un lieu commun ; un tel sujet, en Allemagne, ne manque ni d'à-propos, ni de nouveauté. Cette nouveauté même est une excuse pour lui, s'il n'apporte pas dans le genre vif et prompt auquel il aspire la finesse et l'art dont cette poésie ne peut se passer. La littérature politique qui s'essaie en ce moment au-delà du Rhin n'a pas derrière elle, comme chez nous, toute une lignée d'écrivains sensés, de poètes populaires, qui, sans le proclamer si haut, ont répandu et consacré à jamais par leur génie les idées du bon sens, du bon droit, du droit commun. Des fabliaux à Rabelais, de Rabelais à Lafontaine, de Lafontaine à Voltaire, notre langue est riche sur ces questions éternelles. Le poète qui les a consacrées récemment d'une manière plus vive n'a eu qu'à exprimer avec un art suprême le génie même de cette illustre famille, à le résumer, à le produire en mille tableaux, gais ou sérieux, légers ou profonds, qui ont fait de lui le plus populaire et à la fois le plus fin des écrivains de ce temps-ci. Ne demandez pas un art si habile au poète allemand. Il est un des premiers venus dans cette direction nouvelle, et peut-

être le pourrait-on comparer à nos trouvères quand ils
es-ayaient pour la première fois de faire exprimer par
le renard ou quelque autre figure allégorique les libertés
de leur pensée enhardie. Il est encore bien gauche et
bien incertain ; son cœur est décidé, sans doute, mais
son esprit hésite ; la finesse, la grâce légère, cette
fleur de gaieté et de malice, indispensable aux tableaux qu'il veut peindre, il n'en est pas maître encore.
Il procède surtout par de courtes moralités ; ce sont
des sentences quand il est sérieux, des facéties quand
le vin pétille au fond du verre. Écoutez ce qu'il dit
des grands seigneurs :

« Comment s'appellent donc les sept choses qui font un homme
de qualité ? Ne rien apprendre depuis le berceau, et pourtant s'i-
maginer tout savoir, passer toute la nuit au jeu, tout le jour à faire
bravement des dettes, parler l'allemand aussi mal que possible,
écorcher le français à merveille, boire du vin de Champagne et
avoir ses entrées à toutes les cours, voilà, voilà, les sept choses
qui font un homme de qualité.

« Comment s'appellent donc les sept choses qui ne font pas un
homme de qualité ? Ne pas vivre seulement pour soi, se rendre
utile sans bruit, ne jamais se faire redemander une dette, ne point
faire la débauche aux dépens des autres, écorcher la langue de
l'esclavage, mais bien parler allemand pour le droit et la liberté,
et souffrir plutôt la peine et la misère que d'avoir son entrée à
aucune cour, voilà, voilà les sept choses qui ne font pas un homme
de qualité. »

A côté de ces paroles fermes et honnêtes, vous trouverez quelque facétie, quelque jeu de mots, très-mauvais
ordinairement. En voici un qui fera juger des autres :

« Gog est déjà un grand diable, Magog est un diable beaucoup
plus grand encore. Qu'est-ce que Démagog ? C'est de tous les
diables le plus grand.
« Voilà ce qu'a dit un jour la bouche de l'ange. La diète allemande l'a entendu, et vite elle nous a fait connaître, à nous tous,
hélas ! pauvres diables, la parole de l'ange. »

Une autre fois, ce sera le peuple lui-même dont il se
moquera : « dors, bon peuple ; que te faut-il davantage?»

ou bien il lancera une plaisante satire contre l'Allemagne tout entière. Pour cela, il chantera Arminius, ou Armin, comme il l'appelle, et composera, d'après Arioste ou Voltaire, un petit poème héroï-comique, qui est une de ses plus heureuses productions. Armin est revenu à la vie par miracle. Il se promène dans les forêts de la Germanie, songeant aux anciens jours et à ses compagnons de guerre, quand un gendarme lui demande son passeport. On l'arrêterait, si un gentilhomme, qui passe par aventure, ne voulait bien répondre de lui. » Le seigneur Arminius ! Je connais ce nom ; c'est une noblesse qui n'est point d'hier. » Puis la nouvelle se répand et court de bouche en bouche. L'Allemagne entière lui envoie des députations. Berlin lui décerne un diplôme de docteur, et Munich fait les frais d'un tonneau de bière. Je ne sais quelle université lui apporte *cum amplissimis honoribus* un traité de droit romain, relié magnifiquement. Les villes libres lui adressent des cigares de la Havane, n'ayant rien de plus allemand, dit l'auteur. Puis voici venir l'assemblée des naturalistes, au nombre de cinq cent cinquante, pas un de moins. En même temps accourt M. Zeune qui ne manque à aucune fête, et aussi M. Massmann. M. Zeune est chargé de décider si les Germains avaient bien réellement les yeux bleus et les cheveux blonds, et M. Massmann doit consulter Arminius sur la manière de prononcer le vieux langage ; faut-il dire *Deutsch* ou *Teutsch ?* Voilà la question. La raillerie continue longtemps de la sorte, et les noms propres ne sont pas épargnés. L'auteur ne s'arrêtera que lorsqu'il aura plaisamment confronté les deux Allemagnes, lorsqu'il aura mis en face de la Germanie primitive et des vigoureux instincts des ancêtres la frivole gravité, le pédantisme puéril, la grossière jovialité du monde moderne.

Quant aux chants purement politiques, il n'y apportera pas plus de colère ou de vivacité ; ce sera toujours une ironie légèrement désabusée, et le paisible sourire d'un homme pour qui c'est assez de ne pas être dupe. Tantôt il parodiera assez gracieusement une ballade bien

connue de Schiller, *la Jeune fille de l'étranger (Das Maed-
chen aus der Fremde)*. Cette jeune fille, ce n'est pas
la poésie comme chez l'auteur de *don Carlos*, c'est la
constitution. Elle vient, on ne sait d'où, et dès qu'elle
paraît, les cœurs sont heureux, tout chante et tout fleurit;
elle est si belle, si douce, si bienfaisante! Pourquoi donc
a-t-elle fui si vite? et qu'est-elle devenue, hélas! — Tantôt
il intitulera sa chanson : *Et moi aussi je suis né en Ar-
cadie!* et il prouvera avec une grâce malicieuse que la
vieille Europe n'est pas dépourvue de poésie, comme on
le lui reproche si souvent. La poésie est partout comme
aux premiers jours. Discours pompeux, congrès, conven-
tions, belles paroles pour l'intérêt du peuple, pour le
bonheur de l'Allemagne, lois secourables, constitutions
tant vantées, tant promises, qu'est-ce que tout cela, si ce
n'est de la poésie? La Grèce a-t-elle inventé plus de
fables? le moyen-âge a-t-il conté plus de légendes?

Le censeur lui-même, si détesté, si odieux, sera traité
par M. Hoffmann de Fallersleben avec une douceur singulière, avec une raillerie sans amertume :

« O grande, ô magnifique nature! tu parais avec le tonnerre,
les éclairs et le fracas de l'orage. Tu épouvantes la forêt et la
prairie, tu remplis d'angoisses et de terreurs le palais et la chau-
mière.

« O grande, ô magnifique nature! ta parole humilie le monde
et tout ce qui vit. Chaque créature se tait. Le tigre et le lion sont
étonnés. Les rois tremblent.

« O grande, ô magnifique nature! oui, tu imposes silence à la
création avec le bruit du tonnerre. Eh bien! la censure fait plus
encore; il lui suffit, pour cela, d'un tuyau de plume. »

N'est-ce pas une vengeance bien inoffensive? S'il retrouve le censeur sur sa route, il le raillera encore, mais
si paisiblement! Il chantera la plainte du censeur. Pauvre censeur! que de soucis! quelle tâche lourde et
cruelle! C'est de lui que dépend le salut universel. L'é-
glise, l'état, la société tout entière, c'est lui qui est
chargé de les défendre. Sans cette plume qu'il tient si
bien, que deviendrait le monde? Perplexités conti-

nuelles! Faust était moins inquiet, Hamlet était moins sombre et moins désolé.

L'inspiration de M. Hoffmann de Fallersleben est donc, comme on voit, pleine de bonhomie. Nous n'y rencontrons pas ces fiers accents qui retentiront si haut tout-à-l'heure. Quand il s'irrite le plus, sa verve se dépense en jeux de mots, car son haleine est courte, et sa colère ne dure pas. Il aime mieux plaisanter doucement. Cette poésie sans enthousiasme convient bien au cabaret où il s'est attablé. Entre le choc des verres, dans les rares moments où l'on fait silence, il chante son couplet et sourit. On ne peut dire qu'il soit vraiment un poète, ni surtout un poète politique; il n'a point les fermes allures du commandement, le rhythme impérieux qui soulève les multitudes frémissantes. C'est plutôt, le dirai-je? malgré la grâce de certains détails que j'ai cités, c'est plutôt un ménétrier joyeux, assez timide, assez embarrassé de lui-même, quand il n'a pas le verre en main, mais qui monte volontiers sur la table en jouant du tambourin et qui fait rire son peuple après boire.

Toute sa hardiesse est d'avoir parlé le premier et attiré sur lui la tempête. Croirait-on, en effet, que ce poète inoffensif ait pu être violemment persécuté? M. Hoffmann de Fallersleben était professeur à Breslau: il y enseignait l'ancienne littérature allemande, sur laquelle il a publié d'intéressantes études. Son recueil de poésies lui a valu une destitution. Pourquoi ces imprudentes rigueurs qui ne font que provoquer les esprits? Cette poésie politique qui commençait si humblement va s'irriter bientôt et s'emporter jusqu'à la plus fière éloquence. M. Hoffmann, dans un nouveau recueil publié sous le titre de *Chansons des rues* (*Gossenlieder*), s'exprime ainsi à propos de sa révocation:

« J'étais professeur, me voilà destitué. Autrefois je pouvais faire des leçons; que puis-je faire maintenant?

« Maintenant je puis penser, je puis chanter; j'ai la liberté d'enseignement, et personne ne me gênera plus, d'aujourd'hui jusque dans l'éternité.

« Point de ministre qui m'inquiète, point de majesté, point d'étudians ni de philistins, point d'université non plus.

« Rien n'est perdu. Professeur ou non, on trouve encore des yeux et des oreilles quand on écrit et dit la vérité.

« On trouve encore de fidèles compagnons, quand on se bat pour le droit et que partout on rompt vaillamment des lances pour la liberté.

« On trouve encore une jeunesse pleine de vertu et de courage, quand on fait le bien soi-même avec courage et vertu.

« Je lève mon verre et bois à mon salut : oh ! puisse la patrie jouir un jour de cette libre vie !

« On a enterré le professeur ; un homme libre est ressuscité. Que puis-je désirer de plus ? vive la patrie ! »

Vous le voyez, le pacifique chanteur a bravement accepté la bataille, et déjà dans ses *Gassenlieder*, il y a plus de vigueur et de hardiesse. Il a raison d'annoncer aux princes d'Allemagne que c'est ici une lutte décisive, et que les plus patients sont résolus à vaincre. M. Hoffmann est le représentant joyeux d'un peuple honnête, qui, trompé cent fois pendant vingt ans, se tient désormais sur ses gardes. Ce peuple débonnaire qui se donne à lui-même le nom de *Michel* a toujours eu dans M. Hoffmann un naïf interprète, et je crois que M. Hoffmann n'écrit pas une vaine menace, quand il jette aux rois de son pays ce simple et sérieux avertissement : « Vous avez éveillé Michel en 1813, vous ne le rendormirez plus ! »

III.

Mais ce sont surtout ses confrères qui ont ajouté une corde à sa lyre. M. Hoffmann, dans une heure de découragement, avait annoncé la mort de la poésie politique. On avait tué, disait-il, le pauvre coq dont le chant trop matinal importunait les générations paresseuses ; on avait coupé la tête au veilleur qui saluait d'une voix trop empressée les premières lueurs de l'aube nouvelle ; et le bonhomme, moitié tristesse, moitié raillerie, allait disant une complainte sur cette tragique aventure.

« Le coq chantait dans la campagne : « Vous qui reposez dan
les liens du sommeil, soyez alègres et dispos maintenant. Le jour
commence, la nuit a disparu. »

« Le veilleur était debout sur la tour et criait : « Soyez dispos !
j'aperçois l'aube du jour. Debout ! debout ! la nuit a disparu. »

« Alors on se leva ici et là. On jeta le coq dans la marmite, on
coupa la tête au veilleur, et on se remit à dormir.

« Qui voudra encore être le coq ou le veilleur ? Qui nous réveillera du pesant sommeil pour la prochaine aurore de la liberté ?
Nous dormons tous jusqu'au milieu du jour. »

Rassurons-nous, ce veilleur à qui on a coupé la tête,
a trouvé un héritier qui le remplace sans crainte et qui
va porter haut la parole. C'est sous ce costume qu'un
poète distingué, M. Dingelstedt, nous donne ses inspirations politiques. Il fait nuit ; la ville repose ; le
poète, je veux dire le veilleur, avec sa trompe et
sa lanterne, est monté aux créneaux de la tour. Durant
l'intervalle des heures, il descend et parcourt la ville,
en répétant ces vers qu'il emprunte à Béranger et dont
il détourne le sens :

> Éteignons les lumières
> Et rallumons le feu !

Hélas ! il n'est pas aussi gai que M. Hoffmann de
Fallersleben ; il est pensif, et mélancolique comme
la nuit. Quand l'ombre est épaisse, quand la neige
tombe doucement sur le toit, quand les maisons
sont noires et silencieuses, quand l'église est déserte et
que le cabaret même est abandonné, alors, il est heureux ; il est seul, il peut penser, aimer, espérer, il peut
s'écrier aussi : « O nuit confiante ! ennemie des mé-
« chants et bénédiction des bons, ils disent que tu n'es
« pas l'amie des hommes. O nuit ! combien je t'aime à
« cause de cela ! »

D'où lui vient donc cette tristesse ? pourquoi parle-t-il
de l'humanité avec une si cruelle amertume ? C'est qu'en
parcourant la nuit les rues de la ville, il voit plus sûrement dans la solitude et le silence, tout ce qu'il y a de
misères et de mensonges au fond des sociétés humaines.

Cette prison auprès de laquelle il passe, cette église, ce triste hôpital, tout éveille en lui des réflexions désolées. Il est injuste souvent, mais point jusqu'à la déclamation, et sa plainte a quelque chose de pénétrant et de sincère. Là, voici le crime qui se glisse dans l'ombre ; ici, c'est le vice honteux qui rôde le long des murailles. Là-haut, sous le toit, quelle est cette petite lampe qui veille ? Un homme est assis auprès de ses livres ; il écrit : est-ce le poëte qui porte dans sa tête *Lara* ou *la Fiancée de Corinthe ?* Tandis que tout est si triste dans la ville, y a-t-il des strophes qui s'élèvent pour bénir et purifier la nuit ? Non, hélas ! ce n'est pas un poëte, c'est le philistin éternel qui profane la muse divine ; c'est un homme qui aligne des phrases et qui compte des syllabes. Ah ! que ce pauvre veilleur s'ennuie ! S'il se déride un instant, c'est quand il aperçoit sur les remparts ce vieux canon qui lui rappelle les beaux jours de la patrie, ou bien lorsque, passant devant l'image de la Vierge, il lui adresse une harmonieuse prière. Mais quoi ! toujours la même promenade, la même chanson monotone :

« De la lumière ! de l'air et de la lumière ! rien qu'un pas, un regard dans le monde, et la liberté ! Je suis fatigué de tant de misères ; je suis las de cette uniformité de tous les jours.

« Là, dehors, aux portes de la ville, voici le printemps dans sa robe flottante ; il me tend la main, il m'appelle, il me pénètre, il me crie : Cours aux lointains rivages !

» Les oiseaux voltigent de branche en branche ; la source coule ; tout est libre dans le monde avec des droits égaux ; pourquoi suis-je emprisonné ici ?

« Au loin mon bâton et ma lance ! qu'un autre prenne ma place. Je ne suis plus votre fou, votre veilleur de nuit. Adieu, je pars.

« Aussi loin que le doux ciel est bleu, que les villes sont pleines d'hommes, que les vertes prairies sont couvertes de fleurs, aussi loin que le lit des torrents est libre, j'irai. »

Il part donc ; il va de ville en ville par toute l'Allemagne. Sa première visite est pour Francfort : triste pays pour cet homme désabusé, pour cette âme avide du bien et qui voit le mal partout. C'est l'époque de la

foire : marchands, spéculateurs, ambitieux vulgaires,
toutes les ruses du calcul, tout le travail ténébreux de
l'argent, voilà ce qui le frappe. Son ironie devient tout
à coup sanglante et impitoyable ; il se rappelle la vieille
Rome déjà corrompue et ce mot de l'Africain : « Ville
vénale, si elle trouvait un acheteur ! » Aussi bien, comment ne pas se souvenir de Rome dans cette ville du
Saint-Empire romain, devant ce palais où l'on couron-
nait les empereurs? Hélas! les empereurs n'ont pas eu
d'héritiers ! M. de Musset disait hardiment l'autre
jour :

> César dans la pourpre est tombé ;
> Dans un petit manteau d'abbé
>   Sa veuve expire.

La Rome germanique ne meurt pas dans ce petit manteau ; c'est un bonnet de juif qui a remplacé sur son
front la couronne impériale. On voit que la satire de
M. Dingelstedt est aisément violente et qu'elle ne redoute pas les noms propres. Heureusement, le souvenir
de Goethe lui dictera des inspirations plus douces, et
quand il ira vers le Rhin, il aura pour le beau fleuve de
magnifiques paroles d'enthousiasme.

De Francfort le voici à Munich, et sa colère va éclater
de plus belle. Ce singulier mélange des traditions antiques et du mauvais goût moderne, qu'on y rencontre
à chaque pas, le choque et l'irrite. Il traite cette curieuse ville avec une sévérité sans pitié : ces élégantes
sculptures de la Grèce sont dépaysées chez ce peuple
bavarois ; c'est une comédie, une mascarade ; on sort de
la pinacothèque, on vient d'admirer les marbres d'Égine
et cette sublime inexpérience du naissant génie des
Hellènes ; on entre dans quelque temple antique, voici
une chaire qui semble la tribune de Périclès, écoutez !
c'est un moine ignorant qui déclame. Étrange cité ! continue le poète ; visage d'Apollon, si l'on veut, mais d'un
Apollon qui vient de s'enivrer comme Silène. Pourquoi
tous ces souvenirs de la Grèce? Pourquoi ces merveilles
du peuple le plus vif et le plus ingénieux qui fut

jamais ? Que font les muses chez ces fabricants de
bière ? — Il est singulier, assurément, que ce soit un
Allemand qui parle ainsi. J'ai vu Munich, j'ai remarqué,
comme M. Dingelstedt, le contraste de ces trésors de l'art
avec les habitudes inélégantes et l'esprit endormi de la
Bavière, mais je me serais bien gardé de le dire avec
tant de dureté. Je ne songeais même pas à en sourire ;
j'admirais plutôt cette divine influence du génie grec
qui se fait admirer jusque chez les Barbares. Il y a dans
la philosophie de l'histoire de Hegel un chapitre qui m'a
toujours vivement saisi, c'est le chapitre sur la Grèce.
Cet austère et obscur métaphysicien, cet écrivain étrange
qui enferme sa pensée sous un langage inaccessible,
quand il s'approche du monde grec, le voici qui en
parle avec une grâce charmante et un enthousiasme
juvénile. Je ne sais quel rayon de soleil perce tout-à-coup
ses brouillards. Merveilleux pouvoir de cette beauté incomparable qui rajeunit, après deux mille ans, le front
nuageux du Sicambre et lui met sur les lèvres des paroles d'or ! Ce sentiment que m'inspirait la lecture
de Hegel, je l'ai éprouvé plus d'une fois en visitant
Munich, et je puis dire que l'ironie de M. Dingelstedt m'a cruellement blessé. D'ailleurs, les sujets ne
manquaient pas à sa verve irritée, et, au lieu de se
moquer, il pouvait adresser à son peuple de sévères
conseils. Il est une chose qu'il faut oser dire à Munich,
c'est que l'art y a reçu une mission funeste, c'est qu'il a
été chargé d'endormir les âmes. La fière et libre muse
de Sophocle et de Phidias a été soumise à une domesticité indigne. L'art a été abaissé, grand Dieu ! jusqu'à
être un amusement pour ces esprits qu'il fallait absolument distraire et arracher aux préoccupations inquiètes de la pensée. Voilà ce qu'un poète courageux
eût pu dire, et cette idée, entre les mains de M. Dingelstedt, aurait pu lui inspirer d'éloquentes remontrances, des conseils, des avertissements plus salutaires
que la raillerie.

Mais c'est à Berlin que je veux entendre la plainte du
veilleur. Que demandera-t-il puisque c'est là désormai

que s'agitent les destinées de l'Allemagne? Il ne demandera rien ; il veut décidément railler et nous faire regretter la douloureuse inspiration de ses premiers chants.

« L'Arabe chemine vers la Mecque sur son chameau qui trébuche ; ainsi va le poète vers Berlin, sur sa gazelle au pas inégal. Berlin est l'Orient de l'Allemagne, et si Berlin n'a point de palmiers, certes personne au monde ne dira que le sable et la poussière lui manquent. Berlin est le minaret de l'Allemagne, et, au lieu des muezzins, ce sont mille journalistes qui crient à se rompre le gosier, ce gosier si bien humecté. Alors les croyans et les dévots tombent en prières ; un derviche piétiste danse, macérant son corps et son âme. Accompagné de sa troupe, M. Nante, toujours fidèle à la croix, s'enivre d'opium, publiquement, en pleine rue. Des eunuques mutilés, chassieux, se glissent furtivement, et, partout où il y a des hommes, ils vont leur chercher querelle. Enfin, pour que la ressemblance soit complète, le muphti a donné ses ordres : Je veux voir auprès de mon trône tous les magnifiques diamans de l'Allemagne : que le printemps arrive, et, vite, faites-moi venir M. Bulbul-Rückert, personnage de qualité et Philomèle de l'Orient.

Malgré tout l'esprit qui brille dans les vers de M. Dingelstedt, je le crois appelé à une poésie plus sérieuse. Il y a chez lui un mouvement lyrique plein de grace et de fierté, et la tristesse pénétrante des pièces qui ouvrent le volume faisait espérer plus de force et d'élévation quand il arrive au sujet véritable. Il semble que le poète ait épuisé son inspiration dans les promenades nocturnes de sa petite ville ; maintenant qu'il s'est décidé à courir le monde et qu'il doit parler haut, la voix lui manque. Pourquoi donc tant de promesses en partant? Pourquoi donc avoir jeté si fièrement le bâton du veilleur? Combien votre chant, ô poète, était plus harmonieux, dans ces petites rues sombres où vous pleuriez la nuit !

Si le poète n'a pas trouvé à Berlin de fortes inspirations, si le veilleur qui nous promettait des plaintes si mâles n'a pas su, dans la capitale de l'Allemagne, exprimer énergiquement sa haine ou son amour, que dira-t-il de Vienne? Il adressera en passant une gracieuse épître à M. Nicolas Lenau, il jettera à la ville, en de vigoureuses images, quelques reproches sanglants ; mais

là aussi nous regretterons la stérilité de sa pensée.
On ne sait en vérité comment expliquer cette faiblesse
subite, au moment même où la verve du poète devait
éclater avec le plus de puissance. Son livre est composé
avec soin ; la mise en scène est ingénieuse ; le cadre est
habile : malheureusement, dans ce cadre il y a toute une
partie de la toile qui n'est pas remplie, et où le pinceau
du peintre a jeté au hasard une faible et insuffisante
ébauche.

IV.

Ce sentiment fin et délicat, cette distinction que j'ai
louée chez M. Dingelstedt, demande grace pour les né-
gligences de sa plume dans les dernières pages ; car c'est
là un mérite extrêmement rare chez les poètes qui servent
un parti. En quittant M. Dingelstedt pour M. Prutz,
nous voici bien loin des regions sereines et discrètes
où nous venions d'entrer ; il faut nous résigner aux lieux
communs et aux déclamations.

M. Prutz s'écrie fièrement à la première page de son
recueil :

« Allons, debout ! et sans crainte ! le monde est bon et beau.
Pourquoi ce concert chagrin de plaintes lamentables ? Pourquoi
ces pleurs, cette mélancolie amère et douce, ces soupirs, ces désirs, comme ceux d'une madeleine souffrante ?

« Partout on entend parler de découragement, de discorde, de
luttes. Ils ont de dures paroles pour mépriser ce temps maudit ;
pourquoi ? parce que le monde enchanté des vieilles légendes a
disparu, et que nul ne trouve sur terre ce qu'il a rêvé dans son
enfance.

« Si les temps sont tristes, si le monde est si mauvais, eh bien !
il faut lutter, il faut combattre pour le droit. Soupirer, chanter de
douloureuses litanies, tout cela ne sert de rien ; il faut se battre
gaîment, il faut être homme avec les hommes. »

Excellents avis, pourvu qu'on les comprenne bien.
Oui, la rêverie doit faire place à l'action, et ce n'est pas
l'heure de prêter l'oreille aux poètes enervés qui portent

le découragement au fond des âmes. Il faut chanter
sur le mode dorique, il faut donner à l'imagination
un ministère viril. Par malheur, M. Prutz a oublié
de s'appliquer à lui-même les sévères conseils qu'il
adresse à ses amis. Ce qui le préoccupe surtout, c'est
la forme éclatante et sonore. Il manie très habilement la langue; il a étudié toutes les ruses, toutes
les coquetteries du langage; mais peu à peu la rhétorique a tout envahi, et cette science du style, qu'on
aurait pu vanter dans ses vers, lui est devenue funeste.
Parmi ses ballades, si l'on peut citer avec éloges *l'Alchimiste*, *la Mère du Cosaque*, il faut signaler aussi ce qu'il
y a de faible et de déclamatoire dans le plus grand
nombre. Quelques pièces plus heureuses, quelques chansons printanières où la grace ne manque pas, sauveront-
elles le recueil de M. Prutz? J'en doute. L'indécision de
sa pensée est trop visible. Excité par l'exemple de ses
confrères, il a écrit à la hâte son invocation aux poètes,
et ne s'est pas aperçu que ces strophes hautaines con-
damnaient toutes les chansons amoureuses, toutes les
élégies plaintives qui remplissent la meilleure partie du
volume. A l'appel orgueilleux de la muse démocratique,
ce sont des strophes d'amour qui ont répondu.

Dans un recueil nouveau publié l'année dernière, M.
Prutz a essayé de réaliser ce qu'il avait annoncé dans la
dédicace de son premier livre. Les ballades, les romances,
les cantilènes, ont disparu; l'inspiration démocratique
parle toute seule. Malheureusement on verra trop que
c'est là une poésie de commande, au lieu d'une vocation
sincère et décidée. Quand il entonne quelque dithyrambe
retentissant, quand il s'adresse à la jeunesse et déclare la
guerre à la vieille Allemagne, il tombe dans des lieux
communs épuisés depuis long-temps, et l'habileté de son
style ne suffit pas pour les rajeunir. Je l'aime mieux
dans certaines pièces où une ironie assez spirituelle nous
repose un peu de l'emphase et de la prétention des odes.
Je signalerai *l'Ane de Buridan* et la pièce intitulée *Contes
et Mensonges*. Parmi les pièces sérieuses, les meilleures,
sans contredit, sont celles où le poète s'adresse à quel-

ques-uns de ses confrères. Ce nouveau combattant, encore peu sûr de lui-même, mal affermi dans sa colère d'emprunt, a besoin de se placer sous la protection de ses compagnons d'armes. Cet enthousiasme qui lui fait défaut et qu'il s'efforce de simuler par le bruit de sa parole, il le rencontre quelquefois, lorsqu'il vient de lire une pièce vive et furieuse de M. Herwegh. Il chante avec une véritable émotion son amitié avec ce jeune poëte, qui en peu de temps est devenu un chef. S'il l'a rencontré un jour en voyage, s'ils ont passé une soirée, dans une chambre d'auberge, à causer longuement, à s'exalter sur les destinées du pays, il consacre ce souvenir dans de beaux vers, et il lui renvoie, comme un écho, ses refrains les plus sonores. M. Herwegh parle quelque part de ses chansons qu'il a cueillies sur les montagnes et dans les ravins, comme des roses sauvages. Oui, lui écrit M. Prutz,

« Oui, des roses sauvages sur ton cœur riche en mélodies, ô favori de la patrie allemande! ô noble privilégié de nos muses!

« Comme autrefois, en des temps bien éloignés de nous, le signal flamboyant de la liberté, du haut des montagnes de la Suisse, est descendu dans la vallée ; ainsi, du haut de ces mêmes montagnes, ainsi ont éclaté, ainsi sont descendues dans nos brouillards les rouges flammes de tes chansons ! »

Ces vers de M. Prutz ne sont pas seulement le cri reconnaissant de l'Allemagne pour ce poëte si ardent et si mâle, c'est aussi le remerciement particulier de l'auteur, qui salue dans ce jeune homme le maître à qui il a dû plus d'une inspiration heureuse ; car, pour résumer mon jugement sur M. Prutz, ce qui lui manque surtout, c'est la franchise de la pensée. Le dirai-je ? quelle que soit la patriotique ardeur de M. Prutz, il semble que pour lui une invocation au peuple, un appel au roi de Prusse, un hymne à la liberté, ne soient autre chose que des lieux communs favorables, des sujets qui se prêtent avec complaisance au développement de ses richesses poétiques;

Admirable matière à mettre en vers latins!

En vérité, je n'ai aucune peine à me décider, je n'ai pas besoin de me consulter long-temps pour préférer beaucoup à cette science, d'ailleurs assez remarquable, du style et de la forme, la sincérité naïve, la bonhomie quelquefois charmante de M. Hoffmann de Fallersleben.

V.

Mais voici un poète qui n'hésitera pas, comme M. Prutz, entre les passions politiques et les rêveries amoureuses. Ce n'est pas lui non plus qui se laissera séduire par les faux brillans d'une langue emphatique ; sa parole est droite et rapide. C'est un jeune souverain ; il entre botté et éperonné dans l'assemblée des poètes de son pays : il prend la couronne et la met sur sa tête. Or, l'audace lui réussit, et le peuple le reconnaît pour son maître. Gardera-t-il long-temps cette couronne? Je n'en sais rien. L'avait-il réellement méritée ? Il est permis de contester quelques-uns de ses titres ; ce qu'on ne niera point, c'est l'intrépidité sauvage de son inspiration. M. Herwegh a donné un démenti à l'opinion commune qui attribue aux poètes du midi de l'Allemagne une douceur mélancolique, une grace idéaliste pleine de charme, et qui leur refuse l'indomptable fierté des penseurs du Nord. Cette riche contrée de la Souabe d'où sont sortis les plus charmans poètes de ces derniers temps était devenue, dans les travaux des critiques et des historiens littéraires, un pacifique paradis, un Éden privilégié, où ne devaient jamais retentir que la voix bienfaisante d'Uhland et les églogues embaumées de Wilhelm Müller. M. Wienbarg, dans ses *Batailles esthétiques*, avait parlé de ces blonds chanteurs avec tout le dédain d'un Germain du Nord. Eh bien! voici un jeune poète qui dérangera les théories de la critique, et au milieu de ces champs bénis, au milieu de ces vallées toutes parfumées d'idylles, on entendra rugir, comme un incendie, *les rouges flammes de ses chansons.*

M. George Herwegh est né à Stuttgart, en 1817. On

le destinait d'abord à la théologie, mais la poésie l'entraîna bientôt. Ce fut en 1840 que le jeune élu de la muse essaya ses premiers chants. Il venait de quitter son pays. Retiré en Suisse, avec quelques réfugiés allemands, avec M. le docteur Elsner, dans le petit village d'Emmishofen, à quelques pas de Zurich, c'est là qu'il reçut le contre-coup du mouvement qui se déclarait en Allemagne. M. le docteur Wirth publiait alors en Suisse ce journal qui lui a valu une réputation de matamore, *le Forum allemand*. Au milieu des ridicules bravades que le journaliste adressait à la France, on vit paraître un jour une pièce de vers avec ce titre : *Aux poètes d'Allemagne*, et signée du nom de George Herwegh. Ce fut une surprise et une révélation. On était peu habitué, en effet, à cette mâle franchise du langage, à cette éclatante fierté. Tous ceux qui appelaient une poésie politique crurent reconnaître la voix qui devait leur communiquer l'enthousiasme sacré, et le jeune écrivain fut salué, un peu prématurément, comme un maître. Il avait à peine vingt-trois ans.

Voici ce qu'il disait aux poètes de son pays :

« Soyez fiers ! Il n'y a point d'or au monde qui brille comme l'or de votre lyre. Il n'y a point de prince si puissant que vous deviez être ses serviteurs ; malgré le marbre et l'airain, il mourra si vous le laissez mourir. Savez-vous quelle est la pourpre la plus éclatante ? C'est le sang enflammé de vos chansons.

« Soyez dévoués au peuple ! chantez pour lui avant la bataille ! S'il est étendu, blessé, sur la terre, ayez soin de lui, veillez à ses côtés ! Si on veut lui prendre ce qui lui reste de liberté, tenez votre épée d'une main ferme, et brisons les lyres ! »

La lyre qu'il brisait surtout, c'était la lyre amoureuse, la lyre élégante et aristocratique, celle de M. le prince de Puckler-Muskau, par exemple. La sienne n'est point brisée, croyez-le bien, mais elle rend des sons étranges et terribles. Elle résonne comme l'épée qui frappe l'épée. Il y a quelquefois du Tyrtée dans ce jeune homme. Après ce début guerrier, ses pièces se suivent rapidement, avec une verve étincelante, avec une fougue belliqueuse, car il a besoin de lutte et de sang répandu. En publiant son

livre sous le titre de *Poésies d'un vivant*, il commence
par défier un des représentans de la littérature aristocratique, M. le prince de Puckler-Muskau ; il l'appelle
au combat, il le provoque insolemment ; tout fier de sa
jeunesse, de son énergique audace, persuadé qu'il est le
poète du présent et que l'avenir lui appartient, il le
nomme le poète du passé, le poète des morts, et lui crie :
«O chevalier, chevalier mort, prends ta lance, que je te
la brise en mille pièces ! » On a vivement blâmé cette
dédicace à M. de Muskau, on a trouvé que l'attaque était
inutile, et l'adversaire trop faible pour une si vigoureuse
sortie. On a dit aussi que le poète avait souvent franchi
les limites permises. Je ne nie point que l'invective ne
soit rude ; mais, à ne juger que les convenances littéraires, cette brusque provocation n'ouvre pas mal ce
chœur belliqueux de chansons tout armées de fer.

Un des écrivains qui ont eu le plus d'influence sur M.
Herwegh, c'est M. Louis Bœrne. L'ardeur du publiciste
avait saisi de bonne heure le jeune écrivain, et M. Bœrne,
s'il vivait encore, aurait applaudi un des premiers à cette
poésie hautaine. C'est par M. Bœrne que M. Herwegh a
été initié aux questions nouvelles, aux idées et aux intérêts du présent ; c'est par lui qu'il a connu profondément ces principes de la révolution française, lesquels
séparent à jamais les sociétés modernes et tous les systèmes du passé. Cependant il y a aussi dans les productions du brillant poète une autre influence très
distincte, très reconnaissable, qu'il a choisie volontairement. M. Herwegh, avec un instinct que je ne saurais
trop louer, s'est rattaché, autant qu'il a pu, aux écrivains des époques les plus vives et les plus fécondes de
son pays. Il a très bien compris qu'il fallait, pour être
fort, pour agir efficacement sur l'esprit public, s'appuyer
sur les prédécesseurs qui avaient défendu aussi, selon
les besoins du temps et dans les conditions du génie national, cette libre pensée qui l'inspire aujourd'hui.
Clément Marot lisait et publiait le *Roman de la Rose* ;
La Fontaine lisait Jean de Meung, Marot et Rabelais : maître Clément et maître François, comme il les

appelle, étaient ses familiers ; Paul-Louis Courier connaissait mieux que personne toute cette franche lignée
gauloise, et Béranger étudiait La Fontaine avec amour.
Cette excellente tradition ne s'est pas interrompue un
seul instant dans nos lettres, et toutes les fois qu'il a fallu
combattre, elle a fourni aux poètes et aux publicistes
d'énergiques ressources. M. Herwegh aussi a cherché un
appui chez ses ancêtres ; il a voulu donner à la littérature politique des lettres de noblesse. Les révoltes fécondes du xvie siècle sont pour lui le foyer domestique où
il fait l'éducation de sa pensée. Il s'assied dans la maison
de Martin Luther, et, laissant là les querelles théologiques,
les discussions de dogme, il lui demande l'esprit général,
l'ardent esprit qui le poussait, tout ce qu'il y avait de national, tout ce qu'il y avait d'instincts germaniques dans
son audacieuse entreprise. Mais l'écrivain auquel M. Herwegh s'adresse continuellement, celui dont les écrits sont
devenus son bréviaire, comme *Gargantua* et *Pantagruel*
ont été, à toutes les époques, le bréviaire des libres esprits,
c'est Ulric de Hutten. Je ne l'appellerai point, comme on
l'a fait, le Rabelais de l'Allemagne, d'abord parce qu'il
n'avait point le prodigieux esprit, l'inépuisable raillerie
du curé de Meudon, et aussi parce que Rabelais, insouciant dans ses plus grandes audaces, n'a jamais connu la
passion irritée qui donne une originalité si vive au chevalier Ulric. Or, c'est précisément l'implacable fureur
d'Ulric de Hutten qui a dû plaire à M. Herwegh, et je ne
m'étonne pas qu'il ait été si rapidement attiré vers ses
écrits. Lorsqu'on étudie les premières années du xvi^e
siècle en Allemagne, il y a un homme, un écrivain, que
l'on rencontre partout, sur les grandes routes, de Mayence
jusqu'à Vienne, toujours à cheval, toujours prêt à tirer
l'épée. Ulric de Hutten est en guerre avec tout le monde.
A peine échappé du couvent où on le préparait aux études
théologiques, il est allé en Italie et s'y est battu mille fois.
Au retour de Rome et de Bologne, le voici occupé à venger son cousin assassiné par le duc de Wurtemberg. Quand
la lutte commence entre Reuchlin et les théologiens de
Cologne, il écrit avec ses amis ce bizarre et joyeux pam-

phlet, *Epistolæ obscurorum virorum;* mais ce n'est point
assez, et il veut prendre sa lance pour terminer la discussion. Telle sera, en effet, toute sa vie. Espèce de chevalier errant, il manie la plume comme l'épée. Ce don
Quichotte sérieux, ce vagabond inspiré, a mis la chevalerie au service des idées nouvelles ; c'est le bras droit
de la réforme, c'est le serviteur armé du docteur de Wittenberg. On le trouve partout où il y a une troupe de
moines à pourchasser. Quand il ne court pas les grandes
routes, il est retiré dans son donjon, et sa plume est
aussi prompte, aussi agile que sa lance. Pendant la diète
de Worms, il inonde l'Allemagne de plaidoyers, de discussions impérieuses, de pamphlets menaçants. Charles-
Quint, qui redoute sa turbulence, l'emmène avec lui au
siège de Metz ; en revenant, Ulric pille une ville d'Alsace
qui a condamné ses écrits. Bientôt, il fait une expédition à ses frais ; accompagné de ses amis Franz de Sik-
kingen et Hartmuth de Kronenberg, il déclare la guerre
à l'archevêque de Trèves ; après quelques succès, il se
fait battre et se sauve en Suisse, où il meurt, en 1523,
dans l'île d'Ufnau, sur le lac de Zurich. Cette vie errante,
ces grands coups de lance, cette chevalerie de plume et
d'épée, tout cela devait attirer M. Herwegh ; et puisqu'il cherchait au seizième siècle un aïeul et un maître,
comment n'aurait-il pas choisi celui que les vieilles éditions
représentent avec la couronne des poètes et qu'Albert
Dürer a peint tout cuirassé de fer par-dessus sa casaque
rouge, fier, debout auprès de son cheval, et sa lance
énorme à la main ? M. Herwegh lui emprunte ses cris
de guerre, les refrains de ses poésies latines ou allemandes ; il a pour lui une vénération particulière ; né-
gligeant le côté bouffon de sa vie, il voit en lui surtout
le chevalier, le bandit, le reître que rien n'épouvante.
Cette figure bizarre tient le milieu de sa toile, comme
celle de l'empereur dans les œuvres de M. Hugo. Son
admiration va un peu loin sans doute, lorsque, dans
l'une des pièces principales, il oppose Ulric de Hutten à
Napoléon, et Ufnau à Sainte-Hélène ; mais pardonnez-
lui son exagération ; il a besoin d'un héros :

« Nous avons besoin d'une grande ombre dont l'esprit flotte sur nos armes, et qui, si nous faiblissons dans la bataille, ranime notre sang avec son sang.

« Ne croyez pas que vous le trouverez là-bas, sur ce rocher, dans la mer lointaine. Il est ici un tombeau sans tache; voici la pierre de l'honneur germanique!

« Comme tremblaient maints fiers édifices, lorsqu'autrefois, aux mauvais jours, avec la bible de Luther, retentissait, pareille au bruit du glaive, la foudroyante parole de Hutten! »

Il conjure donc son peuple de relever ces énergiques souvenirs et de suspendre dans la cabane du paysan, au lieu du portrait de Bonaparte, l'image du chevalier Ulric de Franconie.

Une fois le glaive tiré, une fois qu'il tient dans sa main la lance d'Ulric de Hutten, le jeune poète sait bien qu'il ne peut plus reculer, et il a raison d'emprunter au vieux maître du XVIᵉ siècle un de ses cris les plus éloquents: *ich hab's gewagt!* c'en est fait, je l'ai osé! Ulric de Hutten dit quelque part, dans une de ses poésies allemandes : « Ma pauvre mère a beau pleurer en songeant aux choses que j'entreprends; que Dieu la console! Il faut marcher. Dût mon projet se briser avant la fin, Dieu le veut, je ne l'abandonnerai pas. Non, j'y emploierai mes pieds et mes mains ; je l'ai osé ! » M. Herwegh répète le même cri de guerre dans la pièce qu'il intitule : *Jacta alea est!*

« Je l'ai osé! ma guerre continue. Je l'ai osé! Soyez sûrs que ma parole est la parole d'un homme ; et devant les marches du trône, si vous me demandez mon droit, je crierai avec Hutten: *Ich hab's gewagt!*

Devant les marches du trône! Oui, car il vient d'adresser au roi de Prusse un de ses chants les plus singuliers. On a beaucoup loué la vivacité de cette poésie: j'y reconnais sans doute la forme rapide et brillante que personne ne refuse à M. Herwegh ; mais les idées qui l'animent ne sont-elles pas en vérité trop peu sérieuses? Otez la brusque beauté du style, la forme hautaine et mâle de l'apostrophe, que reste-t-il? quelles pensées? quels conseils politiques? Le poète rappelle au roi que le comte Platen

lui a adressé jadis des chants pour la Pologne, et qu'il a
laissé mourir la Pologne. Ce nouveau poëte sera-t-il plus
heureux dans ses prières? Il vient lui demander de prendre en main les vivants intérêts du pays, de s'appuyer
sur tout ce qui est fort et vigoureux, de songer à la généreuse jeunesse de l'Allemagne. Un instinct de guerre
le pousse; il veut la guerre, guerre avec la France,
guerre avec la Russie, guerre avec Rome. Et puis, ce
sont les exclamations accoutumées : « Déroule ta bannière! tire ton épée! il en est temps! un nouvel Auster-
litz s'approche! » etc... Je ne crois pas que le talent de
M. Herwegh soit nécessaire pour imaginer toutes ces
belles choses. Il y a des strophes éloquentes, je le veux
bien ; la fermeté de la forme sauve quelquefois ces pauvretés, soit : c'est bien le moins. La question seulement
est de savoir combien il faut d'art et d'habileté pour faire
une strophe assez vigoureuse avec un refrain d'opéra-co-
mique. Ceci intéresse les manuels et les dictionnaires de
rimes; la poésie n'a rien à y voir. Je ne crois pas non
plus que M. Herwegh ait le droit de menacer si fièrement le roi, s'il dédaigne ses conseils. Est-ce bien là ce
qu'on appelle de la poésie politique? Politique d'écolier
et poésie suspecte.

Il faut que M. Herwegh se défie des fanfaronnades; il
a un talent trop réel pour recourir à ces misérables effets. Je reviens à des pièces plus sérieuses où l'énergie
du langage est associée à des idées plus hautes, à des
sentiments plus élevés. Parmi les pièces qui ont assuré
la réputation du jeune écrivain, je citerai d'abord *la
Prière*. Voilà une inspiration forte et franche; point de
recherche, point de rhétorique, point de déclamations.
Il y a un véritable enthousiasme, un accent de Jérémie
et de Tyrtée dans ce *de profundis clamavi ad te*. C'est un
mélange de douleur profonde et de vive allégresse. Sans
doute le poëte y demande la guerre comme toujours,
puisque c'est là décidément son inspiration unique, mais
il explique au moins ses hardis désirs, et il y a dans ses
vers une sincérité mâle qui subjugue et qui entraîne. Il
demande au Seigneur des armées qu'il fasse naître la li-

berté allemande du milieu des combats, parce que son peuple est trop bon, trop timide, et ne constituera jamais son indépendance d'une manière pacifique ; il lui faut la main de fer des événements. Pour que ce peuple devienne gentilhomme, pour qu'il ne doute plus de la pureté de son sang, il faut qu'il l'ait vu couler sur les champs de bataille. M. Herwegh souhaite à son pays les guerres de la France de 92 ; il voudrait voir les paysans d'Allemagne comme ces paysans républicains dont parle le poëte, pieds nus, sans pain, avec leurs habits bleus qu'avait usés la victoire. Du reste, cette guerre finie, il n'y en aura plus d'autres ; il chante donc *la dernière guerre*. Puis ce sont des appels, des proclamations sans cesse répétées. Il y a un de ces cris guerriers qui est d'une hardiesse singulière : tout à l'heure il priait, il était à genoux au pied de la croix, et il adressait au Dieu des combats ses supplications désolées. Maintenant sa prière est finie ; cette croix au pied de laquelle il s'est prosterné, il ordonne au peuple de la briser pour en forger des armes. Dieu, dit-il, nous le pardonnera dans les cieux. Assez de prières, assez de versets récités en pleurant ; mettez le fer sur l'enclume : le sauveur, c'est le fer.

« Arrachez les croix de la terre ! qu'elles deviennent toutes des épées. Dieu vous le pardonnera dans les cieux. Quand il entendra siffler la flamme et mugir son fer sacré, ah ! il le bénira d'en haut.

« Avant l'heure de la liberté, qu'il n'y ait point de paix. Que la femme ne soit pas donnée à l'homme, que la semence d'or ne soit pas donnée au sillon. Avant la liberté, avant la victoire, qu'aucun nouveau-né dans son berceau n'ouvre au monde son regard souriant.

« Arrachons les croix de la terre ! qu'elles deviennent toutes des épées. Dieu nous le pardonnera dans les cieux. En avant, contre les tyrans et les philistins ! L'épée aussi a ses prêtres ; nous serons les prêtres de l'épée. »

Le chant de la haine, que je rencontre un peu plus loin, a mérité aussi d'être cité souvent pour la rudesse héroïque du rhythme et la fierté vigoureuse des pensées. Toutefois, ce belliqueux enthousiasme finit à la longue par fatiguer. Si ce n'était là chez le poëte qu'un accent arraché par l'inspiration, un cri, un élan imprévu, on aurait mauvaise grâce à lui demander un compte rigoureux de ses paroles; mais, ne l'oublions pas, le jeune écrivain a de grandes prétentions politiques : ce ne sont pas seulement des strophes inspirées, des élans irresponsables, ce sont des conseils, des avertissements au pays, un système enfin, et on est bien souvent choqué par tout ce qu'il y a de vague et d'étrange dans ses idées. Le souvenir d'Ulric de Hutten l'a trop préoccupé; il lui a emprunté ce qu'il aurait dû précisément éviter avec le plus de soin. Se rattacher à la libre pensée d'Ulric de Hutten, à ces traditions nationales du XVIᵉ siècle, à la haine de l'oppression féodale et monacale, rien de mieux sans doute; mais vouloir imiter du chevalier errant la vie aventureuse, les folles expéditions, tout ce que blâmait l'esprit sensé du sceptique Érasme, tout ce qui effrayait Luther lui-même, c'est peut-être devenir la dupe de son modèle et rappeler, l'oserai-je dire ? le héros de Cervantès. Pour chanter d'une manière acceptable cette guerre féconde qui enfantera la liberté des peuples, il fallait, non pas développer cette idée comme une théorie expresse, mais l'indiquer seulement sous ce demi-jour qui est permis aux poëtes, avec discrétion, avec mesure, dans quelque cadre habilement composé. Béranger, dont le nom se présente sans cesse à la pensée quand il est question de poésie politique, donnerait là-dessus d'excellents conseils à M. Herwegh. Il a fait précisément ce que je demande dans une des plus belles piè es de son dernier recueil, dans *les Contrebandiers*. Il y a là aussi, comme chez M. Herwegh, une guerre générale, une révolte universelle admirablement exprimée par un chant d'une allégresse intrépide. L'abaissement des barrières, l'union des peuples, le triomphe de la liberté, voilà ce qui est annoncé par le poëte populaire, et avec quelle habileté ! avec quel incomparable artifice ! Les contrebandiers chantent gaîment d'abord, ils chantent le plaisir de la bataille, le plomb qui n'est pas cher, les balles qui verront clair dans l'ombre ; puis

Voici le sens de cette révolte contre les rois et les doua-
niers :

> Prix du sang qu'ils répandent,
> Là leurs droits sont perçus ;
> Ces bornes qu'ils défendent,
> Nous sautons par-dessus.

Et enfin, quand tout est préparé, l'idée secrète jaillit
dans un mot, comme l'éclair de la carabine :

> On nous chante dans nos campagnes,
> Nous dont le fusil redouté,
> En frappant l'écho des montagnes,
> Peut réveiller la liberté !

C'est un cadre tout poétique, une ballade ; mais combien
cela en dit plus que toutes les proclamations de M. Herwegh ! surtout comme la hardiesse est ingénieusement
sauvée ! comme le système disparaît pour faire place à
la pure poésie ! Voilà les sûrs modèles qu'il faut recommander au jeune et ardent écrivain.

Une conséquence nécessaire de cette excitation continuelle, c'est l'intolérance, l'injustice, et je ne m'étonne
pas que M. Herwegh ait adressé un défi insolent à M. Anastasius Grün. Cette faute si grave est la punition de sa fureur factice ; il ne s'est pas aperçu qu'il versifiait une
diatribe empruntée à quel journal obscur. Je désire sincèrement que M. Herwegh se repente un jour de ces
haines inconsidérées ; son talent y gagnera une vigueur
plus vraie. Il doit remarquer lui-même combien cette
violence de toutes les heures est difficile à accepter.
Malgré le succès de ses vers, il voit bien que le cœur de
ses compatriotes ne bat pas comme le sien ; il voit bien
que les cordes irritées de sa lyre étonnent les oreilles
sans remuer très-profondément les âmes ; il le sent, et il
s'en plaint dans plusiers pièces assez curieuses : ainsi,
dans les vers qu'il adresse *au peuple allemand*, ainsi encore dans la dernière strophe de *la Prière*. Il reproche
au peuple de ne pas être prêt à le suivre, de ne pas partager son enthousiasme et sa haine. Il y a même un en-

droit où il conjure les femmes allemandes de se lever,
puisque leurs époux ne sont plus des hommes. Ici, l'auteur dépasse le but, et sa plainte n'est plus qu'une déclamation. En lisant ces vers, je me rappelle la célèbre
apostrophe de Rückert dans ses *sonnets cuirassés* : « Que
forges-tu là, forgeron ? Nous forgeons des chaînes, des
chaînes ! »

Was schmiedst du, Schmied ? Wir schmieden Ketten, Ketten.

Le poète de 1813 veut pousser à bout son peuple, il veut
lui faire comprendre toute la honte de son abaissement.
C'était son droit après Iéna ; mais aujourd'hui, sans raison, sans motif, employer les mêmes figures, les mêmes
hyperboles hautaines, n'est-ce pas une faute qui doit
choquer tous les esprits sincères ?

Il ne faut pas craindre d'être sévère avec un poète
de cette valeur. M. Herwegh, par son mâle talent et la
richesse des ressources qu'il possède, mérite qu'on lui
dise hardiment la vérité. La banalité des compliments
qu'on lui a prodigués dans son pays doit moins plaire,
j'en suis sûr, à ce ferme jeune homme, qu'une critique
franche et nette. Pour le quitter plus courtoisement,
toutefois, et rester avec lui sur de beaux vers, je citerai
une pièce tout-à-fait irréprochable, une des plus heureuses assurément qu'il ait écrites, *la Promenade de Minuit*. Le poète, comme le veilleur, marche la nuit par les
rues silencieuses de la ville :

« Je vais et je viens avec l'esprit de minuit par les larges rues
silencieuses. Que de larmes et que de rires, ici, il y a une heure
à peine !... Maintenant on rêve. Le plaisir, comme une fleur, s'est
flétri, et les plus folles coupes ont cessé d'écumer. Le chagrin a
fui avec le soleil. Le monde est las. Laissez-le, laissez-le rêver !

« Comme toute ma haine et toute ma colère se brise en morceaux, quand la lune, après avoir cessé de lutter contre le jour,
verse sa lueur pacifique, fût-ce même sur les feuilles fanées des
roses ! Aussi légère qu'un son, aussi muette qu'une étoile, mon
âme glisse partout dans l'espace ! Volontiers elle descendrait,
comme en elle-même, dans les rêves les plus secrets de tous les
hommes !

« Mon ombre rode derrière moi comme un espion. Je m'arrête

silencieux devant la grille d'une prison. O ma patrie! ton enfant trop dévoué a expié son amour cruellement, cruellement! Il dort, et sait-il ce qu'on lui a ravi? Rêve-t-il aux chênes de son pays? rêve-t-il qu'il a sur sa tête la couronne du vainqueur? ô Dieu de la liberté, laisse-le rêver encore!

« Un palais gigantesque se dresse devant moi. Je regarde à travers les rideaux de pourpre comment un homme, en dormant, peut chercher son épée avec un visage coupable et chargé d'angoisses! Son front est jaune comme sa couronne, ses mille coursiers écument en fuyant ; il roule à terre, et la terre s'ouvre, Laisse-le rêver, ô Dieu de la vengeance!

« Cette petite maison au bord d'un ruisseau, — quel étroit espace! l'innocence et la misère se partagent ce lit! Mais le Seigneur a donné le rêve au paysan pour le consoler des inquiétudes du jour. Avec chaque épi que déroule la main de Morphée, il voit son champ se couvrir de moissons d'or. Sa petite cabane devient grande comme le monde. O Dieu de la pauvreté, laisse-le rêver longtemps!

« Devant cette dernière maison, sur ce banc de pierre, je veux m'arrêter une minute encore en bénissant. Je t'aime fidèlement, ô mon amie, mais je ne t'aime pas seule. Éternellement, toi et la liberté, vous vous partagerez mon cœur. Deux colombes te bercent dans une lumière d'or ; moi, je suis entouré de chevaux sauvages qui se cabrent. Tu vois en rêve des papillons, et moi des aigles. O Dieu de l'amour, laisse rêver ma bien-aimée! »

J'ai traduit les paroles du poëte ; mais il n'est pas possible de faire passer dans une traduction le rhythme sonore et métallique, la fine et vigoureuse solidité du style. Cette pièce douce et mâle se détache admirablement surtout au milieu des invectives furieuses qui l'environnent. Une série de sonnets qui terminent le volume attestent aussi, avec le talent très-habile de la forme, plus d'élévation et de sérénité. On voit ce que pourrait faire M. Herwegh, s'il consentait à prendre d'autres conseils que ceux de la colère et de la haine.

Pour tout résumer, M. Herwegh est vraiment poëte ; il est maître d'une forme puissante et impérieuse, et une âme ardente se révèle dans tous ses vers ; mais, malgré la vigueur de sa plume, son talent n'est pas encore aussi ferme, aussi sûr qu'on l'a dit en Allemagne. Sous cette fermeté du langage, il n'est pas difficile de découvrir bien des endroits où la pensée est absente. Le poëte, chez lui, doit se défier du journaliste ; il faut aussi qu'il craigne la monotonie : des cris de guerre, des provocations belliqueuses, des serments de haine éternelle, ne peuvent défrayer toute la vie d'un véritable artiste. Sans briser sa corde d'airain, il peut varier davantage ses inspirations, et, sortant du cercle étroit où il s'enfermait, s'élever à des régions plus hautes, à un horizon plus vaste. Le second volume des *Poésies d'un Vivant*, paru en 1844, ferait craindre que le jeune auteur ne voulût persister longtemps encore dans cette voie ; ce sont toujours les mêmes motifs, et il est permis de regretter pour M. Herwegh cette publication prématurée. Qu'il attende ; qu'il se renouvelle sévèrement. On lui a conseillé d'essayer ses forces sur le théâtre : je ne sais si M. Herwegh doit y réussir, je ne sais si sa poésie n'est pas encore trop personnelle pour créer et faire agir des êtres vivants de leur vie propre dans ce cadre si périlleux du drame ; mais, à coup sûr, ces études élevées, ces hautes tentatives littéraires serviraient mieux son talent que les dissipations du journalisme. Je craindrais sérieusement pour cette jeune imagination la rhétorique des tribuns de la *jeune Allemagne*.

Depuis que le succès de M. Herwegh a répandu le goût des vers politiques, les rimeurs sont arrivés en foule. La Suisse surtout est devenue infatigable ; tous les réfugiés ont fait ou feront leur volume. Les recueils de chants patriotiques s'abattent sur l'Allemagne du haut des glaciers. On a comparé la muse alpestre du jeune poète à un aigle de l'Oberland ; voici son troupeau d'aiglons qui commence à battre des ailes et qui prend sa volée. J'ai sous les yeux un nombre assez considérable de ces recueils imprimés presque tous à Zurich : *Chansons allemandes venant de Suisse (Deutsche Lieder aus der Schweitz); douze chansons de liberté (Zwœlf Freiheitslieder)*, etc... il y en a ainsi par dizaines, et nous ne sommes pas au bout. Puis viennent ceux qui répètent le refrain, comme un écho, du milieu de l'Allemagne : les *Chants d'un Prisonnier, Six nuits au lac de Zurich, Promenades d'un second poète viennois*, etc. Ce sont toujours des variations interminables sur le thème de M. Herwegh. Autrefois, après

6

l'école d'Uhland et de Rückert, on ne voyait partout que
printemps d'amours, amours de printemps (*Liebesfrühling,
Frühlingsliebe*), chants de la plaine, chants de la montagne, chants du soir et du matin, comme chez nous les
méditations et les ballades à la suite de Lamartine et de
Victor Hugo. Maintenant, depuis M. Herwegh, ce ne
sont que proclamations, prophéties, appels au peuple,
épîtres au roi de Prusse. Qu'y faire? les modes changent;
il n'y a que celle d'écrire des vers sans poésie qui per-
siste éternellement. Les lieux communs se chassent les
uns les autres, mais la phrase de Pline est toujours
exacte : *magnum proventum poetarum annus hic attulit.*
Ce n'est pas tout : les poètes démocratiques ont provoqué des réponses; il y a les poètes conservateurs comme
il y a les poètes de l'opposion. Tout cela, du reste, se
passe dans les régions inférieures; M. Hoffmann de Fallersleben, M. Prutz, M. Herwegh, n'ont pas rencontré
un seul adversaire, et la poésie est tout entière du côté
des jeunes défenseurs de la liberté.

Cette invasion d'écrivains médiocres produira, je l'espère, un heureux résultat. Les poètes véritables, et qui
se préoccupent sérieusement de leur art, comprendront
sans doute la nécessité de se renouveler; ce thème, ce
lieu commun perpétuel, épuisé et décrédité par tant de
plumes sans valeur, leur sourira peut-être moins dans
l'avenir. On s'efforcera de porter plus haut la poésie politique, de la séparer plus nettement des gazettes, de
l'introduire tout-à-fait dans les demeures sacrées de la
Muse. Les poètes abandonneront les faciles refrains pour
songer davantage à l'invention. Au lieu d'ajuster des
rimes à un article de journal, on cherchera, ce qui est
le propre de l'art, à présenter ses idées sous une forme
plus élevée, à les enfermer dans quelque symbole; on
essaiera de réaliser cette transfiguration idéale, gaie
ou sérieuse, satirique ou lyrique, sans laquelle la poésie
n'existe pas.

C'est peut-être là ce qu'a tenté M. Anastasius Grün
dans le livre qu'il vient de publier, *le Nibelungen en
frac*. Voici une œuvre pleine d'imagination et de grâce;

c'est aussi la poésie politique, mais sous une forme nouvelle, sous les voiles élégants du symbole, et telle que la ferait un Arioste allemand. L'auteur, dans une invocation étincelante de verve, commence par s'adresser au roi de Prusse, non pas avec ces bravades qui plaisent tant à M. Prutz et à M. Herwegh; il y apporte, au contraire, une dignité très-haute et le véritable accent du poëte. On se rappelle involontairement ces nobles chanteurs, ces trouvères germaniques qui, dans les ballades d'Uhland, adressent de si sévères remontrances aux princes et aux ducs. Puis après avoir salué de ses avertissements plein de gravité ce nouveau règne, accueilli d'abord avec tant d'espérances, il salue aussi la compagne du trône, sa conseillère, sa vigilante gardienne, la poésie politique. Il est impossible d'honorer davantage son art, de l'aimer avec plus de ferveur, de le célébrer en termes plus magnifiques. Aussi bien, c'est M. Grün qui a créé cette poésie en Allemagne, et il a le droit d'en parler si dignement. L'Allemagne semble l'oublier aujourd'hui; les jeunes écrivains, les derniers venus, ont injurié leur chef; il faut voir comment le noble poëte sait rétablir la distance et défendre sa couronne. Au milieu des sinuosités capricieuses de son invocation, il rencontre M. Herwegh sur sa route, et rien n'est fier et superbe comme la réplique qu'il lui envoie. Ce n'est pas la haute et sereine réponse de Lamartine au folliculaire de *la Némésis*, ce n'est pas non plus celle de Mirabeau à Barnave. Comme ces crieurs des rues qui colportaient par tout Paris la grande trahison du comte de Mirabeau, on a publié aussi à son de trompe la défection d'Anastasius Grün, la grande trahison du comte d'Auersperg. Mais Anastasius Grün ne pense pas qu'il ait à se justifier. Au lieu de se défendre, il se lève, et, d'un geste superbe, il reprend le commandement. Il adresse de calmes remontrances à ce jeune homme qui l'insulte : « Jeune homme, vous ne savez pas l'idiome de la liberté sainte; vous voulez éveiller la noble princesse captive, la belle au bois dormant, mais vous ne connaissez pas les paroles magiques. » Puis, ce sont des conseils à tout le monde, à tous les poètes, à tous ceux qui chanteront la liberté, conseils d'un chef, hautes et graves paroles d'un homme qui a beaucoup vu et combattu longtemps. Et quel dédain, quelle altière et charmante ironie dans cet avertissement qu'il jette à M. Herwegh :

« Mais toi, nouveau couronné, si la galère de ta muse occupe la cime des plus hautes vagues dans cette mer orageuse de la popularité, penses-tu qu'elle veuille t'élever toujours jusqu'aux étoiles ? Du haut de ton vertige, vois le banc de sable et tremble.

« Et si l'écueil brise ta barque, alors courage ! Une planche te portera sur le bord, toi et ton laurier. Construis un radeau neuf, fends hardiment la mer, mais gouverne mieux cette fois et protège plus fidèlement l'honneur de ton pavillon. »

Après cette vive introduction, M. Grün arrive à son héros, à son Nibelungen. Ce Nibelungen est un prince du siècle dernier, c'est le duc Maurice-Guillaume, fils du duc Christian II, de la maison de Saxe-Mersebourg, né à Mersebourg le 5 février 1688, mort le 21 avril 1731. Nous voici bien informés, nous savons les dates. D'ailleurs nous pouvons recourir, pour plus amples renseignements, à des livres qu'il nous indique, à l'*histoire de la littérature comique* de Flœgel, et aux mémoires du baron de Pœlnitz. Charmant défi que nous jette le spirituel écrivain ! car, malgré l'histoire, malgré Flœgel et le baron de Pœlnitz, malgré la réalité très-authentique des vertus de son héros, c'est surtout un tableau de fantaisie qu'il a tracé. Le duc Maurice-Guillaume était le meilleur des ducs, à ce que dit l'histoire, et il aimait passionnément la musique ; M. Grün nous composera avec cet inoffensif Nibelungen un petit poème d'une grâce tout-à-fait avenante. Figurez-vous le roi d'Yvetot, non pas celui qui est si bon vivant et si joyeux, celui qui a lu Rabelais et les fabliaux, mais un roi d'Yvetot bien allemand, original comme un héros d'Hoffmann, sensible et affectueux comme quelques-unes des meilleurs figures de Jean-Paul, un roi d'Yvetot du côté de la Saxe et de la Thuringe, adorant la musique et les fleurs, le duc de Mersebourg enfin. Vous assisterez à son éducation, aux longues causeries de l'enfant avec son précepteur ; vous le verrez sur le trône, occupé de musique et jouant du violon. Ce violon joue là un rôle très-important : quelle douceur ! quelles mélodies ravissantes ! rappelez-vous la lyre antique élevant les cités sacrées. Si Maurice-Guillaume médite sur les devoirs des princes, c'est son violon qui les lui enseigne ; il y a un chapitre où le bon duc apaise une sédition avec ce mélodieux archet. Quand il voyage, les moindres choses de la nature arrachent à ce cœur naïf des réflexions charmantes ; il s'écrie gaiement à la vue du soleil qui rend tout si joyeux : « En vérité, c'est toi qui sais régner, doux rayon de soleil ! » S'il rencontre une noce de village qui chemine sans musique, il prend son violon et l'accompagne. Une grâce malicieuse, une ironie aimable circule dans tous ces détails et les relève. Tout se termine enfin par une éblouissante vision, dans laquelle s'éteint l'âme du prince ; de sphère en sphère, de monde en monde, sa musique chérie le porte vers Dieu, et lui fait comprendre partout cette magnifique harmonie qu'il a poursuivie avec tant de bonté dans son duché de Mersebourg.

Cette œuvre gracieuse et fine ne serait-elle pas elle-même une réponse à M. Herwegh ? Pourquoi une si douce fraîcheur après l'impétuosité souvent un peu factice des *Poésies d'un Vivant ?* Pourquoi cela, si ce n'est un conseil habile, une ingénieuse remontrance ? Je crois y voir aussi le désir d'appeler les poëtes sur un terrain plus élevé. Assurément, ce petit livre n'a pas de grandes prétentions, et il ne conviendrait pas de lui accorder plus d'importance qu'il n'en réclame. C'est un essai, une introduction, mais qui promet beaucoup, si je ne me trompe, et fait entrevoir des horizons inattendus. Je voudrais du moins ne pas céder ici à une illusion, et je souhaite que cette nouvelle tentative soit plus féconde que la première.

Que dire, en effet, pour tout résumer ? Comment formuler une conclusion qui ne blesse pas les susceptibilités littéraires de nos voisins ? Je m'efforce, avant tout, d'être juste. Il y a plusieurs mois, un des jeunes écri-

vains qui s'annoncent avec le plus d'éclat en Allemagne,
M. Levin Schücking, me reprochait dans la *Gazette
d'Augsbourg*, d'être trop sévère pour les poëtes de son
pays; puis, une page plus loin, il se plaignait lui-même
de l'absence de la critique dans les lettres allemandes.
« Il y a une ombre, disait-il spirituellement, qui doit
suivre toutes les œuvres de la pensée, qui doit accompagner l'imagination partout où elle va, marcher quand
elle marche, s'arrêter quand elle s'arrête. Cette ombre,
cette compagne inséparable, cette conscience fidèle et
sévère, c'est la critique. Malheureusement, la poésie allemande ressemble à Pierre Schlemil; elle a perdu son
ombre. Il est venu un homme gris qui l'a roulée ainsi
qu'une feuille de papier, et l'a mise dans sa poche, absolument comme dans le conte de Chamisso. Que nous
sert, ajoute M. Schücking, que nous sert d'avoir des
bottes de sept lieues? Portons plutôt des sabots, mais
rendez-nous notre ombre. » Eh bien! cette critique dont
il déplore l'absence, qu'il me pardonne de la faire. Il n'y
a point ici de question nationale; si nous sommes sévères envers nous-même, envers nos écrivains, pourquoi
nous serait-il interdit de parler de nos voisins en toute
liberté? Je retiens donc la cause et dirai franchement
mon avis. Or, si j'approuve sans réserve le mouvement
qui travaille l'Allemagne et ce désir sérieux qu'elle manifeste de se créer une littérature pratique, une poésie
populaire, une poésie qui s'intéresse à la chose publique
et qui puisse vivement agir sur l'esprit de la nation, je
ne crois pas que les poëtes dont je viens de parler aient
réalisé encore l'idéal qu'on se proposait d'atteindre. Il y
a sans doute une bonhomie fine et douce chez M. Hoffmann de Fallersleben, et une verve vigoureuse dans le
talent de M. Herwegh; mais ils ont souvent compromis
leur art et n'ont point assez marqué la limite qui sépare
la poésie et les dissertations du journal. Malgré d'honorables exceptions, malgré la délicatesse attentive de
M. Anastasius Grün, c'est là qu'est le péril sérieux.

Je voudrais aussi qu'on renonçât aux prétentions trop
hautaines et aux promesses trop ambitieuses. La simpli-

cité, l'effort sincère, se fait regretter au milieu de ce fracas turbulent. Poésie politique, poésie démocratique, poésie indépendante, qu'est-ce à dire? Défions-nous des étiquettes. Vous voulez être des poëtes politiques, des écrivains populaires, vous voulez parler au peuple, vous voulez commencer ou achever son éducation, à la bonne heure! Faites-le plus encore, mais dites-le moins. Toute une partie de notre littérature est une littérature populaire, j'imagine, et à bien meilleur titre que celle qui s'en pique. Sans parler du XVIIIe siècle, Molière, La Fontaine, Boileau, ne sont pas des écrivains qui dédaignent l'esprit du peuple; mais font-ils sonner si haut leurs prétentions? Alceste lui-même, tout gentilhomme qu'il est, Alceste, dans le salon de Célimène, n'est-il pas un de ces esprits démocratiques qui ont vengé « l'honnête homme à pied du faquin en litière »? Pour ne point sortir de l'Allemagne, il y a telle scène de Schiller, telle ballade d'Uhland qui réussit mieux à répandre les idées du droit commun que maintes dissertations spéciales. Le marquis de Posa aura toujours plus d'influence qu'un prédicant communiste.

Je remarque, en effet, qu'il y a deux manières d'entendre la poésie politique. Ou bien, c'est la poésie de circonstance, l'admirable satire Ménippée, les pamphlets d'Ulric de Hutten, les iambes vengeurs d'André Chénier, ou bien c'est cette littérature sensée, pratique, née librement de la pensée nationale, populaire sans y prétendre, politique par l'esprit général qui l'anime et qu'elle répand. C'est celle-là surtout qu'il faut souhaiter à l'Allemagne; pour l'autre, on ne la conseille pas, on ne la commande pas: elle veut être arrachée par les événements. Quant aux écrivains qui exploitent cette inspiration, le lieu commun où ils tombent est le pire de tous et le moins tolérable. C'est à eux que s'adresse le vers de Goethe: « Une chanson politique! une pitoyable chanson! »

On ne peut nier que la poésie politique n'ait été accueillie en Allemagne avec une grande faveur. Rien n'est plus légitime sans doute, puisque, par un mouvement nécessaire, la pensée de ce pays se dirige de plus

en plus vers une littérature pratique et ferme. Seulement
la mode s'en est mêlée, et c'est à cela qu'il faut prendre
garde. Pour échapper à cette funeste influence, surtout
pour établir cette inspiration sur un fond sérieux et durable, il convient que les lettres nouvelles se rattachent
à toutes les traditions de libre esprit que renferme l'histoire littéraire des siècles passés. Cette tradition n'est
pas aussi solide, aussi éclatante que dans le pays de Rabelais; elle existe pourtant, et il est bien de la mettre
en lumière. M. Hoffmann de Fallersleben s'en est occupé
avec succès dans un livre modeste, mais composé avec
beaucoup de soin. Sous le titre de *Poésies politiques de
l'ancienne Allemagne*, il a réuni tous les passages des
vieux poètes où la pensée libre s'est naïvement exprimée, malgré les entraves du moyen-âge. Depuis le xii^e
siècle jusqu'au xviie, depuis les poètes religieux jusques
aux satiriques, il a recueilli avec un soin pieux, avec un
respect filial, tous ces témoignages vénérables. Walther
de Vogelweide y apparaît le premier, puis viennent ses
disciples, Freidank, Marner, Reinmar de Zweter; en-
suite ce sont les écrivains du xvie siècle, Martin Luther,
Hans Sachs, Erasmus Alberus, Burkard Waldis, Jean
Fischart. Un choix très-habile, accompagné de notices
courtes et suffisantes, fait comparaître successivement
tous ces défenseurs du libre esprit, et ces voix du passé,
ce concert qui monte et s'accroît est d'un effet grave et
puissant. Un autre écrivain, M. Hermann Margraff, a
exécuté aussi un travail semblable; il commence où
s'arrête M. Hoffmann, et suit cette même famille, de
Klopstock jusqu'à nous. Voilà d'excellentes études. Ce
ne sont pas seulement les titres de noblesse de la poésie
politique, ce sont des armes invincibles. Quand la poésie
devra conserver quelque événement particulier, quand
les circonstances devront lui arracher des cris sublimes,
la Muse, malgré la liberté qui lui est indispensable, ne
perdra rien à connaître ce qu'ont chanté les ancêtres. Si
cette autre poésie surtout, animée aussi d'un esprit politique, mais plus indépendante des circonstances, si cette
littérature ferme et sensée, claire et pratique, que l'Alle-

magne demande aujourd'hui, veut s'organiser efficacement et produire des fruits heureux, elle trouvera des
ressources énergiques dans ces traditions du pays,
comme nous sommes sûrs de n'en manquer jamais, en
France, avec Jean de Meung, Villon, Rabelais et La
Fontaine.

III

M. HENRI HEINE.

—

Les poésies nouvelles, *Neue Gedichte.*

Décembre 1844.

La poésie politique, qui s'est produite en Allemagne dans ces derniers temps avec beaucoup de bruit et d'éclat, continue d'agiter les intelligences ; elle suscite des hommes nouveaux, et attire à elle des talents déjà éprouvés ailleurs. Cette liste que nous avons ouverte ne paraît pas sur le point de se clore ; M. Hoffmann de Hallersleben, M. Prutz, M. Herwegh, ne sont plus seuls à solliciter l'attention publique ; leur petite phalange grossit tous les jours, et qui sait si ces premiers héros, si heureux et si fiers d'eux-mêmes, ne seront pas oubliés demain pour les survenants ? Les nouveaux venus, du reste, seront oubliés et dépassés à leur tour. Ce qui caractérise avant tout la situation présente de l'Allemagne, c'est l'absence d'une doctrine, d'une volonté droite et claire. Elle s'agite beaucoup, mais elle s'agite dans le vide. Or, tant que cette volonté manquera, tant que l'ancien idéal, disparu pour jamais, n'aura pas été remplacé, par un idéal nouveau qui puisse régler les esprits et les conduire vers un but déterminé, les agitations se succèderont sans résultat, et l'inutile émeute d'aujourd'hui amènera inutilement l'émeute de demain.

Il faut un coup d'œil exercé pour suivre ces mouvements de la pensée publique en Allemagne. On y rencontre sans cesse mille contradictions bizarres, et une attention superficielle serait vite déconcertée dans ce tumulte. Une chose me frappe au milieu des tentatives nouvelles de ce pays, c'est combien il subit encore l'influence de cet esprit philosophique dont il croit s'être débarrassé pour toujours. Un peuple ne renonce pas sans danger à ses traditions, à ce qui était sa force et sa vie. Depuis qu'il a rompu avec les préoccupations élevées qui faisaient sa gloire, l'esprit allemand, troublé, dépaysé, cherche sa voie et ne la trouve pas. Le jour où la haute poésie que représentaient Goethe, Schiller, Herder, Jean-Paul, a été attaquée avec colère, le jour où le spiritualisme de Fichte, de Schelling, de Hegel, a été rejeté bien loin par de jeunes et aventureux tribuns, ce jour-là commençait la profonde révolution morale dans laquelle sont engagés les peuples allemands. Que cette révolution fût nécessaire, ce n'est pas moi qui voudrais le nier ; j'ai expliqué, j'ai approuvé ici ce légitime mouvement qui ramenait les intelligences aux épreuves sévères du monde réel, et éveillait le besoin de l'action après les longues extases de la pensée. Seulement, de quelle manière se transformera le génie de l'Allemagne ? Saura-t-il, dans cette transition périlleuse, modifier sa nature sans la mutiler, la rendre féconde sans la violer et la flétrir ? il s'agit pour elle, en ce moment, ou de tout régénérer ou de tout perdre. Voilà la difficile situation qui est la sienne, voilà le spectacle qui attire nos regards et sollicite puissamment nos sympathies et nos études. Or, jusqu'ici l'inquiétude est permise. Le vieux génie de l'Allemagne n'est plus ; mais l'esprit de l'Allemagne nouvelle est-il né, se connaît-il, a-t-il conscience de lui-même ? Pour qu'il acquière cette conscience, la condition première, assurément, c'est qu'il ne renonce pas à ses traditions nécessaires. Vous qui voulez transformer l'esprit de votre peuple, ne commencez pas par le frapper violemment, et craignez de le détruire. On aura beau faire, au-delà du Rhin on ne pourra jamais se passer complètement de la philosophie ; rendez-la plus humaine, plus appropriée au monde réel, plus soucieuse des intérêts présents, mais ne la répudiez pas. Il faudra toujours qu'une pensée élevée dirige ces intelligences ;

sans cette lumière, elles trébuchèrent misérablement.
Le génie allemand ne ressemble pas au génie de la
France, lequel, dans de suprêmes occasions, au milieu
de la ruine de ses croyances, sait trouver en lui des ressources inattendues, et réparer miraculeusement toutes
ses brèches. Une telle promptitude de cœur, un sens si
droit et si résolu, un si ferme esprit de conduite, n'appartiennent point aux nations germaniques, et ce sera toujours pour elles une grande imprudence de s'aventurer
trop follement. On peut parler ainsi sans faire injure à
un grand peuple, car n'est-ce pas une vertu, après
tout, de ne savoir se passer de croyances profondes? Depuis que ce guide lui a manqué, l'Allemagne s'en va au
hasard, sans but, sans volonté sérieuse, prenant le bruit
qu'elle fait pour un signe de force, et s'amusant à de
vaines équipées au lieu d'affronter vigoureusement les
épreuves décisives qui l'attendent. Voilà pourquoi je dis
qu'elle subit encore, à son insu, cette condition philosophique dont elle se croit délivrée comme d'un mal, et
qui est sa nature même.

Je voudrais résumer rapidement tout ce qui s'est
passé depuis le commencement de cette révolution jusqu'au point où nous en sommes. C'est une histoire qui
se fait sous nos yeux, mais la confusion de la mêlée nous
empêche d'apercevoir distinctement les différents
groupes.

On sait quelle était l'autorité de la philosophie de
Hegel, combien elle avait subjugué de hautes intelligences, comme elle régnait enfin sur presque toute l'Allemagne. Jamais l'empire d'une doctrine n'avait été
plus fortement établi. Hegel résumait tous les travaux
de la métaphysique allemande, comme Goethe repré-
sentait toute la poésie depuis Klopstock. Cette haute
poésie d'un côté, de l'autre, les systèmes souverains des
penseurs formèrent, pendant quelque temps, comme
une patrie spirituelle où les peuples germaniques, sépa-
rés ici-bas, pouvaient enfin se rencontrer. L'unité de
l'Allemagne était fondée dans l'esprit ; seulement, il fallait faire passer cette unité dans le monde réel : il fallait

aussi entrer dans la vie active, après avoir épuisé tous
les degrés de la contemplation. Alors parut une littérature légère, frivole, sémillante, qui prit sa gracieuse frivolité pour un témoignage de hardiesse sociale et s'en
promit les plus heureux résultats. On donna à cette école
le nom de *jeune Allemagne*, et ce jeu singulier dura
quelques années avec des alternatives de succès et de défaite que j'ai racontées plus haut. Cependant, tandis que
la poésie de la précédente période était ainsi réduite en
poussière, la haute philosophie de Hegel était détruite
par des hommes qui se vantaient de l'avoir rendue accessible à tous, beaucoup trop accessible en effet, puisqu'on marchait désormais sur ses débris. Ces hommes
s'appelèrent *la jeune école hégélienne*. Ils étaient aussi
emportés, aussi farouches que leurs devanciers avaient
été badins et prétentieux. Ce furent les montagnards ;
plus d'une exécution violente signala leur avènement,
et si les prétendus girondins de *la jeune Allemagne* n'y
périrent pas tous, c'est que leur élégante frivolité les
sauva. Enfin, il y a quatre ans, on vit se lever plusieurs
poètes politiques, les uns animés d'une inspiration véritable, les autres appuyés seulement sur une rhétorique
médiocre, qui formèrent comme un troisième groupe
assez distinct, quoique plus d'un parmi eux se rattache
à la jeune école hégélienne, et ait reçu ses encouragements. Voilà qu'elle est la situation présente, voilà
l'aspect général des mouvements de l'esprit public au-
delà du Rhin.

Du camp de M. Charles Gutzkow à ce groupe de poètes politiques dont le chef est M. Herwegh, la distance
est grande. Les écrivains de *la jeune Allemagne* ont une
répugnance invincible pour ceux qui les ont remplacés.
Le critique le plus distingué de cette école, M. Gustave
Kuhne, contrôle chaque jour avec sévérité les productions nouvelles de M. Ruge, de M. Bruno Bauer, de
M. Feuerbach. M. Mundt a exprimé bien souvent en
termes très-nets l'aversion qu'il éprouve pour ces prétendus disciples de Hegel, et M. Gutzkow, il y a deux
ans, dans ses ***Vermischte Schriften***, traitait fort amère-

ment M. Hoffmann de Fallersleben et ses confrères. Eh
bien! voici un évènement assez inattendu : un des écrivains qui ont eu le plus d'influence sur la *jeune Allemagne*,
M. Henri Heine, vient de se joindre par un vif et brillant manifeste à la phalange des poëtes politiques. C'est
lui qui, il y a quinze années, avait commencé et hâté
cette révolution morale dont j'ai rappelé les principales circonstances. Avec quelle ironie sans façon, avec quelle légèreté cavalière il interpellait
ces graves écoles de philosophie encore si impo-
santes alors! Comme il sapait en riant les bases de
l'édifice! Il n'avait point de système, point de but déterminé : les partis politiques ne s'étaient pas encore
formés; sa muse n'était souvent qu'un oiseau moqueur,
mais comme elle sifflait gaiement sur sa branche! A ce
coup de sifflet aigu et goguenard, la pompeuse décora-
tion de l'ancienne société disparut; on vit commencer
ces rapides changements de scène que j'indiquais tout à
l'heure, et M. Heine put croire qu'il avait tout conduit.
Il le proclama même assez haut, si je m'en souviens
bien. Pendant quinze ans, il a assisté, le sceptique railleur, à ce singulier spectacle; il le regardait en souriant
comme un fin connaisseur, disant un mot à celui-ci, à
celui-là, écrivant une page dans la *Gazette d'Augsbourg*,
un sonnet dans les *Annales de Halle*, prenant enfin un
vrai plaisir de dilettante à ces émotions raffinées qu'il
se donnait. Aujourd'hui, cependant, il revient se mêler
à la lutte. Que va-t-il apporter avec lui? saura-t-il diriger ces troupes sans discipline? ou plutôt, hélas! car
c'est là son jeu le plus cher, ne va-t-il pas brouiller toutes
choses et augmenter une confusion déjà si tumultueuse?

Il est permis de croire que l'entrée de M. Henri Heine
dans le camp belliqueux a été accueillie par des sentiments bien divers. La surprise, j'en suis sûr, a été grande
d'abord, puis la crainte et la joie, l'orgueil et l'inquiétude, ont dû se tempérer mutuellement. Il y a quelques
années, M. Heine était vraiment le poëte des générations nouvelles. Depuis que l'école d'Uhland se taisait,
l'auteur du *Livre des chants* s'était emparé des esprits,

et comme une frivolité audacieuse avait déjà succédé à la sérénité du spiritualisme, la poésie folle, capricieuse, impie, qui éclate à chaque page de ce brillant recueil, convenait merveilleusement à ces dispositions hostiles et les aiguillonnait encore. Cependant, en 1840, M. Herwegh, M. Hoffmann et leurs amis occupèrent l'Allemagne de leurs chansons politiques. M. Heine parut dépassé, et peut-être l'oubliait-on déjà, mais voilà qu'il les rejoint d'un seul bond ; il se jette dans la mêlée, et par les évolutions inattendues de sa fantasque pensée, il trouble, il inquiète ses nouveaux amis, autant peut-être qu'il effraie ses adversaires. Tel est l'effet qu'ont produit au-delà du Rhin les *Poésies nouvelles* de M. Henri Heine.

C'est toujours un heureux évènement quand un poëte revient à la pure poésie. M. Heine avait débuté, il y a plus de quinze ans déjà, par *le Livre des chants*, et il avait fait une révolution dans la forme lyrique. Depuis cette époque, il avait inséré çà et là quelques vers dans les journaux, dans ses ouvrages de critique ou de voyage, dan son *salon* ; à vrai dire, il n'y avait là que des feuilles dispersées. Aujourd'hui c'est un livre, un livre nouveau, complet, une œuvre sur laquelle le poëte semble fonder de grandes espérances, et où la muse vient rendre compte de son long silence à ceux qui l'avaient si bien accueillie.

On voit quel est le double intérêt du livre de M. Heine. Ce n'est pas seulement le pamphlétaire audacieux que nous allons interroger, c'est aussi l'artiste, c'est l'esprit charmant, l'imagination vive et délicate que nous aimions. Nous voulons sans doute juger la brusque irruption du poëte dans le camp des tribuns, mais nous voulons aussi savoir si sa fantaisie a conservé la finesse et la grâce qui nous charmait dans les *Reisebilder*. Aussi bien, avant d'arriver jusqu'à l'écrivain politique, nous rencontrons d'abord le rêveur d'autrefois, celui qui écrivait à dix-huit ans les premiers pages du *Livre des chants*, l'écolier amoureux qu'on ne s'attendait guère à trouver ici. M. Heine a caché son joyeux pamphlet der-

rière toute sorte de voiles. J'aperçois d'abord des buissons embaumés d'aubépine ; c'est par ces riantes avenues qu'il faut entrer. J'entre donc, et, sans plus long
préambule, je suis le poëte où il voudra me conduire.

Les *Poésies nouvelles* s'ouvrent par une série de petites pièces toutes naïves, fines, pleine de grâce, où respire la passion la plus douce et la plus chaste. Nous retrouvons sur le seuil la jeune muse qui dictait jadis au
poëte de si élégantes mélodies. Réveillée par un rayon
de soleil, la voici qui court à travers les forêts d'Allemagne, babillant avec les oiseaux et les fleurs. Toutes
ces chansons de mai ont une sève et un parfum qui leur
est propre, une originalité toute vive, même après Uhland, après Schubert, et M. Heine vraiment y excelle.
La finesse du langage s'approprie merveilleusement à
ces sentiments délicats, à cette fleur de l'âme qu'il sait
cueillir d'une main légère. Le thème qu'il a choisi est
bien vieux sans doute ; qu'importe, si c'est le thème éternel, toujours jeune, toujours nouveau ? il chante la nature adorée et les mille harmonies insaisissables que le
poëte et l'amant y découvrent. Je voudrais détacher un
de ces fragiles trésors ; mais que deviendront les nuances de l'expression et les délicatesses du rhythme ?

Si tu as de bons yeux et que tu regardes au fond de mes chansons, tu verras une jeune belle qui s'y promène de çà, de là.

Si tu as l'oreille fine, tu peux même entendre sa voix, et son
soupir, son rire, son chant, séduiront ton pauvre cœur.

Avec son regard, avec sa voix, elle te troublera comme moi-
même, et rêveur printanier, rêveur amoureux, tu t'en iras errant
par la forêt.

Ce frais amour qu'il porte en son cœur transfigure
pour lui cette nature déjà si douce et si belle. Forêts
d'Allemagne, sentiers parfumés, tout refleurit sous les
pas du poète qui a retrouvé ses accents d'autrefois. Non,
ce n'est pas le printemps, ce ne sont pas les tièdes rayons
du soleil de mai qui font épanouir tant de fleurs ; le soleil
est au fond de son âme : c'est ce tendre amour qui éclaire
et réjouit le bois et la vallée ; c'est lui qui vient d'ouvrir les

bourgeons de la forêt, qui fait trembler les aubépines
des buissons, qui place un oiseau babillard sur chaque
branche d'arbre, et distribue à son charmant orchestre
la partition des matinées printanières.

Tous les arbres frémissent, tous les nids chantent. Quel est le
maître de chapelle dans le verdoyant orchestre de la forêt ?

Est-ce le vanneau au gris plumage qui sans cesse cligne les
yeux d'un air important ? Est-ce ce pédant qui là-haut jette son
coucou à des intervalles réguliers ?

Est-ce la cigogne qui, avec gravité, et comme si elle donnait le
signal, lève sa longue patte, tandis que tout chante à l'entour ?

Non, c'est dans mon cœur qu'il habite, le maître de chapelle
de la forêt. Je sens chaque mesure qu'il frappe, et je crois qu'il
s'appelle amour.

Le poëte continue ainsi à associer les plus secrets sentiments de son âme à ce riche épanouissement de l'immense nature, et comment ne pas le croire en effet ? Comment ne pas croire avec lui que sa douce pensée fait lever tous les germes des sillons, quand il cueille à chaque
pas des fleurs si précieuses et qu'il rassemble toutes les
plus fraîches odeurs du printemps pour en parfumer
son livre ?

Certes, il a fallu que M. Heine fût bien habile pour nous
faire oublier tant de pages moqueuses écrites hier, pour
effacer l'impression de ce scepticisme railleur qui nous
avait parfois si douloureusement blessés ; il lui a fallu
une singulière adresse pour nous ramener avec confiance
dans ces premiers sentiers où sa muse, à vingt ans, nous
charmait par des grâces toutes neuves. Qui aurait cru
que l'auteur de tant de pamphlets sans pitié nous per-
suaderait, une heure seulement, de la sincérité de sa
passion, et qu'on se laisserait prendre à ses chants
comme à des mélodies de Schubert ? Il a gagné sa gageure. Trompés une fois, l'avertissement ne nous a pas
suffi. Nous nous sommes laissé ravir par cette harmonieuse parole, et le poëte va nous abandonner comme
autrefois. L'abandon sera plus cruel encore que dans *le
livre des Chants*, l'ironie sera plus poignante et plus dou-

loureuse. Dans ce premier recueil de M. Heine, après les douces cantilènes du commencement, quand l'auteur brisait les fleurs qu'il venait de cueillir, la poésie pourtant ne lui faisait pas défaut. Une véritable inspiration lyrique animait ces pages désolantes; ce rire n'avait rien de vulgaire, et la raillerie atteignait souvent des proportions gigantesques. On eût dit l'ironie de Manfred, de Manfred enivré, et se livrant dans l'orgie à je ne sais quelle gaieté formidable. La transition était brusque, je le sais bien; mais cependant la muse était là qui nous conduisait elle-même, et l'on passait sans trop de répugnance, des calmes prairies embaumées aux tristes bruyères sauvages où s'établissait le jeune poëte. Ici, au contraire, dans les *Poésies nouvelles*, quel contraste entre ces premiers vers et ceux qui vont suivre ! L'auteur fera succéder à la plus ravissante poésie toutes les trivialités d'une inspiration prosaïque. Nous nous égarions tout à l'heure avec M. Heine dans les frais sentiers des prairies de l'Allemagne. L'auteur avait évoqué à dessein les plus gracieuses images de cette fantaisie qui fleurit si naturellement dans les prés de la Souabe et de la Thuringe. Sous ses pas, à la voix de l'enchanteur, la rosée brillait en tremblant sur les petites fleurs bleues du sillon, l'oiseau chantait, le rossignol, amoureux de la rose, s'arrêtait pour écouter le rêveur égaré, et bientôt son doux secret, répété de branche en branche, réjouissait tous les hôtes de la forêt. Nous aussi, nous le suivions innocemment; mais voilà qu'au détour du sentier, M. Heine nous conduit brusquement dans sa mansarde. Nous ne sommes plus en Thuringe ; les fenêtres du poëte s'ouvrent, s'il vous plaît, sur la rue Poissonnière. O jeune belle qui vous promeniez çà et là dans ses vers, pourquoi avions-nous l'oreille trop fine, comme dit M. Heine? Pourquoi votre sourire et votre voix nous ont-ils troublés ? Voici venir à côté de vous, le pied leste, le regard effronté, Angélique, Emma, Clarisse, toute une troupe joviale de créatures vulgaires.

Quelle a été l'intention de M. Heine? A-t-il voulu placer l'un en face de l'autre le mélancolique rêveur de la Germanie et l'épicurien joyeux ? Cette idée a fourni à l'un de nos poëtes une œuvre charmante, et l'on connaît cette *idylle* de M. de Musset, où Rodolphe et Albert, l'un si gracieusement mélancolique, l'autre si étincelant de verve et de folie, chantent en vers alternés, comme Ménalque et Damétas, l'ineffable douceur des chastes amours et les bruyantes voluptés des sens.

> J'en ai connu plus d'une et j'en sais la chanson,

disait le poëte; serait-ce là l'épigraphe que M. Heine aurait voulu inscrire sur son recueil ? Mon Dieu, non. M. Heine n'y a pas songé. C'était, après tout, un thème acceptable pour un certain genre de poésie, et qui n'eût pas été mal approprié à son talent. Cette opposition, ce contraste, délicatement traité, lui eût fourni peut-être plus d'une inspiration heureuse. Il y a deux poëtes, en effet, chez M. Heine : il y a le compatriote d'Uhland et de Schubert, le doux chanteur de cantilènes, et le poëte parisien qui est venu puiser à ces sources vives et sonores de Villon, de La Fontaine, de Voltaire, troublées par lui quelquefois. Eh bien ! il pouvait nous montrer ces deux hommes, il pouvait les faire chanter alternativement. Sa plume, quand il le veut bien, est assez fine, sa main assez légère pour toucher délicatement certaines nuances, et il eût fallu que, dans l'enivrement même des joies bruyantes, l'auteur eût tempéré la hardiesse de ses tableaux par les souvenirs de la poésie printanière où il excelle, par le regret de la terre natale et par ces retours amers que connaissent si bien les voluptueux. M. Heine ne l'a pas voulu. Il a pris plaisir à peindre grossièrement, l'une après l'autre, ces courtisanes de bas étage dont la liste effrontée s'allonge sans cesse sous sa plume. On cherche en vain comment le poëte rachètera la crudité de ses tableaux. La délicatesse est quelquefois dans le style, jamais dans la pensée. Quand, tout ému encore de ses premières pages, je vois paraître de tels masques sans vergogne, quand ces créatures de plaisir viennent usurper la place où brillait une pure image, j'entre en une

sorte de colère contre l'artiste qui froidement s'amuse
à flétrir ses inspirations les plus douces. Il me semble que
les Chananéennes raillent la gracieuse enfant qui tout
à l'heure dictait de si charmants vers au poëte, et je
ne puis m'empêcher de répéter les sévères paroles
d'un brillant écrivain : « J'ai vu les chastes images de
Thécla, de Clara, de Marguerite, de Geneviève, qu'in-
sultaient de grossières courtisanes. Le ricanement de
l'orgie a pris la place des larmes saintes des esprits immortels, et des vices prétentieux se sont couronnés eux-
mêmes de la couronne des vierges » Seulement, ce n'est
pas Thécla ou Marguerite que M. Heine laisse railler
ainsi par sa verve fantasque, ce sont ses propres créations; il faut le défendre contre lui-même (1).

Après que cette folle bande a défilé devant nous, l'auteur nous donne ce qu'il appelle ses poésies de circonstance, *Zeitgedichte*. Ce n'est plus, cette fois, le rêveur
des prairies embaumées, ni le poëte libertin qui excitait
ma colère; c'est le journaliste, le causeur éblouis-
sant, l'humoriste hardi et capricieux. Vraiment, j'aime
mieux que M. Heine revienne à cette inspiration qui lui
a souvent réussi. La douceur des premiers chants était
destinée, hélas! à mettre en relief les impiétés qui allaient
suivre ; jeu cruel et par trop facile, qui attriste et impatiente le lecteur ! Je préfère ses fines satires qui ne cachent
point leurs flèches. Nous pourrons bien tout à l'heure
lui demander compte de ses trop spirituelles railleries
et discuter la valeur de cet étincelant persifflage ; mais
d'abord suivons-le aussi loin qu'il voudra. Or, le voilà
qui s'assied bravement chez le bourguemestre, à l'université, au pied de la chaire du docteur hégélien, chez
tel critique en renom, ou chez le poëte, son confrère,
que je plains de tout mon cœur. Les noms propres ne
l'effraieront pas, tout au contraire. M. Heine est à l'aise
dans cette tâche. Il n'est pas de moqueur plus joyeux,
de confident moins discret, de combattant plus agile.
Personne n'a un esprit mieux aiguisé pour cette escrime

_____

(1) **Edgar Quinet**, *Allemagne et Italie*, T. I, p. 115.

légère et cruelle qui va frapper tout un peuple à l'endroit le plus tendre. Personne mieux que lui ne sait découvrir et mettre en saillie le côté bouffon des choses sérieuses. Or, qu'y a-t-il de plus sérieux que l'Allemagne? Par ma foi, nous allons rire.

Tantôt ce sera, en quelques traits vivement dessinés sur la muraille, le profil d'un docteur hégélien qui bat sa grosse caisse, ainsi parle M. Heine, et ce sont ces images que j'emploie. Tantôt c'est un conseil adressé à un ami : « Quoi! vous imprimez de pareils livres! vous ne songez donc pas aux princes, aux prêtres et au peuple? Ah! cher ami, vous êtes perdu. Les princes ont de longs bras, les prêtres ont de longues dents, et le peuple a de longues oreilles. » Il y a ainsi chez M. Heine toute une série de sentences qu'on pourrait recueillir et qui composeraient à l'usage de la presse allemande un cours très-amusant de diplomatie goguenarde. Il vient d'avertir ses amis ; tournez la page, il les complimente. C'est un billet adressé de Paris à quelque tribun de *la jeune Allemagne* : « J'apprends avec plaisir que vous avez renoncé à votre enthousiasme pour Goethe, que Clara et Marguerite vous ennuient, que vous avez pris congé de Mignon, et que vous êtes devenu un Mirabeau germain. »

A la page suivante, c'est une ballade folle, joyeuse, dont le sens n'est pas facile à deviner, mais qui se termine par un tableau railleur et très-compréhensible de l'Allemagne nouvelle. Il s'agit du noble chevalier Tannhæuser. Tannhæuser, le noble chevalier, habite depuis sept ans chez dame Vénus, dans les vertes montagnes ; mais un jour l'ennui le prend, le noble chevalier dit de grosses injures à sa dame et s'en va. Il s'en va à Rome, où le pape Urbain, sous son dais, accompagne la procession. « Saint Père, lui dit-il, délivrez-moi des tourments de l'enfer. J'ai habité sept ans chez dame Vénus, dans les vertes montagnes ; aujourd'hui je ne puis l'oublier. Elle est si joyeuse, si folle! ses dents sont si blanches quand elle rit! Toutes les fois que je pense à ce rire franc et sonore, ah! je pleure à chaudes larmes. Pour elle, je donnerais le ciel tout entier, le soleil, la

lune et les étoiles. Je l'aime d'un amour qui me brûle :
seraient-ce déjà les flammes de l'enfer? » Le pape Urbain ne peut le guérir. « Mon fils, dit-il, vous êtes perdu.
De tous les diables, le pire est celui que vous nommez
dame Vénus. Vous êtes déjà dans l'enfer, vous êtes condamné aux flammes éternelles. » Alors le chevalier retourne en toute hâte au fond des vertes montagnes où sa
dame le reçoit avec fête :

« — Tannhæuser, mon noble chevalier, ton absence a été bien
longue. Dis-moi dans quel pays tu t'es si longtemps attardé.

« — Dame Vénus, ma belle dame, je suis allé dans le pays des
Welches ; j'avais des affaires à Rome ; mais vite je suis revenu
vers toi.

« Rome est bâtie sur sept collines ; c'est le Tibre qui y coule.
J'ai vu le pape à Rome : le pape te fait saluer.

« En revenant, j'ai vu Florence ; j'ai passé par Milan, et rapidement j'ai remonté toute la Suisse.

« Quand je fus au haut du Saint-Gothard, j'entendis ronfler
l'Allemagne. Elle dormait paisiblement sous la douce protection
de ses trente-six monarques.

« En Wurtemberg, j'ai visité l'école des poètes souabes ; chères
petites créatures ! charmantes petites bêtes ! ils étaient assis sur
de petites chaises percées, avec de petits bourrelets sur leurs
petites têtes.

« A Weimar, le séjour des muses, des muses veuves, j'entendis
de grandes plaintes. On pleurait, on se lamentait : Hélas ! Goethe
n'est plus ! Hélas ! M. Eckermann vit encore !

« A Potsdam, c'étaient de bruyantes acclamations. Qu'y a-t-il ?
demandai-je tout étonné. — C'est Édouard Gans qui fait des leçons sur le XVIIIe siècle.

« La science fleurit à Gœttingue ; mais elle n'y porte pas de
fruits. J'y arrivai par une nuit épaisse, et ne vis de lumière nulle
part.

« Dans le bagne de Celle, je ne trouvai que des Hanovriens.
O Allemands ! il nous manque un bagne national et des coups de
fouet en commun.

« A Hambourg, la bonne ville, habite plus d'un mauvais compagnon, et quand j'allai à la Bourse, je me crus encore au bagne
de Celle.

« A Hambourg, j'ai vu Altona ; c'est aussi une belle contrée.
Une autre fois, je te ferai le récit de ce qui m'est arrivé dans toutes
ces villes. »

L'auteur termine ici brusquement sans nous donner

le sens de sa fable; il y en a un cependant. Le chevalier Tannhæuser, qui dit adieu aux plaisirs de sa retraite heureuse, au franc et joyeux rire de sa dame, et
qui essaie de faire pénitence à Rome, ne serait-ce point
l'Allemagne au moment où le méthodisme l'envahit et
l'attriste? et le poëte ne lui dit pas, par la voix du pape
Urbain, qu'il lui est impossible de se transformer?
Qu'elle y renonce donc, et que son génie, loin de s'humilier, retourne fièrement vers les montagnes de Thuringe, dans la maison de Luther; mais, hélas! en revenant chez lui, le voyageur ne trouve qu'une triste
population, endormie d'un lourd sommeil. Ces idées
sont familières à M. Heine, et il est permis de croire
que cet adieu aux retraites voluptueuses, ce pèlerinage
à Rome, ce retour enfin du chevalier, ont le sens que
j'entrevois. L'auteur, toutefois, ne s'est pas soucié d'é-
clairer nettement sa pensée; il lui a suffi d'accompagner son voyageur depuis le Saint-Gothard jusqu'à
Hambourg, et de lancer à droite et à gauche de vives
épigrammes.

Un peu plus loin, si M. Dingelstedt, le veilleur de
nuit, arrive à Paris, il lui demande des nouvelles de
l'Allemagne. « Eh bien! veilleur, qui veilles si bien,
donne-moi des nouvelles. Que se passe-t-il là bas? L'Allemagne est-elle libre? » Et là-dessus il fait tenir au
veilleur le plus plaisant discours du monde. « Tout va
bien, répond M. Dingelstedt, rassurez-vous. Ce n'est
pas comme en France, où la liberté n'existe qu'à la sur-
face. Ces Français frivoles n'ont jamais compris la liberté.
C'est l'Allemand qui sait être libre, libre au fond du
cœur. Tout va bien. On nous achève la cathédrale de
Cologne. Le libre Rhin, le Brutus des fleuves, on ne
nous l'enlèvera jamais, car les Hollandais lui garrottent
les pieds et les Suisses lui tiennent vigoureusement la
tête. D'ici à quelques années, Dieu aidant, nous aurons
une flotte; alors, plus de prison; *la jeune Allemagne* ira
sur les galères de l'empire. Bientôt aussi disparaîtra la
presse, et nous avons grand espoir que la censure sera
supprimée. Tout est vraiment pour le mieux. » Qu'est-

ce à dire? M. Dingelstedt n'est-il pas, cependant, un des écrivains les plus distingués dans le groupe des poëtes politiques? Les *Chants du veilleur de nuit* n'occupent-ils pas une place digne d'estime entre M. Anastasius Grün et M. Herwegh? Pourquoi ces railleries? Pourquoi lui faire débiter ce plaisant optimisme et l'affubler de la perruque du docteur Pangloss? Mais n'en demandons pas si long; M. Heine ne se soucie pas toujours d'être juste dans ses persifflages, et il ne faut pas le trop chicaner sur ses spirituelles étourderies. Ce qu'il y a de plus clair, c'est que le poëte est bien décidé à démasquer joyeusement tout ce qu'il y a de vain et souvent d'emphatique dans cette poésie politique si confiante et si orgueilleuse. Il lui semble que ses confrères se prennent beaucoup trop au sérieux. Leurs grands airs de Brutus, leurs superbes allures de tribuns l'amusent singulièrement. Quoi! tant de bruit! quoi! de si éloquents appels au peuple germain! une foi si candide dans l'énergie allemande, dans les forces vives de ce peuple qu'on invoque! Ou je suis bien trompé, ou cet esprit fin, subtil, voltairien, ne voit dans les vers de M. Herwegh ou de M. Dingelstedt qu'une rhétorique sonore; tout au plus leur accordera-t-il qu'ils sont dupes de leurs honnêtes illusions.

Mais lui, soyez-en sûrs, il ne veut pas être dupe, et la crainte de le devenir lui jouera plus d'un méchant tour. Il prendra plaisir à nier ces vigoureux instincts que M. Herwegh et ses amis voudraient réveiller chez les nations germaniques; il soufflera en riant sur ce bel idéal teutonique et le dispersera à tous les vents; il les montrera, ces vaillants fils d'Arminius, endormis dans leur sensualité grossière; le dirai-je? il les mènera tout droit à la taverne, et là, il les fera boire et chanter, comme Méphistophélès, quand il enivre les joyeux compères d'Auerbach. Ou plutôt n'est-ce pas ainsi que Voltaire, à ses heures d'impatience, gourmandait les Welches? Écoutez comme il accable son pays sous son ironique dédain :

« Nous dormons, absolument comme dormait Brutus; mais

Brutus s'éveilla et plongea dans le cœur de César son froid couteau : les Romains étaient des mangeurs de tyrans.

« Nous ne sommes pas des Romains ; nous fumons du tabac. Chaque peuple a son génie, chaque peuple a sa grandeur ; c'est en Souabe qu'on fait les meilleures galettes.

« Nous sommes des Germains, de bonnes gens, de braves gens ; nous dormons du paisible sommeil des plantes, et, dès le reveil, nous avons soif, mais non pas du sang de nos princes.

« Nous sommes fidèles comme le chêne, fidèles aussi comme le tilleul ; nous en sommes fiers. Dans le pays des chênes et des tilleuls, il n'y aura jamais de Brutus.

« Nous avons trente-six maîtres (ce n'est pas trop !) ; chacun d'eux, pour défense, porte une étoile sur son cœur, et n'a rien à redouter des idées de mars.

« Nous les appelons nos pères, et patrie la terre qui leur appartient par droit d'hérédité. Nous aimons aussi la choucroute et les andouilles.

« Quand notre père se promène, nous lui tirons dévotement notre chapeau. Non, l'Allemagne, ce pieux foyer domestique, n'est pas une caverne de bandits romains. »

M. Heine aura souvent recours à ce persifflage ; ce sera sa polémique favorite de mettre en relief l'imbécillité débonnaire de son peuple, et surtout sa vie prosaïque et joviale. Vous retrouverez cette cruelle tactique dans maintes petites pièces aiguisées comme un stylet. Toutes les fois qu'il entendra ce bon peuple parler complaisamment de sa vivace énergie et se confier dans l'avenir, il lui prouvera clairement qu'il a trop bien dîné, et ces héroïques Teutons seront toujours ramenés, faut-il le dire ? à des questions de cuisine.

Mais tout cela n'est rien encore ; nous n'en sommes qu'à la préface, à l'introduction. Toutes ces petites pièces, ballades, romances, épigrammes, ne sont que l'ouverture fringante de l'opéra buffa que prépare le hardi maestro. Il est temps d'en venir à l'œuvre véritable, à l'objet important du nouveau livre de M. Heine. Ce ne seront plus seulement des caprices, mais un poëme complet, un poëme en vingt-sept chants, où l'auteur se donne pleine carrière et se livre à toute la verve de son humeur satirique. Il semble que M. Heine ait eu peur lui-même de son audace ; c'est peut-être pour dérouter la censure qu'il a ainsi dissimulé son œuvre, qu'il l'a cachée derrière ces feuilles légères et bigarrées. Les mélodieuses chansons du commencement, le carnaval où passent et repassent les masques de Clarisse et d'Emma, quelques brillantes ballades éparses çà et là, les vers dont je viens de parler, tout cela vraiment composerait un assemblage trop mêlé, si le poëte n'avait voulu faire passer dans la foule son spirituel et audacieux manifeste. Le livre de M. Heine a échappé aux longues dents de la censure; le voici, ouvrons-le, et donnons à l'œuvre du brillant humoriste toute l'attention dont elle est digne. L'auteur a embrassé d'un seul coup un vaste sujet : son poëme s'appelle *l'Allemagne*.

C'est un voyage. Après une absence de treize ans, le poëte retourne dans sa patrie. Je traduis d'abord les premiers vers :

« C'était dans le triste mois de novembre, les jours étaient sombres, le vent arrachait aux arbres leur feuillage ; je partis pour l'Allemagne.

« Et quand je fus à la frontière, je sentis mon cœur battre plus fort, je crois même que mes yeux se mouillèrent de larmes.

« Une petite joueuse de harpe chantait. Elle chantait bien doucement et bien faux ; mais que je fus touché de son jeu !

« Elle chantait l'amour et les peines de l'amour ; elle chantait le sacrifice et le bonheur de se retrouver là-haut, dans ce monde meilleur où s'évanouissent toutes les douleurs.

« Elle parlait de cette vallée de larmes où nous sommes, des joies qui se flétrissent si tôt, et de cet autre monde où l'âme transfigurée se noie dans des voluptés éternelles.

« Elle chantait cette vieille chanson du renoncement, l'épopée du ciel, avec laquelle on console, quand il pleure, le peuple, ce grand lourdaud.

« Je sais comment on s'y prend ; je connais le texte ; je connais aussi messieurs les auteurs. Je le sais, ils boivent du vin en cachette, et en public ils nous prêchent l'eau claire.

« Amis, je vais vous chanter un nouveau chant, un chant meilleur! Nous voulons dès ici-bas, sur cette terre, atteindre le royaume céleste.

« Nous voulons être heureux sur la terre, nous ne voulons pas mourir de faim. Le ventre paresseux n'engloutira plus ce qu'ont gagné les mains laborieuses.

« Il croît assez de pain ici-bas pour tous les enfants des hommes ;

il y a aussi assez de roses et de myrtes, assez de beautés et de plaisirs, et les petits pois ne nous manqueront pas non plus.

« Oui, des petits pois pour tout le monde, dès que les cosses commenceront à crever ! laissons le ciel aux anges, — et aux moineaux.

« Et quand les ailes de la mort pousseront sur nos épaules, alors nous irons vous chercher là-haut et manger avec vous les tartes et la cuisine des bienheureux.

« Un chant nouveau, un chant meilleur ! il résonne comme la flûte et le violon ! le *miserere* n'est plus de ce temps-ci ; les cloches des morts se taisent.

« La vieille Europe est fiancée au beau génie de la liberté. Voyez-les dans les bras l'un de l'autre ; ils se noient dans ce premier baiser.

« La bénédiction des prêtres leur a manqué, mais le mariage n'est pas moins légitime. Vive le fiancé, et la fiancée, et les enfants qui naîtront d'eux ! »

Nous retrouvons ici sous cette forme poétique la fameuse théorie, si chère à M. Heine, des hommes gras et des hommes maigres. C'est dans son livre sur Louis Boerne qu'il l'a développée de la façon la plus complète et la plus amusante. Pour M. Heine, l'humanité se divise en deux parts, en deux races bien distinctes, et il n'y en a pas d'autres ; ce sont les hommes gras et les hommes maigres ; ou bien, pour employer un langage plus relevé, et c'est toujours M. Heine qui parle, il y aura d'un côté les Nazaréens et de l'autre les Grecs : les Nazaréens, c'est-à-dire, juifs ou chrétiens, tous ceux qui prêchent le renoncement aux joies de ce monde, et de l'autre côté, de l'autre côté de l'Hellespont, les Grecs, amoureux de la vie et de la beauté. Du reste, cette distinction ne date pas du christianisme, ce n'est pas seulement la différence de l'époque païenne et des siècles chrétiens ; ces deux races ont commencé avec le monde. Il y avait des Nazaréens à Athènes, et Alcibiade a rencontré plus d'un homme maigre aux soupers d'Agathon. De même aussi les Grecs, comme on sait, ne manquent pas chez les Nazaréens. Or, M. Heine est un de ces Grecs. Au fond, les principes de M. Heine n'ont rien de bien nouveau : ce sont les idées familières à l'épicuréisme moderne ; mais comme ces idées converties en de lourds systèmes,

comme ce pesant attirail du fouriérisme répugnait à ce
léger et charmant esprit, il a imaginé gaiement sa théorie particulière, et le voilà installé en Grèce. Un sentiment de l'art qui ne s'éteint jamais chez un poëte comme
M. Heine, même au plus fort de sa débauche, l'a averti
à temps et préservé d'un mauvais voisinage, car tout le
monde peut être fouriériste, mais n'est pas Athénien qui
veut. Son voyage sera donc, si j'ose le dire après lui, le
voyage d'un homme gras dans la maigre Allemagne, la
course rapide d'un Grec chez les tristes Nazaréens. Ces
deux hommes, le convive de Rabelais et le spirituel con-
citoyen d'Alcibiade, — car je ne puis me résoudre à les
confondre de la sorte, — ces deux hommes, nous les
rencontrons tour à tour dans les vers fantasques de
M. Heine. Quand son imagination sera un peu trop
joyeuse, ce sera l'humoriste en bonne santé, le railleur
pantagruélique ; mais la poésie fine, gracieuse, brillante,
éclatera aussi par instants, et nous reconnaîtrons le sourire de la Muse sur les lèvres de l'Athénien.

Le voici donc à la frontière. Après cette petite joueuse
de harpe qui chantait si doucement, mais si faux, les
premiers Allemands qu'il rencontre, ce sont les doua-
niers du *Zollverein*. Le bagage du voyageur est visité
sévèrement. N'aurait-il pas surtout quelque ouvrage
défendu ?—Pauvres fous, leur dit le poëte, c'est dans ma
valise que vous cherchez ma contrebande ! vous ne la
trouverez pas : elle est là, dans ma tête. Vous cherchez
si je n'ai pas des dentelles de Bruxelles, des objets de
bijouterie, des livres de France. Ah ! J'apporte au fond
de ma pensée de magnifiques bijoux pour la couronne
de l'avenir, des diamants, des trésors pour le temple du
Dieu nouveau, pour la demeure du grand inconnu. Et
que de livres dans mon cerveau ! que de livres biffés,
confisqués par la censure ! Sachez, bonnes gens, qu'il
n'en est point de pire dans la bibliothèque de Satan. Je
les crois même plus dangereux que les œuvres de M. Hoffmann de Fallersleben.

M. Heine a toujours au bout de sa plume un nom
propre qui vient ponctuer sa phrase. On a déjà vu qu'il

s'attaquait volontiers à ses confrères. M. Hoffmann de Fallersleben, ce chansonnier inoffensif, même dans ses colères, et d'une gaucherie assez aimable, arrive vraiment très à propos après la bibliothèque du diable. Qu'il se console ; il n'est pas le seul que piqueront les épigrammes de M. Heine. Je tourne la page et j'aperçois M. Charles Mayer que notre homme prend à partie, en arrivant à Aix-la-Chapelle. Que vient faire là M. Charles Mayer, un gracieux élève de cette école d'Uhland poursuivie avec tant de cruauté et d'injustice par l'auteur des *Reisebilder* ? A quel propos M. Heine amène-t-il son nom ? A propos de Charlemagne. Il nous conduit devant le tombeau du grand empereur franc, devant l'inscription fameuse, *Carolo Magno*, et nous prie de ne pas confondre Charlemagne avec M. Charles Mayer. « Après tout, ajoute-t-il, j'aime mieux être un tout petit poëte et vivre à Stuttgart que d'avoir été Charlemagne et d'être enseveli à Aix-la-Chapelle, car Aix-la-Chapelle est bien ennuyeux. » M. Heine ne voulait qu'une transition, et il abandonne M. Charles Mayer pour courir sus aux Prussiens. C'est là surtout ce qui lui déplaît à Aix-la-Chapelle, c'est la garnison prussienne, ce sont ces officiers au col raide, aux allures maussades, ces soldats avec leurs mouvements à angle droit, ces moustaches disciplinées militairement, et puis le nouvel uniforme, le nouveau casque avec ses prétentions chevaleresques et un air moyen-âge qui réjouira, dit-il, toute l'école romantique, M. Tieck et M. Uhland. Je voudrais citer quelques vers de ce chapitre, qui est fort amusant ; mais le poëte m'entraîne, et voici déjà qu'il entre à Cologne.

Êtes-vous allé à Cologne ? Vous êtes-vous promené dans ses rues noires ? Avez-vous visité le dôme ? Avez-vous vu la grue encore debout sur les tours inachevées, et le chœur avec les arcades, les statues dans les niches, les ogives ciselées, les colonnettes qui s'élancent ? Un pieux respect vous saisit quand vous entrez dans ces murs si sombres. Malgré l'aspect monacal de la ville, l'émotion qu'elle inspire est douce. Toutes ces églises sont vénérables, Sainte-Ursule, Saint-Pierre, Saint-Martin. D'ailleurs, un seul souvenir est demeuré là qui domine tous les autres. Quelque opinion qu'on ait sur l'art du moyen-âge, c'est ici qu'a été entrepris le chef-d'œuvre par excellence, le monument incomparable de cet art, et certes, si jamais le passé a demandé grâce au présent d'une manière suppliante, c'est bien à Cologne par toutes les voix désespérées de cette cathédrale qu'on n'achèvera pas. Je n'ai pas besoin de renoncer aux idées de mon temps pour comprendre sans peine le sincère enthousiasme des Allemands, leur amour passionné de ces belles contrées, leur attachement pieux à ces grands souvenirs. Ce dôme de Cologne, ces flots silencieux du Rhin, ont été chantés par bien des poètes en Allemagne ; hommes du nord ou du midi, protestants ou catholiques, docteurs piétistes ou docteurs hégéliens, tous étaient d'accord sur ce texte. Il y a eu des strophes inspirées et des lieux communs sans valeur : qu'importe ? Du plus grand au plus petit, chacun a voulu chanter ce sujet sacré, afin de baptiser et de bénir sa muse. C'était une œuvre de piété : que pouvait-on demander davantage ? J'ai lu beaucoup de ces vers, et j'en lirai volontiers beaucoup d'autres. Surtout j'écouterai avidement M. Heine lorsque, après treize années d'exil, cette brillante imagination retrouvera les grands spectacles de la patrie :

« J'arrivai à Cologne le soir, fort tard. J'entendis mugir le Rhin ; l'air de l'Allemagne me souffla au visage, et je sentis son influence...

« Sur mon appétit. Je mangeai une omelette, du jambon, et comme le jambon était fort salé, il fallut bien boire du vin du Rhin.

« Le vin du Rhin brille toujours comme de l'or dans une coupe romaine toute verte, et si vous en prenez quelques gouttes de trop, cela vous monte au nez.

« Oui, au nez, un picotement si doux ! quelles délices ! on ne peut s'en lasser. Or, ce fut le vin du Rhin qui me poussa dehors, par la nuit obscure, au milieu des rues retentissantes.

« Les maisons de pierre me regardaient, comme si elles eussent voulu me conter des légendes du temps qui n'est plus, des histoires de la sainte ville de Cologne.

« Oui, c'est ici que le clergé jadis a mené sa pieuse vie ; c'est ici que régnaient ces hommes obscurs décrits par Ulric de Hutten.

« C'est ici que les nonnes et les moines dansèrent le cancan du moyen-âge ; ici Hochstraten, le Menzel de Cologne, écrivait ses dénonciations empoisonnées.

« C'est ici que la flamme du bûcher a dévoré des livres et des hommes. Pendant ce temps-là, les cloches sonnaient et l'on chantait le *Kyrie eleison*.

« Mais voyez ! voyez, à la clarté de la lune, ce colossal compagnon qui se dresse tout noir et tout endiablé ! C'est le dôme de Cologne.

« Il devait être la bastille de l'esprit, et les rusés papistes pensaient : dans cette prison de géant se consumera le génie de l'Allemagne.

« Alors vint Luther, et il jeta son grand cri : Halte ! Depuis ce jour, la construction du dôme est abandonnée.

« On ne l'achèvera pas, et cela est bien. Ainsi inachevé, c'est le monument de la force de l'Allemagne et de sa mission protestante.

« Pauvres sots du *Domverein*, vous voulez de vos faibles mains continuer l'œuvre interrompue ! vous voulez achever la vieille prison !

« Ah ! pauvres fous, vous aurez beau faire la quête, vous aurez beau mendier chez les hérétiques et même chez les juifs, tout cela ne servira de rien.

« Le grand Franz Liszt jouera bien inutilement sa musique au bénéfice du dôme, et un roi plein de talent y perdra ses déclamations.

« On ne l'achèvera pas, le dôme de Cologne, quoique les sots de la Souabe aient envoyé pour la construction tout un vaisseau rempli de pierres.

« On ne l'achèvera pas, malgré les cris des corbeaux et des hiboux qui regrettent la nuit du passé et nichent dans les hautes tours des églises.

« Un jour même viendra où, loin de l'achever, on fera de la nef une écurie. »

Je m'arrête, et peut-être ai-je déjà trop soulevé le voile. De toutes les surprises que M. Heine nous ménage si plaisamment à chaque pas, celle-là est assurément la plus imprévue. Il lui a fallu une véritable audace pour affronter si décidément toutes les colères que cette page va soulever dans son pays. Ulric de Hutten a tiré l'épée

contre Hochstraten et M. Menzel : les hommes obscurs
vont reprendre leur correspondance et n'épargneront
pas le hardi poëte. Pour nous, qui pouvons juger
M. Heine sans passion, que dire? Le faut-il blâmer d'a-
voir ainsi offensé les souvenirs et les affections de tout
un peuple? Mais, je l'avoue, on ne nous a guère disposés
en ce moment à nous enthousiasmer pour les cathédrales. Il m'est impossible d'oublier qu'en Allemagne
comme en France, l'étude trop passionnée du moyen-
âge a servi la cause des implacables ennemis de la société moderne. Le poëte fait bien d'avertir son peuple.
S'il le voit se prendre d'une admiration sentimentale
pour ces siècles condamnés et que l'on voudrait faire
revivre, c'est son droit de le mettre en garde contre les
pieuses affections dont il sera dupe; c'est son devoir de
le ramener à un sentiment plus sévère de la réalité.
Sous la folle gaieté de ses paroles, sa pensée est sérieuse,
et je l'accepte. Seulement, la forme de ces avertissements, dira-t-on, est irrespectueuse et cruelle. Mon
Dieu! oui, le bien et le mal se rencontrent sans cesse
dans les vers de M. Heine, et la tâche de son commen-
tateur n'est pas facile. Cependant ici, sauf quelques paroles que je voudrais retrancher, le ton léger et fantasque de tout l'ouvrage me semble une suffisante excuse
pour les irrévérences du poétique humoriste. Je n'ai pas
le courage d'insister, et ce n'est pas moi qui voudrais
combattre sous la bannière de M. Menzel.

Quand M. Heine, à la fois souriant et irrité, a achevé
son apostrophe à la cathédrale de Cologne, il arrive par
les rues tortueuses jusqu'au pont de bateaux du Rhin,
et là il doit bien un salut au grand fleuve. « Salut, ô
mon père! que de fois sur la terre d'exil j'ai pensé à toi
avec confiance, avec amour! » Mais le vieux fleuve est
triste et raconte douloureusement au poëte ce qui lui
est arrivé depuis treize ans. A Biberich, il y a quelques
années, les habitants du duché de Nassau roulèrent
dans ses eaux un amas de pierres pour construire une
digue. Quel dur affront! comme ces pierres insolentes
l'ont blessé! comme elles étaient lourdes! moins lourdes

pourtant que les vers de M. Nicolas Bekker. La sotte
chanson et le sot écrivain! ce souvenir l'impatiente et
l'irrite. Quoi! faire du Rhin une chaste vierge, une
pure jeune fille, quand les Français savent si bien le
contraire! il s'arrache de dépit sa barbe grise. Le voilà
ridicule à jamais, le voilà compromis politiquement :

« Car le jour où les Français reviendront, je serai forcé de rougir devant eux, moi qui si souvent, avec larmes, ai prié le ciel
qu'il nous les renvoie!

« Je les ai toujours tant aimés, ces chers petits Français!
Chantent-ils, dansent-ils toujours comme autrefois? portent-ils
des culottes blanches?

« Je les reverrais bien volontiers, mais je crains qu'il ne me
persiflent à cause de cette chanson maudite.

« Alfred de Musset, ce gamin de Paris, viendra peut-être à leur
tête en battant du tambour, et il me tambourinera d'atroces plaisanteries. »

« Ainsi se plaignait le pauvre vieillard ; il ne pouvait se consoler.
Je lui adressai maintes paroles encourageantes pour lui redonner
du cœur :

« Ne crains pas, mon père, la raillerie moqueuse des Français.
Ce ne sont plus les Français d'autrefois. Ils ne portent plus les
même culottes blanches.

« Maintenant ils font de la philosophie, ils parlent de Kant, de
Fichte, de Hegel ; ils fument et boivent de la bière ; il y en a même
qui jouent aux quilles.

« Ils deviennent philistins comme des Allemands, et seront
pires que nous bientôt. Ce ne sont plus les fils de Voltaire, ils
sont du côté d'Hengstenberg.

« Alfred de Musset, j'en conviens, est encore un terrible
gamin; mais ne crains rien, nous saurons bien lui lier sa maudite langue. »

On voit que le poëte ne nous épargne pas. Puisqu'il
se trouve aux bords du Rhin, entre l'Allemagne et la
France, il profite de l'occasion et lance ses flèches sur
les deux rives: raillerie affectueuse après tout, car il
nous aime, et on le lui a assez durement reproché dans
son pays pour que nous devions ne pas l'oublier. Il y a
d'ailleurs plus d'un bon conseil dans son persiflage, et
quand il nous reproche d'être partisans d'Hengstenberg,
le chef du méthodisme allemand, quand il nous re-

proche d'avoir renié Voltaire, je ne saurais trop que lui répondre. Je ne réponds rien non plus pour M. de Musset, que l'auteur met brusquement en scène avec un sansfaçon un peu trop germanique; c'est une affaire à régler entre poëtes, et si le brillant auteur de *Mardoche* veut rendre un jour à M. Heine, qui l'a souvent imité, ses railleries pleines d'*humour*, ce sera un correspondant plus digne de lui que M. Nicolas Bekker.

Nous pensions être bien loin du dôme de Cologne. Pour ma part, je me félicitais d'avoir échappé à un sujet si périlleux, car, en voyant M. Heine le prendre sur ce ton d'ironie et de colère, savais-je jusqu'où s'emporterait sa verve? Par bonheur, une moquerie légère, une poésie fantasque et gracieuse avait voilé ses hardiesses, et il m'était permis de passer outre; d'où vient donc qu'il nous ramène si brusquement à la cathédrale? Avant de dire adieu à Cologne, il faut que ses rancunes, longuement amassées, fassent explosion, il faut que sa haine du joug monacal éclate d'une manière terrible.

Il fait nuit : la lune, qui vient de se lever, projette sur le pavé des rues silencieuses les ombres bizarres des vieilles maisons. Tandis que le poëte regagne son toit, il aperçoit derrière lui, à la clarté de la lune, un homme enveloppé dans son manteau et qui le suit pas à pas. « Socrate, dit M. Heine, avait un démon dont les conseils ne lui manquaient jamais ; Paganini était toujours accompagné d'un *spiritus familiaris* qui lui apparaissait sous mille formes ; Napoléon, aux heures solennelles de sa vie, voyait auprès de lui un homme rouge. Moi-même, quand je travaille le soir, j'aperçois souvent derrière ma table un compagnon grave et silencieux. Il est d'une stature gigantesque ; ses yeux luisent comme deux étoiles. Enveloppé dans son manteau, il tient à la main quelque chose, qui brille d'une manière étrange, et j'ai cru quelquefois entrevoir que c'était un hache de bourreau. Il demeure toujours à une certaine distance, et semble craindre de troubler mon travail. Il y avait longtemps qu'il n'était venu me visiter, et c'est lui que je revis tout-à-coup dans les rues de Cologne. » Or, le mystérieux compagnon suit toujours le poète à travers le labyrinthe des petites rues ; on dirait d'une ombre ou d'un esclave. Quand le maître marche, il marche, et s'arrête quand il s'arrête. Alors le poète impatienté : « Qui es-tu ? s'écrie-t-il. Je te vois toujours paraître à l'heure où des pensées profondes m'agitent et quand ce sont les destinées de l'humanité qui font battre mon cœur. Parle, que caches-tu là sous ton manteau, et que veux-tu enfin ? » Le compagnon lui répond gravement : « Ne te fâche pas, je t'en prie ; ne m'exorcise pas, et prends garde de devenir emphatique. Je ne suis ni un fantôme du passé, ni un fossoyeur. J'ai peu de goût pour la rhétorique et je n'entends pas grand' chose à la philosophie. Je suis un esprit pratique. Or, sache-le : ce que ton esprit conçoit, c'est moi qui l'accomplis. Les années peuvent s'écouler ; je ne me décourage pas, jusqu'à ce que j'aie réalisé ta pensée. Tu penses, j'agis ; tu es le juge, je suis le bourreau ; avec l'obéissance d'un esclave, j'exécute toutes tes sentences, fussent-elles iniques. A Rome, on portait la hache devant le consul ; tu as aussi ton licteur, mais on te porte la hache par derrière. C'est moi qui suis ton licteur, et je marche toujours après toi avec ma hache étincelante. »

Il y a un peu de mélodrame dans ce début, et M. Heine l'a senti quand il se fait recommander fort à propos de ne pas tourner à l'emphase. C'est aussi pour cela qu'il s'arrête tout court, sans oser nous dire ce que va faire son terrible licteur et pourquoi sa hache est aujourd'hui si nette, si luisante, si bien aiguisée. Au chapitre suivant, nous trouvons le poète dans son lit. « Qu'on repose doucement, dit-il, dans ces lits d'Allemagne ! Ah ! c'est là que la patrie est libre, heureuse, triomphante ! Que de songes, que de rêves dans ces doux lits de plume ! » et, s'appropriant un mot bien connu de Jean-Paul, il est heureux de penser que, si la terre appartient aux Français et aux Russes, si la mer est anglaise, les Allemands, maîtres des nuages, sont les légitimes souverains de l'empire des songes. Là-dessus, il s'endort comme si les anges le berçaient. Or, savez-vous quel doux rêve lui apportent les anges? Il rêve qu'il marche encore à travers les rues sonores de la ville, accompagné de son noir licteur. Il est las, accablé, ses genoux plient, mais je ne sais quelle force inconnue le pousse toujours plus loin. Son cœur bat avec violence, son cœur se brise, et ses doigts se teignent du sang de sa plaie. Si de ses doigts ensanglantés il touche en passant une de ces vieilles maisons, la cloche des morts y sonne tout-à-coup, doucement, tristement. La lune, d'instants en instants, devient plus pâle, et les nuages passent en galopant, comme des chevaux noirs, sur sa face troublée. Il marche toujours avec son étrange serviteur, et arrive sur la place du Dôme. La porte de la cathédrale est ouverte : ils entrent. Un silence de mort règne sous les voûtes. Çà et là brillent quelques lampes allumées, pour mieux faire ressortir la profonde obscurité des longues galeries. Il s'avance toujours le long des piliers jusqu'à l'endroit où étincellent, au milieu des cierges, l'or, l'argent, les pierres précieuses. C'est la chapelle où dorment les reliques des rois Mages. Singulier prodige ! ils sont assis tous les trois sur leurs sarcophages de marbre, trois squelettes, affublés d'ornements bizarres, avec leurs couronnes sur leurs crânes hideux, leurs sceptres entre leurs doigts décharnés, et exhalant à la fois une odeur de pourriture et d'encens. Tout-à-coup un des rois prend la parole et fait un long discours en trois points, expliquant au poète pourquoi il lui demande son respect, premièrement parce qu'il est mort, secondement parce qu'il est roi, troisièmement parce qu'il est saint. « La harangue, dit le poète, me toucha peu ; je lui répondis : Cela prouve seulement que tu appartiens au passé de trois façons. Allons ! tous les trois, partez ! Votre place est au fond de la tombe. Les trésors de cette chapelle seront consacrés au présent, à ceux qui vivent. La joyeuse cavalerie de l'avenir va camper ici. Allons, délogez ! car si vous ne partez de bonne grâce, je vous ferai chasser à coups de massue. » Cela dit, il se tourne vers son compagnon, dont la hache jetait dans l'ombre de formidables lueurs. Le licteur

s'approche, et gravement, froidement, sans pitié, il met
en pièces les pauvres squelettes. « Chaque coup, ajoute
l'auteur, retentissait sous les voûtes avec un bruit épouvantable. Je sentis des flots de sang couler de ma poitrine, et je m'éveillai en sursaut. »

M. Heine a beau placer cette scène au milieu d'un
rêve, une telle scène est odieuse, un tel rêve est impie.
Il a beau trouver, en terminant, des paroles de commi-
sération pour ses victimes et voir le sang couler de son
cœur déchiré, cette invention a quelque chose de brutal
qu'on ne saurait excuser. Je sens au fond de mon âme
une aversion aussi franche que celle de M. Heine pour
les restaurations du passé, pour le retour de la barbarie
féodale ou monacale ; je ne demande pas mieux que
de voir arriver gaiement, enseignes déployées, cette
brillante cavalerie de l'avenir dont il parle, si cela
signifie le progrès toujours plus rapide des idées de
justice, de vérité, de liberté, le triomphe régulier de
l'ère nouvelle que 89 a inaugurée dans le monde ; mais
je ne veux pas que le poëte, même dans un rêve fantastique, prépare la litière des chevaux sur les autels
détruits, dans les chapelles outragées. Son licteur n'est
pas un soldat de la société nouvelle ; c'est le représentant des vieilles rancunes scandinaves et germaniques
qui apparaissent çà et là avec une vigueur indomptée
chez cet écrivain, d'ailleurs si gracieux et si fin. Déjà,
vers les dernières pages du *Livre des Chants*, il nous
avait peint sur une toile sinistre les divinités du Nord
escaladant les cieux chrétiens, les nains bossus, les
kobolds hideux, difformes, terrassant à coups de poing
les divins anges aux ailes de soie, enfin toute la théo-
gonie brutale des pays glacés se ruant, comme une
invasion de Huns, dans le merveilleux paradis de Dante.
Déjà, il y a quelques années, dans ses brillantes fantaisies historiques sur l'Allemagne, il annonçait, au moment
de conclure, une révolution effroyable qui viendrait du
Nord ; il appelait au combat ces mêmes divinités scandinaves, dont il dispose selon ses caprices, et ne nous
montrait-il pas le dieu Thor armé de son marteau

gigantesque, et tout prêt à démolir les cathédrales? Ce n'était pas assez de l'annoncer, il a voulu réaliser ses prédictions; il a aiguisé la hache de son licteur. Maintenant que les colères du poëte germain ont été si durement satisfaites, il faut espérer que nous ne retrouverons plus de pareilles inventions dans ses livres. Certes, ce n'est point là la vocation de cet esprit charmant, et, malgré toutes les ressources d'une plume tour à tour gracieuse et énergique, il n'échappe jamais complètement à l'emphase du mélodrame, quand il ordonne à sa muse ces massacres de septembre.

Toutes ses affaires réglées à Cologne, le poëte repart. La poste prussienne l'emmène du côté de Hambourg. La matinée est triste, une grise et pluvieuse matinée aux approches de l'hiver. Est-ce pour cela que le poëte est si gai? En dépit de ces nuages, en dépit de cette brume froide et pénétrante, il est plus joyeux que jamais. Toutes ces petites villes qu'il traverse, Muhlheim, Hagen, réveillent chez lui bien des souvenirs et l'amusent singulièrement. A table d'hôte, la cuisine allemande lui inspire des plaisanteries sans fin; les poulets, dans le plat, le reconnaissent; il y a des dindons à la broche qui lui adressent de longs discours. Comme cette oie grasse a une physionomie débonnaire! comme elle le regarde avec une expression affectueuse! Peut-être, pense-t-il, m'a-t-elle connu autrefois, quand nous étions jeunes tous deux. Elle avait sans doute le cœur très tendre, mais sa chair est bien dure. Des dindons et des oies, l'auteur passe aux Westphaliens d'une façon fort impertinente et sans la moindre transition. Ses camarades d'université étaient tous des Westphaliens, buvant sec, mangeant salé, amis à toute épreuve, et, quoique fort gras, très disposés à la mélancolie.

Ainsi va notre voyageur, assez peu difficile, cette fois, sur le choix de ses plaisanteries, et il arrive à la forêt de Teutobourg, au champ de bataille où Hermann défit les légions de Varus et légua un glorieux souvenir à la Germanie. Voici quelques-unes des réflexions inspirées au poëte par l'héroïque forêt nationale:

« Si Hermann n'avait pas gagné la bataille avec ses blondes hordes germaines, la liberté allemande aurait péri, et nous serions devenus Romains !

« La langue romaine, les mœurs romaines régneraient chez nous. Il y aurait des vestales même à Munich, et les Souabes s'appelleraient Quirites !

« Hengstenberg serait aruspice et fouillerait dans les entrailles des bœufs. Neander serait augure et consulterait le vol des oiseaux.

« Raumer ne serait pas un *lump* (gueux) allemand ; ce serait un *lumpazius* romain, et Freiligrath ferait des vers sans rimes, comme autrefois Horazius Flaccus.

« Le grand mendiant, le père Jahn, s'appellerait aujourd'hui Grobianus. *Me Hercule !* Massmann parlerait latin, Marcus Tullius Massmannus.

« Les amis de la vérité se battraient dans l'arène avec des lions, des hyènes et des chakals, au lieu de se battre avec des chiens dans les petits journaux.

« Schelling serait un Sénèque et mourrait comme lui, et nous dirions à Cornélius : *Cacatum non est pictum.*

« Dieu soit loué ! Hermann a gagné la bataille, les Romains ont été chassés, Varus est mort avec ses légions, et nous sommes restés Allemands.

« Nous sommes restés Allemands, nous parlons allemand, comme on le parlait jadis. L'âne s'appelle âne et non *asinus*, et les Souabes sont demeurés des Souabes.

« Raumer est resté un gueux d'allemand dans notre Allemagne du nord ; Freiligrath fait des vers qui riment, et ce n'est pas du tout un Horace.

« O Hermann ! c'est à toi que nous devons cela ! C'est pourquoi on t'a élevé un monument à Dettmold. Moi-même, j'ai souscrit. »

Il y a beaucoup d'esprit assurément dans tous ces vers ; mais si M. Heine est seul dans son parti, si de tous les poètes ses confrères, pas un, je dis parmi les plus ingénieux et les plus hardis, ne voudrait combattre à ses côtés, nous pouvons maintenant le comprendre sans peine. C'est surtout par ce ton cavalier, par cette façon irrévérencieuse de toucher aux sujets sacrés du pays, que M. Heine s'est aliéné ses compatriotes. A l'entendre parler d'une manière si leste, on a pu se demander plus d'une fois s'il était encore Allemand. En vain s'annonçait-il comme le plus audacieux soldat de la jeune armée, en vain lançait-il au plus fort des bataillons ennemis ses flèches rapides, on ne savait trop si l'on pou-

vait se fier à lui; on ne connaissait pas son drapeau.
Si l'humoriste capricieux, indiscipliné, échappait naturellement aux théories des critiques et des historiens
littéraires, les différents groupes politiques ne pouvaient
pas davantage se rendre compte de ses contradictions
bizarres, de ses évolutions imprévues. Ce n'est pas tout :
à ces continuelles fantaisies d'une imagination trop pé-
tulante, ajoutez (piquant et singulier contraste!) les
ruses, les finesses, les expédients très-spirituels d'un
écrivain diplomate qui soigne sa gloire avec une sollicitude parfaite, qui se ménage, sinon des amis, du moins
des alliés (alliés d'un jour, d'une heure, qu'importe?),
qui vous environne, vous enveloppe, et moitié riant,
moitié sérieux, vous empêche de savoir si vous devez
lui tendre ou lui retirer votre main, qui écrivait hier
dans les *Annales de Halle*, aujourd'hui dans la *Gazette
d'Augsbourg*, tout cela sans trahison, j'en suis bien sûr,
et seulement par la naturelle vivacité de cette chose légère qu'on appelle un poëte, un dilettante, un humoriste; ajoutez, dis-je, à la nature prompte et ailée de
sa muse cette diplomatie de tous les instants, et vous
saurez pourquoi ses compatriotes sont souvent si em-
barrassés quand il s'agit de marquer sa place.

M. Heine a dû s'en préoccuper plus d'une fois. Ces
idées lui sont venues surtout le jour où il célébrait à sa
manière la forêt de Teutobourg, et je les trouve gaiement
exprimées dans le chant qui suit. Quoi donc? oser railler les souvenirs de la vieille Allemagne, quand tous
les poëtes politiques s'efforcent de réveiller l'esprit altier de ces grandes époques où la Germanie était une et
vigoureuse! Que diront ses confrères? que diront M. Dingelstedt, M. Prutz, M. Herwegh? Ils diront : Qui es-tu
enfin? es-tu des nôtres ou du camp ennemi? es-tu chien?
es-tu loup? Voilà, j'imagine, à quoi songeait notre
voyageur, quand tout-à-coup, au milieu de la forêt, la
chaise de poste craque, l'essieu se brise, il faut s'arrêter.
Tandis que le postillon court au village voisin, le poëte
s'enfonce dans la forêt. La nuit est profonde. Il fait
quelques pas sous les arbres, et soudain de longs hurle-

ments retentissent autour de lui. Ce sont les loups affamés, leurs yeux flamboient dans l'ombre. — Certainement, dit le poëte, ils avaient su que je devais passer par là ; c'est pour moi qu'ils illuminaient la forêt, c'est pour moi qu'ils chantaient en chœur. Je pris donc une pose convenable et m'exprimai ainsi d'une voix émue :

« Frères loups, je suis heureux de me trouver aujourd'hui dans cette assemblée où tant de nobles cœurs viennent hurler au-devant de moi avec amour.

« Ce que j'éprouve en ce moment est inexprimable. Ah ! cette heure si belle demeurera éternellement dans mon souvenir.

« Je vous remercie de la confiance dont vous m'honorez et que vous m'avez conservée fidèlement dans toutes les épreuves difficiles.

« Frères loups, ne doutez pas de moi ; ne vous laissez pas prendre aux discours de ceux qui prétendent que je suis passé du côté des chiens ;

« Que je suis un apostat, et que bientôt je serai conseiller aulique à la cour des moutons. Réfuter de tels bruits était au-dessous de ma dignité.

« La peau de mouton dans laquelle je m'enveloppe quelquefois pour me réchauffer ne m'a jamais porté, croyez-moi, à rêvasser pour le bonheur des moutons.

« Je ne suis ni mouton, ni chien, ni conseiller aulique, ni aigrefin ; je suis loup. Mon cœur est un cœur de loup ; mes dents, des dents de loup.

« Je suis loup et toujours je hurlerai avec les loups. Adieu, comptez sur moi, et aidez-vous vous-mêmes afin que Dieu vous aide ! »

« Voilà le discours que je leur adressai sans la moindre préparation. M. Kolb l'a inséré, mais en le défigurant, dans la *Gazette d'Augsbourg*. »

C'est de cette manière railleuse que le poëte répond à ceux qui doutent de lui. Railleuse ou non, la réponse a son importance. Décidément, le voilà enrôlé dans l'armée des loups. Il pourra bien ne pas être toujours un soldat très-discipliné, il fera la guerre selon son caprice, il aura une façon particulière de hurler, mais enfin ses compagnons sont prévenus, et il faudra lui pardonner.

La précaution n'était pas inutile, car, dès le chapitre suivant, l'auteur va revenir à sa polémique habituelle.

et choisir pour texte de ses spirituelles railleries les souvenirs historiques les plus chers à la nation allemande.
C'était d'abord la cathédrale de Cologne, tout à l'heure
c'était la forêt de Teutobourg, ce sera maintenant le
grand empereur de la maison de Souabe, Frédéric Barberousse. M. Heine commence d'une manière très-res-
pectueuse; il a retrouvé les plus doux accents de cette
poésie naïve qui est souvent si gracieuse sous sa plume.
Tandis que les chevaux l'emmènent à travers les plaines
brumeuses, tandis que le postillon sonne du cor, les refrains des chansons de son enfance s'éveillent et chantent au fond de son cœur. Il songe à sa bonne vieille
nourrice, qui savait toutes les légendes du temps passé
et qui les contait si bien. Il y avait une fois une fille de
roi assise toute seule sur la bruyère; ses longs cheveux
brillaient comme l'or; hélas! elle était captive. On l'a-
vait réduite aux travaux de la basse-cour; la belle princesse aux cheveux d'or gardait les dindons! Ou bien
c'était l'histoire de Barberousse, qu'elle racontait si
gravement, si pieusement. Barberousse n'est pas mort;
il habite en Thuringe, dans une caverne du mont Kiff-
hæuser. Là est son écurie avec ses chevaux de bataille,
sa grande salle avec tous ses chevaliers, son arsenal avec
les armes luisantes : lui-même, dans la quatrième salle,
il attend, grave et silencieux, que l'heure du combat
soit venue. Alors il criera de sa voix retentissante : A
cheval! à cheval! Les trompettes sonneront, les épées
brilleront, les chevaux henniront, et l'empereur ira châtier les bandits qui ont assassiné au fond d'une basse-
cour la noble fille du roi, la belle Germania aux cheveux
d'or. M. Heine excelle dans ces vieilles légendes, les refrains d'autrefois s'adaptent sans pastiche à des vers
très-habilement appropriés, et ces contes de bonne
femme deviennent entre ses mains de petits chefs-d'œuvre de grâce et de fantaisie. Tout en songeant de la sorte
aux histoires de sa nourrice, le voyageur, doucement
bercé, s'endort, et vous pensez bien qu'il va retrouver
Barberousse dans son rêve. Seulement, l'empereur n'est
pas assis sur sa chaise de pierre, et n'a point cet air

auguste et vénérable que lui donne la légende. Le poëte et l'empereur se promènent familièrement dans les grandes salles, causant, discutant, et Barberousse montre à son hôte tous ses trésors, toutes ses curiosités, avec le naïf enthousiasme d'un antiquaire. Ici, ce sont des armes magnifiques; puis, voici les chevaliers : ils dorment, mais tous sont là, et pas un ne manquerait à l'appel. Ce sont les chevaux qui manquent. L'empereur en a fait chercher par toute la terre; on les attend d'un jour à l'autre; quand le nombre sera complet, alors seulement il sortira de sa caverne et commencera la bataille. « Eh! lui dit M. Heine, pourquoi attendre ainsi? S'il vous manque des chevaux, montez sur des ânes; mais, pour Dieu! ne tardez pas davantage. — Patience! répond en souriant le vieil empereur; Rome n'a pas été construite en un jour, et *chi va piano va sano.* » L'entretien est familier, comme on voit. M. Heine a voulu préparer et amener peu à peu toutes les irrévérences qui vont suivre. L'empereur, les mains derrière le dos, se promène toujours de long en large avec son hôte, comme ferait un roi constitutionnel; il lui demande avidement des nouvelles, car depuis la guerre de sept ans il n'a rien su de ce qui se passe dans le monde. Qu'est devenu le roi de France Louis XV? Qu'est devenue la Dubarry?— La Dubarry, répond l'autre avec une gravité imperturbable, a vécu fort en joie pendant le règne de Louis XV, et elle était déjà très-âgée quand on la guillotina. Louis XV est mort tranquillement dans son lit, mais son successeur Louis XVI a été guillottiné avec la reine Antoinette. La reine montra un grand courage, comme il convenait à son rang, mais la Dubarry pleurait et criait lâchement devant la guillottine. — Pour l'amour de Dieu! quel langage parlez-vous, s'écrie Barberousse, et que signifient ces termes inconnus? Alors le poëte lui explique ce que c'est que la guillottine; il insiste complaisamment, avec une indifférence glaciale, avec un burlesque sang-froid, et n'a garde d'omettre aucun détail. L'empereur à la fin perd patience et traite son hôte de butor et de malappris; le poëte aussi se fâche, et rien n'est plaisant comme cet étrange dialogue : « Ma foi, monsieur Barberousse, dit-il en éclatant, je regrette les politesses que je vous ai faites. Vous n'êtes qu'une vieille fable. Nous saurons nous passer de vous. Les républicains riraient bien, s'ils voyaient à notre tête un fantôme du passé avec une couronne et un spectre. Restez dans votre caverne. Tout bien considéré, nous n'avons pas besoin d'empereur. »

Continuons : nous arrivons à Minden, triste et noire forteresse. Il est nuit déjà, et les lourdes portes se referment derrière le voyageur, ainsi que les portes d'une prison. Il se sent triste comme Ulysse lorsque Polyphème roula son énorme rocher à l'entrée de la caverne. Les auberges de Minden sont aussi sombres que la ville; le poëte y dormira tristement, et les armes prussiennes qu'il aperçoit sur le fond du ciel de lit lui inspireront des rêves lugubres. L'aigle noire, l'aigle au bec crochu, viendra lui manger le cœur. Partons vite de Minden. Nous voici dans la petite principauté de Buckebourg, dont le poëte emporte environ la moitié à la semelle de ses souliers. Nous sommes bientôt chez le roi de Hanôvre, chez ce lord tory, condamné à gouverner une province d'Allemagne et qui regrette la vie de Londres ; pour se désennuyer, il daigne exécuter de temps à autre quelques coups d'état, et faire chauffer des remèdes pour ses chiens malades. Enfin, nous entrons à Hambourg, et ce sera le terme de notre voyage.

A moitié ruinée, à moitié rebâtie, la ville est bien triste à voir. Le voyageur n'y retrouvera pas les lieux auxquels se rattachent les souvenirs de sa jeunesse. Hélas ! ce sont les seules plaintes vraiment sincères qui se soient échappées de son cœur depuis le Rhin jusqu'à l'Elbe. Où est la maison de celle qui lui a souri la première ? Qu'est devenue l'imprimerie où il a fait imprimer les *Reisebilder?* Mais il semble que le poëte ait honte de son émotion, et déjà il a retrouvé ce sourire sardonique dont il abuse trop souvent. Il se fait conter tous les détails de l'incendie ; il écoute avec une attention religieuse, il recueille toutes les plaintes, et il y en a de

singulières. « Les églises ont été dévorées par les flammes.
La bourse a été brûlée, la bourse où nos pères, durant
des siècles, ont trafiqué les uns avec les autres, le plus
honnêtement qu'ils ont pu ; mais Dieu soit loué ! on a
ouvert des souscriptions pour nous jusque dans les pays
les plus éloignés. C'est une bonne affaire en définitive,
et qui a bien rapporté huit millions. On nous donnait
aussi des vivres. Nous prenions tout. On nous envoyait
des vêtements, des lits, du pain, de la viande.... Le roi
de Prusse voulait même nous envoyer ses troupes. » Puis,
quand M. Heine a entendu jusqu'au bout ses concitoyens,
il les harangue à sa façon : « Bonnes gens, rebâtissez
vos maisons; mais prenez garde, votre cuisine se gâte.
Vous salez trop votre soupe, et vos carpes sont mal ap-
prêtées, etc. »

Mais il est temps d'arriver au dénouement (s'il y en
a un) de ce bizarre et joyeux imbroglio, car, après tant
de caprices, après tant de satires très-sensées tour à
tour et très-suspectes, après tant de fantaisies aventureuses, nous sommes impatiens d'apprendre quel sera
le dernier mot du poëte et s'il saura conclure. Or, dans
les derniers chapitres, nous assistons avec lui à un souper chez M. Julius Campe, son éditeur. M. Campe est le
libraire par excellence de l'Allemagne du nord, comme
M. Cotta est le libraire de l'Allemagne du midi. M. Campe,
dans sa ville libre, est l'éditeur de la *jeune Allemagne*,
l'éditeur de Louis Boerne, de M. Heine, de M. Wienbarg; il est bien juste qu'il joue un rôle dans le poëme
de son spirituel protégé. Le souper est joyeux, animé, et
le poëte exprime plaisamment son bonheur.

« Je mangeai et bus de bon appétit, et pensai au fond de mon
cœur : « Campe est vraiment un grand homme; c'est la fleur des
éditeurs !

« Un autre éditeur m'eût peut-être laissé mourir de faim ; mais
lui m'a donné même à boire. Je ne l'oublierai jamais.

« Je remercie Dieu dans le ciel, qui a créé la liqueur de la vigne
et m'a donné pour éditeur Julius Campe.

Après le souper, après les bruyantes causeries, l'au-

teur, animé par le vin du Rhin, s'en va cherchant sa
porte à travers les rues mal éclairées. Au coin d'un
carrefour une femme l'arrête ; elle est grande, et vêtue
d'une longue tunique blanche. Je supprime plusieurs
détails fâcheux ; M. Heine installerait volontiers les muses
là où les conduisait Régnier. Cette femme, c'est Hammonia
la déesse protectrice d'Hambourg ; elle dit au poëte de
la suivre et monte dans sa mansarde. Là, avant de lui
donner ses conseils, avant de lui communiquer ses inspirations, elle commence par lui exprimer ses sympathies
enthousiastes, par lui dire quelles glorieuses espérances
elle a fondées sur son génie. M. Heine se met en scène
sans façon, et je remarque que c'est un des endroits les
plus sérieux de son livre. J'en suis fâché, je l'avoue. Le
sprituel humoriste a commis là un oubli sans excuse.
Après avoir tant raillé ses confrères, il eût été piquant
qu'il songeât à lui-même ; puisqu'il avait disposé dans
de petites niches parfaitement ornées des caricatures si
plaisantes, j'aurais aimé que la sienne eût sa place dans
cette galerie et pût en faire les honneurs. Au lieu de
cela, nous aurons un appel à son génie, un dithyrambe,
quelque chose comme une ode à Olympio. La déesse lui
dit très-sérieusement que de tous les poëtes d'Allemagne, Klopstock a été autrefois son enfant le plus cher,
mais qu'aujourd'hui l'auteur d'*Atta Troll* lui a succédé
dans son amour. Elle lui montre son portrait suspendu
dans la petite chambre ; il est couronné de lauriers.
Seulement, elle lui reproche d'avoir si souvent offensé
sa patrie. Le poëte s'excuse et explique sa conduite.
Enfin, après de longues conversations, après de mu-
tuelles confidences, elle le supplie de ne pas retourner à
Paris, chez ce peuple immoral, dans cette atmosphère
de corruption et d'impiété. Pour le décider, elle va lui
dévoiler l'avenir de l'Allemagne ; mais d'abord il faut
qu'il jure de ne jamais révéler ce secret terrible : oui,
terrible, en effet, car l'auteur revient ici à ses prédictions de haine et de vengeance implacable. La même
inspiration qui lui dictait la scène de Cologne ou les dernières pages de ses fantaisies sur l'Allemagne reparaît

tout-à-coup avec une indomptable énergie. Le poëte a
beau dire qu'il se taira, qu'il ne révélera rien, il en dit
assez pour porter l'effroi dans les âmes inoffensives de
son pays, et ce demi-silence qu'il garde ajoute encore à la
mystérieuse horreur de ses lugubres inventions. « Je ne
puis révéler ce que je vis, s'écrie-t-il, mais je fus saisi
d'épouvante et de dégoût. Quand la déesse eut soulevé
le voile, une odeur empestée me prit à la gorge. C'était
comme si l'on eût remué des restes infectes au fond de
trente-six sépulcres. Saint-Just a bien dit, je le sais,
qu'on ne guérit point la grande maladie avec de l'huile
de rose, mais cette abominable odeur était pire que
tout ce que j'aurais pu imaginer. Je ne pus la supporter
plus longtemps et je m'évanouis. » Quand il se réveille,
la déesse est auprès de lui, inspirée, exaltée. Elle le
supplie de rester en Allemagne, elle l'aime comme elle
n'a jamais aimé aucun poëte. En même temps il lui semble, dans son enthousiasme, qu'elle entend déjà l'avènement joyeux des temps qui vont venir. Les crieurs de nuit
chantent des sérénades, des chansons d'hyménée ; les rues
s'illuminent de torches, de flambeaux, et le peuple danse
sur les places. La description de la fête continue ainsi, et
comme le poëte est agité par le vin fumeux de sa colère,
comme sa parole est brusque, éclatante, comme il fait
retentir à nos oreilles toute cette musique, tous ces tam-
tams, tous ces tambours de basques, il nous abandonne
au milieu des saturnales, étourdis, aveuglés, ivres enfin
comme cette grave Hammonia qu'il a changée en bac-
chante.

Voici le dernier chant. Le poëte est plus calme, il
s'adresse à la jeunesse, il lui dira un jour ce qu'il a vu
chez Hammonia, mais quand le règne de l'hypocrisie sera
terminé. Laissons venir les jours heureux où l'on parlera
avec franchise ; laissons grandir la race meilleure qui
pourra tout entendre.

Jam nova progenies cœlo demittitur alto.

Cette génération est née, et son jour n'est pas loin. Du

reste, tout ce que le poëte vient de chanter ne doit pas
nous causer d'effroi, ni surtout nous donner de lui une
opinion défavorable. Son cœur est plein d'amour, et ce
sont les grâces elles-mêmes qui ont accordé sa lyre ;
cette lyre est d'ailleurs celle de son ancêtre, c'est la lyre
d'Aristophane, le favori des muses. Dans ce dernier chapitre, qui aura peut-être effrayé le lecteur, il n'a fait
qu'imiter et modifier légèrement la conclusion des
Oiseaux, la meilleure comédie du poëte athénien. M. Heine
nous déduit ainsi tous les arguments de son plaidoyer
dans une conversation familière, élégante, qui repose un
peu après le bruit de la bacchanale. Puis il continue à
parler d'Aristophane en vers charmants, avec une grâce
parfaitement appropriée. S'il préfère les *Oiseaux*, il aime
pourtant les *Guêpes*, et remarque que cette pièce a été
récemment traduite en allemand et jouée sur le
théâtre de Berlin, par ordre du roi. Le roi de Prusse
aime les *Guêpes* d'Aristophane, mais bien a pris à Aristophane d'être né à Athènes il y a deux mille ans ; le roi
de Prusse aurait moins de goût pour lui, s'il vivait
maintenant à Berlin. Là-dessus, M. Heine s'interrompt
tout-à-coup, et, se tournant vers le roi, il lui adresse
ces vers hautains qui terminent son poëme :

« O roi ! je ne te veux point de mal et je te donnerai un conseil:
honore les poëtes des temps passés, mais ménage les poëtes de
ton siècle.

« N'offense pas les poëtes vivants ; ils ont des flammes et des
armes plus terribles que la foudre de ce Jupiter qu'ils ont créé.

Offense les dieux, les anciens et les nouveaux, toute la clique
de l'olympe et là haut le grand Jéhova. — Seulement, n'offense
pas les poëtes !

« Les dieux, je le sais, punissent rigoureusement les méfaits
des humains. Le feu de l'enfer est assez ardent. C'est là qu'on
doit cuire et rôtir.

« Pourtant il y a des saints dont les prières arrachent le pécheur
aux flammes. Quelques aumônes aux églises, quelques messes, et
l'on obtient leur suprême intervention.

« Et puis, à la fin des siècles, le Christ doit venir, il brisera les
portes de l'enfer ; et le jugement aura beau être sévère, plus d'un
compagnon lui échappera.

« Mais il y a des enfers dont il est impossible d'être délivré. Là toutes les prières sont vaines, et la miséricorde du sauveur du monde est impuissante.

« Ne connais-tu pas l'enfer de Dante, ses tercets redoutables. Celui que le poëte y a emprisonné, aucune divinité ne le sauvera?

« Aucune divinité, aucun sauveur ne le délivrera de ces flammes qui chantent! Prends garde que nous ne te condamnions à un pareil enfer. »

En résumant tout son poëme dans cette altière apostrophe, dans ce défi si direct et ces provoquantes menaces, M. Heine vient de rompre d'une manière éclatante avec son passé, avec ces habitudes de diplomatie qu'on lui a souvent reprochées amèrement. Quelque jugement que l'on porte sur le mérite et la convenance de ces vers, il faut reconnaître que l'auteur ne peut être accusé de ruse et de dissimulation. Autrefois, dans ses plus grandes hardiesses, il s'échappait toujours par on ne sait quels défilés invisibles; la fantaisie, l'humour, les mille caprices de sa verve le dérobaient sans cesse, et cet allié insaisissable, indisciplinable, inspirait plus de haine à ses amis que de terreur à ses adversaires. Cette fois, le poëte a voulu parler net. La nouveauté de son livre est surtout dans la franchise, dans l'audace virile de deux ou trois passages principaux que j'ai signalés.

La publication de ce poëme est donc, à de certains égards, un fait notable. Il y a là plus qu'un évènement littéraire. Les journaux du pouvoir chercheront sans doute à diminuer l'effet que doivent produire ces pages audacieuses; la harangue du loup, pour emprunter les images de M. Heine, sera défigurée dans la *Gazette d'Augsbourg*; mais l'action de ce poëme ne saurait être médiocre. Seulement, quelle sera cette influence? Le poëte qui s'adresse si fièrement au roi de Prusse, qui prête un secours si direct à M. Herwegh et à ses amis, aura-t-il fortifié ce jeune bataillon? Le talent brillant qu'il leur apporte saura-t-il servir efficacement la cause commune? Les secours de M. Heine ne sont-ils pas quelquefois dangereux, et cette raillerie impitoyable infligée indistinctement à tous les souvenirs du pays, ce

fantasque persiflage qui frappe à l'étourdie alliés et
adversaires, ne devra-t-il pas déconcerter un parti
incertain, mal sûr de lui-même, et qui avait plutôt
besoin d'une direction et d'un bon conseil? Il est impossible de ne pas soulever ces doutes quand on considère la situation présente de l'Allemagne.

Cette situation est triste, douloureuse, et plus grave
qu'on ne se l'imagine. En Prusse, un règne qui s'annonçait avec des intentions libérales s'engage de plus en
plus dans une direction toute contraire, et s'aliène
chaque jour les sympathies qu'il avait excitées d'abord.
On parle d'une constitution qui doit être prochaine-
ment octroyée, mais les journaux de l'Allemagne se
taisent encore sur ce grave sujet. Attendons, avant
d'apprécier l'importance et les suites probables de cette
révolution. Il faut pour cela connaître la nature du
contrat ou de la donation royale; il faut savoir si ce ne
sera point une fiction vaine comme dans les états du
midi, comme en Bavière et en Wurtemberg. Je m'arrête,
et je veux juger seulement la situation actuelle. Or, les
illusions ne sont plus possibles: la fermentation sourde
qui travaille les peuples allemands éclate de loin en loin
et jette une lueur sinistre sur l'état des esprits. L'opposition grossit en silence, et bientôt on pourra voir d'un
côté toutes les forces morales de la nation, et de l'autre
un gouvernement soupçonné, qui rêve un nouveau
moyen-âge, une organisation de castes et de priviléges,
au moment même où l'esprit moderne s'éveille dans
l'âme de ses peuples. Pour cacher ce vide qui se fait
tous les jours autour du trône, le roi réunit à Berlin une
assemblée d'hommes éminents; la science et les arts y
ont des représentants illustres, mais tous ces hommes
appartiennent au passé, ce sont les tories des lettres et
de la philosophie. Cependant une jeune génération entre
dans la vie, ardente, avide, et cherche en vain de quel
côté viendra le secours. C'est surtout un point d'appui
qui manque. Je ne parle plus seulement de la Prusse,
mais de l'Allemagne toute entière. Il manque une
croyance, une foi, une direction enfin, une direction

ferme et honnête qui règle ces mouvements inquiets de la pensée publique. Le protestantisme, ébranlé par la critique théologique, a abandonné, depuis la mort de Schleiermacher, la position élevée que cette noble intelligence avait prise, et la peur des théories hégéliennes l'a précipité dans un méthodisme ténébreux. Le catholicisme de Munich, dédaigné par la science du Nord comme un ennemi sans valeur, exhale son impuissante colère dans les poétiques divagations du vieux Goerres. La philosophie, si grande, si impérieuse il y a vingt ans, est tombée en poussière, et le riche patrimoine de Hegel est dissipé par des écoliers émancipés en d'interminables orgies. Dans ce dénûment universel, une seule chose reste encore, le rire fantasque, l'ironie fine, subtile, affectée souvent. L'oiseau bleu des contes de fée voltige sur toutes ces ruines et chante coquettement ses cantilènes moqueuses. Les hommes qui s'intéressent aux destinées de l'Allemagne voudraient trouver autre chose dans ce pays; ils lui souhaitent de se préparer plus fortement aux épreuves qu'elle est appelée à subir; ils pensent enfin que, dans cette périlleuse transformation des idées et des croyances, il y aurait une belle place à prendre pour une littérature hardie et droite, libérale et maîtresse d'elle-même, pour un groupe de fermes esprits qui dirigeraient utilement cette opposition à la fois turbulente et timide, avide et irrésolue.

J'ai déjà exprimé ce vœu à propos des poëtes démocratiques auxquels M. Heine vient de se joindre par son éclatant manifeste. La lecture de son livre me confirme dans ma pensée. On ne peut nier l'esprit qui étincelle dans les *Poésies nouvelles* de M. Heine; j'y trouve, assurément, beaucoup plus de talent, d'originalité, que dans les vers de M. Prutz ou de M. Herwegh; mais y a-t-il quelque chose de plus si je cherche l'influence possible et la direction salutaire à imprimer aux esprits? Non, il y a moins peut-être; M. Heine blesse trop cruellement l'Allemagne pour la pouvoir diriger. Vous avez perdu toute confiance dans votre pays; lui aussi, il se défie de vous. Sur ce point-là, vraiment, M. Heine est incorrigible ; il a beau se réconcilier avec les loups, qu'il rencontre dans la forêt, il a beau se faire admonester par la déesse Hammonia et s'humilier devant ses remontrances, à la première occasion soyez sûr qu'il recommencera de plus belle. Le poëte, à de certains moments, s'aperçoit qu'il est seul ; il voit qu'il a mis son auditoire en fuite ; n'est-ce pas pour cela qu'il appelle cette génération meilleure, cette race franche et joyeuse, laquelle succédera aux hommes maigres et pourra l'entendre jusqu'au bout ? A la bonne heure ! seulement ce peuple nouveau court grand risque de n'être plus l'Allemagne. Or, puisque l'Allemagne existe et que M. Heine est un de ses plus spirituels écrivains, il vaudrait mieux peut-être se faire aimer d'elle et ne point gâter par tant d'étourderie une verve si brillante, un si vrai talent.

Quand je lis ces ingénieuses et folles satires, quand je vois ces espiègleries turbulentes qui plaisent aujourd'hui à la muse politique de l'Allemagne, je ne puis m'empêcher de songer à la *Satire Ménippée*. Voilà aussi une verve bouffonne, des tableaux bizarres, de grotesques mascarades ; pourtant sous ces masques, quel groupe décidé, déterminé ! quelle discipline ! quelle fermeté de vues ! le tiers-état est là tout entier, et son pamphlet ainsi armé devait gagner la bataille. Ici, dans les satires de M. Heine, où est la harangue de d'Aubray ? Je la cherche en vain. Que l'ingénieux poëte veuille bien y réfléchir, ou plutôt, puisqu'il a choisi pour maître l'auteur des *Oiseaux* et des *Guêpes*, qu'il prenne garde de se tromper sur le génie d'Aristophane. Aristophane n'est pas seulement l'esprit le plus vif et le plus gai, l'imagination la plus gracieuse et la plus libre ; dans ses bouffonneries immortelles, on retrouve sans cesse le citoyen, on sent battre un cœur résolu et qui sait bien ce qu'il veut. Ce n'est pas lui que feraient dévier à chaque ligne les caprices de la plume. Au contraire, malgré quelques pages composées nettement, c'est là le défaut du poëme que je viens d'analyser. Ce défaut, je le sais, est quelquefois une grâce chez le dilettante aimable : soit ! mais il faut renoncer alors à l'influence que

M. Heine se promet d'une façon si ambitieuse. Celui qu'un souffle emporte comme une feuille légère, que deviendra-t-il pendant la tempête? M. Henri Heine est certainement le premier poëte et le plus charmant esprit de l'Allemagne contemporaine; il sera un écrivain politique le jour où les muses de son pays pourront lui accorder ce témoignage que l'auteur des *Oiseaux* se rend à lui-même dans ses anapestes : « Si quelqu'un des vieux poëtes comiques avait voulu nous obliger à réciter ses vers sur le théâtre, il ne l'eût pas obtenu de nous facilement ; mais celui-ci mérite que nous fassions cela pour lui, car il déteste les mêmes choses que nous, il ne craint pas de dire ce qu'il croit juste, et, d'un cœur courageux, il marche contre les vents et les orages. »

IV

LE MOUVEMENT LIBÉRAL EN PRUSSE.

Une profession de foi (*ein Glaubensbekenntniss*) par **M. Freiligrath.**

Février 1845.

La Prusse accroît chaque jour, au milieu des états germaniques, l'importance considérable qu'elle s'est acquise. Malgré les antipathies de l'homme du sud, malgré tant de défiances, tant de rancunes toujours vivaces, c'est Berlin qui est la vraie capitale de l'Allemagne. Tous les mouvements de l'opinion viennent consacrer d'année en année cette prééminence. Ce n'est pas seulement parce que Berlin possède l'université la plus savante et la plus riche, parce que la société y est plus vive, plus lettrée, plus brillante qu'en aucune autre ville, parce que les arts y fleurissent, et que Frédéric-Guillaume IV a rassemblé autour de lui une aristocratie de talents illustres ; non, tout cela n'est rien encore, et cette protection des arts qui recherche les hommes du passé, en haine des générations nouvelles, est certainement plus frivole, plus imprudente, que sérieuse et féconde. Au lieu d'un encouragement salutaire, comment y voir autre chose qu'un défi ? Le vrai signe de la supériorité que conserve l'Allemagne du nord, c'est le bruit qui se fait autour d'elle, ce sont les attaques dirigées contre son gouvernement ; ce sont tant d'appels, tant de colères, tant de vives et solennelles réclamations adressées directement au roi de Prusse.

Si le gouvernement prussien pouvait penser que les promesses faites par Frédéric-Guillaume III sont la seule cause de l'agitation toujours croissante des esprits ; s'il pouvait croire que tout serait calme sans le contrat passé en 1813, il méconnaîtrait ce qui fait la grandeur et l'autorité de son pays. A mesure que les principes de la révolution française se propageront au-delà du Rhin, il est nécessaire que la Prusse reçoive toutes les pétitions de l'esprit moderne, et quand même, il y a trente années, un serment n'eût pas été prêté dans le péril commun, ce serait toujours à elle qu'il faudrait demander ces libertés qu'on invoque. Pourquoi cela? Parce que toute la culture philosophique, parce que toute la vie de l'intelligence est depuis longtemps dans l'Allemagne du nord. Là où la pensée est vivante, là aussi doivent se porter les efforts des partis. Sérieusement, que pourrait-on demander à Munich ou à Vienne? Le caractère le plus honorable de l'administration du feu roi, c'était, on le sait, sa foi dans l'intelligence, son respect pour les droits de la raison. Ce fut une noble action, après Iéna, de s'appuyer, pour relever la monarchie abattue, sur toutes les forces de l'esprit; ce fut aussi une bonne politique. Jamais la pensée ne fut plus libre, plus puissante, et, pour prix de cette liberté, elle ressuscita tout un peuple qui avait failli disparaître. On connaît assez la période héroïque de l'université de Berlin; les noms de Fichte et de Hegel disent tout. Or, ce libre développement intellectuel devait amener de grandes conséquences; la Prusse est restée chargée des destinées de l'Allemagne, et plus l'esprit moderne s'affermira dans ce pays, plus aussi on exigera du cabinet de Berlin la consécration des libertés nouvelles. C'est là un rôle difficile peut-être pour les gouvernants; cette gloire les embarrasse; ils s'en passeraient volontiers, et en secret, bien souvent, ne se repentent-ils pas de la politique de Frédéric-Guillaume III? S'ils osent avoir cette pensée, la plus vulgaire prudence leur conseille de n'en rien laisser paraître. Malheur à l'état qui regrette la gloire de son peuple, à cause des solennels engagements qu'elle lui impose! Regret inutile d'ailleurs, et absurde autant qu'il serait coupable. Le nouveau règne ne réussirait pas à diminuer cette vigueur intellectuelle des états du nord, et, par suite, à affai-

blir les désirs, à détourner les exigences de l'Allemagne
entière. Qu'il accepte donc pour son pays cette reconnaissance qui l'importune ; qu'il s'habitue peu à peu à
des pétitions si glorieuses, et qu'il prête l'oreille chaque
jour à ce nouveau cri, à cette protestation nouvelle qui,
d'heure en heure, monte vers le trône !

Il a trois ans à peine, c'était M. George Herwegh qui
interpellait le gouvernement de Berlin, et le sommait
de donner à l'Allemagne les libertés promises ; l'année
dernière, on entendit les nobles plaintes de M. Anastasius Grün ; hier, ce fut le tour de M. Henri Heine et de
ses spirituelles moqueries. Toutes ces lyres si différem-
ment inspirées, toutes ces voix irritées, harmonieuses,
ironiques, s'unissent en un *crescendo* qui commence à
devenir sérieux. Remarquez en outre que les poètes dont
je viens de parler ne sont pas les enfants de la Prusse ;
M. Henri Heine est né à Hambourg, M. Herwegh est
Souabe, M. Anastasius Grün est un gentilhomme autrichien. Ainsi, de tous les points de l'Allemagne, du nord
et du sud, de Hambourg, de Stuttgard et de Vienne, un
même cri monte vers Berlin. Jusqu'à présent, le résultat
le plus net de ces pétitions a été de former, au sein
même de la Prusse, un parti, encore faible et irrésolu,
je le sais, mais qui existe pourtant, et qui cherche peu à
peu à se constituer. L'opposition libérale ne devait pas
assister à ces bruyants efforts sans comprendre le rôle
qui lui est tracé. Le gouvernement peut bien rester sourd
à toutes les sommations ; mais la Prusse elle-même ab-
diquerait, si elle ne prenait une part active au développement de l'esprit moderne. Ce travail intérieur du
parti constitutionnel en Prusse vient d'être mis en lumière par un livre qui a vivement ému l'Allemagne.
L'écrivain qui l'a publié, le poète qui a jeté brusquement ses beaux vers au milieu des luttes politiques, ne
sort pas, comme ses devanciers, de l'Allemagne du midi
ou des villes libres du nord ; c'est un Prussien, et son
livre est l'expression même de ce parti nouveau, de ce
parti constitutionnel que je signalais tout à l'heure. Je
ne m'étonne pas que ce manifeste a été salué par un suc-

cès si bruyant ; avec ses qualités et ses défauts, il a eu cette singulière bonne fortune de représenter à merveille l'état de l'opinion publique, ce qu'elle ose et ce qu'elle redoute, son audace et son indécision, ses efforts et ses faiblesses. Ce n'est pas tout : une circonstance particulière augmentait l'importance de cette publication. Le poëte, la veille encore, était un ami assez fidèle, et presque un défenseur avoué, on le croyait du moins, de cette politique qu'il combat aujourd'hui. D'où venait donc qu'il avait saisi si résolument ce nouveau drapeau? Ou bien, si c'était hier un indifférent, un artiste inoffensif, qui donc l'avait irrité tout-à-coup? qui avait arraché à sa muse débonnaire de tels cris de liberté? quelle puissance inconnue lui avait délié la langue? Les forces secrètes de la conscience publique éclataient ici visiblement, et l'on devine l'étonnement, l'enthousiasme qui accueillirent cette profession de foi. Mais je veux entrer dans ce récit avec plus de détail ; il faut savoir ce qui s'est passé avant l'heure où le poëte s'est levé, il faut tâcher d'écrire la véritable préface de son livre, et demander ensuite à ses vers tout ce qui devra éclairer pour nous le mouvement des esprits dans l'Allemagne du nord.

Avant de jeter aux échos de la popularité cette éclatante profession de foi, M. Ferdinand Freiligrath était déjà, quoique jeune encore et tout nouveau venu, un poëte aimé et fêté. On avait accueilli ses premiers vers avec une faveur très-bienveillante ; l'éclat des couleurs, la souplesse du rhythme, mille coquetteries, mille singularités de style, de hardies et curieuses nouveautés avaient charmé la foule, et M. Freiligrath était salué comme le plus habile, le plus distingué, disait-on, parmi les poëtes qui avaient succédé à l'école d'Uhland. Il n'y avait pas, à vrai dire, une poésie très-haute dans ce recueil que venait de couronner un si brillant, un si rapide succès. Ce n'était pas là une inspiration très-profonde; on ne pouvait guère entrevoir chez le jeune écrivain ces ressources fécondes, ces richesses qui doivent prospérer, et qui promettent des productions durables. Tous ces trésors de l'âme qui s'agitent confusément dans la première ébauche des jeunes maîtres, et d'où l'artiste doit un jour dégager ses chefs-d'œuvre, ce n'était point là ce qui avait séduit les admirateurs de M. Freiligrath. Au contraire, la pensée était presque toujours absente dans ses vers; mais le peintre avait jeté une si chaude lumière dans ses tableaux! il avait un sentiment si fougueux de la beauté sensuelle! il préparait avec tant de vigueur d'éblouissantes fantaisies! C'étaient des peintures de l'Orient, des villes de Syrie ou du Thibet, des bazars d'Alep, des harems, des marchés d'esclaves, et les femmes étalées aux yeux des acheteurs; c'étaient surtout d'étranges scènes du désert : des crocodiles rampaient aux bords du Nil, des éléphants énormes ébranlaient pesamment le sol, la girafe tremblante se cachait dans les broussailles; puis accouraient les hyènes, les chakals, les léopards. Le poëte savait peindre avec une singulière vivacité tous ses héros à la robe fauve, et vraiment, quoiqu'il y eût bien rarement une idée, un sentiment sincère, une émotion poétique sous ses peintures, il fallait s'arrêter devant la toile pour en admirer les richesses. L'imitation des *Orientales* de M. Hugo était évidente dans le recueil de M. Freiligrath, et on aurait dû retrancher encore quelque chose à cette demi-originalité de la forme que lui accordait la critique; mais l'auteur avait obtenu grâce en s'appropriant, avec un hardi bonheur, toute une part de l'Orient que lui abandonnait M. Hugo. Aux grandes scènes du désert, aux couleurs fortes, éclatantes, et pour ainsi dire classiques, du monde oriental, il ajoutait les détails singuliers, les raretés, les curiosités bizarres, et il excellait à placer très-sérieusement dans un coin du tableau quelque étrange figure chinoise ou japonaise.

Certes, si jamais poëte parut éloigné de la politique, c'est bien celui-là. Du Nil au Sénégal, de Tombouctou à Madagascar, la politique allemande n'a que faire, et ce riche coloriste, qui appropriait si habilement des strophes sonores et enflammées aux personnages baroques de la nature africaine, n'eût pas trouvé, pensait-

on, une seule rime convenable pour les mots de constitution et de liberté de la presse. Est-ce pour cela que
M. Freiligrath fut classé assez longtemps parmi les poëtes
conservateurs, et salué enfin comme leur chef? M. Freiligrath n'en sut rien d'abord ; bien évidemment, il n'avait
eu aucune intention politique en publiant ses vers, et
s'il était fort peu porté vers la littérature de plus en plus
bruyante des jeunes tribuns, il ne l'était guère davantage vers la poésie officielle, dont on le nommait tout-
à-coup grand chambellan. Chose plaisante ! Ce fut le
plus sérieusement du monde que le parti anti-libéral
garda pendant deux années M. Freiligrath pour représentant et mandataire dans la république des lettres.
L'auteur, remarquez-le bien, n'avait encore chanté que
les ours et les crocodiles. C'est vraiment une curieuse
histoire, et il s'est joué là autour de M. Freiligrath la
plus amusante des comédies. Un poëte inoffensif, insouciant, un artiste amoureux de la forme et de la couleur, jeté tout-à-coup, on ne sait comment ni pourquoi,
au milieu des partis politiques qui le tirent à eux, ré-
clamé par les uns, puis accaparé par les autres, et suivant
enfin par faiblesse, par ennui, l'un de ces partis qui s'est
emparé de sa muse, jusqu'à ce qu'il rompe avec ses amis
de la veille et se jette brusquement dans le camp de ses
adversaires ; voilà le petit drame politique et littéraire
dont le dénouement inattendu a beaucoup occupé les
esprits. J'en signalerai rapidement les principales scènes,
non pour ajouter un chapitre à cette histoire déjà si
longue, hélas ! de la vanité des poëtes, mais parce que
ces détails se lient nécessairement à la marche des idées,
au mouvement de pensée publique au-delà du Rhin. Ce
que je vais dire est à la fois sérieux et comique. On peut
saisir dans le jeu de ces menus événements plus d'une
révélation importante sur l'état des partis, mais il n'est
pas défendu d'en sourire.

J'étais en Allemagne quand parut, il y a quelques années, le premier recueil de M. Freiligrath, et je n'ai pas
oublié le bruyant succès du jeune poëte. Au milieu des
éloges, des acclamations, des cris d'enthousiasme, une

chose me frappa surtout, c'est qu'un journal très-libéral,
l'organe le plus avancé des opinions démocratiques, avait
découvert dans ce livre la poésie d'une société nouvelle, et, jusqu'à un certain degré, l'expression des idées
que proclamait la jeune école hégélienne. Ce journal,
c'étaient les *Annales de Halle*. J'avoue que mon étonnement fut grand. Je venais de lire les vers de M. Freiligrath,
j'avais admiré la vivacité de ses couleurs, les hardis
contrastes de ces tons sombres ou éclatants ; mais je ne
comprenais pas comment cette poésie africaine pouvait
servir les partis politiques de l'Allemagne. Je m'expliquai
depuis cette singulière opinion. C'était le beau temps
des *Annales de Halle* ; les écrivains étaient dans toute la
première ardeur de la révolte ; M. Arnold Ruge et ses
amis attaquaient l'esprit ancien, tantôt avec une verve
très-brillante, tantôt avec une colère farouche ; les universités, troublées dans leur vieille gloire pacifique,
avaient vu de jeunes docteurs soumettre leurs œuvres et
leurs doctrines au contrôle inflexible d'une critique redoutable ; le romantisme de Louis Tieck, d'Achim d'Arnim, de Clément de Brentano, était ébranlé dans son
donjon féodal, et le bâton noueux du manant faisait
voler en éclats la fragile cuirasse dorée dont s'affublaient
les fantômes du moyen-âge. Jusque-là tout allait bien ;
mais ce n'était pas tout. Non-seulement, on faisait une
bonne et rude guerre à toutes les ridicules restaurations
du passé, à l'esprit ancien qui voulait simuler la jeunesse, à une littérature morte qui essayait de revivre ;
mais, en haine de ce passé, condamné à disparaître, on
attaquait aussi ce qu'il renfermait de vivace, d'immortel,
ce qu'il eût fallu seulement transformer et approprier à
des sentiments nouveaux. Le spiritualisme était poursuivi
sans cesse et sans pitié ; Uhland, Rückert, ces derniers
chanteurs d'une brillante époque, étaient critiqués avec
colère au nom d'un matérialisme impatient ; car tous ces
jeunes et ardents docteurs avaient hâte de s'emparer de
la terre, et le poëte qui célébrait ou laissait entrevoir
un idéal supérieur était accusé de trahison. Cet idéal
n'existait pas du tout chez M. Freiligrath ; on lui sut gré

de ses chaudes peintures, et ses lions à la fauve crinière, ses crocodiles aux écailles gluantes, ses dromadaires, ses ours, ses tigres, ses chakals, toute sa rugissante ménagerie fut accueillie aussi sérieusement que possible comme un renfort inattendu, comme une très-utile armée d'auxiliaires.

Voilà donc M. Freiligrath vanté par la jeune gauche hégélienne, qui aperçoit dans ses vers les symptômes d'une révolution ; ce fut le premier acte de la comédie. Le poëte, cependant, ne se prêta pas au rôle qu'on prétendait lui imposer ; il ne refusa pas, il n'accepta pas ; il est vraisemblable qu'il n'avait pas compris ce qu'on voulait de lui, et qu'il continua dans son atelier à peindre tranquillement ses ours et ses chakals. Tandis qu'on publiait sur son œuvre de si singuliers commentaires, le jeune écrivain affermissait son talent et s'efforçait d'acquérir des qualités meilleures. L'étude et la réflexion sont de bonnes conseillères ; M. Freiligrath comprit peu à peu que ces tableaux matériels, ces fantaisies outrées, n'étaient pas précisément la poésie la plus haute, et, sans renoncer à ces soins de la forme où il excelle, il songea davantage à la pensée, à l'émotion, à l'âme enfin, sans laquelle il n'y a point d'inspiration véritable. Revenue des terres lointaines, des plateaux du Thibet et des plaines brûlées des Cafres et des Hottentots, sa muse s'enferma dans une maison solitaire aux bords du Rhin. Là, elle travaillait, elle s'interrogeait elle-même, elle surveillait attentivement l'emploi de ses forces, et le calme de cette solitude lui fut vraiment favorable. Quand M. Freiligrath publia son *Album de Roland*, on vit chez lui une direction toute nouvelle, et de sérieux efforts pour atteindre à un degré plus élevé de son art. Une émotion plus sincère, absente trop souvent dans son premier recueil, animait ces strophes brillantes. Ce n'était pas seulement un coloriste audacieux qui nous étonnait, c'était un poëte ému qui parlait à notre âme. Mais quoi ! M. Freiligrath va être troublé bientôt dans sa studieuse retraite. L'opinion démocratique avait voulu s'emparer de son brillant atelier ; à son tour, le parti

conservateur fera invasion, aux bords du Rhin, dans la
paisible demeure du poëte, et l'auteur de l'*Album de
Roland* sera placé, bon gré, mal gré, aux avant-postes
de la société qu'on assiége.

C'était le temps, en effet, où le bataillon des poëtes
politiques s'organisait avec un certain éclat. Au milieu de ces voix sonores qui s'élevaient de mille côtés,
on put craindre un instant que tous les poëtes ne
suivissent l'orageuse bannière de M. Herwegh. L'inquiétude était grande, quand tout-à-coup on s'avisa
de songer à M. Freiligrath. Dans l'effroi subit qui se répandait, on ne demandait plus qu'un seul juste pour
sauver la ville. *Hic vir, hic est.....* Ce juste, ce sauveur,
on le proclama donc sans l'avoir prévenu, et bien décidément cette fois M. Freiligrath fut transformé en représentant officiel de la poésie conservatrice.

Je ne crois pas que le jeune poëte se soit prêté davantage à cette brusque et singulière tactique. Indifférent
à toutes ces luttes, sa vanité, toutefois, était flattée par le
bruit qui se faisait autour de lui. Pour qui se décider
cependant ? Quel drapeau choisir ? Si les deux partis
avaient persisté à se disputer sa réputation, M. Freiligrath eût sans doute été fort empêché dans son
choix ; mais cet embarras lui fut épargné. Au moment
même où le parti conservateur s'emparait de son nom,
ses premiers admirateurs, sans rompre ouvertement avec
leur protégé, se retiraient peu à peu et l'abandonnaient.
Les fiers accents de M. Herwegh devaient faire oublier
le peintre de l'Orient, et les rédacteurs des *Annales
de Halle* s'étonnèrent eux-mêmes d'avoir pu signaler son
apparition comme le début d'une poésie toute libérale.
J'ai sous les yeux une série d'articles du mois de septembre 1841, où les *Annales de Halle*, devenues alors les
Annales allemandes, expriment en termes polis, mais
très-nets, cette sorte de rupture avec le poëte qu'on
aimait hier. Ces articles, signés des initiales de M. Arnold Ruge, sont consacrés particulièrement à M. Herwegh, aux *Poésies d'un vivant*, dont la publication
récente avait obtenu un succès extraordinaire. On pense

bien que M. Herwegh y est exalté avec enthousiasme, comme le vrai poète de la génération présente ; quant à M. Freiligrath, le matérialisme ardent de ses premiers vers ne peut plus le sauver, il est oublié désormais. Renié ainsi par ceux qui l'avaient si fort vanté la veille, M. Freiligrath devait suivre les nouveaux amis qui lui adressaient les plus affectueuses avances, et bientôt en effet, sans amour et sans haine, il se laissa mener, timidement encore et presque à son insu, par ce courant perfide qui faisait dériver son frêle esquif.

Cette situation, indécise d'abord, devint peu à peu plus nette. Plusieurs circonstances vinrent fixer, toujours malgré lui, les incertitudes du brillant écrivain. Dans ce recueil nouveau, dont M. Arnold Ruge avait salué la publication avec des cris de victoire, M. Herwegh fondait pour ainsi dire une école, et formulait des principes très-décidés ; il voulait que le poète prît parti dans les luttes de son temps, il commandait l'action, et pour marquer sans équivoque les positions diverses, pour éviter toute méprise, il apostrophait avec une certaine vivacité railleuse les écrivains que le culte paisible de l'art éloignait du champ de bataille. C'était indiquer expressément la place que chacun occupait, et en quelque sorte ranger deux armées en présence. Or, M. Freiligrath était rangé par M. Herwegh dans l'armée ennemie. Je trouve, dans les dernières pages des *Poésies d'un vivant*, une série de sonnets particulièrement consacrés à ces délicates questions de personnes. Le jeune tribun s'adresse tour à tour aux écrivains en renom, aux écoles célèbres, aux différents groupes, et c'est pour les classer, comme j'ai dit tout à l'heure. On pense bien que les poètes Souabes doivent y être assez vivement réprimandés. « Ô maître, dit-il à Uhland, je ne lis plus tes chansons, tes douces ballades, tes histoires d'amour et de chevalerie. Nous avons d'autres amours maintenant et d'autres haines. Une seule de tes ballades m'est restée en mémoire ; te rappelles-tu celle qui commence ainsi : Malheur à vous, ô fiers palais ! *Weh euch ihr stolzen Hallen !* » Des poètes. M. Herwegh passe aux artistes, et il leur recommande aussi de consacrer, chacun à sa manière, les douleurs et les espérances de l'époque présente. Tous ces sonnets sont élégants, habiles, irréprochables, et une sorte d'urbanité assez rare dans les vers emportés du jeune poëte adoucit tous les coups qu'il frappe. Voici ce qu'il dit à M. Freiligrath :

« Le ciel commençait à redevenir bleu; l'hiver s'apprêtait à faire sa retraite, et la terre se parait de végétation nouvelle ; je pris ton livre et m'y plongeai profondément.

« Soudain un secret et ardent désir s'empare de mon âme; je vois les plumes de l'autruche qui s'agitent, je me crois dans *les Mille et une Nuits* : là, pensé-je, les femmes seraient si douces pour moi !

« Mais voilà que ma bien-aimée m'apporte les premières fleurs du printemps; elle vient avec son châle bleu, avec sa légère robe rose, et me tend sa main plus douce que la soie.

« Adieu, encore cette fois, à ton cher Orient! mon cœur, si avide, il y a un instant, des contrées lointaines, mon cœur restera dans la terre natale et y cherchera sa vie. »

Assurément, rien n'est plus poli, rien n'est plus inoffensif; mais, malgré la grâce parfaite du langage et des idées, ce petit sonnet, si peu redoutable, prend une signification assez vive par la place qu'il occupe. M. Freiligrath était relégué désormais parmi ces indifférents que Dante n'a jugés dignes ni du paradis ni de l'enfer, et qu'il a condamnés aux limbes. M. Herwegh ne s'irritait pas non plus contre le poëte de l'Orient, contre l'habile trouvère de Roland et des châteaux ruinés du Rhin ; mais son ironique politesse lui marquait sa place dans le monde fantasque des *Mille et une Nuits*, ou dans les limbes immobiles de l'école romantique ; car en même temps qu'il rangeait ainsi du même côté Uhland, M. Tieck, M. Freiligrath, il saluait avec enthousiasme les poëtes qui s'étaient mis au service des idées nouvelles. Les partis étaient donc très-distincts, très-reconnaissables; M. Herwegh avait enfermé chacun dans son camp.

On comprend que les écrivains conservateurs dussent profiter de cette circonstance, et que M. Freiligrath fût attiré de plus en plus et circonvenu de mille façons par la littérature du pouvoir. Quelques mois après, en janvier 1842, l'auteur de l'*Album de Roland* recevait une pension du roi de Prusse.

Pourquoi ne pas laisser au poëte la suprême indépendance qui est le meilleur privilége de la Muse? Pourquoi troubler ce repos qui aurait pu être fécond? Quelle imprudence à ces deux partis opposés d'avoir ainsi persécuté ce timide artiste qui ne voulait qu'un peu de solitude pour rêver aux scènes éclatantes du désert, et nourrir en paix son imagination! Je ne reproche pas à M. Freiligrath la pension qu'il a acceptée; je lui reproche, et surtout à ses protecteurs, les embarras qu'il s'est créés et les fautes qu'il a été entraîné à commettre. En continuant paisiblement les travaux qui avaient commencé sa réputation, il montrait que la faveur du roi était venue trouver un poëte digne d'estime, un honorable artiste, mais qu'elle n'était point la récompense d'un engagement contraire à la dignité. Cet engagement, j'en suis bien sûr, n'existait pas; mais on put croire qu'il avait été conclu, et M. Freiligrath autorisa de tels soupçons le jour où, sans motifs sérieux, il se jeta dans ces luttes qui n'étaient pas faites pour son talent, et injuria en termes pleins d'amertume M. Herwegh et son parti. Rangé parmi les défenseurs de la politique du roi de Prusse, il se croyait engagé, bien que malgré lui, à combattre l'adversaire du pouvoir; d'un autre côté, il était interpellé doucement par l'auteur des *Poésies d'un Vivant*, et l'embarras de ce rôle singulier devenait chaque jour un tourment plus cruel pour cet honnête et pacifique artiste. Un jour donc, il rompit tout-à-coup le silence, et sans y être poussé par une conviction forte, agité seulement par une sorte de colère fébrile, il écrivit contre M. Herwegh cette moqueuse diatribe dans laquelle on sent bien plutôt le dépit, la mauvaise humeur, l'inquiétude d'une situation fausse que la vivacité sincère d'une opinion ardemment embrassée. C'était le lendemain du jour où M. Herwegh, ébloui par le succès de son livre, troublé par son voyage à Berlin, enivré d'ovations, de fêtes, de banquets, écrivit au roi

10

de Prusse de si étranges fanfaronnades. C'est à cette fastueuse épître que répond M. Freiligrath; la pièce est intitulée : *Une Lettre.*

« Quel voyage! quelle course triomphale à travers le monde! quel éclat de torches depuis Zurich jusqu'à Berlin! du fond des cœurs, et aussi du fond des cuisines, l'encens montait vers toi. Les propos de table venaient, par pelotons, frapper bruyamment tes oreilles.

« Nouveau saint George, tu allais, libre et fier, à travers l'Allemagne, cherchant, pour l'égorger, le dragon de la tyrannie. Comment donc se fait-il que le monstre siffle encore sans crainte? n'aurais-tu pas d'aventure, dans l'ivresse du festin, laissé passer l'heure propice?

« Ah! fier dictateur, comme ton sceptre s'est vite brisé! L'agitateur n'est plus; que reste-t-il? Un Souabe. Quoi! ta fleur est déjà flétrie! Ta couronne, pauvre ami, pend déjà de travers sur ton oreille! C'est toi-même qui as écrit pour ta gloire la lettre perfide qui l'a tuée.

« Maintenant, philistins et envieux peuvent mettre la main sur toi. « Voilà, voilà le vivant! il s'est frappé de mort! » Ah! celui que pare le vêtement de la célébrité doit le garder avec soin, comme une neige sans tache. Tu l'as trop prouvé: c'est la gloriole qui flétrit la gloire.

« Si quelqu'un se dit le défenseur de nos libertés, que ce soit un soldat éprouvé déjà, et qu'il prenne garde, au lieu de la chose publique, de nous donner jamais que son moi. Quand la lutte est sérieuse, quand on brise des lances pour la cause de tous, qu'il n'aille point, ce glorieux, prendre en main la lance de l'orgueil!

« Celui qu'on a accueilli comme toi avec la coupe de l'honneur, comment a-t-il pu y trouver la folie au moment où tout un peuple buvait à sa santé? O honte! tomber dans l'ivresse, la bouteille à la main! et bégayer, au milieu des fumées du vin, les malédictions du ridicule!

« Ce fut là ton sort! — Le héros peut tomber avec honneur dans le bruit de la bataille. Autrefois et aujourd'hui, bien des citoyens sont partis pour l'exil; mais autour d'eux, dans la foule, point de cris, point de reproches; leur étoile s'éteignait au ciel, noblement et sans se flétrir.

« Si la corde liait leurs mains, la liberté leur tendait les siennes. Le regard sombre de leurs amis ressemblait au feu de la torche qui va mourir. Les fronts étaient chargés d'orages; les murmures s'échappaient sous les visières baissées; la colère mal contenue grondait. Ah! s'il en était de même avec toi!

« Toi! c'est un bruit sourd, à peine saisissable, qui te suit, comme il suit le stupide faucheur. Quel bruit! le tremblement de la végétation sur le jeune arbre de la liberté, le bruit des feuilles et des fleurs qui le paraient si gracieusement, et que ta faulx, grand Dieu! a brisés presque toutes d'un seul coup!

« Ain.. tu vas! — Ce que j'ai dit sonnera durement peut-être à tes oreilles; mais celui qui a injurié Arndt a mérité le même traitement. Tu disais que le vieux géant était trop vieux pour nos luttes; tu n'as prouvé qu'une seule chose, c'est que tu es trop jeune.

« Adieu donc! — mais que ce soit pour revenir cependant! La liberté peut pardonner! Rapporte nous ton ancien honneur, rapporte-nous-le avec des chants! Fais flotter deux fois les étendards éclatants de la poésie! O poëte, répare ta défaite! Pauvre Souabe, fais oublier tes sottises! »

Sans doute, les conseils que donne ici M. Freiligrath, les reproches qu'il lance si vivement, vont presque tous et parfaitement à leur adresse; mais ce n'était pas à lui peut-être qu'il appartenait de s'exprimer ainsi. Ce fut une nouvelle erreur, un nouvel engagement plus regrettable encore; c'était un pas de plus dans cette voie embarrassée où l'avaient poussé de si mesquines circonstances.

A partir de ce moment, les choses furent plus nettes. M. Freiligrath ne pouvait plus se dédire; il avait enfin accepté ce rôle que des conseillés intéressés lui insinuaient perfidement, il avait pris et agité leur drapeau d'une main à la fois tremblante et irritée. La guerre des deux poëtes s'envenima d'heure en heure. Tous les ménagements étaient désormais impossibles, et l'auteur des *Poésies d'un Vivant* revint sans peine à sa vivacité accoutumée.

Ce ne fut pas seulement M. Herwegh qui accepta le défi de son adversaire; presque tous les poëtes politiques prirent part à ce débat. M. Freiligrath devint l'objet de maintes railleries, les unes très acerbes, les autres moins vives sans doute, mais tout aussi cruelles pour son amour-propre. On parodiait volontiers les refrains de ses chansons orientales; M. Freiligrath avait commencé un de ses chants par ces mots : Ah! que ne suis-je à la Me que! M. Prutz lui dérobe ironiquement son vers pour en faire le sujet d'une pièce moqueuse. Quand M. Dingelstedt part pour Constantinople : « Quoi! vous aussi, lui disent ses confrères, vous aussi, vous allez à la Mecque! Vous voilà bientôt musulman, comme Freiligrath! » Musulman, ce n'était pas assez dire, et on va le transformer bientôt d'une manière moins humaine; le poëte du désert de Sahara sera assimilé sans façon à quelqu'un des héros qu'il a chantés, ours, tigre ou dromadaire. C'est M. Henri Heine qui a imaginé cette métamorphose dans ce brillant poëme d'*Atta-Troll*, où il préludait gaiement aux hardiesses des *Poésies nouvelles*. *Ist Freiligrath kein Dichter?* Est-ce que Freiligrath n'est pas poëte? dit plaisamment l'ours de M. Henri Heine dans ses mélancoliques réflexions sur la destinée des bêtes, et citant avec orgueil les noms illustres de ses confrères aux pattes velues. Les railleries continuaient sur ce ton, et chaque nouveau recueil de vers politiques apportait son épigramme cruelle ou plaisante.

Toutes ces piqûres d'épingle inquiétaient peu sans doute le jeune poëte, et certes ce n'est pas pour expliquer la brusque résolution prise par lui il y a quelques mois que je rapporte de telles misères; mais à force d'être ainsi interpellé et mis en scène, M. Freiligrath devait prendre malgré lui un intérêt plus vif à ces questions du jour auxquelles les dispositions naturelles de son esprit l'auraient laissé fort indifférent. Il devait sentir combien le parti dont il avait accepté aveuglement l'influence était abandonné d'heure en heure, combien les espérances de l'Allemagne, audacieusement trompées après trente années d'attente, autorisaient les réclamations des gens de bien, et légitimaient cette opposition chaque jour plus nombreuse et plus vive. Sans doute, et ce n'est pas moi qui le nierai, il est permis à un poëte, quoi qu'aient dit M. Herwegh et M. Arnold Ruge, il est permis à un artiste, à un amant studieux du beau, de ne pas se jeter dans la mêlée tumultueuse; il lui est permis de dire ce que répondait le noble auteur des *Harmonies* aux vers injurieux de la *Némésis* :

Non, sous quelque drapeau que le barde se range,
La Muse sert sa gloire et non ses passions;

Non, je n'ai pas coupé les ailes de cet ange
Pour l'atteler hurlant au char des factions.
Non, non, je l'ai conduite au fond des solitudes...

M. Freiligrath pouvait penser ainsi ; mais le jour où le poëte prend parti dans ces luttes du moment, le jour où il abandonne les solitudes, où il affronte les dangers de la vie active, il est regrettable qu'il s'associe à une opinion illibérale, et qu'il combatte, au lieu de les éclairer et de les ennoblir, les mouvements sérieux, les développements légitimes de la pensée publique. On lui pardonnerait plus volontiers les témérités et les folles aventures. M. Freiligrath dut le sentir bien vivement quand il commença à voir clair dans ces questions si nouvelles pour lui. Malgré le costume officiel qu'il a accepté sans trop y songer, sa pensée, au fond, était libérale. S'il avait pu se consulter lui-même, s'il avait eu le temps d'interroger sa conscience avant d'engager sa parole, il n'y a point de doute qu'il n'eût chanté la liberté et les droits de l'Allemagne. On vient de voir comment il avait été peu à peu séduit et enveloppé. « Pauvre poëte ! s'écriait un critique allemand quelques semaines seulement avant la conversion inattendue de M. Freiligrath, pauvre poëte ! le voilà affublé, bien malgré lui, d'un uniforme, et obligé de faire bonne mine à mauvais jeu ! Comment il s'en tirera ? c'est ce qui le regarde. Tous ses vers, ses chasses de lions, ses émirs dans le désert, son hymne à Diégo Léon, sa Lettre à M. Herwegh, et ses propres chants de liberté, comment fera-t-il pour les soumettre à cette même étiquette qu'on lui impose, malgré qu'il en ait ? Ce n'est pas là un médiocre embarras. » Il n'y avait qu'un moyen pour M. Freiligrath de sortir, par un coup décisif, de toutes ces déplorables incertitudes : c'était de déclarer enfin son erreur et de rompre dignement, sans colère, avec le parti qui avait compromis son nom. Les lignes que je viens de citer étaient insérées dans un recueil littéraire, le 17 septembre 1844. Quinze jours après, au commencement du mois d'octobre, M. Freiligrath publiait sa *Profession de foi*, et il ouvrait son volume par cette épigraphe d'une lettre de Chamisso,

qui résume avec vérité la situation de son esprit : « Je
ne suis point passé des thories aux whigs, mais, dès que
j'eus ouvert les yeux sur moi, je m'aperçus que j'étais
whig. »

La *Profession de foi* de M. Freiligrath est intéressante
par sa franchise. L'auteur n'a pas cherché à dissimuler
les vers qu'il a écrits depuis deux ans sous une tout autre inspiration : il les reproduit bravement à côté des
hymnes où s'éveille enfin sa pensée frémissante. Il y a
deux hommes dans ce livre, le whig d'aujourd'hui et le
tory de la veille, ou plutôt, pour parler comme le poëte,
ce whig endormi qui s'ignorait lui-même. Ces manifestes
de poésie officielle ne sont pas, après tout, aussi com-
promettants qu'on pourrait le craindre ; excepté sa dure
invective contre M. Herwegh, je ne trouve rien dans cette
première partie dont un poëte libéral doive se repentir
très-vivement. Si M. Freiligrath s'est exécuté de bonne
grâce, si sa confession a été franche et complète, s'il a
imprimé dans son recueil toutes les pièces publiées çà et
là dans les journaux pendant les deux années qu'on lui
reproche, son crime, en vérité, n'est pas irrémissible. Sa
plus grande faute sera toujours, comme nous l'avons dit,
de s'être laissé engager, par faiblesse, dans des embarras ridicules, et le plus fâcheux souvenir de cette faute,
ce seront les strophes cruelles lancées avec tant de violence contre un homme qui adoucissait sa voix pour
lui parler, et qui voulait, par des railleries aimables, par
une ironie permise, l'attirer peu à peu dans les rangs de
la liberté. Le poëte a expié ses torts en réimprimant
cette diatribe à côté des pièces nouvelles qui en feront
mieux ressortir l'amertume factice ; c'est la punition
qu'il s'est infligée à lui-même. Du reste, dans cette première partie, dans ce recueil tory, je ne rencontre, avec
les vers contre M. Herwegh, que des pièces, un peu pâles peut-être, mais inoffensives, et où n'éclate aucun
sentiment que doive regretter la pensée convertie de M.
Freiligrath. C'est un hymne sur l'exécution de Diégo
Léon, ce sont des strophes écrites, il y a deux ans, à
propos de la mort récente de Charles Immermann ; c'est

une pièce intitulée *les Vents*, dans laquelle le poëte, en comparant le souffle de la liberté à une douce haleine de printemps, à une tiède matinée de mai, semble maudire les vents irrités qui rugissent autour de lui et condamner la muse orageuse de M. Herwegh. C'est encore une élégie fort belle sur la poésie romantique ; le poëte la rencontre aux bords du Rhin, dans les tours en ruines, dans les cimetières abandonnés. Elle pleure un monde qui n'est plus, elle est veuve du moyen-âge ! Le poëte se jette à ses genoux, il l'implore, il lui demande quelques-unes des mystiques extases que ne connaît pas la bruyante activité du monde moderne. Vous croiriez que le rêveur renonce ici à l'esprit de son temps, et que c'est là une des pièces qui inquiétaient et irritaient ses confrères ; mais non, il s'arrache bientôt aux séductions du passé et rentre dans la vie. Voilà, si l'on veut, une transition, et nous sommes amenés tout naturellement à la seconde partie du volume. Le trouvère a dit adieu aux ombres décevantes du moyen-âge ; la nuit mystérieuse de cette poésie voilée s'efface par degrés dans son imagination ; l'aube blanchit déjà le sommet des collines ; tout est prêt pour la journée nouvelle !

Bon Matin, bon Jour, c'est le titre même de la fraîche et gracieuse pièce qui ouvre la seconde partie, la partie importante, sérieuse, du livre de M. Freiligrath. La nuit, sur les bords du Rhin, est peuplée de fantômes trompeurs : mais quand le jour se lève, il faut, malgré les enivrements mystiques de la nature, malgré les incantations de l'ondine qui attire le pêcheur au fond des eaux, il faut secouer ce sommeil perfide, et féconder en soi les vigoureux instincts de la pensée moderne, comme ce grand fleuve qui porte la vie dans les riches vallées. M. Freiligrath sera le poëte des contrées rhénanes ; ce sera son rôle dans le chœur des poëtes où il vient prendre sa place. Sur cette grande ligne du Rhin où les principes du monde nouveau ont pénétré avec l'épée, dans ces sillons vivaces d'où on n'a pu arracher complètement les semences que nous y avons jetées, dans ces nobles villes qui gardent toujours, quoi qu'on puisse

dire, la visible empreinte de 92, le poëte n'est-il pas
admirablement placé pour chanter? Là, les grandes
idées naissent d'elles-mêmes, et avec une netteté, avec
une précision bien rares en Allemagne. Le souffle de la
révolution est encore là. Au lieu des cris de guerre, au
lieu des proclamations emphatiques qui défraient l'éloquente mais bien stérile poésie de M. George Herwegh, j'aperçois dans les strophes de M. Freiligrath des
doctrines nettes et décidées, des principes sérieux dont
l'importance m'attire. J'y vais tout droit pour marquer
le caractère de son livre. Quoiqu'il combatte souvent et
avec aigreur l'influence française, il la subit à son insu,
et, qu'il le sache, il lui doit ses meilleures inspirations.
La tribune qu'il a choisie sur les bords du Rhin, sur un
sol remué par nos armes et nos idées, cette tribune est
la plus noble qu'il y ait en Allemagne ; il suffit d'y élever
la voix pour réveiller les glorieux échos.

Je trouve d'abord dans le recueil de M. Freiligrath une
forme très-heureuse et qui ne s'était pas encore rencontrée chez les poëtes politiques de son pays. Ce sont ces
ballades vives, dramatiques, d'un dessin ferme, d'une
couleur brillante, qui lui servent à mettre en relief les
idées qu'il défend. Presque tous ses confrères, M. Prutz,
M. Hoffmann, M. Dingelstedt, M. Herwegh, aiment à
se répandre en imprécations ; ce ne sont que dithyrambes, odes pompeuses, invocations bruyantes, cris de bataille. Il y a là beaucoup plus de tapage que de vraie
poésie. L'année dernière, à propos des *Poésies d'un vi-*
vant, j'indiquais à M. Herwegh certaines chansons de
Béranger, où des sujets analogues aux siens sont
traités avec un art dont les poëtes politiques d'Allemagne
ont grand tort de se croire dispensés. Je lui rappelais
cette belle ballade des *Contrebandiers*, dans laquelle les
sentiments exprimés chez M. Herwegh par une vaine
et bruyante rhétorique sont rendus avec tant de vie, de
mouvement, d'originalité. Eh bien ! je trouve chez
M. Freiligrath plusieurs essais fort heureux de cette poésie plus haute qui manque à ses devanciers, et à laquelle
cependant plus d'un parmi eux serait digne d'atteindre.

Au lieu de répéter en des variations interminables le thème, le motif adopté, le poëte s'est exercé à une composition vive et nette ; il a essayé de mettre en relief, par quelque tableau habilement imaginé, les idées qu'il veut répandre. Ce sont des ballades, des élégies, de petits drames, courts, nets, bien conduits, bien terminés, et d'où la pensée jaillit avec lumière. Ce talent de composition que M. Freiligrath avait montré d'abord dans des peintures chargées de couleurs trop fortes et que n'illuminait aucune idée, il l'applique cette fois aux sentimens nouveaux qui l'animent. On peut vraiment louer sans réserve cinq ou six ballades de ce genre, en regrettant seulement que l'auteur abandonne si tôt, et pour ne plus la retrouver, l'heureuse veine qu'il a découverte.

Quelle inspiration originale et brillante dans la ballade de Rubezahl ! c'est une excellente idée d'avoir peint d'une manière si dramatique et si naïve les malheurs de la Silésie, la détresse du peuple, l'affreuse misère des pauvres tisserands. L'enfant de l'ouvrier a entendu conter, hier soir sans doute, la vieille légende de Rübezahl, du bienfaisant génie de la montagne, et le lendemain, en portant sa toile à la ville, il s'arrête dans la bruyère, il appelle le bon génie, le sauveur du paysan : « Rübezahl ! Rübezahl ! Il va venir, pense-t-il ; il m'achètera ma toile, car nous ne sommes pas des mendians, nous ne demandons que le salaire de notre ouvrage. Si cette toile lui convient, il en voudra d'autres, et nous en avons de si belles à la maison ! Alors mon père ne jurera plus ; ma mère ne sera plus si triste, si désolée. Rübezahl ! Rübezahl ! » Il appelle toujours, mais Rübezahl ne vient pas, et l'enfant découragé, désespéré, éclate en sanglots qui fendent le cœur, car à qui se confier maintenant ? à quel sauveur s'adresser, si Rübezahl lui-même abandonne le pauvre tisserand ? Il y a dans tout ce tableau une émotion irrésistible ; et puis, voyez l'intérêt puissant de ces plaintes si légitimes et comme elles deviennent plus douloureuses dans cette bouche naïve ! Puisque les pères ne peuvent obtenir justice, le poëte

fera parler les enfants, il les enverra demander secours
aux puissances mystérieuses, aux gnomes de la bruyère,
aux anges du paradis, et des voix monteront de toutes
parts pour protester contre la misère et l'oppression.

Je retrouve la même intention dans une pièce moins
belle peut-être, moins dramatique, mais qui emprunte
un intérêt tout aussi douloureux aux funèbres circonstances qui l'ont inspirée. C'est l'élégie que l'auteur a
intitulée *Une Ame, Eine Seele*. Vous venez de voir l'enfant du pauvre, le fils du fabricant de toile, demandant
au bon génie de la bruyère le salaire de la semaine, un
peu d'argent, un peu de pain, pour son père qui a tant
travaillé, pour sa mère qui se lamente. Cet autre enfant
que l'auteur met en scène ne demande pas du pain, il
demande le bon droit, la justice, la liberté. Son père a
été jeté en prison, dans un duché d'Allemagne, sur on
ne sait quelle vague accusation de complot. C'était pourtant un homme éminent, un publiciste, un jurisconsulte
distingué, un professeur de l'université de Marbourg.
Au mépris des plus simples règles de l'équité naturelle,
on l'a laissé au cachot pendant cinq ans, sans le vouloir
juger. Il faut dire, à l'honneur de ce pays, l'universelle
indignation que soulevèrent ces procédures monstrueuses. Les défenses, les consultations, se succédaient
sans relâche; les jurisconsultes les plus vénérés protes-
tèrent avec force contre ces honteuses violences; une
fois, ce fut M. Mittermaier, l'ancien président de la
chambre des députés du duché de Bade, et la consultation du célèbre professeur ne fut ni la moins énergique
ni la moins redoutable. Vains efforts! le cri de la conscience publique était insolemment dédaigné. Il eût fallu
ici un Voltaire : la plume intrépide qui réclamait pour
Sirven et Labarre contre l'iniquité de son temps n'eût
pas été inutile pour rappeler la notion du juste à ces
tribunaux secrets, à cette magistrature dépendante. Ces
puissances occultes sont terribles; rappelez-vous l'archiduc des chats-fourrés dont Rabelais a dessiné l'effrayant
portrait. Puisque nul n'a réussi, ce sera un enfant qui
parlera; mais à qui s'adressera-t-il? A Rübezahl? au bon

génie de la légende? Non, à Dieu, au ciel, aux grands
hommes de la patrie qui, entrés déjà dans une vie meilleure, habitent les sphères célestes. Il montera au ciel,
et peut-être les sauveurs invoqués par lui seront-ils
moins sourds que Rübezahl. Écoutez; c'est une triste et
touchante histoire. Tandis que M. Jordan, épuisé par
cette longue captivité, attend sous les verroux l'heure du
jugement qu'il sollicite et que l'Allemagne entière réclame pour lui, sa femme et ses enfants demeurent privés de toutes ressources, et sans les secours de la bien-
faisance publique, cette détresse allait aux dernières
extrémités. Cependant un des enfants de Jordan, une
toute jeune fille, vient de mourir l'an dernier au milieu
de cette effroyable misère. C'est elle que le poëte conduit au ciel dans l'assemblée des grands citoyens du pays,
et celui qui la reçoit, à côté de Schiller, à côté de Schubart, c'est le fier et courageux Seume, né, comme Jordan, dans le duché de Hesse, et exilé, il y a cinquante
ans, par ceux qui emprisonnent aujourd'hui le noble
publiciste.

« Une jeune âme s'envola vers le ciel; d'un vol léger elle monta;
c'était presque un enfant encore, pure, sans tache; elle entra timidement par les portes d'or.

« Ah! c'est la fille du patriote. » Un murmure court çà et là
dans la nue. Parmi les morts d'Allemagne, les meilleurs se lèvent
et s'empressent à sa rencontre.

« Voici venir le noble et ferme Seume, l'homme de la liberté et
de la poésie; Schiller se hâte à travers les lumineux espaces; puis
Hutten, puis Schubart. — Tous, tous, ils arrivent.

« Ils la contemplent avec une ineffable douleur, ils la saluent
(ah! combien d'amour, de respect et de douceur!), et, sans dire
un mot, leurs regards inquiets interrogent son visage, son douloureux sourire.

« Mais elle, elle incline la tête, elle baisse les yeux, elle reste
là, tremblante et brisée; de chaudes larmes coulent de ses yeux,
que n'a pu fermer la main paternelle.

« Voyez alors le noble Seume, comme son poing tremble malgré
lui! Comme les veines se gonflent sur le front large et sombre de
Schubart! — La liberté n'existe que dans le royaume des songes,
dit Schiller plein d'une colère amère.

« Mais Seume: « Jeune fille, console-toi! la mort aussi, tu le
sais, est un libérateur! Qu'ils bâtissent des prisons, qu'ils

forgent des chaînes; ton père sera libre avec les hommes libres.

« Libre, vers moi, vers nous, il viendra un jour. Lui aussi, il sera mort pour la patrie! Lui aussi, il sera une lumière sacrée vers laquelle, durant la tempête, les Allemands élèveront leurs cœurs et tendront les mains.

« Avec quel orgueil son âme épuisée se reposera! Ce sera son premier repos, je le sais! Prie pour qu'il meure! prie, enfant! Je connais les puissants dont l'iniquité a brisé ses forces.

« Ceux qui le tiennent dans l'étroit cachot sont ceux qui me poussaient jadis, loin de ma patrie, dans l'immense univers. C'est la même race de tyrans. Ne t'a-t-on point parlé de Seume, qui s'embarqua pour la Nouvelle-Hollande?

« Prie donc pour que bientôt, aux bords de la Lahn, l'herbe nouvelle joue et serpente sur un tombeau. La place de ton père est ici, près de Hutten. Fille de Jordan, prie, et sois consolée! »

Assurément, de tels vers, de telles plaintes, animées par un sentiment si légitime, doivent servir énergiquement les intérêts les plus vifs de la cause libérale. La question de la publicité des tribunaux est une de celles que le parti constitutionnel doit ramener sans cesse, avec force, avec persévérance, avec la ferme volonté d'obtenir justice; or, ces peintures simples, vraies, qui ne sont que l'expression sentie de douleurs hélas! trop réelles, aideront beaucoup à populariser cette cause sacrée. Quand le poëte aura touché les cœurs, quand il aura porté partout ces tableaux lamentables, le devoir des jurisconsultes sera plus facile; ils trouveront dans le sentiment public une sympathie plus directe, une plus vigoureuse assistance. Voilà un bon exemple, une excellente direction à suivre, et, dans le cercle de la poésie politique, le plus heureux, le plus efficace, le plus noble emploi de la Muse.

Je citerai une autre ballade d'un intérêt moins élevé, mais qui, par sa forme vive et tragique, signale bien douloureusement aussi les vices d'une législation inhumaine. Que les tribunaux soient secrets et dépendants, que des procédures irrégulières puissent se conduire dans les ténèbres et échapper au contrôle de l'opinion, que l'accusé ne soit pas protégé par la publicité des débats et qu'il ne trouve pas dans le pays un tribunal supérieur, je veux dire la conscience publique, vigilante,

attentive et prête à juger le juge, c'est là sans doute un
mal épouvantable et auquel je ne voudrais pas comparer le mal dont je vais parler; mais si, dans certaines
parties de la législation, dans la police des campagnes,
il est permis à l'obscur agent du pouvoir de se faire immédiatement justice, d'être à la fois et sur-le-champ juge
et bourreau, de punir à main armée celui qui enfreint
la loi, comment ne pas s'indigner d'une telle barbarie?
Comment ne pas flétrir en les signalant ces abominables
traditions de la justice féodale? L'artisan qui n'a plus
d'ouvrage, celui de la Silésie, par exemple, le tisserand
dont le fils invoquait tout-à-l'heure le bon Rübezahl,
le pauvre paysan dont la famille meurt de faim sort de
sa hutte, le fusil sur l'épaule; il entre dans la forêt, il
voit un sanglier et tire. Souvent ce sera le fermier, le
laboureur, dans son propre champ. S'il chasse en
fraude, sans doute il est coupable, et l'amende ou la
prison le punira. Cependant le garde l'a entendu, il accourt, et, comme le braconnier se sauve à toutes
jambes, voilà le forestier qui ajuste le fuyard et l'étend
mort au coin du bois, dans son champ, à cent pas de sa
cabane. C'est là une abominable histoire; où cela se
passe-t-il? Au moyen-âge? chez le seigneur féodal? chez
le baron du mont et de la plaine? Non, cela est arrivé
hier, avant-hier, cela arrivera demain. Où donc? En
Allemagne. Et rien n'est plus régulier, le forestier n'a
point commis de meurtre, il n'a pas assassiné ce pauvre
homme; il a fait son devoir, et la loi l'absout d'avance.
A coup sûr, il est permis à l'écrivain de flétrir cette législation impie, et d'invoquer pour le coupable l'éternelle équité. Il ne faut pas, je le sais, inventer des maux
imaginaires, et soulever le pauvre contre le riche, le
faible contre le puissant: ce n'est pas la mission de l'art
d'irriter les passions mauvaises; mais quand le mal est
public, quand la loi est barbare, quand elle autorise de
tels désordres et que ces violences ont été répétées plus
d'une fois, il ne faut pas non plus que le poëte craigne
le reproche de déclamation, et si la plainte est noblement exprimée dans un petit drame énergique, sincère,

animé d'une généreuse pensée, tous les gens de bien l'approuveront, tous les cœurs honnêtes s'indigneront avec lui. Voici les vers de M. Freiligrath.

« Triste et silencieuse matinée! les feuilles frémissent doucement; le cerf a conduit ses petits sur la lisière du bois; sur la lisière du bois, dans les sillons ensemencés. Il est là, debout, fouillant du pied la terre. Cependant derrière les buissons sont assis les paysans, le père avec le fils.

« Le vieux tient en main son fusil rouillé. — Un cerf! un cerf dix-cors! Morbleu, garçon, tire-moi ce coup-là. — L'enfant presse la détente. Voilà un habile tireur; le cerf dix-cors est tombé.

« Les petits se sauvent. — Bravo! — dit le père; il s'élance et appuie son genou sur la bête renversée. — Eh! garçon, c'est un coup de maître! Vois donc, juste à l'épaule. C'est Dieu qui bénit notre champ; le cerf ne s'engraissera plus dans nos sillons.

« Il n'a plus besoin de grains, il ne brisera plus nos blés. Eh bien! à quoi t'amuses-tu là, Fritz? Vite, donne-moi la corde. Bien, les pieds liés l'un contre l'autre. Touche donc, il est déjà froid. — Or, avec sa suite et ses chiens, voilà le garde qui sort de la forêt.

« Le garde! que Dieu les protège! Il connaît tous les sentiers. N'importe! les deux paysans ne font qu'un saut et s'enfuient; le fusil est resté à terre. Le garde court aussi: — Arrête, canaille! leur crie-t-il, qu'ai-je besoin du fusil? ce sont les tireurs que je veux.

« Peine perdue! Alors il appuie son arme contre sa joue et vise; il vise ferme, froidement, longtemps: sur qui? sur des hommes, sur des hommes en fuite! N'importe! il presse une détente. Dieu! c'est là du bonheur! le vieillard tombe; il a été atteint à la nuque.

« Le voici donc, mourant, couché dans le champ d'orge qui lui appartient. Son cœur se brise; il soupire, il étouffe. Le sang qui s'échappe sous ses vêtements tombe dans le sillon, sur la semence; il coule tout fumant sur les mottes de terre. Que pense l'alouette de tout cela?

« Elle reposait dans son nid paisible; tout à coup le sang y pénètre. Alors elle s'envole, gazouillant un air de fête, et emportant du sang sur ses ailes. Elle le fait briller devant Dieu aux rayons du soleil, et puis le secoue en babillant sur la cime des épis.

« Pluie féconde! rosée précieuse! c'est la bénédiction de l'alouette qui fait prospérer la semence. Il en tombe des gouttes aussi sur l'enfant qui trépigne au milieu du champ, et tient son père embrassé en poussant des cris furieux.

« — Va-t-en, garçon; pourquoi embrasser ce corps qui se raidit? Va-t-en, plus de pleurs. Vois donc: il est déjà froid. Ne colle plus ta bouche rose sur ces lèvres toutes bleues. Regarde : voici déjà les chiens qui accourent haletants. Dieu tout-puissant ! c'est l'hallali !

« Ainsi, sur le même carré de terre, ils sont là couchés, l'homme et le cerf ! Cependant la chasse continue dans la forêt; bêtes fauves, bêtes noires sont poursuivies : c'est une grande chasse à courre. Le garde siffle et rit; pourquoi pas ? Il a exécuté les lois de la chasse !

« C'est pour cela qu'il ne s'attriste point de la douleur terrible de l'enfant. On oubliera le paysan, on mangera le cerf. Pour lui, il aura peut-être la médaille; oui, la médaille, cela manquait vraiment ! Quant à cette canaille de Fritz, on le jettera dans un cachot.

« Le voyez-vous, sombre et collé contre les grilles? Un méné-trier est à la porte; il chante (l'enfant en a frémi !), il chante sa chanson aux passants : « Vive tout ce qui croît fièrement et libre-» ment sur la terre ! vive la forêt et la plaine ! vive la chasse et le » chasseur ! »

C'est encore là un tableau vif et net, une touchante plaidoirie, une pétition éloquente. Tout ce qui pourrait ressembler à de la déclamation a été prudemment écarté. Les choses parlent d'elles-mêmes. On a vu la joie naïve du paysan, le cerf qui tombe, puis tout-à-coup le fores-tier qui paraît, nos gens qui prennent la fuite, et ce fusil du garde longtemps et froidement ajusté: sur qui? grand Dieu ! — C'est la seule réflexion que se permette le poëte, c'est le seul instant où il entre en scène, — sur un homme désarmé qui se sauve, et enfin la mort du vieillard, son fils éperdu, et le garde qui s'en va en sifflant. N'aimez-vous pas aussi ce dernier trait pour achever le drame, cette moralité, cette protestation glissée innocemment, le joueur d'orgue arrêté devant la porte de la prison et chantant la liberté de la plaine et de la forêt, et la chasse et le chasseur? C'est au nom de l'humanité que le poëte a parlé: il n'y a pas là, Dieu merci, de système social, on ne conteste pas les devoirs réciproques des hommes réunis en société, les conditions nécessaires du droit commun, on ne réclame pas l'irrégulière indépendance de l'état de nature; mais cependant, comme ce souvenir naïf des libertés primitives, évoqué dans un vieux refrain populaire, ajoute ici par le contraste à l'émotion très-lé-

gitime que le poëte a voulu produire ! Je ne sais si je
m'abuse, mais je crois que ces sortes de ballades sont,
dans la poésie politique de l'Allemagne, une nouveauté
habile et hardie, une bonne et franche inspiration. Béranger a chanté aussi le braconnier, et sa pauvre femme
qui traîne ses trois enfants dans les bois, tandis que le
mari est sous les verrous ; il a chanté Jeanne la rousse,
avec quelle grâce, on le sait, et de quelle voix attendrie !

> Un enfant dort à sa mamelle,
> Elle en porte un autre à son dos ;
> L'aîné qu'elle traîne après elle
> Gèle pieds nus dans ses sabots.
> Hélas ! des gardes qu'il courrouce,
> Au loin le père est prisonnier.
> Dieu ! veillez sur Jeanne la rousse ;
> On a surpris le braconnier.

Le sujet pourtant n'est pas tout-à-fait le même. Il devait
y avoir quelque chose de plus dans l'écrivain allemand,
sous une législation bien différente. Ce ne pouvait plus
être seulement la sympathie involontaire du poëte pour
le braconnier, le contrebandier, le bohémien, pour tous
les révoltés et leur libre vie. Au lieu de cette sympathie
tout idéale, laquelle est bien de mise en poésie, il fallait
qu'on trouvât dans ses vers un sentiment très-réel, une
protection vigoureuse et directe, et que le poëte osât dénoncer le crime d'une loi inique. M. Freiligrath y a
réussi, et nous lui souhaitons de persister dans cette
voie. Cette défense du droit mérite que des écrivains tels
que lui y consacrent leur talent. C'est là de la poésie politique, démocratique, dans le meilleur sens du mot ; je
veux dire une poésie librement inspirée, passionnément
sensible aux maux de l'humanité, et dont les accents
généreux doivent servir la cause sainte du bien et de
l'honnête. Il est permis peut-être de louer avec quelque
vivacité cette direction salutaire de la pensée, car aujourd'hui, au milieu des paradoxes d'une littérature
épuisée, l'amour simple du vrai, loin de ressembler à un
lieu commun, a presque l'attrait d'une nouveauté cou-

rageuse. N'avons-nous pas vu dernièrement un romancier aux abois entreprendre une tâche toute contraire? En France, cinquante années seulement après 89, il s'est trouvé une plume pour calomnier ce peuple des campagnes, cette race forte, active, patiente, dont le poëte allemand a chanté la détresse. Un pamphlétaire prétentieux a accumulé dans des pages sans vergogne je ne sais quelles horreurs nauséabondes; il lui a paru piquant d'injurier en face cette société nouvelle qui est notre mère, et les efforts patients des classes pauvres, et ce bienfait de l'égalité si chèrement conquis; il a peint une réunion d'escrocs, une caverne de bandits, et cette belle œuvre, il l'a intitulé : *les Paysans.* Je m'arrête : de tels outrages à l'esprit moderne, aux principes dont nous vivons, suffiraient pour décréditer l'écrivain qui s'en charge. On ne discute pas de telles inventions, on ne les réfute pas, mais on relit avec plus d'amour une strophe de Béranger, et, je rougis en traçant ces mots, là-bas, au-delà du Rhin, chez un peuple que nous précédions jadis, la ferme protestation d'un poëte à peine connu en devient plus noble et plus belle.

Les pièces plus spécialement politiques se rencontrent en grand nombre dans le recueil de M. Freiligrath, mais elles sont de valeur fort inégale, et l'on regrette que l'auteur ne se soit pas appliqué plus souvent à présenter sa pensée sous cette forme vive et nette qui convient à son imagination. Dans la ballade, c'est un maître; en général, il est moins à l'aise dans la haute poésie lyrique. Son haleine est courte; l'enthousiasme de sa pensée n'est pas toujours assez vigoureux pour le soutenir longtemps dans ces périlleuses régions. Je signalerai toutefois plusieurs pièces vraiment belles. L'hymne intitulé : *la Liberté! le Droit! (Die Freiheit! das Recht!)* se recommande par le développement habile d'une noble idée. L'auteur n'est plus guidé par cette forme du récit, du tableau vif et dramatique où il excelle, et pourtant son inspiration, cette fois, n'a pas faibli. La manière dont il chante la liberté est sérieuse et pleine d'élévation. La liberté pour lui ne peut être séparée du droit. La liberté! la justice!

11

il les aperçoit comme deux sœurs, deux compagnes célestes qui se tiennent par la main. Dès que l'une arrive, l'autre n'est pas loin ; dès que le sentiment du droit s'est emparé de la conscience d'un peuple, la liberté lui apparaît aussi et l'appelle. C'est pour cela que le poëte est confiant et qu'il chante avec calme cette liberté tant désirée. Toutes ces idées sont nobles et sérieuses ; une pensée élevée et précise remplace ici les vaguesdéclamations, la rhétorique accoutumée des tribuns. Ce manifeste acquiert d'ailleurs une valeur nouvelle au milieu des pièces qui l'entourent ; on dirait le commentaire réfléchi et très-poétique cependant de ces touchantes ballades où M. Freiligrath dénonçait une législation coupable. Qu'il chante donc le droit commun ; que lui et tous ses amis, poëtes et publicistes, éveillent le sentiment du juste dans l'âme des nations allemandes; qu'ils signalent partout les traces de la vieille iniquité féodale ; que l'idée du droit enfin apparaisse, et que la liberté l'accompagne !

Il y a beaucoup de grâce et de fraîcheur dans l'hymne consacré à l'arbre de l'humanité, à cet arbre puissant où tant de fleurs, l'une après l'autre, ouvrent au soleil leurs belles corolles. Le poëte attend avec impatience l'instant béni où la fleur d'Allemagne embellira aussi l'arbre immortel. Chacun des peuples de la terre, chacune de ces fleurs sacrées s'est épanouie à son heure ; l'esprit du monde, comme un souffle printanier, mûrissoit la sève dans la tige, et à la lumière féconde de la liberté elles s'ouvraient enfin pour prodiguer leurs trésors. Mais, hélas ! combien de fleurs attendent encore aujourd'hui ce rayon divin ! La sève monte, le bourgeon tremble, la fleur s'agite sous son enveloppe ; quand luira le soleil qui doit briser ses liens? Ici le chant du poëte s'élève à Dieu comme une prière ; l'espérance adoucit sa plainte ; c'est l'hymne du laboureur dans une matinée de printemps. Et devançant la bénédiction qu'il appelle, il décrit déjà, comme s'il la voyait, cette fleur nouvelle, cette fleur merveilleuse, qui s'épanouira bientôt sur l'arbre de vie.

La pensée de M. Freiligrath n'a pas toujours cette calme

sérénité; il y place çà et là dans ses vers pour des tableaux effrayants et des cris de vengeance. La scène intitulée : *Dans une Maison de Fous* (*Im Irrenhause*), est
une invention assez vigoureuse, un peu exagérée pourtant, un peu emphatique, et qui devra sembler telle, si
je ne me trompe, même en un pays où la censure soulève tant de légitimes haines. C'est le censeur, en effet,
que le poète fait comparaître à son tribunal, et la situation où il le place, les crimes dont il le charge, l'effroyable châtiment qu'il lui inflige, fournissent à sa plume
l'occasion d'une peinture sombre et lugubre. Le censeur,
celui qui flétrissait la pensée, celui qui avait reçu charge
de mutiler les manifestations de l'esprit, le censeur est
devenu fou. Des images terribles courent devant ses
yeux; tout ce qu'il a outragé, tout ce qu'il a voulu
anéantir, la vérité, la liberté, la justice, l'entourent
comme des fantômes irrités, et viennent se venger de
lui. Ce ne sont pas les furies de l'antiquité, ce sont les
messagers de la société moderne, les anges de la loi nouvelle, qui viennent le frapper au visage avec leurs épées
flamboyantes. Il y a là beaucoup de vivacité, d'énergie,
de colère, et tout un appareil singulièrement dramatique. Quand le poète regarde dans la cellule du fou,
celui-ci est debout, tout droit, immobile comme une
statue de pierre. Pas un signe, pas un mouvement. Son
regard étincelant est fixe comme celui de Macbeth quand
l'ombre de Banco se dresse devant lui. Puis la vie éclate
tout-à-coup dans cette pierre froide; les vengeurs qu'il
apercevait de loin s'approchent et l'entourent, il voit
briller des épées, il voit s'agiter des flammes, la lutte
commence. Il croyait les avoir bien tués; puisqu'ils res-
suscitent malgré tant de coups dont il les a frappés,
cette fois sa main sera plus ferme; mais les anges sou-
rient gravement, et lui disent qu'on ne tue pas l'esprit.
Sa raison s'égare de plus en plus, il s'emporte en imprécations, en blasphèmes, il veut anéantir une fois pour
toutes cet ennemi qui toujours reparaît; alors la Vérité
lui flagelle le visage, et il tombe sur son lit en demandant grâce. « Silence! dit le poète, ne le jugeons pas;

ce malheureux n'était qu'un instrument. Il n'y a de
place en mon cœur que pour la pitié. « Le tableau tracé
par l'auteur est plein de poésie: je crois cependant qu'il
a mis trop de colère dans ses peintures. Le drame es.
trop vif: M. Freiligrath a dépensé inutilement une énergie qui aurait été mieux employée ailleurs. Tout esprit
juste y doit sentir une exagération qui le blessera. Malgré toutes les haines qu'elle provoque, malgré le mal
qu'elle fait, la censure, même en Allemagne, n'a plus
cette puissance cruelle que le poëte a éloquemment châtiée, et ce n'est pas sur ce ton qu'il faut la poursuivre.
Aux plus mauvais jours de l'ancienne société, sous la
tyrannie religieuse, quand le censeur avait le bourreau
pour auxiliaire, quand le bûcher attendait le livre et
l'écrivain, ces fortes images n'auraient rien dit de trop.
Si, au lieu du censeur de Cologne ou de Berlin, vous
me montrez dans cette prison le persécuteur de Bruno
ou de Galilée, le président de ce parlement qui a brûlé
Vanini, certes j'approuverai cette vigoureuse peinture,
je comprendrai ces remords sanglants qui l'agitent, ces
visions épouvantables qui le viennent assaillir, et ce
fouet de lumière avec lequel la Vérité flagelle le visage
du meurtrier me représentera l'avènement prochain, la
prochaine victoire de cet esprit nouveau qu'il a voulu
tuer. Toutes ces inventions placées en leur lieu, éclairées
du jour qui leur convient, pourront être vraiment belles,
et l'auteur aura le droit de rappeler, comme il le fait,
ce grand souvenir poétique de Macbeth et de Banco.
Mais aujourd'hui, avouons-le, les choses sont un peu
changées. Le formidable inquisiteur de Philippe II est
devenu le censeur très-ridicule du roi de Prusse, et il
est si facile de tromper sa vigilance! Il semble même
que cette tactique doive être un attrait pour les esprits
souples et alertes: nos écrivains du xviii° siècle s'y
jouaient de mille façons, et dans ce moment même, au-
delà du Rhin, M. Henri Heine est passé maître en ces
petites guerres. Je ne défends pas le censeur de Cologne,
je ne demande pas grâce pour lui ; son métier est
odieux, sa plume est inepte, je l'accorde ; c'est pour cela

précisément qu'il faut prendre garde de le traiter comme un héros et sur un ton beaucoup trop sublime. Pour qui veut exercer une action efficace, rien n'est plus important que cette juste mesure, cet exact sentiment des choses. Voltaire, dans l'épître au roi de Danemark, attaque un certain censeur russe qui se croit bien redoutable ; rappelez-vous comme il le plaisante! Il le prie de réfuter ses livres, et comme celui-ci aime mieux les brûler, il lui dit gaiement :

> Tu les brûles, Jérôme, et de ces condamnés
> La flamme en m'éclairant noircit ton vilain nez.

Cela ne vaut-il pas mieux que vos imaginations tragiques? M. Hoffmann de Fallersleben a été mieux inspiré que M. Freiligrath, quand il a emprunté à Voltaire ces railleries sans façon, lesquelles n'ont jamais été mieux employées qu'en de telles circonstances. M. Hoffmann a chanté aussi le censeur ; ces jours-là, sa bonhomie accoutumée s'est faite ironique, railleuse, parfois même assez spirituelle. Il a montré au doigt son héros, il l'a tourmenté par mille espiègleries, il a dévoilé tous ses ridicules, toutes ses sottises, et ces fines et légères attaques sont bien mieux appropriées, à coup sûr, que les dithyrambes indignés.

Ces observations sur une pièce d'ailleurs fort remarquable m'amènent tout naturellement à des critiques bien plus graves, bien plus considérables, que je dois à M. Freiligrath. Je me suis appliqué à mettre en lumière les mérites sérieux qui recommandent plusieurs de ses ballades, j'ai loué avec empressement les qualités nouvelles, l'élévation, l'éclat, qu'il a donnés à la poésie politique de son pays ; il m'est sans doute permis de signaler avec la même franchise tout ce qui manque à son livre. Or, comment le poëte a-t-il écrit à côté de ces vers si noblement inspirés des facéties indignes de son esprit? Comment a-t-il pu méconnaître à ce point le caractère de son talent, et s'essayer d'une main si maladroite à de capricieux badinages pour lesquels il faut tant de qualités qu'il n'a pas? M. Freiligrath possède une imagination brillante, et il vient de prouver que cette imagination, trop amoureuse jadis de la forme et des couleurs bizarres, pouvait s'élever à une beauté plus pure : il est maître d'une langue sonore et harmonieuse ; mais (pourquoi force-t-il la critique à le lui rappeler?) ce ne sont pas les caprices, les finesses, les ruses de l'ironie qui sont la vocation de sa muse. L'élégant persiflage de M. Henri Heine lui est interdit. Il est vrai que ce n'est pas toujours M. Henri Heine qu'il voudrait contrefaire ; il imite bien plus souvent la bonhomie joyeuse de M. Hoffmann de Fallersleben, et il est tout aussi malheureux avec l'un qu'avec l'autre. La gaieté bruyante ne lui réussit pas mieux que la raillerie légère. C'est tantôt une joie beaucoup trop naïve, tantôt une plaisanterie guindée et fausse. Par quel commentaire excuser cette incroyable épître que M. Freiligrath adresse à M. Hoffmann de Fallersleben ? Est-il possible d'aller se perdre avec plus d'intrépidité dans toutes les erreurs du mauvais goût? Est-il possible de compromettre plus résolument les bonnes inspirations qu'on a rencontrées la veille ? M. Freiligrath avait écrit une préface, un peu raide, mais suffisamment digne, pour nous expliquer sa conduite et son passage dans les rangs des whigs ; ce drapeau auquel il s'était rallié, il l'avait tenu lui-même d'une main ferme dans plusieurs ballades politiques, dans plusieurs hymnes de son recueil, et maintenant il va détruire l'excellente impression qu'il a produite, en nous racontant, sur un air de vaudeville, quoi donc? sa conversion opérée, le verre à la main, par M. Hoffmann de Fallersleben ! C'est M. Freiligrath lui-même qui nous donne fort au long ces édifians détails et bien d'autres encore. Si un adversaire du poète avait publié contre lui cette satire burlesque, je le comprendrais peut-être ; mais quand c'est M. Freiligrath qui parle de cette façon et qui affronte si follement le ridicule, en vérité que faut-il penser? que faut-il dire ? Il faut montrer pour sa dignité plus de souci qu'il n'en a eu lui-même, il faut laisser dans l'ombre toutes ces facéties;

tâcher de les oublier, éviter surtout d'en triompher trop aisément; il faut dire enfin que, malgré ces plaisanteries détestables, on veut prendre au sérieux son manifeste politique, et ne point renoncer à l'estime qu'avaient inspirée de très beaux vers.

M. Freiligrath certainement gardera rancune un jour à celui qui l'a si mal inspiré. Les pièces qu'il imite de son nouvel ami sont le plus fâcheux commentaire de cette singulière épître qu'il lui adressait tout à l'heure. Les facéties auxquelles M. Hoffmann sait donner une tournure particulière de bonhomie naïve sont bien gauches, bien maladroites, dans la bouche de M. Freiligrath. M. Hoffmann est le poëte candide, c'est trop dire, le ménétrier joyeux des tavernes; il ne chante guère qu'après boire, et ses meilleurs refrains exhalent sans façon une odeur de bière et de tabac qui ne répugne pas au goût allemand. On sent combien ce rôle doit peu convenir au chantre inspiré des ballades. Je ne sais rien de plus maussade que sa plaisanterie, rien de plus attristant que sa gaieté.

Il a été moins malheureux peut-être dans une imitation de Goethe, dans cet intermède comique qu'il emprunte à Faust, et où il fait comparaître sous un masque railleur tous les hommes éminens que le roi de Prusse a rassemblés à Berlin. On sait que, dans le premier Faust, Goethe a chanté le Brocken et toutes les sorcelleries du moyen-âge, qu'il évoque sur la montagne endiablée. Après cette scène bizarre, après cette nuit de Walpurgis, commence un intermède satirique, un songe étrange, non pas le songe d'une nuit d'été, mais le songe de la nuit de Walpurgis. De petites épigrammes, finement aiguisées, sifflent de droite et de gauche comme des flèches; poëtes, artistes, philosophes, critiques, tous ceux que l'auteur a voulu désigner au ridicule, arrivent l'un après l'autre, disent un mot, et rentrent dans la foule. Ces rapides apparitions, ces marionnettes sitôt venues, sitôt disparues, forment une ronde très comique, qui s'agite au souffle de Titania, sous la fantastique direction de Puck et d'Ariel. Voilà

la scène que M. Freiligrath a imitée, le cadre dont il
s'empare pour y placer ses personnages. Titania, Puck
et Ariel ont disparu, du moins sur le premier plan ; le
maître des cérémonies, c'est le chat botté. On a ingénieusement remarqué que, dans l'intermède de Goethe,
ces légères figures aériennes empruntées à Shakspeare,
Ariel, Titania, servent à voiler, à tempérer, par l'idéal
et la fantaisie, ce qu'il y a de trop cru, de trop réel, de
trop prosaïque dans la satire ; ici, au contraire, en substituant à Titania le chat botté de M. Tieck, M. Freiligrath
n'a rien voulu adoucir, et c'est de quoi nous pourrons
le blâmer tout à l'heure. Voici donc le chat botté qui
paraît et ouvre l'intermède ; le marquis de Carabas l'a
envoyé pour amuser le souverain. Après lui, ce sont
les maîtres de chapelle, M. Meyerbeer, M. Mendelsohn,
et il s'agit d'organiser la fête. La fête sera complète :
on aura *Antigone*, *Médée*, *le Songe d'une nuit d'été*, *les
Guêpes*, *les Captifs* ; Sophocle, Euripide, Shakspeare,
Aristophane et Plaute, toujours sous la direction du chat
botté. « Les voici, dit le chat botté, le nord et le sud,
le moderne et l'antique ; je vais mêler tout cela, un,
deux, trois, comme un jeu de cartes. » Alors paraît
Antigone, et elle prononce, les yeux baissés, un quatrain
mélancolique ; puis vient un personnage de Shakspeare,
qui lui offre galamment son bras ; puis les Guêpes, puis
les Captifs, joyeux d'être enfin délivrés, et saluant le
gracieux souverain qui les rend à la lumière. « Hélas !
répond le groupe des mécontens, il y en a bien d'autres
qu'on pourrait délivrer aussi ! » Cependant le bruit
s'accroît, et le chat botté commence à se plaindre du
vacarme. Quelle foule ! quelle cohue ! quel tapage !
On ne pourra plus entendre ses fines lectures ! Sa poésie
à la voix grêle, ses grâces subtiles, ses élégances du
siècle dernier, qui les goûtera désormais ? Le persiflage
se prolonge ainsi fort long-temps, car, après les poëtes,
après M. Tieck et son cortège, défile toute la procession
officielle, magistrats, censeurs, conseillers auliques,
ministres même, jusqu'à ce que le soleil se lève sur le
Brocken, et qu'une matinée de mai dissipe ces ombres

du passé. L'invention, il faut l'avouer, est assez plaisante ; c'est tout-à-fait une satire dans le goût allemand, et je ne nierai point ce qu'il y a de vif et de piquant dans une telle mascarade de la cour de Berlin. Le trait final n'est pas le moins heureux : le poëte a osé dire tout haut que cette assemblée, si noble d'ailleurs et si illustre, ne représente que le passé de l'Allemagne, et point du tout les désirs, les espérances des générations nouvelles. Je n'affirmerai pas durement avec M. Freiligrath que ce soient là des ombres et que l'aube doive les dissiper sans retour ; mais enfin, le soleil se lève ailleurs, et il éclaire déjà d'autres horizons. On peut donc accepter le tableau railleur tracé par le poëte ; il a suivi Goethe, et, soutenu par le maître, il a su échapper à ce mauvais goût, qui semble la condamnation de son esprit toutes les fois qu'il se veut contraindre à une gaieté factice. Seulement, tout en admettant l'intérêt littéraire de cette brillante mise en scène, j'ai bien des doutes sur sa convenance morale. Ces railleries sont justes ; mais était-ce à M. Freiligrath qu'il appartenait de s'y jouer si cruellement ? Était-ce à un ami de la veille, à un disciple émancipé, de persifler ainsi le bon et spirituel vieillard dont le dilettantisme aimable représente si gracieusement, jusqu'au dernier jour, une poésie qui va mourir ? Une telle promptitude à renier ses affections semble plus choquante encore, lorsqu'on vient de lire, dans le recueil même de M. Freiligrath, les vers si sincèrement émus qu'il consacre à la poésie romantique. Dans ces beaux vers, il indique avec noblesse la situation de sa pensée ; il dit adieu à la muse de Tieck, d'Arnim, de Clément de Brentano, à cette école superficielle sans doute, mais aimable et affectueuse. Bien qu'elle ait voulu endormir l'Allemagne dans les rêveries du moyen-âge, il n'oublie pas ce qu'elle a eu de grâce et de tristesse, et il salue avec émotion, en la quittant, cette reine découronnée. Or, puisqu'il a exprimé de tels sentimens, comment a-t-il pensé qu'on accepterait les cruelles invectives auxquelles il s'abandonne un peu plus loin ? Si ce n'était qu'une peinture légèrement

railleuse, tout le monde y sourirait : mais le poëte a
souvent la main lourde, et il fait intervenir, on ne sait
trop pourquoi, l'ombre de Voltaire, qui dit grossièrement à M. Tieck : « Nous rions tous deux, mon bon
ami, mais je suis le maître, tu n'es qu'un bouffon. » On
conviendra que de tels vers doivent arrêter brusquement le lecteur le mieux disposé. Au moment où
M. Freiligrath, l'année dernière, attaquait si durement
ses anciens maîtres, *le Chat botté* de M. Tieck était
joué à Berlin, et obtenait un prodigieux succès. Le roi
avait eu le désir de voir représenter une des œuvres
favorites du spirituel humoriste. Shakspeare et Aristophane venaient d'être traduits sur la scène avec beaucoup
d'éclat : il fallait aussi évoquer pour ces solennités studieuses ces ingénieux petits drames de M. Tieck, qui
doivent tant aux comédies d'Aristophane et aux fantaisies de Shakspeare. On alla donc chercher *le Chat botté*
dans le magasin un peu suranné de l'école romantique,
et il fut amené sans trop de péril à la clarté de la plus
vive lumière entre *les Guêpes* et *le Songe d'une nuit d'été*,
entre les bouffonneries de Philocléon et les féeries poétiques de Titania. Heureux loisirs de ces soirées brillantes !
le public de Berlin se laissa charmer sans peine, et nul
ne songea à chicaner l'aimable vieillard dont les gracieuses inventions reparaissaient, après cinquante ans, pour
recevoir un dernier et universel hommage. Il y avait
bien çà et là quelques esprits assez clairvoyans qui se
demandaient pourquoi on affectait d'honorer si exclu-
sivement les poëtes du passé, d'où venait qu'on organisait une telle réaction, et s'il était bien convenable de
faire servir à ce but les noms les plus aimés ou les plus
vénérés de l'Allemagne : mais M. Tieck n'était pas res-
ponsable de cette politique, et on se serait bien gardé
de s'en venger sur le spirituel écrivain. Pourquoi donc
M. Freiligrath n'a-t-il pas fait de même ? Lorsque, dans
son amusante mascarade, il fait paraître le chœur des
mécontens qui jette plaisamment de mélancoliques
réflexions au milieu de la fête du chat botté, sa raillerie
est spirituelle et polie : mais, s'il insiste, s'il frappe au

lieu de sourire, s'il fait insulter M. Tieck par l'ombre de Voltaire, il nous montre encore une fois combien cette escrime légère convient peu à sa plume, il commet une de ces fautes que le goût offensé ne pardonne pas.

Le meilleur conseil qu'on puisse donner à M. Freiligrath, c'est de renoncer à l'ironie. Il faut à sa muse les sujets sérieux, les couleurs éclatantes; il faut à ce peintre hardi une toile où sa main puisse appuyer sans scrupule. La légèreté qu'il affecte l'a entraîné, comme on voit, dans bien des erreurs : une des plus graves est le détestable couplet qui termine son livre; finir par de mauvais jeux de mots après tant de beaux vers! Décidément, M. Hoffmann de Fallersleben persécute M. Freiligrath. Pour oublier ces maladroites contrefaçons, je relis avec plus de plaisir de courtes pièces que j'ai oublié de signaler dans cette rapide analyse du livre, et qui, sans appartenir à la série de ses ballades plus importantes, se détachent tout-à-fait des pièces fâcheuses que je viens de blâmer. Ce sont de rapides chansons, des strophes animées, provoquantes, fièrement et légèrement enlevées. L'auteur conserve l'inspiration sérieuse qui est la sienne; il ne s'abaisse pas à une gaîté de mauvais aloi, et pourtant ces vifs refrains sont une diversion habile aux inspirations plus fortes, plus vigoureuses. C'était là le délassement qu'il devait chercher après les hymnes et les ballades. Je signalerai les strophes charmantes intitulées : *Musique de guerre*. La jeune femme du poète est assise à son piano, et celui-ci lui demande un air de bataille; alors cette musique aux fiers accents, sa femme chérie qui s'associe de la sorte aux plus hardis sentiments de sa muse, sa petite maison qui retentit de ces notes belliqueuses, tout lui remplit l'âme de joie et de courage. La pièce intitulée *Inondation* exprime aussi une intrépidité charmante, et comme un défi jeté aux éléments. Celle où l'Angleterre s'adresse à l'Allemagne n'est ni moins vive ni moins éloquente. Une autre petite chanson, *En Dépit de tout*, est un vrai chef-d'œuvre d'entrain, de bonne humeur et de cordiale allégresse; c'est la chanson du brave homme. Le poète chante le

brave homme, l'homme pauvre, l'homme de rien,
comme Béranger a chanté les gueux. En dépit de tout,
le brave homme est heureux ; point de places, il est
vrai, point de rubans ; qu'importe? c'est un brave
homme. Est-ce là un titre si commun ? Vive l'aristocratie
des braves gens ! Ces idées ne sont rien ; ce qui est plein
de grâce, c'est le mouvement du style, le rhythme vif et
alerte, la rapidité électrique d'un sentiment naïf et allè-
grement exprimé. Voilà les strophes que j'ai relues
pour effacer l'impression désagréable des facéties de
l'auteur ; mais surtout je relirai ces nobles hymnes, ces
ballades généreusement inspirées, ces douloureuses élégies, où le poëte a consacré quelques-unes des idées fécondes qui doivent guider l'opposition constitutionnelle
en Prusse. Ce sont les vrais titres de M. Freiligrath ; c'est
par ces beaux vers qu'il a mérité tant d'éloges et tant
de blâmes, tant de sympathies empressées et tant de récriminations amères, enfin tout un succès agité, tumultueux, qui a été comme un évènement pour l'Allemagne.

On entrevoit en effet, dans ce livre, ce que pourrait
être une opposition sérieuse, intelligente, et quelle influence elle obtiendrait bientôt, si elle s'attachait à des
doctrines précises, à des principes nettement définis. Le
mouvement constitutionnel, qui est au fond des esprits,
a été comme révélé et mis en lumière par l'enthousiasme
que ce manifeste a provoqué. Il existe en Prusse, chez
une partie considérable de la nation, un fonds d'idées
libérales, d'instincts généreux, d'espérances légitimes,
qu'il s'agit d'encourager et de fortifier chaque jour. C'est
là que doit se porter tout l'effort des publicistes. On peut
affirmer que, malgré le tumulte assez incohérent de sa
littérature politique, malgré la fièvre qui la tourmente,
l'Allemagne, la Prusse surtout, verrait enfin se former
cette opposition ferme et réfléchie dont les services lui
seraient si utiles pour la transformation morale commencée sous nos yeux. Il n'y a que trop de griefs clairs
et positifs, comment serait-il difficile de formuler un
programme auquel se rallieraient tant d'esprits généreux, qui, jetés sans guides dans des routes diverses,

cherchent follement l'impossible? On a vu toute une armée se mettre en marche pour la conquête d'une société nouvelle; les cœurs étaient résolus, les armes étaient prêtes; une seule chose avait été oubliée, on n'avait pas de drapeau. De là, comme on pense, l'indiscipline, les désertions, les pillages, les folles aventures; ne serait-il pas bien temps d'y songer?

On sait quels sont les principaux points de ce programme, une constitution, la responsabilité des ministres, la liberté de la presse, la publicité et l'indépendance des tribunaux; mais on est trop porté à perdre de vue ce but solennel qu'il importe, au contraire, de contempler et de poursuivre sans cesse. Au moment où il se vante si haut d'être entré dans la vie pratique, l'esprit allemand prouve beaucoup trop combien c'est pour lui une tâche difficile. Ce converti de la veille, ce néophyte fougueux, oubliera demain sa foi et ses engagements. Ce disciple nouveau de la réalité retournera dans une heure à toutes ses fantaisies. C'étaient hier des fantaisies métaphysiques; ce sont aujourd'hui des fantaisies sociales. Le sujet seulement est changé; mais où est donc cette pensée pratique dont on est si fier? Attachez-vous à une série de principes : établis dans cette citadelle, vous tiendrez sûrement la campagne. M. Freiligrath a réveillé l'attention publique quand il a chanté le droit commun et signalé les crimes d'une législation barbare. S'il avait eu le bonheur de consacrer par d'aussi beaux symboles les autres griefs du parti libéral, son livre eût été un manifeste bien plus décisif. Qu'on lui sache gré pourtant de l'heureux instinct qui l'a poussé, car, parmi tant de demandes si légitimes, s'il y en a une qui soit pressante, urgente, et ne souffre point de retard, c'est bien celle qui a été chantée par lui.

Que les constitutions promises au moment du péril, après Iéna, avant Leipzig, aient été refusées obstinément pendant plus de trente années, que le contrat passé en 1813 ait été anéanti, oui, sans doute, c'est une violation de la foi jurée et le sujet des réclamations les

plus saintes; mais il y a un mal plus grand peut-être :
c'est ce contraste effrayant, cette contradiction incom-
préhensible entre les lumières d'un peuple et les désordres qu'il accepte. Il n'y a pas de pays au monde où
la science du droit soit plus forte, plus florissante qu'en
Allemagne. Science inutile! science menteuse! dans ce
même pays, auprès de ces universités où professent des
jurisconsultes si profonds, vous trouverez des tribunaux
dépendants, une justice asservie au pouvoir, des lois
qui donnent pour juge à l'accusé celui-là même qui
l'accuse. En vérité, je ne puis comprendre que l'attention des publicistes sérieux ne se tourne pas de ce côté.
Ce ne sont pas ici de vagues plaintes, des déclamations
vides de sens; voilà des faits, des exigences nettes et
clairement définies; les choses parlent toutes seules,
elles appellent, elles crient! Pourquoi donc, parmi tant
de tribuns, s'en trouve-t-il si peu qui veuillent porter le
débat sur ces questions sacrées? Des avocats se sont
réunis dans plusieurs villes d'Allemagne pour délibérer
sur ce sujet; un journal a été fondé à Leipzig dans l'intérêt de la publicité des tribunaux, et afin d'arracher
au mystère des procédures tout ce qu'il est possible de
lui soustraire sous l'empire des lois actuelles. Ce sont là
des tentatives vraiment libérales, mais ce n'est point
assez; ces efforts isolés ne sont rien, tant que les voix
les plus hautes et les plus autorisées garderont le silence.
Pourquoi les universités n'osent-elles pas, au nom de la
science dont elles ont le dépôt, demander au pouvoir
l'application de ces principes qu'elles enseignent? Ne
serait-il pas temps que les notions du juste et de l'injuste
sortissent de l'ombre des écoles? Quoi! il existe un pays
où le même homme est à la fois accusateur et juge! il
existe un pays où la justice est dépendante, où le pouvoir est en réalité le seul juge véritable, où tous les
arrêts, avant d'être publiés, doivent être envoyés au
ministre de la justice qui peut les admettre ou les casser,
comme bon lui semble! il existe un pays où la défense
n'est pas libre, je ne trompe, où elle n'existe pas, où
l'on peut s'en passer, où ce n'est pas une partie essen-

tielle du procès, où c'est une tolérance, une grâce, et quelle grâce, bon Dieu! la grâce pour l'accusé de conférer avec son défenseur seulement en présence du juge, et la permission à l'avocat de défendre son client seulement dans les limites que l'accusation lui impose! il existe un pays où ces iniquités sont inscrites solennellement dans le code, et les universités de ce pays sont peuplées de jurisconsultes éminents, et cette science dédaigneuse ne réclame pas contre la barbarie qui l'entoure! Ce n'est pas tout : une partie de ce pays avait conservé nos lois, que lui avait données la révolution; on a tout fait pour détruire dans les âmes ces saintes notions du droit et de la justice. Peu à peu, dans l'ombre, par des coups détournés, on a enlevé à la loi française tout ce qui a pu lui être soustrait pour le rendre à la barbarie. Que de manœuvres en outre pour éloigner insensiblement les esprits, pour éteindre dans ces provinces le respect de cette législation! que de vieilles rancunes excitées sourdement! quel usage indigne de ces mots sacrés de patrie et de fierté nationale! C'était une lutte ouverte entre les idées barbares et la lumière de la civilisation moderne. Cette lutte, le nouveau règne crut l'avoir menée si bien, qu'un jour, il y a deux ans à peine, il osa proposer aux états provinciaux du Rhin de substituer la loi prussienne au Code français. Qu'eût-il fallu penser de l'Allemagne, si le ferme bon sens de l'assemblée n'eût repoussé ces insolentes prétentions? L'idée même du droit était abandonnée et livrée volontairement. On ne pouvait craindre sans doute une telle résignation. La résistance a été ferme, mais cela ne suffit point encore. Ce n'est pas assez d'avoir maintenu la législation donnée aux provinces du Rhin par la France nouvelle, de l'avoir maintenue, toute mutilée qu'elle est; il faut que l'opinion poursuive cette tâche avec calme, mais avec force; il faut qu'elle commence par-là toutes les réformes sollicitées d'une manière ardente, mais trop vague et trop indécise. Voilà le point de départ nécessaire. L'opposition est ici sur un terrain solide où on ne peut la vaincre. S'il est vrai que cette cause ne soit pas encore aussi populaire qu'on le désire, le poëte qui chanterait ces vœux de tous les esprits éclairés accomplirait une œuvre efficace, populaire, l'œuvre d'un bon citoyen. Oui, il faudrait à l'Allemagne un poëte ému, généreux, éloquent, qui pût jeter à tous les échos ce grand cri de justice. Schiller, la flamme au front, n'eût pas manqué aujourd'hui à cette tâche glorieuse. Or, ces idées une fois bien établies, pense-t-on que la révolution politique ne deviendrait pas plus certaine, et que l'opposition constitutionnelle, plus nombreuse, plus autorisée, plus fortement soutenue par la conscience publique, ne verrait pas se réaliser enfin, dans un délai presque inévitable, les solennelles promesses de 1813?

Ce mouvement constitutionnel, qui commence à se dégager en Prusse, a surtout deux obstacles à redouter parmi les esprits libéraux, le scepticisme des uns, l'hostilité déclaré des autres. Au moment des transformations sociales, il n'est pas rare de rencontrer des hommes de cœur qui doutent de l'esprit nouveau et des formes qui doivent le représenter. A ce scepticisme, à ce découragement précoce, ajoutez les jalousies nationales qu'il est si facile d'envenimer au-delà du Rhin, et dont les gouvernements profitent avec une très-habile diplomatie : faudra-t-il ressembler à l'Angleterre? à la France surtout? Ne doit-on pas craindre l'influence de nos idées? Voudra-t-on copier, imiter? A ce seul mot, l'orgueil s'irrite, et cet enthousiasme cosmopolite, qui a été longtemps la gloire de l'esprit allemand, fait place aux mesquines rancunes, aux préoccupations étroites. Ce mal existe ; il disparaîtra devant le bon sens public, il s'efface déjà, mais il existe. Ce n'est pas tout ; il y a des ennemis plus redoutables. Ceux dont je viens de parler doutent, s'inquiètent, s'interrogent et n'osent avancer ; ceux-ci, au contraire, attaquent décidément et rejettent tous ces essais qu'il faudrait encourager et soutenir. Dans un pays où l'esprit libéral cherche à se discipliner pour vaincre, je sais des écrivains qui se sont donné pour mission de railler ce parti à mesure qu'il se forme et de le mettre en déroute. Vous les croiriez inspirés par le pouvoir, tant ils servent bien sa politique, et ce sont ses plus violents ennemis. Qu'est-ce à dire? Ils ont sans doute des théories beaucoup plus efficaces à proposer! Ce dédain supérieur cache des desseins profonds Nous avons affaire à de grands politiques! Que serait-ce si on ne trouvait là, en cherchant bien, que les rêveries prétentieuses et les bizarreries théologiques de la jeune école hégélienne? Le bon sens de l'Allemagne résistera; elle n'aura pas rompu avec ce mysticisme qui la fascinait jadis, pour se livrer de nouveau à l'insatiable démon du vide.

Ces idées qui s'éclaircissent peu à peu, ces résolutions qui s'affermissent, ce mouvement enfin qui s'accroît, voilà ce qui a donné au livre de M. Freiligrath une importance inattendue. Toutes les fois qu'il a chanté ces sentiments vrais, il a rencontré de nobles accents; toutes les fois qu'il a touché avec un heureux instinct ces cordes si bien préparées, elles ont vibré harmonieusement. Est-ce assez cependant? A cette pensée publique qui l'inspirait, le poëte a-t-il rendu tout ce qu'il pouvait rendre? Si la profession de foi de M. Freiligrath peut être regardée comme le cri naïf d'un pays tout entier, il y a là encore bien de l'indécision. Des parties excellentes qui répondent franchement à des sentiments vivaces, et à côté de cela mille faiblesses, voilà ce livre. C'est par ces qualités et ces défauts, je le sais, qu'il exprime à merveille l'état présent des esprits. Ce manifeste où éclatent des vers si généreux, et que terminent des couplets vulgaires, c'est bien aussi cette opposition honnête, mais irrésolue et qui ne sait pas conclure. Représenter si exactement son parti, ce peut être une bonne fortune pour un livre. ce n'est pas un succès véritable, ce n'est pas une victoire. On s'impatiente contre l'auteur, qui reste si maladroitement à la moitié de sa route; car son œuvre, telle qu'elle est, nous laisse entrevoir quelle éclatante occasion il a perdue, que de choses fécondes il a négligées, et, pour tout dire enfin, quel beau livre il n'a pas fait!

Ce n'est pas assez pour le poëte politique de chanter

en beaux vers ce que d'autres ont exprimé dans la presse. Répéter harmonieusement la clameur confuse d'une époque, fixer dans des œuvres durables le cri fugitif de l'opinion, oui, sans doute, c'est là une partie de sa tâche; ce n'est pas la plus difficile ni la plus haute. Nous n'avons pas affaire ici à une muse obéissante qui doive seulement renvoyer comme un écho docile le bruit qui a frappé son oreille : elle abdique, si elle n'agit pas; son devoir est surtout de donner une voix à des sentiments qui n'ont pas encore parlé. Ces sentiments obscurs, indécis, quand le poëte leur a prêté une expression éclatante, ils s'animent, ils sont révélés à la conscience, ils peuvent devenir féconds. Ce serait surtout dans la situation présente qu'il y aurait place pour de tels développements de la poésie politique. Combien de pensées encore endormies qu'on pourrait éveiller au fond des intelligences! Je crois comprendre ce que serait en un pays comme l'Allemagne, et dans la transformation qu'elle subit maintenant, une telle poésie vraiment digne de cette mission supérieure. La vivacité lumineuse de Béranger pourrait s'y associer aux prophétiques symboles du chantre de Pollion. Qui remplira cette tâche? Sera-ce M. Freiligrath? sera-ce M. Herwegh? L'un et l'autre, avec des qualités et des défauts très différents, ils sont encore bien loin de ce but idéal. Ce n'est pas une raison pour y renoncer. Quelle occasion plus glorieuse pour une âme noblement inspirée? Un peuple entier s'agite; vérité, liberté, justice, dignité de l'homme, respect de la raison, toutes ces paroles prennent un sens plus distinct et commencent à enthousiasmer les cœurs. Avec ces sentiments qui se font jour, il y en a mille autres qui se dégageront bientôt. Heureux le poëte qui chantera en de beaux symboles ce travail de la patrie! heureuse surtout la muse nouvelle, si elle fait prospérer au fond des âmes tant de germes précieux qui n'attendent qu'un rayon de lumière !

▼

UN ESSAI DE COMÉDIE ARISTOPHANESQUE.

LES COUCHES POLITIQUES (*Die politische Wochenstube*) par M. Pruts.

Février 1846.

Depuis que la poésie allemande a abandonné les voies souveraines de l'art pour s'engager au service des intérêts quotidiens, elle a essayé çà et là, bien que trop rarement, de se rattacher à des traditions nationales. Le xvi⁰ siècle est naturellement, dans les jours de lutte, l'arsenal obligé de la polémique. Publicistes, poètes, controversistes de toute sorte, pamphlétaires politiques ou religieux, tous peuvent trouver là des modèles, ou, si c'est trop dire, des encouragements. Cette féconde et tumultueuse époque restera longtemps encore la véritable patrie des novateurs. Les écrivains du xvi⁰ siècle ont été étudiés dans ces dernières années par quelques-uns des nouveaux tribuns avec un empressement juvénile. Ulric de Hutten a reparu tout-à-coup dans les vers irrités de M. Herwegh, fier, sauvage, et sa lance à la main, comme dans le tableau d'Albert Dürer. Il n'était pas difficile de rencontrer chez le chevalier Ulric de belliqueux refrains, des cris de bataille, des clameurs furieuses contre les papistes ; il suffisait pour cela d'ouvrir au hasard ses *discours* et ses *dialogues*. On a fait plus encore : on a recueilli dans tous les poètes de ce temps les hardis passages qui pouvaient venir en aide aux controverses présentes ; on a précieusement rassem-

blé tous les titres du libéral esprit qui s'éveille ; M. Hoffmann de Fallersleben, M. Margraff, ont donné des
recueils bien remplis, bien composés, et dirigés nettement vers ce but. Toutes ces études sont excellentes ;
cette direction est saine et salutaire ; ce qu'il y a eu de
moins médiocre dans les récentes tentatives de cette
poésie politique est venu de là ; les traditions des ancêtres ont servi de guides aux mieux inspirés de ces
jeunes tribuns, et sauvé maintes strophes de M. Herwegh, de M. Hoffmann, de M. Freiligrath. Les autres,
abandonnés à eux-mêmes et à la rhétorique des gazettes,
ont été reniés par la Muse.

Il y a cependant une forme particulière de cette poésie
politique, dont le xvi⁰ siècle n'offrait aucun modèle aux
poëtes libéraux de l'Allemagne : c'est celle qui essaie
de traduire sur la scène les événements contemporains ;
c'est ce drame hardi, cette comédie puissante et libre
qui emprunte ses personnages au monde politique, afin
de signaler gaîment les ruses des uns, les déceptions
des autres, tout le mouvement des sociétés nouvelles.
Cette comédie n'aura jamais qu'une valeur très secon-
daire, puisqu'elle est obligée de vivre non sur les sentiments éternels de l'âme, mais sur des faits particuliers
et des passions fugitives. Son succès, s'il est plus vif,
sera nécessairement moins durable. Quelle quelle soit
cependant, elle peut devoir un jour aux conditions
nouvelles de la société une existence à peu près certaine et une place assez considérable dans la poésie de
l'avenir. Mais que de difficultés dans une pareille tâche !
La première de toutes, le premier obstacle, c'est l'absence même d'une forme indiquée, d'une tradition consacrée par les maîtres. Ni le théâtre d'Eschyle ou d'A-
ristophane, ni le drame de Shakspeare, ne peuvent
fournir au poëte de salutaires exemples ; tout est à faire
ici dès le premier pas.

Nos jeunes poëtes de l'Allemagne, en suivant avec
piété les traces de leurs aïeux, ont rencontré, au temps
de la réforme, quelques essais de comédie politique. A
'époque où Pierre Gringoire et les enfants sans souci

raillaient le pape Jules II sur les tréteaux des halles, ces
tentatives aristophanesques se produisaient aussi au-delà
du Rhin, et les poëtes de Nuremberg, Rosenplüt, Hans
Sachs, s'efforçaient de traduire sur leur scène naïve les
événements contemporains, les luttes de l'Allemagne
avec la papauté, tout le drame passionné de la réforme :
œuvres bizarres, curieuses pour l'historien, mais d'où
la poésie est absente. Ni M. Prutz, ni M. Herwegh ne
pouvaient trouver là d'utiles indications ; la médiocrité
de ces compositions les avertissait au contraire de chercher en eux-mêmes la forme nouvelle d'un art nouveau.
Encore une fois, il fallait ou renoncer à la prétention
de créer en Allemagne la comédie politique, ou affronter courageusement les difficultés du problème et se
souvenir enfin des conditions impérieuses de l'art et de
la vraie poésie. Quand je voyais tous ces écrivains chercher dans les gazettes des idées et des rimes, quand je
les voyais méconnaître si résolument les lois éternelles
de l'invention, je ne pouvais guère m'imaginer que ce
bruyant groupe des poëtes démocratiques, si ambitieux
et si irréfléchi qu'il fût, prétendît donner un jour à l'Allemagne ce théâtre dont je viens de parler. Voici pourtant un de ces écrivains, le plus confiant, M. Prutz, qui
se glorifie déjà d'avoir réussi. Son œuvre, quoique di-
versement jugée, a obtenu de nombreux suffrages ; on
a félicité l'auteur d'avoir ouvert une route féconde ; de
plus, cette comédie s'adresse aux passions les plus vives
du moment, elle croit embrasser la situation présente
d'une façon complète, elle prétend donner un tableau
exact de la Prusse et de l'Allemagne entière. De quelque
côté qu'on l'envisage, elle mérite donc une attention sérieuse. Le critique est attiré par la question littéraire,
le publiciste par l'événement politique. Que ce soit une
tentative intéressante pour l'art, ou seulement un document de plus pour la situation de l'Allemagne, la comédie de M. Prutz a droit d'être discutée et jugée.

A ne considérer d'abord que le problème littéraire, le
nom et les précédents travaux de M. Prutz m'inspirent,
je l'avoue, une assez grande défiance, et le premier re-

gard jeté rapidement sur son œuvre ne confirme que
trop mes scrupules et mes craintes. M. Prutz a commencé par être un journaliste ardent et passionné : il
appartient à la jeune école de Hegel, et il a pris une
part active à la rédaction des *Annales de Halle.* Sa vocation pour la poésie ne s'est décidée que long-temps
après ses premiers travaux philosophiques ; vocation
factice, on le voyait trop, et nous avons déjà signalé
cette absence de naturel et de sincérité dans ses vers.
M. Prutz a voulu être poète, il le veut encore : il
y met une sorte d'obstination qui atteste l'énergie de
son humeur et se traduit souvent en de vigoureux emportements ; mais la simplicité, mais la franchise du
langage, l'invention saine et naturelle, ne les lui demandez pas. Quand il quitta brusquement la philosophie et
la critique pour les travaux de l'imagination, le succès
des vers de M. Herwegh l'avait enivré ; il prit cette excitation pour l'appel impérieux de son génie et convoita
désormais la bruyante renommée des *Poésies d'un Vivant.*
Ce qu'il y avait de mieux dans les vers de M. Prutz lui
venait de M. Herwegh ; ajoutez à ces inspirations d'emprunt un travail de tous les jours, une science réelle du
langage et du rhythme, une habileté très-apprise, et
vous saurez de quoi se compose le talent de M. Prutz.
Aujourd'hui, c'est lui qui prend les devants ; il ne se
résigne plus à être le débiteur de M. Herwegh ; il prétend, au contraire, montrer à la poésie allemande des
routes inconnues et fonder le théâtre politique. Quoi
donc ! L'inspiration s'est-elle éveillée une bonne fois dans
l'esprit persévérant du critique, et le poète nouveau-
né va-t-il enfin marcher seul ? Non, le critique, l'érudit
reparaîtra ici plus que jamais ; M. Prutz n'aura fait que
changer de maître. Cette comédie politique, cette œuvre
si difficile et qui demande, nous l'avons dit, une forme
nouvelle enfantée hardiment par une imagination libre,
il ira tout simplement l'emprunter à la Grèce antique ;
il dérobera Aristophane. Au lieu d'une création originale, née, comme il convient, du mouvement de la vie
moderne, nous aurons une étude, énergique peut-être,

obstinée, opiniâtre, sur un modèle qui ne saurait être reproduit ; nous n'aurons pas la comédie que nous cherchions et que l'auteur annonce.

M. Prutz avait-il bien réfléchi quand il prit aristophane pour modèle ? Est-ce pour obéir aux conseils d'une méditation sérieuse qu'il se décida à faire entrer les idées, les sentiments, les passions de l'homme moderne dans la forme de la comédie ancienne ? Je ne le pense pas. Les objections, pour peu qu'il y eût songé, se fussent présentées en foule à son esprit et l'eussent détourné d'une si étrange entreprise. Quoi donc ! Aristophane en Allemagne ! l'ennemi de Cléon transporté tout à coup dans une société si différente et autorisé par le poëte à renouveler, après plus de deux mille ans, ces hardiesses vraiment extraordinaires que tous les commentaires du monde n'expliqueront jamais ! En outre, était-il bien prudent de nous entraîner sur ces places publiques où l'imagination joyeuse du poëte païen allait chercher tant de plaisanteries aujourd'hui grossières, tant de bouffonneries dont le sens est perdu ? Quand Aristophane, aux fêtes de Bacchus, déchaînait du fond des antres sacrés les faunes et les satyres et tous les burlesques démons du rire antique, il était sûr de son génie, et il savait bien qu'il charmerait les plus nobles esprits de la Grèce. Grossier, violent, il l'était sans doute, mais avec quelle grâce ! Platon l'a dit. M. Prutz est-il aussi sûr de lui-même ? La poésie allemande, si elle se souille à de telles équivoques, aura-t-elle l'excuse du polythéisme, ou bien saura-t-elle corriger par le sourire et la grâce tant de folles équipées et s'y jouer légèrement ? Il est permis d'en douter. M. Prutz n'a pas eu le loisir de faire toutes ces réflexions. Quand il a demandé à Aristophane des exemples glorieux, il a obéi à une sorte de caprice irrité, et nullement à une intention d'artiste. L'auteur des *Guêpes* et des *Oiseaux* était en grande faveur depuis quelque temps à la cour de Berlin ; M. Prutz a cru voir là un défi, une provocation, et il l'a relevée avec cette vivacité passionnée qu'il a presque toujours prise jusqu'ici pour une inspiration sincère. Ardeurs factices, émotions suspectes, tous ces défauts de la poésie politique en Allemagne ne seront jamais plus blessants que dans la tentative de M. Prutz. Le talent même que l'auteur y apportera, la verve incontestable de sa pensée, feront éclater plus désagréablement tout ce qu'il y a de voulu, d'âpre et de contraint dans ses inventions.

La pièce s'ouvre par une altercation fort bruyante entre un chirurgien et son valet; ce chirurgien est un charlatan, et le valet un rustre grossier. De quoi s'agit-il? quel est le sujet de la querelle? Le docteur, pour s'exercer la main, veut absolument faire une opération. Pourquoi ne serait-ce pas sur Kilian (Kilian, c'est le valet)? *Faciamus experimentum in anima vili.* Toinette conseillait à Argan de se faire couper le bras gauche et crever l'œil droit, lequel *incommode l'autre et lui dérobe sa nourriture.* Le docteur veut arracher à Kilian, devinez! son estomac. La plaisanterie est tout-à-fait allemande en vérité, et dès le premier mot nous sommes aussi loin d'Athènes que de Paris. Kilian résiste, comme on pense; lui enlever son estomac, à lui, à ce Kilian sensuel et glouton! Le docteur se fâche. — Eh! butor! ne vois-tu pas que c'est pour ton bien et qu'il y va de ton honneur? Ah! quel service rendu à l'humanité, si on lui enlevait seulement l'estomac! Quelle gloire ce serait pour toi, Kilian, si tu donnais un tel exemple et le mettais à la mode! D'où viennent tous nos maux, je te prie? Qu'est-ce qui éteint les flammes sacrées de l'inspiration? qu'est-ce qui enfante la lâcheté, l'égoïsme, la convoitise? L'estomac. Pourquoi Freiligrath a-t-il accepté la pension du roi de Prusse? pourquoi Dingelstedt est-il conseiller aulique? qui leur a donné ces détestables conseils? qui brise chez les plus forts tous les plans, tous les projets de vertu et de liberté? L'estomac, ô Kilian! Et si le système que je t'indique était appliqué à l'état, ah! c'est là que le progrès serait glorieux. Quels fonctionnaires nous aurions alors! quels soldats! quel peuple! Cet amour de liberté dont on parle tant, qu'est-ce autre chose que de l'appétit? Que les rois y songent; ce n'est pas le cœur, c'est l'estomac qui fait les révolutions. Arrachez cet organe malfaisant, tout est sauvé.

Cette scène bizarre, grossière dans les détails, pleine de violences, pleine de personnalités injurieuses, indique assez, dès le commencement, quel sera le ton de toute la pièce. Les noms propres n'effraieront pas l'auteur. Cléon va être amené sur le théâtre, sans masque, sans déguisement, pour être rossé par le charcutier. Enivré de sa parole brutale, le pamphlétaire se prendra pour un poëte, et, comme il ne comprend guère cet Aristophane à qui il n'emprunte que les gros mots, il se complaira dans son œuvre sans le plus léger scrupule, et s'écriera, le barbare : « Athéniens, applaudissez! »

Mais continuons, la chose vaut la peine d'être examinée de près. Kilian refuse donc de passer par les mains du docteur, et il est chassé de la maison. Il ne partira cependant que s'il est payé ; mais comment faire? le docteur n'a ni sou ni maille. Kilian propose à son maître de lui laisser emporter quelque objet de sa pharmacie, et les voilà tous deux examinant en détail fioles et alambics. Ici, maintes plaisanteries grotesques. Cette fiole contient l'esprit de M. Goeschel, conseiller, professeur, et qui a passé du camp de Hegel dans celui de Schelling. Cet autre, ce flacon infect, c'est la pensée de M. Henri Leo, distillée par M. Hengstenberg. — Prends garde, Kilian, s'écrie le docteur, tu tiens là l'essence de l'hypocrisie et de la délation ; auprès de ce venin exécrable, l'arsenic est une poudre bienfaisante. — La plaisanterie, si plaisanterie il y a, continue long-temps de la sorte ; et comment l'auteur, en rangeant ainsi dans des fioles empoisonnées l'esprit de ses adversaires, ne s'aperçoit-il pas qu'il est lui-même un de ces dénonciateurs injurieux qu'il prétend châtier? Ce n'est rien encore, nous en verrons bien d'autres.

Cependant le jovial Kilian a tenu bon ; il conservera son estomac, et le docteur veut bien ne pas le chasser pour cette fois. Kilian reprend son service de chaque jour auprès de ce chirurgien endiablé, il va faire sa tournée par la ville, et chercher les malades honteux qu'il amènera en secret dans la maison de son maître. Ce maître en effet, il est temps de le dire, s'est donné un fâcheux métier, et sa maison ressemble fort à un mauvais lieu. Il faut l'entendre, lorsque, son instrument à la main, et attendant ses pratiques, il raconte lui-même tous les détails de son honnête entreprise. Que vous semble de l'invention? C'est dans ce lieu équivoque, c'est entre les mains de ce personnage ignoble, que l'auteur va placer la satire de tout ce qui l'entoure. Il a voulu mettre à nu les plaies de son pays, et il l'amène, cette noble Allemagne, sous le scalpel brutal d'un charlatan sans vergogne!

Dès que ces confidences sont terminées, un mendiant se présente, humble, chapeau bas, et annonce au docteur qu'il est chargé de faire une quête pour élever une statue à l'héroïque représentant de la Germanie primitive, au vainqueur des légions romaines, à Arminius. Prenez garde, ce costume de mendiant est un costume d'emprunt; le personnage qui le porte s'appelle Schlaukopf, c'est-à-dire fin matois, rusé coquin, et, si l'auteur ne désigne pas sous ce nom le roi de Prusse en personne, au moins ne peut-on douter que ce ne soit le pouvoir, l'autorité en général, ou, si l'on veut, la diète elle-même. Schlaukopf, il est vrai, quand il sera démasqué, racontera tout à l'heure au docteur qu'il a été autrefois républicain et démagogue, et que maintenant, dévoué au pouvoir, il a été nommé conseiller intime et espion privilégié de sa majesté; mais ce n'est là qu'une précaution de l'auteur, la seule peut-être qu'il ait prise dans son étrange pamphlet. Quand nous verrons Schlaukopf accorder à Germania sa très-auguste protection, quand nous le verrons diriger en maître les destinées de sa pupille, alors tous les doutes seront impossibles; l'allusion ne sera que trop directe, le symbole ne sera que trop clair et trop parlant. Schlaukopf présente donc sa requête au chirurgien; or, la requête est fort mal accueillie. Les plaisanteries et les bonnes raisons ne manquent pas pour châtier comme il convient ce puéril patriotisme, qui va chercher ses appuis dans les souvenirs fabuleux des temps primitifs. De ces plaisanteries vives et sensées, le docteur, qui est en verve, n'en oublie pas une seule. A l'entendre parler ainsi, on dirait vraiment un homme honnête, sérieux, un bon et courageux citoyen. Tous les arguments du solliciteur sont repoussés par lui avec une verve incisive, et c'est plaisir de l'écouter quand il oppose à ce patriotisme hypocrite le sentiment présent, le sentiment national, qu'il faut encourager autour de soi, au lieu de l'aller chercher dans les forêts d'Arminius. Ce n'est pas là précisément ce que demandait Schlaukopf. Cette leçon de politique n'est guère de son goût : il s'emporte, il menace, et le docteur est forcé de le congédier rudement ; mais au moment où il saisit le mendiant par les épaules pour le jeter dehors, la perruque du bonhomme lui reste dans la main, son faux nez tombe à terre, et le docteur reconnaît son vieil ami, son vieux camarade de la *Burschenschaft*, le démocrate Schlaukopf. Seulement, le démocrate s'est converti, et s'appelle aujourd'hui M. le conseiller intime. Il n'en faut pas davantage pour apaiser le docteur ; le voilà converti lui-même par une illumination subite ; le libéral est immédiatement enrôlé dans l'armée du pouvoir. Cette conversion miraculeuse inspire à Schlaukopf une confiance et une admiration si grande, qu'il va conférer sur-le-champ au docteur une dignité suprême. Agenouille-toi, lui dit-il, et écoute avec un respect religieux. Un grand événement se prépare.

LE DOCTEUR.

J'entends ; on va créer un nouvel ordre, n'est-ce pas ?

SCHLAUKOPF.

Plus que cela.

LE DOCTEUR.

Les grenadiers auront cinq boutonnières au lieu de six dans l'uniforme du dimanche ?

SCHLAUKOPF.

Élève-toi, élève-toi plus haut; c'est un événement d'intérêt universel; il s'agit de l'avenir de la patrie, du bonheur du genre
humain.

LE DOCTEUR.

Ah! je devine. On étudie peut-être une nouvelle comédie à
Postdam?

SCHLAUKOPF.

Non, tu ne devineras pas. Cela dépasse tous les efforts possibles
de l'imagination. Heureuse époque, qui verra ce miracle! les
temps anciens seront rajeunis. L'esprit saint va descendre une seconde fois, porté sur les ailes d'un aigle.

LE DOCTEUR, à part.

S'il ne se moque pas de moi en ce moment, certes il ne l'a jamais fait. Je sais ce que veut dire ce mouvement de ses narines.
Quel fripon! (Haut.) Eh bien! l'expliqueras-tu? sommes-nous à
la fin?

SCHLAUKOPF.

A la fin? non, mais plutôt au commencement des grands siècles
nouveaux. L'Allemagne, — je dis l'Allemagne, notre patrie, Germania, la reine aux cheveux blonds, le pays d'Arminius...,

LE DOCTEUR.

Et de Luther, et de Frédéric, etc. Pourquoi t'arrêter dans l'antichambre?

SCHLAUKOPF.

L'Allemagne... l'Allemagne est grosse!

L'Allemagne est grosse; la blonde Germania va mettre
au monde un enfant, et le docteur est nommé accoucheur de la princesse. C'est chez lui, dans sa maison,
que Germania vient faire ses couches. La voici. Voyez-
vous ce brillant équipage, ce char magnifique, ce cortége
immense? C'est Germania qui arrive. Remarquez d'abord
ces chevaux qui traînent le char de la Princesse; ils sont
bien maigres et bien efflanqués, il est vrai; n'en soyez
pas surpris, ce sont les états provinciaux, et c'est aussi

pour cela qu'ils sont attelés par derrière. Tel est l'usage aujourd'hui dans tous les états allemands, ajoute gravement Schlaukopf. Et que font là ces esclaves autour de la voiture dorée ? C'est le peuple ; on ne s'en sert que dans les occasions difficiles, quand l'équipage est embourbé. Cependant le cortége s'approche, et Schlaukopf va reprendre sa place à la tête de la procession. La voiture s'est arrêtée à la porte du docteur. Schlaukopf entre le premier ; derrière lui s'avancent les esclaves portant le trône où est assise Germania. La jeune princesse est blonde, dit l'auteur ; elle a la figure légèrement grasse et souriante, la bouche grande, les yeux d'un bleu pâle ; elle porte une robe d'étoffe anglaise, un châle fabriqué en France, un chapeau de paille d'Italie. Le docteur la complimente en mauvais français, et elle y répond le plus gracieusement qu'elle peut, tandis que les esclaves, murmurant à voix basse un chant d'espérance, invoquent le nouveau-né, l'avenir de la patrie souffrante, l'avenir bienfaisant qui brisera leurs fers.

Ainsi finit le premier acte. Avec cette dernière scène, l'action, il faut l'avouer, est engagée vivement ; l'intérêt s'éveille. Qu'est-ce ? que va-t-il arriver ? Quel sera ce bienfaiteur promis par Germania à la patrie inquiète ? Sans les grossièretés si fréquentes des détails, l'invention serait bonne : il y a du Rabelais dans cette bizarre allégorie. Au moment où tant de promesses solennelles ont excité l'attente publique, ce n'est pas une mauvaise idée de nous présenter Germania en mal d'enfant. Puisse la délivrance être heureuse, et que le nouveau-né réponde aux espérances de la patrie ! Nous saurons tout à l'heure quel sera ce nouveau-né : en attendant que le poëte poursuive, laissons-le profiter de l'entr'acte et adresser la parole au public. C'est ce que faisait Aristophane dans les anapestes de la parabase ; M. Prutz est un imitateur trop fidèle du maître pour oublier les priviléges de l'intermède antique. Hélas ! pourquoi faut-il qu'il s'attache si fort à la partie extérieure de son modèle, et si peu vraiment à l'art lui-même, à la grâce du langage, à l'immortelle poésie ? Mais ajournons nos objections, et laissons la parole au poëte ; aussi bien il est impatient, il a mille choses à dire, son cœur déborde.

D'abord M. Prutz, je crois le comprendre, est un peu inquiet ; du succès de sa pièce ; inquiétude qui ne durera pas, dernier reste de timidité et de modestie dont il sera vite guéri. Il voudrait justifier la hardiesse de ses facéties, et ne trouve rien de mieux pour cela que d'en accuser le lecteur lui-même, ou d'en faire au moins son complice. « Il y a long-temps, lecteur, que vous nous disiez : Votre poésie lyrique, vos hymnes politiques, vos cris de guerre et de bataille, ce n'est pas de la poésie ; élevez-vous de la polémique des journaux jusqu'à la vraie inspiration, et créez des œuvres que l'art puisse reconnaître ! Cette œuvre, la voici. C'est une comédie, une comédie politique ; lisez-la et riez franchement. » Je me souviens d'avoir adressé souvent ce reproche à la poésie démocratique dont M. Herwegh, M. Prutz, M. Hoffmann, sont les belliqueux représentans, et je voudrais bien que mon conseil, s'il en est ici question, eût réussi à modérer les ardeurs de ces gazettes rimées ; pourtant il n'est pas bien sûr encore que la critique doive se féliciter du résultat, et j'ai des doutes, je l'avoue, sur la valeur de l'échange qu'on nous propose. Y gagnerons-nous beaucoup ? Nous le verrons tout à l'heure. Du reste, M. Prutz sent bien que ce simple changement de forme ne suffit pas, si les défauts persistent : ode ou comédie, peu importe, si la chanson est la même. Il prévoit qu'on lui reprochera encore le ton factice de son langage, la rhétorique pompeuse de ses vers. Un très spirituel écrivain, M. Vischer, dans ses *Sentiers critiques*, a osé blâmer ce qu'il y a de déclamatoire dans les vers de M. Herwegh, et a signalé au contraire la grâce non cherchée, l'inspiration naturelle et bien venue d'un aimable poëte, M. Édouard Mœricke ; aussitôt M. Vischer est sermonné vertement en pleine parabase, et traité de Souabe devant tout le public d'Athènes. Puis l'auteur s'adresse à celui qui le premier, en Allemagne, a imité Aristophane, au comte Auguste Platen. Il signale en beaux vers, je le veux bien, la riche simplicité, la beauté savante de son langage ; mais pourquoi cet orgueilleux rapprochement? L'amour-propre du poëte s'irrite, s'enflamme, et ce discours humblement commencé va s'emporter jusqu'à l'infatuation. M. Prutz entreprend la défense de Platen, comme si l'on contestait à Platen la pureté antique de sa poésie. Voilà le comte Platen sous la souveraine protection de M. Prutz, et M. Arnold Ruge, qui s'est permis quelques objections sur la valeur des comédies aristophanesques de Platen, M. Arnold Ruge est aussi rudement interpellé que M. Vischer! Qu'est-ce à dire, et comment se fait-il que l'auteur ne songe pas un peu plus à lui-même? Au lieu de s'attaquer si singulièrement aux critiques de Platen et de M. Herwegh, ne devrait-il pas répondre aux objections trèslégitimes que va soulever son œuvre? Il s'agit bien de Platen et de M. Herwegh! M. Prutz a voulu, par cette ruse bizarre, nous dire habilement qu'il était le continuateur d'Herwegh et de Platen; il a emprunté à M. Herwegh ses hardiesses politiques, au comte Platen sa forme savante et pure, et de tout cela est résulté le chef-d'œuvre nouveau. Or, cet enthousiasme de M. Prutz pour lui-même ne lui est vraiment pas permis, même dans le désordre lyrique de la strophe et de l'antistrophe. On ne nie pas la parenté de M. Prutz et de M. Herwegh ; mais qui admettra jamais le rapprochement établi ici entre la pièce de M. Prutz et les études aristophanesques de Platen? Les comédies de Platen sont des satires littéraires : l'auteur de *la Fourchette fatale* et de *l'Œdipe romantique* n'imite ni *les Chevaliers*, ni *Lysistrata*, ni *les Nuées*, œuvres d'une société qui a disparu, modèles proposés à l'étude et interdits à l'imitation ; il imite quelques scènes admirables des *Grenouilles*, le débat d'Eschyle et d'Euripide; il donne son avis, comme Aristophane, sur le théâtre de son pays. Ce sont là, encore une fois, des critiques permises et utiles. Comparez-les, si vous voulez, aux satires de Boileau, aux passages les plus vifs de Molière, à la scène d'Oronte, à celle de Trissotin et Vadius, mais ne les confondez pas avec ce dialogue effronté où vont paraître les noms les plus honorés de l'Allemagne ! Quand Platen étudie l'auteur des *Grenouilles*, il se rappelle deux choses : d'abord, qu'il ne peut emprunter au poëte grec la liberté cynique de ses injures ; puis, qu'il doit surtout s'attacher à la grace, à la poésie, et corriger par là du moins ce qu'il y a de trop rude dans la forme de la comédie ancienne. Si M. Prutz croit avoir suivi cet exemple excellent d'un artiste sincère, décidément il est dupe de son amour-propre. Il ne voit pas qu'il a substitué à une critique littéraire, très vive sans doute, mais acceptable, une diatribe sans pudeur, et devant laquelle eût reculé peut-être la licence du poëte antique. Il est aveugle surtout quand il s'écrie : « L'alouette se berce en chantant dans le bleu infini du ciel, là-haut, au-dessus des ruines. J'ai fait comme elle, sans soucis, perdu dans la mélodie qui m'enivre, et attentif seulement au signe que me faisait l'idéale poésie ! J'ai oublié qu'un gendarme, courbé sur le canon de son fusil, m'ajustait longuement et allait m'envoyer une balle. » Non, il n'a pas chanté dans la nue comme l'alouette joyeuse, il ne s'est pas élevé à de si hautes régions, et le gendarme, puisque gendarme il y a, n'ira pas le frapper lâchement au milieu de son vol ; il l'arrêtera d'une façon toute prosaïque, au coin de cette rue suspecte, dans cette maison équivoque où il n'a pas craint de déshonorer la Muse.

Voici le second acte. Schlaukopf est très-inquiet : que va-t-il arriver ? Quel sera ce nouveau-né impatiemment attendu par toute l'Allemagne ? Si Germania allait accoucher d'un monstre ! Pour éviter tout embarras, il s'adresse au docteur et le prie d'appeler à son aide quelque ruse de son métier. Le docteur fait la sourde oreille, et Schlaukopf, pour le corrompre, est obligé de lui montrer les présents envoyés à Germania par tous les souverains d'Allemagne, à l'occasion de sa prochaine délivrance. Dons précieux, magnifiques ! la Prusse donne à l'enfant de Germania la cathédrale de Cologne, une petite flotte allemande, et un code d'instruction criminelle ; l'Autriche fera construire plusieurs maisons de jésuites ; le roi de Bavière a déjà composé lui-même, dans le style

qui lui est propre, une méthode de lecture pour le royal
bambin ; le roi de Hanovre lui envoie un titre national,
une charte, une constitution, sur un fort beau parchemin, mais déchiré : cela servira à lui faire un tambour.
Toutes ces plaisanteries n'ont pas besoin d'explication,
les allusions sont claires, et quand M. Prutz ne sort pas
des limites permises de la satire, quand il châtie par le
ridicule cet esprit illibéral contre lequel l'Allemagne entière réclame, sa raillerie, plus fine, plus adroite, n'inspire pas de répugnance. Par malheur, ces bonnes inspirations sont rares ; l'auteur redescend bien vite aux trivialités, aux détails injurieux, aux bouffonneries grotesques ou cyniques. Comment exprimer, dans une
langue honnête, l'expédient que propose le docteur pour
tirer Schlaukopf d'inquiétude, et prévenir toutes les
suites de l'accouchement malheureux de Germania ? Je
ne m'en charge pas. Ces gaillardises rabelaisiennes, as-
saisonnées encore de gros sel germanique, seraient difficilement acceptées chez nous par le lecteur le moins
scrupuleux. On s'indignerait surtout quand on verrait
les plus beaux noms de l'antique poésie, les plus nobles
filles de l'art grec, Antigone, Médée, jetées sans pitié et
comme perdues au milieu de ces facéties effrontées.

La scène suivante amène deux hauts personnages qui
viennent consulter le docteur. L'un s'appelle le Romantique et l'autre le Philosophe ; on verra trop clairement
tout à l'heure de qui il est question. Le Romantique
prend le premier la parole, et expose au docteur le triste
état de son esprit ; il a beaucoup produit jadis, mais aujourd'hui son intelligence est épuisée, son imagination
s'éteint ; il lui est impossible de donner le jour à une
œuvre qui puisse vivre une heure seulement. C'est pour
cela qu'il s'adresse au docteur. « Apprenez-moi, maître,
comment je trouverai le secret de ces créations heureuses qui ont fait de moi le poëte favori de la cour ? —
Vous venez trop tard, répond le docteur ; à un tel mal
je ne sais point de remède ; renoncez pour toujours, il
le faut, à ces inspirations vraies où brillait une étincelle
de la flamme sacrée. *La révolte des Cévennes, Camoens,*

Une Vie de Poète, Sternbald, tout cela est fini ! Tieck est le favori du roi, ce n'est plus l'amant de la Muse. Résignez-vous, vieillard, votre maladie est incurable. Toutefois prenez ce flacon, il peut vous rendre service. Quand vous verrez naître près de vous une œuvre éblouissante de vie et de jeunesse, jetez un peu de cette poudre sur le père et sur l'enfant : vous défigurerez l'enfant, vous découragerez le père.

LE ROMANTIQUE.

Eh ! maudit bavard, si c'est là le fond de ton sac, c'était bien la peine que je vinsse te trouver ! Ce que tu me recommandes dans ton discours diffus, il y a longtemps que je le fais sans ton conseil.

LE DOCTEUR.

Quoi ! en vérité, tu aurais déjà....

LE ROMANTIQUE.

Sans doute, ne le sais-tu pas ? Ne me suis-je pas toujours barricadé avec toutes les médiocrités, avec les derniers débris de la société de Dresde, avec ces vieilles femmes qui radotent autour d'une table à thé, plutôt que de m'intéresser jamais à un jeune talent ? N'ai-je pas été l'éditeur de Foerster, le patron de tous les impuissants, plutôt que de protéger jamais les générations nouvelles ? N'ai-je pas parodié Sophocle et mis Shakspeare en ballets, plutôt que d'ouvrir une seule fois ma porte aux jeunes poëtes contemporains ou de leur aplanir la route ? Ne les ai-je pas tous repoussés, et ceux-là même qui suivaient mon drapeau et m'encensaient comme le grand Lama ? Quand ai-je parlé avec éloge de la poésie moderne ? Quand ai-je témoigné quelque sympathie à la génération qui se lève ? Quand ai-je négligé de l'accabler sous la raillerie et le dédain ? Je serais ton maître là-dessus. J'ai bien besoin, en vérité, de ta sotte recette ! Donne-la à Gutzkow ; il est envieux, c'est vrai, mais ce n'est qu'un maladroit, etc.

Et le poëte s'en va, plein de mépris pour ce timide charlatan à qui il donnerait des leçons. Scène cruelle, détestables injures, affaiblies pourtant par celles qui vont suivre ! Le docteur rentre et se met au travail ; mais le Philosophe, qui est demeuré immobile dans son coin, se présente tout à coup et demande à son tour sa consultation. « Ah ! je t'oubliais, dit le docteur. — Cela m'est arrivé plus d'une fois, reprend le philosophe; j'y suis accoutumé, mais cela ne m'inquiète guère; j'attends patiemment, et, dès que la place de mes rivaux est vide, je ne manque pas l'occasion. — Eh bien! que veux-tu? — Je veux que tu m'accouches. — Toi! un homme! — Pourquoi pas? » Et le Philosophe expose très-scientifiquement au docteur son étrange situation. Dès ce moment, il est impossible de ne pas reconnaître la personne que le poète a osé mettre sur la scène. Chaque philosophe en Allemagne a une langue qui lui est propre; celui-ci ne parle que de puissances, de polarités, etc. Ce n'est ni Kant, ni Fichte, ni Hegel. Il cherche donc un accoucheur, car il espère donner enfin le jour à l'enfant qu'il porte depuis trente ans dans son cerveau. Le docteur consent à faire l'opération, si singulière qu'elle lui paraisse, et Kilian apporte une pioche. Oui, une pioche! A la bonne heure! L'instrument est digne de cette satire tudesque. Choisissez la plus grossière et la plus lourde, elle sera trop légère encore et trop élégante. Je supprime mille détails. Les atroces bouffonneries de l'opération ne sauraient s'indiquer même de la façon la plus lointaine et dans les termes les plus voilés. Détournons les yeux et ouvrons les fenêtres; ce sera bien assez d'entendre ce dialogue. Or, le docteur a commencé de creuser avec son instrument le cerveau et le cœur du Philosophe. « Ne vois-tu rien? — Non, pas encore. — Qu'est-ce que cela? — Un fragment de la logique de Hegel. — Et ceci? — Un livre de Fichte. — Et ceci encore? — Un chapitre de Kant. — Et cet autre fragment? — Le système de Spinoza. — Et là? — Jacob Bœhme. — Et un peu plus au fond? — La scolastique. — Quoi! rien! s'écrie le Philosophe désespéré. Et mon enfant! — Attends; j'aperçois quelque chose; le voici peut-être : *les Quatre Ages du monde, philosophie positive.* — Eh! non, butor! Ce n'est qu'une annonce. Lâche-moi; ta pioche m'a déchiré le cœur. » Et le Philosophe se sauve en poussant des cris de honte et de douleur.

J'ai exposé, aussi complètement que l'honnêteté le

permettait, cette scène odieuse, cette plaisanterie abominable. Il fallait que le lecteur devînt juge, et qu'il sût
jusqu'où peut s'emporter la haine dans ces satires barbares. Que vous semble de cet atticisme à coups de
pioche? Les deux hommes qui viennent d'être bafoués
et outragés ainsi, ce poëte envieux et ce fripon déguisé
en philosophe, ce sont, ne l'oubliez pas, deux des noms
les plus honorés de l'Allemagne présente : je les nomme,
c'est M. Tieck et M. de Schelling. Tous deux ont rempli
déjà une carrière longue et brillante. Si la gloire n'est
rien, si l'Allemagne désormais renie ses maîtres, si les
plus charmantes créations d'une poésie aimable et les
plus éclatants travaux dans le domaine de la philosophie
ne défendent plus les artistes et les penseurs, la vieil-
lesse, à ce qu'il semble, devrait les protéger. Mais ne
faisons pas à M. Tieck et à M. de Schelling l'injure de
les défendre ; ne méconnaissons pas non plus l'Allemagne nouvelle au point de croire que ces énormités
doivent y plaire, même aux plus furieux chefs des
partis extrêmes. Quand Aristophane fit représenter *les
Nuées*, Socrate n'eut qu'à paraître dans la salle, et la
pièce tomba ; M. de Schelling n'aura pas même besoin
de se montrer pour triompher de son adversaire. Que
nous sommes loin de la Grèce, et que ces tristes parodies
font de mal! Platon nous a montré Socrate et Aristophane conversant sur l'amour au souper d'Agathon. Eh
bien! s'il y a quelque part à Berlin un Agathon hospi-
talier, s'il y a une table brillante où les plus ingénieux
esprits et les plus graves penseurs se puissent rencontrer et causer familièrement de l'éternel idéal, M. de
Schelling, à coup sûr, n'y rencontrera jamais M. Prutz.
Que devient cependant Germania? L'Allemagne,
l'Allemagne de Barberousse, de Luther et de Frédéric,
va mettre au monde cet enfant sur qui reposent les espérances du peuple, vous devez être empressé de savoir
ce qui va se passer et quel sera le fils de David. Ne prenez pas tant de souci; cette Germania, cette noble femme
entrée tout-à-l'heure si triomphalement, et que les esclaves invoquaient tout bas, c'est une fille des rues que

maître Schlaukopf a ramassée on ne sait où. Ce détail
nous est révélé par une scène très-vive où Schlaukopf et
sa créature se querellent dans un langage très-appro-
prié à la situation. Germania s'ennuie de son rôle, et
elle est toute prête à jeter le froc aux orties ; Schlaukopf finit cependant par la calmer, en lui montrant que
leur intérêt est le même. La protégée de Schlaukopf consent à rester dans la maison du docteur, et, pour passer le temps, elle lie une intrigue amoureuse avec Kilian. Germania, que nous prenions pour une reine, n'est
qu'une fille d'auberge. Ceci va tout droit à l'adresse de
l'Allemagne officielle ; les gouvernements, les congrès,
la diète enfin, sont agréablement représentés ici et mis
en scène sous le masque de cette créature. S'il est absolument impossible de louer le bon goût de l'écrivain,
on ne peut contester la netteté brutale de ses attaques ;
c'est un mérite qu'on ne lui enlèvera pas.

Le troisième acte va commencer, le dénouement approche ; il faut ici que le poëte, pendant l'entr'acte,
nous explique les beautés de son œuvre. Cette seconde
parabase n'est pas moins curieuse que la première. Tout-
à-l'heure, M. Prutz nous apprenait qu'il était l'héritier
d'Aristophane, et que, s'il avait emprunté au comte
Platen la pureté savante de son style, c'était afin de ver-
ser dans ce moule antique les pensées hardies de la génération nouvelle. Voilà pour la forme, et le lecteur est,
en effet, très-édifié sur ce point ; mais il lui reste peut-
être encore quelques scrupules sur la moralité de la
pièce. Le second plaidoyer sera donc une dissertation
sur la morale. Or, la comédie de M. Prutz, c'est lui qui
l'affirme, ne serait repoussée par aucun des grands
maîtres de la scène.

La pièce, à parler franc, est digne de Molière,

M. Prutz ne dit pas cela en souriant, il le crie d'un
ton furieux, le poing sur la hanche, et vraiment on peut
plaindre d'avance tous ceux qui s'aviseraient d'en douter. L'auteur, nous le savons, possède une pioche qui

lui rend de grands services dans les discussions littéraires. Tant pis pour Mme l'Esthétique, c'est M. Prutz
qui l'appelle ainsi, tans pis pour elle, si le métier du
docteur, et les propos de Germania, et l'accouchement
du philosophe, ne lui paraissent pas précisément ce
qu'il y a de plus pur et de plus honnête! elle sera rudement apostrophée et traitée d'hypocrite. Ceux qui
blâment les inventions du nouvel Aristophane sont des
fats qui pratiquent la vertu à l'Opéra, et qui gardent
leur sotte admiration pour les frivolités de la poésie
française, pour le romans de M. Paul de Kock et les
drames de M. Victor Hugo. Le sens littéraire de M. Prutz,
qui n'est pas du tout Mme l'Esthétique, confond très-na-
turellement toutes ces choses. Puis l'auteur part de là,
et fait une revue des poètes de son temps. Malheur à
ceux qui n'ont point assaisonné leurs œuvres de joviali-
tés tudesques! ce sont des écrivains perfides dont il faut
se défier. C'est toujours, comme on voit, la même copie
servile, inintelligente, du théâtre d'Aristophane, et parce que l'auteur des *Nuées*, dans la liberté des mœurs
païennes, a pu discuter les œuvres de ses rivaux et accorder à sa muse un témoignage que confirmait la Grèce,
M. Prutz ne sait ni comprendre les différences des temps
et les priviléges d'un génie à part, ni prévoir les mésa-
ventures qui l'attendent. Cette singulière invective se
termine enfin par un appel au peuple : « O mon peuple,
si tu veux que la Grèce revive par toi, renonce à la
fausse pudeur. Aime surtout les couleurs franches, le
blanc ou le noir; laisse les teintes grises aux ânes. Les
poètes étouffent dans l'atmosphère parfumée de l'esthétique. Un jour, quand tu auras conquis tous tes droits,
tu auras aussi un théâtre politique, alors ma comédie
servira de modèle et de guide aux libres génies de l'a-
venir. » Après cela, il ne restait plus rien à dire, et
M. Prutz est bien forcé de s'arrêter.

Malgré l'admiration que M. Prutz professe pour son
œuvre, je ne voudrais pas être bien sévère pour lui, ni
le traiter aussi rigoureusement qu'il a traité ses confrères
d'Allemagne. Il y a quelques belles scènes dans le troi-

sième acte, et, si elles ne rachètent pas complètement
(il s'en faut bien) les crudités de ce qui précède, elles
permettent du moins à l'esprit de s'y reposer un peu.
Il fait nuit : une femme couverte de haillons, épuisée
par le jeûne et les veilles, arrive à pas lents dans la
rue déserte. Si vous pouviez la voir dans l'ombre, vous
reconnaîtriez, malgré les ravages de la souffrance, la
noblesse de son origine écrite sur son visage pâle et fier.
Écoutez du moins ses plaintes, ce sont les premières paroles de la pièce où la poésie apparaisse. La fière men-
diante s'adresse à la nuit; elle l'invoque et la bénit
comme une consolatrice, elle lui demande de cacher ses
douleurs, et, brisée enfin de fatigue, elle s'endort sur
une pierre du chemin. Tout-à-coup, voici Kilian qui
sort de la maison du docteur: c'est l'heure du rendez-
vous que lui a donné Germania. Germania arrive de son
côté, cherchant dans l'obscurité la main du rustre amoureux. Chut! une porte s'ouvre. Qui va là? C'est Schlaukopf, toujours inquiet du succès de sa ruse, et qui veut
aller écouter à la porte de Germania. Un quatrième personnage survient : je reconnais le pas et la voix du docteur; il s'en va discrètement, à pas de loup, dérober à
Germania, pendant son sommeil, quelques-uns des pré-
sens qu'elle a reçus des souverains d'Allemagne. Or,
comme ils se heurtent tous les quatre dans l'ombre,
Schlaukopf effrayé appelle au secours, et deux gendarmes arrivent. L'étrangère, réveillée par ce bruit, reconnaît Schlaukopf son persécuteur et l'aventurière effrontée qui lui a dérobé sa couronne. C'est elle qui est
Germania, la vraie Germania, l'Allemagne enfin, mé-
connue, outragée par Schlaukopf, chassée de son trône
et remplacée ignominieusement par cette fille sans nom.
L'embarras est grand, et les gendarmes, qui n'y com-
prennent rien, veulent arrêter tout le monde. L'auteur
a mis ici quelques belles paroles dans la bouche de l'é-
trangère, quand elle répond aux sarcasmes de Schlaukopf.

L'ÉTRANGÈRE.

Oui, raille-moi! rouvre ma plaie de tes doigts sanglants. Tu la

connais, la main qui a versé mon sang et m'a arraché ma couronne.
C'est toi, c'est toi qui m'as chassée de mes domaines, par ruse,
par trahison, pour te livrer à tes débauches. Alors tu as fait monter à ma place cette créature, lâche instrument de libertinage, qui
s'est donnée à toi sans résistance et sans pudeur. Elle repose sur
des tapis somptueux ; moi, je couche, meurtrie, sur la pierre. Tu
as construit des palais pour elle, des prisons pour moi. Tes cour-
tisans l'ont entourée d'hommages ; moi, ils m'ont chassée, il m'ont
condamnée à tous les maux de l'exil ; ils ont mis à prix ma tête sans
tache. Puis, comme tu sentais bien que tu ne pourrais, malgré tes
ruses, aveugler complétement notre peuple et arracher de son cœur
la douce espérance d'un meilleur avenir, tu t'es vanté toi-même de
faire naître ces temps nouveaux..... Elle va enfanter, mais non
pas le bien qu'on attend, non pas l'avenir qu'on invoque ; non,
l'enfant qu'elle a conçu de toi, c'est un dragon qui se déchaînera,
furieux, enflammé, par le monde. Sache-le, tu en seras la première victime. Mais toi, reine des ombres, qui as osé usurper ma
place, va-t'en ! cache-toi de honte ! laisse-moi cette place qui
m'appartient ! C'est moi qui suis la maîtresse et la reine.

LES ESCLAVES.

O étrangère, secours-nous ! Tu n'as pas de robe brillante, tu
n'as pas de parure royale, tu portes des haillons comme une men-
diante ; mais ne ressemblons-nous pas à des mendiants nous-
mêmes ? nos mains meurtries ne portent-elles pas des chaînes ?

Oh ! puisses-tu être la libératrice que nous appelons, la chaste
femme, la mère future de notre sauveur, la mère de celui qui
brisera notre joug et par qui l'éclair de la liberté illuminera tout
à coup ce monde endormi dans la nuit !

Que les gouttes de sang de ton front deviennent des diamants
précieux ! C'est vers toi que les cœurs s'élancent, c'est devant toi
que les genoux fléchissent. Apparais enfin, comme une reine,
à ton peuple qui t'invoque ?

Cette opposition des deux Allemagnes est peut-être
ce qu'il y a de plus net et de plus acceptable dans la satire de M. Prutz. Si l'auteur avait mis plus d'art et d'habileté dans sa fable, si la personnification des chancel-
leries allemandes n'était pas violemment injurieuse, l'i-
dée serait assez vive. Ne dites pas que c'est là un lieu
commun, et qu'il est admis partout que le gouvernement
et le pays sont en guerre ; il y a des circonstances, nous
le savons trop, où ce lieu commun qui vous fait sourire
est, en effet, la pensée de tous et le cri sincère de la

conscience indignée. Or, cette opposition est si marquée
aujourd'hui chez nos voisins, il y a un désaccord si manifeste, un si éclatant divorce entre la société ancienne
que représentent les cabinets, et cette société nouvelle
qui a déjà conscience de ses forces et qui commence à
parler haut ; cette situation est si évidente du Rhin jusqu'à l'Elbe, de Karlsruhe à Kœnigsberg, que l'auteur
était certainement autorisé à en faire son profit. Quand
il rentre d'ailleurs dans cette satire générale, il évite les
noms propres, les allusions personnelles, il est plus
près de la poésie. Mais revenons à la comédie : le moment est grave ; les gendarmes ne savent à qui entendre, et Schlaukopf va être arrêté lui-même. Il faut
pourtant que la fausse Germania réponde aux discours
de l'étrangère ; comment faire parler cette vulgaire créature ? Schlaukopf lui souffle sa leçon, et elle débite avec
emphase les strophes que voici :

GERMANIA.

Dès les temps primitifs, dès le début de la vie, ô douceur ! ô
églogues ! ô joies patriarcales ! ô première innocence de la Germanie ! au fond des forêts pleines d'ombre, près de la source
murmurante, longtemps je demeurai couchée dans les peaux velues, et je buvais l'hydromel fait de fruits sauvages et de glands.

SCHLAUKOPF, LE DOCTEUR ET KILIAN, en chœur.

Des fruits sauvages et des glands ! C'est elle, c'est bien elle.

GERMANIA.

Conduite bientôt à l'école chez les prêtres, je me cassai le nez
sur un crucifix. Oh ! la bonne chrétienne ! oh ! la bonne Allemande
que j'étais ! Je m'arrachais les morceaux de la bouche pour doter
des couvents et bâtir des cathédrales. Un jour même, vêtue d'un
habit de pénitente, je baisai la pantoufle du pape.

LE CHŒUR.

La pantoufle du pape ! C'est elle, c'est bien elle.

GERMANIA.

Puis, dans l'Orient, oh ! comme mon cœur m'entraînait (on e ût dit l'ivresse de l'opium), lorsque, ravie par la foi, je partais pour visiter les lieux saints! Pendant ce temps-là, il est vrai, les prêtres romains me ruinaient, ils mettaient ma maison sens dessus dessous, et dilapidaient mon patrimoine. Mon champ fut dévasté, mon toit croula ; mais je le supportai patiemment.

LE CHŒUR.

Elle le supporta patiemment! C'est elle, c'est bien elle.

GERMANIA.

Plus tard, je revins au logis. C'en était fait!! plus de toit plus de foyer, plus d'abri! Mais Dieu vint au secours de l'Allemagne. Privée de la vie active, je me jetai sur la théorie. J'eus de l'encre au lieu de sang, du parchemin au lieu de pain. Je devins érudite et permis volontiers que le premier venu me menât par le bout du nez.

LE CHŒUR.

Par le bout du nez ! C'est elle, c'est bien elle.

GERMANIA.

Quelquefois, il est vrai, à travers la nuit silencieuse, j'ai entendu retentir à mes oreilles fatiguées un grand cri, comme si l'on voulait me réveiller. Mais que me fait le monde? que m'importe l'histoire ? Quand je suis bien repue et bien joyeuse, il ne m'en faut pas davantage, et, s'il plaît à Dieu et au roi, je resterai toujours ainsi.

LE CHŒUR.

Elle restera toujours ainsi ! C'est elle, c'est bien elle.

On voit clairement ici l'ancienne Allemagne, l'Allemagne des temps primitifs et du moyen-âge, celle de l'érudition et de la philosophie, cette Allemagne qui, à travers de tant de fortunes diverses, depuis les *Minnesinger* jusqu'à Goethe, s'est toujours plus soucié de l'idéal que des intérêts de la chose publique. Je ne sais s'il est permis de parodier si cruellement tous les souvenirs ; mais on a tant abusé du saint-empire, on a si ridiculement mêlé les jouets enfantins du romantisme aux problèmes virils du monde moderne, que le poëte est peut-être excusable. Ceci, je veux le croire, ne s'adresse pas aux traditions vénérables du passé, mais seulement aux hommes qui ont imaginé ou exploité ce patriotisme menteur, cet absurde engouement teutonique, toutes ces sottes et dangereuses fantaisies derrière lesquelles s'est long-temps caché la haine des institutions libérales. Cependant la profession de foi de Germania n'apaise pas les gens de police, les gendarmes insistent, et les deux femmes sont arrêtées. Tout ce qui suit n'est plus qu'une fantaisie moitié grotesque, moitié sérieuse. Au moment où la fausse Germania est saisie par les gendarmes, elle fait explosion comme une bombe; on en voit sortir, au milieu de flots de fumée, des chœurs de moines, de piétistes, de chevaliers, et, pour terminer, plusieurs compagnies de cosaques qui font main basse sur les derniers débris de l'Allemagne. L'autre, au contraire, la noble et malheureuse femme, se relève; les esclaves ont brisé ses chaines, et l'entourent en célébrant la liberté.

Telle est l'œuvre bizarre que l'auteur a intitulé *les Couches politiques*. Il en a été beaucoup parlé chez nos voisins, et elle soulève en effet plus d'une question grave. Soit qu'on y cherche seulement un problème littéraire, soit qu'on en veuille juger l'importance au sein de ce mouvement qui s'accroît chaque jour, la comédie de M. Prutz méritait la discussion qu'elle a provoquée. Un critique original, dont la renommée est en train de grandir, M. Vischer, rudement interpellé dans le monologue du poëte, a donné son avis sans aigreur, sans rancune, et je crois même avec une bienveillante courtoisie, comme il sied à un homme d'esprit qui ne veut pas se venger. Il n'a pas eu de peine à montrer que l'auteur des *Couches politiques* a pris une fausse voie et s'y est perdu résolument. Le spirituel article de M. Vischer, inséré dans les *Annales du présent*, signale avec beaucoup de sens l'erreur où s'est engagé M. Prutz, quand il a copié avec une docilité servile la forme d'Aristophane. Pour un homme qui vante sans cesse l'originalité et l'audace, la méprise, en effet, est vraiment inexplicable. Il y a toutefois des objections plus sérieuses à faire. Or, comme M. Prutz, qui nous a indiqué peut-être dans ses vives récriminations, ne nous a pourtant pas apostrophé comme M. Vischer, nous sommes plus libre à son égard, et rien ne nous empêche de dire franchement toute notre pensée. Il ne suffit pas de reprocher à l'auteur ce singulier retour à une forme dramatique si éloignée de nos mœurs, il faut lui demander compte du résultat qu'il a obtenu. M. Prutz aurait pu réfuter victorieusement la critique, si cette œuvre, composée d'après un modèle imprudemment choisi, eût dérobé à ce modèle impossible quelques-unes des beautés immortelles qu'on y admire. Est-ce là ce qu'il a fait? L'analyse exacte qu'on vient de lire nous dispense de répondre longuement à cette question. M. Prutz a pris d'Aristophane la verve bruyante, la farce bouffonne, les gros traits, tout ce qu'il est trop facile de s'approprier ; mais la gaîté naturelle, et surtout cette grâce qui enchantait Platon, M. Prutz s'en est-il préoccupé un seul instant ? Et puis, sous les inventions même les plus folles, quel sens toujours sérieux chez le poëte athénien ! On connaît le début célèbre du discours d'Alcibiade dans *le Banquet*, quand il commence l'éloge de Socrate ; ces magnifiques paroles que Rabelais s'est appliquées à lui-même au premier chapitre de *Gargantua*, n'est-ce pas à Aristophane surtout qu'elles conviennent ? « Je dis d'abord qu'il ressemble tout-à-fait à ces Silènes qu'on voit exposés dans les ateliers de sculpteurs et que les artistes représentent avec une flûte ou des pipeaux à la main, et dans l'intérieur desquels, quand on les ouvre, en séparant les deux pièces dont ils se composent, on trouve renfermées des statues de divinités (1). » Eh bien ! cette divinité cachée sous une grossière enveloppe, cette divinité que saluait Alcibiade sous la laideur railleuse de Socrate, où est-elle plus visible au dire des anciens, où est-elle plus belle que dans Aristophane? Brisez la statue difforme, le dieu paraîtra ! Il n'était pas même besoin de briser la statue; elle s'entr'ouvrait de temps en temps et laissait voir l'hôte immortel : c'était le cœur du ci-

1) Platon, *le Banquet*, traduction de M. Cousin, t. VI, p. 325.

toyen, c'était l'imagination du poëte qui tout à coup
éclatait sous le masque et illuminait la scène.

Il y a en outre, un point de vue beaucoup trop oublié
des jeunes poëtes que tentent les hardiesses de la comédie ancienne. En quoi consistait, je vous prie, cette audace que vous prétendez reproduire? Qui a donné à
Aristophane cette réputation de droiture et de vrai courage? Aristophane était un citoyen dévoué et l'ennemi
résolu de cette démagogie sans frein au service de laquelle vous voulez condamner sa muse. Quand l'auteur
des *Chevaliers* attaque si énergiquement Cléon, quand sa
comédie devient comme un combat à mort, quel est son
but, sinon de travailler pour sa part à la rude éducation
du peuple? Je comprends pourquoi il ne ménage ni les
leçons directes ni les railleries sans pitié ; je sais le secret
de cette plaisanterie implacable : il parle à un peuple
mobile, passionné, livré aux démagogues ; il a besoin
de frapper fort. Sa hardiesse et son courage, c'est d'a-
voir bravé la popularité en face. J'indique cette dernière
et décisive différence entre la muse d'Aristophane et
celle de M. Prutz.

La comédie ancienne, la comédie d'Aristophane introduite en Allemagne! est-ce bien possible? est-ce là
une tentative sérieuse? Non, certes. Si la comédie politique renaît un jour, il faut, encore une fois, qu'elle
commence par se créer une nouvelle forme, appropriée
aux mœurs et à la civilisation modernes. Elle abandonnera au pamphlet les attaques personnelles ; elle n'oubliera pas que, si l'art est la transfiguration de la réalité,
cette loi est plus impérieuse encore en ces délicates matières. Elle étudiera les caractères, les passions ; elle
cherchera dans le spectacle de la vie publique les éléments dont la poésie profitera ; elle idéalisera sans cesse.
On ne verra pas s'agiter sur la scène le masque d'un
homme que chacun pourra reconnaître, mais l'humanité
même avec ses passions, ses ridicules, ses faiblesses ;
l'ambition et la lâcheté, la convoitise et la déception
seront mises en jeu dans une fable naturelle et possible,
sans qu'il en sorte jamais une allusion injurieuse. Un

Molière, dans notre société, ne manquerait pas à cette
tâche, et ce n'est pas lui qui prendrait une satire pour
une comédie. Celui qui a taillé si hardiment des figures
solides dans la confuse et flottante matière de la vie humaine, celui qui, en faisant une peinture si franche de
la noblesse et du peuple de son temps, a représenté
l'homme de tous les siècles, saurait bien retrouver aujourd'hui les éternelles passions de l'âme, avec le caractère particulier qu'elles empruntent aux conditions
d'une société nouvelle. Je crois comprendre que *Monsieur
de Pourceaugnac*, *George Dandin* et le *Bourgeois Gentilhomme* ont été au XVII° siècle d'admirables comédies politiques. Cette seule indication résume assez tout ce que
je viens de dire.

Mais si la comédie pure, la comédie de caractère, la
peinture de la société et de la vie, n'a jamais réussi chez
nos voisins, cette forme nouvelle que la comédie peut
ambitionner y sera-t-elle plus heureuse? Il est permis
d'en douter. Jusqu'à l'heure où il y aura quelque part,
en Allemagne, à Berlin, à Dresde, à Munich, un centre
plus actif, un foyer plus complet, les Allemands seront
toujours condamnés à dire, comme le critique latin :
In comœdia maxime claudicamus. Il y a place dans l'Allemagne actuelle pour des pamphlets et des satires ; la
situation est favorable aux publicistes, elle ne l'est pas
aux poëtes comiques, aux artistes consciencieux et dés-
intéressés. Au milieu de difficultés si grandes, l'injure
est certainement plus facile que l'art élevé d'un Molière,
et M. Prutz a cédé à une séduction indigne de son talent.
Il se croit bien audacieux ; audace menteuse, qui accuse,
au contraire, la paresse du poëte, puisqu'il n'a compté
que sur les plus mauvaises passions ! Il semble que
M. Prutz se soit dit : L'auteur des *Nuées* a bafoué Socrate ;
j'insulterai M. de Schelling, la haine m'applaudira, et je
serai protégé par le souvenir glorieux d'un maître immortel. Je ne doute pas qu'il ne soit vite désabusé;
l'Allemagne repoussera toujours de tels scandales. Il y a
dans la correspondance de Goethe avec Zelter une lettre
curieuse sur ce point et qui me rassure. Zelter écrit à

Goethe qu'on vient de publier à Berlin une comédie intitulée *les Quatre Vents*, comédie satirique dirigée contre le système de Hegel, et il raconte avec une douleur sentie quelle fut la naïve affliction de l'illustre penseur. Ce n'était là pourtant qu'une forme de la critique littéraire, et depuis *les Grenouilles* d'Aristophane jusqu'aux *Précieuses ridicules* les exemples ne manquent pas pour consacrer le droit du poëte. Ici, dans *les Couches politiques*, y a-t-il rien de semblable? Que diraient Goethe et Zelter? Est-ce le système du philosophe qui est discuté gaiement? n'est-ce pas l'homme qui est traîné sur la scène et brutalement outragé? Nous rions de bon cœur quand Sganarelle bâtonne Marphurius; je défie un honnête homme de lire la pièce de M. Prutz sans que la rougeur lui monte au front.

J'insiste, bien que cela puisse sembler inutile pour une thèse si évidente, j'insiste à dessein et parce que la situation présente de l'Allemagne n'offre que trop de dangers sur ce point. La question a deux aspects, elle est à la fois littéraire et politique. L'intérêt des lettres parle d'abord et veut qu'on réprouve nettement cette grossière licence. Écoutez un homme qui a trop souvent cédé à ces haines passionnées, et qui, à son tour, en a mille fois souffert: dans un traité vif et pressant sur la satire, Voltaire dénonce ces honteuses habitudes qui déshonorent les lettres: il se rappelle que ni en Allemagne, ni en Angleterre, ni en Italie, les écrivains n'ont renoncé à la dignité de la plume, et il s'écrie: «Les pays qui ont porté les Copernic, les Ticho-Brahé, les Otto Guérick, les Leibnitz, les Bernouilli, les Wolf, les Huyghens; ces pays où la poudre, les télescopes, l'imprimerie, les machines pneumatiques, les pendules, etc., ont été inventés; ces pays, que quelques-uns de nos petits-maîtres ont osé mépriser parce qu'on n'y faisait pas la révérence si bien que chez nous; ces pays, dis-je, n'ont rien qui ressemble à ces recueils ... vous n'en trouverez pas un seul en Angleterre, malgré la liberté et la licence qui y règnent. Vous n'en trouverez pas même en Italie, malgré le goût des Italiens pour les pasquinades. » Eh bien ! l'Allemagne voudrait-elle donner un démenti à l'éloge de Voltaire ? Si la pièce de M. Prutz n'était pas énergiquement condamnée par l'opinion, si l'auteur fondait, comme il y prétend, ce théâtre injurieux et effronté, que le moment serait mal choisi pour cela ! et combien cette direction de la poésie serait aujourd'hui plus funeste que jamais ! L'Allemagne s'agite; mille partis son' aux prises, protestans, catholiques, *amis des lumières*, libéraux, démagogues, athées, tant d'écoles, tant de sectes, tant d'armées en révolte ! A la faveur de ces troubles, d'où sortiront sans doute de grands biens, prenez garde, ô poëtes, d'introduire la haine ; que ces conflits, utiles et féconds pour le renouvellement de l'Allemagne, ne coûtent rien à la noblesse de son génie !

Pense-t-on d'ailleurs que de telles armes seraient victorieuses et qu'elles serviraient efficacement la régénération politique de ce pays ? Ceux qui s'intéressent à la cause libérale au-delà du Rhin souffrent bien de ces tristes violences. La pièce de M. Prutz a été poursuivie d'abord, et l'auteur accusé de lèse-majesté ; mais la poursuite a été abandonnée presque aussitôt sur un ordre exprès du roi de Prusse. Je le comprends sans peine. Ces excès sont plus dangereux pour la cause embrassée par le poëte que pour les ennemis qu'il attaque ; et c'est à nous qu'il appartient de les blâmer sans ménagement. Nous ne voulons pas que les défenseurs honnêtes de la liberté véritable puissent être détournés de leur but par ces violences qui les indignent, et que ce parti constitutionnel, à peine formé, divisé encore sur bien des points, soit ébranlé dans sa foi à l'heure des luttes décisives. Nous ne voulons pas nous-mêmes perdre cette confiance qui nous anime et être entraîné peut-être à diminuer la valeur des choses. J'allais oublier de dire, par exemple, que M. Prutz est toujours, malgré tant de fautes commises, un esprit actif, laborieux, ardent, qu'il a rendu et peut rendre encore d'incontestables services. Son *Histoire du Journalisme en Allemagne*, qui l'occupe aujourd'hui, et dont un volume a paru, est un excellent travail qui demandera, quand il sera complet, une étude attentive ; je ne pardonne pas à M. Prutz de m'avoir fait oublier un instant ses titres sérieux au milieu des remontrances si nombreuses que lui devait une critique sincère. Pourquoi ne se dévouerait-il pas désormais à ces fortes études ? Il y a chez lui l'étoffe d'un publiciste ; ce sont là ses premières études, celles que lui indiquait sa vocation véritable. La poésie politique, au contraire, l'a mal servi ; ses deux premiers recueils étaient médiocres, et cette comédie achèvera de discréditer sa muse. Si M. Prutz devait, comme nous le désirons, revenir tout entier à ces travaux d'histoire et de philosophie, nous n'aurions pas insisté si vivement sur sa tentative aristophanesque ; mais cette discussion était urgente. M. Prutz annonce qu'il va persévérer dans cette voie ; il veut tenir toutes les promesses de la parabase et fonder le théâtre dont il s'imagine avoir posé la première pierre indestructible. C'était le devoir d'une critique franche et droite de lui signaler son erreur ; il importait de proscrire énergiquement cette satire injurieuse, cette comédie démagogique, impossible à nos mœurs, contraire à la noblesse de l'art, et fatale surtout aux intérêts si sacrés de la cause libérale en Allemagne.

VI

LA POÉIE POLITIQUE EN AUTRICHE.

—

M. Charles Beck. — M. Nicolas Lenau. — M. Alfred Meissner.
M. Maurice Hartmann.

I.

Puisqu'ils veulent décidément emprisonner l'art dans le cercle des questions présentes, puisqu'ils se prennent si fort au sérieux et réclament tous leur place dans le tableau de la littérature politique, continuons de leur accorder, en souriant quelquefois, cette innocente satisfaction. Aussi bien cela est nécessaire ; le tableau que nous essayons de tracer serait incomplet si nous ne groupions tous ces poëtes dans l'ordre de bataille où ils se présentent à nous. Au sein de cette remuante phalange, il y a encore bien peu d'écrivains sans doute qui justifient le titre dont ils sont si fiers, il y a en bien peu qui soient des publicistes inspirés, des confidents poétiques de la conscience du pays. Qu'importe ? nous n'y pouvons rien. Leurs prétentions mêmes sont un fait très-grave, un symptôme très-sérieux qu'il est impossible de ne pas signaler. Où est le Béranger de l'Allemagne, où sont les vrais poëtes, où sont les prophètes légitimes de la pensée publique ? On les attend, je le sais, et, sauf quelques strophes éloquentes, sauf quelques compositions vraiment belles, il ne paraît pas que tout ce bruit des jeunes Tyrtées de la démocratie ait été jusqu'ici bien fécond. Encore une fois, ce n'est pas une raison pour refuser de les entendre, puisqu'on

les écoute si avidement au-delà du Rhin. Si ce n'est pas
toujours une étude poétique qui nous est offerte, ce sont
au moins de curieux documents sur l'état des esprits en
Allemagne; cet intérêt est assez considérable et peut aisément nous suffire.

Or, ces symptômes deviennent de jour en jour plus
éclatans; la bruyante cohorte se recrute sans cesse, dans
tous les rangs de l'assemblée littéraire, dans toutes les
provinces de l'Allemagne. Quelquefois c'est un poète attaché à des doctrines bien différentes, qui tout-à-coup,
cédant à l'entraînement universel, change brusquement de drapeau, abandonne la place qu'il défendait,
et se jette avec ses armes dans le camp des assiégeants.
Le lendemain, et ce fait n'est pas moins bizarre, c'est
un écrivain libéral, ardemment dévoué aux idées nouvelles, mais peu disposé pourtant par les allures mystiques de son imagination à s'enrôler, pour une guerre
de partisans, dans une armée de tirailleurs; or, le mouvement de la foule l'emporte aussi, et le voilà qui ins-
crit sur le recueil de ses poétiques méditations la belliqueuse devise que chacun veut absolument porter. Nous
parlions hier de M. Freiligrath, nous signalions l'éclat
inattendu de sa conversion politique. L'écrivain que nous
allons nommer n'avait pas besoin, comme l'auteur du
Loewenritt, de se faire pardonner l'insouciance de son
esprit, l'indifférence de ses premiers chants, le matérialisme outré de ses brillantes fantaisies. C'était un poète
ardent, ému, un rêveur enthousiaste de liberté; il pouvait suivre franchement son inspiration naturelle, il n'a-
vait pas à craindre les reproches de ses confrères, ses
sympathies n'étaient pas douteuses; il lui était permis
de ne pas engager son indépendance et de marcher avec grâce dans les voies où l'appelle son talent.
Eh bien! non; il cédera aussi, il accordera ce gage qui
lui est demandé, il voudra qu'on cite son nom à côté du
nom de M. Herwegh ou de M. Freiligrath.

Je ne prétends pas dire qu'il y ait beaucoup de politique dans le recueil de M. Charles Beck. Non sans
doute; ce qui est singulier, c'est précisément l'ostenta-

tion avec laquelle il la produit, si peu importante qu'elle soit ; c'est le désir impatient qu'il manifeste d'être enrôlé dans la turbulente milice, quand il lui était si facile de demeurer dans des régions plus élevées, à un rang plus solitaire et plus digne d'envie. Malgré mes craintes, malgré ma défiance, j'ai lu avec empressement le volume de M. Charles Beck. Lorsque je vis l'auteur publier ses vers au milieu de tout ce bruit, je pus regretter pour son talent la résolution qu'il avait prise ; mais j'étais avide de savoir quel caractère propre, quelle nuance particulière il donnerait à son inspiration. Dans le groupe des poëtes politiques, M. Freiligrath représente les efforts méritants d'un parti sérieux, M. Hoffmann de Faltersleben chante l'esprit joyeux des tavernes, M. Herwegh et M. Prutz ont emprunté à la jeune école hégélienne ses arrogantes allures, M. Henri Heine est le maître des sceptiques et des *dilettanti;* chaque groupe avait ainsi son représentant, chaque compagnie avait son chef. Or, quel devait être le rôle de M. Charles Beck? Cette question ne manquait pas d'intérêt, puisque nous savions déjà que le jeune écrivain était fils des contrées du Danube. Un des caractères les plus frappants de cette poésie politique, il faut bien le reconnaître, c'est le soulèvement universel et spontané qui l'a produite, ce sont les échos sonores qu'elle a éveillés aux quatre points de l'horizon. Tous ces poëtes se sont levés en même temps de toutes les parties de l'Allemagne. Certes, les mouvements de l'esprit ne se font pas toujours avec un ensemble très-harmonieux chez les peuples germaniques ; la science et la liberté y varient beaucoup selon les degrés de latitude; l'homme du sud et l'homme du nord ne se rencontrent guère sur les mêmes chemins de la philosophie et de la libre pensée. Quelle distance de Vienne à Berlin ! Eh bien ! cette unité de la patrie, qui doit être préparée par l'unité intellectuelle et qui est encore si loin d'être réalisée, il semble qu'elle existe aujourd'hui, pour un moment, dans la poésie politique. Les pays où la science est le moins libre, les peuples les plus endormis n'ont pas été plus mal représentés que les autres dans cette assemblée des trouvères ; l'Autriche avait déjà Anastasius Grün, elle peut citer encore M. Charles Beck, M. Maurice Hartmann, M. Nicolas Lenau et M. Alfred Meissner.

M. Charles Beck débuta, il y a sept ans déjà, en 1838, par un recueil poétique intitulé *les Nuits*. Ce début fut remarqué. Au milieu de ces innombrables volumes de vers que chaque printemps apporte et qui meurent long-temps avant l'automne, le recueil de M. Beck lui marqua immédiatement sa place ; on avait reconnu l'accent de la Muse. Ce livre assurément n'était pas irréprochable, la critique pouvait adresser au poëte plus d'une objection sérieuse, mais sous les bizarreries de la forme, sous l'exubérance des paroles, il était facile de sentir une pensée ardente, un cœur sincerement ému, une âme de poëte.

Pourquoi ce titre : *les Nuits ?* Ce ne sont pas les méditations du triste Young qui préoccupent M. Beck ; sa pensée aime l'action et le mouvement. D'ailleurs, à ce premier titre, le poëte ajoute ces mots : *Chants armés de cottes de mailles ; Gepanzerte Lieder.* D'où vient donc cette opposition, qui apparemment n'a pas été imaginée sans dessein ? Quel est le sens de cette bizarre antithèse ? De ces deux titres, pourquoi l'un semble-t-il indiquer je ne sais quoi de voilé et de mélancolique, tandis que l'autre sonne comme une fanfare et annonce la bataille prochaine ? Lorsque Rückert écrivait aussi des *sonnets cuirassés*, c'était au milieu des luttes de 1813, et il armait ses vers à la clarté du soleil. Encore une fois, quelle a été l'intention du poëte ? Je ne saurais le dire ; mais si je voulais voir dans ce titre un résumé assez exact de ses qualités et de ses défauts, je n'aurais pas de peine à le découvrir. La force, l'énergie des idées ne manque pas chez M. Charles Beck, son âme est courageusement armée pour les luttes de la vie moderne, cependant il y a plus d'ardeur que de netteté, plus d'enthousiasme que de précision dans sa pensée. Il combat, mais il combat dans la nuit ; des ombres mystérieuses l'environnent, son imagination prend toujours je ne sais quel tour mys-

tique et oriental dont la bizarrerie, assez gracieuse parfois, contraste singulièrement avec le sujet de ses vers.
Cette prétentieuse étiquette a donc l'inconvénient très-
grave d'éveiller tout d'abord la défiance de la critique;
dès les premières lignes, le lecteur de M. Beck adoptera
dans le sens que je signale le titre énigmatique de son
livre et y verra une fidèle image de l'inspiration vague
et indécise du jeune poëte.

L'ouvrage est divisé en quatre parties, que l'auteur
appelle *contes, légendes*. La première de ces légendes, ce
sont *les Aventures d'un étudiant de Leipzig*. J'insiste à
dessein sur ces détails, qui nous font entrevoir dès à
présent la physionomie particulière de l'auteur. Tous
ces titres imprévus, incohérents, accumulés on ne sait
pourquoi, attestent chez lui un goût bizarre que nous
retrouverons dans les meilleures inspirations de sa
muse ; et comme s'il n'y avait pas assez de singularités
et de caprices dans sa poésie, il la produit avec tout le
luxe d'une mise en scène fantastique.

Écoutons donc cette première légende ; il s'agit d'a-
ventures. Aventures de guerre, d'amour et de chevalerie? Non, aventures de l'esprit et de la pensée ; le
héros est un étudiant de Leipzig, et la légende se place
en 1838. Cet étudiant, c'est le jeune Hongrois qui visite
les universités du nord, et qui vient cueillir le fruit à
l'arbre de la science. Or, il y a beaucoup d'intérêt et de
vivacité dans cette première partie du poëme ; voilà
bien l'éducation du poëte tel qu'il va nous apparaître.
Sa pensée s'ouvre à peine aux tristesses de la société
moderne, et déjà on entend retentir au fond de cette
âme si jeune tous les mugissements de la tempête.
M. Beck a eu raison de nous le dire : ne cherchons pas
ici une poésie calme, sereine, et cette netteté qui est le
vernis des maîtres; non, c'est une inspiration impétueuse et violente. L'auteur ne débute pas par la prière,
par l'amour, par l'espérance, comme font si gracieusement les âmes encore toutes neuves ; sa prière, si c'en
est une, est pleine d'emportement et de colère : c'est un
ordre irrité, impatient. Cela est surtout exprimé dans la

pièce principale du premier chant, dans les strophes qu'il intitule *Promenade autour de Leipzig*. Le poëte a quitté la ville; il a voulu se soustraire un instant aux vulgaires influences de la cité, aux réflexions maussades des philistins; il court, libre et fier, par la campagne, mais quelle campagne bizarre! Représentez-vous une toile sombre, un paysage noir, charbonné. L'orage gronde; c'est l'ouverture de toutes les symphonies de M. Charles Beck. Chaque incident de la tempête lui rappelle l'humanité; le sable est chassé par le vent comme un exilé qu'on poursuit; cette forêt s'agite dans l'ouragan comme l'assemblée des peuples sous le souffle de Dieu. Ce n'est point assez; il faut quelque chose de cabalistique : or, voici les éclairs qui tracent sur la voûte du ciel je ne sais quels signes éblouissants, indéchiffrables : puis retentit la grande voix du tonnerre, qui épèle avec fracas le mystérieux grimoire. Avez-vous vu, parmi les paysages de Salvator, quelque toile diabolique où les rochers qui s'ébranlent, les arbres qui se brisent, toute la nature qui s'effarouche, semblent affecter vaguement des formes humaines au milieu de la tempête? Tels sont les paysages de M. Beck. Mais pourquoi ce cadre terrible? et que nous prépare le poëte? Je traduis les dernières strophes :

« Soudain, tous les arbres de la forêt semblent changés en soldats ; la caravane des nuages traîne sa lourde artillerie; le brouillard, c'est la fumée de la poudre; les vertes branches flottent comme des étendards.

« Puis la voix de la tempête jette l'ordre aux épais bataillons : En avant! en avant! au milieu de la mêlée! au milieu de la bataille retentissante! Et moi, sur l'échelle vacillante de l'orage, mon âme monte dans le vieux ciel de l'Allemagne.

« Elle veut demander à l'ancien dieu si tous ceux qui ont versé le sang de leur cœur, si tous ceux qui, sur la terre, ont porté leur croix, seront des bienheureux un jour et prendront place à sa droite.

« Or, comme elle arrive au ciel sur ses ailes enflammées, une voix retentit : Va-t'en! va-t'en! Reviens demain. Il est enveloppé dans ses nuages. »

Cette inspiration byronienne est familière à M. Beck,

inspiration difficile à coup sûr et pleine de sérieux dangers. Combien n'a-t-on pas abusé de cette poésie lugubre! Que de fausses tristesses, que de désespoirs hypocrites depuis *Manfred* et *Lara!* De tous les lieux-communs qui ont obtenu la vogue, celui-là certes est le plus déplaisant pour un cœur droit. Qui ne préférerait à tout ce luxe d'emprunt l'honnête pauvreté d'une muse sincère? Si M. Beck échappe souvent à ce grave péril, c'est sa sincérité du moins qui le protége. Malgré ce qu'il y a de vague dans sa douleur, son cœur bat, il est ému, il souffre; on entrevoit là une âme ardente, qui saura mieux un jour ce qu'elle désire, mais qui déjà ne peut contenir les mouvements impétueux qui l'agitent.

La pièce qui suit, plus nette, plus ferme de dessin, est pleine de vivacité et d'intérêt. Nous sommes dans la maison de Schiller, à Gohlis, dans cette retraite hospitalière et charmante où l'auteur des *Brigands* trouva enfin le repos après les souffrances de son inquiète jeunesse. En visitant cette noble demeure, l'étudiant de Leipzig a vu tout à coup le poëte se dresser devant lui. C'est bien l'auteur de *Don Carlos* et de *Guillaume Tell*. Seulement, comme il est pâle et accablé! Quel abattement sur ce front généreux où rayonnait jadis la flamme intérieure! Écoutez aussi comme sa voix est triste, comme ses paroles sont décourageantes : « J'ai été roi, dit-il à l'ardent jeune homme, mais on m'a détrôné. Qu'est-ce que la gloire? Qu'est-ce qu'un nom immortel? L'Allemagne m'oublie; on m'accuse d'avoir mis sur la scène des figures idéales, des créations de ma fantaisie, et non les fortes et durables images de la réalité; je ne suis plus qu'un faux prophète. Jeune homme, renonce à l'art qui t'enivre. Retourne chez toi, en Hongrie, sur la douce terre des Maghyares; tu retrouveras ta fiancée; son baiser est enflammé comme les vignes du Danube. Les jours de fête, quand le Bohémien fait résonner ses cymbales, entoure-la de tes bras, et entre avec elle dans la valse rapide. Ah! la Muse sait embrasser aussi, mais que son baiser est amer! » Qu'est-ce à dire? Voilà d'étranges conseils. Est-ce l'auteur de *Don Carlos* que nous

venons d'entendre? Est-ce qu'il appartient aux morts
illustres, à ceux qui habitent les sphères meilleures, de
venir décourager leurs héritiers sur la terre? Mais la réponse du jeune homme est bien belle; il est plein de foi
et de confiance, il console le glorieux maître, il lui
montre avec orgueil la beauté nouvelle acquise par le
progrès des temps à ses immortels chefs-d'œuvre : « A
la voix, ô maître! tes idéales conceptions ont pris un
corps; elles vivent maintenant autour de nous. Wallenstein, don Posa, Guillaume Tell, nous les avons vu
bien des fois; l'un d'entre eux s'est appelé Louis Boerne. »
Il y a, en effet, d'intimes et secrètes relations entre l'Allemagne présente et la période poétique du dernier
siècle. On a beau renier ses ancêtres, on a beau vouloir
répudier l'esprit national, il n'est pas facile de s'y soustraire à jamais. M. Beck a été bien inspiré quand il a
mis en lumière cette solidarité inévitable, quand il a
montré chez les successeurs de Goethe et de Schiller
l'idée devenue homme, et les créations de la fantaisie
des poëtes réalisées dans la vie active. Vous voyez que
le jeune écrivain obéit sincèrement à toutes ses émotions.
Tout à l'heure, il désespérait, il appelait en vain la Providence endormie; maintenant c'est lui qui espère et qui
croit. Il y a une sorte de naïveté charmante dans ce dialogue de Schiller et de l'étudiant, dans ces rôles gracieusement intervertis. Sans doute, le Schiller de M. Beck
n'est pas vrai; Schiller n'a point parlé ainsi, il ne lui
est pas apparu si pâle et si accablé, il n'est pas venu
porter le découragement dans cette âme jeune; mais
qu'importe? laissons chanter le poëte; qu'il exprime à
sa manière sa candide ardeur; nous sommes avertis que
sa tristesse est mâle, et que, si elle voile trop souvent
son enthousiasme, elle ne réussira pas à le détruire.

Le second chant, la seconde légende, est la partie la
plus intéressante du recueil. Après ces premiers bé-
gaiemens, nous allons savoir ce que veut le jeune poëte,
à quels principes, à quelles croyances, il a consacré sa
plume. Tout à l'heure, dans son entretien avec Schiller,
il vantait avec enthousiasme un écrivain, un publiciste

célèbre, Louis Boerne. Il disait que l'esprit des figures
idéalescréées par l'auteur de *Don Carlos* avait passé dans
l'âme des hommes nouveaux ; il voyait dans Louis
Boerne un marquis de Posa, un Guillaume Tell, un héros
de la pensée moderne. Ces poétiques sympathies, sur
lesquelles il faudrait sans doute s'expliquer, mais qui
sont parfaitement acceptables dans des strophes enthousiastes, M. Beck va les reprendre d'une manière plus
nette et plus décidée : tout ce chant est consacré à l'éminent publiciste.

Ce ne sont pas les idées de Louis Boerne célébrées en
vers harmonieux : ce n'est point une série d'hymnes
démocratiques, comme on pourrait le redouter. M. Prutz,
M. Herwegh, je le crains, n'eussent pas fait autre chose ;
nous aurions eu les feuilles éloquentes du journaliste
découpées en strophes sonores. M. Beck est plus hardi
et plus fier. Il écrit un drame, et un drame ému, passionné, très bizarre souvent, mais étincelant çà et là de
beautés neuves et fortes. Le héros est assis dans sa
pauvre chambre de travail, comme Faust dans son
laboratoire, comme Manfred dans son château des Alpes.
Je n'affirmerai pas que ces images soient tout-à-fait
d'accord avec la réalité du sujet, qu'une telle transfiguration poétique convienne bien à la personne de son
héros ; mais ce point admis, cette concession faite, le
poëte nous entraîne, et nous le suivons jusqu'au bout.
La première scène est intitulée *le Chaos*. C'est une
scène de délire ; en proie au tourment de sa pensée,
épuisé par ses longues veilles, par ses espérances déçues,
par ses désirs inassouvis, le héros de M. Beck commence
par injurier le ciel. La nuit est sombre ; les éclairs
brillent ; le tonnerre gronde au loin avec fracas. C'est au
milieu de ce tumulte de la nature que l'esprit révolté du
penseur cède au délire qui l'agite et jette à Dieu ses
reproches indignés ; il l'accuse de haïr le genre humain.
Peu à peu cependant, son cœur s'apaise ; il songe à ses
jours écoulés, à tous les desseins généreux qui ont
enthousiasmé sa jeunesse ; alors, se rappelant qu'il est
né juif, qu'il est seul, qu'il n'a point de frères, il recom-

mence sa plainte, mais avec calme, avec une sorte d'attendrissement plein de noblesse. « Tu ne m'as pas donné de patrie, ô mon Dieu ! tu m'as fait naître d'une race que je hais ; oui, je la hais, non pas parce qu'elle est maudite, mais parce que son cœur ne bat pas et qu'elle ne sait que chercher de l'or dans l'immonde poussière où elle vit. Alors j'ai voulu trouver une patrie en Allemagne, j'ai appelé des frères, mais ils ne pouvaient s'unir à moi ; trop de préjugés, trop de rancunes, trop de haines séculaires nous séparaient. Souvent une voix secrète, dans mes rêves, me criait : « Sois chrétien ! va te jeter « au pied de la croix ! voilà le Sauveur, celui qui unit, « celui qui réconcilie les nations divisées. » J'ai voulu le faire, ô mon Dieu ! mais ils ne m'ont pas cru. Et puis, tu le sais, mon cœur se révoltait. Quoi donc ? est-ce que je dois demander grâce ? est-ce que je n'ai pas droit à la justice ? Non, non, je ne me soumettrai point. Leurs livres nous condamnent ; eh bien ! écrivons une nouvelle bible. » Louis Boerne prend la plume, et il écrit.

Le premier chapitre de son livre, ce sera *la Création*. Qui donc va créer ? qui va produire un monde ? Le penseur, le poëte. Le poëte est Dieu, s'écrie le chercheur enthousiaste ; c'est lui qui de rien peut faire sortir un nouvel univers. Que ses pensées jaillissent de son esprit en feu, que des croyances meilleures soient enfantées par son cœur embrasé d'amour, et que la face de la terre soit changée ! Mais il ne suffit pas que son intelligence travaille, qu'elle conçoive, qu'elle jette au milieu des hommes de sublimes enseignemens ; hélas ! personne ne l'entend ; il n'a pas de disciple, il ne rencontre pas une volonté qui veuille s'unir à la sienne, pas un cœur résolu qui se dévoue à prêcher sa foi. Ce n'est pas tout encore : ces idées, ces principes, ces dogmes nouveaux qu'il a répandus dans le monde, non-seulement ils n'ont pu trouver une âme qui les aime, mais errans par la terre entière, repoussés partout, insultés, persécutés, les voilà, ces pauvres fils de son cœur, les voilà qui reviennent sous le triste toit du poëte, et qui l'entourent en poussant des gémissemens. « Pourquoi nous as-tu trom-

pés? Pourquoi nous as-tu dit : Allez! allez! votre
visage est plus beau que celui des anges; et quand les
hommes vous verront dans votre pureté sans tache, ils
s'agenouilleront devant vous? Pourquoi nous as-tu dit :
La terre est votre fiancée; elle vous attend, elle vous
appelle? Ah! nous n'avons trouvé en tout lieu que le
dédain et l'outrage; nos pieds se sont déchirés aux ronces des chemins, et jamais une porte hospitalière ne s'est
ouverte pour nous accueillir, jamais nous n'avons pu
reposer notre tête sous le toit d'un ami. Mieux valait
pour nous ne pas voir la lumière du jour, et dormir
éternellement dans la nuit de ton cœur. »

Cette scène singulière est vraiment belle dans les vers
de M. Charles Beck; il y a là, on ne peut le nier, une
étrange poésie que l'auteur de *Manfred* ne désavouerait
pas. Il semble voir ces esprits divins, ces anges immortels, ces fils d'une pensée inspirée, emplissant de leurs
cris lamentables la retraite solitaire du philosophe. Oublions qu'il s'agit d'un journaliste, d'un écrivain que
nous avons connu, d'un patriote ardent, généreux sans
doute, mais très-spirituel et très-fin, et à qui s'appliquent
fort mal de telles inventions lugubres; oublions Louis
Boerne, et que ce soit, si vous voulez, une création
idéale, une figure toute poétique. Dans ce petit nombre
d'hommes puissants qui ont remué le monde par les
idées, dans le cortége choisi des grands réformateurs,
des prophètes, des philosophes sublimes, quel est celui
qui n'a pas senti s'accomplir toutes les péripéties terribles de ce drame intérieur? Quel est celui qui n'a pas
vu les enfants de sa pensée inquiète revenir à lui déso-
lés, découragés, les pieds meurtris, le cœur blessé à
mort? La mère qui voit son enfant mourir de faim sur
son sein amaigri n'est pas plus désespérée.

Ce n'est pas là cependant la plus poignante douleur;
il y a un mal plus terrible, et qui va jusqu'à empoison-
ner dans l'âme du penseur les sources les plus secrètes
de la vie morale : c'est quand il arrive à douter de lui-
même. Car ces exilés qui l'entourent ne se plaignent pas
seulement; de la plainte, ils passeront tout-à-l'heure à

l'insulte ; ils lui diront, et c'est M. Beck qui les fait encore parler dans cette profonde et poétique scène :
« Pourquoi donc nous as-tu mis au monde ? Esprit orgueilleux et égoïste, tu n'a pas songé que tu devrais
pourvoir à l'existence de ces malheureux êtres que tu
créais. O homme faible et lâche, il ne fallait pas entreprendre une tâche si haute, toi qui n'as pas le courage
et le génie nécessaire pour l'accomplir jusqu'au bout ! »
Alors, raillé par ses enfants, accablé par cette terrible
ironie, il se reniera lui-même, il confessera sa faute, il
se dépouillera humblement de cette flamme sainte que
l'enthousiasme allumait sur son front; il dira: « Oui,
j'ai eu tort. J'ai voulu imiter Dieu, j'ai voulu créer, insensé que je suis! Je le sens bien aujourd'hui, mais
trop tard : je ne suis qu'un homme faible et présomp-
tueux, un misérable ouvrier sans génie et sans cœur. »
Mais, en même temps qu'il renonce à ses hardis projets,
que de plaintes il adressera à cet enthousiasme qui l'a
séduit ! « O poésie ! ô magicienne ! C'est toi qui as fait
naître de ma pensée ces pauvres créatures que le monde
rejette. Tu es venue à moi si belle et le front si charmant ! J'ai pris les dons que tu m'apportais, j'ai cru que
tu voulais parer ma jeunesse. Ta robe, ô Déjanire, m'a
brûlé le cœur ! »

Tout ce combat invisible a été étudié, analysé, décrit
avec une vivacité émue qui fait honneur au poète.
M. Beck a trouvé des accens pleins de passion et d'énergie pour peindre ces âcres voluptés et ces douleurs cui-
santes de la réflexion solitaire aux prises avec une tâche
grandiose. Ce qui va suivre est moins heureux : jusqu'ici
nous n'avons vu que la préface, l'introduction ; maintenant le héros de M. Beck, échappé au découragement
qui l'accablait, se décide enfin à écrire cette bible nouvelle qu'il nous a promise. Il faut la feuilleter rapidement.

Chaque chapitre de cette bible meilleure porte en effet un titre emprunté à l'Écriture ; mais le récit, détourné du sens qu'il avait dans le texte consacré, devient un symbole sous lequel se produisent hardiment

les prédications socialistes de Louis Boerne. Toute
cette partie rappelle *l'Évangile des Laïques* de M. de
Sallet. M. de Sallet est un écrivain plein de candeur
et d'audace, qui, le plus naïvement du monde, a
contrefait l'Évangile au profit de la jeune école de
Hegel. Le récit de saint Luc, transformé par l'auteur, devient le texte de l'enseignement hégélien ;
chaque scène, chaque épisode du divin livre, chaque
phrase du sermon de la montagne est librement inter-
prétée, et se change en une prédication que pourraient
prononcer M. Strauss ou M. Feuerbach. C'est à peu près
ce qu'a fait M. Beck ; seulement, au lieu de M. Strauss,
c'est M. Louis Boerne qui fournit les idées nouvelles ;
au lieu de la philosophie hégélienne, ce sont les théories sociales du célèbre publiciste qui sont substituées
sans façon aux paroles des livres saints. Il y a pourtant
quelque chose de plus dans le poème de M. Charles
Beck. M. de Sallet reproduit avec une fidélité souvent pleine de grâce le récit de saint Luc ou de saint
Jean, et il se contente d'y ajouter un poétique commentaire, afin de s'approprier les belles paraboles du
lac de Nazareth, les scènes sublimes du jardin des Oli-
viers. Le héros de M. Beck est plus aventureux ; il lui
arrive maintes fois de rectifier ouvertement la Bible ; il
la recommence, il la corrige, il en veut faire une contre-
partie audacieuse. Son titre est certainement justifié ;
c'est tout-à-fait une bible nouvelle, une réfutation poétique de Moïse et des prophètes. Il prend parti pour
l'impie contre le juste, pour Cham contre Noé, pour
l'homme contre Jéhova. L'homme chassé du ciel par l'é-
pée flamboyante de l'archange, c'est l'apôtre de la liberté poursuivi par le génie du mal ; Cham raillant la
nudité de son père, c'est le hardi réformateur qui signale les misères de sa patrie. Vous reconnaissez là,
dès les premières pages, un jeu d'esprit qui va se pro-
longer sans fin. Si l'audace de l'auteur lui inspire d'abord
des strophes éloquentes, abandonné bientôt par l'inspiration et forcé de mener jusqu'au bout sa gageure, il
aura recours à des inventions ridicules et à de vulgaires
antithèses.

On a traité bien des fois, depuis cinquante ans, le sujet choisi par M. Charles Beck. De grands poëtes, des romanciers aventureux, se sont donné une tâche toute semblable à la sienne. Comment se fait-il que tous aient échoué là précisément où vient de succomber l'auteur des *Nuits?* Quand il fallait dépeindre l'orage intérieur d'une âme qui veut créer un dogme nouveau, ils étaient émus, éloquents; mais dès qu'ils ont essayé de conclure, dès qu'ils ont dû donner enfin cette révélation précieuse, pas un d'entre eux n'a su trouver ce trésor tant promis. C'est là le défaut commun à tant d'œuvres si différentes d'ailleurs; c'est là que viennent échouer *Faust* et *Manfred,* tout aussi bien que *Spiridion* et *Consuelo*. Il est plus facile de soupçonner par l'imagination les sublimes tourments de ces hardis novateurs que de publier soi-même les lois, les dogmes, les vérités qu'ils auraient découvertes. On s'est beaucoup trop persuadé dans ces derniers temps que la poésie pouvait se substituer aisément à la philosophie, et que les élans irréfléchis de l'imagination valent mieux, pour découvrir le vrai, que les efforts patiens et les conquêtes régulières de la pensée. En lisant les vers de M. Beck, j'attendais avec impatience le moment décisif, la révélation des vérités annoncées si complaisamment; hélas! le héros de M. Beck m'a trompé comme m'avaient trompé déjà les orgueilleuses créations de la poésie moderne. J'assiste au travail passionné de ces vaillants esprits que vous mettez en scène, je suis témoin des secrètes souffrances, des angoisses douloureuses qui ont pâli leurs fronts; mais quand je cherche le livre de leur pensée, quand je veux feuilleter ces pages d'or destinées à changer le monde, je vois trop clairement que ce livre n'existe pas. Vous avez peint Moïse sur le Sinaï, vous m'avez dit ses entretiens avec les cieux embrasés, ses extases et ses craintes, ses doutes et ses ravissements, tout le drame inquiet de cette âme qui s'agite sous le souffle du Dieu jaloux; mais quand votre Moïse descend de la montagne, ses mains sont vides, vous n'avez pas su lui donner les tables d'airain où la loi nouvelle est écrite avec du feu.

Malgré ces reproches qui ne sont que trop justifiés, malgré la faiblesse des deux dernières parties de ce livre des *Nuits*, il reste dans les deux premiers chants assez de mérites réels, assez d'inspirations vigoureuses pour expliquer le succès du jeune écrivain et l'accueil empressé qu'il trouva dès son entrée dans l'assemblée des poëtes. Un critique aimable et spirituel, M. Gustave Kühne, signala dès 1838 ce début brillant; il marqua à M. Beck une place fort enviable à côté de M. Anastasius Grün, et oubliant de signaler les imperfections, les lacunes, qui me choquaient tout à l'heure, il prenait plaisir à mettre en relief le caractère sérieux, l'éclat mystique, l'imagination orientale du poëte hongrois.

L'année même où avait paru le poëme des *Nuits*, en 1838, M. Charles Beck publiait un recueil nouveau qui attestait un progrès rapide, un talent plus mûr, plus ferme et débarrassé déjà des premières hésitations du début. *Le Poëte voyageur, Der fahrende Poet*, voilà le titre de ce volume. C'est en Allemagne que le pélerin suit les pas de sa muse. Ce pélerin est plein de foi et d'ardeur. Nous ne recommencerons pas, soyez-en sûrs, le voyage moqueur de celui qui raillait hier tous les souvenirs de sa patrie, et qui, du Rhin jusqu'à Hambourg, dans la cathédrale de Cologne, dans la forêt de Teutobourg, au pied du mont Kiffhaeuser, ne songeait qu'à irriter par d'impitoyables sarcasmes le paisible tempérament des nations germaniques. Tel n'est pas le pélerinage de M. Charles Beck. L'aspect des lieux qu'il visite, le caractère de la contrée, les traits principaux des peuples qu'il interroge se reproduisent habilement dans ses tableaux. Comme l'auteur rencontre assez de couleurs variées dans les lieux qu'il parcourt, il renonce à ces effets chimériques, à ce merveilleux apprêté qui offusquait trop souvent son imagination dans le poëme des *Nuits*. Il est bon que les poëtes voyagent; ce commerce avec la nature et avec les mouvants tableaux des civilisations différentes a été profitable au disciple de Louis Boerne. Le souffle vivace des montagnes, les vents embaumés des prairies ont chassé les fantômes qui obsé-

daient son intelligence. Je ne sais quoi de frais et de
naturel circule dans son imagination purifiée, et si la
plainte s'exhale de ses chants, ce n'est pas cette mélancolie maladive qui énerve l'âme ; c'est une mâle tristesse
qui rappelle plutôt les voyages de l'auteur des *Iambes*,
les tableaux que M. Barbier traçait dans le *Pianto* et
dans *Lazare*.

Le poëte nous mène d'abord en Hongrie ; il va revoir
le lieu où il est né, le pays qu'habitent ses frères. Il faut
qu'il s'arrache à ces sombres pensées, à ses nuits sans
sommeil. Vous voyez clairement le lien qui unit ce poème
à celui que nous venons de lire. « Non, non, dit l'étudiant de Leipzig, je ne vivrai pas comme un moine,
éternellement emprisonné dans ma cellule. J'entends au
fond de mon cœur un carillon de cloches joyeuses qui
me réveille et sonne pour moi l'heure du départ. » Voilà
qui est bien dit ; j'aime beaucoup ce joyeux carillon, et
je voudrais qu'il retentît de même chez tous les sectaires
ténébreux, surtout chez ces incorrigibles rêveurs qui ne
peuvent s'éveiller à la lumière du monde moderne. Jamais on n'a eu plus besoin de cet appel sonore ; faux
poëtes, faux prophètes, romanciers socialistes ou ultra-
montains, il faudrait pour eux tous que le bon
sens, dès la matinée, sonnât ainsi la cloche, et que ce
signal les fît descendre dans les rues de la ville, en face
du soleil, au milieu du spectacle de la vie réelle. Lui,
c'est vers sa terre natale qu'il s'en va gaiement. Son
pays lui apparaît dans toute sa beauté ; il songe à la
terre des Maghyares, aux vignes du Danube qui fleuri
ront bientôt sous le soleil de juin ; il songe à tant de souvenirs rassemblés sur ce petit coin de terre et à cette
poésie orientale qui la décore. Que d'images s'éveillent
dans son esprit ! Attila et Rome ! les soldats de Mahomet
et les fils héroïques de la Pologne ! et là-bas, du côté où
le soleil se lève, n'a-t-il pas vu passer les blancs turbans
des cavaliers turcs ? Singulier hasard ! ce poëte qui tout
à l'heure s'obstinait à imiter *Manfred*, il s'est arraché
courageusement au péril, il a fui lord Byron, et voilà
qu'il le retrouve encore sur sa route. Qu'il continue

pourtant : je crains moins pour son talent les séductions du *Giaour* et de la *Fiancée d'Abydos*. L'influence
du sol natal le protégera, et de joyeuses rencontres lui
vaudront mieux que les souvenirs du poète qu'il aime.

L'entrée du jeune Hongrois dans son pays a beaucoup
de mouvement et de grâce. Voyez comme il monte gaiement en croupe du premier paysan qu'il trouve sur son
chemin ! « Brave homme, je suis ton frère, et je retourne
au pays; prends-moi sur ton cheval. » Il monte, et voilà
nos cavaliers qui arrivent au village. Qu'il s'assoie au
foyer, qu'il prenne place à la table hospitalière; s'il
cause politique avec son hôte, son langage sera franc et
net; il sera bien forcé d'éviter le luxe des paroles et de
renoncer aux fantastiques chimères. Cependant il y a
parfois une ironie fâcheuse dans cette bonhomie affectée
par le poète. S'il veut, hasarder un mot de liberté, s'il
laisse tomber quelque réflexion chagrine, l'hôte lui répond brusquement : « Eh! qu'as-tu donc, camarade?
Pourquoi es-tu si sombre? Pourquoi ce regard de travers?
As-tu aperçu dans la broussaille l'œil ardent du loup
fixé sur toi? Pour Dieu! laisse-nous vivre en repos. Viens
boire avec nous; la taverne fume, et le vin brille dans
la bouteille. » Il s'assied en effet, il se mêle à la foule;
l'auberge s'emplit peu à peu, et le vin, la danse, le bruit
des cymbales, mettent en mouvement les joyeux compagnons. Notre voyageur ne songe plus guère à parler
politique; le missionnaire oublie sa bonne nouvelle;
l'étudiant reparaît, l'étudiant classique, aux longs cheveux blonds, au cœur naïf et qui s'éprend dès le premier
regard. Je préfère beaucoup, s'il faut le dire, à toutes
les dissertations qu'il nous promettait en partant, les
vives et charmantes causeries avec la fille de l'hôtelier :

« O jeune fille de l'hôte, quelle mélancolie ton regard amoureux m'a jetée dans l'âme ! Tu verses le vin dans les verres et
le feu dans les cœurs, et, gaiement occupée, tu t'en vas ainsi de
table en table. Les tresses de tes cheveux dansent follement autour de ta tête, entourés avec grâce d'un rouge bandeau. Oh !
viens près de moi, oh ! donne-moi ta main. »

Et elle vient sans façon; longues causeries, doux

entretiens, lieux communs mille fois répétés et toujours
nouveaux, mélange de tristesse aimable et de gaieté
naïve, le poëte consacre tout cela dans des pages pleines
de fraîcheur. Mais l'idylle ne garde pas toujours ce
calme poétique. Voici un orchestre de bohémiens; les
cymbales frémissent, le tambour de basque agite ses
grelots sonores. Appelé par toutes ces voix bruyantes,
par le cri sauvage des cymbales, par le grincement du
cuivre, le couple amoureux va se mêler à la foule ha-
letante, et l'églogue si gracieusement commencée se
termine dans une bacchanale éperdue. On dirait là vigoureuse fantaisie d'un Téniers hongrois, une kermesse
de zingalis dans quelque taverne du Danube.

Je ne sais trop quelle a été l'intention de l'auteur
lorsqu'il a peint avec une fougue un peu désordonnée
ces bruyantes scènes de taverne. A-t-il cru frapper le
peuple que les vulgaires plaisirs consolent trop aisément
de la misère et arrachent aux préoccupations élevées?
et quand le poëte y cède lui-même, a-t-il voulu montrer l'influence funeste de cette amosphère énervante?
Je ne saurais l'affirmer précisément, car M. Beck n'est
pas toujours clair, mais pourtant je n'y vois pas d'autre
sens. Or, si c'est là ce qu'il a voulu, cette ironie n'est
guère à sa place. Je m'assure que si notre poëte avait eu
quelque utile enseignement à faire entendre, on lui eût
prêté plus d'attention. Évitons ces désespoirs factices,
évitons cette ironie malfaisante. On ne vous a pas écouté,
on n'a pas compris vos conseils, et tout à coup vous avez
recours à cette insolente raillerie, à ce découragement
prétentieux. Prenez garde; êtes-vous bien sûr que vos
auditeurs soient si coupables? Vous croyez-vous bien le
droit de les accuser si vite? Ne serait-ce pas que vous
leur avez mal parlé ou que vous n'aviez rien à leur dire?

Qui va là? Un cavalier sur son cheval noir a frappé
aux portes de la ville. « Compagnon, lui crie le doua-
nier, où cours-tu si vite? attache ton cheval à ce poteau
et tu pourras entrer. » A ce brusque début du second
chant, il est clair que nous ne sommes plus en Hongrie;
cette ville, c'est Vienne; le cavalier, c'est le poëte; le

cheval noir, c'est sa pensée rapide. Ici l'on ne pense pas, ces mots sont écrits sur toutes les avenues de la ville impériale. On ne pense pas tout haut ; mais, tout bas, cependant, au fond des cœurs, la pensée marche et creuse ses chemins cachés. N'est-ce pas de ce pays que sortirent les belles strophes du *Poëte viennois ?* n'est-ce pas ici que M. de Zedlitz écrivait *la Couronne des Morts ?* n'est-ce pas sous ce ciel que M. Nicolas Lenau exhalait ses chants avec une si noble tristesse ? Tandis que la poésie, dans l'Allemagne du nord, s'abandonnait à une ironie cruelle, à je ne sais quelle imitation de *Candide* et de *Zadig*, elle est toujours demeurée grave et plaintive dans ce pays. Là, en effet, si quelque poëte s'enhardit à penser, si quelque libre esprit s'associe au mouvement de la raison moderne, il est seul, il n'a pas d'auditoire, et ce contraste, cette solitude, doit produire nécessairement dans ses vers une douce et naturelle mélancolie. C'est un caractère de la littérature autrichienne contemporaine, et il en faut tenir compte. M. Charles Beck a indiqué ce côté du tableau dans la seconde pièce, dans ces vifs et touchans souvenirs de jeunesse, lorsque, dans cette ville même, au milieu de ses amis, il s'initiait par l'étude aux problèmes des sociétés nouvelles. Nobles heures de l'adolescence ! premier appel du siècle où l'on vit ! voix matinale et franche qui arrache l'âme aux séductions du passé, et lui rappelle les mots du poëte latin :

> Quem te Deus esse
> Jussit, et humana qua parte locatus es in re
> Disce.

Le poëte s'en va donc s'informant de ses anciens amis ; mais hélas ! les retrouvera-t-il encore ? Non, il n'est plus temps. C'est l'éternelle histoire des cœurs ; quelle audace, à vingt ans, dans une vive intelligence ! quelle ardeur de réformes ! quelles espérances ambitieuses ! Dix ans plus tard, on a accepté le train du monde, et l'on dort paisiblement dans la maison ruineuse qu'on avait tenté d'abattre. Si cela est vrai partout, si les heures de l'enthousiasme sont si rapides, même dans les pays où fermentent les sources de la vie intellectuelle, que sera-ce sur cette terre immobile! A vrai dire, je ne regrette pas beaucoup le découragement des amis du poëte et ce précoce abandon de leurs espérances, car M. Beck ne nous dit pas quels étaient les projets, les ambitions de nos jeunes rêveurs : c'est toujours le même vague que j'ai déjà blâmé; mais j'explique, je raconte la marche de sa pensée, sauf à résumer tout à l'heure mes observations et mes reproches.

Puisqu'il ne retrouve plus les anciens compagnons de sa libre pensée, qu'il aille trouver les philistins et qu'il suive le peuple de Vienne dans son carnaval de toute l'année; il nous donnera un tableau vif et joyeux de ces fêtes étourdissantes qui entretiennent le long sommeil de l'âme. D'abord, montons avec lui sur la tour, nous verrons mieux l'aspect de cette foule bizarre : quel singulier mélange de toutes les nations! quel rendez-vous du Midi et de l'Orient! Comment se fait-il qu'un tel mouvement n'amène pas l'échange fécond des idées, et ne relève pas la fortune morale de ce pays? C'est que ces échanges ici n'ont point cours; ces commerçans ne sont point riches de ce côté, et ce n'est pas la pensée qu'ils apportent avec eux. Voyez-vous le turban du musulman? Là, c'est le pauvre Dalmate, ici, un capucin de Venise, plus loin, un moine espagnol. Un seul est grave, c'est le Bohême, triste et muet, pauvre peuple à qui on a volé sa langue; mais sa tristesse disparaît dans le mouvant tableau de la mascarade. Tous les costumes, toutes les robes, passent et repassent, turbans blancs, caftans verts, le bonnet rouge du Dalmate, la casaque blanche de l'Arménien. Comment s'étonner, pense le poëte, de la folle gaieté de cette ville? Elle porte un habit d'arlequin.

C'est pour cela qu'il va chercher là-bas, sous les arbres, la baraque de Polichinelle. Le Polichinelle de Vienne, gai, railleur, mais sans malice, convient parfaitement au peuple autrichien :

« Inoffensif, enfantin, joyeux, ainsi vit ce peuple, d'une vie

aussi calme que celle des plantes. Son petit cœur est ouvert jusqu'au fond, et son plus ardent essor est bien vite comprimé.
L'hospitalité bienveillante habite sur son seuil ; il appelle volontiers l'étranger à son foyer, à sa table. Là, en face de la bouteille,
son babil court et gazouille, comme une source vive qui ne tarit
pas. Puis, il vous montrera avec un sentiment d'orgueil tous les
trésors du foyer de ses pères ; il vous conduira ensuite dans les
rues de la ville, au milieu de la foule, dans le train bruyant de la
place publique. Il aime aussi à se faire conter tout bas ce qui se
passe dans le monde. Alors son œil bleu brille comme un rayon
du soleil, et la plaisanterie, toujours prête, s'échappe de sa
bouche ; mais elle ne s'élance pas de haut en bas comme l'éclair,
ce n'est pas non plus la flèche qui va frapper la poitrine ; c'est
un elfe léger qui joue avec les cœurs, c'est un arlequin fantasque
qui se jette la tête la première au milieu de la cohue. Regardez-
le : il va poursuivre ce passant à mine renfrognée, ou réveiller
celui-ci qui rêve ; il agace les précieuses, il agace les filles de joie,
mais, tout en se moquant, il n'oublie pas de causer d'amour.
Enfin, quand il est las d'avoir taquiné Dieu et les papes, quand
il s'est moqué de l'empereur lui-même, il meurt un matin d'un
éclat de rire inextinguible. »

Cependant, quelle est cette musique qui chante gaiement sous les arbres? C'est la vraie musique viennoise, ce
sont les valses de Strauss et de Lanner. Jeunes et vieux
s'enivrent à ces fontaines ensorcelées. Strauss et Lanner,
voilà les maîtres, les prophètes, les apôtres, voilà les orateurs tout puissans qui prêchent ici et qui enseignent la
foule. « Ah! ce ne sont pas eux, dit le poète, qui arment
la vertu d'une cuirasse d'airain et qui l'envoient à la
bataille ; non, ils éveillent la douce sensualité, et elle,
tout aussitôt, comme une jeune vivandière, belle, charmante, elle pénètre dans le camp ennemi et verse aux
sentinelles vigilantes la boisson perfide qui les endort. »
Lui-même, il est près de céder aux molles séductions, et
son chant va se terminer par des strophes amoureuses.
Il aperçoit devant lui une fille adorée, celle que tous les
poètes ont célébrée à vingt ans, la muse des premiers
jours, la muse naïve, confiante, qui reproche au poète
son abandon. « Reste ici, lui dit-elle, où vas-tu ?
Pourquoi me quitter? Voici Pâques, voici le printemps ;
viens pleurer avec moi au pied de la croix, au pied de
l'autel où je te conduisais tout enfant. » Ainsi chante

la douce vierge éplorée ; mais non, ce n'est pas elle qui parle ainsi, ce n'est que son ombre ; elle est morte depuis long-temps dans le cœur du poëte, et si son fantôme s'est réveillé un instant, c'est aux sons de cette musique trop douce qui endort la sévère pensée et désarme la libre intelligence. Adieu, lui dit le poëte, et après l'avoir ensevelie pieusement une seconde fois, il nous entraîne dans l'Allemagne du nord, du côté des montagnes de la Thuringe.

Weimar ! Weimar ! arrêtons-nous : voici la maison de Goethe. C'est ici que siégèrent les dictateurs, les rois de la poésie germanique ; c'est d'ici que la pensée sortait toute radieuse pour illuminer l'Allemagne. Quelle fraîche matinée ! Avril vient de réveiller l'immense nature ; les marguerites refleurissent dans le champ du maître ; entrons dans la demeure sacrée, allons nous asseoir à la table du poëte, allons saluer le berceau de ses filles immortelles et baiser la trace de leurs pas. Mais le pieux pélerin a hésité tout-à-coup sur le seuil : quelle est cette figure sévère qui lui apparaît ? Quel est ce juge chagrin dont le reproche silencieux l'arrête, au moment d'entrer par la porte d'ivoire dans le royaume des songes ? Il a reconnu son ami, son directeur, celui qu'il chantait hier, à Leipzig, avec tant de candeur et d'enthousiasme. Le disciple fidèle de Louis Boerne devait, en effet, rencontrer son maître sur le seuil ; n'est-ce pas Louis Boerne qui, un des premiers, a protesté, au nom du sentiment national, contre l'indifférence olympienne du dictateur ? N'est-ce pas lui qui a écrit en termes bizarres ce jugement irrité sur l'auteur de *Faust* : « Goethe a une force d'empêchement prodigieuse ; c'est une cataracte dans l'œil de l'Allemagne. Depuis que je sens, je hais Goethe ; et depuis que je pense, je sais pourquoi je le hais. » Il faut donc, avant de pénétrer dans le sanctuaire, que le pieux visiteur justifie son culte, et qu'il essaie de fléchir les mânes indignées de son ami. Puis il entre, et s'arrête devant la table du poëte :

« Table antique ! autel sacré ! si tu pouvais me faire entendre un écho de ce temps qui fut si court, je serais illuminé par les clartés du ciel ! un seul écho de la divine assemblée qui trônait ici, table ronde des héros du chant et des prophètes de la lumière ! Ah ! le siècle était suspendu à leur bouche ; il écoutait avec recueillement la bonne nouvelle, et les pressentiments des jours meilleurs. Eux, cependant, ils étaient debout, aux portes de l'avenir, et ils répandaient les bénédictions. D'une main vigoureuse, ils plantaient l'arbre de la vie auprès de notre berceau ; hélas ! le fruit et la fleur, tout a gelé subitement pendant la froide nuit. »

« O table sainte ! autel abandonné ! aucune voix ne sort de ton sein engourdi. Le temps a chassé les muses charmantes, bien loin, bien loin de toi, dans les sentiers déserts, au milieu d'épaisses ténèbres. Elles errent, en se lamentant, au fond des solitudes. Chacune d'elles s'en va, seule, couverte d'un voile. L'une n'entend pas ce que l'autre a chanté, il n'y a que l'écho qui réponde à leur plainte. »

« Mais qui es-tu, ô sublime figure ? Ta tête, qu'enveloppe le flot de ta chevelure d'or, s'incline avec grâce sur ta poitrine fatiguée. Un désir brûlant agite ta lèvre. Puis les rayons du matin, l'éclat du printemps de la poésie, montent tout à coup sur tes joues pâles. Tes yeux brillent comme deux lacs bleus où deux soleils vont doucement s'éteindre. Je vois s'arrondir ton noble front, où s'allument les éclairs de ta fantaisie, où les idées, comme une assemblée de rois, siégent fièrement sur leurs trônes augustes. O Schiller ! Schiller ! de tous ces esprits au puissant essor, nul n'a senti battre un cœur plus grand dans une plus ardente poitrine. Tu as été le prophète éternellement jeune qui, d'une main hardie, portait en avant la bannière de la liberté ! Tu étais prodigue de ton sang ; les plus intimes trésors de ton amour, les forces les plus ardentes de ta vie, tu les répandais pour le monde, et le monde acceptait le sacrifice, froidement, avec calme, car il ne comprenait pas la profondeur de ta peine ; il n'écoutait que la mélodie des sphères célestes, quand retentissait à ses oreilles ce flot de poésie que tu avais gonflé de tes meilleures larmes ! »

On voit bien, par ces généreuses paroles, que toutes les sympathies de M. Charles Beck sont pour Schiller. C'est Schiller qui occupe le premier plan de sa toile ; c'est Schiller qu'il rencontre à chaque pas dans la maison de Goethe. Un peu plus loin, les deux poëtes sont comparés à deux montagnes sublimes : l'un est un glacier puissant, majestueux, habité par les aigles, l'autre un volcan toujours en feu et qui se dévorera lui-même. On comprend sans peine que l'esprit ardent de M. Beck préfère le volcan au glacier, et c'est sans doute cette

préoccupation de l'auteur qui a nui à son œuvre. Son
tableau de Weimar, très-brillant en de certaines parties, est plus souvent maigre et timide; l'auteur n'a pas
tenu ses promesses; malgré cette belle matinée printanière qui l'invitait avec grâce, l'inspiration n'est pas venue, ou, du moins, ce nom de Goethe, ces grands souvenirs, cette assemblée auguste des demi-dieux de la
poésie, éveillent en nous l'idée d'une toile splendide devant laquelle pâlit l'insuffisante ébauche du jeune artiste.

J'aime mieux peut-être le dernier chant qui a pour
sujet la Wartbourg. Ce pélerinage, moins en honneur
que celui de Weimar, ne laisse pas au fond de l'âme
de moins fécondes impressions. Il y a dans ces belles
vallées de Thuringe tout un ensemble d'idées et de souvenirs qui parlent bien haut. Une vie singulière, cachée
d'abord, s'y découvre peu à peu; car, et c'est là un rare
privilége, cette contrée a reçu comme une double beauté,
la beauté qui plaît au peintre et celle qui ravit le penseur, la beauté visible, et, si cela peut se dire, une sorte
de distinction morale qu'elle tient de sa destinée dans le
cours des âges. Il y a au-delà du Rhin des montagnes
plus belles, des paysages plus splendides; il n'y en a pas
que l'histoire de la pensée germanique ait parés avec
plus de grâce. L'histoire a été pour ce pays un artiste
amoureux des purs contours et des lignes savantes; elle
lui a fait une destinée régulière dont l'harmonieux développement semble l'œuvre d'une prédilection attentive. Trois grandes époques, trois époques décisives dans
la vie de la pensée allemande, ont laissé là des souvenirs ineffaçables qui, éclairés l'un par l'autre, s'unissant
et se complétant, forment, pour ainsi parler, une composition parfaite. Au xiii° siècle, la poésie confiante des
minnesingers, et, trois cents ans plus tard, le hardi et
terrible réveil de la raison moderne, voilà sans doute
d'assez glorieux témoignages; enfin, dans ces derniers
temps, le nom de la Wartbourg n'est-il pas naturellement associé à celui du poëte profond et tendre qui plaça
dans ces lieux le sujet de son roman, et qui, plein d'a-

mour et de hardiesse, essayait de réconcilier dans son
âme affectueuse ces deux souvenirs ennemis, ces deux
traditions contraires du génie de l'Allemagne? Henri
d'Ofterdingen, Luther, Novalis, entre ces trois noms si
différents s'enferme toute la suite d'une histoire qui est
écrite à chaque pas sur les montagnes de Thuringe. Voilà
pourquoi vous n'y admirez pas seulement la nature
chantée par les poëtes, mais aussi cette beauté invisible révélée tout-à-coup à votre esprit, et vous dites, en
changeant le mot de Fénelon, que c'est là un horizon
fait à souhait pour le plaisir de la pensée.

Ce n'est pas là pourtant ce qui a le plus frappé
M. Charles Beck; avant de partir pour la Wartbourg, il
s'était dit qu'il y chercherait surtout Luther, et, en effet,
il ne voit dans toute la contrée que l'énergique figure du
moine saxon. Tout ce qui a précédé, tout ce qui a suivi
la révolte du XVIᵉ siècle, disparaît pour le pèlerin. Quand
il monte à la Wartbourg, quand il arrive au château par
le sentier de la forêt, il est bien forcé cependant de rencontrer d'autres traces que celles des pas de Luther; il
ne peut échapper au souvenir de sainte Élisabeth, il ne
peut oublier la lutte célèbre des maîtres chanteurs, Wolfram et Henri, Schreiber et Klingsohr; mais non, il détourne les yeux, et s'il se rappelle le moyen-âge, ce sera
seulement à l'occasion des nombreuses légendes qui
peuplent aussi la forêt et la montagne. Or, parmi ces récits populaires, il choisira les plus sombres, les plus terribles; tout occupé de Luther, il veut justifier son audacieuse entreprise; il insistera donc sur ces histoires
sanglantes, sur la barbarie de ces temps farouches, sur
l'iniquité monacale; puis quand il aura achevé sa triste
peinture, il fera tout-à-coup apparaître le docteur de
Wittenberg et lui criera : Tu as été l'Oreste des siècles
nouveaux; c'est toi, ô vengeur, qui as frappé de mort ta
mère criminelle et condamnée!

Je ne sais pourquoi, en lisant ces vers, je me rappelle
plus vivement cette belle matinée de mars où je montais
au château de la Wartbourg. J'étais arrivé la veille à
Eisenach avec un ami, avec un voyageur épris, comme

moi, de ces contrées charmantes. Dès le lever du jour,
M. X. Marmier m'emmenait du côté des montagnes, et
nous suivions les détours de la forêt où se cache l'illustre
retraite. Le printemps commençait à couvrir les branches
de bourgeons verts et tendres ; la vie s'éveillait dans
l'immense nature. Je ne sais quoi de calme et de pacifique enchantait cette matinée radieuse. Nous n'avions
certes pas un grand effort à faire pour ouvrir nos âmes
à toutes les impressions du pays. Les souvenirs des
chantres d'amour et celui de Luther s'associaient sans
haine dans notre pensée. Nous les retrouvions d'ailleurs
dans le château lui-même ; ici, c'est la chambre de sainte
Élisabeth ; plus loin, voilà la salle des chevaliers où la
tradition place le poétique combat des *minnesingers* ;
un peu plus loin encore, dans cette chambre étroite, en
face des montagnes de Thuringe, les yeux tournés vers
le nord, Luther écrivait sa traduction de la Bible. Il n'y
avait rien dans ces souvenirs si différens qui pût contra-
rier nos intelligences. Je comprenais quelle avait été
l'inspiration de Novalis quand il unissait, avec tant de
douceur, ces traditions opposées, et pacifiait au fond de
son âme deux époques ennemies. Pourquoi recommencer, en effet, ces luttes stériles ? Il y a dans les vers de
M. Beck un sentiment vivace des droits du monde nouveau, et je l'en félicite ; mais, pour vanter le libre réveil
du XVI° siècle, fallait-il que le poète mutilât son tableau ?
S'il en eût montré tous les aspects avec calme, avec
grandeur, cette impartialité, si facile aujourd'hui, eût
été le meilleur signe de la victoire. Que maintenant
encore, sur bien des points, il soit nécessaire de combattre, cela est trop évident ; mais là, sur ce terrain du
passé, n'est-ce pas une faute grave ? Prenez garde :
celui qui veut recommencer sans cesse ces luttes désormais finies, ne paraît pas croire assez fermement que
l'esprit moderne ait triomphé.

Je m'étonne que M. Charles Beck ait mérité ce reproche, car son poème se termine par de très beaux vers
sur l'unité future, sur la paix, sur la réconciliation du
genre humain. Je suis heureux de pouvoir louer sans

restriction ces hymnes éloquens ; le poëte est bien inspiré quand il montre chez tous les peuples, chez toutes les races, chez toutes les réligions, l'avénement prochain de cette croyance qui s'appelle la liberté, le droit, l'humanité. S'il faut absolument chanter des hymnes politiques, chantez ces dogmes, c'est-à-dire ce qu'il y a de plus pur et de plus élevé dans les principes de 89, et vous serez bien sûrs d'être dans le vrai ; chantez ce droit nouveau, ces principes si féconds, ces sentimens de fraternité humaine qui ne contrarient certainement ni le catholicisme, ni le protestantisme, mais qui, arrachant les hommes à leurs dissentimens stériles, leur ouvrent, dans l'ordre des choses terrestres, une foi commune et une commune patrie. Je traduis les derniers vers de M. Beck :

« Le guide me montre les murailles de la pauvre chambre où agissait ta pensée, où souvent, comme saint George le chevalier, tu joignais en priant tes mains loyales, avec toute la vigueur allemande. Pourquoi a-t-on placé ici ces ornements frivoles ? pourquoi tout ce faux clinquant dans ce silencieux ermitage ? La vérité habite une chambre pauvre et nue.

« C'est ici, à cette table, que tu écrivais souvent, à cette table qui chancelle aujourd'hui comme un autel brisé. Les nuages passaient devant tes fenêtres ; l'aigle faisait son nid sur les créneaux, et comme toi, il regardait dans la plaine du haut de sa demeure escarpée. Comme le monde te paraissait petit et misérable ! comme le ciel te paraissait proche ! Alors le chant séchappait de tes lèvres par torrents, tantôt avec le bruit du tonnerre, comme les premiers symptômes de l'orage avant la ruine de Sodome et de Gomorrhe, tantôt avec une douceur infinie et dans le ton naïf de la Bible, quand tu célébrais les merveilles de la création ! Pourtant, tu n'as pas vaincu le doute, tu n'as pas brisé cette fleur sauvage qui balance encore son calice empoisonné dans le sanctuaire profané de nos cœurs. Herbe maudite, elle pousse à chaque porte de la maison de Dieu ! Un couple, ravi d'amour, s'achemine vers l'église, mais la discorde se glisse à l'autel des fiançailles ; un *oui* a retenti doucement, pur comme le son argentin d'une cloche, mais la discorde dresse la tête et dit en sifflant: *Non !....*

Oh ! voyez ? un nouveau temple sera construit ! une foi sérieuse et aimable y sera annoncée, une foi divine, qui s'appelle la réconciliation ! Le révélateur de cette foi, c'est l'histoire universelle; la Bible nouvelle, ce sont les annales du monde; elle resplendit au milieu de l'éblouissante aurore de la liberté et du soleil couchant des temps qui s'en vont. Chaque feuille est scellée avec des larmes : sur chacune d'elles se reflètent les cieux, et l'humanité l'a signée de son sang. Oui, tout le sang qui coule encore, oui, tous les héros qui sont tombés dans la lutte, sont les victimes qui ont scellé le pacte de la réconciliation future. »

C'est ainsi que se termine le poëme de M. Charles Beck ; c'est là le terme de son voyage. L'auteur est allé cherchant toujours la libre pensée ; parti des bords du Danube, il a traversé Vienne, et fuyant les molles séductions, il est arrivé dans l'Allemagne du nord, dans cette forte Allemagne saxonne ; c'est là qu'il s'est arrêté en face de la maison de Goethe, au pied de la retraite de Luther. Cette composition ne manque pas d'énergie, et si le développement des idées était plus ferme, si la pensée dans les détails était moins vague, moins incertaine, si le souvenir de *Childe-Harold* ne poursuivait trop souvent M. Beck, son poëme le placerait au premier rang parmi les jeunes poëtes lyriques qui aspirent à recueillir l'héritage des maîtres. M. Beck avait d'abord eu l'intention d'appeler son poëme *le Childe-Harold allemand*, il y a renoncé, et le livre a paru sous un titre plus modeste. Cependant la prétention est encore trop visible çà et là ; ces exclamations continuelles, ces apostrophes passionnées, ce style interrompu, brisé, me rappellent presque à chaque page les préoccupations secrètes de l'auteur ; on voit trop les ruses de l'écrivain qui voudrait s'assimiler la mélancolie superbe et les dédaigneuses allures du poëte anglais.

Depuis les deux ouvrages que nous venons d'analyser, M. Charles Beck avait donné seulement, en 1841, une tragédie de *Saül*, qui est moins un drame qu'une belle étude lyrique d'après la Bible ; nous aurons occasion d'y revenir en parlant du théâtre actuel de l'Allemagne et de tous les efforts que fait la jeune école pour relever la scène de Schiller. Enfin, l'année dernière, parut un poëme nouveau, *la Résurrection*, poëme politique, disait-on, lu avec beaucoup de succès dans plusieurs villes de Prusse à un auditoire sympathique, contrarié quelque temps par la censure de Berlin, et publié seulement

après les retranchemens obligés. J'ai lu avec une vive
curiosité cette œuvre nouvelle du jeune poète ; on vantait partout l'élévation du sujet et l'art d'une composition savante ; il me tardait d'apprendre si l'auteur des
Nuits avait enfin résolu, comme on l'annonçait, le difficile problème de la poésie politique, et si, échappant
aux déclamations du journal, il avait conduit la Muse
sur les hauteurs.

Le poème de M. Beck est très court ; c'est un hymne,
une scène poétique de quelques pages : l'auteur l'a publié avec ses œuvres précédentes qui paraissent réunies
en un seul volume ; *la Résurrection* forme en quelque
sorte une conclusion, un couronnement, qui résume
assez bien, en effet, les qualités et les défauts de l'auteur.
Mais ce n'est pas la seule nouveauté que renferme le
recueil complet de M. Beck : à la suite des deux poèmes
que nous avons jugés tout à l'heure, l'auteur a placé
toute une série de gracieuses mélodies et de ballades
éclatantes où se révèle un côté nouveau de son talent.
Ce sont de petites pièces élégantes, fines, pleines de
douceur et de mélancolie, qu'on peut rattacher à l'école
charmante des poètes souabes. Si M. Beck ne se croyait
pas appelé à des destinées plus graves, il pourrait un
jour prendre une place honorable dans ce groupe aimé.
A la fraîcheur délicate, à la tendresse naïve de la pensée, s'ajoute encore chez lui quelque chose de sauvage et
de fier qui rappelle le poète hongrois. Ce serait là sa
marque originale, son signe distinctif dans l'assemblée
des gracieux trouvères. L'école des maîtres souabes aurait un allié dans ce chantre de Hongrie, et les échos du
Danube renverraient les notes sonores aux coteaux du
Necker. Après ces douces chansons, que l'auteur appelle
chansons tranquilles (*Stille Lieder*), voici de belles ballades, des *mélodies hongroises*, qui rappellent tantôt la
manière d'Uhland, tantôt les compositions dramatiques
de M. Freiligrath. Ce ne sont pas cependant les calmes
sujets familiers au poète charmant qui a chanté la fille
de l'orfèvre. Uhland a célébré et mis en lumière toute
l'existence allemande dans sa chère contrée ; comme

dans la libre vie du moyen-âge germanique, où toutes les confréries, tonneliers, menuisiers, chasseurs, poëtes, avaient leurs formules poétiques, il y eut aussi des chants pour tous les enfants de l'Allemagne, pour le fermier assis sur sa porte, pour la jeune fille à sa fenêtre, pour l'étudiant qui dit adieu à l'université, pour le voyageur de nuit qui traverse à cheval les plaines de la Souabe, pour la douce faucheuse si active, si empressée au travail, pour la fille de l'orfèvre ou de l'aubergiste, pour le soldat, pour le bon camarade qui meurt à son rang. Le poëte hongrois n'a pas de si calmes tableaux à nous présenter ; sa toile est plus sombre ; c'est presque toujours le bandit de la montagne, ou bien, dans les retraites mystérieuses de la forêt, une bande de bohémiens, et le sabbat aux sons des cymbales. Si quelque chose de plus doux, si l'amour, si la passion éclate dans ses vers, ce sera au milieu de circonstances lugubres, et dans le cadre assombri du drame. Je citerai, par exemple, la ballade touchante et terrible qu'il intitule *la Petite Rose* (*das Roeslein*). Un jeune gentilhomme est conduit au supplice ; il a tué de sa main le tyran de la patrie. Voyez comme il marche bravement à la mort, au milieu de la foule accourue pour la fête sanglante ! Il sourit, et une petite rose toute fraîche brille à sa boutonnière. Cependant, à une fenêtre, il a aperçu une belle créature, une belle jeune fille couverte d'un voile noir. Ah ! dit-il, je n'ai pas encore aimé, mais voilà celle que j'aime ! Et, détachant la petite rose, il la lui fait porter par son valet. Il regarde, il regarde toujours, inquiet, tremblant, jusqu'à ce qu'il voie briller la fleur dans les mains de la jeune fille ; puis il s'avance vers le bourreau et tend sa tête à la hache.

Or, ces ballades, ces histoires poétiques, ces petits drames vifs et animés, ces chansons rêvées le long du Danube, ne sont placés là que pour expliquer le réveil du poëte, ce qu'il appelle *la Résurrection*. Voici comment s'ouvre le poëme :

« C'était en Autriche. Je vis un peuple de joyeuse humeur, le visage empourpré, inaccessible aux soucis, et pareil à l'enfant qui, le jour où sa mère est morte, mange en riant les gâteaux au repas des funérailles. Des chants gazouillaient autour de moi. Au milieu des vagues sonores de la musique, mon esprit s'endormait dans les bras de l'amour et sacrifiait sa virilité.

« Cependant, là, dans le pays des chênes, s'agitaient de vaillants poëtes, majestés du chant par la grâce de Dieu. A leurs pieds étaient des chaînes brisées. Ils contemplaient la déesse outragée de la liberté dans le buisson ardent de l'inspiration. Leur chant portait un lion dans ses armes. Ils menaient par bandes nombreuses, ils menaient les esprits à la bataille de la délivrance ; ils demandaient à voir le grand soleil qu'on a emprisonné ; ils demandaient le pain de l'éternelle vie, la libre respiration de la pensée.

« Mais, silence ! silence ! mon cœur ne roulait plus comme autrefois ses vagues fécondes, et le serpent de mon âme, l'inerte mélancolie, me prêchait ainsi : « Majestés du chant ! dis-tu. Ah ! ce
« sont des esclaves qui jouent mélodieusement avec leurs fers.
« Toi-même, tu l'as dit un jour : Le marteau de la rime ne brise
« aucune chaîne ; aucune barrière ne peut être incendiée par les
« éclairs de notre fantaisie. — Oublie les Allemands..., oublie
« l'humanité ; que t'importe la querelle des peuples et des rois?
» Ce sont des enfants qui s'amusent. Les vois-tu ? le visage bar-
« bouillé de suie, armés de balais, ils font de gros yeux, et s'i-
« maginent être des Goliaths parce qu'ils se haussent sur la pointe
« des pieds. Ils changent leur frêle voix argentine en une basse-
« taille qui gronde ; ils voudraient se harceler, s'effrayer mutuel-
» lement, ils se regardent, et comme ils ont peur les uns des
» autres, les voilà qui se sauvent bien vite dans leurs cachettes,
» les fiers Brutus, les terribles Césars ! «

La voix du découragement qui parle en ces termes au cœur de M. Beck caractérise assez bien, sans que l'auteur le veuille, la poésie politique dont il s'agit, et je ne sais si les confrères de M. Beck auront été très charmés de voir accuser si nettement leur jeu puéril, leur ambitieux orgueil ; mais ce n'est pas là ce que le poëte a prétendu dire : son découragement ne dure pas ; une voix plus hardie va le réveiller, et il prendra lui-même cette lyre qu'il vient de railler avec un bon sens si alerte. Nous sommes aux premiers jours de mai ; l'ange de la résurrection entre dans la chambre du rêveur et lui dit de l'accompagner sur le sommet de la montagne. « Je le suivis, ajoute M. Beck, comme Hamlet suit l'esprit. »

Voici le printemps, dit le céleste compagnon. Jamais la nature n'a été plus belle ; jamais la vie n'a été plus féconde et plus glorieuse. La guerre doit cesser entre l'amour et la haine, entre le doute et la foi. Il faut que la poésie recouvre tout et pacifie les âmes. Comme on lie dans un champ une gerbe de fleurs, il faut que le poëte lie entre eux le seigneur et l'esclave, le maître et l'élève, le puissant et le faible, et qu'il offre cette gerbe sacrée à l'Éternel. — Après ces belles espérances, après ce but lointain poétiquement entrevu, voici les conseils qui viennent : « Tu vivras sur les montagnes ; tu apprendras à connaître le Dieu que tu as oublié ; il te parlera dans les mille voix de la nature, dans le frémissement des végétations nouvelles, dans le bruit des sources rafraîchissantes, dans le libre développement des plantes salutaires qui croîtront sous tes pieds, et tu prêteras, avec l'alouette, le serment des poëtes entre les mains du Créateur. Ne te mêle point au tumulte des partis ; tu seras comme le libre torrent ; le torrent n'appartient pas à cette rive où à l'autre, il coule entre les deux rives, et toutes deux il les féconde. Ne crains pas les railleries ; on se moquera de toi parce que tu es mon disciple fidèle, mais sois fort et ne me renie pas. Je suis l'Esprit sacré à qui Dieu a donné la tête du Christ et le regard enflammé de Byron. Je m'appelle la Plainte, la Douleur du monde et aussi la Résurrection. » Malgré ces tranquilles paroles, malgré ces conseils de calme et de recueillement, l'archange de paix, qui s'inquiète peu de la logique, met aux mains de son disciple l'épée de feu, l'épée des combats. — Je le sais, tu as un vieux père, qui t'aime, et ses larmes t'arrêteront ; les pieuses inquiétudes de ta mère te feront hésiter sur le seuil de la route ; la douce voix de ta bien-aimée voudra enchaîner tes pas, mais tu marcheras cependant. — Puis, ce sont enfin les instructions long-temps attendues, et le programme que doit suivre le disciple obéissant. Voici l'instant décisif et périlleux. Il est facile d'évoquer l'archange, il est facile de monter avec lui sur la montagne ; un poëte comme M. Beck ne sera jamais em-

16

barrassé pour trouver des images éclatantes ; ses
couleurs seront hardies, son tableau sera poétique et
attachant. mais quand il faudra donner la parole au
révélateur, quand il faudra mettre dans sa bouche le
dogme apporté des cieux, c'est là que la pensée du
poëte commencera d'hésiter. Tout à l'heure, dans ce
premier poëme des *Nuits*, il avait su peindre en traits
énergiques la douleur de son héros, le travail inquiet
de son intelligence ; cependant, au moment de révéler
son secret, au moment de produire son trésor, le poëte
imprudent était pris au dépourvu, et les pages étourdiment promises, les pages de la bible nouvelle demeu-
raient vides. Eh bien ! ce même accident lui arrive
sur la montagne. Ne croyez pas toutefois que l'archange
de M. Charles Beck reste court et paraisse le moins du
monde embarrassé ; au contraire, il parle beaucoup, il
parle fort longuement, et quelquefois en assez bons
termes. Seulement, dans cette longue prédication, dans
ces hymnes enflammés qu'il jette au disciple avide, il
serait difficile de rencontrer une idée neuve, et surtout
un principe bien décidé, une doctrine nette et féconde.
L'ange de M. Beck sait mieux attaquer le passé que
diriger le présent et pressentir l'avenir. S'il peint avec
une tristesse souvent éloquente les misères d'un monde
qui n'est plus, si sa voix est alors pleine d'une fierté
virile, il s'exprime avec moins de netteté, encore une
fois, lorsque, cessant de maudire, il chante les jours
qui viendront et la félicité des siècles meilleurs. Surtout le ton mystique ne convient nullement, il faut bien
le dire, aux réformes vulgaires qu'il annonce. C'est le
privilége des archanges de parler par métaphores, et,
depuis saint Jean, la langue apocalyptique est l'idiome
naturel de ces messagers de l'infini. Je ne demande pas
mieux que le poëte donne à l'ange du monde nouveau,
s'il le peut, toute la sublimité mystérieuse de l'Apocalypse; mais forcer cet idiome souverain à revêtir
magnifiquement les médiocres idées de la polémique
quotidienne, on conviendra vraiment que c'est le traiter
avec trop d'irrévérence. Quand la prédication de

M. Charles Beck n'est pas extrêmement vague et indécise, elle est commune et recourt aux plus vulgaires préceptes. Il est fort bien de recommander aux rois les fondations utiles, les hôpitaux, les asyles pour les pauvres ; rien de mieux sans doute. rien de plus humain, on ne voit pas cependant qu'il fût nécessaire, pour arriver à ce grand résultat, d'appeler à son aide toutes les machines de la poésie épique et de convoquer avec fracas le ciel et la terre. Ces choses pouvaient se dire plus simplement ; sans parler debout sur une montagne, avec une robe de lumière et les cheveux flottans au vent, un écrivain modeste pouvait s'élever jusqu'à cette idée. Que l'ange conseille aux souverains de mieux rétribuer les arts et la science, c'est encore une pensée fort louable, mais ce détail de ménage vient assez mal à propos au milieu des prophéties enthousiastes. Je vois aussi qu'il leur enjoint de mettre des impôts sur le luxe, sur le jeu, sur la toilette des femmes ; tout cela est plus sage que poétique, et le contraste d'une forme si ambitieuse avec la simplicité si bourgeoise des idées impatiente continuellement le lecteur. La loi de Moïse était rédigée dans une forme plus populaire, et elle contient, M. Beck l'avouera, des règles plus importantes. Certes, le Sinaï du monde nouveau pouvait mieux inspirer un poëte ardent, et je m'assure que l'archange des sociétés modernes trouverait, pour glorifier le présent et préparer l'avenir, des formules plus élevées, des commandemens plus sublimes.

M. Beck n'est pas de notre avis ; il se satisfait plus aisément ; quand le messager céleste a fini de parler, le disciple se sent comme sanctifié par cette merveilleuse révélation. L'archange a disparu, et le poëte s'en retourne chez lui, dans sa retraite, au milieu des montagnes. Au loin retentissent les cloches et les chants. Un paysan, la tête nue, baisait une croix, à l'angle de la route ; lui, il baisait, dit-il, au fond de sa pensée, le rêve d'or du libre avenir. Puis son âme ravie s'élève vers Dieu ; son cœur, oppressé d'amour, déborde en prières ; il prie Dieu pour le bonheur de l'humanité, il

offre au Créateur toute une part de sa vie: « Prends-la,
ô mon Dieu ! donne-la au père qui veille sur son enfant,
donne-la à l'homme utile qui sert ses semblables,
donne-la à ceux qui guérissent les corps souffrans,
à ceux qui guérissent les âmes blessées; donne-la aux
êtres privilégiés pour qui l'existence est heureuse et
douce ! Brise l'argile de mon corps, mais que mon âme
retourne dans ton sein éternel, jusqu'au jour, où elle
en sortira de nouveau pour animer de son étincelle vivi-
fiante le cœur d'un homme digne de ce nom, la volonté
d'un grand chef, d'un législateur populaire, d'un réformateur bienfaisant ! » C'est au milieu de ces élans passionnés que se termine le poëme mystique de M. Beck.

L'auteur, on le voit bien, s'est efforcé d'échapper aux
inconvéniens très graves que présente la poésie politique
dont l'Allemagne est aujourd'hui si éprise. Élever le
bruit confus de la foule jusqu'à la dignité de l'art,
s'inspirer librement du spectacle des choses présentes,
et donner, en de sérieux symboles, une consécration
idéale de la pensée populaire, telle est la difficile mission de cette littérature nouvelle. M. Beck a tenté généreusement l'aventure. Il s'est prudemment défié de la
rhétorique des gazettes, et il a invoqué la poésie; seulement la poésie n'a pas toujours répondu. Son instinct
lui disait que, pour éviter l'écueil, pour éviter le fâcheux
voisinage des questions vulgaires, la Muse devait être
conduite par lui sur les cimes élevées. Peut-être a-t-il
pris ce conseil un peu trop à la lettre quand il a placé
son ange sur le haut de la montagne; qu'importe ce
cadre poétique, si vous ne savez le remplir ? qu'importe
que vous imaginiez une scène d'épopée, si vos héros,
sous leurs vêtemens radieux, cachent un cœur stérile,
sous leur langage éclatant une pensée bourgeoise?

La mystique élévation de la forme, l'insuffisance des
idées, voilà le caractère de la poésie politique de
M. Charles Beck. On ne peut nier qu'il y ait beaucoup
d'ardeur, beaucoup de sincérité dans l'inspiration du
poëte, mais la pensée y a trop peu de part. Le cœur
chez M. Beck devance toujours la réflexion. C'est un

noble défaut, je le sais ; mais enfin c'est un défaut grave, surtout chez un écrivain qui veut parler à la foule. Son enthousiasme l'emporte vers les hauteurs ; malheureusement, comme la méditation n'a pas été appelée à féconder les instincts généreux de son âme, il est forcé de se taire quand il arrive, ou de balbutier une thèse d'écolier. Je suis bien sûr que l'archange des sociétés modernes n'a pas tenu à M. Beck le faible et bizarre discours qu'il lui prête, mais j'imagine qu'il aurait pu lui parler ainsi : « Vous avez un sentiment très vif de l'esprit nouveau qui anime l'humanité, vous ne regrettez pas le passé, vous comprenez ce que vaut le temps où la Providence vous a fait naître ; mais prenez garde de vous contredire, ayez soin de ne pas démentir votre foi par une mélancolie d'emprunt, par une tristesse prétentieuse et funeste. Ne dites pas que je m'appelle la Plainte, la Douleur, et que j'apparais aux penseurs avec la tête du Christ et l'œil de Byron ; je reconnais là votre imagination ambitieuse qui se soucie trop peu de la netteté des idées. Je n'ai point la douceur infinie de Jésus, et je ne puis me passer de son aide pour remplir les âmes aimantes ; il m'a été ordonné d'être grave, sévère, et d'élever la raison des hommes. Quant à Byron, si sa fierté hautaine a étonné les cœurs et donné une gloire immortelle à sa muse, gardez-vous pourtant de l'imiter ; il faut moins de mélancolie, moins de dédain, pour conduire les temps où nous sommes. Cette tristesse amère appartient aux époques déchirées, non pas à la société nouvelle dont vous parlez, car celle-là doit se régler avec force et avoir enfin conscience d'elle-même. »

Il lui dirait encore, et ici il ne s'adresserait plus seulement à M. Charles Beck, mais à tous les poëtes, à tous les romanciers, à tous les rêveurs : « Vous voulez chanter l'avenir, vous voulez peindre une société plus libre, plus juste, plus conforme à l'idéal divin que poursuit l'humanité ; or, prenez garde que vos descriptions, que vos détails, souvent vulgaires, ne défigurent les espérances, les pressentimens des âmes. Vous êtes trop facilement portés à croire que vous assistez, par le privilége de la poesie, aux conseils de Dieu. Si vous voulez absolument célébrer les jours qui viendront, je n'y trouve rien à blâmer ; c'est une foi salutaire de penser que le bien est devant nous, et non pas, comme le veulent les faibles esprits, dans un passé chimérique dont le regret énerverait les cœurs ; mais ne vous leurrez pas non plus d'espérances impossibles. Il suffit de le faire en quelques mots. Un grand poète a dit de nos jours :

> « Regardez en avant et non pas en arrière,
>   « Le courant roule à Jéhova !

« De tels accens disent tout. Ou bien encore, sans décrire follement une société imaginaire, il vous est permis d'élever les esprits vers ce but suprême de bien et de justice qui doit être continuellement poursuivi dans ce monde, et de vous écrier, comme le poète de Mantoue :

> « Aspice, venturo lætantur ut omnia sæclo.
> « O mihi tam longæ maneat pars ultima vitæ,
> « Spiritus et, quantum sat erit tua dicere facta !
> « Non me carminibus vincet nec Thracius Orpheus,
>   « Nec Linus.

« Après cela, si vous m'en croyez, vous n'insisterez pas davantage ; vous avez éveillé au fond des cœurs le pressentiment d'un avenir que vos descriptions affaibliraient. Quant à ceux qui veulent me peindre, moi, l'ange des sociétés nouvelles, et faire resplendir ma face aux yeux du monde, ils trouveraient sans doute dans cette œuvre une occasion glorieuse. Les poètes, les peintres du passé ont consacré leur amour et leur foi dans de magnifiques symboles ; le poète puissant qui mettrait dans mon âme, dans mon regard, dans ma parole, toute la noblesse sévère, toute l'austère grandeur que je tiens de la raison humaine enfin libre et maîtresse d'elle-même, ce poète-là pourrait créer une figure sublime. Mais nul n'a encore soupçonné assez distinctement ma beauté invisible, immatérielle, comme Dante et Raphaël

apercevaient en eux-mêmes les traits de Béatrice et de
la vierge de Foligno. Il faudrait, pour m'honorer
dignement, la main de ces grands artistes. »

II.

(M. Nicolas Lenau.)

Nous avons souvent blâmé la direction fâcheuse de
la poésie nouvelle en Allemagne. Il n'est pas facile de
trouver dans le spectacle des luttes contemporaines la
matière d'une composition vraiment belle ; trop de
préoccupations mesquines, trop de souvenirs irritants
viennent distraire l'artiste et troubler dans son esprit
l'idéale lumière sans laquelle la poésie n'existe pas.
Pourquoi donc ces ardents écrivains ne chercheraient-
ils pas dans le passé des sujets où leur esprit serait libre,
où leur imagination n'aurait plus à craindre l'influence
d'une réalité vulgaire ? Laissez de côté ces proclamations
au peuple et ces appels au roi de Prusse ; les pétitions
valent mieux, écrites nettement en bonne prose. Si les
poëtes, évoquant les ombres glorieuses de nos pères,
célébraient ces martyrs ou ces héros de la raison humaine qui n'ont manqué à aucun pays et à aucun
siècle ; s'ils les chantaient, comme Schiller a chanté
Guillaume Tell et le marquis de Posa, comme Goethe a
chanté Egmont et Goetz de Berlichingen, pense-t-on
que ces œuvres ne seraient pas plus belles, et plus utiles
même au mouvement qui s'opère ? Quoi de plus expressif que cette grande tradition révolutionnaire, déjà
vieille de plus de six cents ans, et qui va toujours crois-
sant de siècle en siècle ! N'est-elle pas la riche matière
de cette épopée du monde moderne réservée sans doute
aux Dante et aux Milton de l'avenir ?
Plusieurs poëtes ont entrevu cette route hardie, et,
chose étrange ! c'est encore en Autriche que je les rencontre. Le premier qui ait tenté cette entreprise est un

des plus nobles écrivains de l'Allemagne. C'est en 1832
que débuta M. Nicolas Lenau, et l'on sut bientôt que le
nom du jeune poëte cachait, comme celui d'Anastasius
Grün, le nom d'un gentilhomme autrichien. Si M. le
comte d'Auersberg avait donné à son pays les premiers
modèles d'une poésie libérale, M. Niembsch de Strehlenau devait agrandir la même inspiration et la produire
sous une forme plus haute. Après avoir révélé dans de
beaux vers une âme ardente et enthousiaste, après avoir
chanté tour à tour les splendeurs de la nature et la fière
mélancolie d'une intelligence inquiète, M. Nicolas Lenau
a essayé de consacrer avec art certains évènements de
l'histoire qui convenaient bien à l'énergie de sa pensée.
M. Lenau a appartenu longtemps au groupe des poëtes
souabes, mais il se faisait dans cette école une place très-
distincte. A la grâce paisible de ces doux chanteurs, il
substituait volontiers les émotions orageuses, et dans
cette mélodie aimable du *Lied*, si bien faite pour les enchantements des heures printanières, on entendit gron-
der les sourdes colères d'une âme blessée. Ce cadre
étroit ne put le satisfaire longtemps ; il songea à l'épopée, à cette épopée dont les littératures du moyen âge
ont indiqué la forme et qui déroule dans un cycle de
romances les destinées d'un héros ou d'un peuple.

L'inspiration à la fois religieuse et libre de M. Nicolas
Lenau s'est adressée de préférence aux révoltes intérieures de l'église du moyen âge. Tous ces cris d'indépendance et de réforme qui éclatent de loin en loin au
sein du catholicisme ont retenti dans son âme. Il aime à
montrer jusque sous le joug du dogme, jusqu'au fond
des âges les plus soumis, l'invincible foi à la liberté. Si
un moine d'une piété héroïque châtie la dissolution de
l'Eglise, et semble prophétiser, par de lugubres avertissements, la venue prochaine et l'inévitable victoire
de Luther, le poëte reconnaîtra là son héros. Si, plus
loin encore, dès le début du xiiie siècle, des âmes fières
et mystiques essaient de réformer l'Eglise tout en y in-
troduisant des dogmes funestes au véritable progrès de
la pensée, il oubliera de si fâcheux égarements ; il ne

verra que la liberté sainte! N'est-ce pas elle seule, en effet, qu'il faut voir, et quand elle se lève dans les ténèbres
d'une époque asservie, n'est-elle pas plus respectable
que jamais? il renouera donc ces immortelles traditions,
et après *Savonarole* nous aurons *les Albigeois*.

Savonarole était un sujet périlleux pour un poëte accoutumé aux mélodies de l'école souabe et chez qui la
fierté de la pensée ne s'était pas encore créé une langue
vigoureuse et hardie. Ressusciter l'Italie du xve siècle,
nous transporter au sein d'une Église dégradée, puis de
la corruption universelle faire sortir cet audacieux dominicain, la flamme au front et l'invective à la bouche;
c'était là un magnifique programme, mais difficile à
remplir. Le poëme de M. Lenau a trop le caractère
d'une légende; ces vers courts, ces strophes toujours
égales et d'un ton uniforme, l'accent naïf et paisible du
style pouvaient convenir à quelque douce histoire de
sainte; cela ne convient guère aux dramatiques sujets
que M. Lenau a choisis. Dans le commencement, rien
de mieux; que le livre s'ouvre comme un récit mystique, je l'accorde sans peine; que le poëte, avant de
conduire son héros sur le théâtre agité où il périra, nous
le montre sous le toit paternel, se préparant par la
prière à toutes les saintes passions, à toutes les ardeurs
véhémentes d'un réformateur de l'Église et d'un chef de
parti; qu'il nous ouvre le cloître et raconte avec grâce,
avec sollicitude, le noviciat de ce jeune moine destiné à
tant de combats; il y a beaucoup de bonheur et vraiment une certaine beauté dans ce début. Ces peintures
familières sont une introduction charmante aux grandes
scènes que nous attendons. Mais quand le sujet véritable commence, quand Savonarole entre en lutte avec
les Borgia et les Médicis, quand les Français sont aux
portes de Florence et semblent tout prêts à réaliser
les prophéties du fougueux dominicain, le poëme de
M. Nicolas Lenau, qui raconte les faits au lieu d'en reproduire la tragique physionomie, n'est plus qu'une
froide chronique, sans vie et sans mouvement. Le martyre même de Savonarole n'inspire pas au poëte tout ce

qu'on devait attendre de la vigueur et de la sincérité de
ses sympathies. Un peu plus loin, la légende reparaît,
et M. Lenau se retrouve sur son terrain. Le moine,
brisé par la torture, est étendu sur la paille de son cachot ; il rêve qu'il marche avec son père et sa mère, le
long d'un bois, dans une prairie divinement éclairée
qui est le chemin du paradis ; il entend les anges chanter si doucement, si doucement, que les souvenirs de sa
jeunesse, ses joies disparues, ses espérances éteintes se
réveillent tout-à-coup et se mettent aussi à chanter au
fond de son cœur. Bientôt il aperçoit les patriarches,
les prophètes, les pères de l'Eglise qui viennent au devant de lui par les belles avenues du ciel. Des oiseaux
babillent sur les arbres ; des gazelles, des daims, des
cerfs, boivent l'eau des sources sur la lisière des forêts.
Puis, un ange lui explique le sens de tout ce qui frappe
ses yeux : Ces oiseaux qui chantent sur les branches, ce
sont les penseurs, les esprits avides de la divinité ; ces
blanches gazelles, ces daims qui courent sans effroi
dans la prairie, c'est l'humanité telle qu'elle sera un
jour, purifiée, heureuse, vivant sans crime et sans douleur dans les vallées de la terre. Il y a toute une merveilleuse poésie dans ce songe du pauvre moine. Je
trouve aussi dans la scène du martyre une invention
qui n'est pas sans beauté ; tandis que Savonarole meurt
sur le bûcher, tandis que cette foule mobile qui l'adorait
la veille vocifère autour de lui, un juif qui l'avait toujours poursuivi de sa haine, arrivé là pour l'insulter une
dernière fois, rencontre son regard illuminé d'une clarté
divine. Frappé par cette lumière, et atteint jusqu'au
fond de l'âme, il s'agenouille au pied du bûcher et crie
à Savonarole : « Baptise-moi, je suis chrétien ! — Sois
baptisé avec tes larmes, répond Savonarole. » Puis,
quand les cendres du martyr sont jetées dans l'Arno, le
vieux juif suit le flot qui emporte ces restes sacrés ; il
marche, il marche le long du fleuve, il va nuit et jour
sans se reposer, jusqu'à ce qu'il tombe et meure d'épui-
sement.

M. Nicolas Lenau ne pouvait en demeurer là ; au

milieu des faiblesses que nous avons blâmées dans *Savonarole*, il y avait des mérites considérables, et il était permis d'espérer que le poète, plus sûr de lui-même, reproduirait au jour avec éclat la vivante beauté des grands sujets qui l'inspirent. Les *Albigeois*, en effet, sont très-supérieurs à *Savonarole* ; depuis que le noble Uhland se tait, la poésie allemande n'a rien produit de plus sérieusement inspiré.

Les Albigeois ! je ne sais pas de sujet qui dût être aussi attrayant pour un poète de l'école souabe et fournir à son âme des émotions plus sincères. Les gracieux chanteurs de la Provence ont eu bien des rapports, au XIIe siècle, avec leurs frères d'Allemagne ; et si Arnaud Daniel, Giraud de Borneil, Bernard de Ventadour ont inspiré Dante et Pétrarque, les *Minnesinger* (Fauriel l'a prouvé avec une érudition très-ingénieuse) n'ont pas été moins vivement entousiasmés par cette brillante civilisation romane qui a donné l'essor à toutes les poésies nationales de l'Europe. Hélas ! elle est morte d'une mort terrible, cette fille aînée du monde moderne, cette noble France du midi qui avait été, entre la ruine des lettres antiques et les grands siècles du moyen âge, le foyer de la culture intellectuelle et le séjour de l'imagination. Elle a été la première victime de cet esprit implacable qui se lève avec saint Dominique sur l'Église du XIIIe siècle ; elle a été noyée dans son sang. Ce qu'il y a eu de touchant dans cette catastrophe épouvantable, c'est que, parmi tant de capricieux poètes accoutumés à suivre au hasard leur fantaisie imprévoyante, deux ou trois à peine, au milieu de mille sollicitations perfides, ont été infidèles à la cause de leur pays. Il semble que l'imagination provençale, cette chose légère entre toutes, cette poésie à fleur d'âme, comme l'a si bien dit M. Villemain, ait acquis tout-à-coup, sous la rude discipline des circonstances, une vigueur et une gravité qu'on ne lui soupçonnait pas. Le plus grand poète provençal a paru au XIIIe siècle ; ce n'est, à mon avis, ni Arnaud Daniel, quoique Dante lui ait donné une place glorieuse dans la *Divine comédie*, ni Giraud de Borneil, son rival ;

c'est bien plutôt ce Pierre Cardinal dont l'inspiration est si profondément philosophique et qui a flétri une église sans entrailles en d'immortelles invectives. Cette tranformation de la poésie du midi n'éclate-t-elle pas enfin d'une manière bien visible et avec une sorte d'intérêt dramatique chez le maître inconnu qui a chanté, six cents ans avant M. Lenau, l'effroyable ruine des Albigeois? Celui-là a peu de sympathie pour l'hérésie, les doctrines manichéennes lui répugnent, il salue dans les hommes du nord les sauveurs de la foi ; et cependant, comme la seconde partie de son poëme rectifie hardiment la première! quelle pieuse tendresse pour cette culture méridionale si brutalement anéantie! que d'imprécations contre les meurtriers du Languedoc! C'est là pour la France romane une touchante oraison funèbre et qui exprime très-bien, dans ses contradictions naïves, le double jugement qu'il faut porter sur cette horrible tragédie ; d'un côté, la condamnation du manichéisme albigeois ; de l'autre, une horreur profonde pour l'œuvre sanglante des vainqueurs. Elle a donc succombé avec dignité, cette poétique civilisation du midi, elle est morte, entourée de ses enfants, soutenue, bénie par eux jusqu'au dernier jour, et ce sont leurs pieuses mains qui l'ont ensevelie. Pourquoi donc les frères de nos poëtes méridionaux n'ont-ils pas consacré quelques chants à cette immense infortune? Dante et Pétrarque sont venus trop tard pour cela ; mais d'où vient qu'en Allemagne tant de poëtes, tant de *Minnesinger* aient laissé mourir sans un cri de douleur cette belle muse provençale qui avait délié leur langue? Le moyen âge était dur et son christianisme imparfait n'avait point souci de la fraternité des peuples ; mais puisque les doux chanteurs ont reparu dans le pays de Wolfram d'Eschembach et de Walther de Vogelweide, puisque les *Minnesinger* sont ressuscités avec Uhland, c'est à eux de réparer la faute de leurs pères. Uhland y a songé peut-être dans sa belle ballade de *Bertrand de Born*, et M. Nicolas Lenau l'a fait expressément avec une piété enthousiaste dans son poëme des *Albigeois*.

C'est surtout, en effet, un amour reconnaissant de la culture provençale qui anime ce généreux poëme, et cette excellente inspiration a préservé l'auteur de bien des périls. M. Lenau n'a pas cherché à défendre ces tristes opinions manichéennes, ce mysticisme sensuel et toutes ces incohérentes rêveries dont l'Orient et les Arabes avaient déposé le germe dans les ardentes imaginations du Midi. Si l'auteur veut parler des doctrines de ses héros, il ne citera que la prédiction extraordinaire de l'abbé Joachim de Flores, développée par Amaury de Chartres et acceptée avidement par la pensée méridionale, il fera paraître les disciples de Joachim et d'Amaury chantant à voix basse l'Evangile définitif, l'éternel Evangile du Saint-Esprit succédant à l'Evangile du Christ, il aimera enfin qu'on voie luire, au milieu du moyen-âge, ce sublime et mystérieux pressentiment dont Lessing et Hegel s'empareront avec puissance et qui préoccupera bien des âmes religieuses de notre xixe siècle. Pourtant, je le répète, l'auteur a raison de ne pas insister sur ce point ; ce qu'il a voulu peindre et ce qu'il a peint avec un rare bonheur, ce sont les dernières heures d'une civilisation brillante qui va périr par le fer et par le feu. Troubadours, jongleurs, joyeux rhapsodes de la poésie provençale passent et repassent dans son tableau. Au milieu des bruits de la bataille, maintes voix harmonieuses retentissent. C'est bien ici la terre des gracieux enchantements ; c'est bien ce premier printemps de la poésie européenne, où maintes fleurs délicates, rhythmes habiles, élégantes et fières mélodies, *canzones, sirventes*, s'épanouissent dans toute la fraîcheur matinale. M. Lenau a parfaitement reproduit ce caractère de son sujet, et de là, dans ces belles romances, une vie, une couleur, une variété qu'on n'aurait pu guère attendre de la sombre et mélancolique inspiration. Mais, cris de batailles ou *canzones* harmonieux, ce n'est là encore que le mouvement extérieur de ce brillant romancero ; ce qui en est le cœur et l'âme, c'est la douloureuse sympathie de l'auteur pour les victimes qu'il chante, c'est une protestation inflexible au nom de cet esprit de l'homme que ni la hache, ni le bûcher, ni l'anathème n'arrêteront jamais dans ses destinées infinies.

Le poëte qui a donné de si nobles chants à l'Allemagne aurait occupé bientôt le premier rang parmi les écrivains de son pays ; il eut continué sa prédication brillante et nulle voix aujourd'hui ne serait mieux écoutée que la sienne. Pourquoi faut-il qu'il se taise avant l'heure, et que, vivant encore, il soit déjà victime de son génie ? Hélas ! c'est qu'il avait trop aimé la liberté, s'il est vrai qu'on puisse l'aimer jamais trop ; il avait trop souffert des longues douleurs du genre humain ; sa sombre pensée était trop attirée vers les désastres dont l'histoire est pleine, et tant de douleurs si vivement ressenties, tant d'iniquités épouvantables auxquelles il assistait naïvement, tant de violences et de forfaits hideux ont fini par troubler sa raison... Apportez quelques fleurs de la couronne du Tasse à celui qui a chanté les croisades de l'esprit humain et les précurseurs de l'ère nouvelle ! Pour moi, je sais bien le remède qui fera revivre son imagination ; que la liberté vienne sur la terre d'Allemagne, qu'un rayon de soleil perce les nuées épaisses, et que l'univers soit consolé ! Un jour, poëte, espérons-le, vous reprendrez le chant interrompu, et au lieu de dire les malheurs de la libre pensée, vous en glorifierez les triomphes !

III.

(M. Alfred Meissner.)

M. Alfred Meissner est de la famille de M. Nicolas Lenau. Il est animé des mêmes inspirations généreuses ; et, jeune encore, il a déjà continué dignement les tentatives de poésie épique dont l'auteur des *Albigeois* a donné un si précieux exemple. Nous avons deux ouvrages de M. Meissner, un recueil de vers, de chants, de ballades, et tout un poëme sur les Albigeois de l'Allemagne, sur Ziska et les Hussites.

Ce ne sont pas les *Lieder* et les ballades de M. Meissner qui nous apprendront tout ce qu'il vaut. Il y a bien du désordre dans ces vives ébauches d'une imagination impétueuse. L'artiste n'est pas encore sûr de lui-même et les pensées ardentes qui frémissent dans son âme n'ont pas eu le temps de revêtir une forme élégante et claire. A côté d'une pièce brillante, à côté d'une ballade énergique et rapide, vous en trouverez plus d'une où les déclamations ne manquent pas. Il y a dans ce recueil une pièce très-expressive qui m'a semblé une image assez exacte de la poésie de M. Meissner. Trois poëtes se disent adieu, avant de suivre, chacun de son côté, l'appel impérieux du destin. Où va le premier? il va interroger les temps qui ne sont plus; loin du monde, loin d'une société énervée, il va dans les calmes régions de l'histoire recueillir les mâles pensées des morts. Et le second? il s'enfoncera dans les solitudes, il puisera un lait fécond au sein de la mère universelle, et s'enivrant de la voix des flots, du murmure des vents, des parfums des végétations renaissantes, il demandera à la nature les saintes pensées du créateur. Adieu, leur dit M. Meissner :

« Moi, mon destin me pousse vers la ville immense. Là où sont rassemblés des millions d'hommes, là où est la vie et le combat, c'est là que je dois être. Vous me regardez avec surprise? Vous me demandez quels rêves je vais chercher dans ce tumulte? Je vais chercher Platon chez le pauvre peuple; dans la fille perdue, je cherche la femme; je cherche la force dans l'esclave qui baise la poussière; je cherche Dieu dans le pécheur qui n'a jamais su prier; chez le pauvre, chez le pécheur, chez tous ceux qui souffrent, je cherche les pensées de l'Éternel mutilées par une société inique. »

Certes, M. Meissner n'a pas choisi la moins bonne part. Le spectacle intelligent de la société vaut bien tous les enchantements de la nature et tous les drames de l'histoire pour inspirer une imagination forte; mais combien c'est là une matière redoutable! Il faut une impartialité puissante pour mesurer tour à tour l'éloge et le blâme sans rien de factice ou de déclamatoire. Voilà de graves écueils pour le penseur: les difficultés ne sont pas moins grandes pour l'écrivain. Saisir dans la mobilité confuse du spectacle de la vie les éléments précieux et dignes d'être mis en œuvre; au milieu des accidents vulgaires, démêler ce qui doit recevoir une vie immortelle, n'est-ce pas une entreprise qui exige une science profonde de l'art? Si le poëte s'essaie étourdiment à une tâche si haute, s'il y jette les yeux fermés et avec des préjugés violents, s'il est décidé d'avance à trouver Platon dans le premier ouvrier qu'il rencontre, et dans la prostituée l'idéal même de la femme, on peut lui prédire qu'il ne réussira jamais à nous donner cette grande poésie de la société moderne, cette poésie compatissante ou terrible, consolante ou vengeresse, dont notre siècle a déjà entendu quelques magnifiques fragments.

M. Meissner, en effet, malgré l'éclat de son talent, n'y a nullement réussi : on regrette qu'il n'y ait pas plus de calme, plus d'assurance et par conséquent plus de grandeur dans sa pensée. Si je ne jugeais que les détails de son œuvre, je citerais volontiers plusieurs pièces remarquables. Lorsque le poëte passe devant l'atelier du forgeron, lorsqu'il voit le noir ouvrier qui forge un soc de charrue et dans le fond la jeune femme belle, calme, allaitant son nouveau-né, il compose avec ces traits bien simples un tableau original, d'un dessin net, d'une vive couleur, et dont l'impression générale est pleine de paix et de sérénité. Avec *la forge* je recommande aussi *la taverne*. Nous sommes dans un faubourg de Prague; le poëte est assis au fond de la taverne, où défile tout le peuple déguenillé de la Bohême. Ici, c'est un pauvre diable de Naples ou de Modène qui montre dans sa lanterne magique les grands hommes de sa patrie; plus loin, un polonais qui joue du violon, et chante pour quelque argent l'histoire de Cosciusko : terribles mendiants, dont la mendicité est celle de tout un peuple! Toutes ces peintures sont hardies et l'ironie du poëte atteint parfois des proportions étranges. Quand l'Italien explique dans son style populaire la grandeur de Dante et de Savonarole, et qu'il vend au détail (ce sont ses propres paroles) la gloire de son pays, il y a là un mélange de raillerie et de colère, il y a une gaîté sombre qui ne déparerait pas les meilleures inspirations d'Henri Heine. Je pourrais détacher encore quelques belles pages, mais à côté de cela que d'ébauches confuses je serais forcé de signaler! Que de vagues déclamations où l'énergie de la pensée émue est dépensée bien inutilement! Le meilleur conseil qu'on puisse adresser à M. Alfred Meissner, il l'a indiqué lui-même dans cette pièce des *trois poëtes* dont je parlais tout à l'heure. Qu'il aille donc interroger les temps évanouis : l'histoire lui donnera toutes préparées, pour ainsi dire, les émotions qu'il cherche un peu au hasard dans le mouvement de la vie présente; et comme son âme est sympathique, comme son imagination est pleine d'éclat, il pourra, sans hésitation et sans erreur, consacrer en de nobles chants *les fortes pensées des morts!*

M. Lenau avait chanté les Albigeois, M. Meissner demande à l'histoire les héritiers de nos martyrs, et par une heureuse fortune, c'est dans son propre pays qu'il trouve ses héros. Jean Huss et Ziska pouvaient-ils être oubliés par les poëtes, aujourd'hui que la Bohême se réveille et qu'aux désirs de la liberté moderne s'ajoute le plus vif sentiment des traditions nationales? La révolte des hussites devait tenter une âme généreuse; si M. Lenau n'eut pas été frappé au milieu de sa brillante carrière, il eut chanté sans doute avec amour ce magnifique épisode du grand sujet qu'il avait choisi. A son défaut, M. Charles Beck ou M. Maurice Hartmann se fussent disputé l'honneur de célébrer la patrie commune; c'est M. Meissner qui a pris les devants, c'est lui qui a recueilli l'héritage du maître.

Jean Huss est mort depuis quatre ans sur le bûcher de Constance. Les Hussites sont en armes et Ziska marche à leur tête. C'est ici que débute le poëte, il nous jette brusquement *in medias res*. Voyez-vous cette demeure féodale au pied des monts? La porte est ouverte; le vent siffle à travers les fenêtres; pas un serviteur sur le seuil, pas un cheval dans l'écurie; on dirait une ruine abandonnée. C'est le château de Ziska. Ziska a tout quitté

17

pour accomplir les vengeances de la patrie; son château, c'est son camp. Ziska cependant n'est pas l'unique
héros du poëme; la belle et tragique figure de Jean Huss
ne brille pas seulement dans le fond du tableau; l'esprit
du martyr vit encore et on le voit apparaître çà et là
avec une douceur miséricordieuse au milieu des scènes
de sang et de batailles. Lorsque Ziska s'attendrit en
voyant les vertes campagnes de la Bohême, lorsqu'il
hésite dans ses représailles terribles, c'est la clémence
de Jean Huss qui apaise le cœur du soldat. Il y a, d'ailleurs, parmi les Hussites, un vivant témoignage de la
bonté du réformateur. Regardez cette femme qui suit
l'armée; comme elle est vieille! comme elle tremble!
Rien ne l'arrête pourtant; à travers les ravins, à travers
les défilés des monts, elle accompagne nuit et jour les
vengeurs de Jean Huss. Chacun l'appelle du nom bizarre
qu'elle s'est donné elle-même, *simplicitas*, mais nul ne
sait d'où vient ce nom. C'est une touchante histoire que
M. Meissner raconte en de beaux vers : — Lorsque Jean
Huss allait être livré aux flammes, il vit une vieille
femme s'approcher d'un pas chancelant et jeter quelques
branches mortes sur le bucher. Il secoua doucement la
tête avec une douleur inexprimable, comme s'il eût dit :
pauvre femme! elle croit cette action agréable à Dieu!
Ah! malheur à ceux qui lui ont inspiré ce sacrilége! et
sans reproche, sans plainte, avec une compassion profonde pour cette créature plus malheureuse que lui, il
laissa tomber ces mots : *sancta simplicitas!* Si la vieille
ne comprit pas les paroles du martyr, elle comprit bien
son regard et la noble expression de pardon qui sancti-
fiait son visage. Troublée jusqu'au fond de l'âme, elle
veut retirer à la hâte le bois qu'elle vient d'apporter,
mais un garde la repousse dans la foule, car déjà le
chant des prêtres retentit et les flammes enveloppent la
victime. Depuis ce temps, elle est à demi folle; elle le
serait complètement, si la volonté d'expier son crime ne
soutenait encore sa raison ébranlée. C'est ainsi qu'elle
est allée à pied jusqu'en Bohême; là, elle a passé des
années à baiser la trace des pas de Jean Huss, et quand

la révolte a éclaté, la vieille n'a plus quitté l'armée de Ziska. Peu à peu, sa mémoire s'est éteinte, elle a perdu l'usage de la parole ; il n'y a qu'un dernier mot qu'elle balbutie encore, *simplicitas, simplicitas*. Les hussites ne se doutent pas de cette tragique histoire ; on respecte la pauvre insensée et *simplicitas* est resté son nom.

Ces peintures ne sont pas les seules que l'on puisse louer dans l'ouvrage de M. Alfred Meissner. Les faits y sont poétiquement interprétés ; les victoires des hussites, leurs divisions, la mort de Ziska fournissent à l'auteur des inspirations brillantes. Nous avons bien devant les yeux la sauvage Bohême des guerres de religion ; on entend des cris terribles, on voit fumer les ruines des couvents, des prédicateurs enthousiastes vont soulevant le peuple, et le vent des montagnes fait flotter dans les airs le drapeau sinistre où le rouge calice des hussites flamboie sur un fond noir. Il y a, en un mot, beaucoup de mouvement et d'éclat dans ces belliqueuses romances. Ce n'est plus la vague générosité qui s'égarait tout-à-l'heure en de vaines déclamations ou en des fantaisies confuses. Le fougueux rêveur est devenu un artiste habile, et le *Ziska* de M. Alfred Meissner ne se place pas très-loin des *Albigeois* de M. Nicolas Lenau.

IV.

(Maurice Hartmann.)

Ajoutons encore un nom très-distingué à la liste des poëtes qui défendent, jusque sous le joug énervant de l'Autriche, les viriles croyances de notre société moderne. Le livre de M. Maurice Hartmann, *la Coupe et l'Épée*, a été accueilli avec une sympathie très-vive par les juges les plus accrédités. Il a déjà reçu les honneurs d'une seconde édition, et les qualités charmantes et fortes qui s'y rencontrent ne justifient pas mal ce succès rapide. M. Hartmann est un enfant de la Bohème ; en présence d'une magnifique nature, fils d'un pays cruellement éprouvé, descendant des hussites et voisin des Slaves, il n'a eu qu'à ouvrir son âme aux riches impressions de plus émouvans spectacles. En même temps que les belles montagnes de la Bohème lui révélaient de fortes et sombres couleurs, les souvenirs de sa patrie vaincue, non loin de là les cris de la Pologne, le mouvement inquiet de la famille slave, et de la Croatie jusqu'au Dniéper tant de voix désolées s'appelant par-dessus les cimes, tout cela irritait encore son ardente inspiration. C'est là du moins l'effet que produit le livre de M. Hartmann. Ce n'est point le parti pris d'un rimeur qui veut composer un recueil d'hymnes politiques : point de programme, point de déclamations apprises ; mais ses ballades, ses élégies, ses petits tableaux les plus charmans, se colorent malgré lui de reflets éclatans et lugubres. Deux choses recommandent surtout M. Hartmann, la sincérité des sentimens et l'énergie de la forme, une sympathie rapide et une décision toute virile, le cœur et le bras, ou, comme il le dit, *la coupe et l'épée.*

« Moi qui viens du pays des hussites, je crois que j'ai communié du sang de Dieu. L'amour bouillonne au fond de mon cœur ; l'amour, n'est-ce pas le sang divin? Mon cœur en est rempli comme une *coupe.*

« Moi qui viens du pays des hussites, je crois aux paroles devenues chair, je crois que les pensées deviennent légion, je crois que toute poésie est une sainte *épée.* »

Il n'a pas besoin, en effet, de se tracer un programme, épître au roi de Prusse, épître à M. Herwegh, etc.; non, il est trop sûr de lui-même. Quel que soit le sujet où se prendra son cœur, les généreuses pensées y naîtront sans effort. Le commencement du recueil, *Voix intérieures (innere Stimmen)*, contient de gracieux détails, mais l'originalité de l'auteur ne s'est pas encore dessinée. C'est là d'ailleurs un thème tellement épuisé, en Allemagne surtout, qu'il faut pour le renouveler ou le mysticisme éthéré de Kerner, ou la grâce accomplie d'Henri Heine. Bien qu'il chante avec émotion le toit paternel, j'aime mieux l'entendre quand il quitte le seuil et qu'il embrasse peu à peu tout l'horizon de la Bohême. Il y a deux Bohêmes, on le sait : la forte Bohême du xvᵉ siècle, la fille aînée de l'esprit moderne, la mère de Jean Huss et de Jean Ziska, et celle d'aujourd'hui, qui se cherche péniblement elle-même, privée de sa langue et séparée de tous ses souvenirs. Voilà les deux pays que M. Hartmann rapproche et confronte, pour ainsi dire, dans ses douloureuses élégies. Ce qui l'indigne surtout, c'est que la Bohême ait perdu jusqu'au sentiment de ses misères. On pleure les récentes infortunes de la Pologne ; « mais toi, s'écrie-t-il, ô mon pays ! tu es pareil au cerf que l'épieu du chasseur a frappé au fond de la forêt obscure ; il a expiré solitaire, inconnu ; son noble sang a séché depuis des siècles sur les bruyères mortes, et nul n'y songe plus désormais. » Le cœur ouvert à ces tragiques souvenirs, il mêlera volontiers dans ses plaintes toutes les douleurs qui ressemblent à la sienne. Il n'est pas jaloux de la Pologne au point de lui refuser des hymnes funèbres ; bien au contraire, s'il peint en traits éloquens les victimes des pays voisins, il croira chanter encore la douleur qui remplit son âme. De là ces nobles ballades où frémit une inspiration vraiment sincère ; j'en citerai une qui me semble empreinte d'une beauté originale et forte :

« En Hongrie, trois hommes égarés pendant la nuit et l'orage se sont attablés au fond d'une auberge ; en Hongrie, là où le vent du hasard rassemble les enfants des contrées étrangères.

« Leurs regards, — ce n'est point l'éclat de la même flamme. Leurs cheveux, — ce ne sont point les flots du même torrent ; mais leurs cœurs, leurs cœurs blessés, ce sont des urnes que les mêmes douleurs ont remplies des mêmes larmes.

« L'un d'eux : Compagnons, crie-t-il, pourquoi sommes-nous muets ? est-ce qu'il n'y aura point de toast pour animer joyeusement les buveurs ? Eh bien ! c'est moi qui le porterai ; A la patrie ! qu'elle vive libre et grande ! trinquons.

« — A la patrie ! moi, je suis celui qui ne connait pas la sienne ; « je suis un Bohémien ; mon pays n'existe plus dans le monde des « légendes, dans la mélodie du violon ; le désespoir l'enveloppe « comme un orage éternel.

« Je m'en vais rêvant à travers les bois et les montagnes, et je
« pense sans cesse à la perte douloureuse de mon pays. Voilà bien
« long-temps que j'ai désappris la douceur du ciel natal ; je songe
« à l'Égypte quand la cymbale résonne. »

« Alors le second : « Si tu bois à la patrie, je ne bois pas avec
« toi. Je boirais à ma honte, car la race de Jacob est une tige ar-
« rachée du sol et qui ne jettera pas de racines dans la poussière
« de l'esclavage.

« Fais d'abord tomber les chaînes de mes bras fatigués, puis
« viens, et je boirai gaîment, et j'oublierai les marques brû-
« lantes de la servitude. Jusques-là, je reste muet auprès de mon
« verre. »

« Le troisième, prêt à boire, sent sa lèvre se glacer. Il se demande tout bas : Puis-je boire à ma patrie ? la Pologne vit-elle
encore ? est-elle morte ? suis-je comme eux un fils sans mère ?

« Et de nouveau les voilà silencieusement assis, les buveurs au
front morne. Devant eux sont les verres qu'ils n'ont pas touchés.
Tous trois, sans dire une parole, ils forment un même accord
lugubre.

M. Maurice Hartmann réussit très bien dans ces vifs
tableaux. Son livre contient toute une série de petits
poèmes nettement composés, sobrement écrits, et éclairés d'une riche lumière. Cette sobriété si rare, qui était
déjà un trait distinctif de Louis Uhland et d'Henri Heine,
il la possède à un degré assez remarquable. Parfois ce
sont de rapides croquis d'une invention fantastique,
mais dont les lignes sont bien arrêtées, les contours
nets et saillans ; on dirait une vive ébauche de Delacroix
gravée vigoureusement à l'eau-forte, quelque chose de
noir et de mordant. Voyez cette poétique vignette :

LE VOYAGE DU FIANCÉ.

« Deux chevaliers étrangers sont assis dans la barque ; ils des-
cendent le courant du fleuve rapide.

« Le Rhin est muet, le Rhin est profond ; mainte fée ensor-
celée dort au fond des grottes.

« L'un des chevaliers, à la barbe blonde comme l'or : « Par le
« ciel ! dit-il, ce voyage est doux.

« Je vais à Cologne, aux bords du Rhin ; je vais épouser la nièce
de l'évêque, sa nièce aux yeux bleus. »

« Mais l'autre, à la barbe noire, s'écrie : « C'est ton dernier
« voyage, je le jure ! »

« Ils tirent leurs épées, le fer brille ; le chevalier blond tombe
dans les flots.

« Le chevalier noir est assis, seul, appuyé sur son épée ; son
œil morne jette des éclairs lugubres.

« Et tandis qu'il descend vers Cologne aux bords du Rhin, le
cadavre lentement nage derrière lui. »

Je recommande encore les *Deux Vaisseaux*, *la Rose du
Rutli*, les *Élégies bohémiennes*. Qu'on lise aussi la terrible
histoire du *Voile blanc*, elle révèle bien l'enthousiasme
stoïque de l'auteur. Un jeune Hongrois, un jeune comte,
est condamné à mort ; il a armé la révolte au nom des
idées libérales, il a été vaincu, sa tête va tomber sur
l'échafaud. Hier, hélas ! il était prêt à tout, il affrontait
volontiers le trépas pour une cause sacrée ; mais mourir
ainsi ! Ah ! comme son jeune cœur se brise ! comme la
vie lui semble belle ! L'enfant s'était cru plus fort, et
voilà qu'il a peur du bourreau. « Ne tremble pas, lui
dit sa mère ; je vais supplier l'empereur ; s'il m'accorde
ta grâce, demain, quand l'heure du supplice sonnera,
tu me verras à mon balcon, couverte d'un voile blanc.
Si mon voile est noir, fais ta prière. » Le jour est venu,
l'heure a sonné ; le condamné s'avance à travers la foule,
il marche souriant et joyeux, car il a vu le voile blanc
de sa mère ; il monte sur l'échafaud, souriant toujours,
et bien sûr que sa grâce va lui être lue à haute voix sur
le lieu du supplice ; il souriait encore, quand sa tête
roulait sous la hache. Vous devinez tout : la courageuse
mère avait trompé son fils, voulant qu'il mourût comme
un homme.

On ne saurait nier le talent qui brille dans ces compositions, et il n'est pas impossible qu'il y ait là une
vraie nature de poëte. Si M. Maurice Hartmann était
venu quelques années plus tôt, il aurait obtenu peut-
être le succès qui a couronné M. Herwegh. Pour ma
part, je préfère sans hésiter de telles inspirations, énergiques et franches, à la vigueur un peu factice des
Poésies d'un vivant. Les sentimens virils qui donnent
souvent à la muse de M. Herwegh une incontestable
puissance, frémissent visiblement dans les vers de

M. Hartmann ; mais ces émotions, M. Hartmann ne les
exploite pas, il n'en fait pas un thème banal, un programme officiel ; elles possèdent son cœur et se répan-
dent librement dans toutes les œuvres de son esprit.
De là, en des sujets bien différens, ces cris de l'âme
inconnus à M. Herwegh, et cette même énergie tragique
attestant toujours la présence des douleurs réelles au
milieu des rêves de la fantaisie. Ainsi, dans la pièce des
Trois Fils :

« Sois tranquille, femme ; quand une flèche me blesserait mor-
tellement dans la bataille, on m'a appris une formule magique qui
me guérira promptement. Qu'un de mes fils prononce les paroles
miraculeuses, eussé-je le cœur brisé, je ne mourrais point. »

« Il va au combat et revient le cœur brisé. Déjà son regard s'é-
teint, mais la douleur ne l'effraie pas : « Mon fils, mon fils, prononce vite la formule ; vite, le temps s'écoule. »

« Je serais bien fou, vraiment ! dire un mot qui m'empêchera
d'hériter ! La flèche t'a percé le cœur ; je ne commets pas de
meurtre en te laissant mourir. » Ainsi parle l'aîné, puis il se tait :
il savait la formule qui eût chassé la mort.

« Alors le père : « Le temps me manque pour te maudire....
Toi, mon second fils, viens, prononce les paroles sacrées sur ma
blessure. J'ai toujours été pour toi le père le plus dévoué ; hâte-
toi, mon fidèle enfant, je souffre bien ! »

« L'enfant prononce la formule en toute hâte, il la dit de nouveau ; mais le sang jaillit à flots, toujours plus fort, toujours plus
bouillant. « O ma femme ! ô mon fils ! mes forces m'abandonnent.
Ah ! le talisman m'a cruellement trompé ! »

« Il ne t'a pas trompé, dit la mère. Voici mon secret, puisqu'il
le faut : cet enfant n'est pas ton fils ; fais parler le plus jeune. »
— « Non, qu'il se taise, femme maudite ! et vous, partez pour la
tombe, mon âme et mon corps ! »

Ajoutez à ces dramatiques ballades des mélodies toutes charmantes, la gracieuse et intrépide chanson *Si
j'étais roi*, les belles strophes à Nicolas Lenau, vous ne
me reprocherez pas une sympathie trop indulgente pour
un écrivain vraiment inspiré, qui, sentant aussi bien
que ses rivaux toutes les questions de l'heure présente,
ne leur a sacrifié ni les vifs élans de l'imagination, ni
l'élégante liberté de la lyre !

VII

DE LA POÉSIE PHILOSOPHIQUE.

—

Les Poëtes de la jeune école hégélienne. — MM. Frédéric de Sallet et Léopold Schefer.

Août 1844.

Voici plusieurs livres assez curieux pour qui désire connaître l'état des esprits dans cette partie de l'Allemagne où s'agite et se transforme la philosophie de Hégel. Voici deux écrivains, deux poëtes, qui se font les interprètes de la doctrine du maître et essaient de populariser par des chants ce que tant d'autres expliquent ou obscurcissent en de longs commentaires. C'est une grande gloire assurément pour une école philosophique de gouverner les différentes directions de la science, de planter son drapeau dans tous les champs de la pensée; il y a là un témoignage de puissance qu'on ne saurait méconnaître. Hégel étendit très-loin cette souveraineté de son génie. Ses idées, qu'il avait imposées lui-même à l'ensemble des connaissances humaines, furent reprises en détails et appliquées avec force par des esprits dévoués; M. Rosenkranz les fit régner dans l'histoire littéraire, M. Hotho dans les études esthétiques, et n'est-ce pas un titre sérieux pour le philosophe de Berlin d'avoir compté parmi ses disciples un théologien comme Marheinecke, un jurisconsulte comme Édouard Gans? Il lui a manqué un poëte, car malgré la haute déférence que Goethe témoigna souvent à Hégel, il est difficile de voir dans *le second Faust* une poétique consécration de la nouvelle philosophie. Les préoccupations naïves d'un

disciple enthousiaste ont pu seules imaginer ce rapprochement, et l'on sait que M. Hinrichs, quand il commentait dans ce sens l'œuvre du poëte de Weimar, s'attira
une de ces réponses poliment ironiques qui ne permettent
pas d'insister. La jeune école hégélienne a été plus heureuse que le maître dont elle usurpe le nom ; elle a eu
ses poëtes, M. Frédéric de Sallet et M. Léopold Schefer,
deux esprits ardents, décidés, convaincus, dont il faut
apprécier le rôle et marquer la place.

On comprend sans peine que certains systèmes de
métaphysique puissent produire et susciter des poëtes.
Quand une doctrine a tenté hardiment l'explication universelle des choses, s'il y a, parmi les intelligences
qu'elle saisit, de promptes imaginations, des esprits généreux et inspirés, il est naturel qu'ils veuillent consacrer à leur manière, par des images et des symboles, les
découvertes de la science et réaliser l'invisible. Rappelons-nous d'ailleurs qu'aux époques primitives la philosophie, encore unie à la religion, s'exprime souvent
elle-même par des hymnes, avant d'atteindre la forme
rigoureuse, la précision sévère que lui donnera sa maturité ; rappelons-nous les poétiques origines de la philosophie grecque. En outre, ce caractère n'est point
propre seulement aux philosophies naissantes ; il appartient aussi aux époques vieillies, lorsque la science, en
résumant tout un ensemble d'idées, en voulant tout couvrir, tout embrasser, se confond avec la religion, se
substitue à elle, et lui dérobe quelquefois, avec son enthousiasme et sa souveraineté jalouse, les longs voiles
du temple et le langage mystérieux du sanctuaire. L'école
d'Alexandrie est pleine de poëtes et d'hiérophantes ;
Plotin est persuadé que la véritable méthode est une
inspiration d'Apollon et des Muses. Ce n'est pas assez
pour Proclus d'écrire des hymnes ; il se proclame le prêtre, non d'une religion, mais de toutes les religions, le
pontife de l'humanité tout entière ; et si vous cherchez
le poëte de cette école, ne saisit-on pas très-distincte-
ment l'écho des leçons d'Alexandrie dans les hymnes
chrétiennes de Synésius ?

Des Alexandrins aux Allemands, je n'ai pas besoin de transition. Quelque jugement que l'on porte sur les deux derniers systèmes qui ont régné en Allemagne, il faut reconnaître qu'ils se prêtaient singulièrement au mysticisme poétique. M. de Schelling, dans sa première période, l'a clairement prouvé. Je ne parle pas seulement de la philosophie de la nature et de l'enthousiasme qu'elle communiqua aux sciences, à l'histoire, à l'érudition. Avant ce triomphe, avant que M. Oken, M. Kreuzer, M. Goerres, se fussent groupés autour de lui, M. de Schelling avait rencontré à Iéna un poëte qui, dans l'histoire de la philosophie allemande, se place gracieusement à ses côtés. Ce poëte, c'est l'auteur des *Disciples de Saïs*, c'est Novalis. Esprit aimable et souffrant, exquise et subtile nature dont le christianisme et les doctrines panthéistes se partagèrent douloureusement les nobles instincts, Novalis a été pour M. de Schelling un Synésius plein de délicatesse et de profondeur.

Or, quel pouvait être le poëte de Hégel? Était-il possible seulement qu'il y en eût un? La doctrine du philosophe de Berlin, cette doctrine inflexible, effrayante, eût-elle réussi à inspirer un artiste? Oui, je le crois, car le système de Hégel est lui-même une construction pleine de magnificence. Quand on a pénétré le secret de ces formules, ce n'est pas uniquement le sens philosophique qui vous frappe, c'est aussi la majesté du temple; seulement, ce ne sont pas les *templa serena* dont parle Lucrèce. Je crois que ce système eût offert à une pensée forte et sombre des inspirations vraiment grandes. La conception de l'univers particulière à Hégel était faite pour tenter un poëte hardi; ce dieu qui sort de lui-même, qui se produit dans les formes visibles, dans la nature, dans l'humanité, et ensuite les brise sans pitié dès qu'il a retrouvé la conscience de son être, cette divinité terrible qui a besoin de tant de ruines, eût pu saisir avec vigueur une intelligence dantesque. Comme le dieu de Platon, comme le dieu bienfaisant du christianisme plane sur les écrits de tant de poëtes et les éclaire d'une lumière pure, le dieu implacable de

Hégel eût arraché à ses croyants de sublimes cris de
douleur ou de révolte. Lugubre poésie assurément!
Pour la traduire en de puissants symboles, il eût fallu
l'imagination douloureuse et bizarre qui, dans un songe
effroyable, vit le Christ moribond annonçant aux hommes qu'il n'y a point de Dieu. L'art eût pu accepter de
telles conceptions exécutées par l'auteur du *Titan*, et
elles eussent pris place, entre Faust et Manfred, parmi
les sombres enfants de l'esprit tourmenté des modernes.

Mais Hégel n'a inspiré aucun poète, et les écrivains
dont j'ai à parler ne représentent que la jeune école hégélienne; c'est de M. Strauss qu'ils procèdent directement, c'est par M. Feuerbach qu'ils nous sont présentés.
Avant d'ouvrir ces livres que j'ai dans les mains, je me
défie singulièrement, je l'avoue, d'une poésie inspirée
par de tels conseillers. Il ne me paraît pas que l'auteur
de la *Vie de Jésus* et le fougueux rédacteur des *Annales de
Halle* aient enfermé dans leurs théories beaucoup d'éléments poétiques dont un art sérieux puisse tirer profit.
On sait que toute la partie grandiose du système de Hégel, son idéalisme, souvent égaré, mais toujours puissant, a complètement disparu dans le commentaire de
ses jeunes disciples. Sous prétexte de réaliser les doctrines du maître, de leur donner une vie complète par
une application immédiate, ils ont substitué à son insatiable ardeur je ne sais quel matérialisme vulgaire.
Triste enseignement pour la muse! Comment pourrions-
nous fonder de sincères espérances sur cette poésie de
l'école? Lisons pourtant : Lucrèce a chanté les dogmes
d'Épicure, et là où il attaquait les croyances qui sont la
source de toute inspiration, il a bien su, par un magnifique effort de son esprit irrité, s'élever à des beautés
imprévues. D'ailleurs nous verrons, dès les premières
pages, combien ces écrivains sont graves, sérieux, décidés. Si ce ne sont de très-habiles artistes, ce sont des
cœurs honnêtes et généreux. Nous ne trouverons pas,
je le crains, une poésie très-haute; mais nous pouvons
faire certainement une curieuse étude morale.

M. de Sallet, qui vient de mourir, bien jeune encore,

l'année dernière, était déjà cité avec orgueil par ses amis. Inconnu longtemps, après maintes hésitations, après maintes tentatives abandonnées et reprises, il sortit tout-à-coup de l'obscurité en publiant, une année avant sa mort, le recueil qu'il a intitulé l'*Evangile des Laïques*. Ce livre fut accueilli avec beaucoup d'empressement. Il renfermait assez de qualités recommandables pour attirer au poète non-seulement l'admiration toute prête de son école, mais l'attention désintéressée de la critique. On respecta chez le jeune écrivain une âme ardente et sincère qui confessait sa foi en termes très-nets et la prêchait avec une confiante tranquillité. Sa droiture inspirait une vive sympathie à ceux-là même qui ne pouvaient partager ses idées ; tant de simplicité, tant de répugnance pour tout ce qui était faste et ostentation, un amour si loyal de la vérité, donnait pour l'avenir de grandes espérances ; mais la mort vint tout interrompre. Aujourd'hui les documents abondent sur la destinée trop courte du poète mort avant l'âge ; ses amis ont soigneusement éclairé la route qu'il avait suivie ; ils ont recueilli avec piété ses derniers écrits, des vers, des fragments, des lettres. On voit qu'ils veulent se couvrir de son nom. Cette vie est, en effet, une bonne défense pour eux ; dans cette école, où l'élévation morale des chefs a été obscurcie chez les disciples par tant de vanités bruyantes, par tant de colères factices, il n'est pas beaucoup d'écrivains chez qui l'on rencontre la haute distinction de M. de Sallet et qui aient su montrer, au milieu des plus grandes témérités, au milieu des plus folles erreurs de l'esprit, une confiance si calme, une si affectueuse sérénité.

M. de Sallet, dont l'origine est française, appartient à une famille protestante qui s'expatria après la révocation de l'édit de Nantes. Né en 1812, dans une petite ville de Prusse, à Neisse, il commença ses étude au gymnase de Breslau, puis, destiné à la carrière des armes, il entra au régiment des cadets à l'âge de douze ans. Au milieu de ces études toutes militaires, ses instincts poétiques se déclarèrent bientôt. A dix-huit ans, le

jeune soldat essayait déjà sa plume de mille manières;
tantôt dans le silence de ses promenades, tantôt en mon-
tant la garde sous les remparts de la citadelle de Juliers
où il passa une partie de sa jeunesse, il méditait, il faisait des vers, et construisait des plans d'étude, des
projets d'ouvrages de toute sorte. Ces fragments, publiés
depuis sa mort et qu'on aurait pu laisser dans l'ombre,
attestent sans doute une pensée active, mais ils ne nous
présagent rien de la direction qu'il a suivie, et l'on n'y
trouve même pas ce travail inquiet d'une intelligence
qui cherche sa voie. Chose étrange! celui qui crut devoir
être le poète de la morale hégélienne hésita longtemps
avant de démêler sa vocation. Arrivé à Berlin en 1832,
un an après la mort de Hégel, au moment où la doctrine
du philosophe n'avait encore rien perdu de son autorité,
le jeune écrivain, qui allait bientôt être subjugué par
elle, n'y vit d'abord que des bizarreries qui provoquè-
rent sa verve. Il est curieux que l'auteur de l'*Évangile
des Laïques* ait commencé par publier à Berlin, dans le
Conversationsblatt, une petite nouvelle, vivement écrite,
où il raillait très-spirituellement la terminologie de l'é-
cole hégélienne. Les amis de M. de Sallet n'ont garde
de négliger les rapprochements que cette aventure rappelle; saint Paul aussi avait persécuté les chrétiens, et
M. de Sallet, disent-ils, se trouvera bientôt sur le chemin de Damas. En attendant l'illumination, il continue
à écrire çà et là; il donne des vers à l'*Almanach des
Muses* rédigé alors par Chamisso, il publie en 1835 un
recueil de poésies qui ne méritait guère d'être remarqué
et qui le fut peu en effet. Surtout il s'occupe de littératures étrangères; la vieille poésie anglaise, française,
italienne, l'attire beaucoup, et il achève en 1835 une
traduction des ballades de Percy qui ne peut trouver un
éditeur. C'est vers cette époque qu'il se familiarise avec
cette philosophie de Hégel dont l'aspect étrange et la
langue barbare l'avaient d'abord épouvanté. Pour sauter par-dessus ces barrières, pour pénétrer dans l'inti-
mité de la doctrine, il lui fallait un guide; un de ses
amis, M. Julius Moecke, se charge de l'introduire. Dès

ce jour, la révélation sera complète pour M. de Sallet, et la pensée du philosophe s'emparera de toute sa vie.

Forcé de quitter Berlin pour quelques années, il emporta avec lui ses idées nouvelles et en nourrit désormais son âme. Quand il revint à Breslau, en 1839, la philosophie de Hégel, étudiée par lui de plus en plus, n'avait pas un disciple aussi dévoué, aussi scrupuleusement fidèle. Ce qui l'avait surtout frappé et subjugué, c'était, disait-il, l'évidence religieuse, le caractère divin de cette morale. Au milieu des incertitudes du présent (faut-il dire s'il fut plus heureux ou plus à plaindre que tant d'autres chercheurs morts à la peine?), il avait trouvé dans les doctrines de M. Strauss et de M. Feuerbach le repos auquel aspirait son âme; car, bien qu'attiré par Hégel d'abord, il s'était attaché bientôt à cette partie de son école qui, sous le nom de *jeune école hégélienne*, venait d'introduire des dogmes tout-à-fait nouveaux. Ces dogmes, il les approuvait, il les aimait. Tandis que ses coreligionnaires nous offrent surtout, au milieu des déchirements du scepticisme, des âmes violentes, des intelligences troublées, chez lui il n'y a aucun trouble, aucune violence, c'est la ferme candeur du lévite. Voilà son rôle dans cette histoire des idées, voilà la place qu'il occupe dans ce groupe bizarre. Cette candeur, cette conviction naïve, quoique très-décidée, il va la manifester enfin dans le livre qui a désigné son nom à l'attention de la critique sérieuse. C'était le moment où la nouvelle école hégélienne s'efforçait de populariser, d'appliquer à sa manière les théories de la métaphysique; les *Annales de Halle* venaient d'être fondées, et M. de Sallet y avait envoyé de Breslau plus d'un article. Tandis que ses amis s'adressaient à la presse, tandis que les publicistes armaient leur plume pour le succès de leur entreprise, M. de Sallet convia au même travail la muse qu'il avait tant aimée; il résolut de présenter en images, en récits, en paraboles, le catéchisme des idées hégéliennes, de le donner sans bruit, sans aucune prétention, sous une forme très-simple, très-calme, et il écrivit l'*Évangile des Laïques*.

Très-simple, très-calme, oui, mais très-hardie, telle est l'idée de ce livre. Il tient tout ce que promet le titre et le nom de l'auteur : c'est l'Évangile refait par un docteur hégélien pour une église nouvelle. Le poëte suit pas à pas saint Jean ou saint Luc, depuis l'incarnation du Verbe éternel jusqu'à la résurrection du Christ, depuis Bethléem jusqu'au Calvaire; il traduit gracieusement le divin récit, et chaque chapitre est terminé par une explication qui en détourne le sens et lui fait proclamer les idées de l'école

Voici d'abord un prologue pui renferme en quelques vers l'histoire de la chute, selon le récit de la Genèse, avec l'interprétation hégélienne, puis l'évangile s'ouvre comme dans saint Jean : *In principio erat Verbum*, au commencement était le Verbe. Quand le poëte a traduit l'évangéliste, ce qu'il fait souvent avec assez de bonheur, il se met à prêcher sur son texte ; et pour qu'on sache ce que sera cette prédication dans tout le cours de l'ouvrage, il suffit peut-être d'indiquer le commentaire de ce premier chapitre. Ce Verbe éternel, incréé, qui s'est fait chair, il s'était fait chair bien avant le Christ ; dès que l'homme est créé, dès qu'il existe dans l'œuvre des six jours, voilà le Verbe venu en ce monde. Seulement, comme l'humanité a oublié qu'elle était le Verbe, comme la chair a étouffé l'esprit, le Verbe s'est fait chair une seconde fois d'une manière spéciale, d'une manière expresse et déterminée, dans la personne du Sauveur. Jésus a été le sauveur, parce qu'il a délivré le Verbe des liens qui l'enchaînaient, parce qu'il a montré à tous les hommes qu'ils étaient, comme lui, les fils de Dieu et le Verbe devenu chair. Que vous dirai-je enfin? Dès le début de son évangile, le poëte a dit le dernier mot de la doctrine de Hégel, il a atteint les conclusions de M. Strauss. Le procédé sera le même à tous les chapitres ; le récit d'abord, puis les commentaires apocryphes, et enfin les mystiques élans, les prières, l'encouragement moral, l'exercice de piété pratique approprié à chaque sujet.

Au moment de détruire ainsi le sens consacré des

livres saints, le poëte, malgré la ferme décision de son esprit, semble hésiter quelquefois. Écoutez ces strophes sur l'annonciation :

« La pieuse légende est semblable à l'œuf d'or qui brille, mystérieux, sur le duvet du nid. Son éclat attire l'œil curieux des enfants ; chaque jour, c'est une fête nouvelle.

« Ils ne se doutent pas, dans leur innocente gaieté, qu'au sein de l'œuf fermentent des forces vives, jusqu'à l'heure où, couvé par l'esprit brûlant, il enfantera l'oiseau merveilleux, l'oiseau d'or !

« Un jour, ils s'approchent ; l'œuf est brisé : ils s'emporte (puérile colère !) contre le méchant qui a fait le mal ; et, pleurant et criant, ils tiennent les débris dans leurs petites mains.

« Enfants que vous êtes ! insensés ! Là-haut, sur la cime des arbres, n'entendez-vous pas le chant de l'oiseau ? L'être s'éveille, l'apparence s'évanouit, la pensée brise son enveloppe.

« Près de la vierge Marie, un ange s'est approché par le sentier des divins messages : Salut, pleine de grâce ! ne crains rien, Dieu est avec toi, tu as trouvé grâce devant lui.

« Tu enfanteras un fils que tu nommeras Jésus le Sauveur. Le Seigneur le consacrera pour qu'il soit un roi éternel, et le nommera le fils du Très-Haut.

« Ainsi parle la légende : langage profond, mystérieux ! Mais si vous nous forcez de l'accepter comme un fait, vous la changez en un conte qui n'a plus de sens, vous détruisez le vivant esprit qu'elle renferme.

« Sans doute, c'est un triste devoir pour le poëte, quand, armé d'airain pour la guerre, il foule aux pieds et ravage les sentiers fluris ; mais une voix lui crie : Marche, jusqu'à ce que tu aies pris la forteresse de la vérité.

. . . .

« La parole de l'ange s'adresse encore aux femmes de la terre : Si la pudeur et l'amour t'enflamment toujours, ô femme ! si ce feu sacré te donne une vie nouvelle et te transfigure, tu demeureras toujours pure, toujours vierge.

« Aussi long-temps que tu ne sauras rien des désirs terrestres, et que, dans les bras de ton époux, tu songeras seulement à Dieu, l'esprit saint descendra sur toi ; il t'enveloppera des forces du Très-Haut.

« Ce que tu enfantes est saint et deviendra grand en esprit. C'est le roi éternel sur la terre. Oui, Dieu a choisi ton sein maternel pour y devenir homme tous les jours, tous les jours.

« Ainsi, avec humilité, semblable à la mère de Jésus, tu reçois le Seigneur dans la pure beauté de ton âme. De la vallée de la terre tu fais un royaume céleste, et tes enfants s'appellent les fils de Dieu. »

18

J'ai traduit cette pièce tout entière pour indiquer par un seul exemple la manière de l'auteur. On voit que c'est le dernier terme de la doctrine hégélienne; on voit que ce sont ses plus grandes hardiesses, ses excès les moins tolérables. L'humanité substituée au Christ, tel est aussi l'enseignement de M. Strauss, et M. Feuerbach n'a-t-il pas montré les précieux avantages de ce dogme dans un style badin et léger qui voudrait rappeler Voltaire? Ce qui distingue M. de Sallet, c'est une certaine grace mystique unie à la fermeté de ses croyances. M. Strauss est dur et impitoyable; M. Feuerbach s'efforce d'être gracieusement impie; M. de Sallet n'est ni dur ni prétentieux, il croit ce qu'il proclame, et je ne sais quelle mélancolie vint tempérer chez lui et adoucir l'esprit de système. Une chose me frappe encore : que les doctrines de ce panthéisme puissent séduire les intelligences, il n'y en a que trop d'exemples; mais il est rare de rencontrer un homme dont elles aient pénétré le cœur, qui y soit attaché avec amour, avec douleur, et au point de régler sa conduite d'après ces théories. Eh bien! cet homme, il est trouvé, le voici : c'est M. Frédéric de Sallet.

Cette piété très-sincère de l'auteur, ce mysticisme appliqué à de tels égarements, est le caractère distinctif de son livre. Voilà pourquoi on se laisse volontiers aller à cette lecture ; il y a là un charme bizarre, mêlé de compassion. On voit se dérouler, l'un après l'autre, ces tableaux sacrés, ces pages merveilleuses de l'Évangile, ces divines scènes du lac de Nazareth, et toujours avec un sens nouveau, avec un commentaire inattendu. De la meilleure foi du monde, sans aucune intention impie, l'auteur détourne à son profit l'enseignement de Jésus : voilà saint Jean devenu, grace à lui, docteur à l'université de Berlin, et saint Luc attaché à la rédaction des *Annales de Halle*. D'abord, ce sont les récits de l'enfance du Christ, Jésus dans le temple enseignant les docteurs de la loi, puis les grandes scènes, la tentation dans le désert, le sermon sur la montagne, etc. Si l'auteur a trouvé le moyen de prêcher sa doctrine sous le voile des premiers chapitres de l'Évangile, le sermon sur la montagne sera pour lui une occasion dont il s'emparera avidement : chaque parole du Christ, chaque point du sermon est longuement développé, et j'ai dit dans quel sens. Toutefois, c'est le dogme surtout qui est bouleversé par M. de Sallet ; la morale chrétienne est souvent conservée et enseignée avec noblesse. L'auteur n'est jamais descendu aux saturnales qui ont si fort séduit ses amis ; au contraire, sa parole est grave et rigide, et il n'y a point trace dans son livre de cet épicurisme vulgaire qui est devenu, chez quelques-uns, le terme désiré, la conclusion suprême de la philosophie hégélienne. Je voudrais savoir l'opinion de M. Feuerbach sur ce ferme chapitre où le poète, prêchant la chasteté d'après les paroles du Christ, repousse avec dégoût les théories sensuelles de nos jours. Peut-être M. Feuerbach a-t-il pardonné : M. de Sallet était jeune et nouveau venu, il ne connaissait pas encore le fond de la doctrine, le secret des *Annales de Halle ;* on l'aurait tout-à-fait converti un jour ; d'ailleurs ses intentions étaient bonnes, il avait rendu de grands services à l'école par cette poésie naïve et populaire, et, s'il errait sur la morale, pour tout ce qui intéressait le dogme, sa plume était sans reproche. En effet, M. de Sallet est vite ramené à ses interprétations favorites : pas un chapitre de l'Évangile n'est oublié ; les paraboles deviennent, l'une après l'autre, autant de symboles métaphysiques. Voici l'enfant prodigue, les ouvriers qui travaillent à la vigne, les vierges folles et les vierges sages. Subtilités, recherches bizarres, commentaires alexandrins, toutes les ruses de l'esprit sont mises en œuvre, et bien évidemment le Christ est venu sur la terre pour enseigner le panthéisme. Quand il monte sur le Thabor, que signifie cette transfiguration lumineuse ? Pourquoi ces trois disciples seulement qui l'accompagnent ? Le sens est bien clair pour qui connaît la métaphysique nouvelle. Tout cela veut dire que l'homme est une même chose avec Dieu ; mais cette unité nous est cachée par la grossièreté de notre intelligence, par la tyrannie des sens et des préjugés ; si elle nous est révélée, c'est en de courts instants, en une ra-

pide illumination, et devant deux ou trois témoins au
plus : au pied du Thabor, la foule stupide n'en sait
rien, elle ne peut monter jusqu'aux cimes de la métaphysique hégélienne. Écoutez le Christ quand il célèbre
la pâque, écoutez-le quand il flétrit les pharisiens et les
docteurs de la loi ; suivez-le au jardin des Olives, au
Calvaire, et voyez-le sortir du tombeau : c'est toujours
Hégel, toujours sa doctrine, et la plus grande hardiesse
du livre est, en effet, dans cette persistance d'une con-
trefaçon régulière, dans ce plagiat systématique et ouvertement proclamé.

La candeur naïve, la foi profonde qu'on ne saurait
refuser à M. de Sallet, ne suffit pas cependant pour
l'absoudre. On a remarqué déjà que parmi les gnostiques
plus d'un avait mêlé à ses rêveries une singulière et
touchante tristesse : M. de Sallet est un gnostique,
comme ceux qui furent combattus par saint Clément et
saint Irénée. Cet audacieux emprunt des formes sacrées
ne saurait être excusé ni par le chrétien ni par le philosophe. En reconnaissant même que le ton sérieux et
convaincu de l'auteur écarte tout reproche d'impiété,
toute occasion de scandale, le plus simple bon goût
réprouve ces mélanges impossibles. Je sais bien que le
christianisme, dans les premiers siècles, s'était souvent
approprié des traditions étrangères, des formes païennes;
que de différences cependant ! Des temples pouvaient se
changer en églises, des cérémonies antiques pouvaient
être adoptées par la liturgie et le culte nouveau, mais
je ne vois pas qu'aucun docteur, en prêchant la religion
de Jésus, ait rien conservé des dogmes ou des légendes
du polythéisme. C'est ce mensonge qui est inacceptable
chez M. de Sallet. Entre le christianisme et les enseignements de la jeune école de Hégel, il n'y a point d'alliance permise. M. de Sallet n'est pas chrétien ; il valait
mieux le déclarer nettement que de transformer le Christ
en un docteur panthéiste. De tels jeux d'esprit em-
brouillent toutes les questions, et comment ne produi-
raient-ils pas les plus singulières méprises? En voici un
curieux exemple : un des lecteurs de M. de Sallet fut

ramené au pur christianisme par l'*Évangile des Laïques*, et lui écrivit avec effusion la lettre suivante : « Vous « m'avez ramené au Christ, et cela ne pouvait arriver « que par l'*Évangile des Laïques*. Votre livre m'a ouvert « l'esprit ; maintenant, je puis mourir, je vous devrai la « gloire d'être mort en vrai chrétien. » Ce n'est pas là pré- cisément ce que voulait l'auteur, et son succès lui donna de cruelles impatiences. Cette impatience, nous l'éprou- vons aussi, et beaucoup trop souvent, quand nous lisons les vers de M. de Sallet. Ses doctrines étaient nettes et arrêtées, mais elles allaient s'embarrasser et se perdre dans des explications alexandrines. Son âme était sin- cère ; sa plume, involontairement, ne l'était pas.

A ne juger que le mérite littéraire de l'*Évangile des Laïques*, on peut aussi adresser au poëte plus d'une objection sérieuse. M. de Sallet, qui, dans sa première jeunesse, s'était spirituellement moqué de la phraséo- logie hégélienne, a eu tort de trop lui pardonner plus tard, quand il fut initié aux mystères. Cette langue bar- bare, ces formules qu'il veut consacrer, gênent et appe- santissent sa marche. Au milieu des mystiques élans, au milieu des mouvements inspirés, les expressions méta- physiques viennent comprimer son essor, et la poésie emprisonnée étouffe derrière les verrous de l'école. Alors le poëte se résigne à une forme didactique, à un style terne et timide. Rien n'est plus fatigant que cette continuelle inégalité. Après les strophes éloquentes, voici des quatrains bourgeois qui rappellent ceux de Pibrac, et que recommanderait le bonhomme Gorgibus, s'il pouvait jamais devenir hégélien. Quand M. de Sallet ne fait que reproduire le récit de saint Luc, son style est souvent plein de simplicité et de grace ; mais la poésie l'abandonne dès qu'il commence sa prédication. Le tra- ducteur est bien inspiré ; c'est le scholiaste alexandrin, c'est le gnostique qui parle une langue moins heureuse. Il commet souvent des fautes de goût bien choquantes ; je n'aime pas qu'au milieu d'un chapitre de l'Évangile, après avoir montré le Christ reprenant les saducéens, il détourne la leçon du maître sur les ennemis de la

philosophie hégélienne, et qu'il le fasse d'un ton si
cavalier :

« Voyez-vous courir ce petit homme blême? c'est maître Bon
Sens! Ôtez votre chapeau. A son visage maigre, vous avez dû le
reconnaître, et aussi à son regard perçant qui fait si bien le rusé. »

Cette prétentieuse légèreté n'est guère à sa place, et
cette phrase moqueuse sonne comme une note fausse au
milieu du grave développement des idées.

L'auteur de l'*Évangile des Laïques* a montré dans sa
vie la calme fermeté, la confiance hardie qui éclate
dans ses ouvrages. Il ne connut pas, comme tant d'autres,
les troubles et les angoisses de l'esprit. En possession de
la doctrine hégélienne, il crut que c'était la vérité dernière et résolut gravement de régler sa vie d'après ces
principes. Fiancé en 1840 à sa cousine, Mlle Caroline
de Burgsdorf, il lui écrivait souvent des lettres qui ont
été conservées et qui attestent une singulière tranquillité
d'âme. Il lui expose ses théories, sa religion, et avec
une ferveur si pure, que ce panthéisme hégélien n'effraie
pas l'âme naïve à qui il est confié. Il ne semble pas que
la fiancée de M. de Sallet éprouve aucun doute, aucune
incertitude ; un secret instinct l'attire. Dans ces confidences philosophiques, dans cette éducation réciproque
de deux âmes, ce n'est pas Faust répondant à demi
aux questions inquiètes de Marguerite ; c'est plutôt la
douce sévérité d'Eudore, quand il instruit et reprend
Cymodocée. Je ne prétends ni blâmer ni louer, tout cela
est fort loin de nous ; je signale seulement un fait
curieux qui atteste le calme résolu de certains esprits
dans le camp des hégéliens. N'oublions pas d'ailleurs
que ceci se passe dans l'Allemagne du nord, dans la
patrie de Kant, dans le pays où enseignait Hégel ; ce
n'est pas certes de cette façon que tous les fiancés corres-
pondent au-delà du Rhin. Peu de temps avant son
mariage, il écrivait à un ami : « Tant que nous n'aurons
pas gagné les femmes, nous devons renoncer à voir
triompher nos doctrines ; n'est-ce pas à elles qu'a été
remise l'éducation du genre humain. » Il voulut donc

se créer un intérieur conforme à ses vœux les plus ardens, et ses amis nous apprennent qu'il y réussit. Tous ceux qui l'ont approché sont d'accord sur la parfaite sérénité, sur l'austérité irréprochable de sa vie; jeune et grave, il commandait le respect. Qui sait ce que ce noble et sincère esprit eût pu produire un jour, lorsque l'âge, en éclairant ses opinions, l'eût écarté peu à peu des routes impraticables? Il est mort après une maladie de quelques jours, le 21 février 1843. Il avait demandé à être enseveli sans bruit, sans aucune cérémonie. Son jeune frère, quelques heures après l'enterrement, écrivait à un ami du poète qui n'avait pu conduire sa dépouille au cimetière : « Je l'ai vu quand la mort eut fait de son corps un cadavre; vous dirai-je comment il m'est apparu? Il était couché dans le cercueil, beau et gracieux; nous avions placé sur son grand front une couronne de lauriers. On eût dit un de ces poëtes d'un temps plus heureux, le Tasse, l'Arioste! Il était facile de voir, malgré les coups de la mort, qu'il avait été une des plus nobles âmes de ce temps-ci... Nous l'ensevelîmes en silence. Qu'aurait pu dire un prêtre sur une telle tombe? »

Ainsi s'annonçait gravement, ainsi vient de mourir un des hommes les plus sérieux et les plus dignes parmi les disciples de la jeune école hégélienne, celui qui avait voulu être son poëte. Il eût réussi peut-être, s'il avait vécu, à concilier d'une manière plus harmonieuse les différens élémens qui luttent et se heurtent dans ses vers. Il aurait dû s'attacher à assouplir sa langue, à secouer le joug des programmes de l'école. Son âme noble, calme, animée des plus généreuses intentions, eût pu redresser les erreurs de son intelligence, et, en se débarrassant de l'esprit de secte, il n'était pas impossible qu'il donnât à l'Allemagne un grave poëte moraliste. Une mort prématurée n'a point permis qu'il fît ce travail sur lui-même. Toutefois l'ouvrage qu'il a laissé a fait autre chose que d'ajouter un nom à la liste des évangiles apocryphes, puisqu'il nous montre, au milieu d'un gnosticisme bizarre, des qualités vraiment précieuses, qui auraient pu se dégager un jour et être conduites à bien.

Avec M. de Sallet, l'école hégélienne a perdu plus qu'un écrivain, elle a perdu un homme, un caractère droit et sérieux. Le zèle que ses amis ont apporté à honorer sa mémoire, à publier ses derniers écrits, à recueillir ses feuilles dispersées, dit assez haut combien cette perte a été vivement sentie. Peut-être dans cet empressement a-t-on agi un peu vite ; tout n'était pas à conserver dans les fragmens inachevés de l'auteur. Le livre intitulé *les Impies et les Athées de notre temps*, qui a été récemment publié, n'est guère qu'un recueil de lieux communs sans valeur. Beaucoup de vers aussi ont vu le jour, et il n'est pas sûr que le poëte se fût décidé à les donner sous cette forme imparfaite. Je crois qu'on a trop compté sur l'autorité de son nom.

Cette autorité, en effet, commençait à être considérable dans l'école hégélienne, et voici déjà que M. de Sallet a trouvé des imitateurs. Un écrivain assez distingué, romancier et poëte, M. Léopold Schefer, avait publié, quelques années avant l'*Évangile* de M. de Sallet, un poëme intitulé le *Bréviaire des Laïques*. Cette œuvre, malgré un mérite réel d'élévation et de grâce, avait été peu remarquée ; elle l'a été davantage depuis le succès du livre de M. de Sallet. Or, l'auteur, profitant de cette veine, et continuant l'exemple qui vient d'être donné, publie en ce moment même un recueil de poésies toutes consacrées à la doctrine hégélienne ; il les intitule *Vigiles*. Évangile, bréviaire, vigiles, voilà déjà une littérature canonique fort bien commencée. Le panthéisme complète peu à peu ses livres saints. Nous aurons peut-être bientôt l'Apocalypse par M. Arnold Rouge, plusieurs épîtres aux Corinthiens par M. Bruno Bauer, et pourquoi M. Feuerbach ne nous donnerait-il pas l'*ordinaire* de la messe ? Voyons d'abord le *Bréviaire* et les *Vigiles* de M. Léopold Schefer.

Ce bréviaire est un recueil de pièces morales consacrées à chacun des jours de l'année. Ce qui y respire surtout, c'est un immense amour de la nature. Le monde

extérieur avec ses enchantemens sans cesse renouvelés,
est le temple mystique où chante le poëte. Un souffle
véritablement religieux remplit toutes ses pages ; Dieu
y est partout présent. Sans doute on ne saurait pas
toujours dire quel est ce dieu ; tantôt c'est le dieu du
christianisme, supérieur au monde et qui l'éclaire, tantôt le dieu du panthéisme moderne ; mais malgré ce
qu'il y a de vague dans les croyances du poëte, un
ardent amour de la divinité y éclate à chaque vers.
L'auteur assiste à toutes les transformations de cette
terre où s'épanouit son âme ; un brin d'herbe qui tremble dans le creux d'un sillon, une fleur qui pousse, un
bouton qui s'ouvre, la première bouffée de chaleur qui
annonce le printemps, ce nuage qui passe, les plus
petits spectacles, les moindres évènemens de la vallée
et de la forêt, tout l'enchante, tout lui rappelle l'universelle présence de la Divinité. Il ne songe guère au
dogme comme M. de Sallet, et il ne prétend pas encore
chanter les doctrines de Hégel. Le poëte a quitté l'école
de bonne heure ; il en a bien retenu les idées générales,
la direction et le mouvement de l'esprit, mais ne lui
demandez pas les théories expresses que l'*Évangile des
Laïques* s'est chargé d'enseigner. Non, il s'est enfui de
l'université, et tandis que les docteurs continuent de
dogmatiser solennellement, le voilà qui prie sur la lisière
du bois, sous le chêne de la montagne, près de la fontaine murmurante. Quand le soleil se lève, quand le
soleil se couche, il écoute la voix de la nature harmonieuse, et c'est l'alouette, ou le bruit de la source, ou
le gémissement du vent dans les feuilles du peuplier,
qui achève pour lui la leçon interrompue du maître. Il
prêche alors, mais non pas comme M. de Sallet, sur un
texte de l'Évangile ; son texte pourrait s'indiquer ainsi :
une fleur s'est épanouie ce matin, le bouvreuil a chanté
sur mon arbre ; hier soir, au couchant, deux nuages
d'or se sont arrêtés sur la colline. Tel est l'évènement
de la journée et le texte du sermon quotidien. Cela
suffit au poëte. Dans ces charmantes prédications, la
philosophie devient une idylle, et la morale a toute

la grâce d'une églogue. M. Schefer avait commencé
ainsi :

« Celui qui entend toutes les voix de la nature peut seul en
saisir l'harmonie. Là, tout près, à mes pieds, pleure un enfant,
et autour de moi, dans les arbres, les oiseaux chantent par centaines. Voici un chêne vieilli qui se courbe et s'affaisse, et près
de lui s'agitent gracieusement de jeunes arbres en fleurs. J'entends des chants funéraires auprès d'un lit de mort, et ici, du sein
de la forêt, quelle joyeuse musique de noces s'élève dans les airs !
Maintenant, dans le cercueil entr'ouvert, j'aperçois le mort lui-
même étendu, — et là, par une fente de la porte, j'ai vu deux
beaux enfants qui s'aiment et se regardent en silence. Là-haut,
cependant, sans s'inquiéter de tout ce qui se passe sur la terre,
les nuages continuent leur voyage éternel. Oh ! comme tous les
sentiments de mon cœur s'unissent en une mesure parfaite, en un
repos divin ! L'esprit de cette harmonie si belle a passé en moi.
Également éloigné et de la joie et de la douleur, me voici prêt à
recevoir tout ce que m'apportera la vie. »

Il est fidèle, en effet, à ce programme ; il commence
avec le 1er janvier, et, pendant les mois d'hiver, sa
poésie est grave et haute ; il prononce de sévères paroles
sur la mort, sur Dieu, sur le but sérieux de cette vie qui
nous est accordée. Mais quand avril est arrivé, voici
le chant qui s'envole comme l'alouette. Chaque jour
amène ainsi son enseignement, et c'est un grand charme,
sans contredit, que cette morale prêchée de la sorte par
les plus doux, par les moins pédans de tous les maîtres,
par le ruisseau qui coule, par l'oiseau qui fait son nid,
par les harmonies sans nombre de la nature adorée.

J'ai signalé les mérites de M. Léopold Schefer, ce sentiment profond des harmonies du monde extérieur, et
l'ingénieuse sagacité avec laquelle il rattache à ses
tableaux de tous les jours un noble et grave enseignement ; je dirai aussi franchement ce qu'il faut blâmer.
Or, il lui manque, autant qu'à M. de Sallet, quelque
chose de décisif et sans quoi la poésie n'existe pas ; il
lui manque la forme, il lui manque une langue souple,
intelligente, exercée à suivre avec grâce le mouvement
de l'inspiration. En prose comme en vers, M. Léopold
Schefer ne possède qu'un instrument rebelle qui se refuse

à rendre toutes les richesses de son âme. Ce contraste
perpétuel entre le prodigue épanouissement des idées
et la stérile monotonie de l'expression est pénible et
douloureux. Nous retrouverons un jour M. Schefer
parmi les romanciers, et nous devrons signaler dans sa
prose la même inexpérience, la même barbarie qui
opprime cruellement les précieux germes de sa pensée.
Je disais tout à l'heure que M. Schefer avait quitté de
bonne heure les formules de l'école hégélienne pour
continuer son étude sous les arbres de la forêt voisine,
et substituer aux discussions pédantes de gracieuses et
sévères églogues ; il les a quittées beaucoup trop tard
encore, puisqu'il en a conservé ce style pesant que ne
peut soulever l'enthousiasme du poète.

Le *Bréviaire des Laïques* n'avait pas obtenu un très-
grand succès, malgré les qualités réelles qu'il renferme,
malgré l'élévation et la sérénité des idées. Le retentissement du livre de M. de Sallet est venu réveiller l'ardeur
de M. Schefer ; tenté par l'exemple, il a voulu être décidément le poète de l'école hégélienne. La place était à
prendre ; M. Schefer écrivit les *Vigiles*. Dans son *Bréviaire*, il était facile, sans doute, de reconnaître un ami
de la philosophie nouvelle ; mais l'auteur, nous l'avons
vu, ne se donnait pas pour mission de consacrer les formules de l'école : c'était un allié seulement qui avait
conservé la liberté de son drapeau. Cette fois, M. Léopold Schefer vient d'enrôler son imagination. Le voilà
soumis à la discipline étroite du dogmatisme hégélien.
Il faut dire adieu à cette philosophie charmante, à cette
prédication vraiment poétique, à ces textes de sermon
qu'il allait cueillir le matin sur les branches humides de
la forêt, ou dans les aubépines des buissons. Tout cela a
disparu dans les *Vigiles*. Résignons-nous donc ; renonçons à ce que promettait le *Bréviaire des Laïques* ; voici,
pour toute poésie, les dissertations de M. Feuerbach ou
de M. Bruno Bauer, que portent péniblement de pauvres
iambes boiteux.

Il y avait dans l'*Évangile* de M. de Sallet une foi
tranquille, une calme ferveur qui souvent inspirait le

poëte et protégeait la témérité de sa pensée : dans le *Bréviaire*, dont je viens de parler, on était charmé de la douce gravité des conceptions; mais ici, dans les *Vigiles*, comment trouver autre chose qu'un jeu d'esprit, un tour de force, une gageure fantasque? Il est absolument nécessaire que la philosophie hégélienne, la nouvelle surtout, soit régulièrement versifiée depuis la préface jusqu'à la conclusion. Pas une sentence, pas une formule n'échappera au poëte; il les forcera, l'une après l'autre, à venir recevoir de ses mains le poétique costume qu'il a préparé pour elles. Je voudrais bien ne pas rire en des questions si graves, mais est-il rien de si plaisant que cette philosophie endimanchée? Celui qui mettait l'histoire romaine en madrigaux a trouvé son maître. L'auteur, pour rompre la monotonie de la tâche bizarre qu'il s'est imposée, abandonne, il est vrai, le ton de prédication simple et grave, la forme de poésie gnomique adoptée dans son *Bréviaire*; il cherche des tableaux, des images, des symboles, mais cette tentative ne lui réussit guère, et on ne voit à chaque pas que le travail désespéré d'une belle intelligence en lutte avec une œuvre impossible. Que de recherches, de subtilités! que d'esprit et de paradoxes dépensés follement! Pour ne point suivre trop servilement son texte, il est obligé de le raffiner, de le subtiliser, d'en extraire la quintessence. Poésie bizarre, maladive, qui s'emploie à développer des thèmes comme celui-ci : « C'est la foi, dit-on, qui rend l'âme heureuse! Mais qu'est-ce que l'âme? L'âme, c'est Dieu. Or, Dieu est heureux. Il me suffit donc de savoir que je suis dieu, et je serai heureux. » Ou bien : « Je ne connais au monde qu'un seul miracle, c'est que Dieu existe ; mais ce miracle, je ne le crois pas; je fais bien plus, je le sais, je le vois, je le sens, je le suis moi-même. » Plus loin, pour dépasser l'enseignement de l'Évangile : « Heureux ceux qui ne voient pas et qui croient! » le poëte dira dans son mysticisme illuminé :

« Heureux ceux qui voient et qui ne croient pas! Heureux ceux

qui voient des tombeaux et qui ne croient pas aux morts, qui
voient les tyrans à l'œuvre et ne croient pas à la puissance des méchants, qui voient des temples et ne croient pas à une demeure où
séjournent les dieux ! Heureux ceux qui voient souffrir les pauvres
gens et ne croient pas qu'ils soient abandonnés de Dieu, qui
voient ramper les vers et ne croient pas qu'ils soient délaissés et
errants au hasard ! Heureux ceux qui voient le soleil se lever et
se coucher, et ne croient pas qu'il change de place ! Heureux ceux
qui voient les fleurs renaître et ne croient pas qu'elles soient
mortes ! Heureux ceux qui voient les enfants des hommes et ne
croient pas qu'ils soient autre chose que la force de Dieu même !
Heureux enfin ceux qui voient et ne croient pas, car ceux qui
voient et qui croient, ceux-là sont dignes de pitié. »

Voilà dans quels raffinemens va se perdre le poëte, et
quand la pensée s'égare en de telles subtilités , ce n'est
point le style, déjà si peu sûr de lui-même, qui pourrait
corriger ce galimatias et sauver les bizarreries du fond.
Figurez-vous Lycophron chargé d'expliquer Hégel !

Si M. Schefer renonce au rôle singulier qu'il a choisi,
s'il ne s'obstine pas à vouloir être le hiérophante de la
métaphysique nouvelle, son inspiration, opprimée sous
ces lourdes chaînes, pourra retrouver sa sérénité d'autrefois. C'est la renommée de Novalis qui vous tente , et
vous voulez, comme lui, que la poésie soit sœur de la
philosophie ; mais rappelez-vous quelle grâce , quelle
liberté son imagination conserva toujours ! C'est là une
condition inflexible. La Muse est jalouse ; celui qui veut
la livrer aux docteurs sera renié par elle et ne livrera
que son ombre. Il y a plus : ce n'est pas seulement le
poëte qui souffre sous cette discipline qu'il accepte ;
croit-on que le philosophe y gagne beaucoup ? La belle
gloire de mettre en quatrains le catéchisme d'une secte
nouvelle qu'il faudra refaire demain ! L'Allemagne a
produit dans ces derniers temps des poëmes philosophiques qui , sans appartenir à aucune école , ont un
intérêt vraiment élevé. Je m'assure qu'il y a bien plus
de profondeur dans le *Merlin* d'Immermann , dans
l'*Ahasverus* de Julius Mosen , que dans les écrits de
M. Schefer, précisément parce que ces œuvres ne portent point l'étiquette d'un système. Mais quoi ! on veut

être adopté par un parti, et comme on a renoncé à penser librement, on est bien sûr d'être appelé un poète original, un vigoureux et hardi penseur! Ces misères n'appartiennent pas seulement à l'Allemagne; elles nous rappellent les nôtres. Et ne devons-nous pas nous défier de ces prétentions philosophiques, nous qui voyons, hélas! de vives intelligences s'éclipser volontairement au fond de ténébreuses écoles, et des artistes que nous aimions se condamner, pour de vulgaires éloges, à un si dur esclavage!

Si cette tentative de poésie hégélienne a obtenu des éloges qu'elle ne méritait pas, elle a excité aussi des appréhensions qui semblent peu fondées. Il ne faut pas craindre qu'un tel enseignement puisse jamais pénétrer bien avant; cette poésie froide, terne, sans enthousiasme, peut être curieuse à interroger si l'on y cherche la situation de certains esprits; mais la fortune n'est point pour elle. Tandis que M. de Sallet et M. Léopold Schefer prêchaient en vers le panthéisme hégélien, la poésie évangélique, la poésie piétiste, méthodiste, redoublait d'efforts et d'activité. M. Albert Knapp continue de publier des vers gracieux et purs, animés d'un véritable sentiment chrétien. M. Knapp s'est fait une place modeste et respectée, et ce n'est pas de lui que je parle; mais autour de lui viennent se grouper chaque jour des phalanges de petits poètes, soutiens du temple ou de l'église. La même résistance qui, dans le domaine des sciences théologiques, a accueilli la *Vie de Jésus* de M. Strauss, reparaît aujourd'hui dans la poésie contre M. de Sallet et M. Léopold Schefer. Jamais on n'a tant publié de poëmes empruntés aux livres saints. Ce sont les *Scènes de la vie de Jésus* (*Scenen und Bilder aus dem Leben Jesu*), par M. Henri Doehring, *le Seigneur et son Église* (*Der Herr und seine Kirche*), par M. Moeller, les poésies de M. Lange, etc... Le catholicisme est représenté par les légendes de M. le comte Pocci, par la *Vie de sainte Cécile* de M. Guido Goerres, etc... Or, comment ces hardis champions se préparent-ils à la lutte? Quelles sont leurs armes? Des armes très inoffensives, des intentions très honnêtes, mais qui serviront peu leur fortune poétique, une simplicité extrême, la résignation la plus humble, un désir de médiocrité presque toujours satisfait, et je ne sais quelle profonde horreur pour l'ombre même de la pensée. La poésie méthodiste fait pénitence pour expier les témérités de M. de Sallet.

Ni ces alarmes puériles, ni les acclamations intéressées de l'école ne nous donneront le change. Le succès de M. de Sallet et de M. Schefer ne saurait être de longue durée. On aimera chez M. de Sallet une âme douce et ferme, honnête et sérieuse, un écrivain généreux mort avant l'âge et qui donnait de véritables espérances : on reconnaîtra chez M. Schefer une intelligence élevée, une âme ardente ; mais l'un n'a pas eu le temps d'élever son monument, et nous ne savons pas encore si l'autre abandonnera la voie funeste où il est engagé. Je me défie, je l'avoue, de cette poésie philosophique, car je vois toujours venir les commentateurs subtils, les interprètes alexandrins, les abstracteurs de quintessence dont il est question dans Rabelais. Toutefois, si une telle littérature est possible, si la poésie peut consacrer en de beaux symboles quelque grande doctrine, il semble que ces tentatives soient surtout à leur place en Allemagne, dans un pays où nulle intelligence cultivée n'assiste avec indifférence aux débats de la philosophie. Mais que de difficultés pour réaliser une telle œuvre ! Quelle conviction assurée doit posséder l'artiste ! quelle foi positive en cet idéal qu'il invoque ! et puis, quelle fermeté pour ne point se laisser subjuguer par les programmes officiels ! quelle supériorité ! quelle fière indépendance ! ce ne serait pas trop de l'impassibilité souveraine de Goethe. Hégel eût certainement exigé ces conditions de l'homme qui eût voulu confier à la poésie une traduction libre et vigoureuse de sa pensée. Ce grand esprit, qui avait de l'art une idée si haute, se serait-il reconnu dans les poëmes de M. Schefer ou de M. de Sallet? On peut affirmer que non. L'auteur de l'*Évangile des Laïques* et l'auteur des *Vigiles* n'ont eu que les applaudissemens de la jeune école hégélienne ; ce n'est pas tout-à-fait la même chose.

VIII

DU ROMAN DEPUIS GOETHE.

—

Louis Tieck. — Le Roman socialiste. — Le Roman historique,
Le Roman familier.

Août 1845.

L'auteur de *Wilhelm Meister* écrivait, il y a un demi-siècle, que le roman est l'épopée domestique, l'épopée de la société moderne. Certes, ce genre libre et charmant, pour lequel l'illustre écrivain demandait ainsi droit de cité dans les lettres, n'en est plus réduit à justifier ses titres. Il règne, et souvent avec l'arrogance d'un parvenu. N'a-t-il pas voulu tout envahir? n'a-t-il pas cru qu'il pouvait se substituer aisément à tous les travaux de l'imagination, à toutes les formes de la pensée? Or, il y a en Allemagne, comme chez nous, des milliers de plumes occupées à écrire cette épopée dont parle le poëte de Weimar. Les rhapsodes, bons ou mauvais, sont innombrables; nos voisins, sur ce point-là, n'ont rien à nous envier; ils possèdent toute une armée de romanciers et de conteurs.

Parmi tant d'écrivains qui réussissent à se faire lire dans ce pays, il y en a bien peu qui aient oublié de donner au moins un recueil de nouvelles. Les poëtes ont renoncé à la poésie, les philosophes à la philosophie, les théologiens à l'exégèse, les critiques à leur étude sévère, pour raconter tous leur histoire, et répondre à l'appel tyrannique de la foule. N'oublions pas à leur suite les écrivains sans mission, les désœuvrés, les gens du monde et ceux qui se donnent pour tels, toute la frivole cohue des dilettanti. Dans ces derniers temps surtout, depuis 1830, la mêlée a été singulièrement confuse. A quelle dure servitude ne l'a-t-on pas réduite, cette forme gracieuse du roman, si éprise d'abord du demi-jour, et qui convenaient particulièrement aux plaintes d'une âme blessée, aux délicates analyses de la passion ! Le roman est devenu une arène bruyante, une tribune toute remplie de sourdes rumeurs. Cette tribune, elle ne s'est pas ouverte seulement, comme c'était encore son droit, aux confidences épiques du monde nouveau, à l'expression des publiques douleurs ; elle a donné asile à toutes les folies des écoles, aux vanités de la *jeune Allemagne*, aux rêveries bizarres des socialistes. Singulier mélange de noms et de doctrines ! quand elle n'était pas envahie par les prédicants, elle l'était (misère plus grande encore) par une nuée de frivoles esprits, lesquels, bien loin de prêcher, n'avaient absolument rien à dire.

Un critique distingué, mais d'une humeur souvent un peu chagrine, M. Hermann Margraff, se plaignait amèrement, il y a quelques années déjà, de l'accroissement prodigieux de cette fabrication industrielle, et de la funeste influence exercée sur les jeunes talents par la gloutonnerie du public. « Le roman, dit-il, est aujourd'hui, plus qu'aucun autre genre littéraire, une véritable affaire de fabrique, grâce au nombre effrayant des consommateurs. Dans ce temps de déloyauté et de mensonge, personne ne sera surpris que tous les écrivains, n'y eussent-ils aucune aptitude, veuillent à l'envi composer des romans. Un roman ! voilà ce qu'on demande, voilà ce qu'on lit avidement, plus qu'aucune autre production de l'esprit ; voilà la bonne marchandise, celle qui se débite le mieux. Pourquoi ne pas écrire un roman ? pourquoi ne pas vous essayer dans la nouvelle ? Nommez-moi, parmi tant de jeunes écrivains privés du don de l'invention poétique et disposés à suivre loyalement leur voie, nommez-m'en un seul à qui ces provocations perfides n'aient été maintes fois adressées ! Qu'il en

19

coûte peu aujourd'hui pour tromper le public et se mentir à soi-même! On prend la plume et on écrit... Voulez-vous faire un roman philosophique? rien de plus commode; le monde tout entier, sans vous excepter vous-même, le monde tout entier raisonne; le raisonnement court les rues. Un roman historique? C'est bien facile encore; n'avez-vous pas à votre disposition les faits, les situations, les caractères? Il ne vous reste qu'à les enfiler dans une intrigue d'amour, comme un chapelet d'amandes et de raisins secs. Aimez-vous mieux un roman social? Quoi de plus simple? Nous avons des théories à la douzaine; il n'y a qu'à se baisser et à prendre. Quant à raisonner là-dessus, c'est un art que vous possédez depuis vos études à l'université. En vérité, je ne sais ce qui vous empêcherait de nous donner un roman. Voyez ce jeune homme plein d'ardeur pour l'étude; il n'est pas assez riche pour suivre la carrière qui l'attire; qu'à cela ne tienne! il étudie la théologie. Serez-vous plus coupable que lui? Non, certes. Ce pauvre théologien! quel mensonge il vient de faire à lui-même et au monde! Cependant, son examen subi, le voilà autorisé à prêcher la vérité aux hommes. Ah! sur ce goût du mensonge si répandu à l'heure qu'il est, sur ce goût des trompeuses apparences, sur ces vocations factices j'écrirais volontiers des lamentations dignes de Jérémie... » L'ardent critique, comme on voit, n'est pas disposé à voiler la triste situation des lettres dans son pays. Je voudrais croire que son esprit morose s'est exagéré le mal qu'il dénonce. Pour nous, du moins, que ces misères de l'Allemagne ne préoccupent pas directement (nous avons bien assez des nôtre), nous rechercherons, parmi tant d'écrivains condamnés un peu trop vite, ceux qui auraient pu obtenir grâce, ceux qui se détachent du milieu de cette foule tumultueuse, et qui ont mérité, chacun selon sa mesure, les éloges, les conseils, ou les regrets de la critique.

On éprouve un véritable embarras lorsqu'on essaie de classer tous ces romanciers d'une manière nette et distincte. Les noms se pressent, et les directions sont si nombreuses, les ambitions si diverses, qu'il semble difficile de porter la lumière dans cette partie, la plus confuse assurément, des lettres allemandes contemporaines. Je ne remonterai pas jusqu'à Goethe, jusqu'à Jean-Paul, maîtres glorieux qui ont imprimé au roman le caractère souverain de leur génie, et dont on ne pourrait rapprocher sérieusement les dilettanti de nos jours; mais je nommerai l'esprit aimable dont les ingénieuses compositions ont été l'origine et sont demeurées le centre des tentatives nouvelles. Cet écrivain charmant, c'est l'auteur de *Sternbald* et de *Vittoria Accorombona*, c'est Louis Tieck. Entre la grande période de Goethe et les écoles plus brillantes que fécondes qui se partagent aujourd'hui les lettres, le chef du romantisme de Berlin a été une transition naturelle. Certes, l'auteur de *Sternbald* n'a jamais renoncé à l'amour désintéressé de l'art, mais peu à peu cependant son humeur capricieuse, son ironie légère préparait les esprits à ce badinage un peu affecté, sous lequel se sont cachées dans ces derniers temps les prétentions dogmatiques des novateurs. Tieck avait débuté par une poésie bizarre, éthérée, illimitée, par de gracieuses études d'après les comédies féeriques de Shakspeare. Titania était la reine fantastique de ce royaume imaginaire qu'il peuplait de ses caprices. Eh bien! lorsque, plus tard, il se rapprocha de la réalité et essaya de représenter plus directement les conditions diverses de la vie, on peut dire qu'il fraya la route, sans le savoir, au moderne roman de *la jeune Allemagne*. C'est un fait curieux à remarquer : tandis que l'école romantique, vers 1810, s'abandonnait de plus en plus à l'ivresse de ses enchantements, tandis que Clément de Brentano écoutait dans sa cellule les derniers sons de la viole de sainte Cécile, tandis qu'Achim Arnim recueillait l'œuvre interrompue de Novalis, et se plongeait avec un bizarre enthousiasme dans cette poésie mystérieuse qui attirait son imagination éblouie, Louis Tieck, un des chefs reconnus de cette mystique école, se transformait insensiblement, et ramenait la Muse dans le domaine des choses réelles. Au chimérique royaume de Titania

il préférait les prairies d'Allemagne, et, d'une main délicate, il y traçait de frais sentiers par où allait se pré-
cipiter (singulière aventure!) toute une bande de novateurs. Si l'on parcourt les *Nouvelles* que l'auteur de
Phantasus a répandues avec tant de prodigalité dans
tous les *Taschenbücher* depuis une vingtaine d'années,
on remarquera bientôt cette transition, imperceptible
d'abord, puis plus nette, plus visible, et avouée enfin
par M. Tieck lui-même. L'aimable conteur, à qui l'on
reprochait ses affections aristocratiques, donnait, il y a
quelques années, un gracieux ouvrage intitulé *le jeune
Menuisier (Der junge Tischlermeister)*. Ce charmant récit
paraissait en Allemagne peu de temps avant qu'une
plume illustre, mais égarée, écrivît *le Compagnon du
tour de la France* et *le Meunier d'Angibault*; or, les sympathies qui inspiraient au romancier français des inventions par trop étranges étaient célébrées ici avec une
parfaite mesure et un art délicat qui a peur du faux.
D'ailleurs, on retrouvait toujours, dans les récentes productions de M. Tieck, l'ironie légère où il se joue si volontiers. Ces êtres fantasques qui avaient leur rôle dans
ses premiers romans, ces kobolds, ces nains bossus,
toute cette postérité de Puck qui faisait contraste avec
la grâce aérienne de Titania et d'Ariel, M. Tieck les fait
reparaître dans ses nouveaux contes. Ne sont-ce pas
ces personnages plaisants, ces bourgeois ridicules, dont
il égaie malicieusement ses tableaux de la vie présente?
Grâce et malice, persiflage agréablement dissimulé, telles
sont les armes que la *jeune Allemagne* voulut dérober
à M. Tieck, quand elle introduisit dans de prétentieux
romans ses plaidoiries et ses prédications.

Cette transition du romantisme de M. Tieck à la sémillante ironie de la *jeune Allemagne* est évidente pour
la forme; elle n'empêche pas qu'il n'y ait une rupture
ouverte entre l'ancienne école et la nouvelle. Les romans de M. Gutzkow, de M. Henri Laube, de M. Théodore Mundt, appartiennent très-décidément à un ordre
d'idées tout nouveau. Ils portent surtout le reflet de 1830;
ils sont inspirés par les essais de philosophie et de religion

nouvelles qui se produisirent, après la révolution de juillet, en Allemagne aussi bien qu'en France. Ce qui n'est qu'un caprice léger dans les nouvelles les plus hardies de M. Tieck est tout-à-fait, dans les romans de la *jeune Allemagne*, un enseignement adopté, un programme qu'on a promis de remplir. M. Tieck a bien pu chanter avec infiniment de grâce *le jeune Menuisier*, et éclairer son atelier de toutes les lueurs de la poésie : il a bien pu célébrer, dans *Vittoria Accorombona*, la libre fierté d'une jeune femme qui réclame contre les prescriptions de la société ; ce n'était pas chez lui une doctrine prêchée officiellement. Aussi, malgré la surprise qu'avait causée d'abord le coup de tête de M. Tieck, la fantaisie du conteur était une suffisante excuse, et Vittoria fit son entrée dans le monde le plus scrupuleux, dans les salons qui étaient restés fermés aux héroïnes du roman moderne. Au contraire, on sait avec quelles prétentions superbes, avec quelle désinvolture suspecte, la *jeune Allemagne* lançait, comme un défi, ses arrogantes aventurières. Ce fut une longue et singulière émeute dont j'ai déjà raconté avec détail les principaux incidents. L'excitation produite par 1830 avait lâché la bride à toutes les théories sociales ; on commença de prêcher l'émancipation de la femme et (c'est aussi le terme consacré) la réhabilitation de la matière. M. Charles Gutzkow publia ce roman de *Vally*, qui suscita tant de colères ; M. Mundt écrivit les pages enthousiastes et cyniques de *Madonna*, et M. Wilkomm crut résumer toutes les idées de la *jeune Allemagne* dans ce monstrueux imbroglio qu'il appela *les Gens fatigués de l'Europe*. Nous voilà bien loin de M. Tieck et de ses élégantes narrations. Je sais bien que deux critiques de la jeune école, M. Gustave Kühne et M. Théodore Mundt, se sont donné le plaisir très-piquant de signaler avec une sorte de pruderie offensée les énormités sociales de *Vittoria Accorombona* ; mais cette ingénieuse tactique n'a trompé personne. M. Tieck est demeuré, aux yeux de tous, le plus insouciant des conteurs. On a même vu, chose plaisante ! un homme grave, un professeur de l'université

de Breslau, M. Braniss, écrire pour la seconde édition
de *Vittoria* un commentaire philosophique, où il célèbre les beautés du texte, et les oppose à l'esthétique de
Hégel et de ses disciples. Ces faits curieux montrent
bien que le spirituel vieillard est encore un des noms les
plus agités par la littérature contemporaine, quoiqu'il
y représente une école un peu abandonnée.

Les romans de la *jeune Allemagne* ont fait tant de
bruit de 1833 à 1837, M. Gutzkow, M. Laube, M. Mundt,
M. Willkomm, ont si souvent distrait l'opinion publique,
qu'ils ont caché pendant quelque temps la marche continue des lettres et les œuvres plus calmes, plus désin-
téressées, qui se produisaient à l'entour. Le roman historique, entrepris, il y a déjà une vingtaine d'années,
par d'habiles écrivains qu'enflammait le succès de Walter
Scott, était poursuivi, avec des chances diverses, par
des talents très-dignes d'estime. En 1824, un jeune
écrivain, M. Wilhelm Haering, avait débuté, à la suite
d'un pari, par un roman attribué à l'auteur d'*Ivanhoe*,
et il était parvenu à tromper le public ravi; depuis,
M. Haering a continué d'appliquer son imagination à
la peinture des siècles écoulés, en s'accordant plus de
liberté que ne lui en laissait cette gageure gagnée si
habilement. Un des romanciers les plus en honneur au-
delà du Rhin, M. Spindler, s'est fait dans le roman historique une réputation déjà ancienne et qui paraît assez
solidement établie. Parmi ses nombreuses compositions,
le Bâtard (1826), qui retrace avec vigueur la situation
des peuples germaniques au temps de Rodolphe II, *le
Juif* (1827), où l'auteur a donné une énergique peinture
du xve siècle allemand ; *le Jésuite* (1828), tableau vif et
original de la première moitié du xviiie siècle, ont
mérité d'être placés au rang des œuvres durables que
cite et recommande souvent la critique. Depuis ce temps,
la fécondité de l'auteur n'a pas diminué; si sa verve
s'est un peu affaiblie à la longue, il a retrouvé cependant, quand il a voulu, d'heureuses inspirations, dans
la Nonne de Gnadenzell (1833), dans *le Roi de Sion* (1840),
et, chose toujours difficile, il a maintenu son rang

Tandis que le roman historique prenait faveur, d'autres écrivains s'essayaient à reproduire l'esprit de leur temps dans des compositions brillantes ; c'est ce que fit un romancier, un publiciste très-distingué, M. Henri Koenig, membre de la chambre des députés du grand-duché de Hesse. *La noble Fiancée*, publiée en 1833, et plus récemment, *Véronique*, lui ont marqué sa place parmi les plus fermes penseurs et les écrivains les plus libéraux de ce temps-ci. Sans céder aucunement à toutes les fantaisies des écoles socialistes, M. Koenig a vigoureusement reproduit dans ses romans l'esprit libre du xix° siècle, avec une franchise et, ce qui est plus rare encore, avec une mesure parfaite qui assurent à ses œuvres autre chose qu'un succès de circonstance. *Les Vaudois* et *les Aventures de William Shakspeare* témoignent de son sérieux empressement à chercher dans les traditions du passé les exemples, les récits, qui peuvent instruire et guider notre époque. C'est aussi à l'esprit du monde nouveau que nous devons un beau roman de Charles Immermann, *les Épigones*. Un autre ouvrage, qu'il composa dans les dernières années de sa carrière trop tôt interrompue, *le Baron de Munchhausen*, semble continuer, en les appropriant à notre siècle, quelques-unes des inspirations de Jean-Paul, ses mélancoliques satires, ses touchants tableaux mêlés d'une si gracieuse ironie. Jean-Paul, en effet, ne pouvait demeurer sans influence sur les romanciers de l'école présente ; il a suscité un disciple enthousiaste, Léopold Schefer, que nous avons blâmé dans ses poèmes philosophiques, et dont il faut louer deux ou trois romans, pleins de passion et de vie. Ces sérieux exemples, accueillis avec faveur, attirèrent peu à peu les écrivains les plus indisciplinés de la *jeune Allemagne*. Qui se soucie, à l'heure qu'il est, des médiocres productions de 1835? Qui lit encore *Wally* ou *Madonna?* Personne, assurément. Les romanciers de cette école, si tôt décriée pour ses fautes, essayèrent de se renouveler dans des tentatives plus dignes de leur talent. Tandis que M. Gutzkow se livrait aux travaux de la scène avec une activité obstinée et quelquefois heureuse, M. Henri

Laube a donné ses *Franzœsische Lustschlœsser*; M. Will-komm, son *Byron* et son *Wallenstein*. Un écrivain qui, par la fougue de son talent, semble assez près de cette bruyante école, M. Théodore Mügge, a fait lire son roman de *la Vendéenne* et celui de *Toussaint Louverture*. Enfin M. Sigismond Wiese et M. Édouard Duller por-tèrent dans ces mêmes études l'ardeur d'une imagina-tion encore un peu confuse, tandis que le poëte d'*Ahas-vérus* et du *Chevalier Wahn*, M. Julius Mosen, charmait les esprits par un récit très-vif et très-brillant, *le Congrès de Vérone*.

Voilà bien des romans empruntés aux scènes de l'his-toire; que devient cependant la peinture des mœurs du pays, la reproduction originale de la vie allemande? Ce que Frédéric Bremer, Hauch, Andersen, font si gracieu-sement pour la Suède et le Danemark, aucun écrivain ne voudra-t-il le faire pour ces intérieurs allemands, si souvent chantés par les poëtes, et qui se prêtent avec complaisance aux études aimables du roman? Ce furent d'abord les plus hautes régions de la société qui atti-rèrent les touristes. Mme la comtesse Ida Hahn-Hahn et M. Adolphe de Sternberg ont été les historiens les plus goûtés de l'aristocratie, les chroniqueurs des salons bril-lants, non pas sans un mélange très-visible de théories nouvelles et de rêveries sociales. Puis, comme par un contraste subit, on a vu se lever, dans ces dernières an-nées, tout un groupe charmant de conteurs occupés particulièrement de scènes populaires, et qui ont cherché leurs récits dans les villages, dans la cabane du paysan, dans les sentiers des Vosges ou de la forêt Noire. M. Rank, M. Alexandre Weill, M. Berthold Auerbach surtout, dans ses *Schwartzwaelder Dorfgeschichten*, ont charmé tout-à-coup l'Allemagne par les plus fraîches peintures, et fait circuler, au milieu d'une littérature toute mondaine, je ne sais quels parfums rustiques et printaniers.

Tel est le tableau rapide, mais exact, de cette nom-breuse assemblée de conteurs.

IX

LA CRITIQUE ET L'IMAGINATION.

—

M. Gervinus. — Quel devrait être le rôle de la critique pendant la crise que traverse l'Allemagne. — Un succès populaire : SCÈNES DE VILLAGE DANS LA FORÊT NOIRE (*Schwartzwælder Dorfgeschichten*), par M. Berthold Auerbach.

Mai 1846.

Les préoccupations politiques de l'Allemagne sont peu favorables au culte de l'art. Tout ce mouvement si sérieux, si légitime, mérite nos plus ardentes sympathies, et il en sortira un jour de grands biens, mais la crise est difficile à traverser. Que de choses précieuses, que de trésors aimés sont jetés à la mer! Les anciennes vertus sont regardées comme incommodes et dangereuses, et, parce que ces vertus ont été souvent trompées, on les repousse, on les raille, on se défie de soi-même, on renie le caractère national. La crainte d'être dupe, voilà le mal qui corrompt les esprits. Je la comprends, cette crainte, je l'excuse chez ce peuple tant de fois abusé. N'est-elle pas cependant un fâcheux symptôme, et un vrai signe de faiblesse? Combien il serait plus beau de conserver honnêtement les traditions de ses ancêtres et de marcher néanmoins, avec le même calme et la même résolution, à la conquête de l'avenir! L'innovation courageuse et la tradition fidèle, savoir se transformer sans pour cela renoncer à sa nature, voilà ce qui attesterait chez ce peuple une maturité complète, une âme forte et tout-à-fait maîtresse d'elle-même.

Il y a un autre mal qu'il faut signaler aussi, l'absence
de la critique. Cet esprit attentif et scrupuleux, ce vigilant gardien des lettres, le critique, a abandonné son
poste; il est occupé ailleurs. Engagé comme tous les
autres dans les intérêts politiques, attentif à la rénova-
tion sociale qui s'opère, il s'inquiète peu de la dispersion
des muses. Ce désordre ne l'attriste point; il ferme
volontiers les yeux, il se console en pensant que le
temps des fortes et originales natures est passé, que le
niveau commun doit monter, et qu'après ce travail général, après cette transition nécessaire, dans un siècle,
dans deux siècles peut-être, les maîtres souverains, les
vrais successeurs de Goëthe et de Jean-Paul, de Herder
et de Schiller, reparaîtront naturellement. Cette bizarre
résignation de la critique se montre surtout d'une manière très-évidente chez l'un des juges les plus intelli-
gents et les plus fermes, chez l'historien des lettres
allemandes, M. Gervinus. M. Gervinus a publié, il y a
quelques années, les deux derniers volumes de sa savante histoire. Arrivé à la fin de la période de Goethe
et du mouvement romantique, c'est-à-dire au seuil
même de l'époque où nous sommes, il dévoile en quelques mots toute sa pensée sur les doctrines de la littérature actuelle. Or, savez-vous le conseil qu'il donne à
ses contemporains, savez-vous ce qu'il propose? Il propose une interruption de travail. Plus de poésie, plus
de chants, plus d'amour; tout a été dit. Si l'on s'obstine
à vivre dans le même horizon, cette terre épuisée ne
donnera plus naissance qu'à des œuvres sans vie.
Plions nos tentes, et allons conquérir un domaine plus
riche, un sol vierge. Cette terre féconde, ce sera la société que l'avenir nous garde et que nous devons lui
ravir; jusque-là, renonçons à la muse. Je suis les libérales espérances qui animent M. Gervinus, quand il
parle ainsi; mais cette excuse suffit-elle? Quel dédain
dans ces étranges recommandations! quel découragement mêlé à cet instinct si fier de la vocation politique
de notre âge! Sans doute, les époques calmes, régulières, en possession d'une vie morale qui les satisfait,

sont plus propices aux méditations de l'artiste, et verront naître des œuvres où brillera plus complètement le signe de la beauté. Les périodes de crise et de tourmente ne sont pas toutefois si déshéritées que vous le dites, et une si singulière abnégation a de quoi nous surprendre. Quoi donc ! attendre les temps meilleurs, congédier pour cent ans la poésie et l'imagination, leur préparer laborieusement une demeure nouvelle, comme si ces libres déesses admettaient vos précautions bourgeoises et qu'elles ne pussent, dans le travail même qui s'accomplit, trouver des occasions fécondes et répondre à de généreux appels !

Tandis que M. Gervinus conseillait une suspension de poésie, un jeûne dur et cruel, et renonçait à diriger les lettres, d'autres critiques, animés comme lui des plus libérales intentions, pensaient au contraire qu'il importait de surveiller attentivement les efforts de la génération nouvelle. Nous avons exprimé nos sympathies pour ces premiers numéros des *Annales de Halle*, où la critique littéraire et philosophique, organisée d'abord avec une vigueur sincère, annonçait un groupe militant et généreux, assez comparable déjà à ce que furent sous la restauration les écrivains du *Globe*. M. Arnold Ruge et ses amis rendirent de vrais services dans les premiers mois de leur brillante expédition ; ils signalèrent le double fléau de la littérature contemporaine, l'indifférence des hautes écoles et les frivolités aristocratiques des conteurs à la mode. En même temps qu'ils réveillaient les universités endormies, ils châtiaient comme il convient les gentilshommes voltairiens de la *jeune Allemagne :* on sait que cette sémillante armée de 1836 fut mise en déroute dès le premier feu. Ce sont là des services réels et dont l'histoire littéraire leur tiendra compte. Pourquoi faut-il qu'ils aient si vite abandonné cette direction excellente ? À cette critique large et saine, pourquoi a-t-on vu succéder si tôt un esprit d'école intolérant et jaloux ? M. Gervinus ne croyait pas qu'il fallût se préoccuper d'une littérature qu'il condamnait : il la laissait aller à l'aventure, la jugeant trop

peu digne d'un bon conseil; les écrivains des *Annales
de Halle* se jetaient dans l'excès contraire : leur ambition fut de gouverner, et de gouverner si despotique-
ment, qu'ils prétendirent bientôt imposer à toutes les
œuvres de la pensée les sèches et étroites formules de
la jeune école hégélienne. C'est ainsi qu'ils se décrédi-
tèrent eux-mêmes, et que cette entreprise, commencée
avec beaucoup d'éclat et de fermeté, fut universellement
repoussée par le bon sens public.

Entre ces deux systèmes, entre la superbe indifférence
de M. Gervinus et la tyrannie hautaine des *Annales de
Halle*, il y a place pour une critique intelligente et large.
Il faut espérer que cette critique s'organisera enfin, et
que le mouvement confus des lettres contemporaines ne
sera ni abandonné à lui-même, ni violemment comprimé. L'école de Tubingue commence à donner des
espérances; les *Annales du présent*, dirigées avec une
distinction réelle par M. Schwegler, pourront un jour
remplir ce rôle actif et sérieux que je regrette de voir
délaissé aujourd'hui. Que les jeunes écrivains de ce recueil se gardent seulement de cet esprit exclusif, de
cette partialité jalouse à laquelle on se laisse si aisément entraîner au-delà du Rhin ; l'exemple de leurs
aînés doit les avertir et leur inspirer une salutaire défiance. Pourquoi ne verrait-on pas enfin paraître ce
guide sérieusement autorisé, dont la poésie allemande
a tant besoin au milieu des complications périlleuses du
mouvement politique et du travail littéraire! Ce qu'il
devrait recommander aujourd'hui plus que jamais, c'est
le respect de cette tradition si menacée dans la tourmente actuelle. Il rappellerait aux poëtes la première
condition qui leur est imposée; il les mettrait en garde
contre les imitations étrangères, il leur prêcherait la
fidélité au caractère national. S'il est bien que l'Allemagne politique tourne les yeux vers les pays libres et
leur demande des conseils pour les réformes qui la
préoccupent, il ne faut pas qu'elle renonce à elle-même
dans la pratique des arts, et qu'elle efface indistinctement tous ses souvenirs? Comment les leçons du passé

doivent-elles être modifiées et appropriées aux besoins nouveaux ? Voilà le problème qu'il devrait étudier, l'enseignement dont il devrait se charger sans cesse. C'est surtout dans les moments de crise, aux heures de transition, que la critique est vraiment utile et que la dialectique des conseillers doit venir en aide à l'imagination des inventeurs. M. Wienbarg l'avait soupçonné, il y a dix ans, dans ses *Batailles esthétiques*; puisqu'il s'est découragé trop tôt, continuez son œuvre et accomplissez son programme. Alors, cette originalité que nous cherchons en vain ne pourrait-elle pas renaître ? Et si ce guide futur à qui je m'adresse, sympathique au mouvement libéral, pénétré d'un intelligent respect pour les beaux monuments poétiques de son pays, parvenait à diriger habilement dans cette voie les travaux des écrivains, ne remplirait-il pas un office à la fois politique et littéraire ?

Je ne sais si je m'abuse, mais cette espérance ne me paraît pas trop ambitieuse. Le rapide succès d'un recueil charmant que je suis heureux d'annoncer me confirme dans mon opinion. Les *Scènes de village* de M. Berthold Auerbach indiquent nettement, par une gracieuse expérience, ce que j'entrevoyais toute à l'heure ; elles montrent quel charme il y aurait à unir dans une juste mesure le sentiment des temps nouveaux et le culte des traditions du pays. Ce livre, publié en 1843, a déjà eu plus d'une édition ; on l'a lu et relu avec bonheur ; c'est le succès le plus franc et le plus complet que nous offrent ces dernières années. Nous n'avons pas à protéger une œuvre inconnue; nous voulons seulement en expliquer le succès, faire connaître à la France un conteur original, et tirer de cet exemple aimable des conseils, des espérances, utiles peut-être à la critique, et que nous adressons amicalement à nos confrères d'Allemagne.

Quel est le sujet du livre de M. Auerbach ? La vie des paysans de son pays, la peinture de la pauvre commune perdue dans la forêt, les mœurs rudes, naïves, du laboureur et du bûcheron. Nous quittons, et Dieu en

soit loué! le boudoir de la comtesse Hahn-Hahn, les
salons de M. Sternberg, et tout ce monde équivoque
où la *jeune Allemagne* prêchait, comme on dit, la réhabilitation de la matière. Cette société fausse, guindée, si
peu réelle, si peu allemande surtout, nous en voilà
délivrés. Je ne sais quel souffle embaumé me vient au
visage ; c'est une bouffée de printemps, un air pur et
vivace qui a passé par la ferme, au-dessus des sillons
fraîchement remués, à travers les chênes de la Forêt-
Noire. Je me rappelle aussitôt quelques-unes des œuvres
gracieuses que l'Allemagne a déjà produites, et je renoue
la chaîne de ces aimables traditions poétiques. Gœthe,
qui a touché à tout, n'avait-il pas indiqué dans *Hermann
et Dorothée* les neuves inspirations que ces agrestes
peintures de la vie allemande peuvent fournir à l'artiste ?
Après la *Louise* de Voss, après *Hermann et Dorothée*, il
y avait place encore pour une étude plus directe de cette
nature naïve, pour une reproduction plus réelle, plus
sincère. Ces poëmes, ces églogues, d'une forme si
savante et si haute, ne pouvaient descendre aux mille
détails de la vie quotidienne. Les romanciers et les conteurs sont les maîtres légitimes de ce monde nouveau,
et c'est à eux de saisir avec vigueur ces tableaux vivans,
en y portant, s'il est possible, l'art délicat, l'idéale
pureté dont le poëte d'*Hermann* a donné le modèle.
Sans remonter jusqu'à Jung Stilling ou à Pestolozzi, et
quel que soit le charme de leurs récits populaires
(*Heinrich Stilling's Jugend*, 1777. — *Lienhard und Ger-
trud*, 1781), on peut dire que cette heureuse initiative
appartient surtout à Immermann. Ce noble écrivain, trop
tôt enlevé à la poésie, forme une transition très digne
d'étude entre la sérieuse génération désormais disparue
et l'école nouvelle née vers 1830. M. Berthold Auerbach
lui doit beaucoup, et les *Scènes de village dans la Forêt-
Noire* n'existeraient peut-être pas sans le fécond exemple
donné par l'auteur de *Münchhausen*. Il y a dans cet ingénieux roman de *Münchhausen* une églogue toute
fraîche, toute vive, perdue au milieu des fantasques inventions de l'humoriste, et qui emprunte à ce contraste

même une valeur nouvelle. L'auteur interrompt un instant le récit des folles aventures de son héros, et, comme il a mis le pied en Westphalie, dans sa Westphalie adorée, il frappe à la porte du premier venu, il entre dans la cabane du paysan, il s'assied sur le vieux banc de chêne, il s'informe d'Oswald et de Lisbeth, et c'est toute une histoire imprévue qui va fleurir gaiement à l'ombre du buisson. Ne croyez pas trouver ici une idylle banale; imaginez plutôt une ferme peinture où la réalité vous pénètre et vous rafraîchit. Ce fut un succès immense, les âmes furent attendries et charmées; tant de vigueur et de grâce, un sentiment si net des choses réelles, et ce dessin si hardi, cette couleur si franche! les imitateurs ne manquèrent pas, et puisque Charles Immermann, mort bientôt après, ne put profiter de l'heureuse veine qu'il avait découverte, plus d'un jeune écrivain voulut continuer sa tâche et faire prospérer son patrimoine. Par malheur, les héritiers légitimes sont rares en de telles successions; Immermann avait gardé son secret. Parmi les romanciers que cette forme nouvelle séduisait, les uns, dans le feu des réformes, crurent trouver là un cadre favorable à leurs prédications, et cette simple nature qu'il fallait reproduire avec amour ne fut plus qu'un prétexte vulgaire. Je crains bien que M. Willkomm n'ait commis cette faute dans son *Paysan allemand (Der deutsche Bauer)*. Il y a eu pourtant, depuis quelques années, des essais plus heureux. M. Levin Schücking a consacré à la Westphalie même, comme Immermann, des récits pleins d'élégance, j'y voudrais seulement une main plus ferme et des couleurs plus distinctes. M. Alexandre Weill qui, le premier, avant M. Willkomm et M. Auerbach, avait deviné ces sources cachées d'une inspiration toute fraîche et rustique, vient de réunir, sous le patronage de M. Henri Heine, de bien gracieuses nouvelles publiées çà et là dans différents recueils littéraires. C'est un tableau complet de la vie alsacienne. Les jolis petits villages des environs de Strasbourg, Sesenheim, Rohrwiller, Schierein, y sont éclairés d'une lumière vive, et sur ce

théâtre poétique, au milieu des splendeurs d'une riche
nature, on voit agir les divers enfants de l'Alsace, gens
de la campagne et gens de la ville; puis les étrangers,
l'employé arrivé de Paris, le soldat qui vient de l'ouest
ou du midi, puis encore les aventuriers qui passent,
bohémiens et vagabonds. Derrière le clocher du bourg
vous apercevez à quelque distance la flèche de la cathédrale; souvent même, reculant les perspectives de son
récit, l'auteur vous montrera dans le fond de son tableau
le refuge lointain des émigrés, la patrie cherchée au-
delà des mers sur les côtes d'Algérie ou d'Amérique. Il
y a beaucoup de vie et de netteté dans les peintures
de M. Weill. Passons d'Alsace en Bohême. Un conteur
bien attaché aussi à son pays, M. Rank, a su trouver
dans le mélange des populations allemandes et slaves
maints contrastes poétiques, maintes richesses piquantes
dont profite à l'aventure un récit presque sans art et sans
invention. Pour M. Berthold Auerbach, ce qui le distingue
entre tous et ce qui a valu aux *Scènes de la Forêt-Noire*
un succès si éclatant, c'est un ardent amour de son pays
et un art extrêmement habile. Voici l'héritier d'Immermann. Comme les paysans de la Westphalie, les populations de la Forêt-Noire ont trouvé un peintre aimable
et vigoureux. Il n'a pas fait de ses personnages les représentants d'un système; il ne les a pas transformés
en tribuns et en prédicants; il les a aimés, il les a peints
sur sa toile avec leur physionomie franche et vraie, avec
leur bonhomie caustique, avec leurs vices quelquefois,
car il leur doit des conseils et des leçons. Le soldat et
le bûcheron, le curé et le maître d'école, le villageois
qui émigre, le séminariste qui regrette la maison paternelle, la jeune fille séduite, le vagabond, que sais-je?
ils y sont tous. Le tableau est vaste, compliqué, et présente plus d'un écueil. Immermann écrivait simplement
un épisode; ici, c'est toute une société, pour ainsi dire.
L'auteur ne va-t-il pas se répéter? Évitera-t-il la monotonie d'une inspiration unique? Ces craintes sont
permises; cependant, lorsqu'on a vu, dès les premières
pages, cette sobriété de détails, cet amour contenu, ces

leçons directes ou cachées, ce sentiment populaire et libéral, discrètement ménagé, et qui anime toutefois ces
vivants tableaux, on est vite rassuré; cette tâche si
difficile est confiée à un artiste sérieux qui la peut mener
à bien.

Voyez d'abord ce brave Tolpatsch, le premier personnage mis en scène par l'auteur, et qui n'est pas le
moins cher de ses amis, *Tolpatsch*, c'est-à-dire, en allemand, gauche, lourdaud. Son vrai nom est Aloys; mais
il est si embarrassé, si naïf, si peu dégourdi, le brave
Aloys! tout le village l'a baptisé de ce sobriquet. Il s'en
fâche quelquefois, car le lourdaud a du cœur, et son
histoire fait sourire et pleurer à la fois. Ce mélange de
gaucherie et de bonté, de grossièreté et de délicatesse,
les souffrances tour à tour burlesques ou sérieuses de ce
cœur dévoué, tout cela a été rendu avec une rare habileté. Ce n'est pas tant une histoire qu'un portrait, une
biographie rapide. Chaque trait est excellent; l'enfance
du Tolpatsch, sa passion timide pour la voisine Marianne, le départ pour l'armée, le baiser donné dans
l'étable en présence des grands bœufs tout étonnés, le
retour du Tolpatsch, sa douleur quand il entend publier
à l'église le prochain mariage de Marianne avec George,
son rival; ces détails et bien d'autres encore composent
un ensemble gai et douloureux, où se montre déjà toute
la finesse du peintre. Ce qui suit n'est pas moins gracieux, et quand le Tolpatsch, après avoir émigré en
Amérique, écrit à sa mère une lettre qui est un petit
chef-d'œuvre de naturel et d'émotion sincère, on se
prend à aimer, à admirer cette franche création de l'artiste. Ce n'est rien et c'est beaucoup; point d'invention
ambitieuse, point de fracas, mais des traits bien rassemblés et une figure vivante, d'une vérité singulière. Je
serais embarrassé pour détacher une seule page de cette
biographie; tout s'y tient, tout s'y enchaîne avec une
sobriété rare partout, et particulièrement en Allemagne.
Et puis, ces choses vivent surtout par le style, par les
ressources d'un récit industrieux et fin. Ce qui achève
enfin de charmer le lecteur, c'est l'amour de M. Auerbach

pour son héros, amour qui se trahit dans le récit même et se communique sans peine. Un généreux exilé, M. Veneday, me disait dernièrement qu'à son retour d'Angleterre, lisant le recueil de M. Auerbach, il avait été tout d'abord ravi par cette histoire du Tolpatsch. Cette excellente figure allemande, si franchement dessinée, l'avait touché au cœur, et il avait aussitôt pris la plume pour en remercier publiquement M. Auerbach. La vérité, en effet, a marqué ce portrait d'un signe qui ne s'oublie pas, et ceux qui l'ont vu peuvent répéter souvent les simples paroles qui ouvrent le récit du conteur : « Je te vois encore, bon Tolpatsch. »

La Pipe de guerre est un de ces récits sobres et fermes qui ont valu à l'auteur une réputation d'artiste. Il y a une science réelle dans ces compositions si nettes. Jean-George aime Catherine, et pour rester au logis, pour échapper à la conscription, il s'est fait sauter le doigt en mettant une double charge dans son vieux fusil. Il ne croyait pas mal faire, le pauvre Jean-George; n'était-ce pas donner à sa fiancée une vive preuve de son amour? Mais Catherine ne l'entend pas ainsi. Ce sentiment d'honneur qui a manqué à son amant, la noble fille le possède. Et comme elle souffre de cette lâcheté! comme elle pleure bravement! Ainsi commence l'histoire, et le sujet n'est autre chose, en effet, que l'éducation de Jean-George par Catherine. La supériorité morale de la femme disciplinant cette nature inculte et rude, voilà le thème que l'auteur a traité avec beaucoup d'art. Ce sujet est grand; il a inspiré à d'éloquents romanciers plus d'un récit glorieux, et l'auteur de *Mauprat* y a puisé de vigoureuses inspirations. Ici, l'action ne se passe pas dans de si nobles sphères; il n'y a pas de place sans doute pour les poétiques développements; cette naïve Edmée de village est cependant bien gracieuse. Le but que poursuit avec une réflexion si haute la généreuse maîtresse de Mauprat, elle l'atteint sans y songer, et dans des circonstances toutes populaires. Le plus terrible ennemi de Catherine, avouons-le, c'est la pipe de Jean-George; elle finira par là lui enlever. J'aime cette

petite scène flamande si bien contée ; Jean-George fume
sa pipe devant la porte de Catherine, la pipe dont il est
si fier, la plus belle pipe du village, et, tout en fumant,
il regarde les blessés de l'armée de Moreau qui défilent
dans la grand'rue. Un des soldats lui arrache lestement
la pipe et l'emporte, et Catherine, à sa fenêtre, bat des
mains. Jean-George est furieux, comme vous pensez,
furieux contre le soldat, furieux surtout contre Catherine ; n'ayez pas peur, Catherine le ramènera bientôt.
Aimable peinture ! joli tableau de Teniers, où brille,
sous la familiarité des détails, une pure lueur de la grâce
morale ! Et tout cela est si net, si sincère, qu'on s'intéresse en vérité à l'éducation du rustre, comme aux
transformations laborieuses du héros de George Sand.

M. Berthold Auerbach excelle dans ces narrations
rapides ; il a raison pourtant de ne pas en abuser, et
j'aime qu'il nous montre, non plus seulement un portrait, mais un tableau, une fable imaginée plus fortement, un petit drame où ses personnages se meuvent
en liberté. Il y en a trois dans ce recueil qui se recommandent à l'attention particulière du lecteur, *Ivon le
Curé*, *Florian et Crescence* et le *Maître d'école de Lauterbach*. Les critiques allemands ont signalé *Ivon le Curé*
comme l'œuvre la plus heureuse de M. Auerbach, et je
suis volontiers de leur avis. Si on voulait faire connaître en France l'aimable conteur dont je parle, c'est
ce petit roman qu'il conviendrait de traduire. Le sujet
est grave et charmant ; c'est la vie d'un jeune paysan
entré au séminaire, ce sont les aventures de ce pieux et
tendre jeune homme, les combats douloureux de son
cœur, les péripéties, souvent bien tristes, bien na-
vrantes, d'une destinée obscure et noblement tourmen-
tée. Voyez que de poésie dans ce début ! C'est un sa-
medi : le charpentier Valentin est fort occupé à l'église,
les coups de marteau vont leur train ; on achève de
clouer l'autel où le fils du tailleur dira le lendemain sa
première messe, la chaire où il fera son premier sermon. C'est un événement à Nordstetten : les prémices
(tel est le nom en Allemagne d'une première messe dite

par le prêtre nouvellement ordonné), les prémices du
jeune abbé sont une fête de famille pour tous les gens du
pays. Or, tandis que le bonhomme Valentin travaille
avec ardeur pour la cérémonie du lendemain, ses deux
jolis enfants l'aident de leur mieux. Le petit Ivon
surtout, avec son air éveillé et ses éternels *pourquoi*,
est vivement agité. Tout en apportant les clous, les
planches, le marteau, il renouvelle à chaque instant ses
questions sans fin qui embarrassent plus d'une fois le
bonhomme. Et le lendemain, pendant la messe, quand
tout le village assiste aux prémices, quand le jeune
prêtre monte en chaire, il faut voir le petit Ivon ouvrant
ses grands yeux bleus et écoutant de toute son âme. Il
n'a pas trop compris ce qu'a dit le prédicateur ; mais
cet appareil inaccoutumé, les cierges, les chants, les
conversations des bonnes gens, l'enthousiasme des
mères, tout ce bruit et tout ce triomphe enivre de piété
l'imagination de l'enfant. Il veut devenir prêtre aussi,
et dire un jour dans l'église du village sa première messe
et son premier sermon. Ainsi débute l'histoire d'Ivon,
et Ivon sera bientôt au séminaire. Avant d'y aller cependant, il faut qu'il grandisse encore. L'éducation du petit
Ivon est une des parties les plus gracieuses du récit.
Quel est son précepteur? Ce n'est pas le maître d'école,
esprit sec et borné, qui n'a aucune action sur cette âme
tendre ; non, c'est le valet de l'étable, le gardeur de
vaches, le bon et ignorant Nazi. Sans y songer, le bon
Nazi communique à Ivon toute une science naïve et saine,
l'instinct de la nature, et une touchante amitié pour les
bœufs et les chèvres de la maison. Si une vache, achetée
la veille, mal habituée à sa nouvelle demeure, pousse
durant la nuit de longs beuglements plaintifs, soyez sûr
qu'Ivon l'entendra, et, tout inquiet, réveillera son père.
Ivon ne quittait plus Nazi ; il l'accompagnait aux champs,
et Nazi lui apprenait les vieilles chansons du pays ou
répondait à ses questions continuelles. Ces deux êtres
si simples avaient souvent des illuminations merveilleuses. Un soir, ils revenaient de la vallée et gravissaient
le sentier de la montagne ; Nazi avait placé Ivon sur le

cheval, et suivait à pied. Il regardait le soleil qui allait
disparaître entre deux sommets couronnés de noirs sa-
pins. Tout à coup la terre et le ciel lui semblèrent une
grande nef de cathédrale, toute de lumière et d'or. Les
petits nuages se balançaient comme des têtes de séra-
phins; au milieu s'étendait une large nuée, magnifiquement immobile, qui formait comme un autel; ses degrés
étaient bleus, et sur la table brûlait une flamme éblouissante. Nazi croyait à tout instant que la nuit allait s'ouvrir et que Dieu apparaîtrait dans sa gloire. Il s'était
arrêté, et Ivon galopait toujours à cheval sur le chemin
escarpé; le cheval semblait avoir des ailes, et on eût dit
qu'un ange emmenait Ivon dans le dôme enflammé du
couchant. Deux oiseaux volaient au-dessus de sa tête, si
haut, si loin! « Nazi demeurait là en extase. L'incom-
préhensible splendeur de la Divinité avait laissé tomber
un de ses rayons dans l'âme du paysan, et, pendant une
minute suprême, il fut élevé plus haut que tous les
grands de ce monde sur les trônes de la force et de l'intelligence; la majesté divine s'était inclinée vers lui.
Jour fortuné! Ivon et Nazi ne l'oublièrent jamais. » On
comprend qu'une telle éducation, une telle ouverture
de cœur, un commerce si abondant et si franc avec la
nature bien-aimée, devaient le préparer assez mal à la
réclusion, aux austérités de la vie ecclésiastique. C'est
là, en effet, le véritable but de l'auteur. Il éveille une à
une dans l'âme de son jeune héros toutes les pures émotions; joignez-y les amours enfantines, l'innocente tendresse d'Ivon pour la fille du voisin; ce sont mille joies
familières qui s'épanouissent richement dans cette âme
que rien ne comprime; la jeune sève court et se déploie
en des fleurs sans nombre. Mais que deviendra Ivon sous
la discipline du séminaire? C'est une longue histoire que
je ne veux pas conter ici. On devine aisément que de
détails charmants et profonds s'offriront à l'habile plume
du conteur. L'analyse est vive et délicate, et c'est l'action elle-même, ce sont maintes scènes variées et originales qui la feront connaître. Les doutes, les désen-
chantements, le déespoir d'Ivon, la résolution qu'il

prend (après combien de luttes intérieures et de soupirs étouffés!) de renoncer à la vie religieuse, la résistance des parents, l'aveugle entêtement du père, tout
cela forme une douloureuse et tragique histoire. L'auteur a eu besoin d'une grande habileté pour échapper
aux lieux communs; il les a évités cependant à force de
naturel et d'art. Et puis, cette histoire n'est-elle pas
heureusement placée dans le cadre choisi par M. Auerbach? N'est-ce pas une invention tout-à-fait sincère
dans ce duché de Bade, où le clergé, chaque année,
réclame contre la discipline romaine? L'auteur laisse
entrevoir ce côté sérieux du sujet, sans jamais y insister.
Il n'y a là aucun esprit de système, point de déclamation, point de prétention dogmatique, mais un tableau
vivant où la vérité crie et finit par arracher des larmes.

M. Berthold Auerbach aime d'une affection véritable
ses paysans de la Forêt-Noire, et, s'il les peint avec
grâce, il ne leur ménage pas les leçons. L'histoire intitulée *Florian et Crescence* est une page sévère et rude.
Pourquoi le jeune paysan de la Forêt-Noire abandonne-
t-il son toit? Pourquoi le bûcheron a-t-il quitté sa montagne? C'est la vanité qui le pousse. Il ne veut plus être
semblable à ses frères. Le costume des gens de la ville
lui fait envie; il part, il va à la ville, il ira même plus
loin, il passera le Rhin et vivra à Strasbourg au fond
des tavernes. Ainsi a vécu Florian. Puis, quand il retourne au village avec son habit endimanché et ses prétentions grotesques, qu'est-il devenu, le pauvre Florian?
Ce n'est pas un étudiant, et ce n'est plus un homme de
la campagne. Il n'a pris de la ville que les vices, l'insolence et la fainéantise. Son arrivée, on le pense bien,
est un évènement à Nordstetten; mais M. Auerbach
est sans pitié, il poursuit Florian et met à nu les misères cachées de cette existence fausse qui séduit les
bonnes gens du pays. Tandis qu'on l'admire, tandis que
Lise, et Barbe, et Marguerite, tout émerveillées, jasent
au bord du puits, le conteur n'est pas dupe; il dénonce
sa triste vie, ses embarras, son orgueil, et le manque
d'argent, et toutes les ruses de l'aventurier. Florian peu

à peu va devenir un voleur et un assassin. L'auteur finit
pourtant par se laisser fléchir, quand il amène auprès
du vagabond une compagne dévouée qui le sauvera
malgré lui. J'ai regret, je l'avoue, d'indiquer seulement
le cadre de ces touchantes histoires; il faudrait les traduire, car ce cadre n'est rien, et tout le mérite de l'œuvre consiste dans l'originalité des détails. L'influence
supérieure de la femme est une idée à laquelle M. Auerbach attache beaucoup de prix et qui l'inspire avec
bonheur. Catherine, Crescence, Hedwig, toutes ces
charmantes créatures, ces héroïnes de village, ont une
physionomie distincte, vraiment belle et délicate.

Ce qui donne un intérêt particulier et une unité gracieuse au livre de M. Auerbach, c'est qu'il ne sort pas de
son village : l'horizon de Nordstetten lui suffit. Tous les
habitants de la commune sont étudiés tour à tour et deviennent comme une famille dont on écoute avidement
l'histoire. Le soldat, le curé, le séminariste, le maire, le
Tolpatsch reparaissent continuellement dans des tableaux
variés. Qu'un étranger arrive, l'habile conteur saura
bientôt ses aventures, et, si les gens de Nordstetten l'ac-
cueillent mal, il leur prêchera l'hospitalité. Cela devra se
rencontrer plus d'une fois. Le pauvre employé, le fonc-
tionnaire subalterne aura souvent à souffrir de l'esprit
railleur de Nordstetten ; mais patience ! M. Auerbach le
vengera bien amicalement. Un de ses plus chers protégés, c'est le maître d'école. Pauvre maître d'école ! il
n'est pas du pays; il est né à Lauterbach, et c'est de là
qu'il vient, pour prendre possession de son petit emploi. Comme il est joyeux, confiant ! Hélas ! il aura affaire dès le premier jour à la moquerie et à la malveillance. Voyez-le, c'est un dimanche, au coucher du
soleil; les cloches sonnent *l'angelus*, et des groupes de
promeneurs vont et viennent sur la grande route. Le
maître d'école salue de loin sa nouvelle résidence, et, à
l'aspect heureux de cette contrée, il se sent pénétré de
joie. Cet air de fête, ce chant des cloches, tout le ravit ;
il lui semble en vérité que le village savait l'heure de
son arrivée, et que le clocher carillonne gaiement pour

célébrer sa bienvenue. Attendons à demain : quel contraste subit entre ce candide enthousiasme et l'accueil
maussade qu'on lui prépare! Ces bonnes gens de Nordstetten ont de graves défauts, et ce n'est pas du tout une
fade églogue que M. Auerbach a voulu écrire. Le maître
d'école est étranger à Nordstetten, c'est-à-dire qu'il
tombe en pays ennemi. Ajoutez à cela que le pauvre
jeune homme est né à Lauterbach, et qu'il y a une sotte
chanson populaire sur les gens de Lauterbach ; mieux
vaudrait arriver de Pontoise. Cette chanson moqueuse
va lui être chantée sur tous les tons. Et lui qui rêvait si
doucement aux sons de la cloche hospitalière! Il tâchera
pourtant de conjurer cette opposition vraiment formidable ; il fera ses visites au maître d'école en retraite,
aux vieux paysans les plus rusés ; il soutiendra de bonne
grace les méchants propos et les grossières moqueries.
Son journal, auquel il confie ses plus secrètes impressions, nous révélera de bien précieux trésors chez ce
candide et dévoué jeune homme : il y répandra toute
son âme dans des confidences sans apprêt. Et puis, le
dimanche, n'est-ce pas lui qui joue de l'orgue à l'église?
La musique est un refuge adoré pour ce cœur simple et
involontairement mystique. Tout ce tableau est d'une
élégance achevée, d'une délicatesse adorable. La douce
résignation, la douleur gracieuse du jeune homme, ont
été pour les agréables peintures de M. Auerbach des occasions charmantes dont il a bien profité. Un soir, un
groupe de jeune paysans entonne, sous les fenêtres du
maître d'école, la fameuse chanson des gens de Lauterbach ; le maître d'école, attristé et souriant, prend son
violon et accompagne jusqu'au bout le chant railleur
qu'on lui jette. Tant de douceur, tant de grâce aimable,
devaient dompter à la fin les plus rebelles, et le maître
d'école y parviendra en effet. Le village sera moralisé
par lui ; ceux qui l'injuriaient le plus seront demain ses
amis dévoués, et lui-même, après avoir maintes fois juré
qu'il abandonnera au plus tôt cette contrée méchante,
il s'y attache par tout le bien qu'il y fait. Un pur et gracieux amour intervient aussi pour lui donner des forces ;

on est rassuré pour le jeune maître, quand on voit la timide Hedwig prendre parti pour lui en rougissant. La fondation d'une école de chant, d'un cercle de lecture, avec les résistances dont le maître d'école triomphe, sont d'aimables et piquants détails. Enfin son mariage avec Hedwig est célébré comme une fête de famille. Un hiver avait suffi à l'étranger pour calmer les cœurs, pour les purifier et y répandre une meilleure semence. Aussi, ajoute l'auteur, quand les cloches du village, au jeudi saint, partirent pour Rome, elles purent annoncer que la paix était revenue à Nordstetten, et que l'année avait été bonne.

On a peint souvent le curé du village : M. de Lamartine l'a célébré magnifiquement dans *Jocelyn*; mais qui a chanté le maître d'école, qui a raconté son influence pieuse, comme fait ici M. Auerbach? Le maître d'école de M. Sainte-Beuve, *Monsieur Jean*, occupe une place à part, avec sa rigueur janséniste, avec la douloureuse destinée que lui a donnée le poëte, et ce n'est pas au fils tourmenté de Jean-Jacques Rousseau que je comparerais l'humble organiste de Nordstetten. Le protégé de M. Auerbach (oserai-je le dire?) me rappelle çà et là le poétique personnage de Lamartine; je ne voudrais pas assimiler les embarras du maître d'école aux déchirantes douleurs de l'amant de Laurence : non, le maître d'école est beaucoup plus modeste assurément; toutefois, ce qui lui manque en grandeur, il le regagne souvent par la grâce et la finesse. Il y a dans le récit de M. Auerbach un tableau assez semblable par l'inspiration au brillant épisode des *Laboureurs*, mais d'une exécution bien différente, comme on pense, et approprié au ton général du sujet. Jocelyn, du haut de la montagne, contemple la plaine occupée par les travailleurs, et tandis que le soc fouille la terre, tandis que la semence est déposée dans le sillon, il chante en des hymnes splendides le labeur fécond, et la terre qui boit la sainte sueur humaine. Le maître d'école se promène dans la campagne, sur la lisière de la forêt; il regarde aussi les bœufs, les charrues, le sillon qui s'allonge....

pas au fond de son cœur les chants sublimes de Jocelyn,
ce spectacle du travail lui inspire, comme au curé de
Valneige, les plus belles méditations sur la vie, sur
l'âme, sur la destinée de l'homme. Sa philosophie ne
sait pas se déployer en strophes glorieuses ; elle se traduit en des notes fines et sensées. C'est une série de
maximes, de réflexions, dont le texte a été fourni par
les divers incidens du tableau qui frappe ses yeux, par
la charrue de Jean-George, par la vache du bonhomme
Valentin : philosophie populaire et profonde, qui, mêlée
à cette ferme peinture de la vie des champs, lui emprunte mille parfums pénétrants qui réjouissent l'âme.
M. Auerbach a-t-il songé au poème de M. de Lamartine
en écrivant l'humble et touchante chronique du maître
d'école de Lauterbach? Je ne sais ; ce rapprochement
toutefois n'altère en rien l'originalité de son œuvre; s'il
s'est souvenu de Lamartine, il a réussi à s'approprier
l'inspiration du poète avec une sincérité incontestable, et à créer sur sa toile une figure qui lui appartient.

Je regrette que M. Auerbach ne se soit pas toujours
renfermé dans les riantes peintures où il excelle; il a
craint la monotonie peut-être, il s'est défié de ses forces,
et, pour varier l'intérêt de ce recueil, il a eu recours çà
et là à des émotions que je crois artificielles. Pourquoi
les scènes de mélodrame au milieu de ces élégantes
études? L'histoire de *Toinette à la joue mordue* contient
plus d'un détail charmant, mais la conclusion est d'une
autre langue, d'une autre littérature, si je puis ainsi
parler. Le crime qui ensanglante le récit n'appartient
pas à l'inspiration ordinairement si franche, si naturelle,
de l'auteur; nous ne sommes à Nordstetten, nous n'a-
vons plus entre les mains le chroniqueur d'art, je lis
un des romanciers du jour, j'assiste à une scène arran-
gée par la main d'un faiseur. Le même reproche s'a-
dresse aussi à l'histoire de Geneviève, bien qu'on y retrouve encore des traits pleins de grâce et vraiment
distingués. L'esquisse est souvent agréable; comment,
en d'autres endroits, la main de l'auteur a-t-elle ap-

puyé sans précaution? Le crayon, en s'écrasant, a charbonné toute une partie du dessin.

La vocation du talent de M. Auerbach se déclare surtout dans les fines peintures, dans des scènes habilement groupées, d'une couleur gracieuse et gaie, d'une vérité naïve et où brille toujours une pure élévation morale. Quelquefois le sentiment politique se fait jour, mais avec quelle discrétion! avec quel ménagement! C'est là que je reconnais un artiste bien délicat. L'honnêteté, la droiture de ses paysans, la conscience naïve de leurs droits, s'expriment sans faste avec une bonhomie parfaite. La belle ballade d'Uhland sur le vieux droit pourrait servir d'épigraphe aux principales pièces du recueil. Nordstetten a ses prud'hommes, ses patriarches, dont l'autorité est grande dans toutes les affaires qui intéressent le droit commun. Il ne faut pas que le chef du district, l'*Oberamtmann*, prétende introduire des usages nouveaux et restreindre les vieilles franchises; il rencontrera une opposition sensée et tenace. Un de ces prud'hommes toujours consultés, un de ces défenseurs de la commune, c'est celui que l'auteur appelle le *Buchmaier*. Le *Buchmaier* est reconnu comme le plus sage et le plus expérimenté, c'est à lui qu'on s'adresse en toute occasion difficile; si Jean-George ou Valentin est amené devant le juge pour avoir coupé une branche d'arbre dans la forêt, le *Buchmaier* ira avec lui et défendra le coupable. Si une ordonnance illégale est rendue, si l'on publie quelque prohibition injuste, il dirigera en personne une petite émeute pacifique, et, accompagné du village tout entier, il adressera à l'*Oberamtmann* une harangue qui est un vrai chef-d'œuvre de bons sens et d'éloquence populaire. Le *Buchmaier* cependant n'est pas toujours irréprochable; que de fois n'a-t-il pas interprété d'une façon mesquine et jalouse les franchises qu'il défend, et pris ses préjugés pour des droits sérieux! Heureusement notre ami le maître d'école, fort mal accueilli par lui, rectifiera ce bon sens honnête, mais étroit, qui s'entête souvent si mal à propos. Ainsi se développe dans ces tableaux divers l'unité de cette chro-

nique aimable, chronique d'un village, vivantes archives
d'une petite commune que l'on voit grandir et s'amélio-
rer sous la direction de ses plus dignes enfants, réunion d'excellents portraits parmi lesquels se détachent
surtout le séminariste Ivon et le maître d'école de Lauterbach.

J'en ai assez dit pour faire comprendre le mérite sérieux de la publication de M. Auerbach et pour expliquer le rapide succès qui l'a couronnée. Ce mérite est
dans la nouveauté unie à un sentiment très-filial de la
tradition littéraire. Voilà des peintures vraiment allemandes, et cependant on ne leur reprochera pas l'idéalisme excessif, l'indifférence dangereuse qui a provoqué
dans ces derniers temps une réaction si vive et si légitime. Pour échapper à cet idéalisme, pour se préparer
aux luttes de la vie active, l'Allemagne a été entraînée à
renier son génie ; elle a eu recours à une littérature voltairienne qui ne lui conviendra jamais ; maintes écoles
se sont formées avec bruit, qui ont recommandé l'ironie,
la raillerie, comme un remède salutaire aux séductions
enivrantes du mysticisme. Que de frivoles écrits depuis
ce temps-là ! que d'inspirations factices ! Tous ces esprits volontairement légers avaient fini par se tromper
eux-mêmes. Voltaire affirme qu'il a trouvé son œuvre
la plus cruelle dans les papiers d'un docteur allemand ;
eh bien ! on a pu croire un instant qu'ils prenaient la
plaisanterie au sérieux et qu'ils couraient en foule à
Minden, cherchant la suite de *Candide* dans les poches
du docteur Ralph. Peu à peu cependant le vieux péché
de l'Allemagne reparaissait, les songes revenaient en
foule, non plus ces songes d'or qui erraient dans le ciel
lumineux du spiritualisme (ceux-là étaient chassés avec
dédain), non, c'étaient les rêves bourgeois du ménage
humanitaire. Les bons esprits s'aperçoivent aujourd'hui
qu'on se perdait à plaisir dans une fausse route ; le succès de M. Auerbach est un symptôme rassurant. M. Auerbach lui-même avait suivi jadis une voie bien différente ; il avait débuté en 1837 par un roman sur Spinoza
qui attestait sans doute un mérite réel, mais les préten-

tions métaphysiques du livre ne permettaient guère
d'entrevoir les heureuses transformations qu'a subies
son talent. Un autre ouvrage, le Poète et le Marchand,
appartenait aussi à cette ambitieuse école qui substituait à l'art des peintures vraies les creuses songeries
du socialisme. Au lieu de régénérer l'humanité, M. Auerbach s'occupe aujourd'hui d'écrire l'histoire de son village ; au lieu de prêcher avec Spinoza, il raconte agréablement les aventures du Tolpatsch, du curé et du
maître d'école. Quand il s'adressait au monde des chimères, on l'écoutait médiocrement ; aujourd'hui qu'il
s'est enfermé dans un cadre plus restreint et plus vrai,
aujourd'hui qu'il surveille l'éducation de sa petite commune au fond de la Forêt-Noire, tout le monde en Allemagne a lu ses récits, et la foule a battu des mains. C'est
qu'il vaut mieux prendre pied dans le monde réel, et,
n'eût-on qu'un petit coin de terre, y être maître chez
soi, que de croire régner dans le vide. M. Auerbach fera
plus de bien mille fois dans ce petit domaine si riche
que sur les nuages malsains des fausses rêveries. L'artiste y a gagné ; l'étude de la réalité lui a appris la précision et la finesse ; le philosophe aussi a su acquérir des
mérites nouveaux, une pensée plus nette, un enseignement plus élevé, une morale plus féconde. Enfin, ce petit
coin de terre, c'est un sol bien allemand ; et, puisque
nos voisins sont si justement préoccupés des soucis de
la vie publique et des transformations prochaines, quelle
meilleure étude pour un artiste sincère que de chanter
la patrie, et de renouer, en s'associant à tous les désirs
légitimes d'un monde nouveau, les traditions nationales
qu'une colère aveugle avait brisées?

Je disais tout-à-l'heure qu'un des plus grands maux
de l'Allemagne littéraire, c'était l'absence de la critique.
Les écrivains que le public pourrait accepter comme
juges, M. Gervinus, par exemple, ont renoncé à l'honneur et aux devoirs de cette charge ; puisqu'ils con-
seillent le silence à l'imagination, il ne se donneront
jamais la peine de diriger une poésie qu'ils condamnent.
Parmi ceux qui veulent exercer ce rôle difficile, les uns,

tels que M. Menzel, combattent avec fureur toute innovation où ils croient apercevoir de loin ou de près une
pensée plus libérale, un tour plus vif, en un mot l'esprit
de la France. Les autres, bien au contraire, acceptent
cette influence avec un indiscret empressement et pro-
tègent, en haine du mysticisme, une littérature ironique,
un voltairianisme d'emprunt qui serait fatal à l'originalité allemande. Le jour où la critique reprendra en
Allemagne une légitime autorité, le jour où elle cessera
d'être un dilettantisme banal pour conseiller efficacement son temps, elle recommandera à la fois et l'innovation appropriée à la société présente et le respect des
traditions du pays. L'exemple de M. Berthold Auerbach ne sera pas perdu pour elle. La tradition toute
seule, une fidélité aveugle aux souvenirs du passé enfer-
merait l'imagination des poètes dans cet ancien monde
mystique et brumeux d'où la société moderne s'est
dégagée victorieusement. A son tour, l'innovation toute
seule, une innovation aventureuse, irréfléchie, qui per-
drait de vue le sol natal et romprait tout lien avec l'esprit
des aïeux, livrerait la pensée allemande à l'influence
d'un génie qui n'est pas le sien. L'Allemagne devenue
voltairienne nous ferait médiocrement honneur. Puisse-
t-elle nous emprunter quelque chose de notre esprit, le
sens droit, la netteté des vues ! Puisse-t-elle prendre
chez nous un attachement sincère aux grands principes
du monde moderne, aux saintes conquêtes de 89 ! Mais
qu'elle garde toujours, dans l'expression de ses sentimens, dans sa poésie et dans ses arts, la forme qui lui
appartient. Il n'est pas bon que les peuples changent
de costumes, ils porteront toujours gauchement l'habit
de leur voisin. Nous blâmerions celui de nos poètes qui
se ferait allemand ; pouvons-nous accepter, au-delà du
Rhin les poètes et les romanciers qui copient maladroitement l'esprit français ? Nous cherchons l'originalité,
cette précieuse fleur de l'art, dont la semence périt
chaque jour dans ce sol européen si battu par les com-
munications des peuples. En est-ce fait ? Ne pourra-t-
elle renaître ? Elle renaîtra, si l'écrivain, sans renoncer

aux idées de son siècle, conserve la tradition, l'esprit vivant de la patrie. Elle renaîtra dans le champ le plus humble, dans un petit coin de terre, à l'ombre d'une haie d'aubépines, et c'est pour cela que j'ai insisté sur l'heureuse tentative de M. Berthold Auerbach.

X

DE LA SITUATION DU THÉATRE.

Il y a cinquante années à peine, le théâtre allemand, après de longues hésitations, après mille essais infructueux, semblait entré décidément dans des voies originales et fécondes. Éveillée par la critique ardente de Lessing, la poésie dramatique avait reçu de deux grands artistes une consécration aussi éclatante que rapide. Le génie réfléchi de Goethe, l'enthousiasme de Schiller, enfantaient une série de créations sublimes, et la scène qu'avaient illustrée *Goetz de Berlichingen* et *don Carlos*, *Egmont* et *Guillaume Tell*, la scène que l'Europe enviait à Weimar pouvait se féliciter d'avoir conquis à l'Allemagne la plus haute gloire littéraire et préparé de beaux jours aux générations à venir. Hélas! un demi-siècle s'est écoulé depuis *Guillaume Tell*, et le théâtre allemand n'est pas encore fondé. Les poëtes rencontrent aujourd'hui les mêmes obstacles qui arrachaient à Lessing des plaintes si éloquentes. Ces ennuis de chaque instant, ces difficultés de mille sortes qui eussent arrêté un esprit moins rusé que l'auteur de *Faust*, un cœur moins ardent que l'auteur de *Wallenstein*, tout cela existe encore. Aujourd'hui comme alors, les gouvernements sont hostiles, le public est la proie des faiseurs vulgaires, et le sol ingrat refuse la divine semence. Tant de chefs-d'œuvre ont-ils donc été inutiles? Est-ce en vain que le vieux Goetz et le brillant Egmont, en vain que Thécla et Piccolomini, le marquis de Posa et Jean d'Arc, Fiesque et Guillaume Tell, ont réuni dans un généreux enthousiasme tout un auditoire immense, présage glorieux de l'unité future de la patrie? Ce beau résultat n'est-il que le triomphe passager d'un génie individuel, et faut-il répéter les tristes paroles que Lessing, dans une heure de doute et de découragement, a jetées avec tant d'amertume à la fin de sa *Dramaturgie :* « La plaisante bonhomie, en vérité! Vouloir créer aux Allemands un théâtre national, quand les Allemands ne sont pas une nation !

Oui, ces paroles sont vraies, et si elles ne s'appliquent pas à l'Allemagne présente avec la même rigueur qu'autrefois, si l'Allemagne commence à être une nation, il s'en faut bien cependant que l'anathème de Lessing ne justifie pas sur bien des points la fâcheuse situation du théâtre. Tant que cette conscience nationale, lentement et laborieusement éveillée, ne se sera pas créé une vie puissante, le théâtre demeurera impossible. Il y aura çà et là d'intéressants efforts, il y aura des œuvres nées d'une inspiration particulière, il n'y aura pas une poésie vivante et qui soit l'expression de la patrie. Cette forte poésie qui s'adresse au peuple assemblé et qui mûrit au souffle fécond des grandes foules se flétrira dans les petits centres, dans les résidences provinciales: privée de son appui naturel, elle subira des influences funestes, et tantôt l'on verra triompher les idées bourgeoises, tantôt on verra éclater ces réactions littéraires qui ne prennent aucun souci des exigences de la réalité et des conditions de la scène. Ces deux dangers, très-graves partout, le sont particulièrement en Allemagne. Dans aucun autre pays, le public à demi lettré n'est plus considérable. Or, cette société moyenne, cette bourgeoisie des petites résidences a toujours agi d'une manière fatale sur la littérature dramatique. C'est pour elle que les écrivains sans art ont inondé les scènes allemandes de productions communes et répandu le goût des fadaises sentimentales. C'est pour satisfaire ce public fâcheux que la Muse, changée en une honnête ménagère et réduite à l'étroite enceinte du foyer domestique, n'a plus élevé ses pensées au-dessus du monde réel. Quand l'art est ainsi abaissé, les protestations éclatent.

les vrais poëtes s'indignent, et, comme un excès amène
toujours l'excès opposé, les défenseurs de l'imagination, dédaignant le monde visible, se réfugient dans le
mystique pays des chimères. Comment cette réaction
si légitime ne produirait-elle pas chez nos voisins des
résultats extravagants? Comment l'horreur de la poésie
vulgaire n'entraînerait-elle pas des imaginations rê-
veuses dans tous les ridicules d'un idéalisme sans mesure? Certes, le mysticisme allemand n'a pas besoin de
telles excitations. Ainsi, d'un côté des œuvres triviales,
de l'autre des fantaisies sans corps, voilà ce que produi-
ront les lettres dramatiques. Au milieu de ces tentatives
contraires, où sera donc le théâtre? où sera la vivante
reproduction de l'âme humaine idéalisée par une intelligence supérieure? A qui demander cette forme souveraine de l'invention poétique? Encore une fois, ne
cherchez pas un vrai théâtre là où le poëte n'est pas
soutenu par la pensée de tout un peuple; vous ne trouverez que des œuvres bourgeoises écrites pour une caste
à demi lettrée, ou les réclamations ingénieuses des dilettanti. Si quelque grand maître apparaît tout à coup, ce
sera une bonne fortune sans résultat; les sublimes créations de son génie ne réussiront pas à constituer une
scène durable, et, quand il sera mort, on verra recommencer de plus belle et les plates compositions des uns
et les mystiques raffinements des autres.

L'histoire du théâtre allemand ne confirme que trop
ces réflexions. Ce que j'indique ici rapidement s'est produit au temps de Schiller et se renouvelle aujourd'hui
sous nos yeux. Quand Schiller parut, la poésie était
encore loin des voies heureuses où elle devait trouver
de si magnifiques inspirations. Lessing, au milieu de
tant de vérités fécondes, avait fait triompher des théories bien fausses. Schiller et Goethe durent traverser ce
drame bourgeois dont l'auteur d'*Émilia Galotti* s'était
servi habilement contre l'influence française, mais qui,
tombé aux mains des écrivains médiocres et adoré d'un
public ridicule, devenait pour la poésie allemande un
danger tout aussi grave que l'avait été l'imitation clas-

sique, Kotzebue, Iffland et leurs amis, tous ces poëtes
sans poésie, ces inventeurs sans invention, accoutu-
maient les esprits aux niaiseries d'un art qui ne se
doute pas de l'idéal. Ce triste Kotzebue, particulièrement, est le héros de la trivialité. Jamais le médiocre,
sous toutes ses formes, n'a été plus copieusement exploité
que par lui. Soit qu'il imitât Diderot dans des pièces pré-
tendues philosophiques, soit que dans ses tableaux de
ménage il portât jusqu'aux limites du genre la niaiserie
sentimentale, soit que, séduit par *les Brigands* de Schiller, il eût recours vers la fin de sa vie aux bandits et aux
assassins, jamais ce manœuvre infatigable ne s'éleva
jusqu'au sentiment de l'art qui transfigure tout ce qu'il
éclaire. L'influence de ses écrits fut désastreuse. Gâté
par cette littérature affadie, trompé par cette fécondité
stérile qui est toujours un signe de force aux yeux des
profanes, le public semblait incapable de ressentir les
saintes émotions du beau; on vit même des esprits distingués céder au puéril entraînement de la vogue. Wieland
fondait sur Kotzebue les plus grandes espérances, et Jean-
Paul, cet admirable Jean-Paul, dont l'âme était si profondément poétique et le goût si mélangé, n'a-t-il pas osé
le comparer à Molière? Je ne puis m'empêcher en passant
de signaler aux Kotzebue qui abondent chez nous depuis
une dizaine d'années le sort mérité qui les menace.
Kotzebue a écrit plus de deux cents drames ou comédies,
sans compter les livres, les mémoires, les romans, les
journaux sous lesquels il a noyé l'Allemagne; il a obtenu
l'admiration de la foule et l'estime de quelques natures
d'élite; ses pièces ont été représentées sur tous les théâtres de son pays et traduites dans toutes les langues de
l'Europe; il était, en un mot, ce que sont aujourd'hui
les *princes* et les *maréchaux* de notre littérature courante.
Eh bien! quel a été pour l'écrivain le salaire de toutes
ces œuvres entassées pêle-mêle et que n'éclaira jamais
un rayon de l'idéal? Le mépris de son pays et le discré-
dit universel.

Du vivant même de ce producteur si fêté, la réaction
fut vive. Tandis que Kotzebue et ses amis faisaient la

joie d'une bourgeoisie prétentieuse, une école se forma qui voulut venger l'idéal, et tomba dans des erreurs nouvelles. C'étaient des esprits enthousiastes, subtils, que la poésie exaltait, mais qui en connaissaient bien mal les conditions sévères ; en haine de ce théâtre banal qui leur répugnait si fort, ils en vinrent à mépriser toutes les exigences de la réalité. Kotzebue et Iffland se préoccupaient de la scène sans avoir souci de la poésie ; Tieck, et avec lui toute l'école romantique, crut venger la poésie en dédaignant la scène. C'est Tieck, en effet, qui a été long-temps le chef de cette école romantique, bien peu connue en France, et qui n'a guère d'autre ressemblance que celle du nom avec notre romantisme de 1825. Il avait commencé par de petites comédies satiriques où le public de Kotzebue est ingénieusement persifflé. Il aimait à montrer quelque noble amant de l'idéal égaré, dépaysé dans des régions subalternes, ou bien, nouveau contraste, c'était un esprit bourgeois dans une société dont il n'est pas digne, comme le grossier Puck dans les féeriques jardins de Titania. L'ingénieux poëte tirait de ces oppositions piquantes de vives et curieuses leçons qui allaient parfaitement à leur adresse et pouvaient préparer à merveille l'éducation du public. Quelle finesse dans *le Prince Zerbin !* Quelle critique charmante dans *Octavien* et *le Chat botté !* En même temps, il opposait Shakespeare et Calderon aux plates inventions qui encombraient le théâtre, il commentait les deux maîtres et voulait faire briller aux yeux de la foule le type divin d'une poésie supérieure. Rien de mieux jusque-là ; mais l'école romantique se livra bientôt aux fantaisies et aux chimères, et, ne se sentant pas assez forte pour traiter résolûment le difficile problème de la régénération du théâtre, elle aima mieux se perdre dans le mysticisme. Novalis venait de jeter au milieu des intelligences éblouies les clartés sublimes et fantasques de son christianisme panthéiste, il avait imprimé à ses amis une direction entièrement nouvelle, et certes l'école qui produisait *Henri d'Ofterdingen, Sternbald, le Solitaire cloîtré*, et proclamait que la poésie est toute dans le moyen-âge, cette école, il faut bien le dire, renonçait aux ambitions qu'elle avait eues en traduisant Shakes-peare ; elle s'avouait incapable de constituer jamais la scène allemande. Entre Kotzebue et les poëtes roman-tiques, le choix ne saurait être douteux, et cependant, si l'on ne songe qu'à cette question du théâtre, il est permis de les mettre au même rang, et d'affirmer qu'ils ont tous été aussi hostiles aux progrès de l'art dramatique. Ceux-ci abaissaient la poésie devant un public grossier, ceux-là l'enfermaient dans le cénacle ; personne n'avait compris la mission de ce grand art, qui est d'amener la foule aux autels de la Muse.

C'est au milieu de ces écoles que Goethe et Schiller, également éloignés de la réalité commune et des sub-tilités mystiques, jetèrent par leurs créations hardies un si glorieux éclat. Suspects d'abord aux uns et aux au-tres, trop élevés pour l'école bourgeoise, trop francs pour l'école romantique, ils avaient à lutter contre deux ennemis redoutables. Kotzebue et les siens redoublaient d'activité pour conserver leur public ; les tragédies domestiques étaient remplacées par des tableaux plus compliqués et des émotions plus bruyantes ; les noirs mélodrames succédaient aux drames larmoyans, mais l'inspiration poétique ne succédait pas aux grossières combinaisons du métier. Les romantiques, de leur côté, regardaient avec défiance une école peu soucieuse d'un idéalisme chimérique, et qui devait seconder fort mal leur projet de restaurer le moyen-âge. A leurs yeux, Schiller et Goethe étaient des transfuges, qui ne pou-vaient être admis sans restriction sur le livre d'or des artistes. Une telle opposition, aujourd'hui, paraît à peine croyable, mais les pièces du procès sont nombreuses. Novalis a comparé le *Wilhelm Meister* à une marchandise anglaise, à quelque chose de net, de comfortable, de durable, mais de complétement anti-poétique. « C'est un *Candide* dirigé contre la poésie, ajoute-t-il, c'est l'athéisme de l'art. » Et Tieck, dans *le Prince Zerbin*, faisant le dénombrement des grands poëtes de l'Alle-magne, n'a-t-il pas supprimé le nom de Schiller ? Cette polémique avait lieu de 1790 à 1800, au moment où les deux maîtres abordaient courageusement la solution du problème, s'efforçaient d'unir l'idéal et le réel, de réconcilier la poésie et la scène, et remportaient chaque année sur le théâtre de Weimar les plus glorieuses victoires. Ils triomphèrent en effet, ils réunirent l'auditoire dispersé et créèrent un instant par l'autorité de leur génie cette nation une et puissante dont la poésie dramatique a besoin. Quand ils frémirent tous ensemble aux accens sublimes de Schiller, les peuples allemands sentirent naître en eux cette conscience nationale que Lessing appelait avec une impatience irritée. Divisés dans le monde réel, il se réconciliaient dans le pur domaine des esprits. Que ce soit là l'éternel honneur de Schiller! Ce magnifique résultat est le plus glorieux titre de celui qui a écrit *Wallenstein*.

Une fois que la main des maîtres se fut retirée, on retomba en un instant dans les œuvres de pacotille et dans les rêveries absurdes. L'école romantique n'a pas seulement suscité des natures fines, subtiles, comme Tieck et Novalis, comme Frédéric Schlegel et Wackenrœder, elle a troublé les esprits et produit chez plus d'un écrivain d'incroyables mélanges. Excité par la fumée des légendes et très peu hostile cependant à la réalité la plus grossière, Zacharias Werner porta au théâtre la fougue désordonnée de son mysticisme sensuel. Les hallucinations qui hantaient ce cerveau fantasque pénétrèrent jusque dans les sévères sujets qu'il empruntait à l'histoire moderne. A côté de lui, Adolphe Müllner, Houwald, Grillparzer enfin dans de certaines pièces, continuèrent d'énerver la poésie et cherchèrent dans les drames fatalistes un aliment aux émotions du public. Cette muse virile, qui doit élever l'âme et redresser son courage, fut condamnée à effrayer l'intelligence de l'homme, à l'obséder de visions malsaines, à faire revivre pour le monde nouveau les puissances démoniaques qui régnaient sur l'imagination effarouchée du moyen-âge. Le mysticisme conduit souvent au sensualisme, l'histoire l'a prouvé plus d'une fois, et l'école romantique a donné de ce fait une démonstration piquante ; ses derniers représentans sont allés rejoindre les chefs de l'école bourgeoise ; Houwald et Müllner lui-même ne sont pas très éloignés de Kotzebue.

Tel fut le prompt abaissement de la poésie depuis Schiller. Les événemens seuls pouvaient apporter le remède, et, fortifiant la conscience publique, agrandir par là les destinées de l'art. C'est après la guerre de 1813, après la réunion des membres dispersés de l'Allemagne, que le théâtre commença, non pas encore à refleurir, mais à occuper l'attention des esprits d'élite. C'est un heureux signe quand on sent son mal et qu'on en souffre. Les intelligences distinguées n'ignoraient pas la cause de cette décadence précoce du théâtre, et un des plus dignes publicistes contemporains, Louis Boerne, consacrait volontiers à la critique dramatique cette plume excellente qui a rendu tant de services à la liberté. En faisant cela, il croyait ne pas changer de sujet, et je m'assure qu'il avait raison. La critique de Boerne peut être comparée sans trop de désavantage à celle de Lessing. C'est la même ardeur, le même désir de régénérer la scène, ce sont surtout les mêmes principes. Boerne sait encore mieux que Lessing combien la gloire du théâtre suppose une vie forte et puissante chez le peuple qui la produit. Cette idée, qui éclate comme un trait de lumière dans les dernières pages de *la Dramaturgie de Hambourg*, fait le fonds même de l'esthétique de Louis Boerne. Il sent que tous les coups doivent porter là, il frappe donc, il redouble, il est sans pitié. « Le théâtre, écrit-il quelque part, est le miroir de la vie et l'expression du peuple. Le jour que j'y regardai, je trouvai l'image si laide que je brisai le miroir. Vraie colère d'enfant ! Quand le miroir fut en pièces, les mille fragmens me renvoyèrent mille fois l'odieuse image que je voulais anéantir. » Il a beau dire, c'est bien là ce qu'il voulait. Ce miroir, il l'a brisé à dessein, pour montrer à tous les tristes images qui le désolent. Quand on lit les œuvres de ce noble esprit, on est étonné de le voir aux prises, non-seulement avec les vrais poëtes, mais

avec tel drame, avec telle comédie sans valeur, avec des
centaines de pièces ridicules. Pourquoi cette critique que
rien ne fatigue ? Parce qu'il voulait dire et répéter sans
cesse à ses concitoyens : « Vous n'avez pas de théâtre et
vous n'en pouvez pas avoir. Ayez d'abord la liberté
politique, ayez une vie publique, ouverte aux grandes
émotions, sympathique aux intérêts de tous ; sortez de
votre isolement, fraternisez les uns avec les autres, unis-
sez-vous dans un sentiment général, soyez une nation
enfin, et le théâtre pourra naître. Jusque-là, voyez dans
les morceaux de ce miroir que je brise pour vous tous,
voyez à nu, mes frères, votre difformité ! » Voilà ce que
Louis Boerne a dit à son pays pendant de longues années,
ce qu'il lui a dit sans ménagement, sans pitié, dans ce
style vif, ingénieux, hardi, qui a renouvelé la prose
allemande et inspiré Henri Heine.

Lorsqu'on sent si vivement le péril d'une situation
mauvaise, encore une fois c'est un heureux symptôme.
Tandis que Louis Boerne harcelait l'Allemagne avec son
audacieuse franchise, un vrai poëte travaillait de son
côté à restaurer le théâtre. Immermann s'était établi
à Düsseldorf, et là, aidé de quelques amis, il ne négligeait rien pour créer une scène vraiment élevée. Si les
drames d'Immermann, *Alexis, Andreas Hofer, Ghis-
monda*, ne réalisent pas complétement l'idéal qu'il a
poursuivi ; si les œuvres désordonnées de Grabbe, *Han-
nibal, le duc de Gothland, Don Juan et Faust*, et toutes
ses tragédies empruntées à l'histoire des Hohenstauffen,
contiennent trop de pauvretés pour quelques inventions
où éclate un génie inculte ; si, en un mot, la colonie
poétique de Düsseldorf a paru échouer dans son entreprise, gardons-nous bien de méconnaître tant de généreux efforts. Les œuvres d'Immermann ont souri comme
d'heureux présages à l'imagination sévère de Louis
Boerne. Un des écrivains associés à sa tâche, M. Frédéric Uechtriz, a écrit, sur ces belles et laborieuses années
passées à Düsseldorf, deux volumes de mémoires très
intéressans, et il est impossible de ne pas concevoir la
plus profonde sympathie pour le poëte qui dirigeait avec

tant d'intelligence et d'enthousiasme la poursuite d'un grand problème littéraire. Quels que soient les succès différens de leurs travaux, Grabbe, M. Uechtriz, d'autres encore, et surtout leur noble chef Immermann, ont bien mérité de l'art et de la poésie. On n'est pas inutile à son pays lorsque l'on combat, même sans bonheur, pour une cause féconde, et lorsque, ne pouvant atteindre un but glorieux, on le fait luire pourtant aux regards étonnés de la foule.

Quand la révolution de juillet éclata, ce mouvement littéraire, commencé vers 1815, dut s'accroître et se propager. L'Allemagne actuelle date de 1830 ; c'est la commotion politique partie de la France qui a réveillé les âmes endormies et ouvert aux intelligences des perspectives profondes. De là une littérature nouvelle, de là des œuvres très mélangées, je l'avoue, très confuses, très irrégulières, mais dont les irrégularités même sont pleines d'intérêt. Le sentiment du monde moderne s'agite au fond de cette poésie contemporaine, et, si plus d'une fois nous avons discuté sévèrement les œuvres qu'elle a produites, cette rigueur attestait notre sollicitude. L'influence des nouvelles années se manifesta d'abord dans le roman, et puis dans la poésie lyrique ; elle devait enfin éclater sur la scène. C'est dans ces derniers temps surtout que la question du théâtre a inspiré aux poètes et aux critiques d'ardentes et sérieuses études. Les scènes importantes de l'Allemagne étaient, comme toujours, en proie aux entrepreneurs littéraires ; digne héritier de Kotzebue, fournisseur indispensable des plaisirs publics, M. Raupach mettait régulièrement en drames tous les travaux historiques de M. de Raumer et de M. Ranke. D'un autre côté, beaucoup d'écrivains enthousiastes publiaient des études, souvent pleines d'éclat et de fantaisie, mais qui ne devaient ou ne pouvaient jamais subir cette grande épreuve sans laquelle la poésie dramatique n'existe pas. La situation était la même qu'au temps de Schiller et de Goethe. Une jeune et brillante école voulut s'emparer de la scène et en chasser, s'il se peut, tous les Raupach que maudissait Louis Boerne. A Berlin, à Leipzig, à Francfort, à Stuttgart, à Hambourg, dans des villes même moins considérables, à Oldenbourg par exemple, des tentatives courageuses ont été faites. On appelle *dramaturge*, en Allemagne, le critique qui surveille les destinées d'un théâtre, qui sert de conseiller à la direction et d'interprète auprès du public, et qui, chaque jour sur la brèche, fait l'éducation du peuple en le préparant à l'intelligence de l'art. C'est le rôle que Lessing a rempli à Hambourg pendant deux années, et *la Dramaturgie de Hambourg* n'est autre que le recueil des critiques, des leçons, des arrêts du célèbre écrivain, à l'occasion des œuvres représentées sur la scène dont les intérêts littéraires lui étaient confiés. Chaque théâtre a son dramaturge, comme il a parfois son poëte ordinaire. Or, poëtes et dramaturges, inventeurs et critiques, redoublent d'activité depuis bientôt dix ans. La pléiade est presque complète; nommons, parmi les critiques, M. Roetscher à Berlin, et M. Adolphe Stahr à Oldenbourg; parmi les poëtes, M. Fréderic Hebbel, M. Henri Laube, M. Julius Mosen, M. Charles Gutzkow et M. Prutz.

Septembre 1847.

XI

DRAMES ET COMÉDIES

DE M. CHARLES GUTZKOW.

Septembre 1847.

M. Charles Gutzkow est un esprit vif, une intelligence rapide, qu'une infatigable ardeur a poussé de mille côtés à la fois. Romancier, poëte, critique, publiciste même, il a tenté toutes les voies les plus différentes, non pas toujours avec succès, mais avec une persévérance qui n'est pas un médiocre avantage dans la pratique des arts. Jeté dans la vie littéraire peu de temps après 1830, il s'est livré d'abord aux fantaisies confuses que cette période a fait naître dans les cerveaux fumeux de la jeunesse. C'est lui qui a été, avec M. Ludolph Wienbarg, le chef de la *jeune Allemagne*; seulement, au lieu de suivre la route sévère où était entré son ami, au lieu de chercher le rajeunissement des lettres allemandes dans un enthousiasme sérieux, dans la foi à certains principes bien établis, il a pris des métaphores pour des idées et de vagues sentiments pour des croyances. Il avait voulu emprunter à Byron son ironie hautaine, et rien n'était plus déplaisant que cette leçon si mal apprise; le saint-simonisme ajouta à cette mélancolie superbe des inspirations très-différentes, et Manfred, au lieu de converser avec les esprits immortels sur les cimes des glaciers, réhabilitait, comme on dit, la matière dans maintes productions épicuriennes. Tous ces mélanges, très-bizarres déjà, étaient rendus plus singuliers encore par les pré-

tentions politiques du romancier ; mais ne revenons pas
sur des reproches un peu anciens. Alors même qu'il s'é-
garait de la sorte et s'attirait les réprimandes de la critique, M. Gutzkow faisait encore preuve d'un talent
réel, et l'on pouvait espérer que cette activité opiniâtre,
servant une intelligence plus mûre, porterait un jour ses
fruits. M. Gutzkow a traversé enfin cette crise difficile,
il a renoncé aux faux systèmes et pris rang parmi les artistes. C'est le théâtre surtout qui a provoqué cet esprit
âpre, belliqueux, et que le danger appelle : rien de
mieux ; il trouvera là d'utiles occasions pour ses énergiques facultés, et nous pourrons être aussi sympathique
à ses efforts que nous avons dû être sévère pour ses anciens travaux.

Les premiers drames de M. Gutzkow portent encore
l'empreinte des fausses idées auxquelles il avait donné
sa jeunesse. Je ne parle pas de sa tragédie de *Néron*
(1835), composition étrange, vraie débauche d'esprit,
dans laquelle le poëte a jeté toute l'amertume de son
âme ulcérée, et où il défigure l'antiquité pour mieux injurier son temps. Je ne parle pas non plus du drame de
Saül, écrit quatre années plus tard sous des préoccupations moins fâcheuses, et qui n'est guère plus qu'une
brillante ébauche. M. Gutzkow a supprimé lui-même
ces deux ouvrages. L'édition complète de ses compositions dramatiques, publiée par lui, embrasse les huit
pièces qu'il a fait représenter depuis 1839 ; c'est là-dessus que nous devons le juger. Or, dans les premiers ouvrages qu'il a donnés au théâtre, le poëte ne s'est pas
encore débarrassé du lourd fardeau de ses mauvais systèmes. Comment l'en blâmer ? c'est le théâtre précisément qui fera son éducation, c'est la pratique d'un art
sérieux qui redressera son esprit faussé. On peut bien,
durant les nuits solitaires, s'exalter à froid et s'entêter
par orgueil dans de funestes théories ; mais, quand on
s'adresse à la foule assemblée, on se surveille plus rigoureusement, et peu à peu, avant de s'en apercevoir,
on est devenu sincère avec soi-même. M. Gutzkow aimait à représenter des esprits inquiets, maladifs, en ré-

volte ouverte contre la société, et sa philosophie était
celle-ci :

> . . . . . Je vis les hommes, et j'en pris
> En haine quelques-uns, et le reste en mépris.

Disposition excellente peut-être chez un héros ténébreux,
mais détestable assurément pour un poète dramatique.
Tous les artistes qui ont fait agir et parler les hommes
dans des compositions immortelles, Molière, Shakespeare, n'étaient pas dupes du genre humain ; qu'il y a
loin de là cependant à le haïr et à le mépriser ! quelle
sollicitude, quelle compassion sérieuse se mêlait chez ces
grandes âmes à une sagacité supérieure ! combien c'é-
taient là des natures sympathiques et profondément
humaines ! Mais on ne débute pas par ce qui est le
comble de l'art, surtout quand on a été presque le chef
d'une émeute socialiste ; il faut payer le tribut aux inspirations douteuses, il faut traverser les landes et les
marais.

M. Gutzkow du moins fit cette épreuve avec assez de
bonheur. *Richard Savage* est un drame intéressant, et si
l'on n'admet pas le ton général de l'ouvrage, s'il en faut
blâmer sévèrement la composition systématique, on ne
saurait méconnaître les qualités distinguées qui s'y font
jour çà et là. Il y avait d'ailleurs des tentations bien
périlleuses dans le sujet que M. Gutzkow a choisi. Ce
jeune poète renié par sa mère semblait provoquer la
verve irritable de l'auteur de *Néron*, et il était bien difficile qu'il échappât aux déclamations. J'aurais mieux
aimé que M. Gutzkow ne séparât pas les personnages de
son poème en deux classes si distinctes, qu'il ne mît pas
en face les élus et les réprouvés, qu'on ne vît pas d'un
côté le poète, les journalistes, les comédiens, tout le
libre et vertueux peuple de la Bohême, de l'autre les
grands seigneurs et les grandes dames de l'aristocratie
de Londres. Ces colères systématiques sont singulièrement froides et compassées. Aussi, voyez la punition de
cette vilaine idée ! voyez comme l'auteur est pris dans

son piége! Il a voulu donner à la lutte qu'il décrit une
physionomie plus dramatique, et, tout au contraire, il a
affaibli son sujet. Lady Maccleady est moins coupable,
si la société qui l'entoure mérite la même condamnation,
et Richard Savage est-il vraiment noble parce qu'il appartient à une caste privilégiée chez qui seule se trouvent
la loyauté et la justice? Je croyais assister à un terrible
duel; je croyais que la douleur du fils illégitime demandant une mère à la femme orgueilleuse de qui il
tient la vie, je croyais que ses instances, ses efforts, son
obstination à vaincre par la gloire cet implacable orgueil,
je croyais enfin que cette lutte désespérée suffirait à l'i-
magination du poëte, et qu'il y avait là de quoi faire
frémir devant nous les plus vives passions du cœur de
l'homme. L'auteur en a décidé autrement, il a préféré
les déclamations et les antithèses. Voilà où l'ont conduit
ses mauvaises préoccupations sociales. Rendons-lui du
moins cette justice, qu'un talent moins heureux que le
sien aurait succombé sous le poids d'un système si faux,
et qu'il s'en est tiré fort habilement. Une fois ces ré-
serves faites, je n'ai plus qu'à louer les allures vives et
animées du dialogue, la dextérité du style, et, dans plusieurs parties du drame où la poésie reparaît, certains
développements passionnés, certains cris du cœur, qui
suffisent à racheter bien des fautes. A tout prendre, ce
début promettait un poëte.

M. Gutzkow avait hâte de montrer qu'il possédait avec
la science du dialogue cette fertilité d'esprit, cette invention rapide, qui, contenue dans les justes limites de
l'art, est un des signes auxquels se reconnaît une véritable vocation dramatique. Depuis le jour où il a abordé
le théâtre, l'ardent écrivain ne s'est plus détourné de
son but, et chaque année a apporté son succès, car
n'est-ce pas un succès de passionner sérieusement la
foule, alors même que l'on se trompe, et de mériter la
discussion des juges éclairés? *Richard Savage* a été représenté à Francfort en 1839; l'année suivante, M. Gutzkow faisait jouer à Hambourg un nouveau drame intitulé *Werner*.

Werner est jeune, riche, envié de tous. Sorti d'une pauvre et honnête famille, il a étudié dans les hautes écoles de l'Allemagne et est devenu en quelques années un jurisconsulte éminent. Sa renommée lui a ouvert le chemin des honneurs ; un patricien, un grand magistrat, lui a donné sa fille, exigeant seulement qu'il prît le nom de sa famille nouvelle : Henri Werner s'appelle aujourd'hui Henri de Jordan. Que lui manque-t-il ? Placé très-haut dans les fonctions publiques, appelé à des destinées plus élevées encore, la fortune, s'il est ambitieux, fournira à son mérite des occasions éclatantes. S'il aime l'étude paisible au sein de l'opulence, certes il a le bonheur sous la main. Si les joies de la famille suffisent à son cœur, il est chéri de tous, sa femme l'aime avec dévoûment, et ses deux beaux petits enfants ouvrent à son âme toutes les perspectives dorées de l'espérance. Encore une fois, qu'est-ce donc qui lui manque ? Pourquoi son cœur est-il inquiet ? pourquoi son front soucieux ? Rien n'est changé pourtant dans l'existence de Werner ; les mêmes joies l'entourent, les mêmes occasions sont offertes à son activité. Chose étrange, subtile, inexplicable ! ce qui tourmente l'heureux parvenu, c'est le souvenir du passé. Où sont les belles années studieuses, et la pauvreté si gaîment soufferte, et l'enthousiasme désintéressé de la jeunesse ? Où est surtout celle qu'il a aimée à vingt ans ? Il voit encore la petite chambre de Marie ; les rosiers sont en fleur sur la fenêtre, le mur est couvert de jolis dessins et de fines aquarelles ; à genoux près de sa bien-aimée, l'étudiant s'enivre des promesses de la vie, et tous deux déroulent ensemble les beaux songes d'or de leur destinée. Pourquoi a-t-il renoncé à ce calme bonheur ? L'ambition l'a rendu parjure, il a renié son nom, il a déchiré le roman de sa jeunesse, il a abandonné sa fiancée. Phénomène bizarre, singulière punition de la Providence ! c'est aujourd'hui seulement, après dix années d'oubli, quand une vie nouvelle l'a comblé de biens et d'honneurs, c'est aujourd'hui que le souvenir de ce premier amour s'empare de toute son âme et ne lui laisse plus de repos !

Marie est près de lui, il la voit, il l'entend, non pas irritée et la voix pleine de reproches, mais douce, aimante, aimée comme autrefois. Cette charmante et cruelle image l'obsède sans cesse, et, devant les splendides rayons des heures printanières, toute son existence présente se décolore : la loyale jeunesse se venge des perfidies de l'âge mûr. Telle est l'idée qui a inspiré le poëte, et le développement qu'il lui donne dans les deux premiers actes ne manque ni d'originalité ni de finesse; seulement il était difficile de trouver là une action forte, et M. Gutzkow n'a pas triomphé de l'obstacle. C'est une nouvelle psychologique, animée d'une exaltation subtile, qui ne messied pas en Allemagne ; ce n'est nullement un drame. L'auteur amène dans la maison d'Henri de Jordan cette belle Marie que Werner a aimée si passionnément et si lâchement abandonnée ; Werner croit tout réparer en la comblant de soins, et il prétend persuader à sa femme qu'elle doit l'aider dans cette réparation solennelle. Tout le drame est là. Werner étouffera-t-il son repentir par respect pour les convenances, ou bien lui sera-t-il permis d'exprimer franchement ce qui remplit son cœur? Cette petite querelle de ménage, cette guerre aux convenances, est un étrange sujet de tragédie, et l'auteur fait singulièrement oublier dans les derniers actes tout le talent, toute la grâce qu'il a donnée à son exposition. Les révoltes de Werner contre la société sont bien ridicules, amenées par un intérêt si mince.

« Ah ! ils veulent que le repentir soit un crime !... La situation où je me trouve, des milliers d'hommes la connaissent. Toute la différence, c'est qu'ils ont assez de force pour maîtriser leurs sentiments, assez d'effronterie pour ne pas rougir d'un passé criminel. Oui, je suis plus lâche que vous, hommes intrépides, qui savez si bien arracher la moindre épine qui croit dans votre conscience. Que de sacrifices j'ai fait à mon ambition, et à ce moderne destin, héritier du *fatum* antique, que nous nommons les convenances ! Tout, je lui ai tout donné, mon nom, ma vocation, mes principes... Mais mon âme, mais le petit jardin de mon cœur que j'ai planté entre les grands murs sombres de notre existence officielle, mais la seule chose que je possède encore pour me rappeler que je suis homme, ah ! je ne l'abandonnerai pas... Je veux garder les passions que Dieu m'a données en me créant, dussé-je blesser toutes les lois dont le hasard de l'histoire a fait pour nous une obligation sociale. »

Disons-le franchement, tout cela est aussi mauvais que possible. M. Gutzkow ne profitera de ses rares facultés que lorsqu'il sera débarrassé de ce triste bagage, emprunté si mal à propos à nos grandes théories socialistes. Qu'y a-t-il donc, en résumé, dans *Werner?* Le sujet d'une nouvelle où s'annonce une piquante étude psychologique, beaucoup d'éclat et de finesse dans l'exécution de la première partie, une véritable habileté à manier le langage de la scène, et puis une action impossible, un drame languissant, une conclusion ridicule.

Il est bien temps que M. Gutzkow se surveille avec sévérité et réfléchisse aux conditions de son art. Ses deux premiers drames révèlent des qualités précieuses, mais on voit trop que le poëte est dupe de son talent. Comme il possède déjà, et à un degré remarquable, la science difficile du dialogue, comme sa plume incisive, sa verve brillante, donnent aisément à tout ce qu'il exprime une physionomie dramatique, il ne s'inquiète pas de la pensée et croit remplacer l'action par le mouvement du style. A chaque pas qu'il fera cependant, il sentira le vide des creuses théories qui l'inspirent. Prenons garde de faire parler à la poésie le triste langage de nos systèmes d'un jour; son idiome n'admet que les sentiments éternels. Si elle aime à marquer d'une empreinte particulière, selon le temps et le lieu, les immortelles pensées qui appartiennent à tous les temps et à tous les pays, gardons-nous de croire qu'elle consente facilement à n'être que l'écho d'un système isolé. J'aime à me figurer que M. Gutzkow, éclairé par l'expérience de son travail, aura compris tout ce qui manquait à son *Werner.* Tandis que les spectateurs l'applaudissaient, l'artiste, plus exigeant, se sera demandé s'il avait mérité son triomphe. Quels nobles sentiments en effet, quelles passions fécondes avait-il remués dans leurs âmes? Il avait peint les luttes de la famille et en avait fait le texte d'une prédication prétentieuse. Était-ce bien là tout ce que pouvait accomplir la poésie dramatique? N'y a-t-il pas dans la situation présente de l'Allemagne des inspirations plus pressantes, plus impérieuses? M. Gutzkow sans doute a fait ces réflexions, et, condamnant lui-même ces premiers essais, il a écrit son drame de *Patkoul*.

Le poëte a renoncé cette fois aux déclamations du socialisme; il a renoncé aussi à ces sujets domestiques, à ces drames de famille, que l'on ne peut guère conseiller aux écrivains de son pays : cette vie intime, en Allemagne, est trop en dehors des intérêts généraux, pour que le poëte dramatique y puisse trouver l'étoffe d'une œuvre sérieuse. Les sujets familiers, qui se prêtent si bien aux longs détails du récit, aux nuances délicates de l'idylle, au cadre resserré de la ballade, seraient mesquins sur la scène. *Louise, Dorothée, la Fille de l'Orfèvre*, toutes ces ravissantes créations de la poésie moderne, brillent d'une grâce incomparable sur la toile modeste où les maîtres les ont placées; transportez-les dans le cadre immense du drame, et aussitôt tout est perdu. Le poëte allemand qui veut reproduire sur la scène la société de son pays ne saurait puiser, comme en France, à une mine féconde. Il n'y a pas là de centre actif, de foyer tumultueux, auquel l'artiste puisse dérober des figures vivantes et qui lui permette d'agrandir naturellement son sujet, d'en franchir les limites et de peindre dans un évènement particulier une société tout entière. Lorsque Molière écrit *Tartufe* ou *le Misanthrope, les Femmes savantes* ou *George Dandin*, il peint une famille, un intérieur, une maison ; son sujet ne s'étend pas bien loin, et six ou sept personnages lui suffisent : mais bientôt comme l'intérêt s'accroît! comme l'horizon s'ouvre! Derrière cette maison, au-delà de cette famille, j'aperçois le siècle tout entier, je vois la cour et la ville, et, si tous les renseignements venaient à me manquer sur la société du temps de Louis XIV, je reconstruirais sans peine ce monde disparu avec ces six personnages qui conversent dans un salon. Voilà ce qui est interdit au

poëte allemand et ce qui demeurera impossible tant
que les révolutions à venir n'auront pas changé les conditions de ce pays. Jusque-là, la peinture dramatique
de la société ne fournira à l'écrivain que des sujets sans
grandeur, et ceux qui voudront échapper à la vulgarité
de Kotzebue tomberont dans le déclamatoire et le faux.
Schiller lui-même, malgré la puissance de la passion,
et Goethe, malgré toutes les séductions de l'esprit,
n'eussent pas triomphé long-temps d'un tel obstacle.
C'est le drame historique qui appelle les poëtes de l'Allemagne, c'est sur ce terrain que l'imagination reprendra
ses droits et que le théâtre pourra unir la grandeur à la
vérité. M. Gutzkow a donc été bien inspiré de suivre
cette route nouvelle, et j'aime à signaler ici un heureux
développement de sa pensée. Voyons maintenant ce
qu'il a fait.

Jean Reinhold de Patkoul est un gentilhomme livonien qui a donné sa vie à une seule idée, la délivrance
de sa patrie. Son père, officier supérieur au service de
la Suède, avait été jeté en prison pour avoir perdu une
place qu'il défendait contre l'armée polonaise. C'est
dans cette prison qu'est né le jeune Patkoul. Revenu
en Livonie avec sa mère, il n'a pu entendre sans une
sympathique indignation les sourds gémissements de
ses concitoyens, forcés de courber la tête sous le joug
suédois. Le douloureux souvenir de son père, sa naissance dans un cachot, sa jeunesse passée loin de la
lumière du jour, l'humiliation, la honte, tout disposait
son âme à la vengeance. Il prit du service et attendit
l'occasion. La Suède, épuisée par la guerre, jettait des
regards de convoitise sur les provinces allemandes. Les
impôts, les exactions, les violences, commencèrent bientôt dans le malheureux pays de Patkoul. La Livonie
était au pillage. C'est Patkoul qui fut choisi pour aller
demander justice au roi de Suède, Charles XI. Il arrive,
ardent, impétueux, et, parlant au prince comme le
Germain du Danube avait parlé au sénat de Rome, il
fait un tableau terrible des dévastations commises par
les Suédois. Sa hardiesse lui réussit moins bien qu'au

paysan ; il est condamné à mort, et le voilà de nouveau dans cette prison où sa mère l'a mis au monde. Il échappe à grand'peine, se réfugie en Suisse, où il se cache sous le nom de Fischering, et gagne sa vie avec sa plume. Après la mort de Charles XI, quand l'altier Charles XII fut monté sur le trône, et que Patkoul, désigné à la vengeance impatiente du nouveau roi, eut perdu tout espoir de rentrer libre dans son pays, il trouve un asile auprès de Frédéric-Auguste, électeur de Saxe et roi de Pologne, qui se disposait en secret à attaquer la Suède. Nommé conseiller intime et général, il emploie toute son activité aux préparatifs de la guerre, en même temps qu'il fait connaître les injustices du roi de Suède dans un mémoire célèbre, approuvé et signé par les jurisconsultes de deux universités allemandes. Il est donc en guerre ouverte avec Charles XII, mais bientôt il doute de l'énergie de son protecteur et va offrir sa haine et son génie à Pierre-le-Grand. Il est nommé lieutenant-général, puis ambassadeur à la cour de Saxe, auprès de ce Frédéric-Auguste, toujours aussi séduit par l'ardeur généreuse de l'exilé qu'épouvanté de ses audacieux projets. L'ambassadeur de Pierre-le-Grand était aimé de Frédéric-Auguste, mais la faiblesse et l'irrésolution du prince étaient incurables. Poursuivi par les ministres de l'électeur de Saxe, dont il avait dévoilé les trahisons, il va achever une vie de luttes et de dangers héroïques dans les misérables intrigues d'une petite cour. Le faible roi de Pologne, menacé par les Suédois, se soumet lâchement aux conditions impies qu'on lui dicte et livre Patkoul à la haine implacable de Charles XII. L'intrépide Livonien est enfermé et assassiné à Cazimirze, le 11 octobre 1707.

Il y a là certainement la matière d'un beau drame. Cette lutte infatigable d'un grand cœur qui veut arracher sa patrie au joug étranger, tant de péripéties éclatantes, un courage si obstiné, une fin si tragique, tout cela, entre les mains d'un maître, pouvait former une œuvre pleine de vie et d'intérêt ; mais il fallait de l'audace, il fallait donner au sujet un développement hardi, et embrasser, comme Shakespeare dans ses admirables *Chroniques*, toute l'existence du héros. L'unité de cette tragédie était dans la passion invincible, exclusive, unique, qui remplissait l'âme du gentilhomme livonien. Dans le cachot de Stockholm, au fond de sa retraite en Suisse, à la cour de Frédéric-Auguste, chez Pierre-le-Grand, puis à Dresde, entre le Suédois furieux et le Saxon tremblant, partout enfin, depuis la jeunesse de Patkoul jusqu'à l'heure de sa mort, partout une inflexible pensée donnait un lien puissant à tant de péripéties diverses. Or, M. Gutzkow s'est défié de ses forces et n'a pas osé peindre ce grand tableau. L'épisode qu'il a choisi dans la carrière de Patkoul, c'est celui qui met fin à cette existence dévouée. Je ne blâme pas encore l'auteur, et je me garde bien, en principe, de lui contester son droit ; nous verrons tout à l'heure s'il a raison contre nous: je remarque seulement qu'au lieu d'un drame nous aurons une comédie, et que le poëte sera bien loin de réaliser tout ce que le nom de Patkoul fait rêver à l'imagination. Oui, à part le meurtre qui ensanglante la dernière scène, cet épisode, si on le considère isolément, est bien plutôt une comédie qu'un drame, un tableau qui fera sourire plutôt qu'une action forte et émouvante. Patkoul n'agit plus, il est perdu au milieu des petites intrigues d'une cour abaissée, le lion est pris dans les filets. La seule action de la pièce, c'est le mémoire que Patkoul écrit, par ordre du roi, sur la situation de l'état et sur les moyens de soutenir la lutte avec Charles XII. Écoutez cette fin du premier acte, qui contient le nœud de l'action, si ce mot peut convenir ici.

EINSIEDEL.

La Pologne, la Russie et la Saxe sont battues, Patkoul.

PATKOUL.

Que me parles-tu de la Saxe ? N'ai-je pas quitté ce faible état pour aller trouver le czar Pierre ? Les ressources de la Russie sont inépuisables ; la Russie a de l'or et du fer. Ce n'est pas l'épée des

Suédois qui nous a vaincus. La jeune furie de l'intrigue s'est glissée dans nos rangs. Le Saxon n'obéissait plus au Russe, ni le Russe au Polonais. Et l'argent de la guerre ? l'intrigue aussi l'a dévoré. Ah ! comment compter sur la Saxe, un état dont le crédit est mort, dont le trésor est vide, dont les ministres et les magistrats sont à vendre ?

EINSIEDEL.

Qui te prouve cela ?

PATKOUL.

Des palais de marbre et des huttes de paille ! Une garde royale tout étincelante d'or et point d'armée ! De magnifiques jardins avec des plantes des deux Indes et des campagnes en friches ! De la compassion pour les héros de théâtre et nulle pitié pour le compatriote expulsé de sa pauvre hutte ! Les statues de la Grèce, les tableaux de l'Italie achetés au prix de la misère de tout un peuple !

EINSIEDEL.

Patkoul ! j'ai là, sur les lèvres,... dans mon cœur,... un secret qui me brûle,... une mission... Le roi...

PATKOUL.

Le roi ?

EINSIEDEL.

Oh ! plût à Dieu que ce fardeau fût pour moi seul et qu'il m'écrasât.

PATKOUL.

Qu'as-tu ?

EINSIEDEL.

Le roi connaît notre amitié. Il m'a fait appeler auprès de lui et m'a donné mission de te dire en secret... qu'il attendait de toi un tableau de la situation présente.

PATKOUL, avec joie.

Ah ! enfin ! voilà ce que j'espérais, voilà ce que je demandais à la destinée !

EINSIEDEL.

Voici la lettre du roi.

PATKOUL, prenant la lettre.

Encore la couronne de Pologne pour cachet ! Écoutez la vérité, o inces, et vous ne perdrez jamais de couronnes ! (*Il brise le cachet*). « Mon cher monsieur de Patkoul, vous savez quelle confiance j'ai toujours eue dans la sagacité de votre esprit. Je vous le demande aujourd'hui sur l'honneur, faut-il renoncer à toute espérance ? Une fois la paix conclue, quelle politique me conseillez-vous pour que je puisse renouveler plus tard mes justes prétentions sur la Pologne ? Dressez-moi un tableau de mon pays ! Entouré de flatteurs, aucun rayon de lumière n'éclaire à mes yeux les choses telles qu'elles sont, et cependant c'est mon désir sérieux, sacré, de connaître les lâches exécuteurs de ma volonté et les oppresseurs de mon pays ! J'attends de vous, dans la langue des chiffres dont vous avez le secret, un mémoire sur la Saxe, sur la Pologne, sur tout ce qui se rapporte et à la couronne que j'ai perdue et à ma souveraineté électorale. Il faut que je sache comment je puis conquérir de nouveau ce que je suis forcé de perdre en ce moment. La Livonie... »

EINSIEDEL, voulant l'empêcher de lire davantage.

Patkoul, donne-moi la lettre ! Rien ne t'oblige à devenir la victime de ta franchise.

PATKOUL, continuant avec enthousiasme.

« La Livonie a mon serment : je jure sur la vie de la délivrer du joug de la Suède. Marchons tous deux, en nous tenant par la main.

» FRÉDÉRIC-AUGUSTE,

» Aujourd'hui vaincu mais non découragé. »

EINSIEDEL.

Eh bien ! Patkoul, tu oseras ?...

PATKOUL.

Je le veux. La Livonie m'a fait naître dans une prison, la Livonie m'a donné des chaînes, la Livonie m'a fait monter les degrés de l'échafaud...

EINSIEDEL.

Patkoul, je t'en conjure.

PATKOUL.

O ma Livonie ! petite tache verte sur le sein de la Baltique ! c'est là que la vague se brise en gémissant sur la dune ! Qui connaît ce pays ? Personne sans doute, et c'est pour eux seuls que les bou-

leaux et les tilleuls embaument l'air.... Qu'importe ? je ne serai
pas venu inutilement ici sous ce costume russe. C'est moi que le
choix de mon pays a désigné autrefois ; des milliers d'hommes
espèrent en moi pour briser leur joug... je les entends... ils me
chantent tout bas la vieille chanson du pays :

Le bouleau pleure par toutes les fentes de son écorce.

EINSIEDEL.

Tu rêves, Reinhold !

PATKOUL.

Rêver pour la liberté, c'est croire au ciel ; rêver pour la liberté,
c'est veiller pour l'éternité. Il s'agit du sort de la Livonie ! — J'é-
crirai... oui, j'écrirai le mémoire !

(*La toile tombe.*)

Ainsi, vous le voyez, cet infatigable personnage dont
toute la vie n'est qu'une guerre à outrance avec l'impossible, nous est représenté ici dans des conditions telles
que c'est pour lui une véritable témérité d'écrire ce mémoire, où il dénonce la vénalité d'un ministre ! C'est là
toute la part qu'il prend à tout ce qui se passe sous nos
yeux ; supprimez ce point, le voilà inutile dans ce drame,
qu'il pourrait remplir à lui seul ! On voit les ministres,
dévoilés par le héros, conspirer dans l'ombre contre lui ;
on voit Frédéric-Auguste, amoureux d'une dame d'honneur de la cour, fiancée en secret à Patkoul, livrer son
rival à la Suède ; on ne voit pas assez Patkoul représenter jusqu'au bout la sainte cause qu'il défend, et couronner par un martyre une vie toute dévouée à l'indépendance de sa patrie. C'est là une faute grave que la
critique doit signaler franchement à l'ingénieux écrivain.
Cette faute, nous pouvons maintenant l'affirmer sans
crainte, cette faute tient à la manière dont le poète a
conçu son sujet, et il était difficile de l'éviter en ne prenant que ce dernier épisode. Une fois le sujet admis,
l'auteur n'a plus que des éloges à recevoir. C'est une comédie piquante et d'un ordre élevé, que le tableau de ce
vaillant homme, guerrier, homme d'état, écrivain, entouré ainsi de diplomates sans cœur et pris dans une

ridicule intrigue. Patkoul n'agit pas, mais il parle, et les
nobles sentiments qui agitent son âme donnent à l'ouvrage une certaine élévation morale. Le caractère de Frédéric-Auguste est interprété d'une manière intelligente et
fine ; ce mélange de frivolité et de bonté, d'insouciance
et de résolution, forme un contraste heureux avec la
constance de Patkoul. M. Gutzkow, en écrivant ce drame,
a fait un pas décisif ; il s'est rapproché des voies où l'attend un succès durable. Sa vocation, je crois le savoir à
présent, c'est la comédie plutôt que le drame, la comédie sérieuse, j'oserai dire la comédie politique, diplomatique, celle qui saurait pénétrer les secrets des cours
et interpréter les événements de l'histoire en devinant
les tortueux manéges de l'intrigue. Une chose manque
à l'auteur de *Patkoul*, la passion vraie, naïve, profonde,
qui est indispensable au drame : mais, s'il ne peut guère
atteindre à un pathétique naturel et sincère, il possède
d'autres qualités, bien rares aussi, dont il devra tirer un
parti éclatant. Son esprit fin et rusé, sa verve incisive,
et même cette raillerie amère où il excelle, tout enfin lui
promet des victoires complètes sur le terrain que je lui
indique. Cette comédie historique, telle que M. Gutzkow
nous la fait entrevoir, n'existe encore pas dans les lettres
allemandes ; ce serait une création originale, bien propre
à tenter son ambition.

Il est difficile, à ce qu'il semble, de comprendre et
d'accepter franchement sa destinée. L'histoire des poètes
et des artistes est pleine des mécomptes qu'ils ont dû
subir pour avoir fermé l'oreille à la voix intérieure.
M. Gutzkow était plus exposé qu'un autre à ce danger ;
sa volonté opiniâtre, son ardeur obstinée, vertus excellentes, mais périlleuses, ont failli lui être funestes. Il
sentait bien, j'en suis sûr, que le drame exigeait des facultés plus fortes, un cœur plus abondant et plus riche ;
il sentait bien qu'il devait vaincre par la finesse de l'intelligence et non par les entraînements pathétiques ;
mais il s'est révolté contre l'obstacle et a voulu triompher
de sa nature même. Le temps et le talent qu'il a dépensés
sans profit ont été perdus, hélas ! pour les œuvres dis-

tinguées qu'il nous devait. Je faisais cette réflexion en lisant les deux drames qui ont suivi *Patkoul*; certes, il y a beaucoup d'habileté, beaucoup d'esprit, beaucoup de détails excellents dans l'*École des riches* et dans la pièce bizarre intitulée *Une feuille blanche*, et cependant quelle faiblesse, si on juge l'ensemble! quelle insuffisance! combien ce sont là des œuvres incomplètes, des créations superficielles, et bien peu dignes de ce qu'il a entrevu dans les bonnes scènes de *Patkoul!*

L'*École des riches* est un long roman dialogué. Un riche marchand de Londres, Walther Thompson, perd en un jour son immense fortune, et ses fils, que l'opulence a abrutis, se réhabilitent dans la pauvreté. L'aîné des fils de Thompson, Harry, est la principale figure du drame. C'est un roué de bas étage dans les deux premiers actes; insolence, dureté de cœur, lâcheté stupide, le poëte a accumulé tous les vices sur cette tête maudite, avant de la faire plier sous la main de Dieu. Cette conception ne manque pas de vigueur, et, comme l'auteur a su éviter l'emphase, elle séduit par un caractère de franchise et de vérité. Nos don Juan, en effet, sont aujourd'hui des Harry Thompson, et c'est la banqueroute qui joue le rôle du commandeur. Quand cette froide main de pierre frappe le front de Harry, l'auteur obtient quelques beaux effets dramatiques. Le premier saisissement, le tremblement subit du coupable en face de la justice d'en haut est rendu avec une hardiesse qui mérite des éloges. C'est une scène originale et forte que celle où Harry, arrivant dans la maison paternelle, abandonné déjà de la famille en pleurs, et repoussé par les constables qui viennent de sceller la porte, reste seul, la nuit, dans la rue sombre, pour recevoir les railleries de ses compagnons de débauche. Quelle est cette bière qui passe portée par deux hommes noirs? C'est un enfant que le cheval de Harry a tué le matin même. Ce pauvre cercueil qui s'en va au cimetière sans escorte, Harry, le fier Harry, Harry, qui se glorifie de n'avoir pas de cœur, Harry l'accompagnera en sanglotant et ce sera le commencement des réparations qu'il doit à la société. Par malheur, tout ce qui

suit est très-faible, et il s'en faut bien que l'auteur ait
peint avec la même netteté la réhabilitation morale de
Harry. Que le roué se fasse jardinier fleuriste, qu'il bêche
des plates-bandes pendant deux actes en conversant avec
Jenny et Nicolas sur la douce influence de la nature, je
crois que cette idyle semblera singulière, et que la niaiserie n'est pas la grâce. Un de nos écrivains, M. Jules
Sandeau, a tiré de la même situation, dans *Madeleine*,
des effets vraiment gracieux et d'une distinction parfaite. C'est que l'auteur de *Madeleine* avait choisi un sujet tout approprié à la poétique élégance, à la tendresse
sympathique de son talent, et que M. Gutzkow, au contraire, a voulu contraindre son imagination à des travaux
qui ne sauraient lui convenir.

Je ne sais comment exposer au lecteur le singulier
drame que le poète appelle *Une Feuille blanche*. L'action
a pour base une subtilité si étrange, qu'il semble impossible, je ne dis pas de la discuter, mais seulement de la
faire connaître. Gustave Holm est un jeune naturaliste
qui a fait de lointains voyages et cherché la science sur
les rives inexplorées. Avant de quitter l'Allemagne et
l'Europe, il a été fiancé à une jeune fille qu'il aimait.
Plus de cinq ans sont écoulés, il arrive de Londres en
compagnie d'une famille allemande qu'il a rencontrée en
Angleterre. Cette famille venait de perdre son chef, et
des affaires graves pesaient sur elle quand Gustave Holm
lui offrit ses services. Il est tout naturel que Gustave soit
aimé de la fil. de la maison, et la gracieuse Éveline ne
dissimule qu'à demi le secret désir de son cœur : vain
espoir! Gustave ne voit rien ; il est forcé de quitter ses
amis, il a hâte de retourner dans la petite ville où sa
fiancée l'attend. Hélas! cinq ans sont un long terme
pour la fragile espèce humaine, et il n'en faut pas tant
pour dissiper bien des rêves. Cette fiancée qu'il va retrouver, ce n'est plus l'élégante jeune fille, la poétique
apparition qui enivrait son âme à vingt ans ; c'est une
femme de ménage, une bonne et vulgaire créature dont
l'intelligence ne s'élève guère au-delà du livre de recettes
et de dépenses. On comprend le désespoir de Gustave

Holm, mais sa promesse l'enchaîne. Une chose pourtant, un sentiment indéfinissable l'attriste et l'inquiète; si décidé qu'il soit à accepter le sacrifice, il y a je ne sais quelle préoccupation qui le tourmente; il lui semble qu'il a oublié d'accomplir un devoir, de remplir une obligation sacrée, et quand il se demande quel est ce devoir, quelle est cette obligation, d'où lui vient enfin ce vague et bizarre remords, c'est vainement qu'il interroge sa conscience alarmée, vainement qu'il frappe son front et qu'il s'impatiente contre lui-même. Voulez-vous avoir la clé de ce mystère? Le jour où Gustave a quitté Eveline, Éveline, que ce départ remplit de deuil, le prie au moins de laisser à la famille un souvenir de son passage. Gustave emporte l'album d'Eveline et promet de remplir une page qu'il lui enverra dans quelques jours. Or, Gustave a oublié cette page blanche, et c'est là le souvenir confus qui l'agite. Telle est la puérile situation que l'auteur développe dans maintes scènes avec une insistence ridicule, et qui fait le nœud même du drame, comme si le récent souvenir d'Éveline ne devait pas se réveiller tout à coup dans l'âme de Gustave Holm après les mécomptes dont il est victime! comme s'il lui fallait cet étrange avertissement de la feuille blanche! et comme si un doute d'un instant, une hésitation, un manque de mémoire, pouvaient se transformer en une situation théâtrale et occuper un drame tout entier! En vérité, on a peine à comprendre l'extrême puérilité d'une invention pareille, et cependant il y a là un tel mérite de style, il y a des qualités littéraires si rares, un dialogue si vif et si ingénieux, que l'un des meilleurs critiques de l'Allemagne, M. Adolphe Stahr, ne craint pas de placer cette pièce au premier rang dans le théâtre de M. Gutzkow. Pour moi, je ne pense pas manquer à la sympathie que commande l'activité du poëte en déplorant cet inutile emploi de sa verve et de son talent.

Le jour où M. Gutzkow se décidera à suivre la direction naturelle de son esprit, il produira des œuvres très-distinguées. Il l'a prouvé déjà dans certaines scènes de *Patkoul*, il l'a prouvé surtout dans *la Queue et l'Épée*.

Nous arrivons enfin au chef-d'œuvre de M. Gutzkow. *La Queue et l'Épée* est une de ces comédies politiques, un de ces tableaux animés, ingénieux, plaisants, comme l'auteur de *Patkoul* en fera toujours avec succès, s'il sait mettre à profit ses vives et brillantes facultés. Nous sommes à Berlin, dans la première moitié du XVIIIᵉ siècle, et c'est la cour de Frédéric-Guillaume Iᵉʳ que le poëte va nous peindre avec cette verve hardie et spirituelle qu'il manie si bien. Le sujet est parfaitement choisi ; c'est un excellent théâtre pour la raillerie de M. Gutzkow que cette cour bizarre, gouvernée, disciplinée, alignée militairement par un roi qui a passé sa vie à jouer aux soldats. A une époque où tous les souverains du Nord prenaient modèle sur Louis XIV et tâchaient de reproduire l'éclat et la solennité de sa cour, le père de Frédéric-le-Grand se faisait gloire d'être le premier caporal de son armée. Aligner de vigoureux grenadiers, s'enivrer du bruit du tambour, le soir fumer sa pipe dans une tabagie cachée au fond des appartements secrets et qui n'admettait que les familiers du prince, c'était le bonheur de Frédéric-Guillaume. Aussi fidèle à la queue poudrée du bourgeois allemand qu'à l'épée du soldat, il voulait être l'idéal parfait du véritable Prussien. Voilà un type comique autour duquel se grouperont d'une façon plaisante les événements politiques et les affaires d'état. Au fond de ce tableau, faites apparaître la jeune et ardente figure de celui qui sera un jour le grand Frédéric, et amenez au milieu de cette cour bourgeoise et militaire une intrigue diplomatique ; vous aurez une œuvre certainement très-piquante et très-originale, pour peu que M. Gutzkow lâche la bride à sa verve moqueuse. C'est ce qu'il a fait, et jamais il n'a mieux réussi. De quoi s'agit-il ? quelle est l'intrigue qui va se débrouiller ici ? La reine veut marier sa fille, la princesse Wilhelmine, au prince de Galles, son neveu, et le roi espère la donner au fils de l'empereur d'Autriche, l'archiduc Léopold. Cependant un jeune homme vient d'arriver à la cour, qui prétend battre et le prince de Galles et l'archiduc d'Autriche. C'est un bien mince seigneur, il est vrai, il

s'appelle tout simplement le prince héréditaire de Bay-
reuth, mais il aime la princesse et il est aimé d'elle ; de
plus, l'esprit ne lui manque pas, et n'est-il pas soutenu
par le prince royal de Prusse, par le jeune Frédéric, qui,
du fond de son exil, surveille son père et combat sa tyrannie domestique ? C'est cette lutte des trois jeunes gens
contre le vieux roi qui fait le sujet de la pièce. D'un
côté, tout est vieux : le roi, son valet de chambre Ewers-
man, ses ministres, le comte Schwerin, le général de
Grumbkow et le comte Wartensleben ; de l'autre, tout
est jeune, tout est frais et souriant. La poésie et l'ironie
se succèdent dans le tissu de l'ouvrage avec un art extrêmement habile. Ces printanières amours qui s'épanouissent gracieusement, au milieu de cette royale caserne,
en dépit de la discipline, en dépit des tambours postés
à chaque porte, produisent mille effets charmants. Je ne
raconterai pas la marche de la pièce. Pourquoi enlever
à l'intrigue sa vivacité capricieuse, sa fantaisie légère ?
Toutes les situations s'enchaînent avec tant d'habileté,
que l'on ne saurait en détacher une seule. L'ouvrage
étincelle d'esprit, de grâce, de finesse ; les qualités de
l'auteur s'y développent à l'aise ; rien de contraint, pas
une invention forcée qui arrête le sourire ; tout y est
bien venu et tout concourt à l'harmonie de l'ensemble.
M. Gutzkow a fait ici un grand pas, et cette comédie est
un sérieux engagement pour l'avenir. L'auteur de *Richard Savage*, de *Werner*, de l'*École des riches*, est un
homme d'un talent incontestable qui écrit des drames
pour exercer son imagination, mais qui pourrait très-
bien, sans nuire à sa renommée, produire sous une autre
forme les rêves de son esprit. Au contraire, celui qui a
écrit *Patkoul* et surtout *la Queue et l'Épée* est appelé à
de vrais succès dramatiques, il a deviné une comédie
nouvelle, et, s'il sait encore fortifier ses inventions et
préciser sa pensée, il aura conquis une place originale.

Pourquoi donc M. Guzkow, après cette heureuse tentative, revient-il encore à ces sujets tragiques qui l'ont
si mal servi ? Je signalerai, mais seulement pour mémoire, son drame de *Puyatscheff*. Malgré de beaux vers,

malgré la distinction de quelques parties lyriques, *Pugatscheff* est une œuvre froide et languissante. La rudesse de l'aventurier est pauvrement reproduite. Ce Cosaque hardi, qui, se donnant pour Pierre III, récemment assassiné, souleva une partie de la Russie contre Catherine II, pouvait être, je le veux bien, une âme faible, superstitieuse, qu'un prêtre fanatisait et conduisait au combat; le caractère slave ne s'oppose nullement à cette interprétation du poète : mais alors il fallait peindre avec plus de vigueur ce mélange de soumission et d'audace, ce fanatisme enfin qui a failli porter un serf grossier sur le trône des czars. Que Pugatscheff soit le jouet de quelques aventuriers plus audacieux que lui, qu'il n'ose ni accepter son rôle ni reprendre son ancienne vie, et qu'il attende en soupirant la révolte de son armée, je crois que cette invention, aussi contraire à l'histoire que défavorable au drame, ne témoigne pas d'un progrès sérieux chez l'auteur de *Werner*. Je louerai tant qu'on voudra le mérite du style et l'éclat du dialogue, à la condition de répéter, sous une forme plus sévère, les reproches que j'adressais tout à l'heure à M. Gutzkow.

Pugatscheff n'a eu qu'un succès médiocre ; mais peu de temps après, l'année dernière, M. Gutzkow a donné *le Modèle de Tartufe*, et il a obtenu un vrai triomphe. Jamais les applaudissements n'avaient éclaté avec tant d'enthousiasme, jamais la joie du public n'avait été si franche et si unanime. Tandis que tous les théâtres importants de l'Allemagne livraient la pièce de M. Gutzkow aux bravos de la foule, les juges les plus accrédités en commentaient les beautés avec une sympathie cordiale. Il semblait que la poésie dramatique fût renouvelée, et que le chef-d'œuvre si longtemps poursuivi, si patiemment attendu, eût enfin illuminé la scène. Hélas! mon rôle est ici bien difficile et bien pénible : je suis obligé de contredire absolument l'opinion de la critique allemande. La pièce de M. Gutzkow ne vaut rien ; soyons franc, elle est détestable, et, quel que soit l'esprit de certains détails, c'est là, sans nul doute, le plus faible, le plus faux, le plus mauvais ouvrage que M. Gutzkow

ait écrit. M. Gutzkow est un talent d'élite, un talent
hardi à qui l'on doit toute la vérité ; on n'a pas à craindre ici de décourager une volonté indécise. D'ailleurs, il
s'agit de Molière ; c'est la société du temps de Louis XIV,
c'est le plus grand poëte de la France que M. Gutzkow
a voulu peindre, on nous accordera peut-être que nous
sommes plus compétent ici que les critiques d'outre-
Rhin. J'exposerai la pièce aussi fidèlement que possible,
et le lecteur portera son arrêt.

Nous sommes dans la maison de Chapelle. L'ami de
Molière, transformé par M. Gutzkow en un rival basse-
ment envieux, a lu au théâtre du Palais-Royal sa tragédie de *Nabuchodonosor*, qui vient d'être refusée à l'unanimité. Chapelle jure de se venger, et, pour l'exciter
encore, un de ses commensaux, un notaire nommé Lefèvre, lui adresse maintes consolations envenimées qui
redoublent sa fureur contre Molière. En même temps,
l'officieux ami conseille au poëte de laisser là pour toujours ces sujets antiques dont personne ne se soucie, et
d'emprunter ses inspirations au spectacle des mœurs
contemporaines. Chapelle a plus d'esprit, plus d'imagination que Molière, et, quand Chapelle voudra entrer
en lutte avec Molière, Molière sera perdu. Pourquoi ne
peindrait-il pas, par exemple, un hypocrite, un charlatan de piété? Chapelle est transporté de joie ; il a une
idée, une idée qu'on lui a donnée sans doute, mais il
croit l'avoir découverte, et cela lui suffit ; de cette idée
naîtra un chef-d'œuvre qui fera rentrer Molière dans le
néant. Cependant un bourgeois de Paris, M. Mathieu,
vient présenter à Chapelle une jeune comédienne nouvellement arrivée de province, et qui, devant paraître
bientôt sur la scène, veut se ménager l'appui des écrivains
célèbres. Madeleine Béjart, car c'est elle-même, est in-
terrogée par Chapelle, et, comme elle va débuter dans
une pièce de Molière où les faux dévots sont démasqués,
Chapelle est pris d'une nouvelle fureur et va criant qu'on
l'a indignement dépouillé. Madeleine reste seule, et aussitôt arrive un personnage que l'auteur a déjà annoncé
comme le chef des faux dévots et des hypocrites ; on ne

le devinerait jamais : c'est l'ami de Boileau, le président Lamoignon. La scène est incroyable, et i i, de peur qu'on refuse d'ajouter foi à ce fidèle compte-rendu, je traduis.

LAMOIGNON, *parlant du côté par où il est entré.*

Laurent, si l'on me demande, dites que je suis allé à la prison pour y exercer, selon mon habitude, les douces œuvres de la charité.

MADELEINE.

Eh ! qu'est-ce que cela ? En voici un qui met mon rôle en prose. Bon Dieu ! c'est le faux dévot en personne.

LAMOIGNON.

Laurent, remettez en place ma discipline et ma haire, et priez Dieu qu'il éclaire votre âme ?

MADELEINE.

Aussi vrai que je vis, c'est la paraphrase de ma scène. M. Chapelle veut-il me faire subir une épreuve ?

LAMOIGNON.

Que voulez-vous ? qui êtes-vous ?

MADELEINE, *à part.*

Toujours comme dans la pièce ! (*Elle prend une pose théâtrale.*)

Que d'affectation et de forfanterie !

LAMOIGNON.

Je veux parler à M. Chapelle. Qui êtes-vous ?

MADELEINE, *à part.*

Que penser de tout cela ?

LAMOIGNON, *à part.*

O l'adorable créature ! (*Il cherche son mouchoir.*)

MADELEINE, *à part.*

Bon Dieu ! il tire son mouchoir de sa poche.

LAMOIGNON, à part.

Quelle taille ravissante !... quelles gracieuses épaules !... Je veux employer mon moyen habituel.

MADELEINE, à part.

Il connaît la scène, telle que Molière l'a écrite... C'est un envoyé de l'Académie qui veut m'examiner.

LAMOIGNON.

Mais, saint Dieu du ciel, comment souffrir, mon enfant, que vous alliez ainsi décolletée... Comment parler à une femme qui découvre ainsi...

MADELEINE, à part.

Le sens des paroles est exact, mais il ne donne pas la réplique. N'importe ! disons notre rôle...

Vous êtes donc bien tendre à la tentation ?

LAMOIGNON.

Charmante petite sorcière ! couvrez avec ce mouchoir, couvrez cette belle, cette infernale, cette charmante, cette affreuse, cette blanche, cette noire poitrine. Petite Ève !

MADELEINE.

Monsieur, vous ajoutez tant de mots à votre rôle, qu'il m'est impossible de vous suivre.

LAMOIGNON.

A mon rôle ? Ce n'est pas un rôle.

MADELEINE.

Mon Dieu ! je sais tout. Vous voulez mettre à épreuve une pauvre fille de province, mais il faut vous en tenir au texte que M. Molière vous a imposé.

LAMOIGNON.

Un texte ! M. Molière m'a imposé un texte ! Eh ! eh ! je le vois, aimable dame, vous êtes une comédienne au service des arts de perdition.

MADELEINE.

Madeleine Béjart, de Châlons, engagée au théâtre du Palais-Royal pour six mois.

On comprend déjà sur quelles méprises repose la comédie de M. Gutzkow ; mais ceci n'est rien, nous en verrons bien d'autres. — Le second acte se passe chez un des ministres de Louis XIV, M. de Lionne. Molière est venu plaider pour son œuvre, car déjà l'intrigue s'agite, et deux cent soixante-dix bourgeois de Paris, ameutés par le président Lamoignon, ont signé un placet qui demande au roi la défense expresse de représenter *Tartufe*. Molière a reçu de M. de Lionne une réponse favorable, lorsque Lamoignon, arrivant après lui, appelle à son aide toutes les figures de la rhétorique, fait apparaître le fantôme de la religion détruite, le génie de l'impiété, le démon de l'anarchie, et obtient du ministre épouvanté l'interdiction de la pièce maudite.

C'est chez Louis XIV que s'ouvre le troisième acte. Le roi est de bonne humeur, et plaisante agréablement le ministre de la police sur sa prétention à juger les affaires littéraires. Le médecin Dubois, le poëte Chapelle, le notaire Lefèvre, ont beau invoquer la protection du monarque contre cet impudent comédien qui ne respecte ni les médecins ignorans, ni les gens de loi rapaces, ni les poëtes ridicules ; ils ont beau s'unir à Lamoignon et associer leur cause à celle de la religion outragée, toutes leurs invectives, toutes leurs lamentations sont vaines ; Louis XIV a décidé que Molière jouerait *Tartufe*. Lamoignon est désespéré, mais bientôt son courage se relève ; il a surpris un secret qui peut lui rendre la victoire. Le roi aime et poursuit Armande Béjart. Irrité de la résistance qu'il rencontre chez une comédienne, l'orgueilleux prince brûle de découvrir le rival qu'on lui préfère ; ce rival, c'est Molière, Molière aimé d'Armande et qui n'attend pour l'épouser que le succès de *Tartufe*. Voilà le secret de Lamoignon, et certes il n'en fallait pas tant pour enflammer la colère du roi. Le chef-d'œuvre du poëte est de nouveau frappé d'interdiction. Or, des bourgeois de Paris venaient remercier Louis XIV d'avoir permis la représentation de *Tartufe*; ils ne trouvent plus que Molière désolé, et le grand artiste, préparant sa vengeance, s'écrie avec une solennité de mélodrame : « Eh bien ! j'écrirai sur la toile du théâtre, j'écrirai sur les tables de l'histoire, et ce sera le commencement de la lutte ; j'écrirai : Parisiens, je voulais représenter devant vous la comédie de *Tartufe*; mais le président Lamoignon ne veut pas qu'on le joue ! »

Allons maintenant au théâtre, dans la loge d'Armande Béjart. C'est le soir. Tandis que Molière et Armande sont occupés sur la scène, Lamoignon, introduit par une soubrette, vient poursuivre cette petite Madeleine qu'il a rencontrée chez Chapelle, et de qui il a appris le prochain mariage de Molière et d'Armande. Si Lamoignon s'acharne avec tant de fureur contre le chef-d'œuvre du poëte, ce n'est pas seulement parce que Lamoignon, dans l'esprit de M. Gutzkow, représente l'hypocrisie et l'imposture ; l'écrivain allemand ne s'est pas contenté d'outrager ainsi un de nos grands magistrats, il en a fait un voleur et un assassin. L'intrigue de *Tartufe* est une aventure réelle, et Lamoignon est bien véritablement le modèle de l'homme qui a porté le trouble dans la maison d'Orgon. Il y avait à Châlons-sur-Saône une riche et honorable famille dont le chef, M. Duplessis, fut victime de sa générosité : un faux ami qui s'était emparé de sa confiance à force de ruses et de grimaces le dépouilla, le tua, et, laissant dans la détresse la veuve et les deux filles, accourut à Paris, où il parvint, grâce à sa fortune, aux charges les plus élevées de l'état. Ce misérable n'est autre que le premier président du parlement de Paris, Guillaume Lamoignon ! Lamoignon a eu dans les mains le manuscrit de *Tartufe*, il a vu dans l'histoire d'Orgon l'histoire de son propre crime, et, comme il veut savoir à qui Molière doit des renseignemens si exacts, il assiège Madeleine, espérant arracher encore ce secret à la naïve étourderie de la jeune fille. Or, cette Madeleine Béjart est précisément la fille de

Duplessis, et le nom qu'elle porte est un faux nom. Tandis que Lamoignon cause avec Madeleine, Armande revient accompagnée de Molière, et Madeleine, craignant une réprimande, se hâte de cacher Lamoignon dans un cabinet de costumes. La scène suivante amène Louis XIV toujours épris d'Armande, et nous voyons la rusée comé- dienne lui arracher gaiement la permission de jouer *Tartufe*. Lamoignon, dans son armoire, assiste à cette petite bataille si lestement gagnée, et il en frémit de rage. Enfin, quand tout le monde est sorti, Madeleine le pousse dehors ; mais comment échapper à la vigilance de Molière ? Il faut prendre un coustume et se mêler aux acteurs. Le président du parlement de Paris s'enfuit déguisé en Turc.

Le dénoûment approche. Nous sommes au théâtre, dans une antichambre de la loge du roi. Entendez-vous ce bruit confus d'une grande assemblée ? La salle est déjà pleine, et la foule se presse aux portes. Quel mo- ment ! quelle heure solennelle ! N'est-ce pas une des plus glorieuses journées de l'art, et connaissez-vous un sujet plus grand pour inspirer un poëte ? On va donner la première représentation de *Tartufe !* — Mais silence ! Molière paraît,... je veux dire le Molière de M. Gutzkow. Il porte l'habit et la perruque de Lamoignon, car il importe que la vengeance soit terrible et que l'assassin de Duplessis soit désigné à l'exécration publique. La ressemblance est si complète, que tous les ennemis de Molière, Chapelle, Dubois, Lefèvre, M. de Lionne, pren- nent d'abord le poëte pour le président et ne le recon- naissent qu'avec peine. Bientôt Lamoignon arrive, et cette fois c'est lui qui va passer pour l'auteur de *Tartufe* et recevoir les complimens du roi. Ces quiproquos se prolongent assez long-temps, jusqu'à ce que Lamoignon et Molière se rencontrent dans un entr'acte. Là, le poëte immortel du *Misanthrope*, enflant sa voix comme un héros de mélodrame, met sous ses pieds l'orgueil et l'impudence de Lamoignon. Il lui rappelle son crime de Châlons-sur-Saône, la famille Duplessis perdue par son abominable rage, le père assassiné, la mère séduite

et les filles plongées dans la misère. Or, il faut que
l'assassin répare au moins une faible partie des maux
qu'il a causés; s'il ne restitue pas à Madeleine Duplessis
cette fortune qu'il lui a volée, s'il ne donne pas à Molière
une somme assez considérable pour fonder une école
dramatique et perpétuer en France l'art de démasquer
les fourbes, Molière va paraître sur la scène, et tout le
monde reconnaîtra dans Tartufe l'assassin, le séducteur,
le voleur devenu président du parlement de Paris! S'il
accepte ces conditions, Molière change de costume, et ce
ne sera plus Lamoignon, ce sera un type, un genre, ce sera
l'hypocrite en général que le poëte aura livré au mépris
de la France et du monde. Lamoignon se soumet ; le roi,
qui, de sa loge voisine, a tout entendu, félicite Molière
sur son courage et achève d'accabler Lamoignon. Celui-ci
pourtant, tout atterré qu'il est, ne se décourage pas
encore ; il exhale sa rage en imprécations et en menaces... « Ils m'ont perdu. Attendez ! attendez ! On peut
nous chasser comme des loups, nous revenons comme
des renards. Vengez-vous ! je me vengerai aussi. Demain
matin, je pars pour Rome, et, tremblez-en tous !
j'entrerai publiquement dans l'ordre des jésuites. »

Ainsi finit cet inconcevable ouvrage. Est-il besoin
maintenant d'en signaler toutes les fautes, d'en relever
toutes les énormités? Il faudrait, hélas ! biffer la pièce
entière, depuis la première scène jusqu'à la dernière.
D'ailleurs, un simple exposé ne suffit-il pas à des lecteurs
français, et qu'ajouterai-je à l'arrêt que chacun, j'en
suis sûr, a déjà porté sur l'œuvre de M. Gutzkow? Le
poëte a-t-il assez défiguré l'histoire, assez abaissé les
grands noms auxquels il a touché? Est-ce là assez de
contre-sens et de caricatures ? Si l'auteur a parié qu'il
traiterait le plus grand sujet de notre histoire littéraire
et qu'il se ferait applaudir de son pays en violant
à chaque pas l'exactitude des faits et la vérité des caractères, il a gagné sa triste gageure. S'il est dupe lui-
même de ses inventions, on ne sait ce qu'il faut admirer
davantage, ou son incroyable légèreté, ou les énormes
erreurs qu'il a commises dans l'interprétation de Molière.

En vérité, M. Charles Gutzkow nous fait regretter le temps où M. Guillaume de Schlegel refusait le génie de la comédie à l'auteur du *Misanthrope*, et ne voyait en lui qu'un bon écrivain didactique, un poëte moraliste, dont les plus divins chefs-d'œuvre font suite tout simplement aux épîtres de Boileau. M. de Schlegel dénigrait Molière, M. Gutzkow l'admire; mais l'admiration de M. Gutzkow n'est-elle pas mille fois plus inintelligente que l'absurde dédain de M. de Schlegel? Quoi! Molière transformé en un pamphlétaire grossier! Molière écrivant des mélodrames! Une ridicule anecdote, mille fois rejetée par la critique moderne, attribue à l'auteur de *Turtufe* un mauvais jeu de mots sur M. de Lamoignon, et c'est cette pasquinade qui devient le fond même de la comédie de M. Gutzkow! Un magistrat austère, un des plus dignes représentans de ce grand et sévère tiers-état qui, sous l'ancienne monarchie, préparait laborieusement ses destinées futures, le protecteur de Boileau, de Corneille, l'admirateur de Pascal, M. de Lamoignon enfin va devenir tout à coup le plus grotesque des tartufes et le plus infame des assassins! Le joyeux Chapelle, qui a eu, je le sais, bien des torts envers Molière, mais qui lui a gardé une amitié constante, et qui, à la mort du poëte, indigné du refus de sépulture, a jeté *les bigots à la voirie* dans des vers que chacun sait par cœur, Chapelle est un académicien pédant, envieux, hypocrite, qui dénonce Molière au nom d'Aristote et de la morale, au nom des rimes défectueuses et de la vertu offensée! Et quel portrait de Louis XIV! comme nous reconnaissons bien l'orgueilleux et majestueux monarque dans ce petit prince allemand dupé par une comédienne! Et ce médecin Dubois, et ce notaire Lefèvre, et ce M. de Lionne! quelle heureuse image de la brillante société du xviie siècle! Je ne demande pas à M. Gutzkow où sont les défenseurs naturels de Molière, où est Boileau, où est Condé, où est M. de Montausier, où est Mme de Sévigné, où sont tous ces esprits sévères et charmans, tous ces patrons illustres qui n'ont pas manqué à sa gloire. Quand je vois ce que l'écrivain allemand a fait de M. de

Lamoignon et de ce pauvre Chapelle, je ne regrette pas dans son drame l'absence de ces éminens personnages. Je ne lui parle pas non plus des peccadilles de sa comédie : de Madeleine Béjart, qui devient, en dépit de l'histoire, la jeune sœur d'Armande ; du mariage de Molière, placé par M. Gutzkow après *Tartufe*, quoique Molière ait épousé Armande Béjart dix années avant cette date, etc. Tout cela n'est rien après ce que nous avons vu, et d'ailleurs n'insistons pas d'avantage, ce serait triompher trop cruellement sans doute. M. Gutzkow est un esprit élevé : qu'il oublie la police allemande, les censeurs allemands, les ministres allemands, si ce sont là les fâcheuses préoccupations auxquelles il faut imputer ces incroyables fautes ; qu'il se transporte par sa rapide imagination dans la France du xviie siècle ; qu'il s'initie aux secrets, aux détails familiers de cette brillante histoire : qu'il lise dans Mme de Sévigné le récit charmant de ce qui se passe chez M. de Lamoignon le jour où Boileau fit l'éloge de Pascal en présence d'un père jésuite avec un si plaisant et si énergique enthousiasme ; qu'il voie revivre enfin cette noble et élégante société si singulièrement travestie par lui ; surtout qu'il relise Molière, et, j'en suis sûr, doué comme il l'est d'une intelligence subtile et pénétrante, il sera bien honteux d'avoir écrit *le Modèle de Tartufe*.

J'ai commencé cette étude avec beaucoup de sympathie pour M. Gutzkow, et il m'en coûte de rester sur une œuvre que j'ai dû condamner sans réserve. Les intérêts de la poésie dramatique sont si précieux, les efforts des poètes méritent tant d'estime et d'encouragements, que mon plus sincère désir était de signaler les résultats de la renaissance qui s'accomplit en Allemagne ; mais c'est travailler aussi à cette régénération de la scène que de ne point épargner les avertissements sévères de la critique aux écrivains qui sont dignes de les entendre. Il y a peu de temps, l'actif écrivain a fait jouer un drame, *Uriel Acosta*, qui, s'il faut en croire des juges habiles, est son véritable chef-d'œuvre. Revenu dans son pays, aux prises avec des mœurs qu'il

connaît bien, l'ingénieux auteur de *la Queue et l'Épée*
a retrouvé, dit-on, ses inspirations les plus heureuses.
Nous nous empressons de signaler ce succès, afin de ne
pas quitter M. Gutzkow sur une impression trop peu favorable. Que résulte-t-il, d'ailleurs, de notre impartial
examen ? Si nous avons dû blâmer avec franchise quelques-unes des productions du poète, refusons-nous de
nous associer aux sympathies que lui témoigne aujour-
d'hui l'Allemagne ? Bien loin de là : nous fondons des
espérances sur son talent. Sans croire avec le public
allemand que M. Gutzkow ait déjà donné à son pays un
véritable écrivain dramatique, nous pensons qu'il possède tout ce qu'il faut pour se créer, dans un genre spé-
cial, une assez vive originalité. M. Gutzkow ne se connaît
pas, il se cherche, il hésite ; encore quelque temps, il
trouvera sa voie et ne la quittera plus. Le genre auquel
M. Gutzkow devra ses meilleurs ouvrages, disons-le lui
une dernière fois, c'est la comédie historique, et celle-là
particulièrement qui se propose de mettre en relief les
intrigues secrètes de la diplomatie. Il a fait preuve d'une
brillante aptitude pour ces sortes de sujets dans maintes
scènes de *Patkoul* et surtout dans l'étincelante comédie
la Queue et l'Épée. Pourtant, direz-vous, huit batailles et
deux victoires, est-ce une campagne décisive? Non, sans
doute: mais ce n'est pas seulement ces deux victoires
que je veux louer chez l'auteur de *Patkoul*; dans chacune de ses œuvres, dans celles-là même qui appellent
toutes les rigueurs de la critique, il a montré une ardeur
persévérante, il a fait éclater d'énergiques ressources, il
a prouvé enfin qu'un jour viendrait où, sûr de sa route,
il y marcherait d'un pas ferme.

XII.

LA POÉSIE DRAMATIQUE A VIENNE.

—

M. Frédéric Halm.

Malgré le silence de l'Autriche au milieu du tumulte de l'Allemagne contemporaine, malgré son apathie naturelle, les poëtes n'ont pas manqué à ce pays depuis une quinzaine d'années. Le groupe des chanteurs autrichiens et hongrois n'est pas le moins distingué dans l'assemblée un peu confuse de la nouvelle école. Il y a là des noms déjà célèbres, des maîtres généreusement inspirés, et, à côté d'eux, de jeunes disciples pleins de bonne volonté, pleins d'une ferveur qui réjouit l'âme. Le contraste même de cette intéressante ardeur avec l'engourdissement général des esprits donne à ces nobles poëtes une valeur plus rare : ils sont pour la critique l'objet d'une étude presque respectueuse ; il faut toucher à leurs œuvres avec des mains amies, et cultiver pieusement ces produits inespérés, ces fruits de poésie, d'enthousiasme, de liberté, venus comme par miracle dans ces landes inhospitalières. On ne trouverait ni à Berlin, ni à Munich, ni sur les bords du Rhin, une telle réunions de trouvères. Anastasius Grün, Zedlitz, Nicolas Lenau, ont conquis en Allemagne une renommée légitime et qui s'accroît chaque jour. *Les Promenades d'un Poëte viennois, la Couronne des Morts, les Albigeois,* sont des œuvres chères à l'imagination, et que consacrent encore l'enthousiasme du bien, l'amour sincère de la liberté, l'ardent espoir d'un avenir plus digne. Dans quelques années, il faut l'espérer, nous ajouterons à ces noms le nom de M. Charles Beck, de M. Hartmann, de M. Alfred Meissner, si les jeunes auteurs ne se hâtent pas de dépenser à l'aventure leur brillante inspiration. On cite encore des talents nouveaux ; la pléiade pourra se compléter ; telle qu'elle est déjà, n'est-ce pas un symptôme rassurant, une promesse féconde ?

Ne l'oublions pas cependant, ce sont là des voix isolées. Le public de ces poëtes n'est pas en Autriche ; l'auditoire de M. Lenau est en Souabe, celui de M. Beck à Berlin ; M. de Zedlitz, Anastasius Grün, sont lus dans toute l'Allemagne ; l'Autriche ne leur accorde qu'une attention médiocre. Le vrai caractère de la poésie autrichienne, comment serait-ce cette pensée fine et fière qui éclate avec une distinction si haute dans les *Promenades* de M. le comte d'Auersperg ? Seraient-ce davantage la mélancolie profonde, la courageuse tristesse de l'auteur des *Albigeois* ? Ou bien pense-t-on qu'on trouverait aisément l'expression de ce peuple dans les audacieuses rêveries de M. Beck ? Non, certes. Ces voix généreuses peuvent être entendues sans doute par cette forte élite qui, visible ou cachée, ne manque jamais à aucun pays ; mais elles ne pénètrent pas dans la foule, et il y a une autre poésie qui s'adresse directement à Vienne. Cette poésie-là, croyez-le bien, ne sera ni ardente ni irritée. Tantôt follement joyeuse, tantôt douce avec vulgarité, toujours molle, voluptueuse, sensuelle, elle est l'exacte image de l'esprit viennois. Si elle est triste, ce ne sera nullement de cette tristesse hardie qui atteste ou les regrets amers ou les désirs inquiets d'une âme virile. Quand elle est le mieux inspirée, ne lui demandez pas autre chose que la pureté sans la force, la douceur sans l'élévation morale, je ne sais quoi d'aimable et de languissant, je ne sais quelle grâce trompeuse où le cœur s'énerve.

Le théâtre même est en proie à ces pernicieuses influences. Depuis les froides et savantes compositions de Grillparzer, le théâtre a perdu à Vienne le peu de vie

qui l'avait animé pendant une partie du xviii° siècle. Ne
semble-t-il pas pourtant que là, du moins, le contact du
peuple devrait susciter les pensées fortes? Cette sensualité, cette mollesse perfide ne devait-elle pas se dissiper
au souffle des grandes foules? Hélas! les poëtes ont beau
se glorifier dans leurs préfaces, ils ont beau se vanter de
gouverner le peuple : c'est le peuple qui les gouverne,
le peuple est de moitié dans leurs œuvres. Ils n'ont pas
tous le libre génie, la fière indépendance des maîtres.
Combien j'en sais, et des meilleurs, qui cèdent sans résistance au goût de la multitude, se laissent envahir peu
à peu, et, de concession en concession, finissent par se
livrer tout entiers! Le peuple autrichien veut qu'on le
divertisse, et ce n'est pas là que la scène sera jamais
une tribune. Je n'aime pas à accuser une époque, une
nation, des fautes commises par les poëtes; je crois à
l'énergie individuelle, et je veux que chacun soit res-
ponsable de ses œuvres. Il y a pourtant des zones moins
fertiles, des sociétés moins heureuses où, sans rien exa-
gérer, sans fausse déclamation, on peut citer l'esprit
d'un peuple au tribunal de la critique, et lui demander
compte de l'influence qu'il exerce.

Imaginez un talent vraiment distingué, une âme délicate et tournée vers l'idéal: ce sera un poëte amoureux de la grâce; il aura de naturelles sympathies pour
les plus douces choses de la création, son langage sera
harmonieux, son imagination sereine et pacifique. Faites
que ce rêveur inoffensif reçoive de son temps et de son
pays une éducation sévère, que les idées viriles rem-
placent les molles rêveries, que sa pensée se fortifie,
que son langage s'affermisse : il s'élèvera peu à peu et
atteindra à la poésie véritable. Or, si c'est le contraire
qui arrive, si cette direction lui manque, si l'atmosphère
où il vit est chargée de molles langueurs, les qualités
de son talent lui deviendront bientôt fatales; les sentiments qu'il peindra perdront leur caractère; cette douceur qui voulait être contenue tournera à l'effémination.
Il aura débuté d'une manière charmante; mais, comme
la pente est rapide dans ces sentiers glissants, on verra

plus clairement, dans les œuvres qui suivront, la mauvaise influence du pays où il a vécu. Une telle étude est difficile, délicate, et certes elle ne manque pas d'intérêt. N'y a-t-il pas là une question morale autant qu'un problème littéraire? Oui, je veux savoir ce qu'est devenu ce gracieux poëte sous la direction qu'il a dû subir; plein de sympathie pour l'auteur, je prétends ne rien pardonner à ses maîtres, et, si cette influence de l'esprit autrichien a été telle que je la redoute, c'est à elle que la critique a droit de demander un compte sévère, c'est elle qu'il faut condamner sans pitié.

Le poëte dont je parle est M. Frédéric Halm. Peut-être sait-on déjà que c'est là un pseudonyme; comme M. Anastasius Grün, comme M. Lenau, M. Halm a dissimulé son titre et son blason. Son vrai nom est celui d'un diplomate célèbre qu'on ne s'attendait guère à rencontrer dans ces discussions poétiques; nous avons affaire au fils du président de la diète de Francfort, à M. le comte Joachim-Édouard de Munch-Bellinghausen. Or, il semble que les critiques allemands se soient trop rappelé cette circonstance en examinant le théâtre du jeune poëte. Les uns ont parlé de lui avec un enthousiasme aveugle, les autres ont usé à son égard d'une rigueur préméditée. Je voudrais, au milieu de ces jugements passionnés, éviter les erreurs et étudier simplement un point de morale dont l'intérêt me séduit. Oublions, s'il vous plaît, le fils du représentant de l'Autriche à la diète de Francfort, et ne nous souvenons que du poëte. Ce n'est pas M. le comte de Munch-Bellinghausen que nous allons juger, c'est l'auteur de *Griseldis* et d'*Imelda Lambertazzi*, M. Frédéric Halm.

Bien que M. Halm soit jeune encore, il a eu le temps de donner sa mesure. Voilà plus de dix années déjà qu'il a débuté, et, depuis ce moment, ses œuvres se sont succédé, sans rapidité et sans paresse, comme il convient à un artiste qui prend sa tâche au sérieux. Les cinq drames qu'il a publiés composent un ensemble assez complet et suffisent parfaitement pour qu'on puisse apprécier la place de l'auteur et présager l'avenir de son talent.

Les premiers drames de M. Halm sont certainement les meilleurs. J'y trouve, dès le début, les qualités, les inclinations naturelles du jeune écrivain. N'est-ce pas ainsi, aux premiers jours, qu'il est possible de deviner les tendances d'une âme, les propensions d'un esprit bien doué? Une chose me frappe ici. M. Halm semblait préoccupé de mettre en lumière une idée, une pensée forte qui pût soutenir son drame. Que cette idée fût toujours conduite avec habileté, qu'elle fût un aliment assez vigoureux pour nourrir son œuvre, je ne l'affirmerai pas. C'était là toutefois un heureux signe, une disposition féconde, et il était permis d'espérer que le jeune écrivain, plus maître de sa pensée, mieux familiarisé avec la scène, donnerait quelque jour un vrai poëte dramatique. Nous verrons tout à l'heure ce que les influences mauvaises ont produit et comment cette imagination aimable a été détournée de ses voies.

Le vrai succès de M. Frédéric Halm, celui qui a établi tout d'abord et qui maintient encore sa réputation, c'est son drame de *Griseldis*. Le jeune poëte avait choisi un sujet gracieux, parfaitement approprié à la nature élégante de son talent. Il sut d'ailleurs y porter des richesses nouvelles, il sut féconder la tradition qu'il interrogeait, et, même après Boccace, y ajouter en de certaines parties une valeur inattendue. Tout le monde connaît l'admirable légende de Griseldis. Quoi de plus pur et de plus touchant dans les récits du moyen-âge! Quel document plus douloureux que celui-là sur la condition de la femme en ces âges barbares! Griseldis, c'est le dévouement héroïque et simple, c'est la résignation sublime, ignorant elle-même le prix de sa vertu. Comme elle est prompte à s'humilier! comme elle souffre sans murmure! Les plus cruelles douleurs, les affronts les plus sanglants, elle supporte tout avec une douceur qui n'est pas de la terre. D'où vient-elle, si courageuse et si grande? Est-il vrai qu'elle ait passé dans ce monde? a-t-elle vécu à Bologne, a-t-elle été mariée au marquis de Saluces? et ces épreuves odieuses, et cette angélique patience, tout cela est-il réel? Ce type suprême de bonté

et de grâce a-t-il en effet existé sous une forme si charmante? ou bien n'est-ce qu'un rêve, une création idéale,
une figure impossible, imaginée par la pensée populaire,
et consacrée pieusement dans ces naïves histoires où
Boccace est allé la prendre?

On voit quel intérêt éveille le nom seul de l'héroïne.
Disons d'abord tout ce qu'il y a de louable dans l'œuvre
du jeune poëte; M. Halm a aimé Griseldis, et comme un
être réel dont il fallait honorer la mémoire, et comme
l'idéal adoré d'une bonté supérieure. Il n'a pas pensé
que la légende toute seule pût suffire. Ce type autrefois
si vénéré pouvait bien ne pas convenir à nos idées présentes. L'auteur n'a pas voulu nous donner simplement
un tableau du moyen-âge, une étude curieuse sur les
mœurs féodales, sur la brutalité du maître et la résignation de la servante. Il faut que cette femme, jadis si
humiliée, se relève aujourd'hui; il faut venger Griseldis.
Elle restera sans doute ce qu'elle était, elle sera toujours
la femme dévouée, la créature soumise, baisant la main
qui la frappe, mais sa dignité sera sauvée. Or, avant de
renouveler l'esprit de la légende, M. Halm a cru devoir
en modifier aussi les détails, et ici l'inspiration est assez
malheureuse, ce me semble. Nous ne sommes plus à
Bologne, comme dans le récit de Boccace; ce n'est pas
la marquise de Saluces qui va paraître sur la scène. Le
drame est transporté en Angleterre, à la cour du roi
Arthur. Voici les chevaliers de la Table-Ronde : Lancelot
du Lac, Kenneth l'Écossais, Tristan-le-Sage, Perceval
le Gallois : c'est Perceval qui est le mari de Griseldis.
Encore une fois, ce'te invention ne vaut rien. Pourquoi
mêler des souvenirs si différents? Qu'y a-t-il de commun
entre ces traditions que vous confondez à plaisir? A
quoi bon substituer Perceval au marquis de Saluces? Le
mari de Griseldis, le seigneur sans pitié qui impose à
l'humble créature de si cruelles épreuves, comment serait-ce le chevalier Perceval, dont Wolfram d'Eschembach, après Chrestien de Troyes, a raconté les mystiques
aventures? M. Halm, je le crains bien, n'a cherché là
qu'un tableau brillant, une mise en scène plus poétique.

Il lui a paru nouveau d'encadrer la gracieuse légende dans la cour splendide des chevaliers d'Arthur, et de broder un conte populaire sur le fond des épopées féodales. C'est une fantaisie puérile, qui ne mérite pas un blâme très-sévère, mais qu'il fallait signaler. Arrivons cependant au drame lui-même.

Perceval est le plus intrépide des chevaliers de la Table-Ronde ; nul n'a plus de résolution dans la bataille, plus de générosité après la victoire. C'est lui qui a cueilli dans les expéditions aventureuses la fleur d'or de la chevalerie bretonne. Or, Perceval n'aime point la cour ; il est rude, sauvage, et ne sent son cœur à l'aise qu'au fond de son manoir agreste, dans la solitude de ses forêts. N'est-ce pas là qu'il garde son cher trésor, sa femme dévouée, sa bien-aimée servante, Griseldis? Perceval a désiré un amour sans bornes ; il a voulu régner sur une âme qu'une seule pensée, qu'un seul sentiment posséderait. Il a réussi. Griseldis était pauvre ; elle vivait dans les bois avec son vieux père Cédric, Cédric le charbonnier. Belle, naïve, aimante, elle a charmé son noble maître, et la fille du charbonnier est aujourd'hui la femme de Perceval le Gallois. Griseldis aime Perceval comme le croyant aime son Dieu ; jamais le sacrifice d'une volonté à une volonté, jamais le don d'une vie entière n'a été plus complet et plus sincère. Griseldis est devenue par l'amour ce qu'était la femme de la société antique, elle est librement esclave, et elle dit à Perceval, comme Tecmesse à Ajax : « Salut, maître ! » Que ce seul mot suffise : Perceval est le maître d'une âme. Aussi, vous devinez comme il se confie dans la plénitude de ce dévouement si profond. Quand il vient à la cour du roi Arthur, les plus nobles dames, duchesses, princesses, la reine elle-même, la brillante Ginevra, passent auprès de lui sans que ses yeux les aperçoivent. Il n'y a au monde qu'un seul être fidèle, une seule créature aimante, Griseldis. Cependant la reine, irritée de ce dédain, provoque Perceval à force d'interrogations moqueuses et lui fait conter son histoire. Il y a ici une gracieuse scène. Voyez la reine et ses femmes aiguillonnant le brusque chevalier par leurs perfides discours. Lui, c'est à peine s'il remarque la malveillance qui épie ses paroles. Il ouvre son cœur, il confesse naïvement son amour.

PERCEVAL.

Un soir d'été, j'étais allé chasser dans la forêt. Aux prises avec ma sombre inquiétude, le cœur rempli de pensées tumultueuses, j'allais, sans être guidé par mes yeux, j'allais çà et là où me conduisait mon pas insouciant. Tout-à-coup je suis arrêté par une fontaine aux flots d'argent qui arrose la forêt. Je regarde et je vois... ô reine ! je vois une jeune fille, belle comme on ne l'est pas sur terre, et cependant combien elle ignore sa beauté ! une jeune fille, ô reine ! Sur son front était écrit en caractères lumineux que Dieu sourit avec complaisance en la créant et qu'il lui dit : « Tu es la bienvenue... » Elle était assise au bord de la fontaine, et a noire chevelure tombait à flots sur ses épaules. Soudain elle se penche vers la source, elle plonge ses petits pieds dans le cristal des flots, couvrant avec soin du bord de sa robe tout ce que l'eau ne cachait pas. Et moi, enveloppé dans l'ombre des arbres, j'admirais sa chasteté. Puis, quand elle se fut assise, regardant les flots qui jouaient avec la neige de ses pieds, elle ne songea point, comme les autres femmes, à se sourire amoureusement ni à se servir du miroir de l'onde pour se parer et arranger ses cheveux. Comme un enfant, elle se mit à enfler ses joues, à se faire des grimaces, et à pousser de francs éclats de rire quand l'eau de la source lui renvoyait une bonne caricature de son charmant visage. Et je me disais : Elle n'a point de vanité... Bientôt, du creux de la montagne, la cloche du soir sonne à la tour de la petite église ; aussitôt elle devient grave, elle se tait, elle écarte promptement les cheveux qui couvraient son visage ; son regard angélique se tourne vers le ciel, tandis que ses lèvres s'agitent en murmurant, comme des feuilles de rose au souffle de l'air. Oh ! elle est pieuse, pensai-je au fond de mon âme.

Cette description aimable est interrompue çà et là par les railleries amères de Gineyra ; la scène continue, et tout ce contraste est rendu avec beaucoup de grâce. Gineyra voulait que Perceval rougît devant tous ; elle pensait qu'il n'oserait avouer la fille du charbonnier, et, bien loin de là, elle a fait éclater l'enthousiasme passionné du chevalier pour l'ange céleste qui garde l'honneur de son nom. Piquée au jeu, elle insiste plus vivement encore ; ce n'est plus la raillerie qu'elle emploie,

24

c'est la colère et l'insulte. Ne craignez rien pour Griseldis; elle sera défendue vaillamment. Non, il n'y a pas
une femme qui puisse approcher d'elle, pas même Ginevra, la noble reine. Ah! si le mérite distribuait les
rangs, Griseldis serait assise sur le trône, et Ginevra
s'agenouillerait devant la fille du charbonnier! A ces
hardies paroles de Perceval, les épées sortent des four-
reaux ; Lancelot du Lac veut venger la reine, et déjà le
fer croise le fer. On les sépare pourtant, et le roi Arthur
pardonnera à Perceval, s'il consent à se rétracter. Mais
comment déclarer qu'il y a une femme au monde aussi
aimante, aussi dévouée que Griseldis! Ce n'est point
l'orgueilleux chevalier qui s'abaisserait à ce mensonge.
— Eh bien! dit la reine, j'accepte le jugement de Perceval. Oui, je m'agenouillerai devant la fille du charbonnier, si Perceval me prouve devant tous, et par des
signes irrécusables, le dévouement de Griseldis et cette
affection dont il est si fier. Les signes demandés par la
reine, ce sont les plus cruelles épreuves que puissent
subir le courage et la résignation d'un ange. L'engagement est conclu : que Griseldis supporte sans se plaindre
d'intolérables douleurs, de sanglantes humiliations, et
Ginevra pliera les genoux devant elle.

Elle ne sait pas cependant, la noble femme, comme
on joue avec sa destinée. Quoi! est-il possible que Perceval consente à ce pari barbare! Qu'y avait-il donc au
fond de son amour? On le voit trop : un immense orgueil. Pour satisfaire cet orgueil sauvage, il a accepté
sans scrupules les conditions terribles de cet abominable
jeu. L'épreuve commence ; c'est son enfant d'abord qui
va être arraché à Griseldis, son bel enfant aux cheveux
si blonds, aux yeux si bleus! Le roi ne veut pas que la
noble famille des Perceval soit souillée par l'enfant de
Griseldis. Ce n'est pas tout : elle sera chassée du palais
de Perceval ; le roi l'ordonne ainsi, et Perceval se soumet à la volonté d'Arthur. Eh bien! Griseldis partira
ans se plaindre : « Vous m'avez prise dans la hutte misérable du charbonnier, ô mon seigneur tant aimé!
vous me renvoyez aujourd'hui, que votre volonté s'ac-

complisse. » Et la voilà qui part, répudiée, chassée devant tous les vassaux de son époux. Tous frémissent d'indignation ; elle seule, résignée au sacrifice, absout son maître et le vénère comme au jour où elle fut amenée par lui dans son palais. L'épreuve est-elle terminée ? Non. A peine rentrée dans la hutte de son père, son père ne veut pas la reconnaître. Elle est donc seule au monde ; tout lui a été arraché, son père, son mari, son enfant, et cependant il n'y a pas d'amertume au fond de son âme : elle n'accuse pas la dureté de Perceval ; elle est encore prête à se dévouer ; ce cœur, tout déchiré qu'il est, appartient toujours à son maître. Mais qui arrive tout à coup à travers les bruyères ? Quel est ce fugitif ? C'est Perceval. On le poursuit, et le roi Arthur a juré sa mort. Griseldis ne triomphe pas ; elle ne se venge pas comme une héroïne vulgaire : elle sauve respectueusement celui qui a brisé sa vie. Certes, le sacrifice est achevé cette fois ; c'est assez de douleur, assez de patience, l'épreuve a parlé haut. Il est bien temps que Griseldis soit ramenée dans son palais ; il est temps que son enfant lui soit rendu, et que tous les vassaux convoqués saluent l'épouse de Perceval. Elle a bien mérité aussi que l'orgueilleuse Ginevra s'agenouillât devant elle, et elle va savoir enfin que tout cela n'est qu'un jeu. Un jeu ! A ce mot pourtant, ce cœur dévoué, ce cœur si humble, si aimant, si prompt au sacrifice, le cœur de Griseldis se révolte. Quoi ! ce n'était qu'un jeu ! Quoi ! ces humilations odieuses, ces coups sans pitié frappés l'un après l'autre, quoi ! tant de maux accablans, c'était une comédie ! Son amour si sincère, si profond, a été l'objet d'un pari cruel !

PERCEVAL.

Tu l'as dit, c'était une épreuve ; la voilà terminée. Ton enfant est sauvé, ton père est libre, tout ton bonheur t'est rendu. A ton tour, pardonne ! Ne pense plus à ce jeu qui a éprouvé ce que tu vaux ; il est fini maintenant. Oublie tout, pardonne tout....

GRISELDIS.

Un jeu ! et moi... Ah ! ce fut un jeu bien dur et plein de armes !

PERCEVAL.

Tu pleures ! sèche tes larmes. Ils voulaient m'humilier à cause du choix que j'ai fait, parce que tu es née au milieu des bois, parce que ta beauté m'est apparue au milieu de la misère ; mais moi à l'éclat de leurs noms orgueilleux, j'ai opposé ton cœur, ta pureté sans tache ; je t'ai conduite à travers des peines cruelles ; tu as vaincu, tu as vaincu à chaque épreuve. Ginevra va s'agenouiller devant toi dans la poussière, et l'Angleterre retentira de tes louanges. Es-tu irrité contre moi qui t'ai donné une gloire si haute ?

GINEVRA.

Griseldis, il dit vrai. Et pourquoi le nier ? une part de la faute pèse sur moi. Ce qu'il a fait, c'est nous qui l'avons imaginé. A nous le remords, à toi la victoire. Donc, librement, selon notre promesse, nous déclarons, en présence de la chevalerie anglaise, que l'éclat de la couronne pâlit devant ta vertu, et que, si tout était réglé dans ce monde d'après le mérite et le droit, c'est toi qui serais souveraine, c'est toi qui porterais la couronne d'Angleterre. Me voici à genoux devant toi ; pardonne-nous les maux dont t'a frappée un criminel orgueil.

PERCEVAL.

Elle est à genoux ! criez-le aux quatre vents. La reine est à genoux aux pieds de la fille du charbonnier !

GRISELDIS.

O reine, levez-vous ! — Écoutez ma prière, et ne pliez pas les genoux devant la fille du charbonnier ! Si la victoire m'appartient, laissez-moi repousser la récompense qu'une tromperie cruelle m'a value au prix de tant de larmes ! Vous croyez entourer ma tête de laurier ; c'est une couronne d'épines que j'ai conquise, car les angoisses mortelles qu'on m'a fait subir étaient moins dures que la peine dont je souffre aujourd'hui... O Perceval, tu as joué avec mon bonheur ! Ce cœur dévoué a été pour toi un objet d'amusement ! Tu n'as pas craint que j'en mourusse ! Tu n'as redouté qu'une chose, c'était qu'ils l'emportassent sur toi ! Puisse Dieu te pardonner ainsi que je te pardonne ! — Et toi, mon père, la faute dont tu m'accuses est-elle effacée maintenant ? Si l'excès de mon dévouement insensé a élevé jusqu'à Dieu un enfant de la poussière, ai-je suffisamment expié ma folie avec mes larmes, avec les douleurs profondes de mon âme trompée? Conduis-moi dans nos forêts, dans le sein paisible de notre hutte. Permets que le repose ce cœur blessé à mort sur le cœur fidèle de la nature...

Nobles paroles ! belle et consolante conclusion de cette tragédie douloureuse ! Griseldis retourne au fond de ses forêts, dans la cabane de Cédric, et Perceval, couvert de honte, perd à jamais le précieux trésor dont il a si odieusement abusé. Cette fin du drame, qui appartient tout-à-fait à M. Halm, est une de ses meilleures inventions. La légende, on le sait, ne lui indiquait pas ce dénouement. Griseldis revient au palais, et le marquis de Saluces, satisfait de ses rudes épreuves, la réintègre dans tous ses droits. Ainsi conclut la légende ; ainsi conclut Boccace, admirant l'humilité parfaite de son héroïne et ne soupçonnant pas que sa dignité ait souffert de ce jeu abominable. Il faut remercier M. Halm de la noble pensée qu'il a si bien portée sur la scène. Maintenant la figure de Griseldis est complète ; la résignation ne s'abaisse plus jusqu'à l'abandon absolu du droit et de la volonté. Le moyen-âge pouvait bien ne pas demander davantage à Griseldis ; aujourd'hui, grâce à Dieu, son humilité paraît plus sublime, unie à une dignité si pure.

Tel est le premier poëme dramatique de M. Halm. Ce fut un vrai succès, et les discussions provoquées par la pièce servirent à introduire l'auteur, d'une manière brillante et soudaine, dans le monde des poëtes en renom. La discussion même continue encore. Voici onze ans que *Griseldis* a été représentée pour la première fois, et les critiques n'ont pas dit leur dernier mot. Il y a eu depuis 1830, je le disais tout à l'heure, bien des tentatives diverses pour relever la poésie dramatique en Allemagne, et faire oublier, s'il était possible, les artisans vulgaires, l'éternel Raupach et ses amis. Or, dans toutes les capitales, il y a un tribunal attentif ; les critiques sont à leur poste, et ce que fit Lessing à Hambourg il y a un siècle, ce que fit Bœrne il y a vingt ans, chacun le recommence aujourd'hui avec une juvénile ardeur. On publie des *Dramaturgies* comme celle de l'auteur de *Nathan*. M. Wienbarg continue à Hambourg même la tâche de Lessing ; M. Stahr est établi à Oldenbourg, et M. Roetscher, leur maître à tous, surveille le théâtre de Berlin. Ainsi, l'œuvre jouée à Vienne ou à Munich est appréciée bientôt, non par un seul écrivain, mais par dix juges qu'anime un esprit différent. On n'a pas à craindre ce que j'appellerai la centralisation de la critique ; on n'a pas à redouter, ce qui est si fréquent dans une capitale, la banalité d'une opinion concertée, pour ainsi dire, en commun par les juges que le public accepte : la critique a plus de liberté, plus de mouvement, une vie plus variée, des allures plus sincères. M. Wienbarg, M. Stahr, M. Roetscher, plusieurs autres encore, ont donné d'utiles exemples ; on peut dire qu'ils composent, d'un bout à l'autre de l'Allemagne, une assemblée de bons esprits délibérant en liberté sur cette renaissance tant souhaitée de la poésie dramatique dans le pays de Goethe et de Schiller. Il s'en faut qu'ils soient toujours d'accord ; l'homme du nord et l'homme du sud ont leurs prédilections, leurs antipathies ; qu'importe ? tout cela profite au mouvement de la discussion, et le jugement définitif y gagne. Eh bien ! le drame de M. Halm a été et est encore un des plus vifs sujets de controverse. On s'était étonné d'abord du succès de la pièce : quoi donc ! un poëte dramatique à Vienne ! Que pouvait être la poésie sur une scène où la liberté n'existe pas ? Aussi la sévérité était en éveil, et, tandis que Vienne applaudissait avec enthousiasme et proclamait le nom du poëte, les critiques du nord examinaient de près l'œuvre nouvelle si bruyamment annoncée.

On alla un peu loin d'abord, et la rigueur fut grande. M. Wienbarg, M. Stahr, M. Mosen, signalèrent avec amertume les défauts de cette tragédie aimable. Le plus grave reproche s'adressait au choix même du sujet : cette histoire de Griseldis convenait-elle au temps où nous sommes ? Était-ce la mission du poëte de montrer la femme si abaissée, si prompte à abandonner ses droits

les plus sacrés ? Nos ardens critiques sont aujourd'hui
fort scrupuleux sur ces questions, et je les en félicite.
Le théâtre exerce une action trop directe pour qu'on
s'abstienne de discuter sévèrement l'esprit caché des
œuvres confiées à la scène. Cet examen vigilant fait partie de la tâche imposée aujourd'hui, en Allemagne plus
que partout ailleurs, aux écrivains qui veulent servir
la société moderne. Seulement M. Wienbarg et M. Stahr
ne se trompaient-ils pas ? Quand ils accusent l'immora-
lité de *Griseldis*, ils oublient précisément l'intelligente
hardiesse avec laquelle M. Halm a transformé la légende ;
ils oublient le dernier acte et cette réparation accordée
au caractère de l'héroïne, ce retour inattendu d'une
dignité si haute. Non, ce n'est pas là que doit porter
le reproche. Ce qu'il faut blâmer dans le drame de
M. Halm, disons-le sans crainte après avoir mis en lumière la noble idée qui le couronne, ce qu'il faut blâmer, c'est le ton général, c'est la couleur du style et des
pensées. L'exécution, en un mot, ne répond pas à la
conception première. Cette douceur harmonieuse, où
l'on ne sent nulle part une force cachée, a je ne sais
quoi de fade et d'amollissant. Sous leur costume séculaire, ces antiques personnages du monde féodal montrent beaucoup trop souvent la coquetterie, l'élégance
apprêtée, les mignardises d'une société toute différente.
La cour du roi Arthur devient un salon aristocratique de
Vienne et Ginevra semble çà et là une grande dame qui
tiendrait volontiers sa place dans un roman d'hier.
J'ose affirmer que ces grâces douteuses, et surtout la
mollesse efféminée des couleurs sont précisément ce qui
a valu à M. Halm les applaudissemens du public autrichien. Si une généreuse idée éclate aux dernières scènes
du drame, ce n'est nullement par là que le poëte a enlevé les cœurs. Voilà le reproche qu'il fallait formuler
nettement, voilà aussi le danger qu'il était urgent de
signaler à l'inexpérience du jeune écrivain. On com-
prendra tout à l'heure quel service lui eût été rendu.

Nous allons trouver encore une idée conçue avec habileté, mais très faiblement mise en œuvre, dans le drame

que M. Halm fit représenter un an après *Griseldis*.
L'Alchimiste a paru en 1836. La pensée du poëme ne
manque pas d'élévation ni de vigueur. Suivons l'auteur
au fond du moyen-âge, au milieu des éblouissemens de
ces siècles ardens et naïfs. Nous sommes sur le Rhin,
à Cologne. Entrez dans cette rue noire, montez dans
cette maison obscure et silencieuse. Voici l'atelier de
maître Werner Holm, un des ancêtres du docteur Faust,
un cousin d'Arnaud de Villeneuve, de Raymond Lulle
et de Paracelse. Werner Holm est livré à la pratique des
sciences occultes. Véritable fils de ces siècles émer-
veillés, son imagination est éblouie par les promesses de
la science, par la fièvre de l'inconnu. Il travaille nuit et
jour : sa pensée fermente et brûle, comme ces fourneaux
incandescens où il mêle à toute heure les matières pres-
crites. Vous savez ce qu'il cherche ; il ne lâche pas de
pénétrer les secrets de la vie, les mystères du monde
invisible ; son but est plus net, il veut faire de l'or.
Déjà tout ce qu'il possède a disparu dans ses fourneaux
dévorans ; il ne se décourage pas. Vainement sa femme
tant aimée autrefois le supplie de renoncer à sa folle
entreprise ; vainement elle lui montre la misère
effrayante qui est déjà venue et ses pauvres enfans près
de mourir de faim ; vainement aussi le *famulus* désespéré veut abandonner son maître et lui redemande
tant d'heures perdues, tant d'argent et d'or jeté dans
le gouffre insatiable : Werner Holm s'acharne à la poursuite de la chimère. Périssent plutôt sa femme et ses
enfans ! périsse le lâche famulus ! Lui-même, s'il le faut,
il mourra à la peine ; mais non, à force de science et de
courage, le miracle se fait, la matière en courroux cède
au génie obstiné de l'inventeur : Werner Holm a trouvé
le secret de Dieu, il fait de l'or ! Ainsi commence le
drame. L'alchimiste est devenu le souverain du monde.
Que sont auprès de Werner Holm les plus riches et les
plus puissans ? C'est lui qui est le seul riche, le seul
puissant, le seul maître. Attendez cependant : cette richesse formidable, acquise au prix d'un tel labeur,
comme elle est lourde à porter ! quel écrasant fardeau !

Est-ce bien encore un homme, celui à qui tout obstacle est inconnu, tout désir interdit? N'est-il pas sorti de la condition humaine? Ah! quel immense ennui pèse déjà sur sa tête!

Voilà l'idée qui a inspiré le poëme de M. Halm, voilà la conception première de son œuvre. De cette idée, M. Halm a-t-il tiré habilement tout ce qu'il pouvait? Les péripéties du drame éclairent-elles suffisamment la pensée philosophique de l'auteur? Comment fera-t-il pour peindre en traits vigoureux cette situation extraordinaire, cette satiété infinie? Werner Holm jetait dans ses fourneaux sa fortune entière; il jette à présent dans le gouffre de son ennui tous ses désirs, toutes ses voluptés, tous ses gigantesques caprices, toutes ses fantaisies insensées, et le gouffre s'agrandit toujours. Pour peindre énergiquement cette figure de Werner, pour donner une vie puissante à cette pensée, il était besoin d'une main robuste et d'une imagination splendide. M. Halm a choisi une tâche trop haute. Là où il fallait la poésie de *Faust* ou de *Manfred*, nous ne trouvons qu'une action froidement imaginée, médiocrement conduite. L'idée fondamentale du poëme est indiquée à peine, au lieu d'être nettement mise en relief. C'est surtout au centre du drame que se déclare toute la faiblesse de l'œuvre: le commencement et la fin ont répondu aux efforts de l'auteur; mais, quand il arrive au sujet véritable, sa timide inspiration semble avoir peur d'elle-même. Le premier acte est écrit avec talent; le travail de l'alchimiste dans son laboratoire, ses angoisses, son exaltation fiévreuse, sa patiente opiniâtreté, tout cela est habilement rendu. J'aime aussi les dernières scènes, j'aime l'instant où Werner Holm, pliant sous le fardeau, persécuté par l'envie et la cupidité, va demander un refuge au paisible village où sa femme vivait dans la misère. Il revient pour la voir mourir, et lui-même, c'est là qu'il mourra bientôt, emportant dans la tombe son redoutable secret. Encore une fois, les premières scènes et les dernières ont été exécutées avec bonheur, avec un certain éclat; seulement, la sérieuse difficulté, le vrai sujet n'était pas là, et rien de plus faible, rien de plus languissant que le drame lui-même. Malgré cette insuffisance, je tiens compte à M. Halm de la conception originale qui a présidé à son travail ; je le félicite d'avoir visé haut, de s'être proposé un but difficile et glorieux. S'il a échoué, sa bonne volonté du moins atteste une âme éprise du beau, un sentiment élevé de la poésie ; tout nous dispose enfin à suivre avec sympathie les destinées de cette imagination, chez qui se déclarent avec grâce des instincts nobles et purs.

Je signale, mais seulement pour mémoire, un petit drame en un acte, *Camoens*, joué quelques mois après, au commencement de 1837. Ce n'est pas un drame, quoi qu'en dise l'auteur ; ce n'est guère qu'un tableau rapide ; point d'action, point de lutte, point d'intérêts et de passions aux prises. Camoens est mourant sur son grabat, et le jeune Quevedo, recueillant son dernier soupir, reçoit le baptême des mains du glorieux maître. La pièce fut représentée avec peu de succès ; elle est plus intéressante à la lecture ; on croit entendre une ode passionnée, un hymne enthousiaste. Ce vieux poëte accablé par la douleur, brisé, mais non pas vaincu, et ce jeune disciple que la vue de tant de misère ne décourage pas, ce lévite impatient que la poésie sacre au chevet d'un lit de mort, tout cela se groupe dans un contraste harmonieux, où se révèle l'inspiration élevée qui est naturelle à l'auteur.

Ces trois pièces, *Griseldis*, *l'Alchimiste*, *Camoens*, quelle que soit la faiblesse du résultat, indiquaient un heureux instinct, une disposition d'esprit vraiment féconde. Mais qu'est-ce que l'instinct ? Une promesse, une espérance ; il faut que l'artiste réalise les richesses obscurément contenues dans son âme. Tout ce qu'il a fait jusqu'ici n'est rien de plus qu'une préface, une longue préface à ses œuvres. Il s'est donné tout le temps d'annoncer ce qu'il pourra accomplir un jour ; maintenant nous avons droit d'exiger beaucoup. Il a aspiré dans *Griseldis* à une élévation morale qui est belle encore, malgré l'élégance maniérée du style. Dans *l'Alchimiste*, il a soupçonné un drame qui aurait pu enrichir la famille de *Faust*. Son tableau de *Camoens* atteste un énergique élan vers tout ce qu'il y a de glorieux et de douloureux dans les amours du poëte avec la Muse. Tout cela, je le répète, ce sont, chez ce jeune talent, des velléités honorables ; qu'il agisse enfin, qu'il sorte des limbes, qu'il entre résolument dans la région des choses belles et des œuvres vivantes. Certes, si le pays qu'il habite pouvait donner à sa pensée un aliment substantiel, si l'esprit du poëte pouvait se mouvoir librement, ses bons instincts se développeraient vite. Puisqu'il aime à construire son drame autour d'une idée, cette idée, il ne la chercherait plus seulement dans l'horizon étroit où il s'enferme. Il ne redouterait pas des inventions plus hautes, il n'aurait peur ni de la philosophie ni de la liberté ; il oserait toucher à toutes les cordes de l'âme, et reproduire dans sa variété le tableau de la vie humaine. La crainte que j'indique ici contient déjà un reproche grave, et je désire que M. Halm ne le mérite pas dans les œuvres qu'il me reste à juger.

Imelda Labertazzi a paru un an après *Camoens*, en 1838. Le poëte nous transporte encore au moyen-âge, vers la fin du XIIIe siècle, au milieu des discordes et des haines des républiques d'Italie. Deux grandes familles de Bologne sont aux prises, les Geremei et les Lambertazzi. Le neveu de Geremei, Fazio, aime la fille de Lambertazzi, Imelda, autant que Roméo aime Juliette. Rappelez-vous les obstacles qui séparent le fils des Montaigus et la fille des Capulets, vous saurez quelle barrière se dresse entre Fazio et Imelda. Après maintes aventures, après maints coups d'épée, Fazio est tué par un des Lambertazzi, au moment où Imelda, fuyant le château de ses pères, va s'unir à lui dans la chapelle de la forêt. Voilà tout ce drame, froide et inutile copie du drame passionné du maître. Qui donc a donné à M. Halm cette malheureuse inspiration ? Comment a-t-il cru qu'il pourrait lutter avec la grâce de Juliette, avec la passion de Roméo ? Au lieu des énergiques peintures du vieux William, au lieu de ces figures vivantes, vous ne trouverez ici que la poésie énervée de Métastase.

Ainsi s'endormira de jour en jour cette poésie indolente : la discipline dont elle avait besoin lui a manqué. M. Halm voit bien d'ailleurs qu'il ne s'adresse pas à un auditoire exigeant ; il n'a pas en face de lui des penseurs, des âmes viriles, des intelligences sévères. Il est gêné surtout par l'esprit qui règne à Vienne. Il a beau imiter Shakespeare, ce roi puissant de la réalité : la réalité l'inquiète, le mouvement de la vie l'effraie ; il y rencontrera trop de choses qu'il ne pourra librement porter sur la scène. C'est pour cela que sa muse aime les églogues, les fantaisies amoureuses, tout un idéal gracieux qui vous fait oublier le spectacle du monde. Un des écrivains qui l'ont jugé avec le plus d'indulgence, M. Julius Mosen, a dit de lui en termes aimables : « Tous ces drames expriment parfaitement la vie intellectuelle du peuple autrichien ; de toute la réalité on n'a laissé à ce peuple que l'amour, parce que l'amour, comme l'alouette qui chante, ne peut rester sur terre et s'envole dans l'espace. » Cela est bien dit en effet. Si l'amour chante avec grâce dans les drames de M. Halm, la pensée se disperse dans le vide, et le tableau de la vie est perdu pour elle.

Cette efféminalion d'une intelligence bien douée se manifeste d'une façon bien plus affligeante encore dans la récente tragédie de M. Halm, *le Fils du Désert*. Ce qu'il y a de particulièrement triste, c'est que ce drame contient pourtant une idée ; car si cette idée, bonne et généreuse en soi, est employée à un mauvais usage, si l'auteur défigure sa propre conception et lui inflige un sens pernicieux, ne voit-on pas là très clairement, et à nu pour ainsi dire, le mal dont il souffre ? Pour moi, au moment où je lis les derniers vers de ce poème, je suis si frappé de cette réflexion, qu'il m'est impossible de ne pas dénoncer l'influence fatale du génie de l'Autriche ; je crois la prendre sur le fait, et il me semble que son crime est flagrant. Qu'a voulu M. Halm ? il a voulu montrer la puissance bienfaisante de l'amour d'une femme. L'amour, le chaste amour, apaisant les passions furieuses et triomphant de la brutalité, telle est la pensée première qui a séduit l'imagination du poëte. L'idée est belle, elle est vraie, elle est féconde : voyez maintenant ce qu'elle va devenir ! Au lieu de la brutalité soumise, c'est l'héroïsme énervé que peindra M. Halm. La scène est aux environs de Massilia, à l'époque où les barbares ont envahi les Gaules. Une jeune fille de race grecque, Parthénia, a été prise par les Germains. Le chef, Ingomar, se sent saisi de respect et d'amour à la vue de la belle captive ; pour la suivre, il abandonne son camp ; il ira partout où elle le conduira ; sans résistance, sans regrets, il quittera ses frères d'armes, il renoncera à sa libre existence et vivra tranquillement dans les murs de Massilia. Le sujet peut très bien être accepté ainsi, et il n'y aurait à blâmer que la simplicité un peu trop naïve de l'invention, si les détails, les peintures, les incidens, n'appelaient une critique tout autrement sévère. Rien de plus bourgeois, en effet, que ce tableau, et, comme il s'agit des rudes conquérans du vᵉ siècle, tout ce qu'il y a de mou, de gauchement pastoral dans la composition, vous choque plus cruellement encore. Il semble voir ici une glorification de la lâcheté. Non, ce n'est pas l'influence supérieure de l'amour que M. Halm a chantée dans son poëme. La soumission si facile, si vulgaire, du chef des barbares, ne rappelle nullement, croyez-le bien, le farouche Mauprat dompté par la noble Edmée, ni ces trois frères aux allures sauvages que Vaillance sait convertir avec une grâce si poétique. Cela me remet en mémoire, bien plutôt, le dialogue du chien avec le loup :

> Quittez les bois, vous ferez bien ;
> Vos pareils y sont misérables,
> Cancres, hères, et pauvres diables,
> Dont la condition est de mourir de faim.
> Car, quoi ! rien d'assuré ! point de franche lippée !
> Tout à la pointe de l'épée !
> Suivez-moi, vous aurez un bien meilleur destin.

Or, le loup, comme on sait, est plus dignement inspiré que le héros de M. Halm. La fable de La Fontaine

prêche la liberté ; le drame du poëte autrichien prêche
une soumission aveugle, dissimulée seulement sous les
séductions de l'amour. Singulière peinture pour un
Allemand ! Quoi ! un de ces hardis Germains des premiers siècles muselé par la jeune Grecque, apprivoisé
d'un seul mot, et conduit en laisse dans une boutique de
Massilia ! Nous voici un peu loin de ces poëtes enthousiastes qui s'enflammaient d'une si belle passion pour
Arminius et les héroïques rudesses de la Germanie primitive ; mais il y a déjà long-temps que l'Autriche
s'est retirée du mouvement de l'Allemagne, et qu'on
chante y plus aisément l'humilité que le courage et
l'audace.

Après les molles inspirations d'*Imelda Lambertazzi*,
après les funestes conseils que donne, sans le savoir
peut-être, le drame que je viens dë juger, il est clair
que M. Halm a mal défendu, contre les influences subtiles et redoutables qui l'entourent, l'idéal sacré, les
généreux instincts annoncés brillamment dans ses premiers travaux. Il a trop faiblement lutté, il a perdu la
bataille. On a dit souvent que chaque poëte apporte une
somme d'inspirations à féconder, un idéal à mettre en
lumière : on a dit que tous ces trésors doivent être dis-
putés par lui au monde, et protégés contre les atteintes
de la société. Si cela est juste en tout lieu, n'est-ce pas
vrai surtout dans un pays où la pensée ne saurait être
libre, où le domaine du poëte est violemment rétréci, où
l'imagination, à chaque élan sublime, va se heurter à des
barrières ? L'étude que nous avons faite accuse assez
clairement les coupables. On a vu se lever un jeune
poëte, riche en heureuses inspirations, ami des idées
élevées et pures ; il a débuté avec noblesse ; seulement
la vigueur lui manquait, et il eût fallu que l'auditoire
vînt en aide au jeune écrivain, qu'il pût l'encourager,
qu'il pût affermir ses pas chancelans. Loin de là, c'est
son auditoire qui l'a égaré. L'auteur de *Griseldis* a été
détourné de ses voies par l'exemple d'un monde sans
courage et les concessions involontaires qu'il a faites à
l'indolence publique. C'est ici qu'on a le droit d'adres-

ser à Vienne l'énergique apostrophe d'un poète contemporain :

> Wie bleich, wie hold, wie schmachtend hingegossen
> Sie daliegt, die gefaehrliche Sirene!

La sirène, en effet, la sirène sensuelle vient de tuer un poète de plus.

Est-il vrai cependant qu'il soit mort ? Je ne voudrais pas être trop dur pour l'auteur de *Griseldis*. La sévérité, je le sais, est ordonnée ici plus que jamais ; à ceux qui languissent dans cette atmosphère malsaine, il faut de rudes conseils et une sentence franchement motivée. Je regretterais toutefois de quitter M. Halm sur un présage trop douloureux. Non, tout n'est pas perdu ; le poète, sincèrement averti, peut réparer sa défaite. Ces conceptions élevées, ce sentiment de l'idéal, ce fécond instinct dont il était pourvu il y a dix ans, il peut les retrouver, il peut reprendre ces chers trésors au monde qui les lui a ravis. Je ne crois pas que le nom qu'il porte ait jamais enchaîné un vrai poète ; M. le comte de Munch-Bellinghausen n'a qu'à jeter les yeux autour de lui, il verra M. le comte d'Auersperg et M. de Strehlenau conduisant avec fierté le groupe des hardis chanteurs. Je ne pense pas non plus que les acclamations du public viennois puissent lui donner le change : s'il veut bien porter ses regards au-delà des frontières autrichiennes, il s'apercevra que l'Allemagne le condamne et le rejette. C'est à lui de choisir entre la cour de Vienne et la grande patrie. Souvenez-vous, poète, de vos premières inspirations ; souvenez-vous de cette Griseldis qui abandonne si noblement le palais de Perceval et va retrouver dans les ronces des forêts sa dignité menacée ; souvenez-vous aussi du jeune Quevedo recevant le baptême poétique que lui confère, à l'heure de la mort, le chantre héroïque des *Lusiades*. N'avez-vous pas célébré son enthousiasme ? Ce que vous avez promis alors, faites-le enfin ; Vienne vous a applaudi, l'Allemagne entière vous aimera. Secouez ces fatales langueurs, cet engourdissement perfide ; sinon, dans cette Autriche hostile à l'esprit moderne, un de nos plus vifs griefs contre une administration énervante, ce serait vous, ô poëte ! ce serait votre muse, si noble, si confiante au début, aujourd'hui vieillie avant l'âge, et près de mourir sous un ciel inclément.

CONCLUSION.

Janvier 1848.

Le mouvement si sérieux qui transforme l'Allemagne, et dont nous avons suivi le contre-coup dans les lettres, a déjà parcouru depuis quinze ans deux phases très-distinctes. Résumons-les rapidement; marquons aussi le point où l'on est parvenu.

C'est de 1830 que date cette révolution. Sans doute, et je l'ai dit en commençant, elle était préparée par bien des causes antérieures, par le développement général de l'esprit humain, par les grands événements qui remplissent la fin du xviiie siècle et les premières années du xixe; elle l'était surtout, d'une façon plus particulière à l'Allemagne, par le vigoureux travail intellectuel, qui a donné à ce pays depuis Lessing tout un glorieux bataillon de poëtes et de philosophes. Toutefois, si bien préparée qu'elle fût, elle suivait lentement sa route, elle cheminait dans l'ombre et à tâtons, lorsque la victoire de juillet 1830 réveilla et fit éclater au grand jour les exigences trop long-temps muettes de la conscience publique.

De 1830 à 1840, c'est la première période. L'Allemagne réagit contre l'insouciance des maîtres illustres qui la guidaient sous la Restauration, elle se révolte contre son propre génie, elle maudit ce spiritualisme, ce goût de contemplation et d'études, qui, pendant de si longues années, l'avait tenue éloignée de la vie active. Dans la colère qui l'emporte, elle va jusqu'à se renier elle-même, et tout ce qui fait la grandeur de l'esprit allemand est menacé de mort par une bande de novateurs aveugles.

Ces fureurs ne pouvaient guère se calmer tant que

l'espoir de la liberté semblait interdit. Mais un nouveau règne s'annonce en 1840 avec les plus généreuses intentions. Les promesses de Frédéric-Guillaume IV commencent à apaiser les esprits, et alors même qu'elles sont audacieusement abandonnées ou dénaturées par la ruse, elles impriment encore à la lutte une marche régulière et sage, elles indiquent à l'opposition le terrain où elle remportera ses victoires. Ce qu'on veut obtenir, c'est cette constitution sans cesse ajournée depuis trente ans. On ne se perd plus dans une réaction folle contre la grandeur spiritualiste de l'Allemagne ; le but est net, il est bien défini, et les poëtes eux-mêmes ne semblent occupés qu'à tenir l'opinion en éveil sur cette question qui renferme toutes les autres.

Depuis le 3 février 1847, une constitution a été accordée à la Prusse ; depuis ce jour-là aussi, une période meilleure s'ouvre pour l'Allemagne entière. Les intelligences sont plus décidées et les courages plus fermes. On est bien revenu du pays des chimères ; il s'agit de redresser peu à peu cette constitution boîteuse, il s'agit de la rendre complète et vraie, en la mettant d'accord avec les grands principes de la société nouvelle. Pour une telle entreprise, l'Allemagne sent qu'elle a besoin de se posséder elle-même. Plus d'émeutes désormais, excepté dans les rangs des partis extrêmes, parmi les enfants perdus de ce matérialisme qui s'autorise faussement de la philosophie hégélienne. L'esprit public est calme, parce qu'il est fort. Et comme le mouvement politique est là où il doit être, comme on a commencé de lui faire sa part, il ne portera plus le trouble dans les rêves de la poésie et les spéculations de l'étude.

I.

Qu'est-il resté de la première période? une seule chose ; la conviction bien établie que l'Allemagne doit entrer désormais dans la glorieuse famille des nations qui agissent. Elle a payé sa dette à la civilisation européenne par ses écrivains éminents, par ses philosophes qui ont agrandi l'horizon de la pensée, par ses poètes qui ont chanté la beauté morale. Elle a été un foyer de contemplations sublimes et de poétiques études. Ce n'est plus assez. Un nouvel âge impose des devoirs nouveaux.

Non-seulement elle consacrera aux luttes de la vie active une large part des forces qu'elle dépensait dans les spéculations idéales, mais sa littérature même, sa philosophie, toutes les conceptions de son intelligence porteront l'empreinte de la transformation qui s'accomplit dans ses destinées. Le mysticisme est vaincu. Le génie de l'Allemagne sera moins rêveur; il s'efforcera d'être clair, net, agile. La réalité jouera un plus grand rôle dans les créations de la poésie; la philosophie et la science se préoccuperont davantage de la patrie, de la société, de tout ce qui intéresse le genre humain.

M. Ludolph Wienbarg, en 1833, laissait éclater ce vœu dans ses *batailles esthétiques* avec une juvénile éloquence. Cinq années après, les *Annales allemandes* établissaient le même programme avec plus de force encore et le commentaient d'une voix plus impérieuse. La *jeune Allemagne* et la *jeune école hégélienne* obéissaient ici à l'esprit de leur temps, à l'irrésistible esprit du XIXᵉ siècle. Peu importe qu'il y ait eu beaucoup d'erreurs littéraires dans le manifeste de M. Wienbarg et beaucoup d'hérésies philosophiques dans le journal de MM. Arnold Ruge et Echtermeyer! Les amis de M. Wienbarg ont gâté par de ridicules prétentions et par de méchants livres ce qu'il y avait de sérieux dans la révolte de leur école. Les amis de M. Arnold Ruge ont discrédité aussi par des violences irréfléchies les excellents principes qui animaient les premiers volumes de leur recueil. Encore une fois, tout cela importe peu. Les hérésies disparaissent et les mauvais écrits sont oubliés. Ce qui dure, c'est une idée juste, c'est un principe vrai, ce sont les légitimes exigences de l'âge viril, et cet âge a sonné pour l'Allemagne.

Sous la Restauration et pendant les années qui l'ont immédiatement suivie, de 1820 à 1835, la *jeune Allemagne* avait eu pour précurseur un homme rare, un spirituel et généreux publiciste, Louis Boerne, tandis qu'un penseur éloquent, Édouard Gans, s'efforçait de donner à la philosophie cette direction pratique, cette audace féconde que convoitera aussi la *jeune école hégélienne*. La mort prématurée de Louis Boerne et d'Édouard Gans a été un grand malheur public, un double malheur pour la philosophie et pour les lettres. La révolution morale a perdu en eux des chefs qu'elle n'a pas remplacés.

La *jeune Allemagne* et la *jeune école hégélienne*, l'une avec sa frivolité d'emprunt, l'autre avec sa violence démagogique, ont renié l'éternel génie de leur pays. Elles ont attaqué le spiritualisme et les écrivains qui en étaient les sublimes apôtres. C'était là une polémique folle. Le spiritualisme ne saurait périr nulle part ; comment serait-il jamais affaibli dans le pays de Kant et de Schiller, de Fichte et de Jean-Paul, de Goethe et de Hégel? Les guides intellectuels de l'Allemagne ont déjà regagné l'admiration reconnaissante de la foule. Seulement, et c'est là un résultat dû à l'action de ces deux écoles, on jugera le passé en toute liberté, et l'on ne confondra plus avec les sérieux maîtres que je viens de rappeler les charmants et mystiques esprits, les songeurs, hélas! trop aimables, qui avaient voulu endormir l'Allemagne et la ramener au moyen-âge.

II.

Si l'on ne peut guère citer un nom supérieur dans la première période dont je viens de résumer l'esprit, nous serons plus heureux avec la seconde. C'est le moment des poëtes politiques. Ceux-ci ont été bien inspirés, quand ils ont consacré par la poésie les sentiments qui passionnaient toutes les âmes ; mais ils ont commis des fautes regrettables, quand ils ont sacrifié l'imagination à l'intérêt purement politique et méconnu son indépendance. M. Herwegh, M. Freiligrath, M. Nicolas Lenau, d'autres encore, ont mérité tour-à-tour et de sympathiques éloges et de sévères reproches. Le plus brillant esprit de l'Allemagne présente, M. Henri Heine, fait admirablement comprendre cette situation des choses. Tantôt il s'associe d'une façon éclatante aux hardiesses libérales de l'école nouvelle, tantôt il raille avec un admirable bon sens tous ces chanteurs qu'inspiraient les gazettes, et qui, sans la surveillance attentive de la critique, auraient compromis pour longtemps les intérêts sacrés de la poésie et de l'art.

J'ai pu déplorer parfois les indécisions de M. Henri Heine, j'ai pu signaler de fâcheuses erreurs dans ses travaux ; il n'en est pas moins vrai qu'il est le premier poëte de l'Allemagne nouvelle. Personne n'a mieux représenté dans le domaine des choses littéraires le mouvement qui s'accomplit au-delà du Rhin ; personne n'en a mieux compris et l'importance et les périls. Ce qui distingue M. Henri Heine, c'est le bon sens et l'imagination, un bon sens très net, très aiguisé, une imagination infiniment poétique. C'est au nom du bon sens qu'il a combattu la vieille Allemagne, c'est au nom de l'imagination qu'il a défendu les droits éternels de l'art.

Je sais apprécier du fond de mon cœur ces charmants poëtes de l'école souabe que M. Heine a si souvent et si injustement raillés, mais ils n'appartiennent pas à mon sujet. Uhland, Kerner, tous ces maîtres d'une grâce incomparable, sont trop loin du mouvement des esprits ; le bruit des villes n'a pas troublé les fraîches retraites où s'épanouissent par milliers sous leurs pas les fleurs de la poésie printanière. M. Henri Heine est le premier poëte de son pays, parce que, sans renoncer à l'amour de l'art, il s'est placé au milieu de la lutte. Si habile qu'il soit aussi à cueillir les *lieder* les plus embaumés sur la lisière des bois, il n'a pas redouté la mêlée : il s'y est jeté, au contraire, avec une gaîté étourdie. Il y a des écrivains qui sacrifient la pensée aux questions d'art, comme naguère les poètes romantiques, comme aujourd'hui encore les poètes de l'école souabe. Il y en a d'autres qui sacrifient l'art aux préoccupations sévères de l'esprit moderne ; c'est la funeste tendance de M. Herwegh et de ceux qui ont suivi son drapeau. Le bien serait de ne sacrifier ni l'art ni la liberté. M. Henri Heine s'est souvent approché de ce but : il est regrettable qu'il ne l'ait pas poursuivi avec plus d'ardeur, avec une conviction plus décidée.

Avouons-le cependant : malgré les étourderies, malgré les contradictions si nombreuses de cette fantaisie étincelante. *Atta-Troll* et les *poésies nouvelles* sont bien certainement la meilleure et la plus complète expression de la vérité durant cette crise littéraire. Voyez comme le hardi poète sait bien irriter le paisible tempérament germanique ! comme il pousse son pays à la conquête de ses droits ! Atta-Troll est un ours, un ours savant, qui a dansé dans les villages des Pyrénées, dans quelques bains en renom, devant les oisifs et sous les balcons des châteaux. Un jour, à Cauterets, Atta-Troll rompt sa chaîne et s'enfuit... mais quel est ce singulier héros ? Ne vous fiez pas au poète lorsqu'il s'écrie :

Mon poème est un songe d'une nuit d'été ; il est fantasque et sans but, oui sans but, comme la vie, comme l'amour. N'y cherchez pas de tendances.

Atta-troll n'est pas un symbole de la nationalité germanique à la peau si épaisse, et il ne fourre pas sa patte dans les questions du jour.

Mon héros n'est pas même un ours allemand ; les ours allemands, dit-on, ne veulent plus danser, mais ils ne brisent pas leurs chaînes

C'est ainsi qu'il irritera en maintes circonstances la paisible humeur des peuples germaniques. Rappelez-vous aussi que de fiers défis au roi de Prusse dans les dernières strophes des *poésies nouvelles*. M. Herwegh n'a rien écrit de si hardi. Et en même temps, comme il sait bien railler les déclamateurs vulgaires! Comme il s'amuse des hypocrisies politiques, *des grandes convictions qui bredouillent, des nobles sentiments qui ne disent rien du tout!* Mais quoi! a-t-il oublié déjà ce qu'il vient de dire? Ce poète qui provoquait si cruellement son peuple, ce publiciste qui jetait aux puissants de si audacieuses apostrophes, c'est le même qui, une heure après, a la prétention de ne croire à rien et de n'aimer que les rêveries fantasques de son imagination!

Mon pégase n'obéit qu'à son caprice, soit qu'il galoppe, ou qu'il trotte, ou qu'il vole dans le royaume des fables.

Ce n'est pas une vertueuse et utile haridelle de l'écurie bourgeoise, encore moins un cheval de bataille qui sache battre la poussière et hennir pathétiquement dans le combat des partis.

Non! les pieds de mon cheval ailé sont ferrés d'or, les rênes sont des colliers de perles, et je les laisse joyeusement flotter.

Porte-moi où bon te semblera, sur les sentiers aériens des montagnes, où les cascades, avec leurs voix de corbeaux, croassent des avertissements lugubres, où les abîmes bâillent comme des enfers ennuyés.

Porte-moi dans les vallées tranquilles où le chêne méditatif s'élève, et où, du milieu des racines mystérieuses, jaillit l'antique source des légendes.

Comment donc expliquer de telles paroles? d'où vient qu'il semble hésiter sans cesse? d'où lui viennent tant de contradictions singulières? précisément de l'embarras où il se trouve entre la liberté et la poésie toutes deux menacées tour à tour. Quand les poètes politiques veulent enchaîner l'art, il les abandonne brusquement et le voilà déjà qui pousse son cheval au galop sur les cimes romantiques ou dans les vallées des chimères.

N'ayez pas peur ; ce n'est pas lui que les légendes du moyen-âge endormiront jamais. Sans doute, il est injuste dans maintes escarmouches avec ses confrères ; sans doute, c'est un allié indiscipliné, c'est un auxiliaire dangereux qui, dans une circonstance difficile, peut compromettre la cause libérale. Et puis, son esprit est trop rusé ; il n'aime pas assez son pays ; il y a soulevé çà et là des haines profondes qui nuiront à l'influence de sa pensée. Oui, je sais tout cela et je le lui ai dit avec quelque sévérité peut-être ; mais je soutiens encore une fois que, depuis la mort de Louis Boerne, il a été l'écrivain le plus éminent et le plus vrai durant cette crise littéraire dont je reproduis ici la physionomie générale. C'était une périlleuse épreuve que cette transformation du génie de l'Allemagne. Les artistes devaient-ils résister au développement nécessaire de la raison moderne, ou bien devaient-ils renier, comme une religion abolie, les sublimes chimères de l'imagination ? Fallait-il sacrifier la liberté ? fallait-il sacrifier la poësie ? La poësie et la liberté, il les a défendues toutes les deux. On lui a reproché comme un attentat à la démocratie cette raillerie étincelante où il excelle ; le poëte a répondu avec une verve irritée et un juste sentiment de ce qu'il a fait :

« La préférence que j'ai donnée à ce genre est peut-être condamnable au point de vue littéraire ; mais tu mens, Brutus, tu mens, Cassius, tu mens aussi, Asinius, quand vous prétendez que ma raillerie atteint ces idées qui sont le plus précieux héritage de l'humanité, et pour lesquelles j'ai moi-même tant combattu et souffert ! Non, si le rire saisit irrésistiblement le poëte, c'est quand il compare ces idées qui planent devant lui dans toute leur grandeur et leur clarté splendide, avec les formes lourdes et grossières de leurs contemporains tudesques. ... Nous rions de la caricature et non pas du Dieu. »

On a ici M. Henri Heine tout entier ; on a le sens de cette ironie, sceptique en apparence, et sous laquelle se cachent parfois des convictions très-énergiques. Ces convictions, ces croyances cachées, son devoir est de

les affermir encore et de les faire éclater plus souvent.
Qu'il se défie des caprices de sa verve, qu'il défende avec
plus de suite et les droits de la raison émancipée et les
franchises de l'imagination, alors on oubliera toutes ses
fautes, et dans cette révolution qui doit modifier si profondément le génie poétique de son pays, la place qu'il
aura conquise sera certainement la meilleure.

III.

Quelle est maintenant la situation intellectuelle de
l'Allemagne? de quel côté se dirigent les esprits dans
cette période qui vient de commencer? Il me semble que
cette direction est excellente et que l'Allemagne a profité de ses épreuves. Les ardentes préoccupations politiques qui sont plus que jamais un devoir impérieux
pour son esprit, ne l'empêchent plus de se tourner vers
le passé et de l'étudier avec soin. Les réactions injustes
qui ont troublé les lettres dans ces derniers temps deviennent chaque jour plus rares. C'est là un signe de
force. On peut bien renier ses traditions dans une heure
de crise ; quand le passé s'obstine à vivre et qu'il fait
obstacle au présent, on peut bien le poursuivre jusque
dans le domaine de la science. L'injustice même a ici
son excuse. Mais quand on est en marche vers un avenir
meilleur, quand on a déjà fait reculer l'ennemi et qu'on
est bien sûr d'obtenir dans un bref délai toutes les sérieuses conquêtes de l'esprit moderne, les réactions
n'ont plus de sens et l'impartialité dans l'étude du passé
est le meilleur présage de la victoire. Il convient, en
un mot, que la science, que la poésie, que la critique
soient pacifiées, et c'est ce symptôme heureux que je
crois apercevoir dans les dernières productions littéraires au-delà du Rhin.

1° — Parlons d'abord de l'esprit poétique. L'Allemagne, depuis quelques années, s'est beaucoup occupée de littératures populaires. On a recueilli les légendes, on a rassemblé les traditions avec un studieux empressement. Chaque pays a donné ses trésors et depuis la Forêt Noire jusqu'à la Westphalie, depuis les montagnes du Tyrol jusqu'aux bords de la mer Baltique, la vieille Allemagne a fait entendre à l'Allemagne nouvelle tous ses rêves et toutes ses chansons d'autrefois. Est-ce à dire cependant qu'on verra renaître cette dangereuse école qui a fait tant de mal à la pensée allemande ? est-ce un retour à cette imagination romantique, qui, follement occupée à la restauration du passé, a toujours méconnu le présent et dédaigné l'avenir ? Non, certes ; les écrivains romantiques pourront bien reparaître çà et là et chercher aventure à la faveur de ces poétiques études ; ils ne feront que provoquer un jugement définitif sur l'école qu'ils représentent. Or, c'est là précisément ce qui arrive à l'heure qu'il est. On a publié dernièrement les œuvres complètes d'Achim Arnim, on vient de mettre au jour les contes posthumes de Clément de Brentano ; ne craignez pas une réaction ; la critique y a trouvé, au contraire, une occasion toute naturelle pour prononcer le suprême arrêt de l'esprit moderne sur toutes les restaurations du moyen-âge. Je signalais tout-à-l'heure de nombreuses et récentes études sur les légendes de la vieille Allemagne ; ces travaux, au milieu desquels se produisent aujourd'hui les contes de Brentano, ont mieux servi à mettre en lumière les défauts et les mérites de l'école romantique, les services qu'elle a rendus et les écueils où elle eût entraîné la pensée allemande. Ils ont bien démontré aussi que l'influence de cette école est morte. Parmi tant de travaux sur la poésie du moyen-âge, pas un (et la critique a remarqué ce fait comme un heureux symptôme), pas un ne se rattache aux exemples de Tieck, de Novalis, et d'Arnim. Quoique l'école romantique ait la première éveillé le goût des légendes populaires, nul ne songe plus à lui en rapporter l'honneur ; on l'oublie, on la dédaigne. C'est à MM. Grimm, c'est aux sérieux érudits, aux histo-

riens dévoués, passionnés, mais nullement romantiques, de l'ancienne Germanie, c'est à eux seuls que se
rattache tout ce mouvement littéraire. Naïve et légitime ingratitude dont la signification est plus sérieuse
qu'on ne pense !

Un des plus grands mérites de l'école romantique en
Allemagne, c'est le sentiment qu'elle a eu des littératures primitives. Cette mystérieuse imagination que re-
cèlent les œuvres enfantines des siècles naïfs n'a jamais
été plus tendrement aimée. Tieck et Novalis, Clément
de Brentano et Arnim, ont bien mérité de la poésie germanique, quand ils ont découvert cette source rafraî-
chissante où la langue et la littérature, épuisées par les
abstractions arides, ont puisé une jeunesse inattendue.
Goethe lui-même, malgré la supériorité de son génie,
ne dédaigna pas ces richesses fécondes. Enfin, il y a
une vingtaine d'années, lorsque M. Henri Heine fit dans
la poésie lyrique cette révolution charmante qui lui a
donné le premier rang parmi les artistes contemporains,
lorsqu'il mélangea si habilement dans une foule de
petits chefs-d'œuvre la simplicité la plus aimable et la
plus éblouissante fantaisie, n'était-ce pas à l'école romantique qu'il devait une bonne part de ces heureuses
inspirations ? on ne saurait méconnaître tout ce qu'a eu
de salutaire l'influence exercée par ces conteurs brillants,
mais l'histoire est inflexible et elle ne peut dissimuler
toutes les fautes qu'ils ont commises, toutes les réactions qu'ils ont provoquées. Leur grand tort est d'avoir
méconnu leur siècle. Ils ont cru que toute la poésie était
dans le moyen-âge, ils ont prétendu réhabiliter un passé
impossible, et ce qui ne devait être qu'une ressource
poétique est devenu entre leurs mains une arme perfidement dirigée contre la liberté moderne. On sait quelle
ridicule opposition ils firent aux artistes philosophes et
comme ils prétendirent rayer Goethe et Schiller de la
liste des poëtes. On sait aussi les condamnations trop
justes dont ils furent bientôt frappés. Que Goethe, après
avoir profité de quelques inspirations de ces poëtes et
de ces conteurs, ait fini par les envelopper tous dans

un impassible dédain, il n'y a rien là qui doive surprendre. Entre l'intelligence calme et puissante de l'auteur de *Faust* et le raffinement subtil des mystiques une
alliance durable était impossible. Ce qui est un symptôme
plus expressif, c'est de voir leur plus ingénieux disciple,
ensevelir en riant les maîtres qui ont parfumé ses lèvres
de miel, et prononcer sur leur tombe une oraison funèbre, d'une impitoyable gaîté. Dernièrement encore,
en nous traduisant son brillant poëme d'*Atta-Troll*, n'a-
vouait-il pas ce double rôle de sa carrière poétique?
« Je l'ai écrit, dit M. Henri Heine, je l'ai écrit pour mon
» propre plaisir, dans le genre capricieux et fantasque
» de cette école romantique où j'ai passé les plus char-
» mantes années de ma jeunesse, et dont j'ai fini par
» rosser le maître, ce pauvre Schlegel! » Certes, s'il les
a tous si bien fustigés, après avoir puisé aux sources
fraîches qui murmurent dans les contes d'Arnim, dans
les vers de Fouqué, dans les légendes du *Wunderhorn*,
il avait sans doute d'impérieuses raisons pour agir de
la sorte, et j'admire le merveilleux instinct qui l'a guidé.
Toutefois, le jour qu'il leur infligea la plus cruelle et la
plus légitime punition, ce n'est pas lorsqu'il poursuivit
Schlegel de sarcasmes injustes et qu'il méconnut ses
titres, c'est lorsqu'il força la muse enfantine du romantisme à chanter ces idées auxquelles Tieck et Brentano
avaient sourdement déclaré la guerre. Qu'est-ce que la
poésie d'Henri Heine, sinon la grâce de l'école romantique employée à parer toutes les hardiesses, souvent
même toutes les irrévérences, d'un vaillant esprit qui
n'est nullement la dupe du passé?

En même temps qu'ils méconnaissaient leur siècle, ils
arrivèrent aussi à défigurer ce moyen-âge dont ils
avaient eu cependant une intelligence si vive. Au lieu
d'en reproduire exactement la physionomie, au lieu de
mettre en relief ce curieux mélange de naïveté et de
rudesse, de subtilité et de barbarie, qui donne aux légendes de ce temps une si franche originalité, les poëtes
romantiques ne virent bientôt plus que ses mystiques
tendances. Ce n'étaient que symboles, interprétations

alexandrines, raffinements inintelligibles. Tous ceux qui ont le plus complètement exprimé l'esprit secret du romantisme germanique, Adam Müller, Wackenroeder, Novalis, se sont créé un moyen-âge menteur, et comme cette direction a prévalu dans leur école, on a fini aussi par méconnaître l'influence féconde qu'ils avaient eue d'abord sur l'étude des littératures primitives. L'érudition excellente, la science sincère des frères Grimm a fait oublier les recherches des écrivains romantiques, comme Henri Heine a fait oublier leurs œuvres d'imagination. Certes, sans l'école romantique, M. Jacob Grimm n'eût pas appliqué si amoureusement son esprit à l'étude du moyen-âge, et Henri Heine n'eût pas inventé dans mille petites pièces charmantes une langue si poétiquement naïve. Tous deux, dans des voies différentes, ils doivent beaucoup à leurs devanciers, mais ils ne doivent qu'à eux-mêmes la foi qu'ils ont eue dans les idées modernes. C'est par là qu'ils ont anéanti leurs maîtres. On a tout à perdre quand on méconnaît son époque et qu'on refuse de s'associer à son esprit. L'école romantique a fourni un douloureux témoignage de cette vérité si simple. Que sont devenus tous ces écrivains dont quelques-uns avaient reçu des facultés si hautes? Où sont tous ces conteurs pleins de grâce, tous ces rêveurs enthousiastes? ils sont enfermés dans les limbes, parce qu'ils n'ont pas voulu vivre.

Renouvelée par Henri Heine, accoutumée par George Herwegh, par Nicolas Lenau et Ferdinand Freiligrath, aux émotions fécondes de la liberté, la poésie lyrique a renoncé pour toujours aux rêves énervants du romantisme. Endormie naguère dans ces ombres douteuses qui ne sont ni le néant ni la vie, elle s'éveille enfin à la clarté du jour et reçoit le baptême des croyances modernes.

2° — Quant aux autres formes de l'invention poétique, le roman et le drame ne sont-ils pas engagés évidemment dans une voie meilleure? le roman matérialiste de la *jeune Allemagne* qui avait succédé vers 1835

aux nouvelles romantiques de Louis Tieck, est abandonné depuis longtemps. Au lieu de ces prétentions
mensongères, au lieu de ce faux libéralisme appuyé sur
la ruine des idées morales, voyez comme l'esprit nouveau est admirablement exprimé dans les *scènes de
village* de M. Auerbach! Le roman n'est plus une prédication, aussi funeste à l'art qu'à la pensée; il est redeve-
nu ce qu'il doit être, la franche et familière peinture de
la vie humaine. Soit qu'il cherche à reproduire les temps
qui ne sont plus, soit qu'il s'inspire du spectacle des
choses présentes, il ne sera désormais ni une œuvre d'art
étrangère à la réalité, comme dans les nouvelles de l'é-
cole romantique, ni une prédication dogmatique comme
dans les récits de *la jeune Allemagne*. La pensée moderne
y pénétrera, sans faire oublier à l'artiste les exigences
impérieuses de la poésie.

Un certain groupe d'écrivains distingués s'avance
dans cette route féconde, et, bonheur inouï! ils
viennent d'y rencontrer un guide; les plus précieux
exemples, les plus glorieux encouragements leur sont
donnés par un artiste de premier ordre. Ces études étant
consacrées particulièrement à l'Allemagne et à la crise
littéraire qu'elle a traversée depuis 1830, je ne pouvais
y introduire le remarquable et mystérieux écrivain dont
les œuvres nous arrivent du fond de l'Amérique et que
les critiques allemands, avec un peu de prétention sans
doute, ont surnommé *le grand inconnu*. Je n'achèverai
pourtant pas ces pages sans signaler avec joie cette apparition inattendue. On sait aujourd'hui le nom du
romancier; mais on ne sait pas quelles circonstances
ont fait naître dans le Nouveau-Monde les plus belles
compositions qui aient honoré les lettres germaniques
depuis Goethe et Jean-Paul. Né de parents allemands,
assure-t-on, bien que sa famille soit d'origine anglaise,
M. Charles Sealsfield a passé dans l'Amérique la plus
grande partie de sa vie. C'est là qu'il a écrit tous ces admirables romans sur l'Amérique du Nord, sur les
mœurs politiques des États-Unis, sur les envahissements
de la race anglo-américaine, et aussi sur ces peuplades

vaincues qui faisaient dire à Jefferson : « Je tremble pour mon pays quand je songe à toutes les injustices dont il s'est rendu coupable envers les indigènes. » *Le maître légitime et les républicains, le vice-roi, Morton ou le voyage en Europe, George Howard, Ralph Doughby, Nathan ou le premier américain dans le Texas*, presque tous ces récits dont quelques-uns sont l'épopée de l'Amérique nouvelle, ont été écrits en allemand dans la patrie de Washington. En vain les traduisait-on avec un empressement sans exemple; en vain la presse américaine en faisait-elle l'objet de ses apologies enthousiastes ou de ses critiques passionnées, l'auteur ne se laissait pas distraire par ce succès inouï. C'est pour l'Allemagne qu'il avait écrit; c'est de l'Allemagne qu'il attendait patiemment sa récompense. Aucun nom sur ses livres; nul moyen de commander l'attention; rien qui pût protéger ces messagers des contrées lointaines. Cependant, dès que les romans pénétrèrent peu à peu, quel étonnement subit! Comme les imaginations furent éblouies! Comme on s'informait pieusement de ce *grand inconnu* qui, séparé de ses frères par la moitié du monde, leur adressait à travers l'Océan ces magnifiques tableaux d'un peuple libre! C'est là, en effet, le caractère le plus frappant des écrits de M. Sealsfield : c'est par là qu'ils auront une influence très active et très salutaire sur les destinées de la poésie. Que l'admiration de l'Allemagne soit parfaitement équitable, que l'auteur du *vice-roi* et du *premier américain dans le Texas* puisse être égalé à Shakspeare, comme le proclament aujourd'hui tant de critiques enthousiastes, je n'oserais certes pas l'affirmer. Mais sa destinée n'est-elle pas assez belle? Tandis que tous les écrivains depuis 1838, *jeune Allemagne, jeune école hégélienne, poëtes politiques*, s'efforçaient de créer une littérature appropriée à notre siècle, M. Charles Sealsfield leur envoyait du fond des États-Unis ce trésor qu'ils poursuivaient envain, l'inspiration la plus libérale unie à la poésie la plus haute!

3° — Le drame aussi, comme le roman, voudrait se

régénérer. J'ai dit les sérieux efforts des poëtes et des critiques, j'ai signalé une vie nouvelle dans la poésie du théâtre; quel sera le sort de cette renaissance? peut-on lui prédire de belles journées et des victoires durables? oui, je le crois; le goût du public et des juges n'est pas encore formé, mais il y a là ce qui manque à tant de scènes déchues, ce qui nous manque peut-être, l'enthousiasme naïf et une généreuse ambition. Un vif sentiment politique s'ajoute encore à cette ardeur; l'Allemagne pense que la fondation d'une scène vraiment nationale doit servir à la conquête des institutions qu'elle réclame. Ce qui est bien certain, c'est que l'irrésistible développement de l'esprit moderne amènera à la fois, dans l'ordre des choses politiques, la constitution d'une société plus juste, et, dans l'ordre des intérêts littéraires, la formation de cette poésie dramatique dont le seul fondement solide est l'unité de la patrie. Ces deux résultats viendront ensemble. Pensons y bien pourtant, et prenons garde de confondre la polémique quotidienne avec ces inspirations élevées que le vrai poëte demande à son temps et à la situation de son pays. L'Allemagne naît à la vie politique, l'Allemagne combat par la plume et par la parole pour des droits sacrés; c'est dans ces sentiments qu'il importe de puiser comme à une source pleine de vie et non dans les discussions de chaque matin. La réalité, qui est la matière de la poésie dramatique, doit être sans cesse transfigurée par un sentiment supérieur. Défiez-vous sans doute d'un idéal abstrait, mais ne craignez pas moins cette réalité que ne modifie pas la pensée de l'artiste. C'était le problème qui agitait les lettres allemandes au temps de Goethe et de Schiller, c'est le problème éternel! La question aujourd'hui paraît bien comprise; la lutte, en général, est bien engagée. Tandis que Raupach et ses imitateurs, sans se soucier de la poésie, découpent l'histoire en drames vulgaires; tandis que, d'un autre côté, une multitude de poëtes se livrent à la fantaisie et dédaignent toutes les conditions de la scène, une jeune et ardente école poursuit avec persévérance l'union féconde du

réel et de l'idéal. Que produira ce mouvement? un
Goethe? un Schiller? il faut le souhaiter; mais quand le
poëte si désiré se ferait attendre plus d'un demi-siècle,
qu'importe? ceux qui lui auront frayé la voie auront
droit à la reconnaissance de tous et l'Allemagne n'oubliera pas leurs noms.

IV.

Je n'ai parlé ni des publicistes, ni des historiens, ni
des philosophes de l'Allemagne actuelle; mon sujet
était plus restreint. De grandes agitations politiques
et religieuses transforment insensiblement ce pays depuis une quinzaine d'années; je me suis proposé de
montrer, dans les travaux de la poésie et dans les rêves
de l'imagination, tantôt le contrecoup des faits, tantôt la marche parallèle du même esprit. C'est surtout
un épisode de la lutte que j'ai retracé ici, un épisode
désormais terminé et qui a frayé la voie à de nouveaux
évènements. Les écrivains connus sous le nom de *jeune
Allemagne* et ceux qui se rattachent immédiatement à
eux ont été la folle avant-garde de la révolution; ils
sont remplacés aujourd'hui par de plus sérieux combattants. MM. Dahlmann et Gervinus, Arnold Ruge et
Strauss, et parmi les orateurs, MM. Bassermann et Cam-
phausen, Mévissen et de Vincke, Beckerath et Henri de
Gagern, ont continué, selon les besoins du temps et les
tendances particulières de leur esprit, cette active littérature politique inaugurée avec tant d'éclat par Louis
Bœrne et Edouard Gans. Une étude de leurs travaux
serait prématurée sans doute en ce moment. C'est là
une littérature toute nouvelle; laissons la grandir et
qu'elle porte ses fruits. Les penseurs qui aspirent à être
les guides de la conscience publique, auront peut-être
à traverser bientôt les plus graves épreuves; attendons,
pour les bien connaître, ces occasions solennelles! La
seule chose que je doive signaler, à propos de ces vail-

lants publicistes, ce sont les forces dont ils disposent
déjà et qu'ils accroîtront encore. Unanimes sur les questions fondamentales, ils exerceront avant peu une action irrésistible. Je ne veux pas marquer ici le point
exact ou ils cesseront d'être d'accord, ni indiquer les
partis qui se formeront après la victoire commune; le
grand fait, le caractère éminent de cette littérature politique, à l'heure qu'il est, c'est l'adhésion de toutes les
intelligences d'élite à certains principes très nets et très
féconds, c'est la rupture complète avec le moyen-âge,
c'est la foi dans la liberté, dans la philosophie, dans les
devoirs sublimes de l'homme, c'est surtout l'unanime désir de voir commencer enfin les destinées actives de la
patrie. Désormais les événements peuvent éclater en
Allemagne; préparée par le travail de ces dernières années, les révolutions, quelles qu'elles soient, ne la prendront pas au dépourvu; elle possède assez de forces
morales pour traverser dignement ses épreuves, assez
de croyances profondes pour en faire sortir une société
meilleure.

FIN.

TABLE DES MATIÈRES

CONTENUES DANS CE VOLUME.

FIN DE LA TABLE.

Paris. — Imp. Wittersheim, rue Montmorency, 8.

www.ingramcontent.com/pod-product-compliance
Lightning Source LLC
Chambersburg PA
CBHW050742030726
47505CB00002B/357